人民日报70年
报告文学选

人民日报社文艺部 / 编

人民日报出版社

图书在版编目（CIP）数据

人民日报 70 年报告文学选 / 人民日报社文艺部编 .
-- 北京：人民日报出版社，2018.6
ISBN 978-7-5115-5451-2

Ⅰ.①人⋯ Ⅱ.①人⋯ Ⅲ.①报告文学－作品集－中国－当代 Ⅳ.① I25

中国版本图书馆 CIP 数据核字（2018）第 095249 号

书　　名：	人民日报 70 年报告文学选
编　　者：	人民日报社文艺部
出 版 人：	董　伟
责任编辑：	宋　娜　万方正　王慧蓉
封面设计：	主语设计
出版发行：	人民日报出版社
社　　址：	北京金台西路 2 号
邮政编码：	100733
发行热线：	(010) 65369527　65369509　65369512　65369846
邮购热线：	(010) 65369530　65363527
编辑热线：	(010) 65369521　65369533
网　　址：	www.peopledailypress.com
经　　销：	新华书店
印　　刷：	北京中科印刷有限公司
开　　本：	710mm×1000mm　1/16
字　　数：	550 千字
印　　张：	31.5
版　　次：	2018 年 6 月第 1 版　2022 年 4 月第 4 次印刷
书　　号：	ISBN 978-7-5115-5451-2
定　　价：	88.00 元

总　序

人民日报社社长　李宝善

"人民日报 70 年作品精选"和读者见面了。

今天的新闻就是明天的历史。人民日报 70 年来的作品，记录的是我们国家和民族从站起来、富起来到强起来的辉煌历程。诞生于战争烽烟中的人民日报，始终以积极宣传党的主张、呈现社会的变化、报道中国正在发生的变革为己任。这套作品精选集，就是从《人民日报》创刊以来的无数优秀作品中遴选出来的代表作。

铁肩担道义，妙手著文章。70 年来，无论是顺境还是逆境，一代代人民日报人担当使命、秉笔直书，为党的新闻工作奉献了青春和热血；一篇篇脍炙人口的精品力作，见证了我们党初心不改、矢志不渝，团结带领人民实现中华民族伟大复兴的历史担当。捧读这套精选集，就是在回顾我们党和国家走过的复兴之路。在这条艰辛而光荣的道路上，每一个重大节点，都能听到人民日报的声音。这其中，有要论、理论、评论文章的黄钟大吕，有消息、通讯等作品的时代足音，有散文、报告文学等文章的清雅之声。这些作品汇集起来，共同组成了 70 年国史报史的恢宏交响。

党的十八大以来的人民日报，站在了新的历史起点。2016 年 2 月 19 日，习近平总书记到人民日报社考察，并在党的新闻舆论工作座谈会上发表重要讲话，强调要高举旗帜、引领导向，围绕中心、服务大局，团结人民、鼓舞士气、成风化人、凝心聚力，澄清谬误、明辨是非、联接中外、沟通世界。这一要求，正是党的十八大以来人民日报各类作品的创作方向。

近年来，人民日报进一步优化整体布局、集中优势资源，更好履行政治家办报的时代使命。面对新时代的要求，人民日报努力提升观点生产能力、议题设置能力、集成报道能力、话语创新能力，力争做到报道流程平台化、报道内容定制化、报道方式故事化、报道数据可视化；着力在思想内涵上做加法、在文章篇幅上做减法、在传播效果上做乘法、在思维定式上做除法，使新闻报道快起来、活起来、亮起来，让评论理论新起来、精起来、实起来。

翻开今天的《人民日报》，从评论到理论，从通讯到消息，从散文到报告文学，编辑记者们努力转作风改文风，采写编辑了大量有思想、有温度、有品质的作品，"沾泥土""带露珠""冒热气"的文章。大家于微末中寻真章、在朴素处见真情，贴近广阔的社会生活，让改变悄然发生，使温暖自然传递。而现实生活所发生的积极变化，正是对这个职业最崇高的奖赏。

70年风雷激荡一纸书，人民日报走过了不平凡的历程。70年来的每一寸光阴，都被记录在每天出版的报纸中，体现在每一篇新闻作品里。从河北平山县里庄村简陋的印刷排字架，到现代化的电子阅报栏，再到移动终端上收放自如的最新应用软件，时代在变，技术在变，传播形态也在不断改变，不变的是在党言党、为党立言的历史使命，是围绕大局、服务人民的党报精神。这一精神和追求，已经并将继续通过题材各异的优秀作品呈现给广大读者。

前　言

真情书写波澜壮阔的时代

人民日报社副总编辑　王一彪

为纪念《人民日报》创刊七十周年，人民日报社文艺部选编了这部《人民日报70年报告文学选》。

报告文学这一独特的文学样式，是从新闻天地走到文学殿堂的，它兼有新闻性与文学性。回溯《人民日报》七十年历程，报告文学这一体裁备受瞩目。《人民日报》有刊发报告文学的传统。七十年里，《人民日报》上刊发了大量报告文学作品。其中，以短篇报告文学为主。据不完全统计，在报告文学刊发频率最密集的二十世纪八十年代，《人民日报》共刊发一百六十多篇报告文学，平均每个月至少刊发一篇，有时甚至每周有一篇。作为文学战线上的"轻骑兵"，七十年来，在我们报告文学的园地里，已呈现出绚丽的色彩，涌现出很多优秀的报告文学作品。它们有的在当时产生巨大社会影响，有的在全国性评选中获奖，有的今天仍被视为经典之作。有的作品敢于触及社会矛盾、社会问题，充满忧思；有的作品刻画人物个性鲜明，运用文学手法别具一格；有的作品朴实平易，清新自然；有的作品诗意浓郁，委婉深情。报告文学的千枝竞秀，映现出国家发展、社会变迁、时代脉搏。这些作品，已被写入新中国文学史与新闻史之中。

成功的报告文学作品，固然要有鲜明生动的艺术形象、正确深刻的思想内涵，但确凿无误的事实是其不可撼动的基石。约翰·里德是这样写《震撼世界的十天》的："在本书的取材方面，我必然限定自己只使用那些我所亲身观察到和经历过的历史事件的实录，以及那些有可靠的证据足以证明其为真实的记载。"正由于他对烈火狂飙的十月革命最初的日子"作了真实的、异常生动的描述"，因而能够"对于理解什么是无产阶级革命，什么是无产阶级专政具有极端重要意义的事件"（列宁语），提供了翔实可信的历史注脚和生动真切的文学样本。埃德加·斯诺的《西行漫记》对中国共产党人在革命转折之初的艰苦环境中所作的卓绝奋斗，作了"正确的记录和解释"，作了客观公正的报道，"精确地展示了中国革命运动的正当性"，使世界人民"对于中国的性格有一个全新的概念"。尽管作者在1938年版的序言中申明，"这一本书绝对不能算作正式的或正统的文献"，这是由于当时采写的条件限制，有些材料是辗转传闻，难免有个别失实之处，可是，正如美国汉学家费正清在六十年代所作的评述，"作为历史的记录"，"这部书是经受了时间的考验"。

报告文学的思想力量及其特有的艺术魅力，正在于人们相信作品所颂扬或鞭挞的人物、事件、场景等完全真实，是发生在现实生活中的而不是虚构的。这种艺术力量，为小说等其他文学体裁所不能替代。目前的某些报告文学作品确有文学性不足的情形，但更值得注意的是，对这种文学样式所应具有的新闻性认识和把握不足。报告文学是文学的一种样式，并非是文学性的新闻；可是，既然作品讲述的是真人真事，作品就要受到新闻真实性的约束。这就是报告文学这种文学样式的"独特"之处。小说的人物、事件、场景等，可以艺术加工、可以虚构处理，没有虚构就没有小说，只要这样的虚构是合情合理的，是生活中可能有的。小说的作者与读者之间，互相达成了这样一种默契。报告文学的作者与读者之间，达成的是另一种默契，那就是作者在这一文体中已"申明"他的作品描写的一切都是货真价实的。

七十年，时代风云变幻，世界和中国都已发生翻天覆地的变化。但是，很多优秀的报告文学作品在今天看来依然独具魅力，它们不仅生动真实地记录了时代，也经受了时间的考验。何慧娴、李仁臣的《三连冠》发表于中国女排在1984年奥运会决赛中战胜美国队，赢得"三连冠"（连获世界杯、世界锦标赛、奥运会的世界冠军）之际。作品通过生动感人的细节描述，带领读者沿着袁伟民和女排姑娘走向胜利的足迹，去寻找她们洒落在"三连冠"之路上的汗水和泪珠，苦恼和喜悦，曲折和奋进……展现了中国女排"胜不骄、败不馁"和勇于拼搏的传统精神。奥运会冠军的大门，终于被她们敲开！不平静的1984年8月8日中午，从此成为一座永久的纪念碑，载入中国女排的奋斗史。中国女排发愤图强的历程，不正是中华民族振兴的写照吗？！徐迟的《哥德巴赫猜想》写陈景润这个人物，观察细密，文笔细腻。写科学家陈景润的坎坷之途和步入新的生活之境的精神变化，表现得真切、感人，可见作者描写人物的精湛笔力。此篇报告文学开风气之先，以后接踵而至的佳篇络绎不绝：《为了周总理的嘱托》（穆青、陆拂为、廖由滨）描述植棉能手吴吉昌的人生际遇，《祖国高于一切》（陈祖芬）反映内燃机工程师王运丰不平凡的生活旅程，《扬眉剑出鞘》（理由）展现了击剑选手栾菊杰的英姿和气概。这个为国争光的女运动员走下击剑台时，"已受伤了两小时"，"鲜血浸透着雪白的征衫"。青年一代正在用自己奋斗的青春，描绘着时代斑斓动人的画卷，这种拼搏精神，这种人生追求，今天依然没有过时，读来依然激动人心。

但是，"我总觉得目前的报告文学作者，似乎多数对写人物有兴趣，总是在通过种种渠道，千方百计地寻觅一个理想的对象。报纸刊物编辑部也在这方面动脑筋。在当前举国上下为建设四化、振兴中华而群策群力的历史新时期，各条战线英雄辈出，给报告文学开辟大有可为的广阔天地，这自然是过去所未有的。但我更以为，报告文学作者既应该去写事件，写那些为千百万人关心注目，又代表着历史进程的新的事件，新的事物，新的社会风气，新的人与人之间的关系；也不要忘记去写那些长期存在而又严重束缚着我们的旧势力、旧习惯、旧风气……报告文学并不仅仅着眼于某一个先进人物或先进单位，而要高瞻远瞩，在更广阔的背景前面，向事物的纵深开拓，去掌握、去反映生活进程中本质的东西……"夏衍1982年关于报告文学的这封信中谈到的一些问题，在一定程度依然存在。"反映生活进程中本质的东西"，仍然是报告文学的使命担当。

今天的中国，正处在一个波澜壮阔的新时代。党的十九大把习近平新时代中国特色社会主义思想写入党章，开启了全面建设社会主义现代化强国新征程。美好蓝图化为生动现实，实现中华民族伟大复兴的中国梦，必将给报告文学作者提供更为丰富的创作资源、更为广阔的创作天地，也必将给读者奉献更为丰赡的报告文学精神食粮！

"伟大的事业之所以伟大，不仅因为这种事业是正义的、宏大的，而且因为这种事业不是一帆风顺的。"在中华民族伟大复兴的词典里，从来没有"容易"一词。正因如此，习近平总书记指出，奋斗是幸福的，奋斗也是艰辛的、长期的、曲折的，没有艰辛就不是真正的奋斗。而奋斗精神之所以可贵，就在于越是面对困难和矛盾，越能激发出非凡的力量。这样的力量需要被记录，需要被书写，需要被礼赞。而这，正是报告文学作者肩负的神圣职责。

这是一个伟大的时代，涓滴之水都在向着大海奔流。我们期待在报告文学的园地里，焕发出新的时代之光！

目录

Contents

总序 ………………………………………………………… 李宝善　001
前言：真情书写波澜壮阔的时代 ……………………………… 王一彪　003

英雄的十月 ………………………………………………… 华　山　001
谁是最可爱的人 …………………………………………… 魏　巍　007
王永淮——建设山区的人们之一 ………………………… 秦兆阳　011
记游桃花坪 ………………………………………………… 丁　玲　018
布沙热，我要为你唱一支歌 ……………………………… 闻　捷　027
访"葡萄常" ………………………………………………… 邓　拓　032
熊进五和他的蜜蜂 ………………………………………… 周立波　036
万里赶羊 …………………………………………………… 萧　乾　038
天堑变通途——记武汉长江大桥的"合龙" …………… 徐　迟　048
春　夜 ……………………………………………………… 梅　阡　051
万炮震金门——福建前线速写之一 ……………………… 刘白羽　054
看愚公怎样移山——沙石峪村党支部领导群众艰苦奋斗十年间 …… 东　生　057
黄连架 ……………………………………………………… 碧　野　071
特别的姑娘 ………………………………………… 黄宗英　张久荣　077
生　命 ……………………………………………………… 管　桦　088

拉萨早上八点钟	黄　钢	098
哥德巴赫猜想	徐　迟	109
为了周总理的嘱托——记农民科学家吴吉昌	穆　青　陆拂为　廖由滨	126
扬眉剑出鞘	理　由	136
一封终于发出的信——给我的爸爸陶铸	陶斯亮	145
固氮蓝藻	黄宗英	158
特邀代表	柯　岩	169
祖国高于一切	陈祖芬	181
报告：我们打了一个大胜仗——四川抗洪救灾记事	马识途	190
美的探险者	鲁　光	197
一个女工程师的道路	金　凤	206
还是那双眼睛	孟晓云　丛林中	213
台湾来的鸽子，回家吧	宋祝平	221
三门李轶闻	乔　迈	227
在这片国土上	李延国	240
"三连冠"	何慧娴　李仁臣	247
玉　碎	袁　鹰	254
高密之光	莫　言	266
三个太阳	黄传会	274
只有一个人生	陆庆敏　张定彬　高进贤	282
昆仑山的雪	王宗仁	289
阎殿魁外传	浩　然	299
老梨树与退伍兵	李存葆　王光明	307
走进塔里木	贾平凹	315
走过去，前面是个天——国有企业下岗职工再就业纪事	于　秀	319
好人邓练贤	金敬迈	326
驾驶感——"汽车狂欢节"畅想	蒋子龙	335
让汶川告诉世界——写在"5·12"大地震一周年之际	张胜友	341
闪着泪光的事业——和谐号："中国创造"的加速度	蒋　巍	352
仰视你，北大荒	贾宏图	373

北川重生	张胜友	391
大医仁心——中国肝脏外科创始人、中科院院士、优秀共产党员吴孟超纪事		
	周大新	403
燃烧的中国海——献给创造海上年产石油5000万吨的中国海油人		
	何建明	415
黑土地的梦	蒋 巍	427
我的中国梦	李春雷	435
"懒汉"治村	徐锦庚	447
三十里那个干沟沟九十九道坎儿	李 迪	456
他们的前面是美丽中国	鲍尔吉·原野	463
塞罕坝时间	李青松	470
致敬,远山的扶贫队员	何建明	480
后记		490

英雄的十月

华　山

历史大进军

当东北人民解放军的大军奔向北宁线的时候,我们还没有想到十一月二日将要成为全东北人民完全获得解放的日子。当时我们所想的是一场空前的决斗,是一场远离后方插到敌人的走廊去扭断敌人咽喉的决斗——彻底摧毁敌人东北与华北的联系,以便最后消灭东北国民党匪军。

"现在完全翻过来了哪!"四保临江的一个英雄连长对我说:"铁路是咱们的,大炮是咱们的,汽车也是咱们的;咱们打到哪里,哈尔滨的火车也跟到哪里了。"整整半个月,满载人马的进军列车疾飞南下,而车窗外的原野依然尘土飞扬、马达轰响,伪装着绿丛的炮队,像一行行飞跑着的林荫,从步兵纵队旁边掠过。在大凌河边,这道锦州北面的屏障,耀眼的灯炬如同夜市的大街,望不到头,亮彻着原野。

从松花江到大凌河,这并不是太近的距离,但我们知道脚下的每一步路,都是两年来用血和超人的勇敢和坚韧夺回的。我跟着前进的先头部队全团的一千多枚勇敢奖章便是证人。"新形势是打出来的,我们的光荣也是打出来的"。年轻的团政委总结他们两年来歼敌一万五千人的辉煌战绩时说:"现在蒋介石快完蛋了,但是敌人都永不会自己灭亡;只有坚决打下去,才能打出更大的光荣,打出最后全中国解放的新形势!"这是全东北人民的心声。一个名叫安殿启的东北新战士,出征时他的母亲就这样叮咛他说:"现在咱家有吃有穿有地种了,可别忘了天下穷人啊!快把国民党打倒,给为娘的增光!"他自己的决心也只是一句话:"守住家门口打不上敌人了。我父亲是担架模范,母亲是生产模范,我一定争取做个战斗模范!"

蒙古草原已经枯衰了,燕山余脉还是层层翠色,沿途斑驳的枣丛,茂密的梨园,攀绕墙头的葛藤,沿村道上拾粪的老汉,无不给大家以久别重逢的愉快和异常的鼓舞,行进中的战士们忍不住敞开胸腔唱着:"走一山,又一山,眼看就到山海关!"

塔山英雄们

"到锦州过过考",这句话成了大练兵以后指战员们的求战豪语。而最严重的考验就在十月八号开始了。锦州守敌从五个半师突然增至七个半师,从锦西向北增援的九个师敌人只隔半天路程,从沈阳倾巢而出的十二个精锐的美械师又威胁着我们的后方供应线。这是蒋介石亲自部署的"东北决战"。我们的部队勇敢地迎接了这个考验。在炮火犁遍了的锦州城郊,每晚都可以看到塔山上空照耀着虹彩缤纷的照明弹和信号弹,听到清晰的炮声,但攻城部队还是毫无顾虑地日夜进行着一个空前规模的攻坚准备工作:夺取外围要点,改造四郊地形,在火网下完成一系列的环城通信网和地下交通干线,把总攻击的出发地逼近城墙紧跟前。战士们始终坚信:"敌人援兵来不了。那里有兄弟部队!"

而在塔山的兄弟部队,面对的只有四百米距离的敌人。左面是海,右面是山,中间十来里狭长地带并无险可守,只能依托几处村落。敌人从海上,从山头,从天空日夜轰击着,每天总有五千发炮弹落到阵地上,村庄从地面毁灭了,工事毁而复修者达数十次,指战员的耳朵震聋流血。但每个人仍坚持着自己的原来的阵地。我某师长指着脚下的焦土说:"我的阵地就在这里!"

日日夜夜,勇士们抗击着敌人六个师的轮回猛攻,心中只有一个信念:"不让敌人前进一步,保证主力顺利攻入锦州!"地堡被轰坍了,转到壕沟里打;壕沟被轰平了,跳进弹坑打;子弹打光了用手榴弹打;手榴弹打光了用石头打;正面挡不住就插到敌人中间去打,有的战士说:"我死了也要挡住敌人!"另外一个马上纠正他说:"死了还能完成任务吗?我们要想办法活着打到底!"战士最喜欢的一个办法,便是以反冲锋消灭敌人。冲到敌人屁股后面的机枪组长纪守法,当全组在敌人的夹击中,打得机枪步枪都坏了,他夺过敌人手中的武器还在打,最后只剩下他单人独枪,他还是把敌人打退了。在突出的海岸一角,独胆英雄们歼灭了十倍于己的敌人。在伤亡殆尽的上坎子,最后击溃整营敌人的是四个重彩号。哪怕打到双手已经不能使用任何武器，勇士们仍然在血泊中继续作战。两个打残废了的战士，下火线时坚决不用旁人抬，打瞎了眼的把打断了腿的伙伴挡上，断腿的便在他的背上指路。为了不减少阵地上的杀敌力量，他们宁肯忍受着肉体痛苦的折磨。

"有口气，阵地丢不了！"这就是塔山部队的英雄们的誓言。敌人在七昼夜发动了三次总攻，每天整团整营的集团冲锋不下十余次，一梯队垮了二梯队上，二梯队垮了三梯队上。而人民战士依然在炮火中傲然挺立。荣膺"塔山守备英雄团"的部队，当场在火线上挂上"勇敢奖章"的就有一百五十余人；他们打得敌人血水成流，在百来米宽的土上就搞下敌人几百条死尸。纵然付出了七千伤亡，但始终未能前进一步的敌人，最后连军官团也拿出来冲锋了；敌人用机枪在后面赶着，好容易把两个连赶到前沿几十米远，但结果被塔山英雄们按到火网底下，进不得，退不得，全部投降过来了。"锦西阻击战是解放锦州的第一功！"攻击锦州的指挥员们异口同声说。就在塔山部队完成阻击战的光辉战例的这一天，他们以三十一小时的惊人速度攻克锦州而轰动中外，把蒋家小王朝的"东北生命线"一举斩断了。

致命的一击

一周以来，锦州盆地日夜滚动着爆炸声和炮弹声。强大的野战兵团正从四面八方直逼城下。可是我站到高处，却在二十里以内简直看不到人，几十万大军云集的大战场是一片空虚。但在十月十四日上午十一时，天崩地裂一样的炮火和潮水一样的队伍就突然间一齐迸发了。

我顺着闪电形的交通壕走向北山制高点，头顶上响着炮弹撕裂空气的千种怪啸，交通壕里，人吼马嘶，步兵炮和弹药车向前滚动，爆破手挤在"嗖嗖"前进的行列里欢呼着："赶快上，咱们的'大家伙头'发言了！"这是步兵专门给那些专用美国十轮大卡车拉着的重炮所起的绰号。我忽然想起在四平曾经听到过这样笑声。去年夏天，上千辆的大车日夜跋涉半个月，而运到四平前线的炮弹只够轰击十分钟。今春我再访四平前线，运送炮弹的已经是沿途列车和汽车了。我亲眼看着不下一千米远的敌人防线上的纵深地堡群，在七分钟内被解放军的炮火轰成一片焦土。就在那个时候，我听到从我身边冲上前去的后续部队有人笑着说："可要立他一功了！"而此刻不是在四平而是在远离后方的敌人咽喉重镇锦州，我听到了战士们这样的笑声。

胜利解放的召唤使得初上战场的新兵也变成无畏的勇士。锦州人民永远忘不了爆炸英雄梁英的名字。他在西北角巷战道路上单独冲到地堡跟前，把爆破筒塞进两挺重机枪正在向外射击的枪眼里。正要回身跑出爆破威力圈，敌人却把爆破筒推了出来。铁筒上的导火索已经吱吱冒烟，他一把抓过来又塞进地堡，用双手死死顶住不放，连长命令他赶快转回，他却干脆拒绝说："回去就完成不了任务了！"为了炸开前进道路，他慷慨地和地堡同归于尽。而在城外，突破的捷报一经传出，空虚的战场，顿时黑压压的，也不知从哪里冒出来这许多队伍，两路纵队，四路纵队，从北山公路上抢奔突破口的是好几个并肩滚滚前进的部队。飞机在头顶轰炸扫射，堵击的炮火落到身旁，而冲进城去的行列没有谁爬下隐蔽。机枪手刚刚栽倒，助手抢上去就捞过他的枪，一眼不看便继续前进。突破口挤不动了，后续部队干脆从小北门翻墙而入，不把脚下的地雷放在眼里。"不怕侧射，往里猛插！"退到车站的敌人正在车厢里疯狂堵击，先锋班已经用刺刀剁开铁丝网，钻到车厢下逼令敌人缴枪。横着三十几道铁轨和堆满了车皮等杂乱障碍物的二百米岔道场防线，突击连仅仅十五分钟就完全打通了。地堡群的敌人只顾封锁着正面，手榴弹却在后门交通壕猛炸起来，敌人紧忙夺路窜回楼房，突击队却从后窗迎头打来了。曾经在四平直捣敌人核心工事的第八连，就这样单独打了七里路的巷战，一路上连夺三座核心地堡，从城墙冲到市中心，最后冲到敌人兵团司令部的几十个人，又用沿途缴获的一色冲锋枪突然猛攻，完成了该师解决敌兵团部的任务。

同时突破四城的四路大军，如同四把插进敌人心窝的楔子，不出五小时便全部会师，把全城守敌割裂成四大块。每路大军沿途又变成无数把尖刀，只管向两侧的敌人纵深迂回猛插。英雄们冲得这样快，以致闯进敌人营指挥所后，满屋守军还以为是"自己人"。骤然出现的勇士吓得敌人成百地跪下缴枪，可是谁也顾不上他们了——"不要人枪，迅速勇进！"他们别开生面的命令说："枪放左边，人靠右边，顺大街往外走！"交代一声又继续前进，打遍全城，把十万守敌搅成一锅粥。少数强固要点的敌人，完全陷于孤立无援的绝境中，不投降的都一个个地被歼灭干净。

从十五日下午六时锦州最后解放的时刻起，东北蒋匪开始全局动摇了，无论是迟滞林彪大军进军也好，收兵回巢加强华中防卫也好，蒋介石这些反动计划都随锦州的陷落而破灭。蒋介石之所以拼命嗥叫"南北夹击"正是因为东北人民解放军一旦从锦州战场腾出这支要命的铁拳，无论捶到那里都是加倍沉重的。

从胜利奔向胜利

在饶阳河边厉家车站一线，经过了敌人四个美械师两天一夜的轰击，阵地上已经分辨不出哪里是人挖的工事，哪里是炮掀的弹坑了。焦土翻过来还是焦土，劈裂的树根冒着火焰，硬挺在火海中的一个连队只剩一挺重机枪，而机枪班唯一剩下来的射手史学义，头一天就被炮火轰断了右臂。独臂英雄记不清炮弹把他埋到土里几次，只知道一苏醒便从土里挣扎出来，用仅有的一只左手射击冲上阵地的敌人。他用指导员遗留下来的匣子枪打，用阵地上被炮火炸断了木柄的手榴弹打，让一个新同志把美式机枪扛到跟前给他打。最后连紧握枪柄的力气也没有了，他又在几分钟内教会了新同志射击，自己在旁边一面装子弹，一面给他指示目标说："有个喘气的，敌人就上不来。廖耀湘这条老魔落到网里再别想溜掉了！"

在这席卷北宁线的英雄的十月，还有什么命令比"抓住敌人"更鼓舞人的呢？林彪将军说："不让敌人西进！""黑山"部队就在阵地上挡住了敌人两天两夜的猛攻，打得廖兵团连夜南逃。林彪将军说："不让敌人南逃！""饶阳河"部队就在一夜间从北线插下去，迎头截住了敌人两天一夜的猛攻，打得廖兵团终于掉进了人民解放军的天罗地网里。

这是紧接着锦州大捷的又一个大会战。经过了空前大规模的攻坚战斗以后，主力部队的疲劳是可以想见的：战斗刚刚结束，战士们倒头在战场上就睡着了，整夜的轰炸也未能侵扰甜梦。但辽西敌人继续西进的消息传到军中，战士们乐得直拍大腿说："廖耀湘这条'大鱼'，可叫林司令员'钓'出来啦！"从二十号起，滚滚大军又连夜北渡大凌河，奔向指定的地点。脚板走得打满血泡了，战士们说："我爬也要跟上队伍！"脚脖子肿得瓦罐子粗，战士们说："跑断腿也不能放走敌人！"猛听得兄弟部队已经把敌人抓住，进军行列简直沸腾起来："决战的时候到啦！"担架上的彩号躺不住了，跛着脚的也把拐杖扔了；驮马跟不上队，射手就扛起重机枪走；小桥过不了四路纵队，蹚水过；解绑带太耽误时间，穿着棉裤过！三下江南的英雄部队，四保临江的英雄部队，曾经在去冬并肩横扫辽河大平原的兄弟部队，都从四面八方潮涌上来了。方圆五十里的包围圈，走投无路的廖兵团，"架起炮猛揍啊！"步兵还未展开，炮兵已开始试射了，指挥所却来电话说："不用打炮啦！敌人溃退啦！猛追啊！"队伍收不拢来，有多少上多少！哪里敌人多就往哪里打！重机枪刚架好又要前进，干脆架在肩头打！"猛追猛插！不让敌人喘息！"正是过去廖兵团横冲直撞的地方，腾起了总清算的复仇战火，敌人的后卫还要抵抗，躲在核心的兵团司令部却叫解放军戳翻了。廖耀湘爬上吉普车就往新六军军部开，半道上碰见李涛也是孤零零地迎面逃过来，他们搭上伙，又去找二十二师救命，谁知敌"虎威"部队的三个团早已分路"突围"到俘虏群里去了！插到敌人中间的一个部队仅仅伤亡百余人就活捉了二万五千个"王牌军"；另一部伤亡几十人就抓了一万六千个活的，甚至在战地失掉联络的参谋人员，坐着空汽车也活捉了敌人一个骑兵旅。

全歼廖兵团的各路解放大军布满辽西战场，总清算的暴风雨已经来临，林彪将军下令：所有部队立即分由铁道、公路向沈阳进军！

于是，马上道旁出现了各色各样的路标："向沈阳前进！"在墙上、门上，在桥头堡垒上，一串串的部队代号底下写着："向沈阳前进！"在十辆大卡车拉着的美式榴弹炮上也写着"向沈阳挺进！"……直通沈阳的大道上，十月的英雄们展开了奔向胜利的赛跑。而跑在头里的"钢铁"部队，正是在十月一日首先登上义县城头的英雄，他们紧接着突破锦州西北角的激战之后，又以七昼夜的急行军纵横辽西战场，在廖兵团全军覆没的当天，挥戈东向，终于在十月的最后一天，以四小时七十里的速度直捣沈阳西线，为东北人民的"十一月二日"打开了胜利的大门。

（刊发于 1949 年 1 月 18 日《人民日报》）

谁是最可爱的人

魏 巍

在朝鲜的每一天，我都被一些东西感动着，我的思想感情的潮水，在放纵奔流着。它使我想把一切东西，都告诉给我祖国的朋友们。但我最急于告诉你们的，是我思想感情的一段重要经历，这就是：我越来越深刻地感觉到谁是我们最可爱的人！

谁是我们最可爱的人呢？我们的部队、我们的战士，我感觉他们是最可爱的人。

也许有的人在心里隐隐约约地说：你说的就是那些"兵"吗？他们看来是很平凡、很简单的哩。既看不出他们有什么高深的知识，又看不出他们有丰富细致的感情。可是，我要说，这是由于你跟我们的战士接触太少，因此，你没有能够了解到：他们的品质是那样的纯洁和高尚，他们的意志是那样的坚韧和刚强，他们的气质是那样的淳朴和谦逊，他们的胸怀是那样的美丽和宽广！

让我还是来说一段故事吧。

还是在二次战役的时候，有一支志愿军的部队向敌后猛插，去切断军隅里敌人的逃路。当他们赶到书堂站时，逃敌也恰恰赶到那里，眼看就要从汽车路上开过去。这支部队的先头连（三连）就匆匆占领了汽车路边一个很低的光光的小山岗，阻住敌人，一场壮烈的搏斗就开始了。敌人为了逃命，用三十二架飞机、十多辆坦克发起集团冲锋，向这个连的阵地汹涌卷来。整个山顶都被打翻了。汽油弹的火焰把这个阵地烧红了。但勇士们在这烟与火的山岗上，高喊着口号，一次又一次把敌人打死在阵地前面。敌人的死尸像谷个子似的在山前堆满了，血也把这山岗流红了。可是敌人还是要拼死争夺，好使自己的主力不致覆灭。这激战整整持续了八个小时，最后，勇士们的子弹打光了。蜂拥上来的敌人占领了山头，把他们压到山脚。飞机掷下的汽油弹，把他们的身上烧着了火。这时候，勇士们是仍然不会后退的呀，他们把枪一摔，向敌人扑去，身上帽子上呼呼地冒着火苗，把敌人抱住，让身上的火，也把占领阵地的敌人烧死。……据这个营的营长告诉我，战后，这个连的阵地上，枪支完全摔碎了，机枪零件扔得满山都是。烈士们的遗体，保留着各种各样的姿势，有抱住敌人腰的，有抱住敌人头的，有卡住敌人脖子把敌人摁倒在地上的，和敌人倒在一起，烧在一起。还有一个战士，他手里还紧握着一个手榴弹，弹体上沾满脑浆；和他死在一起的美国鬼子，脑浆迸裂，涂了一地。另一个战士，他的嘴里还衔着敌人的半块耳朵。在掩埋烈士们遗体的时候，由于他们两手扣着，把敌人抱得那样紧，分都分不开，以致把有些人的手指都掰断了。……这个连虽然伤亡很大，但他们却打死了三百多敌人，特别是，使我们部队的主力赶上，聚歼了敌人。

这就是朝鲜战场上一次最壮烈的战斗——松骨峰战斗，或者叫书堂站战斗。假若需要立纪念碑的话，让我把带火扑敌及用刺刀和敌拼死在一起的烈士们的名字记下吧。他们的名字是：王金传、邢玉堂、王文英、熊官全、王金侯、赵锡杰、隋金山、李玉安、丁振岱、张贵生、崔玉亮、李树国。还有一个战士已经不可能知道他的名字了。让我们的烈士们千载万世永垂不朽吧！

这个营长向我说了以上的情形，他的声音是缓慢的，他的感情是沉重的。他说他在阵地上掩埋烈士的时候，他掉了眼泪。但他接着说："你不要以为我是为他们而伤心，我是为他们而骄傲！我感觉我们的战士太伟大了，太可爱了，我不能不被他们感动得掉下泪来。"

朋友们，当你听到这段英雄事迹的时候，你的感想如何呢？你不觉得我们的战士是可爱的吗？你不以我们的祖国有着这样的英雄而自豪吗？

我们的战士，对敌人这样狠，而对朝鲜人民却是那样的仁义，充满国际主义的深厚热情。

在汉江北岸，我遇到一个青年战士，他今年才二十一岁，名叫马玉祥，是黑龙江青冈县人。他长着一副微黑透红的脸膛，稍高的个儿，站在那儿，像秋天田野里一株红高粱那样的淳朴可爱。不过因为他才从阵地上下来，显得稍为疲劳些，眼里的红丝还没有退净。他原来是炮兵连的。有一天夜里，他被一阵哭声惊醒了，出去一看，是一个朝鲜老妈妈，坐在山岗上哭。原来她的房子被炸毁了，就在山里搭了个窝棚，但窝棚又被炸毁了。回来，他马上到连部要求到步兵连去，步兵连也需要人，就批准了他。我说："在炮兵连不是一样打敌人吗？""那，不同！"他说："离敌人越近，越觉着打得过瘾，越觉着打得解恨！"

在汉江南岸的日日夜夜里，有一天他从阵地上下来做饭。刚一进村，有几架敌机袭过来，打了一阵机关炮，接着就扔下了两个大燃烧弹。有几间房子着火了，火又盛，烟又大，使人不敢到跟前去。这时，他听见烟火里有一个小孩子哇哇哭叫的声音。他马上穿过浓烟到近处一看，一个朝鲜的中年男人在院子里倒着，小孩子的哭声还在屋里。他走到屋门口，可是屋门口的火苗呼呼的，已经进不去人，门窗的纸边已经烧着。小孩子的哭声随着那滚滚的浓烟传出来，听得真真切切。当他叙述到这里的时候，他说："我能够不进去吗？我不能！我想，要在祖国遇见这种情形，我能够进去，那么在朝鲜我就可以不进去吗？朝鲜人民和我们祖国的人民不是一样的吗？我就踹开门，扑了进去。呀！满屋子灰洞洞的烟，只能听见小孩哭，看不见人。我的眼也睁不开，脸烫得像刀割一般。我也不知道自己的身上着了火没有，我也不管它了，只是在地上乱摸。先摸着一个大人，拉了拉没拉动；又向大人的身后摸，才摸着一个小孩的腿，我就一把抓着抱起来，跳出门去。我一看小孩子，是挺好的一个小孩儿啊。他穿着小短裤儿，光着两条小腿儿，小腿乱蹬着，哇哇地哭。我心想：'不管你哭不哭，不救活你家大人，谁养活你哩！'这时候，火更大了，墙上的纸也完全烧着了。我就把他往地上一放，就又从那火门里钻进去了。一拉那个大人，她哼了一声，再拉又不动了。凑近一看，见她脸上流下来的血，已经把她胸前的白衣流红了，眼睛已经闭上。我知道她不行了，才赶忙跑出门外，扑灭身上的火苗，抱起这个无父无母的孩子。……"

朋友，当你听到这段事迹的时候，你的感觉又是如何呢？你不觉得我们的战士是最可爱的人吗？

谁都知道，朝鲜战场是艰苦些。但他们是怎样的呢？有一次，我见到一个战士，在防空洞里吃一口炒面，就一口雪。我问他："你不觉得苦吗？"他把正送往嘴里的一勺雪收回来，笑了笑，说："怎么能不觉得！咱们革命军队又不是个怪物！不过我们的光荣也就在这里。"他把小勺儿干脆放下，兴奋地说："拿吃雪来说吧。我在这里吃雪，正是为了我们祖国的人民不吃雪。他们可以坐在挺豁亮的屋子里，泡上一壶茶，守住个小火炉子，想吃点什么，就做点什么。"他又指了指狭小潮湿的防空洞说："你再比如蹲防空洞吧，多憋闷得慌哩。眼看着外面好好的太阳，光光的马路不能走！可是我在这里蹲防空洞，祖国的人民就可以不蹲防空洞啊。他们就可以在马路上不慌不忙地走啊。他们想骑车子也行，想走路也行，边遛跶边说话也行。那是多么幸福的呢！所以，"他又把雪放到嘴里，像总结似的说："我在这里流点血不算什么，吃点苦又算什么哩！"我又问："你想不想祖国啊？"他笑起来："谁不想哩，说不想那是假话，可是我不愿意回去。如果回去，祖国的老百姓问：'我们托付给你们的任务完成得怎么样啦？'我怎么答对呢？我说'朝鲜半边红，半边黑，这算什么话呢？'"我接着问："你们经历了这么多危险，吃了这么多辛苦，你们对祖国，对朝鲜有什么要求吗？"他想了一下，才回答我："我们什么也不要。可是说心里话，我这话可不定恰当啊。我们是想要这么大的一个东西，"他笑着，用手指比个铜子儿大小，怕我不明白，又说："一块'朝鲜解放纪念章'，我们愿意戴在胸脯上，回到咱们的祖国去。"

　　朋友们，用不着繁琐的举例，你已经可以了解到我们的战士，是怎样的一种人。这种人是什么一种品质，他们的灵魂是多么地美丽和宽广。他们是历史上、世界上第一流的战士，第一流的人！他们是世界上一切善良的爱好和平人民的优秀之花！是我们值得骄傲的祖国之花！我们以我们的祖国有这样的英雄而骄傲，我们以生在这个英雄的国度而自豪！

　　亲爱的朋友们，当你坐上早晨第一列电车走向工厂的时候，当你扛上犁耙走向田野的时候，当你喝完一杯豆浆、提着书包走向学校的时候，当你安安静静坐到办公桌前计划这一天工作的时候，当你向孩子嘴里塞着苹果的时候，当你和爱人悠闲散步的时候，朋友，你是否意识到你是在幸福之中呢？你也许很惊讶地看我："这是很平常的呀！"可是，从朝鲜归来的人，会知道你正生活在幸福中。请你们意识到这是一种幸福吧，因为只有你意识到这一点，你才能更深刻了解我们的战士在朝鲜奋不顾身的原因。朋友！你已经知道了爱我们的祖国，爱我们的领袖，请再深深地爱我们的战士吧，他们确实是我们最可爱的人！

（刊发于 1951 年 4 月 11 日《人民日报》）

王永淮

——建设山区的人们之一

秦兆阳

你打听王永淮吗？你算打听对了，我可跟他忒熟。你到七区去，咱俩正好同道儿，我就跟你说说他的事儿吧。

说起他来，一句话：是个好人。这如今他被人们选为邢台县人民政府副县长，可还是那么好。

你看这沿路的山，这不算山。那西边，你瞅，雾蒙蒙遮住半边天，那才叫山呢！在平原上住惯了的人，乍一到咱这地方，看见这走不到头儿的荒山野岭，真要发愁呢。就是咱们生在山里的人，有时候也要发愁。你不知道，前几年，好多人都想往山外搬家，想到山西去安家。就连我也是这样，老觉着一辈子钻在穷山沟里头没出息。可是，王永淮这人欢喜这山，他就在西边那大山里边，年年月月，爬山过岭，为老百姓办事，弄得人人都欢喜这山，人人都越过越有劲，你说怪不？

他是一九五〇年进山的。

那时，是个春天。我正在村头上地里耪麦苗儿，猛抬头，看见东边山梁上下来个人，用棍子挑着行李卷儿，走得挺快。我心想："这不是咱村的王永淮吗？"走近了一看，果然。你不知道，俺们小时候在一块儿放过羊，后来又一块儿在地里干过活儿，抗战后他参加了工作，有时候回家，我们也常见面。我就跟他打招呼：

"是永淮哥吗？"

"是呀，你耪地？"

"嗯，你这是回家来看看啦？"

"不哩。我调了工作啦，回山里来啦。"

"哦——"我这么"哦"了一声，下边的话没说出来。

你不知道，那时刚解放不久，在山里老根据地工作的人们都讲究往平原上调,往大地方(大城市)调,都觉着钻了十几年山沟,解放啦,还钻在穷山沟里,是没出息。可是,王永淮刚出去一年多,听说在县里当了科长,怎么又回山里来了呢?

天也不早了,我一边扛着锄跟着他往村里走,一边在心里纳闷儿,可又不好直出直入地问他,就拐着弯儿说:

"永淮哥,你出去在大地方待了一年多,这乍一回来,怕有些待不惯吧?"

"怎么待不惯?你看我,不是跟那几年在山里的时候一样吗?"

我一看,可真是:他浑身上下还是旧灰粗布制服,因为走热了,制服帽子往脑袋后边扣着,露出半边光头,一张黄油油冒汗的脸,说话笑眯眯的;脚上,也还是早些年穿的那山岗子鞋;他那铺盖卷儿,我还认得,还是两三年以前的那条旧被,薄薄的,连个褥子单子的都没有。

我心里就更纳闷儿,就又试着问他:

"听说你在县里当了科长哩……"

"嗯,是。"他还是笑眯眯的,跟往日一样,说话声音不高。

我又问他:"你这会儿还是科长吗?"

"这回进山,当了七区的区长啦。"他还是笑眯眯的,不慌不忙的样儿。

我心里就更纳闷儿了:"怎么当了科长又反转来当区长哩?……"当时我以为科长比区长高一级哩。

进了村,街上碰见人他就打招呼,我就故意大声告诉人:

"永淮哥又进了山啦,当了七区的区长啦!"

可你猜怎么着?他反倒更高兴,也大声对人说:

"是又进了山啦,又跟乡亲们在一块儿啦!"

我一直跟着他进了他家院子。他媳妇正在炕上纳鞋底子,一看见他进来了,喜得连忙下了炕,接过他挑被子的枣木棍儿。

我又故意大声说:"嫂子,这可好啦,永淮哥调到山里来啦!"

她脸上本来是挂着笑的,这时猛地一愣,眼珠子一转,可也没说什么。

一会儿,屋子里挤满了人,有他叔,他岳母,还有别的几个老婆老头,都是邻壁左右的人们,都瞅着他不说话,像是瞅一个在外边混倒了霉的人一样。

他叔是个翻身农民,五十多岁,跟我一样,那时也有点认识不清。他朝永淮浑身上下瞅了半天,又摸了摸他搁在炕上的铺盖卷儿,说:

"永淮,你别说我说。你记得咱村的赵瑞启吧?听说还没有当到科长哩,可人家,前几天回来了一趟,浑身上下新衣裳,一天一盒烟卷儿,出进骑自行车。可你这些年是怎么干的,你怎么……"

他的话还没说完,他老婆子——永淮的婶子又接了腔:

"孩子,咱这里闺女寻人家,山里边的想寻山外边的,山上边的想寻山下边的,可你,就像嫁给山里边的闺女似的,一辈子也下不了山啦!"

她这话原是好意,她是可怜她女婿哩。

你猜咱永淮怎么着?他还是没事人似的,笑眯眯,一边捧着碗喝水,一边说:

"嘿嘿,干革命哪儿都一样,山里边也得有人干啦。"

"山里边也得有人干,你在山里干了十来年还不行?你能在山里干一辈子吗?"他老叔也是在替他叫屈呢。

永淮还是笑眯眯的,说:"在山里干一辈子我也愿意。"

"你真的像你岳母说的,爱上这荒山野岭啦?"

"嘿嘿,老叔,"永淮把碗往桌子上一搁,还是笑眯眯的,"老叔,你别看不起这穷山野岭。你还记得吧?日本鬼子用了多少办法想占咱这地方!后来蒋介石又多么眼馋!他们杀过咱们多少人!咱们就是凭着这样地方打败了鬼子,打败了老蒋。你记得吧?那时咱这儿是游击区,鬼子在咱村东十几里路的地方修了道墙,封锁墙,想把咱困死在山里?"

他老叔说:"记得,咋不记得呢?那时的日月可困难多啦!"

"那时困难多啦,现在可怎么样呢?现在是咱们的世界啦,上级早计划好了,要修一条汽车路,经过咱这门口,直通山西,让咱这里的山货能往外运……"

"真的吗?"好几个娘儿们都叫起来了。

"怎么不是真的?上级要加强山区建设。"

"咋个加强法?"

"咋加强吗?要叫咱这穷山变富山,山里出黄金。"

他媳妇正在灶门口烧火做饭,这时站起身来,笑着说:

"你咋能叫咱山里出黄金?"

"大伙儿努力往前奔,就能叫这荒山变成金山!"

"哈!"他媳妇笑了,"你想在咱这个窄山沟里建设社会主义吧?凭你这个庄稼老粗,还能在这大山顶上走出一条道儿来?"

"怎么不能?哪儿有人,哪儿有共产党,哪儿就有道儿,就能往社会主义走。"

他岳母又插嘴了，她说：

"你那亲娘就是在这穷山沟儿里饿死的，你还夸这山呢，我看你是有些傻！"

她是本村的人，永淮的娘饿死的事，她是亲眼看见了的，说的完全是实话。

这时候，坐在那边角儿上的一个老头站起来了，是永淮的一个远房大伯，七十多岁，身子挺壮，说话声音嗡嗡的，像敲钟一样：

"依我看，永淮侄子说得对，这山上怎么不能出黄金？倒过去四十年，这满山遍野都是树，就不知道什么叫干旱水涝。你们年岁大点的人不记得吗？那时候，人们有句俗话：'七里滩，八里湾，六十里路不见天。'怎么不见天呢？是树遮住啦！咳，后来，人们乱砍滥伐，乱开荒，从民国初年以来，连年发山水，这山就光啦！"

这时有好几个人都叫起来啦："还是呀，还是光了呀，你能叫那些树再长起来吗？"

老头子泄了气，又坐下了。

王永淮掏出小本儿来，在上边写着什么，一边笑眯眯地自言自语：

"……六十里路不见天……能……能……"

等他写完了，正好饭也熟了。永淮收起了小本儿，对满屋子人客气了半天，就大口大口地吃起来了。你知道，那时候咱这里人们的生活是多么苦！糠饼子，树叶粥，里边还净是沙子。他媳妇是个庄稼女人，也跟别人家的男人女人一样，因为生活苦，没价爱干净的习惯……可是，你瞅，他大口大口地吃，就像没有到过大地方的人一样。

我想起来了：咱村有个叫黄文俊的小伙子，前两年随着部队南下，现在在河南省一个什么卫生院里工作，今年年初回了一趟家，没住满两天就走了，为什么？就为的嫌家里生活苦，吃的睡的都不卫生。

我心想：永淮这人真是个老实人。

这时天不早了，我也回家吃了晚饭。我撂下碗走出门来，嗬！天空上那月亮真圆……对面小山岗上有个人，是谁？怎么一动也不动？我一弯腰，他的黑影儿透在天空上（这是黑夜里远处看人的好办法），正好是个侧面，那帽檐儿，那鼻子嘴，那身形，我一下子认出来了，原来是他。

是怎么回事呢？莫非他媳妇不高兴他当了科长又当区长，两口子吵了架？按说，也不至于，他媳妇也是挺进步的哩。就是两口子吵了架，上这山头上立着也不是个办法呀，他老实也不能老实到这样呀！

我就装作闲着没事瞎蹓跶，嘴里哼着小曲儿，从西边村头上绕过去，上了山，走到他跟前，问他：

"你今日走了七八十里，不累？怎么还不歇着？"

他说："不累。你也还没歇着？"

我又问他："你瞅啥？"

他说："瞅这山哩。"

我说："你这人，你真的欢喜这山啦？"

"嘿嘿嘿，"他笑了笑，"一年多没回家，想看看咱村这样儿变了没有，大月亮夜，出来走走……"又用手一指："你看村北边那几棵树，是栗子树吧？一年能出多少栗子？"

我说："是傻老正家的树，头年秋天，听说出了三千来斤。"

"嘀！真不少！你记得吧？事变以前还没价这几棵树哩，准是事变以后栽的吧？才十几年，就有这么大收成；这如今，傻老正家的日子不作难了吧？"

"他家倒是过得挺暖和……"

我口里这么说着，心里可真不知道他是什么意思。他又问我村里谁家还有果木树，是柿子树的出产大还是栗子树的出产大，苹果树和梨树好不好栽种……我们足足谈了一顿饭的工夫，才一块儿往山下走。

他媳妇正靠在院子门口等着他哩，问他累不累，又说他：山头上风挺凉，也不披着件衣裳。……他呵呵地笑着，随口说了几句什么，就走进屋里去，把窗台上的灯亮儿挪到桌子上，又掏出小本儿写起来。

他媳妇靠在桌子一边不声不响地瞅着他，嘴角上挂着笑，眼里放着光，半天才说：

"调到山里了，也好……"

又说："看你写的这字，像是比早先顺眼点了……"

我心里猛地想起来了："人家两口子挺亲热的，我在这儿待着干吗？"就赶紧溜出来了。

第二天天刚亮，我扛着锄下地，刚走出大门，就看见王永淮用棍子挑着行李卷儿，大步大步地走下河沟来；他媳妇立在院子门口，瞅着他。

我说："永淮哥，怎么这么早就走，不在家里多歇一天？"

他说："还早吗？不早……"

他媳妇说："你才不知道哩，刚一鸡叫他就起来了，催着我给他做饭，他自个就着灯亮儿捧着本书，像学校里的小学生似的，一个字一个字地念……"

我知道，她也是个共产党员，她是在夸她男人呢。

我说:"他是干工作干入了迷啦!"

"可不?就是……"

她这几个字说得声音发颤,又那么柔和。我一直瞅着他翻过了村西边的山梁儿,才转过身来。

同志,真没想到呀,从他一回到山里,人们就一天一天地变啦,我也一天一天地变啦,连咱山地的出产也变啦……你瞅这汽车路,不是真的修了吗?那边那山坳坳里一溜子梯田,是去年冬天才有的,是新垒起来的;那边那地里耩麦子的人们,不是互助组的就是农业生产合作社的;这道边上的流水沟,早些年也没有,是这两年新开的小渠道;你再瞅这两边山上,那秋后刚刚发黄的枯草里边,不是有一些星星点点儿的黑绿色儿吗?那是前年春天俺们一条川的村子联合起来植的树,光俺们农业生产合作社两年当中就植了六千亩。这如今我也爱上了这大山大岭啦,不信,要是有放羊打柴的走上这"育林山",我准得扯着他的领口上乡政府去……

我不光爱这山,对工作也入了迷。我入了农业生产合作社,当了会计,黑间白日睡不着觉,早晨天不亮就醒。今日,我是代表咱社到邢台银行里去取牧畜贷款的。咱社里的羊,一九五一年是一百只,去年就有四五百只啦,今年呢,一千多!咱还要扩大,这款子早取到手一天,咱社里的羊群就早发展一天。今日我鸡叫出发,紧跑紧赶,来回一百四十里,你看,离咱村不远了,天还没黑哩!……

人们谁也是知道好歹的。谁也看出王永淮是个什么样的人来了。

去年十月,咱全县发动选举,选新县长。俺们这一带,你走到哪村,哪村在酝酿王永淮。俺们找永淮的媳妇打赌,对她说:

"你家那人这回要不当选县长,俺们输给你点什么!"

她说:"哼,他?不臊死他!"

"咋的臊死他,他不是个好人吗?"俺们是有意这么逗她的。

她可就把假话说成真话了:

"说学习,他可是当过模范。自个的生活费一点也不花,都捎到家来了,生活上可真不腐化。对工作,也真是尽心……"

"哈!"人们都笑了,"那你说他还有啥缺点呢?"

她也笑了。当时她高兴,俺们也高兴。

后来,你知道,俺这村是七区最东边的一个村,又正在汽车路上,到县里开会的代表们走这儿路过,俺们有认得的,说起话来。他们说:这可坏啦,王区长要是当选了县长,还不留在县里工作?还回山吗?不选他吧,这么好的人,心里又过不去——可就是,他还回山吗?咱七区刚搞得不错了,好干部又要调走了!——俺们刚刚还在高兴呢,这一下又败兴起来啦。

俺们想等他路过的时候对他说说,留留他。可他是连夜赶到县里去的,俺们没等着他。

过了几天,开会的代表们回来了,俺们都到村口上迎着他们,一见了面就问:

"咋哩?他选上了吗?"

"好啦!"代表们一片笑声,"他不走啦!"

"咋哩,没选上吗?"人们又有些不高兴了。

"选上啦,当了副县长啦。"

"当了副县长还不是要走?"

"俺们全七区的代表找上级要求,上级就决定了:叫他还兼七区区长,负责山区……"

人们这一下才算又高兴又放心了。……

你看,咱说着说着就到家啦,前面那树影子就是俺们西黄村,王永淮的家在西头。不信你在咱村打听打听(其实你到哪村里打听也一样),保险人人都说:"王永淮那人可没错儿,是个好区长。"要不,人们干嘛选他当副县长?

(刊发于1953年12月27日《人民日报》)

记游桃花坪

丁 玲

天蒙蒙亮的时候，隔着玻璃窗户望不见一点红霞，天色灰暗，只有随风乱摆的柳丝，我的心就沉重起来了。南方的天气，老是没一个准，一会儿下雨，一会儿天晴，要是又下起雨来，我们去桃花坪的计划可就吹了。纵使去成了，也会减低很多兴趣的。不知道为什么，那种少年时代等着上那儿去玩的兴头、热忱和担心，非常浓厚地笼罩着我。

我们赶快起身，忙着张罗吃早饭。机关里很多见着我们的人，也表示担心地说道："今天的天气很难说咧。"好像他们都知道了我们要出门似的。真奇怪，谁问你们天气来着，反正，下雨我们也得去。不过，我们心里也的确同天色一样，有些灰，而且阴晴不定着咧。

本来昨天约好了杨新泉，要他早晨七点钟来我们这里一道吃早饭，可是快八点了，我们老早把饭吃好了，还不见他来。他一定不来了，他一定以为天气不好，我们不会去，他就不来了，他一定已经自己走了，连通知我们一声也不通知，就回家去了。这些人真是！我一个人暗自在心里嘀咕，焦急地在大院子里的柳树下徘徊。布谷鸟在远处使人不耐地叫唤着。

忽然从那边树林下转出来两个人，谁呢，那走在后边的矮小个儿，不正是那个桃花坪的乡支部书记杨新泉么？这个人个子虽小走路却麻利，他几下就走到我面前，好像懂得我的心事一样，不等我问就说起来了："丁同志，你没有等急吧。我交代了一点事才来，路不远，来得及。"他说完后不觉地也去看了看天，便又补充道："今天不会下雨，说不定还会晴。"他说后便很自然地笑了。

不知怎么搞的，我一下就相信了他，把原来的担心都赶走了，我的心陡然明亮，觉得今天是个好天气。正像昨天一样：昨天下午我本来很疲乏了，什么也不想干，但杨新泉一走进来，几句话就把我很索然的情绪变得很有兴致；我立刻答应他的邀请，他要请我吃粑粑，这还是三十年前我在家读书的时候吃过的，后来在外边也吃过很多样式的年糕，但总觉得不如小时吃的粑粑好。杨新泉他要请我吃粑粑，吃我从前吃过的粑粑，那是我多么向往着和等待着的啊！

我们一群人坐汽车到七里桥。七里桥这地方，我小时候去过，是悄悄地和几个同学去看插秧的，听说插秧时农民都要唱秧歌，我们赶去看了，走得很累，满身大汗，采了许多野花，却没有听到唱歌。我记得离城不近，足足有七八里，可是昨天杨新泉却告诉我一出城就到。我当时想，也许他是对的，这多年来变化太大了，连我们小时住的那条街都没有了，七里桥就在城边是很可能的。可是我们还是走了好一会儿，才走到堤上，这堤当然是新的，是我没见过的，但这里离城还是有七八里路。我没有再问杨新泉。他呢，一到堤上就同很多人打招呼，他仿佛成了主人似的抢着张罗雇船去了。

我们坐上一个小篷篷船。年老的船老板扬着头望着远处划开了桨，我们一下就到了河中心，风吹着水，起着一层层鱼鳞一样的皱纹，桨又划开了它。船在身子底下微微晃动，有一种生疏的却又亲切的感觉。

我想着我小时候有一次也正是坐了一艘这样的小篷篷船下乡去躲"反"，和亲戚家的姑娘们一道，好像也正是春天。我们不懂得大人们正在如何为时局发愁，我们一到船上就都高兴了起来，望着天，望着水，望着岸边上的小茅屋，望着青青的草滩，我们有说不完的话，并且唱了起来。可是带着我们去的一个老太太可把我们骂够了，她不准我们站在船头上，不准我们说话，不准唱歌，要我们挤挤地坐在舱里。她说城里边有兵，乡下有哥弟会，说我们姑娘们简直不知道死活呢……可是现在呢，我站在船头上，靠着篷边，我极目望着水天交界的远处，风在我耳边吹过，我就像驾着云在水上飘浮。我隔着船篷再去望船老板，想找一点旧日的印象，却怎么也找不到。他好像对划船很有兴致，也好像是来游玩一样，也好像是第一次坐船一样，充满着一种自得其乐的神气。

船转过了一个桥，人们正在眺望四周，小河却忽然不见了，一个大大的湖在我们面前。一会儿我们就置身在湖中了，两岸很宽，前面望不到边，这意外的情景使我们都惊喜了起来，想不到我们今天来这里游湖，可是也使我们担忧今天的路程，哪里会是杨新泉所说的只一二十里路呢。于是有人就问："杨新泉，到你们家究竟有多远？"

"不远。过湖就到。"

"这湖有多少里,船老板?"

"这湖么,有四十里吧。"

"没有,没有,"杨新泉赶忙辩说着,"我们坐船哪一回也不过走两个多钟头。"

"两个多钟头?你划吧,太阳当顶还到不了呢。"

杨新泉不理他,转过脸来笑嘻嘻地说道:"丁同志,我包了,不会晚的,你看,太阳出来了,我说今天会晴的。"

我心里明白了,一定是他说了一点小谎,可是他是诚恳的。这时还有人逼着问,到底桃花坪有多远。杨新泉最后只好说,不足四十里,只有三十七里,当他说有三十七里的时候,也并不解释,好像第一次说到这路程似的。只悄悄地望了一望我。

他是一个很年轻的人,二十三岁,身体并不显得结实,一看就知道是受过折磨的。他的右手因小时放牛,挨了东家的打,到现在还有些毛病,可是他很精干,充满了自信和愉快。你可以从他现在的精明处想象到他的多变的、受挫折的幼年生活,但一点也找不到过去的悲苦。他当小乞丐,八岁就放牛,挨打,从这个老板家里转到那个老板家里;当小长工,他有父亲、母亲、弟弟、妹妹,他却没有过家,他们不是当长工,就是当乞丐。昨天他是多么率直地告诉我道:"如今我真翻身翻透了,我什么都有啦,我翻身得真快啊!我的生活在村子里算不得头等,可是中间格格,你看,我年前做粑粑都做了不少米啦。"

我告诉同去的几个人,他是到过北京,见过毛主席的。大家都对他鼓掌,便问他去北京的情形。他就详细地讲述他参观石景山钢铁厂,参观国营农场的感想。我问船老板知道这些事情不,他答道:"怎么会不知道?见毛主席那不是件容易事。杨新泉那时是民兵中队长,我们这一个专区,十来个县只选一个人去,去北京参加十月一号的检阅。毛主席还站在天安门上向他们喊民兵同志万岁。几十万人游行,好不热闹……"大家都听笑了,又问他,"你看见了么?"他也笑着答:"那还想不出来?我没有亲眼得见,我是亲耳听得的,杨新泉在我们乡做过报告,我们是一个乡的啦!"

当杨新泉同别人说到热闹的时候,船老板又轻轻地对我说:他看着他长大的,小的时候光着屁股,拖着鼻涕,常常跟着他妈讨饭,替人家放牛,很能做事,也听话,受苦孩子嘛,不过看不出有什么出息。一解放,这孩子就参加了工作,当民兵,当农会主席,又去这里又去那里,一会儿代表,一会儿模范，真有点搞不清他了，嘿，变得可快，现在是能说能做；大家都听他，威信还不小呢。

我看杨新泉时，他正在讲他怎样参加减租退押工作，怎样搞土地改革。他的态度没有夸耀的地方，自自然然，平平常常。可是气势很壮，意思很明确、简切。

太阳已经很高了，我们都觉得很热，可是这个柳叶湖却越走越长。杨新泉这时什么也不说，他跨到船头，脱去上身的小棉袄，就帮助划起桨来。他划得很好，我们立刻赶过了几只船，那些船上的人也认得他们，和他们打招呼，用热烈的眼光望着我们。

还不到十二点，船就进了一个小汊港，停泊在一个坡坡边。这里倒垂着一排杨柳，柳丝上挂着绿叶，轻轻地拂在水面。我们急急地走到岸上，一眼望去，全是平坦坦的一望无际的水田，田里都灌满了水，映出在天空浮动的白云。一大片一大片的油菜地，浓浓的厚厚的铺着一层黄花，风吹过来一阵阵的甜香。另一些地里的紫云英也开了，淡紫色的，比油菜花显得柔和的地毯似的铺着。稍远处蜿蜒着一抹小山，在蓝天上温柔地、秀丽地画着一些可爱的线条。那上边密密地长满树林，显得翠生生的。千百条网似的田堰塍平铺了开去。在我们广阔的胸怀里，深深地呼吸到滋润了这黑泥土的大气，深深地感到这桃花坪的丰富的收成，和和平的我们的人的生活。我们都呆了，我们又清醒过来，我们不约而同地都问起来了：

"你的家在哪里？"

"桃花坪，怎么没有看见桃花呀？"

"你们这里的田真好啊！"

杨新泉走在头里，指着远远的一面红旗飘扬的地方说道："那就是我的家。我住的是杨家祠堂的横屋，祠堂里办了小学。那红旗就是学校的。"

我们跟在他后边，在一些弯弯曲曲的窄得很不好走的堰塍上走着，泥田里有些人在挖荸荠，我们又贪看周围的景致，又担心脚底下。温柔的风，暖融融的太阳，使我们忘却了时间和途程。杨新泉又在那里说起了他的互助组。他说：

"咱们去年全组的稻谷平均每亩都收到七百斤。我们是采用了盐水选种。今年我们打算种两季稻，每亩地怎么样也能收一千斤。那样，我们整个国家要多收多少呀，那数目字可没法算，那就真是为国家增产粮食啊！这对于农民自己也好呀！"

他又答复别人的问话:"要搞合作社呢,区上答应了我们,这次县上召集我们开会,就是为了这事。我今年一定要搞起来,我要不带头那还像话,别人就要说话啦,说我不要紧,是说共产党员呀!"

有人又问他的田亩,又算他的收成,又问他卖了多少粮给合作社。他也是不假思索地答道:

"我去年收了不少。我们全家八口人有十七亩来田,没有旱地,我们收了八千来斤谷子,还有一点别的杂粮。我还了一些账,把余粮卖给了合作社一千五百斤。"他说到这里又露出一丝笑容。他不大有发出声音的笑,却常常微微挂着一丝笑。我总觉得这年轻人有那么一股子潜藏的劲,坦率而不浮夸。

走到离祠堂很近时,歌声从里面传了出来,我们看见一个长得很开朗的,穿着花洋布衫的年轻的妇女匆匆忙忙从祠堂里走出来,望了我们几眼赶快就跑进侧面的屋子去了。杨新泉也把我们朝侧屋里让,门口两个小女孩迎面跑出来,大的嚷着:"大哥哥!大哥哥!你替我买的笔呢?"小的带点难为情的样子自言自语地念道:"扇子糖,扇子糖。"

这屋子虽是横屋,天井显得窄一点,可是房子还不错。我们一进去就到了他们的中间堂屋,在原来"天地国亲师"的纸条子上,贴了一张毛主席像,纸条子的旧印子还看得见。屋中间一张矮四方桌子,周围有几把小柳木椅子,杨新泉一个劲儿让大家坐。我们这群同去的人都不会客气,东张西望的,有人走进右手边的一间屋子里去了,在那里就嚷道:"杨新泉,这是你的新房吧。大家来看,这屋子好漂亮啊!"

我跟着也走了进去,第一眼我看见了一个挂衣架,我把衣朝上边一挂,脑子里搜索着我的印象;这样的西式衣架我好像还是第一次在农村里看见。我也笑起来了,"哈哈,这是土改分的吧,你们这里的地主很洋气呢。"于是我又看见了一张红漆床,这红漆床我可有很多年没有看见了,我走上这床的踏板,坐在那床沿上。杨新泉的床上挂了一副八成新的帐子,崭崭新的被单,一床湘西印花布的被面。两个枕头档头绣得有些粗糙的花,还有一副帐檐,上面也有同样的绣花。这床虽说有些旧了,可是大部分的红漆还很鲜明,描金也没有脱落,雕花板也很细致,这不是一张最讲究的湖南的八步大床,可也决不是一个普通人家能有的东西。这样的床我很熟悉,小时候我住在我舅舅家,姨妈家,叔叔、伯伯家都是睡在这样的床上的。我熟悉这些床的主人们,我更熟悉那些拿着抹布擦这个床的丫头们,她们常常用一块打湿了的细长的布条在这些床的雕花板的眼里拉过去拉过来,她们不喜欢这些漂亮的床。我在那些家庭里的身份应该是客人，却常常被丫头们当作知心朋友。我现在回来了，回到小时候住过的地方，谁是我最亲爱的人？是杨新泉。他欢迎我，他怕我不来他家里把四十里湖说成二十里，他要煮粑粑给我吃，烧冬苋菜给我吃，炒腌菜给我吃。我也同样只愿意到他们家里来，我要看他过的日子，我要了解他的思想，我要帮助他，好像我们有过很长的很亲密的交情一样。我现在坐在他的床上，红漆床上，我是多么地激动。这床早就该是你们的。你的父亲做了一辈子长工，养不活全家，让你们母子挨打受骂，常常乞讨，现在把这些床从那些人手里拿回来，给我们自己人睡，这是多么应该的。我又回想起我在华北的时候，我走到一间小屋子去，那个土炕上蹲着一个老大娘正哭呢，她一看见我就更忍不住抱着我大哭，我安慰她，她抖着她身旁的一床烂被，哼着说："你看我怎么能补呀，我找不到落针的地方……"她现在一定也很好了，可是多么长时间的酸苦呀！……

我是不愿意让别人看见我流眼泪的，我站了起来向杨新泉道："你的妈呢，你的爹呢，他们两位老人家在哪里，你领我们去看他。"

我们在厨房里看见了两个女人。一个就是刚才在门外看见的那个年轻穿花衣裳的，是杨新泉去年秋天刚结婚的妻子。一个就是杨新泉他妈。他妻子腼腼腆腆地望着我们憨笑，灶火把她的脸照得更红，她的桃花围兜的口袋里插着国语课本。我们明了她为什么刚刚从小学校跑出来的原因了。她说她识字不多，但课本是第四册。她不是小学校学生，她是去旁听的。

我用尊敬的眼光去打量杨新泉的妈，我想着她一生的艰苦的日子，她的粗糙的皮肤和枯干的手写上了她几十年的风霜，她的眼光虽说还显得很尖利，她的腰板虽说还显得很硬朗，不像风烛残年，是一个劳动妇女的形象，但总是一个老妇人了，我正想同她温存几句，表示我对她的同情。可是她却用审查的眼光看了一看我，先问起我的年龄；当她知道了我同她差不多大小，她忽然笑了，向她媳妇说道："你看，她显得比我大多了吧，我一眼就看出来了。"她马上又反过脸来笑着安慰我："你们比我们操心，工作把你们累的，唉，全是为了我们啊！现在你来看我们来了，放心吧，我们过得好咧。"是的，她的话是对的。她很年轻，她的精神是年轻的，她一点也不需要同情，她还在安排着力量建设她的更美满的生活，她有那样小的孩子，门口那两个孩子都是她的小女儿。几十年的挣扎没有消磨掉她的生命力。新的生活，和生活的远景给了她很大幸福和希望。她的丈夫也很强壮，今天又去十里以外的地方打柴去了；儿子是这样的能干，在地方上出头露面，给大家办事；她又有了媳妇，她现在才有家，她要从头好好管理它，教育子女。她看不见，也没有理会她脸上的皱纹，和黄的稀疏的头发。我一点也没有因为她的话有什么难受，我看见了一个健康的、充满活力的灵魂。我喜欢这样的人，我赞美她的精力，我说她是一个年轻的妇女，我鼓励她读书，要她管些村子上的事。

我们又到外边去玩，又去参观学校，这个小学校有五个教室，十来个班次，有五个教员，二百多学生。这个乡也同湖南其他的乡一样，一共有三个小学校。看来学龄儿童失学的情形是极少有的了。我们去时，孩子们刚下课，看见我们这一群陌生人，便一堆堆地跟在后面，一串串地围上来，带着惊喜和诧异的眼光，摸着我的同伴的照相机纷纷问道：

"你们是来给我们打针的？"

"不是打针的？那你们是来帮助生产的？"

"我知道，你们是来检查工作的！"

杨新泉那个小妹妹也挤在我们一起来玩了，她扎了一根小歪辫子，向我们唱儿歌，那些多么熟悉的儿歌啊！这些歌我也唱过的，多少年了，现在我又听到。我忽然在她的身上看见了我自己，看见了我的童稚的时代，我也留过这样的头，扎个歪辫子，我也用过这样的声调讲话和唱儿歌，我好像也曾这样憨气和逗人喜欢。可是我在她身上却看见了新的命运，她不会像我小时那样地生活，她不会走我走过的路，她会很幸福地走着她这一代的平坦的有造就的大路，我看见她的金黄色的未来！我紧紧地抱着她，亲她，我要她叫我妈妈，我们亲密地照了一个相。

我的同伴们又把杨新泉的一些奖状从抽屉里翻出来了。原来他曾参加过荆江分洪的工程，他在那里当中队指导员，当过两次劳动模范。工作开始的时候，他的劳动力是编在乙等的，我们从他的个子看也觉得只能是乙等。可是他在乙等却做甲等的工作。他的队在他的领导下也总是最先完成任务。他讲他的领导经验时也很简单："吃苦在前，不发脾气，帮助别人解决困难。"最后又加添说："我相信共产党，我的一切是中国人民翻了身才有的，我要替人民做事。我要把一切事情都做得最好。"从荆江回来他就入了党。

我们也读到报纸读者和《湖南青年报》写给他的信，问他卖余粮的数目，问他如何参加总路线的学习和怎样宣传。人民不只鼓励着他，而且监督着他："杨新泉！你的生活过好了，你当了干部，可是你怎样走下去，你走哪条路呢？"

杨新泉说："那不行呢，我们去年冬天学习了总路线，到县上开了十天会，从会议上才懂得，发财的思想还是很普遍呢。要是没有党的思想教育，要是我们又走错了路,我们闹了几十年运动,改革别人,结果自己又去剥削别人,你看多蠢,多冤枉!我有时想,毛主席怎么那么神明,别人都说毛主席像太阳,太阳只能照得见看得见的东西,毛主席却看见旁人看不见的东西,他把全世界的人和事情都看透了,他就这样一步一步地引导着我们。我不能那样想,我不能走错路呢。我今年一定要好好搞合作社,区上会帮助我的。要不然我对不起'他',谁都知道我是见过'他'的。"他又那样微微挂着一丝笑。

我们又看了他学习总路线的笔记。我们很奇怪他记得那么好,他写字虽说不很熟练,却很整齐。他过去只读过一年书,这完全是解放后工作中学习得来的。他那样一个小小个子,怎么能有这样大的精力,仅仅只在四年多中间,做了那么多的事,学了那么多的东西,把一个简单的没有文化受压迫的青年农民,一下变成这样一个充满了活力、懂得很多事、也能担待各种事的党员和农村干部了。我从他一个人的身上看到整个国家的改变,真是多么地惊人啊!

我们吃了一顿非常好吃的饭,没有鸡(他们要杀的,我们怎样也不准他杀),没有肉(这里买不到),只有一条腊鱼;可是那腌菜,那豆腐乳,那青菜是多么地带着家乡风味;特别是粑粑,我还是觉得那是最好吃的。

饭后我们又和他谈了一些关于合作社的问题。已经四点钟了,他还要去乡政府开会,我们计算路程,也该回去了。他怎么样也要送我们到河边。我们便又一道走了回来。这时太阳照到那边山上,显得清楚多了,也觉得更近了一些,我们看见一团团的,云彩一样的白色的东西浮在山上。那是什么呢?杨新泉说:"那里嘛,那是李花呀!你们再仔细看看,那白色的里面就夹着红色的云,那就是桃花呀!以前我们这里真多,真不枉叫桃花坪。不过我们这里桃花好看,桃子不好,尽是小毛桃,就都砍了,改种了田,只有那山上和靠山边的地方就还留得不少。现在你们看见了桃花了吧。"

小船还系在柳丝下,船老板一个人坐在船艄上抽旱烟。

我们只在这里待了几个钟头,却有无限的留恋,我们除了勉励这青年人还有什么话说呢?杨新泉也殷殷地叮嘱我们,希望我们再来。他说:"丁同志!别人已经告诉我你是谁了,你好容易才回到几十年也没有回来过的家乡,我从心里欢迎你来我家里,看看我们的生活,我怕你不来,就隐瞒了路程,欺骗了你。我还希望你不走呢,你就住在我们这里吧,帮助我们桃花坪建设社会主义吧。"

我们终于走了。这青年人在坡上立了一会儿，一转身很快就不见了。他是很忙的，需要他做的事可多呢。他能做的。他是新的人！我虽说走了，不能留在桃花坪，可是我会帮助他的，我一定会帮助他的。

太阳在向西方落去，我也落在沉思中，傍晚的湖面显得更宽阔。慢慢月亮出来了，多么宁静的湖啊！四周围一点声音都没有，渔船上挂着一盏小小的红灯，船老板一个劲地划着。我轻轻地问他："你急什么呢？"我是很舍不得这湖啊，很舍不得这一天要过去，很希望他能帮助我多留一会儿，留住这多么醉人的时间！

船老板也轻轻地答应我："我还要赶到城里去看戏呢，昨天我没有买到票，今天已经有人替我买了，是好戏，秦香莲呢。我们很难得看戏，错过了很可惜。我们还是赶路吧，我看你们也都很累了。"

这样，我们就都帮助他荡桨，我们很快就到了堤边。我们并不累，我们很兴奋，我们明天有很多别的事，新的印象又要压过来，但我们永远也忘不了这一天。这里不只是有了湖南秀丽的山水，不只是有了明媚的春光，不只是因为看见了明朗热情的人，而且因为一切都是新的呀！一切都使我充满了欣喜，充满了希望，使我不得不引起许多感情。世界就是这样变了，变得这样地好！虽说我们还能找出一些旧的踪影来，可是那是多么地无力；我们就在这样的生活之中，就在这样的新的人物之中，获得了多少的愉快，增加了多少力量啊！我怎么能不把这一次的游玩记下来呢，哪怕它只能记下我的感情的很少一部分。桃花坪，桃花坪呀，我是带着无比的怀恋和感谢的激情来写到你，并且拿写你来安慰我现在的不能平静的心情。

一九五四年三月十日

（刊发于 1954 年 4 月 17 日《人民日报》）

布沙热，我要为你唱一支歌

闻 捷

布沙热，我要为你唱一支歌，为那些和你一样的维吾尔姑娘唱一支歌。

当我拿起笔来的时候，忽然想起1952年的春天，在一个晴朗的日子，我和一位我所敬爱的将军，从乌鲁木齐到水磨沟去。那时，"七一"棉纺织厂的厂房竣工不久，车间里刚安装起一部分纺织机器，一群来自上海和青岛的女工正在试车。

参观以后，我曾问过："这个厂怎么没有维吾尔族女工呢？"

将军抬起右手，捏成拳头，在眼前不住地晃动——这是他的习惯动作。他说："不久就会有的。一定会有的。"他的声调那样肯定和自信，像作战的时候下达命令一样，令人不能不信服。

当时，我们相视着笑了……

今天，1956年的春天，在这百花盛开的北海公园里，我看到了你——布沙热，你知道吗？当我和你握手的时候，我是多么地激动啊！因为我看到在你的胸前，那黑色的灯芯绒衬出两枚金光闪闪的奖章，多么耀眼的先进生产者的奖章呵！我之所以如此激动，还因为我看到维吾尔民族的第一批纺织女工成长起来了，我看到了我们党的民族政策的光辉。

布沙热，你是多么幸福呵！你今年才十八岁，你的名字就已经列入全国先进生产者的名册了。

在天山南北的绿洲上，我曾经和许多像你妈妈哈特木汗那样年岁的人谈过心。她们一把眼泪一把鼻涕地向我哭诉，哭诉自己在旧社会遭受的不幸。那时候啊，女人不被当作人看待，女人像牲口一样被出卖，女人不能自由地走出大门，女人整日吞饮着眼泪过生活。

而你，布沙热，却是另一个社会的人。你的家庭在土地改革的时候分到了土地，去年冬天又参加了农业生产合作社。你的妈妈在社会改革运动中，头脑开了，眼睛亮了。她爱你。正如你说的："妈妈不愿把她自己受过的痛苦，再让我尝受一点。"你的哥哥肉孜阿洪，土地改革中的积极分子，现在成了共产党员，担负着乡文书的工作。你的妹妹阿依孜木，早就戴上了红领巾。你呢，已经是一个光荣的青年团员。我知道，在遥远的新疆，那星罗棋布的绿洲上，一望无际的草原上，有着许许多多你们这样幸福的家庭，有着许许多多你这样幸福的姑娘。

1954年你从高小毕业了。正在这时，"七一"纺织厂派人到喀什噶尔招考女工。新的生活，劳动的生活呼唤着你。你报名投考后被录取了。现在，社会的风气变了。在你大步前进的道路上，再没有妈妈年轻时代所遭受的重重阻碍了。村子里有很多人到你家里去，向你妈妈祝贺，祝贺她生了一个多么能干的女儿。你们一家人都乐得合不拢嘴来。

初冬到了。树叶子飘落的时候，你这个喝喀什噶尔河水长大的姑娘，和几十个年岁相仿的姐姐妹妹们，分乘着汽车，向乌鲁木齐飞驶而去。

临走的前夕，你睡在妈妈的身旁。她抚摸着你的头，千叮咛，万嘱咐。她说："你要好好学本事啊！织出布来，也好叫妈妈穿一穿。"正因为这样吧，她的眼眶里虽然有泪花打转，却没有流出来。你也含着泪笑了。第二天一早，你哥哥送你上车的时候，只说了一句话："听党的话，好好干！"像你这样的姑娘，是懂得这句话的分量的。

十一月二十一日，你们到了乌鲁木齐。汉族女工亲切地接待你们。她们帮你们收拾房间，给你们打水生火，问寒问暖。你说："我好像回到了家里。"布沙热！你的感觉一点也不错。

经过一个多月的学习，在十二月底的一天，你们被分配到车间去。你成为乙班第二纬纱组的一员。新的生活正式在你面前展开了。

你告诉我你第一次走进车间的心情。你说："那时候，我的两手紧紧抓着衣襟，惊奇得几乎喘不过气来。我想要和同伴们说点什么，机器的吼叫压倒了我的喉咙。哎呀！那么宽大的房间，那么明亮的长窗，那么多的机器和工人。真奇怪，一会儿工夫，棉花卷就转成了细线，机器就织出很长一截布来。机器织一天，恐怕比妈妈用手织一年还要多呢？我想，我也要使用这些机器了，心里高兴极了。我又一想，我怎么才能学会使用它呢？心里由不得害怕起来。"对于一个来自农村的姑娘，这一切自然会使你惊奇和高兴。不过，对于一个意志倔强的姑娘，这一切又不会使你长久害怕下去。

晚上，在宿舍里，和你一同从喀什噶尔来的姑娘们议论开了。有人心虚地说:"半年内能够掌握这些机器,就不错了。"有人甚至有点悲观:"就怕学一年也使唤不动它。"布沙热!你一言不发地躺在床上想什么呢?那时,你才十六岁。十六岁的孩子哪里会失眠呢?可是你却一连好几个夜晚不能好好地安睡。就在这个时候,你哥哥来信了。他勉励你的话还是那样一句:"听党的话,好好干!"你想着、想着,忽然想通了。你和你的同伴加米拉木、阿米乃木说:"只要我们好好学习,有党的关照,有汉族大姐的帮助,我们会很快地学会操纵机器的。有什么值得害怕的呢?"你的话鼓舞了自己,也鼓舞了大家。大家都称赞你说得对。你们约定:谁先学会使用机器,谁就来帮助大家。

开始你跟着汉族女工于从莲当徒工。她对你关照得无微不至,一会儿告诉你这个机件的名字,一会儿告诉你那个机件的性能,恨不得把心掏出来给你。你是那样地虚心和认真。她怎么教,你怎么学;她怎么说,你怎么做。遇到不懂的地方,你就一问再问,直到明白为止。有时因为语言的隔阂,你们就用手式交谈,你跟在她的背后,按照她的动作比划过来,比划过去。你说你从心眼里喜欢于从莲,把她当成自己的大姐。其实,这位来自青岛的汉族女工,只不过比你大两三岁,也还是一个离开家庭不久的年轻姑娘哩!是党的民族政策和年轻人的共同理想,把你们像姐妹一样紧紧地团结在一起了。

你是一个聪明的姑娘。九天以后,你就开始独自看管二百个锭子了。

看管锭子是一件并不简单的工作。特别对于像你一样刚刚穿上工作服的姑娘,看管锭子是很吃力的。在最初的几天,锭子好像专门和你作对,不是这根细纱断了头,就是那根细纱断了头。你跑来跑去,接来接去,跑不停,接不完。当时,你心里是多么地焦躁啊!于从莲是从这样艰苦的道路上走过来的。她知道,在这样的时候,你是多么需要精神上的鼓舞,又多么需要技术上的帮助。她不时地对你说:"坚持下去!人间没有什么不可克服的困难。你要坚持,争取做维吾尔族的郝建秀。"她告诉你,一走进车间就要集中自己的注意力,做到心平气静。如果发现细纱经常断头,就应当马上检查机器。

从此,你变得沉着多了。每当有些细纱断了头的时候,你会低声地告诉自己:"布沙热!安静一点,安静一点。"然后从容地把纱头接上。如果遇到哪部机器上经常发生细纱断头的现象,你也会低声地询问自己:"布沙热!它为什么老是断头呢?原因在哪里呢?"然后冷静地检查每一个齿轮,擦净它,给它上油。

二十三天以后,你就从看管二百个锭子提高到看管四百六十四个锭子了。你对一切新鲜事物总是兴致勃勃。在车间推广组纱顺向包拈镶头或是吸棉器解拈接头等新方法时,你总是克服一切困难,积极学习,认真执行。你和大家一同前进,又走在大家的前头。你接的纱头疙瘩很小;换粗纱平均每只二十二秒,并且做到不断头;皮辊花率也平均比规定标准降低了百分之零点一七。由于你自己的努力,你成了维吾尔民族第一批纺织女工中的先进者。在短短的一年内,你又从看管四百六十四个锭子,提高到看管六百九十六个锭子了。你的同伴们看着你。你前进一步,就给她们增添一分信心,她们也就飞快地追赶上来。现在,无论是加米拉木,或者是阿米乃木,也都看管到六百个锭子了。布沙热!你在生产中所起的这种作用,你曾经意识到了吗?

你对我说,你很爱你的纺纱机,连它发出的有规律的"嗖嗖"声,听起来都是动人的。你一天不听见它歌唱,心里就感到寂寞。正因为如此,从你第一天走进车间起,一年多来没有请过一次假,没有迟到早退过一次,更没有旷过一次工。像妈妈爱你一样,你爱自己的机器,把它擦得雪亮。测定成绩的时候,你的清洁工作得到了八十五分。你说:"我自己很爱干净,我的机器也和我一样爱干净。"不!布沙热!你说得不完全。应当这样说,你是在打扮自己,把机器打扮得和自己一样漂亮。难怪你的同伴们都想接你的班,说你每次都按照图表进行清洁工作,为下一班做好了准备。

汉族女工热情地帮助你。你不仅学习她们的技术,而且学习她们帮助别人的精神。你始终记着你们的诺言:"谁先学会使用机器,谁就来帮助大家。"莫合特热木是从库车来的。她的年龄比你小,来的时间比你晚。这位农村姑娘刚来的时候,过不惯工厂的集体生活,而且有着孩子贪玩的心,曾经发生旷工的现象。你就一次再次地和她谈心。你对她说:"我们维吾尔人第一次有了纺织厂,我们在这个厂子里工作,不能毁坏了维吾尔姑娘的名声。"你还发现她对工作不感兴趣,是因为不懂机器,不懂技术。于是你就经常利用吃饭停车的时间,把自己刚刚学到的一些技术,耐心地教给她,使她热爱起自己的工作。现在,莫合特热木已经能独自看管四百个锭子了,再也没有旷工或迟到早退。

那天,在谈话中,我曾问你:"是什么力量鼓舞着你做了这么多出色的事情呢?"

你回答得那样响亮。你说:"第一个是党,第二个是党,第三个还是党。"然后,你轻声地告诉我说,你正在为争取入党而努力呢!布沙热!不管你把嗓子压得多么低,你却无法压抑自己激荡的心情。这是你那充满感激的眼睛和充满喜悦的声音告诉我的。

我还问到你将来的志愿。

你说:"我要好好学习技术,争取看管八百个锭子,以至更多的锭子,并且都要保证质量良好。以后呢?党叫我干什么,我就干什么。"

我说:"如果党来征求你的意见。问你:布沙热,你愿意干什么呢?"

你笑了。你说:"那我就对党说,还是把我留在纺织厂工作吧!"

你回答得很简单,却又回答得很动人。你是属于新的一代的人。你是党的乳汁喂养大的。你和党的关系,不能不是这样息息相关、血肉相连啊!

写到这里,我很激动。我要感谢我们伟大的党的民族政策,使得少数民族人民逐渐走向事实上的平等。我要感谢那位我所敬爱的将军,他现在正率领着一支大军,奔走在另一个建设阵地上,"七一"棉纺织厂就是在他的倡议下建立起来的。我要感谢于从莲和她的同伴们,是她们跋山涉水来到祖国的边疆,以她们的技术和热情,培养出维吾尔民族的第一批纺织女工。

布沙热,我们在北海公园分手的时候,我曾指着盛开的丁香花向你祝贺:"在春天的阳光下,你的生命将会像这棵丁香花一样,越开越盛。"

你没有讲话,却微微地低下头,半闭起眼睛。这时,我才看到你的睫毛是那样地长,仿佛两排伸展的花蕊一般。从你那少女所特有的羞涩姿态里,我感觉得出,你胸中激荡着对于未来幸福的向往和欢乐。

但是,布沙热,你还很年轻。还有加米拉木、阿米乃木以及许许多多的维吾尔姑娘们!你们的生活才刚刚开始。你们的前程无限远大。你们的幸福将是一支永远唱不完的歌。

(刊发于1956年5月14日《人民日报》)

访"葡萄常"

邓 拓

北京崇文门外花市大街有一条胡同,名叫下唐刀;胡同里住着一家姓常的手工艺人,外号"葡萄常"。

常家本是做料器玩具的家庭作坊,有一百年左右的历史,什么葫芦、果子都能作一些;而最拿手的是软枝的紫葡萄,作的像真的一样。"葡萄常"的名声就由此而来。

守着家传的特种手工艺的技巧,常家的姑侄姊妹们竟然都不出嫁。她们几十年来凭着自己灵巧的双手,辛勤的劳动,度着清寒的岁月;直到白发催走了青春,她们也不后悔。

现在"葡萄常"的主持人常桂禄是六十岁的老姑姑,耳朵已经聋了,身体却很健壮。她说话时洪亮的声音和大踏步走路的姿态,使人自然而然地会想象到当年这位蒙古族的姑娘多么倔强而豪爽。她有姊妹各一人。姊姊常桂福是身披袈裟的剃发女尼,猛一见面简直要把她误认作和尚。她说话的声音也和男人差不多,举止动作完全摆脱了女子的模样。虽然今年已经六十二岁了,她却还照旧参加劳动。妹妹常桂寿,五十六岁,在三个老姊妹中间,要算她是最精明能干的了。她的风度和两位姊姊有很大不同,这只要看她那瘦长的身材和有时在脸上泛起的红晕就可以知道。她们有两个侄女:常玉清五十岁,作风有点像她那位出家的大姑常桂福;常玉龄四十五岁,举动和谈吐同她的二姑常桂禄十分相像。这五个姑侄姊妹把手工技巧看得比什么都重要,作成一串串的葡萄比那园子里新摘下来的也差不多,深紫色的薄皮上复着一层轻霜,柔软的枝干衬着几片绿叶,叫人望见它们嘴里就有酸甜的感觉。这些葡萄受到广大人们的称赞实在不是偶然的,这是常家姑侄姊妹的血汗和眼泪的结晶。

老辈子的生活像梦一样地消逝了,然而,这几位姑侄姊妹每次谈起来总还是历历如在眼前。她们几十年来相依为命，从旧时代黑暗的牢笼中走出来，一步步踏上了真正的解放之路。时常使她们感动的今昔生活的鲜明对比，怎么能叫她们忘怀呢？

"谁能想到我们以往的日子是怎么过的！"当我问到常家过去的生活状况的时候，常桂禄感叹起来了。她们姑侄姊妹们围坐在中堂，你一句我一句地诉说着两代相传的往事。

那是清朝咸丰初年，太平军到了南京，全国震动，清朝政府加紧压迫和勒索，闹得在旗的下层人民也都不能生活了。常桂禄的父亲常在，从正蓝旗的蒙古营里搬出来，就开始作料器玩具，自作自卖，维持家计。有一年灯节，西太后派人搜罗各种手工艺品，在旗的人都知道常在的手艺高，就叫他往宫里送东西。据说西太后看他作的料器好，赏了他一个字号，叫"天义常"。后来常在去世，他的两个儿子，蒙古名是扎伦布和伊罕布，继续操这手艺。

伊罕布作活最辛勤，有一次他的作品参加了巴拿马赛会，得了奖状。可是，在那些时候，手工艺人总是受轻视的。伊罕布身体很弱，生活又苦，只四十九岁就死了。他的妻子现年七十二岁，随着常桂禄姊妹们过日子，也参加劳动。他的女儿常玉龄从小就跟着她的姑姑们学会了一手好工艺。

不久，扎伦布也死了。他的女儿常玉清也随着常桂禄姊妹们过活。他的儿子有的早死，有的出家了，留下三个孙子。从此常桂禄姊妹们就挑起了全部生活的重担。

"扎伦布和伊罕布去世以后，百事只好都由我们姊妹承当。"常桂禄谈起后来的生活，声音越来越低，有时就停住了。

她们过去生活中最痛苦的期间，是在日伪和国民党反动统治下的十二个年头。常家的手艺再好也经受不了那些苛捐杂税、额外勒索和其他种种的摧残。她们抱头痛哭了一场，终于含着眼泪，丢开家传的手艺，去烤白薯，炸油饼，充当卖零食的小摊贩。常桂禄说到当时的情景，脸色变得阴沉沉的，身上好像在打颤。

北京和全国的解放，首先使她们感受到的最重大的实际意义，就在于她们的家庭特种手工艺的恢复和发展。1952年在北京天坛举行的物资交流大会，也正是"葡萄常"姑侄姊妹扬眉吐气的新时期的开始。她们所作的葡萄在国内外的销路都打开了。人们称赞常家的手艺是"巧夺天工"，争先向常桂禄要求订货。

"我这二姊七岁就能作活，如今我们就把她的名字常桂禄作我们的字号。"常桂寿插进一段话,特别夸奖她的姊姊。果然,在印好的招贴纸和卡片上,我看见都是常桂禄的名字。原来她们从小没有机会读书,家庭的环境又封建、又迷信。常桂福年轻的时候没有出嫁,到了三十六岁的那一年索性就当了尼姑。常桂禄、常桂寿看见姊姊不出嫁,当然也就作同样的打算,还有两个侄女受了姑姑的影响,也都下定了不出嫁的决心。当尼姑的既然不便主持家计,于是常桂禄就不能不作一家之主了。

这使我不禁联想到中国历代手工业者用一切方法保守技术秘密的许多悲剧,我疑心这个悲剧在常家一直演到如今还没有终场。

"你们不出嫁不是为了保守家传手工艺的秘密吗?"我问。

"不是的。我们爱自在,才不想出嫁。"常桂寿很机智地抢先替她的姊姊作了这样的解释。她那瘦长的满是皱纹的脸上忽然又泛起了一层红晕。

"您怎么想当尼姑去了?"我转过来向着常桂福发问。

"我早年喜欢尼姑。……"她似乎早就准备好了一句答话,而临时又有所踌躇。

恐怕这样的对话多少会刺激她们,我赶快换了话题,继续谈论她们现在的生活和生产的情形。

去年十一月间北京手工业合作化运动还没有开始的时候,我看见常家这几位姑侄姊妹的劳动条件还不够好。在手工业合作化运动中,我又听说常桂禄有一些顾虑。她害怕合作化以后要取消老字号,要集中到合作社去跟别人一起劳动;她觉得一百年来的家底就要完了,心里难过。但是,事实并不是这样。她们的老字号仍然照旧,也没有集中到合作社去,劳动条件却有很大的改善,外边的订货增加了一倍多,生产规模随着扩大了。一种欣欣向荣的好光景出现在她们的面前。当我这次再来访问的时候,她们一见面就都笑逐颜开,同声称赞合作化是再好不过的,并且表示愿意顺着这条道儿走到底。她们说:"北京解放是我们手艺人的头一次解放,合作化是我们的又一次解放。"

我问了常家合作化前后的营业状况,可以看出来,区的领导机关对她们的特殊情况照顾得十分周到;她们在合作化的运动中相当如意,并且生产发展得很快。合作化以前她们每月平均流水是人民币八百元至九百元。合作化以后,今年二月份的流水就增加到一千二百元,最近的一个月增加到二千五百九十元。除了原材料、工资、税收等项支出以外,每月可以获得纯利百分之十五。她们五个姑侄姊妹,加上常桂禄的嫂嫂一共六个人,每人又都评定了工资,每月各七十元到八十元不等。为了扩大生产和提高劳动效率,区里帮助她们从通县调来了两个烧玻璃球的"点炉工",还招收了四个女徒弟。

常桂禄总结合作化的好处是:一,原料不缺;二,周转方便;三,税率减轻;四,技术提高;五,销路扩大。现在她们的产品远销外国,供不应求。有的订货单一次就要五万枝葡萄,使她们又喜又愁。喜的是营业发展非常快,愁的是手工生产赶不上。这是新的矛盾。她们已经进一步认识,只有推广技术,扩大生产,更加紧密地依靠合作社,才能够消解这个矛盾。

离开常家的时候,我由衷地祝福她们,并且用"画堂春"的调子写了一首词送给她们:常家两代守清寒,百年绝艺相传。葡萄色紫损红颜,旧梦如烟!合作别开生面,人工巧胜天然;从今技术任参观,比个嫣妍。

她们送出门来,临别时诚恳地表示,希望首都的美术家帮助她们,把她们所作的软枝葡萄的特点,用新的技术设计方法固定下来,并且使她们的手工技巧有更进一步的提高。

(刊发于 1956 年 7 月 28 日《人民日报》)

熊进五和他的蜜蜂

周立波

人们说,常德聚宝农业社的副社长熊进五是一个奇人。他没有读过书,至今识字还不多。但是,他很会喂猪,又会喂牛。他能用花椒、乌龟板和狗骨头烤成的焦末,拌在稀饭里,去防治猪瘟。办初级社时,熊进五收了八头母牛,两只骚牯。那年涨大水,聚宝乡的田土和房屋都给淹没了,牛没有地方关,熊进五把它们都放牧在山里。一年以后,八头母牛都下了崽子,连一只十年没有走草的"飘沙子"也做了母亲。人们很奇怪,去问熊进五。熊进五说:

"四五六月,山上的草又嫩又好,牛都上了膘。公牛和母牛一天到晚在一块,不走草的,也跟走草的学了。"

熊进五不但会喂猪牛羊,也会养蜂。他有了六年养蜂的经验。现在,他和他的养蜂小组养了二十三箱蜂。

有一回,一位记者找着他,要他谈蜜蜂。他笑一笑说:"这是一本经,一天都谈不完的。"但他还是简略地谈了他对蜜蜂生活的观察,间或,插一两句养蜂的经验。

他说,蜜蜂是有组织性的。各个蜂种分工也明确。蜂王有三年或四年的寿命。她的职责是带领蜂群,传宗接代。蜂王交配,不在箱里。她飞上天空,雄蜂跟着她。不久,她会跟一个雄蜂一起掉下地来,要是落到水塘里或是溪流里,就会淹死。由于可能有这种不幸,十个王交配,碰得好,也只有七个成功,碰得不好,成功的只有一半。蜂王交配以后,一天一夜,能产四千子,大致可以补足每天死去的工蜂的遗缺,一箱蜂里,每天约莫要死去四千只工蜂。

蜂王有天生的,也有人造的。天然王胆子很小。人造王胆子大一些。有经验的养蜂人能培养强王。强王产子多,她的蜂群能多酿蜜糖。

蜂王和工蜂,身上都带了武器,就是藏在尾巴后边的快剑。要是有人惹发了她们，她们会不客气地动起武来，用她们的剑，猛烈地刺着人的手或脸。

说到这里，熊进五把他的手膀子伸出来看，指出他的被刺的地方。他说，起先刺一下，手会肿起来，现在不了，刺的回数多，身子里有了抗毒素，就不肿了。现在他接近蜂箱，不用手套和面罩，别的人是非要不行的。

熊进五接着又说，蜜蜂把剑一射出，自己就死了。工蜂脾气大，爱发怒，动不动就亮出剑来，死的很多。蜂王度量大一些，不大发脾气，她的宝剑，非到万不得已时，是不肯用的。

工蜂们都是辛勤的劳动者。她们在工作不忙的冬天，能活四个月。在夏天，尤其是在油菜花、草子花和别的花朵盛开的时节，她们的寿命只有两个月。工蜂由蛹变为成虫才四天，就开始劳动。这时候，她们的翅膀软，不能起飞，都在家里当保姆，用蜜和水去喂养弟妹。当了四天保姆以后，她们随即参加治安、卫生和运输等工作，这些差使，一共做四天。她们的治安工作做得很认真。蜂箱门口，警卫森严，蚂蚁和别的蜂子要想混进门去，是万万不能的。工蜂们还经常地打扫箱里的粪便，又要飞到田里、塘里或溪里，把水含回家，作为饮用和酿蜜之用。

雄蜂们都是懒汉。他们不去采花，也不会酿蜜。他们身上没有剑，不能够保卫蜂箱，也不会作战。他们连自己的住房也懒得打扫，肚子却很大，最会吃糖。为了减少蜜糖的无益的消耗，养蜂人常常要捏死多余的雄蜂。

熊进五熟悉他的蜂群，正和他熟悉猪群和牛群一样。他说，养蜂人要讲求技术，要细心。因为蜜蜂是娇贵的昆虫，稍许有一点粗心，就会出问题。最近，聚宝社的蜂群还出了事故。社里原有二十六箱蜂，最近从单洲搬到聚宝来，他们把蜂箱放在马车上和小船上，闷了半天，死了三箱蜂和三个王。

熊进五检讨这次事故时说道：

"这是因为搬动时没有给蜜蜂放水，蜂箱里太热，也太挤了。"

尽管遭受了这次意外，熊进五还是满怀信心地表示：他们在一年以内就要把二十三箱蜜蜂发展成为五十箱。

（刊发于1956年8月10日《人民日报》）

万里赶羊

萧 乾

"10月末,内蒙古自治区锡林郭勒草原上的母羊,全面开始定期配种。预计明年清明前后,将繁殖一百多万只小羊。这几天,经过训练的一批人工授精技术员先后到达了各旗准备给配种。

"锡林郭勒草原的羊产毛量较低,毛质粗糙。因此,内蒙古自治区今年运进了一千多只新疆细毛种羊,和蒙古羊进行配种。明春这里将出现杂种细毛羊羔。"

11月5日的《人民日报》上,发表了这样一条消息。

你想,新疆和内蒙古,这两个自治区,相隔有多么远?交通又多么不便?可是,新疆的细毛种羊却被"运进"内蒙古自治区了。

是怎样"运进"的呢?

过去从新疆西部运羊,不是用飞机就是由伊犁装汽车。这批羊可不是那样运的,它们是先被"吆运"(人赶着羊走)到乌鲁木齐,然后才装汽车、搭火车运来的。运羊的同志们从新疆西部巩留县的巩乃斯羊坊出发,先是徒步赶着那一千四百只羊爬过十二座高达四千公尺的大雪山,渡过一百多个山洪肆虐的河口,踏过苇塘和沼泽,穿过人类足迹从来没有到过的原始森林,穿过毒蛇区、毒草滩,战胜了狼群和熊群,七十五天,到达了乌鲁木齐。然后,又在汽车和火车的运输过程中克服了重重难以想象的困难。他们走过五个省、两个自治区,经历了一万一千五百里的路程,把这些细毛种羊"运"到了内蒙古草原。

为什么要这样做呢?

这样做,比起用飞机运,给国家节省了将近五万元;这样做,使羊的体质受了一番锻炼,并且平均每只羊加了五公斤膘。

我在呼和浩特访问了内蒙古自治区畜牧厅派到新疆去买羊的干部,特别是领队哈迪同志。他们的谈话，真是令人感奋的诗篇。从他们办这件事的经历中，我们可以了解到，在我们的国家里，有怎样忠于职守的干部，怎样热爱祖国的人民！

"走天山！"这是个大胆的决定，豪迈的决定。在拿定主意以前，六个干部和二十七个临时找来的工人心里不是没有好嘀咕一阵。好家伙，从来没有人赶这么多羊走过这一千四百里终年不化的雪山！人病了怎么办？羊要是拐了腿怎么办？许多疑难纠缠着他们。

天秤总是有两端。一端是难以估计的困难（有些困难是现实的，有些是化装出来的）；另外一端呢，是"吆运"对国家、对羊的好处。这具天秤就在他们每个人心里摆上摆下。新疆的畜牧厅厅长达夏甫说："干吧！羊是结结实实的羊，你们中间又有放羊的老手，场里给你们找个好向导。"羊场的哈萨克族同志不容分说就动手替他们画起了路线图。

好吧，走天山。

于是，他们先把一千零五十只母羊和三百五十只公羊分成三个赶运组。每组一个兽医干部，四个工人，负责大约五百只羊。公羊喜欢彼此顶撞，撞出伤来转天就会生蛆；一般人宁愿管三只母羊，不愿管一只公羊。可是，兽医辛仲直主动提出来要负责这一组。这以外，还有炊事组。队里有蒙古、汉、回和哈萨克四个民族，大家同意一路上全跟着回族同志吃，炊事也完全由他们管。炊事组不但管做饭，还管捡柴和拉病羊。还有驮运组。行李，帐篷和粮食都得想法运。他们最初想雇几个新疆老乡赶着牲口驮，可是一计算得花五千元，还得给他们回去的盘费。不行，还是花三千来块钱买了二十四匹马。估计到了乌鲁木齐可以原价卖出去，不是又给国家省了一笔钱吗？

为了保证病人不至于掉队，病羊不至于损失，他们还买了两辆四轮马车。天山上赶马车，这是没听过的奇闻。许多当地老乡都拦他们，说山路窄得连两只羊都不能并着走，怎么能带车呀！可是他们决定还是带上。当然，他们一点也没料到这两辆大车给他们造成的困难。

6月14日那天，他们就跟着羊场的老工人乌木耳浩浩荡荡地出发了。

头一关就是毒蛇。从6月14日到27日，他们走的全是毒蛇区。哎哟，那真是个蛇的世界，没腰的草棵里，遍地都是几尺长的花蛇，曲曲弯弯地爬行着，有时候还挺起长颈子来朝人险恶地吐着芯子。一个赶羊的工人热了，把大褂脱下来放一放，等会儿去拿的时候，已经沉甸甸地钻进好几条蛇了。一天晚上有匹马挨了一口，不大工夫它就浑身发黄，过会儿就倒下死了。

过毒蛇区，他们心里只有一个念头：随便怎样也不能叫羊给蛇咬住。他们走在羊群前头，手里攥着把鞭子，一路上响亮地抽着，抽得山里发出尖哨的回响。

白天好办，晚上一宿营就困难了。他们总是很小心地侦查地势，看蛇窝多不多。20日那天，他们挑了个非常漂亮的地方，叫伊士布拉克（"三个泉眼"），以为可以受不到毒蛇的威胁了。谁知道，刚搭好帐篷，一个哈萨克人气喘喘地跑了来，说："哎呀，这儿山根儿底下全是蛇窝，可搭不得帐篷！"

那十几天的日子过得心里可紧得慌，毒蛇的影子日日夜夜一直也没离开过他们。

天山这个"天"字叫得可是真妙，高得人张嘴喘不上气来，腿沉得就像挂了个秤砣。往上看，石头跟石头、树跟树就好像接起来似的那么陡，上面还常掉几百斤重的大石头下来。过阿优达板（山口子）的时候，有人眼睁睁看见一只旱獭子给砸得脑浆迸裂。往下看呢——谁敢往下看呀！万丈之下尽是冰窟窿，窟窿里是滚滚的黑水，丢一块石头要好半天才能落地；喊一声，回音要比自己的声音大多了。他们头晕，心扑通扑通地跳……

可是，有一天，就在这样陡的山上他们遇见一群牛；放牛的是个哈萨克女人，她骑在马上，怀里抱着个刚满周岁的娃娃，另一只手还从容地理着头发。女人后边坐着个八九岁的女孩，她一手抱着妈妈的腰，一手还在玩着什么。另外还有个十来岁的男孩，他骑着马，手里搂着一只雪白的羊羔。他们大约是在换牧场。马背上还驮着蒙古包。这下队上的人可觉得惭愧了，大家都说：只要自己不泄气，多么高也用不着怕。

光不怕还不成，那三群羊呢？羊最喜欢爬高。它们不知道这山高得可怕，体贴体贴放牧的人，它们照样爬上爬下。只要羊群里有一只羊爬上去了，管羊的就得跟上去，把它叫回来，不然的话它越爬越高，就更不好找回来了。高处的羊还会用蹄子往下蹬石头。可是，刚把这只叫回来，那只又上去了。一天要走六十里路，实际上就等于走一百二。

羊就怕把蹄子磨烂了，一烂自然就拐。可是走那样的山路，蹄子怎么能不烂呢？想办法呗。过山的时候就给羊"穿鞋"，用一种皮套子裹在羊蹄子上。这种套子用不上一两天就磨通了。后来没皮子做套子了，大家把自己的衣服割下来。

车呢？那两辆车一点儿也不比羊省心。本来嘛，天山上从来没走过大车。山太陡了，能走的路不到二尺宽，下面就是悬崖和冰窟窿。不能用马拉，怕马往后一退，车翻了。怎么办好呢？先是用人抬，抬的人头发晕，脸吓得惨白惨白的。这时候有人说出一路上唯一的一句泄气话："运得过去吗？运不过去临完再把命送在这儿！"旁边有人听见，赶快说：山再怎么陡，旁边总没敌人的炮火吧！可是咱们志愿军怎么把大炮运到上甘岭上的，还不是就靠股干劲儿！

这么一说，大家的情绪扭转过来了；于是，办法也就想出来了。

他们把五六十公尺长的绳子拴在车辕上，从上面拽着它；车往前走，上面慢慢续绳子。为了怕马退，领队的哈迪自告奋勇来驾辕，让马在前头拉，这样就不怕它退了。遇到特别窄的山路，像腾格尔达板，就把车拆散，抬过去。

车在天山深谷里可出了风头啦，当地人谁看见了谁都觉得新奇。车走过去了，牧民还弯下腰去细细察看大车留下的印迹。

内蒙古够冷了，可是比起这地方来显然还差得远。大六月天，有人耳朵都冻坏了，每天早晨起来，帐篷总冻上一寸多厚的霜雪，敲起来哪哪响。为了怕弄坏了帐篷，驮运组总是等太阳出来才敢拆。

柴火的问题可真不简单。一下雨，马粪湿了，开不了火，大家爬了一天山，还得饿肚子。

水难得看见，而且看见了水不一定喝得到，因为有一种沼泽差不多是陷阱，连羊踏在上面，腿也会拔不出来。过牙克斯台达板的时候，人走在平坦的草原上，忽然会陷进去。

一到渡口，水倒有的是，就是太多了。

内地下雨的时候闹山洪；新疆有雪山，天一放晴，有山口子的地方必然得有山洪奔下来。那是怎样的山洪啊！力量大得什么都能摧毁。河并不大，一般的也不过三五丈宽，三尺来深；顶宽的拉坦河有十二丈宽，四尺多深。可是，走在河里，骑在马上，马不用迈腿，人马就会移动。十几斤的石头，丢下去马上就打转。有一回他们看见一对夫妇坐着辆大车，两个人各抱着个娃娃。山洪来了，立刻把大车冲翻，那个女人怀里的孩子给冲走了，她自己在漩涡里打转。男的撒开怀里的娃娃，搂住一棵漂下来的大树，想挣扎过来救他的妻子。大家看见，马上奋不顾身地把孩子从激流里捞上来；放在马鞍子上，搓揉了好半天他的小肚子，才醒过来。

这样的激流要是羊跳下去，一万只也给冲没了。一路上总得先派人前头去采路，找水窄而缓、河底不扎脚的地方走。找好了渡口，用套马杆子探探深度，然后动手给羊搭"桥"：把卧牛石一块块排在河当中，再从原始森林里扛来一些倒下来的干树权，把它们绑在卧牛石上。这还不够。石头旁边一排站上十六七个人，形成一道肉桥。于是，一千四百只羊就一只只地从这十六七个人的手里递传过去，一千四百只哪！起码要站上四个钟头。四个钟头人的腿都泡在冰雪化成的、刺骨的水里；有时候水流得太急了，站在河中间的还得把自己绑在干树权上。羊传递完了，人的腿也冻得没了知觉，浑身哆嗦；手脚在传递的时候给羊犄角撞得青一块紫一块的。

有一回，正传递的时候，一只羊从人缝儿里窜下水去了。这时候，跟工人一道站在水里的兽医辛仲直就不顾一切地蹚到激流里去，一把抓住了那只羊的犄角。山洪太猛了，眼看辛仲直也要给冲走，另外的同志又蹚过来抓他的手。后边的人又赶忙抓那个人的手……这样，大家就连成一道锁链，山洪才没得逞。事后，有人对辛仲直说："真险哪！"可是，这个寡言笑的青年兽医只说了声："够本啦，羊总算没给它冲走。"

狼真是凶恶的动物。7月12日那天，走过通格力戈达板的时候，有个哈萨克牧人离他们宿营的地方不远。头天他还是一百多只羊的主人，可是过了一夜，那一百多只羊都变成了一堆骨头，只给他剩下一只山羊。

走过牙克伯地区一道森林的时候，他们远远瞅见一群狼在追两只羚羊。不一会，它们都消失到森林里去了。从那以后，他们对狼更加注意提防了。每天到宿营地头一件事就是数羊。一千四百只羊，真够数的，而且边数边提心吊胆的。数完了，就交给夜里打更的同志。打更是很吃力的活儿，可也是件非常重要的活儿。他黑更半夜冒着高原的风雪守在羊群旁边，扯开了嗓子吆喝——吓狼。

天山里头常起风暴。天上一出梯云，就要来风暴。狼这时候趁火打劫，在风暴里猖狂进攻。羊这当儿也最容易羼群。每天选择宿营地，总要看暴风雨来了有法掩蔽没有；周围狼多不多；还有，人如果从山上掉下去，有法儿救没有。

真是磨难重重呀，眼看就到乌鲁木齐了，还过了两天毒草滩。这种草牲口一吃就没命。怎么办呢？只好连夜赶，一口气走了一百多里。也只有体格这么结实的新疆羊受得了！

宿营总是三座帐篷作三角形，把羊放在中间。马夜里不睡觉，它们在周围守卫着。有个蒙古族工人叫吐克吐，他平常不许别人放枪，可是有一天看见狼，他放了一枪，把马惊了，还跑掉了一匹。吐克吐这下可急了。他摸着黑儿连夜满山找呀找呀，什么也顾不得了。到天亮，居然找回来了。

单靠内蒙古干部的工作热情,还克服不了这么多困难。在这首天山赶羊的诗篇里,比什么都动人的是各兄弟民族之间深厚的友谊。一路上只要听说是内蒙古自治区政府为了改进畜牧业派来买种羊的,这个说明本身就是最吃得开的"护照"。怎么样的要求对于哈萨克人都不是太大的,他们什么都可以拿出来。

6月27日那天,他们走到伊犁哈萨克自治州的阿拉图地区。那一段路乌木耳不大熟,需要一位临时的向导;区政府替他们找了半天没找到。这时候恰巧山里头来了个哈萨克小伙子,头上扎着块布,样子看来挺壮,名字叫阿克巴尔。他们把缘由告诉了他。这小伙子大概十分孝顺,他说:"成,等我回去跟我爸爸说说去。"大家也跟着他去了。小伙子的蒙古包就扎在巩乃斯河的岸上,那里的树大得两个人也抱不过来。老汉瞧见来了稀客,立刻端出马奶子来请大家喝。听到要叫他儿子去领路,老汉说:"我这小子新近抢羊(哈萨克人中间的一种游戏)的时候,马鞍子坏了,从马上摔了下来,脑袋受了振动,我一直不大让他干什么吃力的活儿。可是你们各位做的是咱们政府工作,随他怎么病也不能推辞。一定要送一送。"

走的时候,老汉看到驮运组的马身上压得太重了,还拉出自己的两匹马来说,你们拿去用吧!然后又提了两皮口袋的奶子,每个总能盛上四五十斤。他说,我没什么好东西,这个你们带去路上喝吧!

这小伙子送了多少路程呢?送了整整八天的路。临分手塞给他点钱,瞧他这个着急劲儿!他涨红着脸说:"不,不,爸爸走的时候嘱咐了,绝不能收你们一个钱!"

一路上替他们画路线图的,带路的,送胡桃、马奶子、牛奶酒的,说起来太多了。兽医文清有一回过河的时候,河边上刚好有个八九岁的孩子,手里还领着个四五岁的。瞧见他们,两个小家伙跑掉了。他们还以为是吓跑了呢,谁知道过不大一会儿,那个大的一手提了桶马奶子,一手拿着个茶杯,羞答答地走过来了。文清一会喝了好几杯。孩子还用小手指了指前边,意思是要他把同行的伙伴也叫来喝。

大队走到扎根朱娄地方,随身带的肉羊(他们当然不能吃种羊)吃光了。这时候,远远望见个蒙古包,就走进去。主人名叫耿珂。这是新疆境里的蒙古族地区了,所以他们彼此可以通话。这位老汉听说他们需要两只羊,就说:"我圈里的羊,随你们挑吧。"他们就挑了两只顶肥的,准备第二天牵上路。

第二天大清早,老汉请他们喝酒。这个时辰请喝酒,必然有个缘由。老汉拱手很抱歉地说："诸位，很对不起呀，我老汉先向你们赔礼。昨天晚上我答应随你们挑，我没料到政府收畜牧税的人会来。我老汉从来没失过信，可是现在政府收税的人来了，顶肥的羊我得给毛主席，然后才能给客人。我要求你们把挑好的搁在圈里，等我们纳完了税，剩下的羊随你们挑。"

老汉为了表示衷心的歉意，还提了一笤子马奶子、一笤子牛奶酒和一笤子牛奶，他一定要大队三十几个人每个人都喝足。老汉一边儿望着大家喝，一边充满了幸福地自言自语着："没别的好东西，就是这么点心意！"

然后，他很认真地向哈迪打听内蒙古牧业合作化的情况，现在一共有多少个社，互助组是怎么转社的，牲口怎么入社等等。走的时候老汉再三托付他说，回去不论怎么样也别忘记给他寄一份章程来。

这种深厚的民族友谊并不是单方面的。

从羊场出发的第二天，过的正是毒蛇区，一路上提心吊胆地走过没腰的草，没有水喝，可还得大声吆喝着，不然羊就可能走失。到了宿营地已经晚上九点了，人累得骨架都快散了。

这当儿，一个哈萨克老汉跑来，说他家儿媳妇难产，娃娃生下来，胎盘还在产妇肚子里头。其实，队里只有兽医，并没有大夫。但是老汉这么远跑来，能叫人家失望着回去吗？不能。已经歪下身子的辛仲直没有二句话，站起来，背上腰包就走。走多远呢？来回足有三十里山路，到半夜一点多才回来。可是三点钟就又得出发。

从那以后，大概乌木耳见人就宣传他们中间有"名医"，一路上不少人要求他们治病。他们给许多哈萨克老乡打了盘尼西林，留下了消炎片。不论人多么累，路多么不好走，他们从来没拒绝过一次。

有这样一场出生入死的战斗友谊，分手当然不是件容易的事。可是，他们已经平安到达了乌鲁木齐，非分手不可了。那个老工人乌木耳在乌鲁木齐有家。分手的时候，他留下了地址，约大家到他家去吃点东西。可是将近五十天的旅行，每个人躺下都懒得爬起来了。到晚上十一点，乌木耳两眼通红地跑来，很恼火地说："我宰了只大肥羊，专诚等了你们，一直到这个时辰，你们怎么还不来？如果你们还把乌木耳当作人看的话，那么就来吧。"

这么一说，怎么累也只好去喽。

原来乌木耳和他的老爹把他们哈萨克亲友全邀到包里来，直直等了一个晚上，他要他们也见见他这些亲密的内蒙古弟兄。包中央烧着个大铁锅，香喷喷的肉味，那只羊早已煮得通熟，就等着下刀了。

那么，来吧！于是，猜拳呀，干杯呀，足足狂欢了两夜。

大队快到乌鲁木齐的时候，先从伊犁搭汽车到达的内蒙古自治区的畜牧处处长走到城外头十七八里来迎接他们。处长提议大家轮流进城休息休息。其实这么辛苦的旅行，这是很应该的。可是大家谁也不肯走开，说：一路上羊都没出点乱子，还是求个万全吧。

后来有些人怎么进的城呢？为了装羊，卡车上头得钉些木架子，免得羊半道上窜下车去。找木工一核计，一辆车得花二十五元；不又是一千多元吗？处长抄起斧子来说，好，咱们买点木料，自己来钉。

处长干得非常起劲。他身体胖，汽车站上的人因为不晓得他是处长，大家都叫他"胖师傅"。一天站上有个好打听事情的人小声问哈迪说："嗨，你们这位胖师傅是哪儿找来的呀，这么不要命地干？他一个月挣多少钱呀？"哈迪就把处长的薪金数目告诉了他。他说，"怎么，内蒙古的木匠工资有这么高？"哈迪这当儿才说，咱们这位木匠是处长。

五十辆卡车，每辆车都配备好了负责人，就浩浩荡荡从乌鲁木齐向火车的起点酒泉出发了。

上了汽车，磨难是不是就都过去了呢？才不是呢。

羊不像货物，捆到车上就没事啦。汽车走七天，羊就得装卸七次。车走的时候，管羊的人就像个顽童学校的教员，时刻得照看着，别让调皮的羊起哄，一乱就会发生弱羊被压死的事。有些羊中了暑，喝不下去水。怎么办呢？管羊的用帽子装水给它们喝。车停的时候就更忙了，先得找地方牧放。这么搞，人在路上是睡不到觉的。

为了怕羊吃老百姓的庄稼，凡是有店、有人家的地方，反而不好停，一定要停到野外。可是到了酒泉，灰天灰地，举目都是戈壁滩，骑马走出二十多里也找不到一点草影儿。羊饿得咩咩叫着，啃管羊人的衣服，有的甚至叫不出声来了。工人搂着咩咩叫的羊说："可怜呀，怎么叫我也没办法呀！"

这天晚上，有个五十多岁的老汉背着手，站在汽车队旁边观望。这位老汉一看就是个行家，他大概很喜欢这种细毛羊。望着望着，他叹了气说："这么标致的羊，哪儿找去呀！"听说是从天山上赶下来的，老汉更惊讶了。可是他说，你们要是再不喂，羊就要死啦。

领队哈迪赶紧上前行了个礼说："我们正在为这件事着急哪！您有什么办法吗？"老汉说，他叫马洛桑，是这里自治县的副县长。哈迪就把他请到帐篷里去。老汉说："文殊庙那边有块牧场，来，我给你们写封信，你们到区上一说就行啦。"老汉还很关切地问了问内蒙古的情形,说他虽然没到过那里,可是听到过参观访问团的传达报告。

哈迪掖好介绍信,跨上马,赶紧跟赶羊组的组长照直奔文殊庙去了。一路这个开心呀!区政府是在山上一座大庙里。区长姓刘,看见他们高兴极了,就招呼人把他们搬到山上一座大庙里住。

刘区长说:"今年雨水稀,草干了。这边也有些牧户找不到草。我们这山沟儿里倒是有些好草,本来想调剂调剂这里的牧户。你们是远客,尽你们先用吧,我通知牧户们晚几天来就是。"

这样,饥饿的羊群赶到文殊庙的草场上来了,它们足足吃了三天三夜,掉的膘总算又长上了。

在酒泉,铁路上给他们调来二十二个车皮,七上八下地足足装了三十六个钟头。买的是联运票,要经过兰新、陇海、京汉、京包、集二等五条干线,完全不需要换车。这下可舒服些了吧?谁知不然。

今年夏天不是特别热吗?他们坐的是闷子车,人热得浑身没劲儿,羊从上火车,十一天就没闭上过嘴。它们一个个耷拉着舌头,烦躁得蹄子乱跺。

一只羊一天要喝上大约五公斤水,可是有的车站有水,有的没有。还有,照行车表看,他们有七天就可以到锡林郭勒盟的赛汉塔拉站了,可是四十辆车皮才能编成一列车,二十二辆车皮够不上一列,结果连耽误带走要用十一天。这可严重了。他们只给羊准备了十天吃的干草呀!

于是,火车只要一停,即便是一二十分钟,大家也分头想法替羊奔走。有的拔回一抱草来,拔得手上都出了血。有的提着能装三十斤水的桶,到二三十里地以外给羊弄水喝。

羊呢,可不知道甘苦,它们在闷子车里照样顶来顶去,力气小的总吃不到草。又得想办法呗。他们把草捆成小把小把的,吊在闷子车的四面,把羊群散开,叫它们跳着吃,这样,就好单独喂那些力气小的了。

有些胆小的羊,大家一挤,它就不喝水了,不喝慢慢就没了气力,又得想办法。干部用自己的被子把不喝水的羊隔开,然后再用自己喝水的缸子一点点地喂。端着缸子在闷子车里,一蹲就是三四个钟头。顽皮的羊还从被子底下用犄角顶撞着。

就这么样,好几只羊还病倒了。

过郑州那天,天气特别热。走过悬崖壁立、毒蛇遍地的大雪山的时候,他们从来没沮丧过。可是到了郑州,羊却病了几只,他们心里再懊丧没有了。

每个人都垂头丧气的。

这时候,货栈上来了个神色悠闲的老头儿,他好像很厌弃那股气味。可是又对这二十几辆车皮的羊感到好奇,就用雪白的手帕堵了鼻孔,走了过来。他望到这些人浑身滚得都是羊粪蛋儿,说了一句话,这句话可伤透了大家的心。他说:"喂,你们这几个什么不可以干,为什么单单要干这一行呢?"哈迪正在为了羊生病难过着,他狠狠地瞪了老头儿一眼说:"你这辈子穿过毛哔叽吗?我们是要全国人民都穿上毛哔叽,所以才干这一行的!"

就在那天,死了一只羊。他们给它打了一天的盘尼西林,也没救活。羊死了以后,兽医把它解剖了,发现它的肺本来是烂的,又中了暑,才死的。

可是那是全队唯一情绪低落的一天。

在天山里,一个看见他们在悬崖边上运大车的新疆老乡说:哎哟,共产党一来,全变了,连天山的石头也给你们让路了。

也有人说:天山的石头硬,可是共产党的干部比石头还要硬。

羊在乌鲁木齐过秤的时候,一个哈萨克老汉说:咳,羊是长了膘,你们可瘦了,你们的肉长在羊身上了。

在呼和浩特,当队员们开鉴定会的时候,有一个同志半开玩笑地说:咱们大家这回是冒了性命危险运来的羊,我觉得咱们主要的方面是优点。别的队员听了,一个个地都站起来,很严肃地表示:天山的石头没挡住咱们,更不能让自满情绪挡住咱们。下一回再去运羊,咱们一定要比这回运得更好。

(刊发于1956年11月21日、1956年11月22日《人民日报》)

天堑变通途

——记武汉长江大桥的"合龙"

徐 迟

这些日子,在武汉长江大桥工地上,过的是最欢乐的节日。

节日,时雨、时晴。长江大桥像永久的虹霓,跨在武汉市上空。

节日,城市、街道、花木都清洁无垢,披着阳光和闪闪的波光。节日,江上的漂亮的船舰上挂满了旗帜;满城旗帜;虹霓上也挂满了。容光焕发的人群都穿上节日的盛装。

节日,欢迎一位国宾。节日,庆祝国际劳动节。节日,报喜讯:一个伟大的桥梁工程"合龙"了。

4月19日,从南宁开来的第四十次直快列车到达武昌北站。一班轮渡刚开走。从南中国来的人全得在粤汉码头上等候上一班,达一小时之久。

将来列车从桥上通过长江只要一分钟。

在苍茫的江面,桥挺立着。两岸各有一系列的圆穹形引桥,中间是千多公尺长的米字形结构的正桥钢梁。钢梁中,还有一狭隘缺口,却只缺"米米米米米"五个字了。每个米字长十六公尺。这就是说,这一天,长江南北两岸的距离,只不过八十公尺。

20日,大桥工程局长告诉我,合龙日期是5月中旬。

21日,第一桥梁处的工程师告诉我:下面的工人要求在五一节以前合龙。要求已经送到局里去了。

登引桥,从这头,望那头,正像第一次游颐和园的人见到长廊要赞叹不已,全部钢梁像一幅透视图。一个套一个,进深极了,是惊人的宏伟景色。

现在,人们只见江水之上的桥,不知道每个桥墩下有三十多根巨大的管柱。全桥八个桥墩,三百来个管柱,像巨人一样,屹立在深水底下,它们生根在岩盘上,忠心于它们担负的重任。全桥几万吨重量都压在这些巨人的肌肉发达的肩膀上。

却不是魔法召来了这些巨人，是科学技术创造了这建筑桥梁的先进方法，是中苏桥梁建设者的心血结晶。

22日，夜晚，在灯火辉煌的桥上，队长室里开了一个会。拼铆中队甘队长说，局里面已同意在五一前后合龙。

中队的罗工程师便计算起来：到月底还有二十五个班，是来得及拼铆四个半米字的（这两天又拼装好半个米字了）。缺铆钉如何解决；吊车如何调动；质量和安全如何保证等等，说得他兴奋起来，"只怕工人们劲头来了，不好办。"

我问："劲头来了，是怎么的？"

他说："我不会描写"，劲头一来，反正一心一意干，一分一秒不歇，有风暴也不肯下，到了点还骑在钢梁上，出了性子。

正是这样的，23日，只差四个米字了。

25日，只差三个米字，长江两岸不过四十八公尺的距离了。

27日，只差二个米字，人们隔江对话。

28日，从对面六号墩上，伸出了一个托架来。钢结构的托架，也像一个巨人，足踏在桥墩下部，身子往外扑出来，一手攀住桥墩顶部，另一手伸出来，迎接对面架过来的钢梁。

拼装工人有矫健灵活的身段，不慌不忙在大江之上，把高高霓虹中的一个缺口补上了。

下午六时，这边的一根下弦杆放到了那边的托架上。

从技术上来讲，这时钢梁已安全到达对岸。在它放托架的一瞬间，全桥的主要工程已告成功。

当然，它还是高空中单独一根杆件，是凌空的，是独木桥，一个不踏实就直下江底去了。但拼装工人在这下弦杆上，两岸之间来来往往。

欢乐的节日开始了。29日，工地上，引桥上，钢梁的接龙处，工人们迎接苏联元首，鼓掌欢呼。5月1日，大游行。他们还有一个节日中的节日——合龙日。那本身就是一个节日。

这是最后的一个米字。它在等待着，等待个阳光明丽的日子，从北京和上海的电影厂送来了摄影队。彩色胶卷上，将邀请全国观众前来观赏这最后一个米字的拼装。

"合龙"是钢梁工程的结束。但后面，还有无数工程，电梯、无轨电车线、大理石大厅、雕塑、眺望大江的凭栏处；还有铁路枢纽站；还有别的。全桥通车，还得半年光景，但已提前一年多。而前面是多少工程和多少劳动啊！初步设计是1950年春就开始的，地质钻探直到1954年汛期后；基础工程，曾经像战斗一样的紧张，激烈；钢梁工程也发生过令人焦灼的困难。只在此刻，才人人放了心，才人人心花怒放。

祝贺，顶点的到达，大桥"合龙"了！祝贺，我国建设事业的一个节日！

祝贺，桥梁建设者，当你们登上大桥顶，你们登上了世界桥梁技术的一个高峰。当然，你们还会攀登更高的峰顶的！

祝贺，所有行经桥上的人，行经桥上的车辆和行经桥下的船只。美丽的桥，使所有看到它的眼睛感到了幸福！宏伟的桥，使所有呼吸着江上清风的心胸感到了豪迈，充塞了信心！

祝贺，象征中苏友谊的桥。这是通往社会主义的桥！这是一座凯旋门，新中国第一个五年计划的凯旋门！

祝贺！

（刊发于1957年5月4日《人民日报》）

春 夜

梅 阡

五月的夜风,飘着道边槐花的清芬,轻轻地吹拂着路人的面颊与发鬓,吹拂着人们的胸襟,温柔的慰抚,有如慈母的双手。

时间是十二日的午夜,一点钟。周恩来总理招待泰国艺术团的晚会结束了。周总理送走了晚会的客人们,又回来,和几个青年演员们围在一起,谈得很热烈。忽然,他望了望酒阑人散的会场,转身向北京人民艺术剧院的演员刘华和狄辛说:

"你们住在哪里?"

"剧院的宿舍,在史家胡同。"

"远吗?"

"不太远。我们每天排戏都是走来走去。只要十五分钟。"

"走吧,到你们的宿舍去。"周总理含笑地说:"去看看。"

演员们一下子都愣住了。不知怎么来接待这位尊贵的客人,不知怎样来表示内心的激动和欢迎的心情,又考虑,时间很晚了,总理的身体不太累吗?正在踌躇,周总理却迈步领先走下了楼梯。

在首都剧场的大门口,汽车开过来了。总理却摆了摆手,问演员们:

"你们怎么走?"

"我们走着回去,您上车吧!"有个演员抢着说。

"不,我陪你们一道走吧!"

"不,我们每天走惯了,好像是锻炼身体。"

"我也锻炼锻炼,散散步。走吧!"

这样,在午夜里,静悄悄的马路上出现了一群人,年轻的演员们簇拥着一个心地更加年轻的人。他们像一家人,父亲和儿女们。一边走,一边亲切地说笑,谈工作,谈演戏,谈生活,也谈到怎样开始正确处理人民内部矛盾的学习问题。大家压低着声音,怕惊吵了夜归的行人。——在这一群人的后面,远远地尾随着一辆空空的汽车。

五月的夜风,飘着路边槐花的清芬,温煦地吹拂着每个青年人的心。

在宿舍里,演员们并没有完全入睡。有的在灯下阅读剧本,准备着明天要排的戏:是《北京人》里的愫芳,是《布谷鸟又叫了》里的萧甲,或是《名优之死》里的云仙……有的刚刚散戏归来,丢开方才扮演的四凤或是繁漪,点一支烟,坐下来闭目凝神,想把激动的心情宁静下来,准备入睡。

当周总理轻轻地敲开他们的房门,有的从床上跳起,有的从灯下抬起头来,但,差不多都是同样惊诧的神情,嗫嚅地说:"没想到……是您!"最有趣的是林连琨,坐在床上,睁大了蒙眬的睡眼,半天说不出一句话来,引得大家发笑。他事后向人说:"我实在是不相信自己的眼睛,我以为是在做梦呢!"

在谈话中,周总理非常关心剧院企业化的问题。说:"你们要好好考虑一下:为什么你们常常客满,还不能企业化,而有些民营剧团,虽然上座率差些,却能自给自足呢?"

没有人马上回答。但每个人心里都在盘算着一笔账。终于还是周总理自己回答了这个问题:"你们全体二百四十多人,八十个演员,七十多个舞台工作人员,剩下的大概就是所谓行政人员了吧,是不是行政人员的比例太大了呢?剧院不要机关化。希望你们把编制名单送一份给我看一看。"

周总理走进了剧院新盖的排练所,它像个可容四五百人的小型剧场一样,空阔的舞台,油漆的地板,暖气的装备……周总理连连赞叹地说:"太好了,太好了!"

有位剧场经理,站在旁边得意地说:"在剧院后面,我们还在盖着两个更大的排演场呢。"

"是啊,怪不得魏喜奎她们有意见了!她们很艰苦,连排戏的地方也没有,你们的排演场比她们演出的剧场还要讲究些。"总理继续说:"你们是否很好地利用了呢?你们空闲的时候,应该借给她们用,帮助她们,她们会感激的,你们要做一些团结的工作。"

有人也提到了国家剧团和民营剧团的演员收入不平衡的问题,在戏曲界里,差别更大,这是不公平的。周总理表示应该逐步地解决这个问题。我们国家还很穷,都往上提,没有那个力量,是不是高的应该向低的看齐一些呢?演员的生活,也不要和一般人民的生活水平太悬殊了。当周总理知道

1953年从师大戏剧系毕业的青年演员王洪韬，每月工资七十多块钱的时候，就笑了笑，说："是不是太多一些了？"

"你们年轻人，今天的条件太好了，什么都给你们准备下了，比起你们的前一代人来，你们很幸福，他们吃了很多苦。你大学毕业，可我还只是中学毕业呢。你们也应该多吃些苦，受一些艰苦的锻炼。"周总理说着，顺手指指室内的一盆花："温室里的花草是经不起风雨的！你们将来还要建设共产主义，为着你们的下一代，你们要经受一些艰苦的锻炼！……"

这些话，他讲时是十分亲切而严肃的。大家都静了下来，深深体味着。在这些话里包涵着多大的期望与多大的鞭策呀！

深夜两点了，周总理悄悄地离开了剧院，但他的声音和笑貌却深深地印在每个人的心里。

是的，有的人久久地凝视着地上放的那一盆花，那是一盆秋海棠，花开得挺鲜艳，但显得多么娇嫩柔弱呀。

有的人推开了窗子，窗外吹来的是温煦的春风，但也带有一些沁人的凉意，使人更清醒地思考着一些问题。

许多人经历了一个并不宁静的春夜。

（刊发于1957年5月17日《人民日报》）

万炮震金门
——福建前线速写之一

刘白羽

11月3日是个晴朗的日子。早晨，我到达厦门前沿山峰阵地上。海上一碧万顷，大金门岛还沉没在雾中，小金门岛上连一个人影都没有。

头一天夜晚，我军福建前线司令部对金门群岛军民公开地发出广播：

"金门群岛军民同胞们注意：今日，11月2号，是个双日，我们一炮未打，你们得到补给。明日，11月3号，是个单日，你们千万不要出来，注意！注意！"

蒋介石部队果然严格遵守命令，收听广播后，就赶紧把舰船都从料罗湾上撤走了。这时大海显得如此空寂，只有海面的波光在粼粼闪动。但我知道，时针在向前跃动，一切都在等待着一个已经决定的时刻的到来。战士们的手也许握紧了大炮的升降轮，也许正把炮弹拭擦了一遍又一遍。我想起不过十几天前，在国外，和几位亚洲非洲的朋友解释着，他们所热情关怀、而又感到"神奇莫解"的台湾海峡战争，为什么是帝国主义的绞索这个问题。而现在我自己亲身在这儿感受着这战争史上前所未有的崭新的一页了。我听着一位高级指挥员在电话上回答问题："不要碰那个塔，塔是个古迹。将来我们去了还要好好看一看呢！对准军事目标打，民房和营房不要打！烟太大，等烟消了，看准目标再打！"

我得利用炮还没打响的时刻，细细体会一下这新的战争生活。年轻的海军战士，穿着海蓝的军服，披着白色的翻领，在地图板上做着复杂的作业，聪明的眼光，闪出胜利的信心。我是住过朝鲜前线的坑道的，而这里的坑道像整洁的街道，不必弯腰就可以走过去，坑顶上亮着电灯，墙壁上安装了木板，坑道口的墙报上贴满战士有着海一般宽阔胸怀、太阳一般炽热的感情的诗篇。交通沟胸墙上密密麻麻布满电话线，使你想到人身上复杂而灵敏的神经中枢。使我惊喜的是当我从瞭望孔回过头时，忽然看到我所熟识的一位同志站在眼前，他那双大眼睛一闪笑了。他就是我们在东北冰天雪地，三下江南时,最早派去掌握炮兵的人。那时敌人炮火还占着绝对优势,那时,我们从荒山野地里一件一件寻找着日本军队遗失的火炮零件,我们就这样凭着自己双手,从无到有,在激烈斗争中,建设起我们如此强大的炮兵。还是让挨炮的人公允地去评价我们炮火的威力吧!这也是东风压倒西风的一个例证。

美帝国主义在派兵侵入中近东后,又在台湾海峡玩火,蒋介石军队也用炮火向我挑衅,从8月23日开始我们对他们进行炮火惩罚。金门蒋军立刻惊呼起来:"炮弹像下暴雨一样啊!""我们的兵舰起火了!"果然,蒋军一只美字号舰被炸成两段,现在,还躺在料罗湾水面上。在这时,他们张皇失措了,他们不能不提出问题:"我们的美国朋友呢?"23日开始炮击,恰好24日是联合国讨论美英侵入黎巴嫩、约旦的大会闭幕的一天,一波未平,一波又起,大家都指着杜勒斯的鼻子骂他,他想燃起战争火焰吓人,结果他却一下子被全世界人民愤怒的烈火浓烟包围了。站立起来的中国人民从来不怕美帝国主义,而且双手抓紧套在美帝国主义脖颈上的绞索,华尔街的"绅士"们脖颈上套上一根绞索当然不大体面,不过绞索既然是自己套上的,那么绞索勒紧的滋味,也就只好由他们自己去尝受吧!

大金门岛港口由雾中显露出来。时间到了!指挥员看着表,发出"预备!"的口令。我听到电话中传出炮阵地上传达口令的声音:"预备!……"然后戛然静止,一点声息都没有了,最后,指挥员昂起头来喊了一声:"放!"

为了看清炮击全景,我跑到坑道外面的交通壕里。一片明镜的大海,一片耀眼的阳光,突然像千万火花迸跳,各处闪亮了白色的闪光,万弹齐发,排空而去。我定睛看准小金门岛,原来那里寂然不动,一下,这里那里,冒出一小朵一小朵棉花桃似的发亮的白烟团。烟团愈增愈多,愈涨愈大,变为灰色浓烟,浓烟很快汇合成一片,就像岛上发生了大地震、大火灾,烟和火腾空旋卷缠绕,不久,海变为灰色,天空变为灰色。你如若测验我们炮兵的射击准确性,你只看看那孤零零荡的大海之中,小得像块小石头的鼠屿吧!它是蒋军伸到小金门前面的眼睛,但它太小了,如若阳光太强烈,一闪眼,你简直在海涛中就找不到这小岛。但是一弹一弹,弹弹都准确地命中了,小岛一时之间给浓烟湮没了。炮声从四面八方升起,深沉的轰隆声聚作一团在海面上久久地滚动着,火光在闪烁,炮弹在崩裂。

如果你在这样时刻,立足于厦门这一处山岩上,面对着汹涌澎湃的海洋,你就会自然而然感到你背后整个强大的祖国在拥抱着你,在支持着你。你会明白:从北京而来那万里长途上,照红整个夜空的炼铁炼钢的熊熊火焰,都和你有着多么亲切的关系；你会明白：从黎明到夜晚，又从夜晚到黎明，在飘扬的彩旗下是深翻耕地的人群，每一分努力都和你有着多么密切的关系；你会感到亿万人民时刻凝视着前线的眼光和那跃动的心，在这时，你心中升起一种真正崇高的英雄主义的感情。在福建前线这无数日日夜夜，正是这样充满了英雄气息，真是天风海涛，人的志气比天风高，比海涛壮。无数海军英雄在战斗中像星星一样明亮发光，一只小小鱼雷快艇，夜间出击，独自冲破惊涛骇浪，冒着纷飞弹火，一下突入敌人舰群之中将敌舰击沉；英雄的人民和英雄的部队结成一体，老百姓，连男带女，连大人带小孩都成为战斗部队的辎重兵，甚至在炮火下，一群一群跳进阵地和战士们一道作战。在这里这一切：每一次战斗，每一滴血汗，每一星火花，每一片弹片，都渗透了英雄主义，都闪着奇异的光彩，都深刻说明：中国人民对于叛逆祖国的人的庄严的惩罚。昨天是个双日，蒋军的刘安琪刚刚飞到金门来接替胡琏的职位，今天是个单日，近两万发炮弹震动了金门。当然震动的不只是金门，震动的是全世界，对艾森豪威尔、杜勒斯来说是绞索拉得更紧了，对广大人民来说，正如印度《闪电》周报所说：整个亚洲和非洲对我们未被杜勒斯的恫吓吓倒而感到自豪。让这可珍贵的自豪心像早晨的太阳一样升上天空，照遍大地吧！请看，今日这为爆炸所震动，为硝烟所遮没的金门群岛，不就是帝国主义在悲惨下场的写照吗？福建前线的英雄们愈战愈勇，炮声从中午到下午，从下午到初夜，一直在海面上轰隆隆地响着……

（刊发于1958年11月8日《人民日报》）

看愚公怎样移山

——沙石峪村党支部领导群众艰苦奋斗十年间

东　生

沙石峪在古长城以南,四面立着高山。早先,只有走投无路的穷苦人才到这"鬼哭狼嚎之地"避难谋生。后来,山外的地主嗅到了人烟,立刻像一群饿狗似的扑进了深山。上自山顶,下至山脚,一片一片被瓜分光了。避难人又遭了大难。多年以来,这个好几十户人家的村庄穷得连自己的名字都没有了,不但外村人,就连本村的人也都不叫它沙石峪,而叫它大狼峪北沟。八路军来了,人们才知道河北省遵化县有个村子叫作沙石峪……

热情等待多数　耐心说服少数

沙石峪是个干山沟,"滴水贵如油"。一提起水,人们就像头顶烈日行走在茫茫的沙漠里。每天早晨,男男女女到大狼峪弄水,翻山越岭,往返十几里地。路上一不小心打翻了水桶,有人暗自流泪,有人号哭着要跳涧自尽。夜里,有人梦见下雨,拿着水桶往外跑,原来却是风在戏弄人!1951年春天,党号召组织起来,由穷变富。永泉大叔说:"没有水,咋个变法?没有水,咋组织也白搭!先请个风水先生来帮咱找水吧?"全村闹开了。风水先生请是不请?多数人赞成请,少数人坚决反对。一道难题摆在党支部面前:服从多数吧,明知行不通,还跟着人们闹迷信,岂不要犯错误?赞成少数吧,多数群众起不来,岂不是一事无成,寸步难行?难哪,难哪!当年跟敌人斗争,好像还没有这么复杂;再苦,群众也熬过来了。今天,"穷"山却把人压得喘不过气来,使人不敢相信自己,而把希望寄托给神仙。风水先生究竟该不该请?争论来,争论去,最后决定:请!年轻人一听瞪了眼:怎么,党支部还讲迷信?

风水先生请来了。人们问他:"你这大年岁,弄啥饭吃呢?"他说:"饭好办,猪肉饺子就行。""菜呢?""嗨,菜更好办,炒点羊肉、鸡蛋,再弄点酒,也就过去了。"大伙一听,呆了。永泉大叔说:"好吧,大伙凑凑。只要能找到水,咱就养你的老,天天给你包饺子吃!"风水先生是个瘫子,走路不行,骑驴也不行。于是人们把八仙桌翻过来,找了八个壮汉子轮流抬着他;从山上游到山下,从这山游到那山,整整游了五天。最后,他手往东坡一指:"水在那儿!"

支部书记张贵顺带领群众打井了。年轻人嘀咕他:"嘀,看他那股劲,好像水在下边等他哩!"其实,张贵顺满心想挖到的,恰恰不是水,而是比水更贵重、比水更需要的东西——群众的觉悟、由穷变富的取之不尽的源泉!

一天又一天,人们在猜着,盼着:到底有没有水呀?谜,破了!大人、小孩奔走相告:"没有水!"人们围在一口死井旁边,相对无言。永泉大叔顿足一吼:"走,把风水先生拖来,埋到井里去!"张贵顺说:"埋他干啥?他是咱一天一块大洋请来的。"老人说:"怪我,怪我!说是四丈五见水,五丈深够用,可咱打了五丈八尺深,越打越干巴,连点潮气也没有呀!"他看看山一般高的石头堆,又望望手上的血泡,伤心地说:"咱没听支部的话,咱……咱对不起……"老人孩子似的哭了。

秋天,县里来了个技术员。他风餐露宿,不辞劳苦,终于在山北找到了水源。永泉大叔含泪带笑地说:"小伙子,咱该留下那些猪肉白面,给你包饺子吃呀!"

水的神秘之门被打开了。穷山沟里的人终于看见了一线希望。通过打井,支部既教育了多数群众必须破除迷信,又教育了少数积极分子怎样破除迷信。从此,在沙石峪,修水利比办任何事情都来得顺畅。几个冬天,几个春天,沙石峪人在坚如铁板的石山上,用炸药、用钢钎、用铁镐,凿成了四口水井,一个大蓄水池,十二个小蓄水池。1959 年、1960 年的大旱抗过去了;1961 年又降下更大的灾:一连八个月,没有下雨雪;所有的水井、水池——沙石峪人十年的心血呀,干了,全干了!试种四次都没有成功,直到 6 月 10 日,庄稼还没种上。太阳似火烧,人心像火烤。社员大会上,多数人主张立刻出发,到大狼峪提水抢种;少数人说种了也活不成,不如等老天开恩。最后,众人的目光一齐射向张贵顺,仿佛在说:就看你一句话了!张贵顺只说了一句"大伙再琢磨琢磨",会就散了。年轻人直嘀咕:"还琢磨个啥呀?凭他的威望,只要他说声干,谁还不干?""真怪呀,那年请风水先生,他向着多数;可现在咱是多数,他又向着少数了!"

张贵顺在支委会上说:"天大的灾,必得有天大的决心来抗。少数人决心不大,勉强种下去,要是灾情更重,少数就可能变成多数,岂不真是'种了也活不成'?"支部副书记刘义凤接着说:"当年,多数人不觉悟,咱只好说服少数人等待多数,不但把风水先生请来了,而且还带头打井。看起来,咱是后退了一步。可这一步是非退不可呀。好比咱走路,面前忽然有个大坑,你必得退几步,准备好,然后才能跃过去,继续往前走。十年来,咱在水利方面有这么大成绩,就是证明。多数不觉悟不能强迫,少数不觉悟也不能强迫。所以,宁肯晚一点,咱也要把少数人说服。人心齐了,气鼓足了,干得就会更快!"性急的支委们被他们说服以后,又分头去说服别人。张贵顺也和"少数派"一起琢磨。他说:"你们看,除了提水抢种,还有啥更好的法子?"人们连连摇头。"那么,提水抢种是不是最后一条道?从坏处想,种下去可能死,也可能活;不种,岂不是光有死,没有活?凭咱过去的经验,神仙靠不得,天也靠不得,那么,咱靠谁?""靠国家呗!咱就是靠救济粮活过来的。""靠国家,这话不错。可是,咱靠国家,国家又靠谁?"一阵沉默。是呀,国家又靠谁呢?还不是靠咱大伙?永泉大叔一边想,一边望着那口干枯的死井,仿佛听见风水先生在笑哩!他往起一站:"好吧,就是上刀山,咱也跟着上!"人心齐了,气鼓足了。看,男男女女,老老少少,挑呀抬呀,从大狼峪到沙石峪,从早晨到黄昏。太阳,好毒的太阳啊,烧得地冒烟,人冒火。支部号召:"共产党员、共青团员们,拿出上甘岭战斗的精神!咱挑的不是水,是粮食!"

果然,沙石峪人赢得了丰收。单是八天内抢种的七十三亩玉米,平均亩产五百斤。山那边另一个村,和沙石峪地挨着地,因为等天下雨误了农时,玉米亩产量只有三百四十斤。人们说:真是"不怕不识货,但怕货比货"呀!

爱护群众干劲　遵守党的政策

穷山沟缺水也缺土,"粒土赛如珠"。举目一望,沙石峪仿佛就是一片瓦砾场:荒山秃岭上下,遍地皆是石头。地挂在山梁上,"瓢一块,碗一片",一亩地少则有八九块,多则有八九十块。夹着沙石的表土只有三四寸深,下边就是石头了。每年国家要供应沙石峪十几万斤粮食。有人在会上公开说:"咱过去是要饭的命,现在是吃救济粮的命。唉,'人穷志短,马瘦毛长',算咱没出息,看你们年轻的吧。"

向山要粮确实不如向山要水容易。可是，一旦群众乐意挥舞起铁镐，有很多看起来无法克服的困难，其实都是可以克服的。"不靠神仙不靠天，艰苦奋斗几十年！"沙石峪人在党的号召下行动起来了。早晨，天空飘着雪花，社员们都在家里取暖。忽然，有人发现山上有人影儿。全村一下传开了："干部们上山啰！"社员们纷纷拿起"开山斧"——铁镐，奔上北山。刘义凤喊道："天气冷，你们都回家歇着！""那你们是干啥呀？"干部们在试验。群众要求开发北山，支部反复讨论：值不值得？要多少工？要不要包工？怎么包法？等等，这些问题一直争论不下。刘义凤说："咱先上山试试，然后讨论不更好吗？"第二天，他们上山了，群众也跟着来了。社员们嚷着："嗨，干就得了，还试验个啥？"有些干部也动摇起来："干就干吧。"张贵顺说："不能！天这么冷，雪还下着，必须让大伙休息。长期奋斗，何在乎这一会半会？再说，咱还没筹划好，这么大工程要是闹坏了，那要浪费多少劳力，耽误多大事情？一切都得'三思而后行'啊！"好说歹说，才把群众动员回家。天晴了，一切都筹划好了，工程才正式开始。人们把北山西半边石头撬开，垒起坝阶，整成梯田。可是，土只有三寸来深。接着，人们又把北山东半边石头撬开，从石头缝里搜出土，垫在西半边的梯田上。如今，半山梯田成行，半山石头如墙，难怪人说："北山梯田是从别的山上捧来的。"

　　沙石峪人有个习惯：一到农闲，大伙就琢磨有啥新点子好出。共青团员们提出：义务劳动，劈山填涧！年轻人说干就干开了。铁锤钢钎，叮当响。阎耀连气冲冲地去找支部："怎么，社员册子上没有咱是怎的？咱还没有老朽哩！"刘义凤笑着说："六十好几的人，该歇歇啦！"他说："嗨，你又提起这年岁干啥？早先咱想：年岁大了，一辈子入不了党了，偷偷流了多少泪。可咱六十六岁上还当了共产党员哩！"十五个老人坐在涧边要活干，谁也劝不走。刘义凤无可奈何，说道："好吧，年轻人搬石头，你们帮着垒一道坝，别让山水把土冲跑了。"老人们喜笑颜开："那行！"不多久，涧边又聚了一大群人，嚷着："青年、老年都干了，咱中年还能歇着？""老人都干了，咱妇女还能歇着？"三十多人的队伍一下扩大到一百多。支部看见这种情形，马上开会研究：群众起来了，怎样才能既不给他们泼冷水，又不使他们的热情浪费一点一滴？支部决定：每天劳动不能超过两小时，而且要记工分。年轻人一听瞪了眼，有的干部也直嘀咕："这算个啥呀？"张贵顺再三地解释："同志，咱得细水长流嘛！留得青山在，还怕没柴烧？至于记工分，这也不是什么新鲜事儿。'多劳多得'不是咱们党一贯的政策么？哪能随随便便不执行呢？""细水长流"了九十天，小山被劈掉了半边，涧里填上了五千多方石头，再铺上一尺多从各个角落搜来的土，一块全村最大的耕地诞生了。多大呢？五亩三分。十年来，沙石峪人就这样点点滴滴地埋头苦干，开荒三百多亩，使耕地面积扩大了三分之一；七百亩坡地改成了梯田，根本改变了水土流失的严重情况；土层由三四寸加深到七八寸；土质也越来越肥。

尊重客观条件　加强主观努力

支部一手抓多种，一手抓高产。当初，推广洋白薯的时候，群众都不乐意。到处流传着："外孙到姥姥家做客去了，欢蹦乱跳的一个娃呀，吃了洋白薯就鸡蛋，唉，给毒死啦！"张贵顺一再地说："这是谣言，咱可不能上当。"可是，群众始终不信他。有一天，他把大伙请到家里，说道："这是炒鸡蛋，这是洋白薯，我吃给你们看！"人们嚷起来："别吃呀！别吃呀！"张贵顺吃了。谣言被戳穿了，许多人还是不愿种。张贵顺又一再宣传别村栽洋白薯的好处，有人却说："那是别村，咱这儿是沙石峪！洋白薯究竟有啥好处，咱没见着，你也没见着呀！"张贵顺一想：这话说得在理。于是，他种了一亩试验田，秋天找社员一块来收，当场一称：亩产量几乎比本地白薯高一倍！群众信服了。

有些年轻人常常责怪老农保守：种棉花啦，种麦子啦，玉米授粉啦，人工授精啦，等等，老人们好像都反对。可是，党支部一直教育青年：老农的经验多着哩！要好好向他们学习！生产上很多点子不都是老农出的么？在沙石峪，老农座谈会每季开，遇到重大问题随时开，这也成了一种习惯。有一次，一位老农在闲谈中说："白薯地里套种玉米，兴许能多打粮。"支部马上发动大伙讨论，有人说行，有人说不行。行不行？试验！第一年，四个生产队种了四块试验田，收了玉米，却少收了白薯。反对的人更多了。支部又向老农求教。大家琢磨好久，说这么着：玉米一过清明就种，到了立秋就割，那时，白薯长得正旺，需要给它腾出阳光。第二年试验结果，三个队都挺好，就是赵队长的试验又失败了。大家主张立刻在全村推广，赵队长却说："不行，我还得再试一年。"人们批评他保守。张贵顺说："不能这么讲。我看，赵队长是对的。尽管一个村，各队条件也有不同。你们试验成功了可以推广，他还得再试验。"第三年，赵队长试验成功了。从此，白薯地除了收白薯，一般每亩平均还能收百把斤玉米。

从合作社成立以来，支部年年种试验田。试验田有各式各样，但目标是一个：试验为了推广，不是为了装饰，而推广又必须是在"咱沙石峪的"和"目前可能的"条件之下来进行。第四生产队是以年年完不成包产任务闻名的。究竟是啥道理？谈来谈去，总是一个结论："二流子地长不出好庄稼！"张贵顺说："各队具体条件的确不一样，可是，基本条件是相同的：咱村的地差不多都是二流子地呀！三个队都能年年超产，为啥四队就那么特别呢？"四队的人听了很不服气："哼，你来试试！"张贵顺说："好吧，咱去试试。"支部研究以后，邀请四队社员开会，请他们挑一块"不能种庄稼"的最坏的地给支部试验小组。有人站起来说："请问，你们打算施多少肥？"这个问题好厉害呀！人们正是嚷嚷肥料不够地才瘦的啊！张贵顺笑着说："你们施多少，咱施多少，而且请你们来施。种子也不特殊。"秋天，支部在南山背阴场种的一亩试验田，收了一百八十多斤谷子，而紧挨着的二十多亩同样的地，平均只打了三十来斤。相差这么大，秘密在哪？不在天，不在地，而在于人。有人念念不忘"古人言"："人吃肉，地吃臭"；"勤耪不如懒施粪"，等等。这些话确有道理。粪多当然最好，可是，由于客观条件的限制，粪一下不可能那么多，怎么办？那就要在其他方面，特别是在管理上下工夫了。"耕三耙四耪八遍"；"镐头响，庄稼长"；"苗薅一寸，赛如施粪"；"不怕下雨晚，就怕锄头赶"……这些也是应该念念不忘的"古人言"啊！四队社员总结、推广了支部试验田的经验，并且利用冬闲广开肥源，积极创造比过去更好的客观条件。这样，第二年，四队就由亏产队变成了超产队，而南山背阴场那二十多亩谷子地，平均亩产量也由三十多斤跳到一百一十多斤。人们开始懂得：客观条件尽管一样，实际结果也有不同。这就看"事在人为"了。如果顺着客观规律加强主观努力，那就像"好钢用在刀口上"；如果违背了客观规律，主观上再努力，那也好比"鲜花插在牛粪里"。

计划牢靠实在　执行坚决彻底

"事在人为"这句话，往往各有各的理解。有一次，在上边开会，讨论粮食生产计划，许多人都把指标订得很高，张贵顺却说："咱沙石峪粮食亩产量恐怕只能达到三百五十斤。"会散了，有位热心肠的人跑去找他谈话："贵顺同志，你是咱全省的劳动模范，大伙对你希望很高，可你……唉，真叫人泄气呀！"张贵顺慢腾腾地说："咱村要达到亩产三百五，还得加把劲哩。""你不是爱说'事在人为'吗？为啥……""不错，咱是爱说这句话。可'事在人为'决不等于人愿意咋样就能咋样。咱们共产党不是最讲究'实事求是'吗？""光讲'实事求是'不行呀！我提醒你：有的干部因为保守受了批评，你还看不到？""咱是庄稼人，受了批评，还是庄稼人。只要符合党的原则，咱怕啥？"

自然，张贵顺没有受到处分。相反地，他这种实事求是、坚持真理的态度，博得了人们的尊敬和赞扬。不过，张贵顺说："这有啥可夸呢？咱从1939年加入党，党一直就是这么教育咱的。当初，刘义凤跟我一道给八路军跑情报，敌人有多少人，多少马，多少枪，多少炮，必须弄得清清楚楚，明明白白。每一回，尽管咱说：'保准没错！'可八路军还总是问咱：情况是这样吗？到底真不真呀？完全可靠吗？有时简直问得你心烦。可又一想：这是应该的嘛！打仗可不是闹着玩的。党教导咱做任何事情都得脚踏实地，一是一，二是二，不能弄虚作假。领导生产好比打仗，兴许比打仗还要复杂，不脚踏实地能行吗？不实事求是能行吗？"

计划要牢靠实在，明确简单；从群众到干部，充分酝酿，充分讨论；一经决定，就得坚决执行，贯彻到底——这是沙石峪支部领导工作的一条重要经验。对于执行中的问题，支部检查及时，解决及时；并且善于利用活的事实来教育干部。去年夏天，雨后抢种任务急，支部决定实行小组包工，三天抢种完白薯。第一天，一队九个弱劳力半天栽了九亩白薯，二队十一个强劳力半天只栽了七亩。为啥会这样？原来，一队执行了包工制，二队没有执行。张贵顺在支委会上说："保义，你是支委，为啥带头违反支部的决定呢？"保义说："我自己跟着干的，看见大伙都挺带劲，以为不包工也可以……"刘义凤说："保义呀，你要知道，群众的潜力大得很哩！"支委李述君说："领导领导，就是要想方设法把群众的力气统统'领导'出来嘛！"张贵顺说："咱常讲'思想大如力气'，思想通了，力气就会更大。可是，思想真正要通，不能光靠嘴去动员，还要靠制度来保证。包了工，不但能'多劳多得'，而且能使大伙责任明确，目标具体，有个指望，有个奔头。因为包工好，支部才作了决定，你怎么能随随便便就不执行呢？"下半天，二队按照支部的决定实行了包工，结果栽了十五亩白薯，上半天没有包工，只栽了七亩。年轻的保义这才从心眼里接受了支委会对他的批评。

虽然走了些弯路，支部规定的三天栽完白薯的计划还是彻底实现了。

小计划如此，大计划更是如此。张贵顺代表沙石峪向上级提出的粮食亩产三百五十斤的计划指标，基本上实现了。请看岳各庄公社沙石峪大队：粮食亩产量，自1958年人民公社成立以来四年间，每年平均三百四十八斤，1952年办起合作社以后六年间，每年平均一百九十六斤，而从前只有七八十斤；粮食总产量，公社四年几乎跟合作社六年一般多。从1957年起，沙石峪不再向国家要粮，第一次卖粮五千六百斤给国家，1958年卖了四万斤，1959年卖了五万七，1960年卖了六万三，1961年卖了六万五。十年来，沙石峪每年平均只有一百八十三个劳力，没有机器，全凭双手，不管条件多艰难，粮食却年年增产。谈起这些，连过去最落后的人现在也总爱向外村人夸耀："咱村的党支部可真有两下哩！"

明天不是今天　　明天来自今天

其实，老年人都知道，张贵顺也是栽过跟头的。初办合作社那年，他不顾少数群众的反对，生搬外地经验，大种果木，大办副业，忽视了粮食生产；结果，副业亏了本，粮食增产很少，合作社几乎垮了台。人们闹着要退社，纷纷从地里把果树拔了。张贵顺急得团团转："大叔，求求你，这八棵果树你就留下作纪念吧！"李万老人说："非拔不可！苹果不吃可以，饭不吃不行！"张贵顺伤心极了。为了那些果树，为了大伙的事，他费了多少心血呀！当初，穷山沟里沉闷极了，看狗打架好像是人们唯一的娱乐。他想，生产要闹好，必得使大家乐和起来。于是，他黑夜在家编歌谣，白天在僻静地方一个人学扭秧歌，有人跑去告诉他妻子："呀，了不得，你们当家的疯啦！一个人又唱又跳的，好半天了。"山沟里敲开了锣鼓，响起了歌声。可是，生产没闹好，乌云又笼上人们的脸。张贵顺也要卷起铺盖下山不干了。他老婆说："哼，共产党员要不怕困难呀，立场坚定呀，为群众谋幸福呀，你是咋教育我来着？"张贵顺说："不是咱不愿干，是群众不拥护咱。""四十二户才退了十户，全村至少还有一半人拥护你哩！再说，另一半为啥不拥护你？因为……""咱犯了错误……""人吃五谷杂粮，哪能保准没病？错了就改呗！"张贵顺笑了："你可真有两下子呀！"他老婆也笑了："都是你教育的嘛！"上级党委也帮助张贵顺总结了教训，使他懂得：为群众办事，光有热心不够，还要会办——一切从实际出发，事事走群众路线，不然，好事也要办糟的。张贵顺诚心诚意向群众作了检讨，有的社员被感动得流下了泪，当场站起来说："贵顺呀，你为咱熬红了眼，累酸了腰，可从来也不哼一声。你犯了错误，也是为咱大伙早一点过好日子。你人好，心好，这些咱全知道。你就是性子急了点，步子快了点，咱跟不上趟。其实，这也不能全怪你。合作社咋搞？谁知道啊！千斤的担子众人挑，再大的错，咱大伙也为你担待啦！"张贵顺一边听着，一边眼圈也红了起来。夜里，他躺在炕上，细细琢磨群众的意见。李万老人的话在他耳边响着："咱缺的是粮食，不是苹果！"对呀，问题就在这儿！从此，支部紧紧抓牢了粮食生产——"关键的关键"，一刻也没有放松过。

那么，"绿化荒山，梯田变果园"的远大理想呢？放弃这个理想，穷山沟又怎么能富呢？不能把明天当成今天，可是，明天不正是从今天开始的吗？对，不管眼前多困难，理想决不能放弃，目标决不能模糊，一定要朝党所指出的山区建设的方向走！张贵顺想：群众所以把地里的果树拔掉，是因为害怕收不到庄稼。那么，果树栽到荒山上去行不行？群众说不行，干部们也说不行：石头山上哪能长果树呀？张贵顺想说：能！外地就有成功的例子。可是，他把话咽下去了。他知道，必须让群众亲眼看见：咱沙石峪也能！

秋天，开辟打谷场的时候，张贵顺偶然发现，一条一丈多长的老核桃树根长在石头缝里。又有一次，他发现赵明家的果树在大雨之后，土被冲跑了，树根裸露在外边，而树根也是长在石头缝里！于是，他首先说服了干部，然后又邀请群众到这棵树下开会，把那条一丈多长的树根也背来了。大伙议论纷纷，有人信，有人不信，不过都说可以试试。经过反复的讨论，周密的准备，支部决定："先难后易，向狼洼进军！"许多人一听又傻了眼：这狼群出没之地，黑石头桩子像狼牙似的，满眼皆是呀！再三的讨论，再三的说服。开始行动了。第一天，五十多人去狼洼打果树垵子，晚上回来直听人嚷嚷："石头那个硬呀！镐头打坏了七八张，一人一天一个垵子也没打成。""说啥也不干了！"支部又开会研究，决定由党、团员报名，组成一支突击队，再去试试。数九寒天，北风呼呼地吹。狼洼里轰轰隆隆，叮叮当当，一炮一堆石碴，一锤一团火花。有人一天打了七个垵子。群众被共产党员不怕一切困难的英雄气概深深感动了。这样，三十多人的队伍又扩大到一百多。奋斗九十天，狼洼里出现了五千七百个果树垵——三尺深三尺宽的坑。坑里填上土，栽上了苹果树。

"桃三杏四梨五年，枣树当年就卖钱。"树上的果子越结越多，群众的眼睛也就越来越亮了。如今，满山上下，果木成林，桃、杏、枣、核桃和苹果，大小约十万棵。当初在狼洼打垵的时候，张贵顺曾经说："果树中间一定要留下汽车道呀！"这句话后来被当成了笑料。果树开花了，人们想起这句话来，却真地满心在笑！老人们曾经说："嗨，栽这些果树干啥？咱年岁老了，反正也吃不到！"第一年，桃树结了八十个果，支部专门开会，研究如何分配。第二天，全村老农被邀请来开会。张贵顺说："今天的会没啥内容，就是请大家来吃桃子。"老人们轻轻抚摸着鲜嫩的桃子，就像抚摸着孙儿的小脸，有人眯着眼笑，有人流下快乐和感激的泪，有人自言自语地说："真没想到，咱这辈子还能吃上这玩意！"1960年和1961年，沙石峪卖给国家各种干鲜果将近七万斤，共收入五万四千四百元，约占每年总收入的三分之一。人们说："这还只是个开头和零头呢！"

许多老人过去也反对种树，说什么"千年松，万年柏，栽这有啥用！"如今，看，三十万棵冬夏常青的松柏，像两块绿色的地毯，覆盖在东山和西山之巅。沙石峪不再是满眼土黄色了！

今天不忘过去　个人不忘国家

水涨船高：生产不断发展，生活日益改善。左近村庄流传的"有女不嫁沙石峪，光有石头没有地，野菜糟糠填肚皮，数九寒天没有衣"的时代，一去不复返了！公社成立四年来，沙石峪人每年平均收入比合作社六年每年平均收入增加了53%。十年内，社员新建瓦房九十五间，新添被褥五百一十床，自行车四十一辆，缝纫机九台。全村一百零八户，半数以上人家有余粮，九十多户人家有存款，每一户平均养了两口猪。

"可是，咱从前过的是什么日子？"张贵顺的话使人们心里一颤，痛苦年月留下的伤疤又被触痛了！老年人耷拉下脑袋，青年人屏息静听："在旧社会，最好的年景每人每年也吃不到七八十斤粮。全村八十八户，每年有六十五户人家要到外地帮地主扛活、要饭、逃荒。长顺，你还记得吧，你是怎么要饭来着？地主放狗咬你，把你咬伤了，又给了你一个'粽子'，剥开看看，里边包的是啥？是土！你七岁的弟弟饿死了，十一岁的姐姐被人卖了……过去，咱穷得连炕席都没有，一家老小一床被，被子又是啥？是破口袋当里，麻包袋当面。全村一半人家，一户一条没有补丁的裤子，谁出门走亲戚谁套上，有人十八岁还没穿上裤子，二十五岁还没穿过鞋！就拿合作化初年的光景来说，那时候，大伙来开会穿的是啥？现在，你们看看，会场上的人穿的又是啥？"人们情不自禁地互相望着：嗨，现在和过去简直没法比呀！可是，要比，不比较，有些人慢慢就把过去忘了。特别是幸福的年轻人没有遭到过旧社会的不幸，往往"身在福中不知福"，不会勤俭过日子，粮多了就大吃大喝，钱多了就乱花乱用。针对这种情况，去年冬天，支部展开了"三个十年"的教育，要每一个青年去访问一位老人，了解一下从前过的是啥日月；也让全体社员比较比较：合作化前十年沙石峪是个啥样子？近十年是个啥样子？将来十年又是个啥样子？张贵顺抱病参加了社员大会。他激动地说："青年人应该知道过去的艰难。人民的江山来之不易呀！老一辈人流血流汗创下的家底，你们可要好好爱惜。党教导咱们，富日子要当穷日子过，何况咱还没有富哩！"青年人低头沉思，老年人频频点首。张贵顺说："国家富强了，个人才会幸福。国家处处为咱想，咱也要处处为国家想。咱的眼光不能只看着沙石峪呀。大伙知道，这几年，国家连着遭灾，困难不小，灾区困难更大。过去国家支援咱，光1951年就给咱村九万斤粮。今天，咱也要尽力支援国家，支援灾区……"经过"三个十年"的教育，社员的社会主义觉悟大大提高了。他们在"支援国家！支援灾区！"的口号下，争向国家出售了五千斤"光荣粮"，国家贷款的欠账由两千多元下降到三百多元，银行的储蓄却由五千多元上升到一万八千多元。

今年春节过后，有的社员说柴火缺，希望国家像往年一样给煤。支部一调查，发现问题严重：社员普遍缺柴烧，全村三十多个白薯炕没柴烧。咋办？是向国家伸手要呢，还是依靠自己的双手？支部发动大伙讨论。社员议论开了："烧煤多省事哩。""不，并不省事。国家每年给咱六七万斤煤，这个数目可不小呀！""再说，这许多煤，一天一趟牛车去拉，来回三十里地，一共要拉多少趟？要费多少工？""还有一层，凭咱的老经验，烧白薯炕用煤并不好。一斤薯种，斤半柴足够了，煤二斤也打不住。为啥？因为薯炕要的是烟。""就算做饭、烧薯炕不用煤，每年一万斤打铁的煤总少不了吧？""嗨，咱可以用柴跟国家换煤嘛！""可哪儿有柴呢？"这时，人们又一次想起了王国藩的"穷棒子社"；它和沙石峪只隔几个山头，每到艰难时刻，"穷棒子精神"就像春风一般把沙石峪人从失望里唤醒过来。缺柴，向山要！沙石峪掀起了一个"刨地边"的热潮。一个月内，人们刨去梯田四边的杂草，既解决了社员的烧柴、全村白薯炕的烧柴、换煤打铁需要的柴，为国家节约了好几万斤煤；又平整了土地，使地边能种庄稼，将耕地面积扩大了二十多亩。

干部是庄稼人　干部是带路人

沙石峪人说:"咱村一切是'干'字当先:有啥困难?干!有啥困难?干部带头干!""咱社员最满意的是啥?是办公室里没有光拿工分不干活的闲人。""咱村的干部没有一个指手划脚的。""咱村没有不下地的干部。"

干部参加劳动,这是沙石峪的传统。工作再忙,干部也能分出时间来干活,而干活也就成了他们工作中不可缺少的一部分。社员们说:"干部都打头干,咱还能歇着?""干部跟咱一道干,再苦咱也不觉苦,再难咱也不觉难,为啥?心里痛快!"干部们说:"工作要闹好,必须下地跑。群众的情绪咋样?生产上有啥问题?不下地,你啥也不知道!""咱既是干部,又是庄稼人。庄稼人永远离不开庄稼。不'汗滴禾下土',又怎知道'粒粒皆辛苦'?不知道'粒粒皆辛苦',又怎能管好家业,当好干部?"

十多年来,沙石峪的干部和党员经受了种种的考验,没有一个干部被淘汰,没有一个党员受处分。新干部、新党员又不断地涌现出来。群众夸干部,爱党员,为啥?不是因为他们工作当中没有缺点、错误,而是因为他们从不多吃多拿、多占多分,艰苦朴素,勤勤恳恳,始终保持了庄稼人的本色。公社一成立,张贵顺就当了公社党委副书记兼社主任,尽管工作劳累,体弱多病,可他还是经常和社员一起下地干活。去年,他就做了七十个劳动日。当合作社主任的时候,他常到外地去开会,别村的干部好多都骑着自行车,他呢,背着被包,一走就是好几十里。社员们看见了,纷纷骑着自行车去追他:"贵顺,你骑我的车去吧!"他说:"不用,走路走惯了,没啥!"妇女们也跑去找他妻子:"看你们当家的那个寒酸样,好像还是当年给八路军跑情报似的。""咱明着跟你说吧:你们当家的不是代表你,是代表咱沙石峪去开会呀!你看看别村的干部……"他妻子说:"嗨,这些话咱不是没跟他说过呀!可他总是说:咱沙石峪就是穷嘛,怕人笑话干啥?王国藩人家生产闹得那么好,至今还没骑自行车呢。"1957 年,沙石峪有了二十多辆自行车,张贵顺才用自己的钱买了一辆。

一切从发展生产出发,该花的钱坚决花,不该花、可花可不花的钱坚决不花——这是沙石峪支部的又一个特色。高级社时期,有一次,张贵顺从外边回来,看见人们忙着盖房子。他问:"这是干啥?"人们说:"盖办公室。""谁叫盖的?""大伙开会决定的。""立刻停工!""这是为啥?咱村越来越富,还怕花这么几个钱?人家大狼峪都盖了哩!""咱要跟人家比生产,不要跟人家比阔气！党再三教育咱，一切要有利于生产，一切要从生产出发。你们算过没算过：盖这要多少钱，多少工？""咋没算过呢？三百来块钱，五百多个工，小意思！""小意思？这许多钱，这许多工，花在生产上能办多少事！这是社员一把汗一把汗换来的钱呀！随便把它糟蹋掉，你们就不心疼？庄稼不能到处长，办公哪儿不能办？"办公室没有盖成。直到如今，大队部还设在磨豆腐、养猪的"副业坊"里。

过去，村里来了客人，大队要单独起伙。好客的主人总想用好饭好菜来招待，而且，总得有个把人陪客。每一次，饭菜总剩下不少。这一来，浪费就大了，社员也有意见。支部专门开了会，决定把客饭包到户里，由大队给补助。结果还是行不通：大队每年要浪费两千斤粮食，包饭的户也觉得是个负担。于是，支部提出：恢复八路军时代的老传统——号饭咋样？群众拍手叫好。从此，不管来了什么客，都是轮流号饭：今天这家，明天那家，要是在村里待上三十天，你就会跟三十户人家交上朋友。外来的干部普遍接近了群众，受到了教育；社员每接待一次客人也好像上了一堂爱国主义的课；大队不再需要补助了，干部也不再需要陪客了。

"咱村的干部对社员好！"群众从心坎里说出来的这句话，听起来很普通，可是，却多么亲切，多么深刻。有一次，上级来了指示，外出修水库的人要带炕席。有的干部说："没啥，把社员家的炕席拿走就是。"张贵顺一听，急了："炕席拿走了，一家老小怎么办？""夏天没炕席也行嘛。""不行！即或夏天过得去，冬天又怎么办？""那时修水库的人也该回来了嘛。""炕席在外边弄坏了怎么办？""坏了买新的嘛。""一时买不到又怎么办？""那我倒要问你：上级的指示怎么办？""上级指示要带炕席，可没有说拿社员家里的炕席！""那么，这许多炕席到哪儿去找？""赶紧派人到城里去买。""一时买不到又怎么办？""再想别的法。要是实在没法想，那就应该如实地向上级反映情况，上级是不会不体谅咱的。"炕席在城里买到了，这样，既忠实地执行了上级的指示，又坚决地保护了群众的利益。张贵顺说："一张炕席的确值不了几个钱，可是，多少年来，群众已经习惯了，一年到头离不开它。过去就是再穷，破席子也得弄一张，这样才像个人家。如果把社员的炕席拿走，岂不要为一桩'小事'闹翻了天？党一再教育咱：要把生产闹好，必须发动群众；要想发动群众，必须时时关心群众生活，处处爱护群众利益。八路军当年为啥能打胜仗？还不是因为它来自人民，爱护人民，不拿群众的一针一线？"

社员们感动地说:"咱村的干部对社员好!""干部前头走着,咱在后头跟着。跟这样的干部走,咱白天不怕打雷,黑天不怕下雨,吓不了,跌不倒,心里踏实着哩!""咱村的干部,真正配得上是咱毛主席的好干部啊!"

从合作化以来,第一个十年过去了。这是沙石峪人"发奋图强"的十年,这是充满了斗争的十年,这是在困难重重的路上勇敢前进的十年!从初级社到高级社,从高级社到人民公社,一步一个脚印,一步一层阶梯。回顾以往,沙石峪人充满了自豪。他们爱说:"咱沙石峪从前……""咱沙石峪今天……"他们更爱说:"是谁给咱们指出的光明道?是谁给咱村培养的好领导?是党,是咱毛主席呵!"

沙石峪人精神抖擞地跨进了第二个十年。他们知道,山外有山,天外有天,前头的路还很艰难、遥远。"穷"山还在家门口立着哩!你看,虽是阳春三月天,除了东西山上那两块"松柏地毯",满眼皆是土黄色;塞外的寒风还阵阵袭人。可是,你再看,白云朵朵的天上飞雁成行,山洼里桃花正含苞欲放;春天,暖融融的春天呀,已经在人们的心头荡漾!

(刊发于 1962 年 6 月 27 日《人民日报》)

黄连架

碧 野

大巫山北麓的狮象坪，形状像吼天狮子和奔象的南北两座山岭，高高地俯临着一片幽蓝的峡谷。在这高山深谷中，云烟冉冉，晨雾流荡。每当朝阳突破云雾，把一缕金光射落到河面上或丛林梢头的时候，一种异样璀璨的华彩，像流金耀眼，像珠宝辉煌，多么动人心魄呵。

就在这时隐时现的璀璨的晨光中，我发现在区委会的屋边，有人使唤着牛在柿子林里翻地。我知道这只耕牛很调皮，难使唤，可是现在只见他熟练地驾驭着它，犁铧在薄雾中闪光，晨光把人和牲口的敏捷动态都倒映在池塘中。

谁这么早就在翻地呢？我走前去一看，原来是到区委会来参加会议的一个年纪不小的生产大队的干部，同志们都尊称他为化爷。我在区委会住了几天，知道他是黄连架高山生产大队的党总支书记，可是会议忙，我一直没有机会跟他谈过话。

在会议期间，我发现他在干部中间是最敦实最俭朴的一个。长圈圈胡，头缠黑布，穿黄泥染的及膝长布袜，脚踩一双草鞋。同志们告诉我，化爷已经换下了那烂丝挂体的衣服了，要是过去来开会，生人一看也准能猜着他是从最贫苦的黄连架来的。

"你们大队出产黄连吗？"现在，我第一次找上这个机会跟化爷说话。

"你什么时候到我们队里去看看？不远，只爬几十里山路。"他指着那云雾中的南边大山，笑着邀请我。

今天上午会议结束，可是他闲不住，临走还要给区委会的菜地里干点活。我很喜欢他这个干劲，立即答应跟他上黄连架。

我跟化爷出发去黄连架的时候，发现他与众不同的是，身上挂了一口小薄铁锅和一个粮袋。化爷在高山地区领导生产，天天都要爬山、涉水、穿林，山遥路远，人烟稀少，跑饿了就烧一把野火，随处为炊。

我们穿过峡谷,来到野渡口。渡口横着一只小船,由行人自己撑着过河。我望着这由千泉百涧汇成的小河,问起这条河的名字。化爷急速轻巧地撑着小渡船,用竹篙拨动漂浮的水草告诉我说:这河没有正式名字,俗呼古水。

我心里不由得感叹起来:野渡无人,河水无名,多荒僻的去处呵!

渡过古水,迎面就是陡立的山崖。我跟着化爷上山。

一路都是老林死黄土的陡坡,盘盘折折,积年的落叶埋到脚踝。这是遮天蔽日的杂木林,我紧紧地跟定化爷旱烟袋忽闪忽闪微小的红火亮。十多里山路,我像掉进了黑水洋似的,而化爷却眼力好,还能沿途捡野栗子给我吃。

等到爬出山林,我已经浑身大汗。化爷这才发现我把他沿途捡的野栗子装满了两口袋,累得连一个也没有吃。他找了一处平坦的地方,让我坐下歇一口气,然后捡来一小捆枯树枝,烧野栗子。

我一边吃着烧野栗子,一边眺望。只见我们走过的高山峡谷中已经阳光灿烂,古水像春天的游丝似的在飘飘闪闪。可是在这高山上,却处处还是流云走雾。云影飘飘忽忽,时薄时厚,日色曚昽,时明时暗。

一片云彩刚刚在我们的头顶上低低地飘过,紧接着又是一片云彩低低地飘来。

"多高的山呵,我们简直是坐在云堆里了。"我说。

"我们脚踩的这个地方,才两千多米,只是黄连架的边边上呢,再往上走,那才真是腾云驾雾呀!"化爷敦厚地笑着说。

我一听说这里已经是黄连架,不由得睁大了眼睛往周围打量:

"怎么不见有人家?"

"我们黄连架纵横五十里,只住八十五户,难得看见人家。"化爷正说着,忽然远远传来一声隐约的枪响。

他跳了起来,对我喊了一声:"走!"

化爷已经是上五十岁的人了,但走起山路来步履如飞,精力充沛。

"化爷,你一天能跑多少路?"我呼哧呼哧地问道。

"不多,二百里。我这还是在迈方步呢。论走山路,我一天就能把黄连架转完。"化爷说话果真连气也不喘。

"那真是好马也追不上你!"我说。

"好马追不上我,我可追得上老虎豹子!"化爷笑得钢针似的圈圈胡乱颤。

我们来到一个山坳里,化爷往前面一座滴水崖脚一指:

"正着!"

一只大狗熊躺在那里，我吓了一跳。

原来刚才的枪声就是从这里传去的。埋的自响枪正好打死了这只大狗熊。

在这山坳里，不但机巧地埋设了自响枪，而且巧妙地架有千斤塌，支有自打棍。这是专打狗熊、老虎、豹子和野猪的。

"这山上的野兽真不少，光是皮张就是一宗大收入。"我高兴地说。

化爷望了望时明时暗的日色：

"太阳照顶了，走吧。"

山路越来越难走。在崎岖的山路上，化爷时不时拉我一把，跳过山涧，爬上山崖。我只能时断时续地跟他扯谈。

原来，化爷是黄连架最穷最苦的一个，但他穷苦得有侠气，有骨头。他年轻的时候，以打猎、挖野药为生。他经常把兽肉分给山上的孤寡，每隔半年把兽皮和野药背到四川省去换盐。那时，居住在这高山上的人，一年到头难得吃到盐，十有八九长大瘿包，坠得气喘。他换盐从四川背着回来，大巫山高峰峻岭，来去一千多里，他爬千山过万水，饿了就采些野果吃，渴了就喝些雪水冰流。日行荒山，夜宿老林。可是沿途关卡勒索，一百斤盐背回黄连架只剩下一二十斤，分到每个人手里只有一小撮。当年化爷既不图名也不图利，为的只是让散住这山上的贫家穷户减轻一些疾病的痛苦……

这高山上，农民刚刚组织起来生产的时候，有生产资料的中农户不要赤手空拳的贫农户。十家贫农缺牛，人拉犁辛辛苦苦种庄稼。碰上春荒，十家贫农家家揭不开锅。往日，像化爷这一号穷汉，越穷就越熬练一些手艺随身。他能拿猎钩，能挖野药，也能打铁、烧炭，还能干木匠和泥水匠的活路。现在，刚把穷哥们凑拢一起过日子，就碰上春荒。于是他留下大伙在荒坡上苦撑，自己却下山去给人家盖房子。从这一乡到那一乡，他穿一身破烂，顶着冷风，四处奔波。他不肯自己吃饱，半饥半饿地砍木，抹泥，砌砖，两只粗大的手在春寒中裂成千百道血口，把自己省下的口粮和赚到的杂粮全都背回山上来，让十家贫农每人几斤掺着野菜度过了春荒……

说话间，我忽然看见远远的山腰里，出现了一座木城。木城在云纱的缭绕中，像缥缈的仙乡灵境。

"那是寨子吧？"我问道。

化爷笑了笑，只顾领着我往那山腰走去。

我们走到木城跟前一看，原来这随着山势围成的木城，竟有几里方圆！木城里种的有苞谷、稻子、高粱。隐约中有几户人家，像零散的小岛被包围在碧水连天似的庄稼的海洋里。包谷已经吐红缨，稻子已经沉甸甸，高粱已经抽穗。这茂盛的庄稼织成一幅无比华丽的天鹅绒，在日色照亮的地方，像鲜妍的明花，在云纱遮掩的地方，像影影绰绰的暗花。而当一阵山风吹过，却立即掀起万顷碧波。

"好叫人喜欢！"我神往地说。

"明白了吧，这不是寨子，是防兽木城。"化爷忠厚中带着几分狡猾地微笑说。

"好主意，这一来，野猪狗熊可真是白瞪眼！"我笑着说，心想这一定是化爷想的法子。

"仗着它，我们大队这几年才连续保住了收成。"化爷说。

"万木垒成城，这工程不小！"我赞叹道。

"像这样的防兽木城，我们黄连架可有的是呢。"化爷摸了摸圈圈胡，高兴地说。

"砍这么多树，还是满山绿。"我这才发现黄连架的树木真多。

"人养山，山养人。"化爷说着，就领着我绕行木城，往远处的云岭走去。

去云岭的沿途山坡上，处处布满了被砍伐成段的花犁木排架。这是培植白木耳和黑木耳的林带。那平铺在坡上的，是乌金闪亮的黑土耳；那在日影斑斑的林荫下架成堆的，是亮晶晶的白木耳。我们经过这里，就像是行走在墨玉和白银铺成的道路上。

黑木耳是山珍，白木耳是补品。

"原来黄连架是这么富呵！"我大声说。

化爷只顾赶路，没有搭腔。

当我们走近云岭的时候，化爷才停下脚步，往上漫指着大岭说：

"看，这才是宝山呀！"

我仰望云岭，白云缕缕飘游在岭上，那郁郁苍苍的林木，显得比别处更加浓密，更加青翠，像碧绸绿缎，明丽柔洁，没有一点杂色。

"好漂亮！岭上长的是什么树？"我快乐地问道。

化爷这一次却不慌不忙，坐下吸着一袋烟，慢悠悠地喷着烟圈告诉我说，原先这云岭长的是杂木林，三年前，他领着大伙上岭砍掉杂木，留下漆树育苗。

"看，现在成了一座漆树山林，今年就可以开刀割漆上缴国家了！"

从化爷的圈圈胡中间猛喷出的浓烟中，我看见他温良的眼光里流露出光辉的神采,从他的这种动人的神采中,我看出了他改造大自然的一股豪情。

当我跟着化爷离开云岭的时候,我还一步一回头地去看那凝翠的漆树山林。

"前面还有更好看的!"化爷催促我快走。

离开云岭,前面出现了更巍峨的山峰,陡峭危立,成锯齿形。白云像玉带缠住山腰。灰苍苍,浮出云天。越走近,越看出巨岩累累。有几只苍鹰在山腰的云中盘旋出没。

"那是什么?"我忽然遥指着半山陡崖上的一大片一大片鲜绿问道。

"那是石田,种的是党参。"化爷说。

"怎能站得住脚呵?"我惊叹起来。

"我们山里人,手脚练成了铁爪钢钩。"化爷却说得很平常。

当化爷领着我走过峪口的时候,忽然站住说:

"你上下看一看!"

头上是千寻石壁,日照明崖,有群猴在盘生石缝的杂树间攀登跳跃;崖脚是一道深流,水流沉碧,波光映着日色,有鱼群在嬉游。

"上面是猴山,下面是温水河,产钱鱼。秋天钱鱼进洞就用网装了晒成干鱼外运。"化爷说着又环指了一下周围,"看见吧,那些都是香菌。"

我这才发现在石山坡上,到处堆的有腐朽的杂树。在问答之间,我才知道原来是化爷领着队里的年轻人,用绳子挂在石壁上,把杂木砍下来,培植香菌,一雨一收。现在,满坡腐朽的杂树,经云蒸雾湿后,出现了繁星一样的香菌。

"黄连架的石头也产宝!"我感慨地说。

"事在人为呵。"化爷微微一笑。

化爷这话果真不错。日落黄昏,当我跟着化爷到了黄连架高山大队驻地的一片山谷的时候,就完全证实了他的这句话。

在荒僻的山谷里,有新盖的瓦舍,有新建的木屋,有专门防兽起给羊群住的羊楼,有小型水力发电站,有磨房,磨面磨粉,有铸铁小工厂,制造犁铧和制造猎枪……

今天,山区的新鲜事儿我领略了不少,可是我忽然感到不足地问道:

"到了黄连架,却没有去看一看黄连棚!"

化爷笑了起来:

"'人住黄连架,命比黄连苦'。这是旧日起的地名呵!"

"那么这地名现在该改一改了。"我拉住化爷粗大有力的手说。

"不改的好,我们要让后代子孙知道,原来这里是个什么地方!"化爷眼光沉思地望着我,庄严地说。

(刊发于1963年2月5日《人民日报》)

特别的姑娘

黄宗英　张久荣

一

按照计划日程，我们本该离开河北省宝坻县了。我们向全国知名的邢燕子队和铁姑娘队的姊妹们依依不舍地道了别。行囊已经理好，可打心眼儿里就是不愿走。听县委宣传部老杨说，这里还有个姑娘，名叫侯隽，乡亲们都说她"特别"，我们决定去看看这个"特别"的姑娘。

一个早晨，我们来到史各庄公社豆家桥生产大队。一进村，我们就打听侯隽住在哪儿。村里正在盖新房子，有人在屋顶上上瓦，一位大叔望着远处地头说："这会儿侯隽哪能在家，不定在哪块地里干活哪！"这时候，有一群孩子把我们围上了，问："你们是侯隽的同学吗？""你们也是听毛主席的话来种地的吗？"我问孩子们是不是都认识侯隽？喜欢不喜欢侯隽？孩子们七嘴八舌地嚷开了："她可好哪，尽教我们唱歌。""给我们讲故事。""她还是民校老师。""她会织'车把套'，我们都学会了。"……孩子把我们带到一座低矮的小屋前，门上搭着锁，我正犹豫，一个小女孩轻轻把锁一摘，把门推开说："进去吧，这门从来不锁住，侯隽愿意大伙儿到她屋里去玩。"我跨进门去：这是一座用秫秸夹的小泥房，顶棚破处露出秫秸秆秆，窗户纸透风的地方，用旧席片子挡住，小屋里锅灶土炕，柴堆水缸，墙上挂着留种的玉米，墙角靠着一两件农具，又用碎砖头搭了个摆瓶瓶罐罐的案子。乍看是个庄稼人住的屋，又过分简陋了些。只是那炕角上的歌谱、口琴，一本《怎样写美术字》的小册子，一只新式的塑料茶杯，自制的插筷子的布袋……显示出屋子的主人不像是个"土生土长"的种田人。

我们刚迈进门时，就有几位大娘婶子也挤进来了。我耳边听到她们在喊喳着议论什么:"准是的,没错儿。""这下可好了。"我回过头来叫:"大娘!"一位背着小孙孙的大娘亲热地招呼我们坐,问道:"这二位同志准是来接侯隽的吧?"我一愣,正不知如何作答,亏得这大娘爱说话,一口气地唠叨下去:"这闺女可真会受啊。我就跟她说过,你在这儿吃份苦,上边瞅得见,总有一天会把你这份人才调到大地方当干部去。"我心里直嘀咕,我走过许多有知识青年当"新农民"的村庄,当我们向群众了解情况时,也常有为年轻人"请功"或"告状"的,可是从来没有碰到干脆要求调走的。我心想向她们解释,我们不是什么上级,更没有权利调人,随嘴却问出:"大娘,您不愿意侯隽在这儿吗?"大娘说:"咋不愿意?这样的闺女可哪儿找!跟谁都和。可这是怎么说的?大高中毕了业,念的那书一本本老厚,全不带小人儿的。老远跑到我们这儿来,没一个亲门近支的,有个伴儿也'颠儿'啦。成天下地,汗珠子掉地摔八瓣,一冬尽吃点白薯干子,说是要把好粮食留农忙吃,我们眼时再苦的庄稼人过得也比她强,这算哪门子事啦!"另一位婶子也赶着"说情":"这闺女在这儿太孤了,太可怜……"我问:"侯隽自己怎么说?"大娘说:"她自己肯说啥?那闺女不软,不软也偷偷地哭了好几回了。"婶子又忙解释:"搁谁谁也挡不住掉泪啊。也怪她当初想得太特别,干嘛……"这时外边响起一个清朗柔和的声音:"我不走,我哪儿也不去。"我看见孩子们牵着一个姑娘的衣角说着话走过来了。这姑娘,看上去,性格温和稳重。她脸色红红的,剪短发,戴着顶旧草帽,身个不高不矮,虽然不壮,倒也结结实实,她上身穿一件褪了色的"北京蓝"的上衣,下边裤子膝盖上补着补丁,一双青布鞋,没穿袜子,我特别注意到她的脚胫乌黑光亮,肩上扛着锄头,左手还攥着一本《人民文学》和一张报纸,我想起我的家乡老一辈人管种田的叫"乌脚梗",管不劳动的读书人叫"白脚梗",而今天,扛着锄头,攥着书本,攥着书本,扛着锄头的"乌脚梗",是一天比一天多了。姑娘停在门口,惊奇地睁大眼睛打量着我们。

二

侯隽,今年二十岁,家住北京,父亲是工程师,母亲是工会的干部。侯隽的母校是北京良乡中学,六年来她就在"良中"住读,曾因品学兼优获得北京市教育局的奖状。一九六二年,毕业前夕,同学们壮志勃勃,一部分人忙着投考大学,一部分人急着上山下乡回家建设新农村。啊,有谁接触过中学毕业生填写志愿时的心情和眼神吗？如果我是个音乐家或画家，我要呕心沥血去描绘这样的刹那，年轻人的思想里波涛汹涌，万马奔驰，翻腾着整个的世界，有数不清的工作、兴趣、理想吸引着他们，突然，一个最强音出现了，"站出来，任祖国挑选！千条志愿，万条志愿，党的需要是第一志愿。"于是，顷刻间，端端思绪全凝化为一个极为单纯的坚定的信念，一个极为热烈的渴望——到党最需要的地方去，到青年人最应该去的地方去。侯隽就是这样千千万万高中毕业生中的一个，她虽然也曾向往学文学、学历史、学外语、学医护……可是，目前哪里党最需要、哪里青年人最应该去呢——农业战线！侯隽此刻突然觉得自己有了主意了，成熟了，她觉得别的想法都是"小时候想着玩"的往事了，只有"当农民"才是她终身的志愿。无论是和同学们在月光下散步的时候，或倚着课桌凝想的时候，她总是听到党和祖国在召唤，她的眼前总是展现碧绿的田野，金黄的麦浪，总是看见回乡参加生产的先进知识青年邢燕子、王培珍……在向她招手。她也曾犹豫过"我行吗？"接着她又果断地想："行，别人能锻炼出来，我为什么不能？"有人说，"农村苦啊！"她想："对，我就是要去吃苦，让我们这一代年轻人把苦吃个干净，用我们的双手和智慧为祖国人民，为后代创造幸福吧。"

  可是具体问题来了，人家问侯隽："你家在北京市，你下哪个乡呢？"侯隽说："哪儿要我我就上哪儿。"这时，有一个和她最要好的姑娘，从小学六年级起就和她同学，七年来两人秤杆不离秤锤老在一块儿。那姑娘说，"你随我走吧。"侯隽说："你家在山东济南市区，我去干吗？"那姑娘说："我能找着地方，我从小生长在河北宝坻县豆桥庄，十几年前土改时，我父亲在豆桥分到过一间屋。虽说现在豆桥也没一个亲人了，小屋还在，咱们俩到那儿扎根去吧。"两个姑娘互相倾诉着共同的理想，并且把预先设想出来的种种困难，一一想好解决的办法。那姑娘就兴冲冲地和豆桥生产大队以及小时候的伙伴联系上了。队里表示欢迎，小伙伴张俊峰已经是高中二年级的学生，也回家参加劳动了，还热情地说要骑自行车来长途汽车站接她们，给她们驮行李。两个姑娘高兴地当时就去办迁移户口手续了。她们决定要走的那天，也正是高等学校报考的最后一天。老师一方面鼓励她们，一方面也对她们说："党号召广大知识青年到农村去。因为革命青年必须和工农群众结合在一块。同时，党也需要一部分青年升入大学，掌握更丰富的知识，将来更好地为工农群众服务，从侯隽多方面的条件来说，也还是可以考虑继续升学。"可是任何时代，都有它的最前线，年轻人谁不渴望奔赴最前线？同学们都夸赞她们有志气,也有人担心她们"弦定得太高",有点"浪漫主义",好意地劝她们考虑得更周到些。侯隽的父母先是不同意女儿去的,因为这不同于学校里有组织的分配介绍,有点不放心。女儿又非去不可,他们就要女儿再仔细地冷静地想想,这是一辈子的生活道路的起点,若是去了,就不能半途而废。侯隽从小在城市里长大,吃饭在机关学校食堂里,穿衣着鞋是百货公司去买,送成衣铺去机器扎,袜子破了补不好,水开不开听不出音。下乡又要劳动,又要做饭,侯隽的身子又单薄,真能行吗?真能坚持住吗?——谁都不能回答,只有让生活,让时间,让事实来回答。

三

一九六二年七月十日,史各庄公社又增加了两名新社员,两个高中毕业生在豆桥生产队落户了。虽然这里受了点旱灾,物质条件较贫乏,可是干部和社员对待她们的热情却极为丰盛。大家都觉得这件事挺新鲜,挺有意思,也挺特别。冀东老百姓的胸怀永远为革命者敞开着,当年怎样地接待老八路,今天还是怎样地接待支援农业的新兵。大家跑来七手八脚地帮助她们糊顶棚,油窗户,你搭冷灶,我架锅,东邻送瓢,西邻借铲。队长媳妇刚给送碗甜酱,书记闺女又提了串咸菜疙瘩,生产队还搬来口大水缸。"喊里咔嚓"地就把个家安置好了。

年轻的姑娘呀,尽管她们自己以为是大人了,设想考虑得很周到,思想准备得很充足了。可是在生活面前,她们到底还是个孩子。人生、困难、斗争和整个的世界在她们,也才不过是像偎在母亲怀里数着夜空的星星,或是和小伙伴滚在青草地上,仰看变幻的彩霞。而生活的实际,却似莽莽风云,滔滔激流滚滚涌来。第一战役,冀东平原上大大咧咧没半点含蓄的七月骄阳,算跟这两个才从课堂里走出来的学生较上劲儿啦。烈日毫不客气地把姑娘的皮肤晒糊了。姑娘大汗小汗溜溜地淌,农业活儿,也不像是在学校里每周两小时的劳动锻炼那么简单愉快,就说耪地吧,抡起锄来不知怎么迈步,使出全身的劲儿,还是耪不深。明明跟人家一齐动的手,可总是被人家拉得很远,这下,可算形象地了解了"落后"二字的解释了,田垄变得好像无限长,老也到不了头。侯隽发狠地说:"你瞧,咱们立志当新农民,地里的活儿都干不好,算什么农民呢?"两人一商量,决定加紧练,赶上老农。于是早晨鸡才叫,星星刚退,她们已经在田里练了,耪地时候练耪,开苗的时候练开苗……

腰酸腿疼还在地里干,手上磨起一个个血泡还是干。在农民看来是轻而易举小拇指拨拉拨拉就成了的事,她们都得拼出半条命来。光是下地劳动不算,一天还得做三顿饭,在那火笼一般的西晒的小厢屋里,两个人糊鼓揪瞎糊弄,夹生过火、盐大碱小好歹地算填了肚子了。再加上,这一年,夏秋之交,又涝得厉害,庄稼被淹了,春旱秋涝,灾上加灾,眼看是要减产,口粮上虽然队里对她们还是照顾的,可是她们半点存底儿也没有,所以"吃口"挺紧,也不敢敞开吃饱。宝坻一带,洼地多,苇塘多,大花蚊子,"小叮"蚊子,也来向姑娘献殷勤了。两个姑娘只侯隽带来一顶单人小帐子,你推我让地,侯隽不肯把帐子挂起来,她们的腿被咬烂了,至今留有斑斑的疤痕。生活的考验实在够呛,可是姑娘在地里没少唱歌,在村头的大槐树底下,还表演舞蹈,她们说:"生活越艰苦越紧张才越有意义。"

唉,话虽这么说,可惜生活和"意义"也有"闹分家"的时候。还不到一个足月,那个带侯隽来的姑娘走了(老是"那姑娘""那姑娘"写不明白听不顺,请谅解我姑隐其名的苦衷。乡亲们都说"那姑娘"再机灵不过了,就叫她"小机灵"吧)。"小机灵"灵机一动,到×村去看朋友去了。本来,一个伙伴儿,暂时离开十天半月也不打紧,可是侯隽这时和豆桥的乡亲还有些人生面不熟的,又摸不准伙伴这一去什么时候回来,就特别感到孤单难受,更有人传说:"小机灵"是去订亲去了。有人和侯隽逗着说:"人家有对象啦,不回来啦。"有人同情地说:"可真不够意思,她把你给'闪'了。"更有人背后叨咕说:"我说是吧,那个走了,这个也待不长。"侯隽的歌声喑哑了,眼泪老是不听话地往外跑。党支部书记张清瑞鼓励她说:"侯隽啊,当初来的时候铁嘴钢牙咋说的,可别'半截革命论',咱对革命的热情,可不能像水皮上的油花,浮头一撩,就剩凉水一缸了,要越考验越热,越锻炼越强才是好样的!"那直性子爱说话的大娘也为她排解忧愁:"她走她的,走了更好,省得你啥事儿都得让着她,吃饭也老是她吃稠的,你喝稀的。"侯隽嗫嗫地说:"她回来,我还让她吃稠的。"

大秋时候,"小机灵"蹦蹦跶跶地回来了。侯隽把自己掉泪的事全忘了,姐俩又有说有笑,有商有量,又唱又闹了。

说也凑巧,树还没有掉叶儿,"小机灵"的母亲又病了,"小机灵"就回济南去了,这一走,一个月,两个月,三个月……也没回来。有人替侯隽着想说:"伴儿也走了,你也回北京吧,在我们这个'破'地方,是图个什么呢?怎么了局呢?"侯隽的眼圈又红了。豆桥的姑娘帮着把侯隽的小铺盖一卷……侯隽没有回北京，而是搬到了新结识的女伴儿的暖屋热炕头上。豆桥的人们哪一个不疼侯隽呢。常常是侯隽回到小厢屋做饭时，缸里水满着，有时候锅盖上躺着把鲜嫩的小葱……侯隽天天和大家在一起，在风风雨雨的田野里来来去去，一步步、一锄锄地，把意志和麦种一起深深地种下，相信它一定会发芽。

　　冀东平原上的赛小刀子的老北风也来拜望姑娘，姑娘的手脚全冻裂了。农忙季节已经过去，家里的妈妈也想煞这心尖尖上的女儿了，捎信来叫她回家和弟弟妹妹一起过新年。可是，侯隽在这里教起冬学民校来。每天夜晚，在油灯下，在琅琅的书声中，姑娘把自己学得的知识一点一滴地教给别人。天气一天比一天冷，而姑娘感到夜夜有暖流流过心房。直到古历腊月二十七，庄户人家都忙着扫房，杀猪，剁馅……没空来上学了，侯隽才坐着进城的牛车，有生以来第一次捎上些按自己劳动工分分来的谷子、棒子、猪肉、白面……买上张长途汽车票，回北京过春节。侯隽在豆桥劳动了半年，庄稼活儿，"久熟，久熟"干久了，又有人把着手教，自然而然就熟了，大家"鉴定"说："侯隽苦夏寒冬的，风里雨里泥里土里'抢打'过来了，像个庄稼闺女啦，干活够点意思啦。"她和大家相处得亲亲乎乎的，春节这一走，大家又是为她回家看妈高兴，又是嘀咕她不会再回来，本来嘛，这儿没家、没业、没亲、没故，闺女有啥可恋的呢？何况侯隽也说过，自己虽然是决心不脱离农业，可是很想去国营农场，也曾向有关方面去过信。……侯隽还会不会回来呢？

四

　　没等"七九河开"，不待"八九雁来"，她穿着一身厚棉裤棉袄，扛着从家里搬来的新炕桌，掖着几本农业书，回到自己简陋的小厢屋。人们觉得侯隽好像长大了些。有人说侯隽有心事，尽发愁。可有的人说侯隽更踏实了，她经常把书报带到地头，念给大家听。并把一首首新歌，一句句地教给村里的年轻人。她不但已经不用劳烦团支部书记戚连升费心偷偷给她挑水，而且大队部的水缸竟常常被她挑满。她把家里带来的喇叭口的裙子改成了劳动服。……但是，侯隽是不是就真地留在豆桥，不知道，姑娘的心还没有定下来，此刻，我的笔也不能为她做任何的艺术加工。

　　也许读者还关心着侯隽和"小机灵"的友谊吧，七载同窗，立志并肩走向生活，在这经受严峻考验的第八个年头，是否就此分手呢？据豆桥的姑娘告诉我，情况是这样的：才过春节，"小机灵"从济南回来，路过豆桥，见侯隽不在家，就径往×某村去了，侯隽回来，一听说，就愣了，撂下炕桌，就往×村写信，一封封地写，可是"小机灵"难得回信。及至证实"小机灵"真地订了婚，并在×村小学当上代课老师了。肯定是不回豆桥了，"小机灵"又老给侯隽写信，侯隽又懒得搭理她了。后来，"小机灵"来把侯隽接到她未来的婆婆家去玩，做好的给侯隽吃，请她瞧"皮影"，住了几天，侯隽非走不可，"小机灵"说："多玩两天嘛。"侯隽说："我想家了。""小机灵"没明白："咋个啦？""你不想咱们那个家，我想。"侯隽就回豆桥了。我们和侯隽谈心时，总想"套套"她和"小机灵"的具体的矛盾冲突，可是侯隽没说过她一句不好听的话，只是深有所感地解释："生活的实际考验，比我们所想像的要复杂得多，它并不像在小说和电影里那么富有'文学性'和'诗意'。"呀——我真恨自己的文风花里胡哨，没能把侯隽所经受的考验真切如实地反映出来。它非常琐碎、细致、平凡，又是从早到晚、从大到小、从近到远无所不在的。豆桥的群众对"小机灵"的评价可不像侯隽那么止于分寸，他们倾向鲜明，护着侯隽，爱说的大娘又向我们检举："那姑娘参加农业的心，是牛蹄子两半着。这件事做得就是不够意思。"好心的婶子告诉我们，"小机灵"来豆桥办迁出户口手续时，她从小厢屋窗台猫眼里看见姐俩吵翻了。婶子说："侯隽就是嘴太笨，翻过来倒过去只两句话：'……你当初来的时候怎么说的，你当初怎么向老师和同学保证的'。"可是侯隽不承认吵翻了，她笑着说："别听她们的，我们没吵，她回来，我还跟她好，她要好好教书，我也还跟她好，她总算没离开农村。"我赞成侯隽这个态度。"小机灵"年纪还很轻，走过一小段弯路，前途还是很广阔的。但是必须估计到，改正缺点，要比打冲锋仗还要艰巨得多，要付出五倍、十倍的毅力和决心。有时候一张画稿画坏几笔，只好一切从头画起。

而侯隽呢，从她参加少先队的时候起，从她在中学里接受党和团，接受老师们的谆谆教育，从她树立了全心全意献身社会主义建设的理想的时候起，到她独立地驾起一只小船，驶向生活的汪洋大海。她划呀划呀，不管那波涛汹涌，涌浪回旋，也不管那黑夜的风暴，她甚至弄不清是哪只海鸟为她带路，哪座灯标为她避礁，哪里传来的歌声为她鼓劲。她只是不停地奋力向前划。筋酸骨痛还是划，胆战心惊还是划……当云雾渐渐散去，她发现方向是对的，对的！曙光是在前面，太阳又红又大又暖和，时代的长风巨浪推送着她的小船，她划出了好远好远，比她自己想象的要远得多，海阔无边、乘风万里，正好扬帆。一切经历过的困难和斗争都化为胜利的喜悦。真是到了"山口潜行始隈隩，山开旷望旋平陆"的境界，今天年轻人的理想的桃源，正在这不平静的农业前线，她的眼睛看得很清，很远，她的胸襟开朗，斗志昂扬。

侯隽是否就定居在豆桥，她以后到底应该怎么办？大家的看法很不一致，因为笔者的走访，掀起了辩论的热潮，一时成为史各庄公社豆桥党团支部的干部们，大叔大爷、大娘婶子、姑娘学生在地边、炕头、会场、当街的谈话中心。有的人说："是应该上人家到国营农场去，那边生活有规律，也用不着自己做饭，组织领导、政治文化各方面都比咱们这儿强，年轻人进步得快，学习技术也方便。"有的人不同意："在公社在生产队又不是没人管，都是共产党领导，哪儿更需要她呢？"有人说："咱不能主观做决定，侯隽，你还是自己把心窝儿端出来吧。"

侯隽带着自我检讨的心情，红着脸说："打我一来，公社、队里干部和乡亲们都这么关心我，待我好，帮助我进步。可是我自己还一阵阵地安不下心，想去农场，总还是为自己想得多。我现在高低不走了，我舍不得离开豆桥。再说越是条件差，越能锻炼人，这儿也需要我。"姑娘的眼眶再一次地湿润了，可是这是闪烁着幸福的泪花。寻找困难，是我们时代年轻人的风格，当一个人感到自己是跨过了一个相当的高度，感到自己是对大家有用，是多么幸福。这孩子就是这样，我们和她相处了那么多天，从来没听她讲过自己的优点，也从来没听她抱怨过什么。她才到豆桥不久，就给燕子姐姐写了一封信，可一直到今天都不好意思发，她老觉得自己还做得很不够。一年以前，侯隽还只能从字面概念上去理解毛主席说的："农村是一个广阔的天地，在那里是可以大有作为的。"可是今天，她多么想加劲使自己掌握更多的劳动本领和知识，好和农村青年成群结队，在这广阔的天地间，更高、更快、更勇猛地飞！飞！飞！

"是啊。"有人说："像侯隽这样的先进人儿，应该调到咱宝坻县的大红旗邢燕子或铁姑娘她们的队里，就合适了。"这话在年轻人中点起火来，为了侯隽她们的落户，热情忙活张罗了一年的张俊峰早憋不住了："人家是燕子，咱也不是天生的笨雀儿；人家是铁打的，咱就是豆腐做的啦？又不比人家缺胳膊短腿，要是侯隽带个头，咱就追不上人家了，先进人儿都凑在一块儿，起啥作用啊？不赞成！"

侯隽说:"我也常常想,咱们能不能也组织个什么队,拳头攥紧了才有力量。"姑娘们说:"着啊!"小伙子们嚷起来:"咱庄要组织可别叫什么姑娘队,得把我们也包括进去,不兴犯本位!"那位爱说话的大娘,可是还转不过弯子来:"别吵吵,干嘛死乞白赖地留人家闺女在这儿吃苦哪,没看人家掉泪儿的时候?"

侯隽笑起来:"大娘,您净记着我掉泪儿,您可不知道我心里有多乐,多甜。"我们能体会到:一个人如果听了党的话,为革命奋力工作时,那种"苦中自有乐,乐在吃苦中"的心情。好心婶子可也还在担忧:"年轻人别瞎起哄,你们敢情在家,守着妈哪,人家闺女多孤啊,多可怜,也没伴儿……"侯隽抢着说:"豆桥都是我的亲人,我不孤,党支持我。"着啊,豆桥的全体社员和她在一起,党和她在一起,千千万万的知识青年都是她的伴儿。我们也跟她做伴,生活中的新生事物教育了我们文艺工作者,我们不是生活的旁观者,我们不但是应该宣传新生的事物,而且首先是应该支持新生的事物。

…………

"是件好事啊,就是太特别。"大娘感叹地说。

"好就好在特别!"年轻人又"炸窝"啦。

"特别地有志气!"

"特别地有意义!"

"特别地有教育作用。人家跟咱这儿不沾一丝边儿,还非在这儿苦干实干,咱们还有啥话说!"

本来嘛,知识青年和劳动人民相结合,参加农业劳动,本身就是件特别的事,是前代知识分子从来没有也绝不可能做到的事,我们今天迈出了这伟大的一步。我们年轻人就是要立这样特别的志愿,干这样特别的事情。我想到"我们共产党人是具有特种性格的人,我们是由特殊材料制成的"这句话,我们深刻地感觉到,共产主义思想渗透在年轻一代的血液里,这是我们党的思想教育工作的一朵胜利之花。

五

侯隽不走了,侯隽坚决地留在豆桥了。

去年七月,侯隽还是学生;今年七月,侯隽已是农民。侯隽带着五分的优良成绩走出校门,她在生活的考场上,在她这一年的期终总评来说,又一次得到了五分。我们难以预料，在未来的征途中，她还要遇到多少次大大小小的测验，我们祝愿这位特别的姑娘，勇往直前，永远得五分！

豆桥，美丽的豆桥，翻滚的麦浪正在劳动的巨掌下被征服，全体社员都出动来忙"麦秋"了。今年麦子长得这旺实，乡亲们乐得后脑勺都开了花儿，侯隽在麦地里和大家一起拔麦子。这件新活儿，把姑娘的手又勒破了，姑娘把手指头缠起小布条，接着干。姑娘在场上，撂下叉杆，抄起扫帚，放下簸箕，抡起撬钩，天热，姑娘把短发用玻璃丝扎起两个小笤帚辫儿，额前的鬓毛，汗黏耷拉的，像剪了一圈齐眉穗儿，活是一个农家小闺女模样啦。笔者本应在这里打住煞尾了，可是想着也该再交代交代"小机灵"，我们打算去×村找找她，不料，她来了。这一天，我们正在场上"过箔"，把压过场以后的麦秸，在高粱秆编的有细缝的帘子上不停地拨来拨去，漏下剩余的麦粒，和短小的可喂牲口的花秸。"小机灵"穿着一身新衣裳来了。我们见了面都很高兴，她也拿起叉杆来和我们一起"过箔"，侯隽挽起裤腿，光着脚丫子，忙着给我们供料。我们还扯着闲话儿，后来，"小机灵"问我们："姐，听说你们是想把侯隽的事登报吗？""是啊。"她脸上"唰"地"挂色儿"了："你们可别写我啊。"我们笑了："怕我们批评你吗？我们的笔头虽有尖尖儿，看见你这小样儿心早软了。""真别写我，你们就把侯隽这面红旗树起来，就得了，别拿我衬着，再一艺术加工，我就没脸见人了。""我们是想跳过你，可是避不开，你想想，我们就是只写八个小字儿——她带侯隽来，她走了。也不能让读者看着是表扬你，是不是？"她停下叉杆来，瞧着我们："你们要把我写成反面人物吗？"我说："怎么可能哪，我们要肯定你几点，你是充满了热情来的，经受过一段困难的考验……你现在还是在农村。……"她又问："您说我就真错了吗？我当时想，我的家境困难，父母省吃俭用把我供到高中毕业不容易，我应该找个工作给家挣俩钱，不然怎么说得过去……"我正思忖着，每一个退下阵来的人，都会从"我"的角度找到一些"实际"理由，其实这些理由是一驳就站不住的，我怕话出口会太重，她接受不了。这时，和她从小一起长大的，火性直肠的张俊峰插嘴了："你就只知道你父母省吃俭用供你读高中，咋你爷爷奶奶省吃俭用，你爸爸可没念高中哪！""小机灵"委委曲曲地说："我当时想着也还可以支援支援侯隽，您看咱们这个'家'，顶今儿还是要啥没啥……"在我们对面干活的一位复员军人开腔了："就算你是份好心吧，可你忘了你和侯隽参加农业就等于上前线。你琢磨琢磨哪个知识青年扛起锄把来，没有多少双眼睛盯着盼着啊。""小机灵"不说话了,使劲地来回拨拉着麦秸已经不多的"箔",高粱秆发出哗嚓哗嚓的响声,半天她抬起头来:"姐,我是绕了个弯子,可我才二十几岁,往后日子长哪,您看着吧,我再也不挪窝儿了,我要好好地当小学教师,'麦秋''大秋'放假,我就到侯隽这儿来劳动,我不相信我永远走弯道儿。"我们高兴地说:"对!行!我们把你的话记下来,以后我们还要见面哪!"我想侯隽也一定在乐,这姑娘有哪一天不牵挂自己要好的小伙伴呢。我揩了揩额上的汗,放下叉杆,抬眼看侯隽,咦,她哪儿去啦,这个特别的姑娘。烈日当顶,拖拉机吼叫着,牵住八个大轴轴在场上转圈,腾起了土雾麸烟,满场是金子的海,金子的山,特别的姑娘在哪儿,是哪一个?这里谁也不特别。集体劳动的竞赛热情,融汇成一片雄壮和谐欢乐的和声,姑娘在人群中,姑娘在麦浪中,麦浪汹涌,麦浪汹涌……

五月二十三日—六月二十日写于豆桥—北京—宝坻

(刊发于1963年7月23日《人民日报》)

生　命

管　桦

一九六三年九月初二晚上，我从乡下回到北京。坐在电车上，想着回到家里，妻子怎样快活地迎接我，尤其是想到五岁的儿子跳跳，将怎样地跳起来，伸出两只光滑的小胖胳臂，搂着我的脖子，整个身子吊在我身上，把那红润的胖胖的小脸蛋儿，贴在我的脸上，用那种使普天下的父母都心醉的声调叫我"爸爸"。我想到这些，像喝醉了酒一般，醉醺醺闭起眼睛微笑着。

给我开门的是徐伯伯。头一句话就问我："接到电报了？"

"什么？"我吃了一惊，"电报？什么电报？"

"到屋里说吧。"徐伯伯眼睛回避着我的目光。

我一边往院里走，一边审视着他的脸色。一定发生了什么可怕的事。我被一种预感压迫着。我加快脚步，走进屋里。妻子没有像往常那样快活地迎接我。灯光下，只见她坐在藤椅上，脸色阴沉得可怕。我迅速地瞥了一眼床上。

"跳跳呢？"我问。同时注意到徐伯伯正在撩起衣襟擦泪。我只觉得一颗心在胸膛里上下忽悠了两下。我扔下行囊，走到妻子面前，审视着她的脸色。我的心情忽然不能自主了，我的眼睛，由于突然涌进泪水而再也看不清楚了。凭妻子的脸，她那由于极度哀痛而僵硬的脸，我看出有一种可怕的不幸降临到我们头上，我们心爱的跳儿的死！

"跳儿不行了！"妻子终于呜咽着说出这几个可怕的字眼儿。带着那样绝望的神情望我，以致我不能忍受她的目光，倒退几步，坐在椅子上。妻子满脸泪水，一边擤鼻子哭着，一边讲述跳跳得了大脑炎，开头只当是感冒，没抓紧治，等送到医院的时候，已经成了急救患者。医院使用了各种抗生素进行抢救，差不多浑身都用了冰袋，还是不退烧，而且病情日趋恶化。我一边听着妻子因为哭泣而不成句的讲述，一边环顾着屋子。我临走前，把着跳跳小手画的一张水墨画，还歪斜地贴在墙上，那是小跳跳自己用小手贴上去的。桌子上还摆着几本跳跳最爱看的连环画册，一把小铁枪……

"你要干什么？"我吃惊地问妻子。她打开箱子翻寻着什么。

"给他找件衣服准备万一啊！"

我听了这话，就像无数把刀子割着我的心。我猛然跳起来说："我去看看！"

当我从深夜空旷无人的马路上来到病房的时候，见差不多满满一屋子医生和护士，正在紧张地忙碌着。一个医生，用那种将军在战场上发施命令的简短急促的语调叫道："准备冰袋！退烧针！"

一个护士，脸上带着严肃的表情，瞥了我一眼，迈着匆急的步子，从我身边走过去了。一个四十多岁高个子医生，抬起他低垂在床上的头，收起听诊器，另一个戴近视眼镜、面目清秀、护士们叫她孙大夫的女医生，正在全神贯注地给跳儿打针。我想要冲过人群到床边去。忽然觉得有人拍我的肩膀，扯我的衣裳后襟。我猛回头，啊！我们机关的党支部书记和办公室的一位同志正站在我背后的墙角落里。

"啊，您，"我惊讶地望着他们，"深更半夜，您二位……"

但支部书记严肃地摇着巴掌，示意我不要妨碍医生们的工作。

这时候，戴近视眼镜的孙大夫打完了针。趁床边有了空隙，我冲过去，只见跳儿仰卧在床上，脸色焦黄，闭着眼睛，痛苦地扭动着身子，呻吟着。我俯下身，在孩子的耳边叫着："跳跳，爸爸来了！"没有回应。伸手摸摸手脚，冰一般凉得怕人。站在我身边的林大夫忧虑地说：

"这是最可怕的高烧！"

我跑到院子里，坐在亭子底下的一条长椅上，两手抱着头，大颗的泪珠滚了下来。

这时，那戴眼镜姓孙的女医生走过来，脸上带着严肃的表情，用那种异常沉稳的语调说：

"大脑炎这种病，现在世界上还没有治疗的特效药。我们在使用所有的方法控制它。刚才同胡大夫、林大夫研究，准备马上请一位有经验的中医配合治疗一下。"

后半夜两点半钟的时候，孙大夫陪着一位中医和他的两个徒弟来了。这是一位六十多岁的老医生，鬓发半白，脸色黧黑，一身古铜色的制服。使人想起高原上头顶覆盖着白雪的青铜老松。医院医生都尊敬地叫他"祁老"。

老医生挺直着腰身，端端正正坐在办公室里，默默地，半闭着沉思的眼睛，倾听着孙大夫向他介绍病人情况。我坐在角落里，想要立即听到这位老医生的"宣判"。但是他什么也没有说，便站起来，迅速地穿上白色工作服，由本院医生陪着，同两个徒弟一起去到病房。

老医生最初审视了一下病人的脸色，然后摸了摸手脚、肚子，看了看舌头。扒开眼皮，用白布的一角划着白睛上吊无神的眼睛。划一下，没有反应，再划一下，仍然没有反应。开始诊脉。

我两眼直盯着老医生的脸，我觉得他每一个细微的表情，都会给我希望或是绝望。但是老医生脸上毫无表情，只见他探过身去，低声地向两个徒弟说了几句什么，便闪开身子让两个徒弟诊断。

脱去白色罩衫，重新坐在办公室的时候，老医生脸色显得异常严峻。在我的眼睛里，把他当作了无望的表情。整个屋子，静得可以听见窗外的花草在深夜的微风中发出窸窣的响声。所有人的目光，都集中在老医生的脸上。他半仰着鬓发半白的头，两眼向上凝视着，仿佛要在空中寻出问题的解答来。

"这孩子如果没有你们的抢救，肯定说没有希望了。"老医生向戴近视眼镜姓孙的女医生探过身去说。然后，仍旧半仰着头，两眼向上凝视着。"中西医的道理是一样的，只是说法不一样。"他沉思地说。"病有主症客症，成于中必形于外。我们'由表及里'地观察，"他引用《实践论》里的话说，"这孩子发烧前恶寒打颤，说明有邪正交争。肚子鼓胀发硬，说明肠胃滞热，脉数而无力，说明孩子烧了这么多天，津液已经相当亏损了。但目前必须'背城一战'：给他清理疏通肠胃，采用'开门逐贼'的办法，清除病魔！"

他改变了一下坐着的姿势，同时把目光移到姓孙的女医生的脸上，安静而低声地继续说道：

"咱们如果再继续维持三天，这孩子就有希望了。"

"您放心，"孙大夫带着自信的笑容回答："我们会尽全力继续抢救！"

于是，两个徒弟迅速准备好纸笔，等候写处方。老医生又那么习惯地半仰起头，两眼沉思地向上凝视着。屋子里充满了寂静。我觉得这医生过分沉稳，过分迟缓了。但是，我不知道，老医生不仅在考虑处方，同时还在考虑他将使用的每一味药的出产地。因为产地不同，药性的力量也就不同。我不知道老医生在考虑这些问题的同时，还在考虑孩子好不好喂药。好喂，剂量就开少些，不好喂，剂量就开多些。他常常向他的两个徒弟说："毛主席告诉我们一切都要从实际出发。我们不能凭主观愿望，丢掉客观存在。死方是不能治活病的。"这些都是我很久以后才知道的。

"芥穗一钱！"他终于说话了。

但他的女徒弟邵大夫没有往纸上写，却低声问他：是不是少了些？她提醒老师，上月同样一个病人，是三钱芥穗。

"那是不一样的。"老医生用稍微拖长的声调微笑着说："病是活的，药是死的。"他带着同样的笑容，转脸向姓孙的女医生说："早晨咳嗽两声，晚上咳嗽十声，就不能用原方子了。何况又是两个病人？"又向另一个人说，"所谓辨证论治，就是要知病知药，太过则伤人，不及则无功。"然后把脸转向徒弟。他口述着，由徒弟写了一个药方。

临走的时候，孙大夫问他吃中药的时候，是否还使用冰袋？

"最好不用冰袋。这付药吃下去，就会出汗了。早九点钟听您的电话！"

我差不多飞跑到药房，叫开门。值夜班的服务员睡眼蒙眬地接过药方。"啊！"他惊叫了一声，睡意从他脸上消失了。"病人在发高烧！"他说着便急忙抓药。"这是祁大夫的方子，吃这付药就会好了。"他边抓药边向我说。

我奇怪，药方上并没有祁老的名字。

"您怎么知道？"我问他。

他带着那样深知一切的笑容说："从处方用药上看出来的。他有自己的用药方法。"

包好药，我付了药钱：五角六分钱。回到家里，妻子说她煎好送去。叫我睡一觉，天亮吃过早饭去替换她。

我和衣躺在床上，似睡非睡地做着噩梦。醒来后胡乱吃了几口饭，便向医院跑去。

快到病房，我看见一个护士端着什么，匆忙地走了出来。那位女医生正在同一个男医生低声说话。我踮着脚尖走进了病房。我感到恐惧：床上的孩子没有了。

"完了，什么都完了！"我想。感到心已经不在胸膛里，而在向一个无底的深渊里沉下去。

"跳跳呢？"我叫道。

"这儿哪！"妻子的声音："出了很多汗，怕他受风，搬到里头床上来了。"

我奔到里面墙角落里的床边，弯下腰，见跳儿娇嫩的额头是潮湿的，不但没有死，显然，危机已经过去了。忽听背后一个熟悉的声音：

"喂过药三个钟头以后就开始发汗了。大便也通了，很多。"

我回头，是我们的支部书记，他一边拿手巾擦着手，走过来。他刚才帮着我的妻子和护士给孩子换过尿布。

妻子脸上带着忧虑的神情说：

"汗是出了，大便也通了，可是孩子太弱了，连睁眼的力气都没有了。我怕他虚脱！"

同主治跳跳的孙大夫商定以后，我便到宽街北京市中医医院去见那老医生。

老医生同他的两个徒弟张大夫和邵大夫，正在门诊。我简短说了一下孩子的病情变化。老医生用目光和微笑示意，叫我坐在一边等一等。我坐下，又焦急地站起来，在院里转了一圈儿，又回来坐下。猛听背后一个语气中带点恼怒的声音："我说大夫，这方子是不是开错啦？"一个穿戴整齐的中年妇女，一手抱着个有病的小女孩，一手抖动着手里的药方子，一点儿也不客气地问老医生。

老医生恭敬地站起来，脸上带着疑问的神情和几乎觉察不出的笑容，低声地温和地问那妇女：

"出了什么事？"

"什么事？您说什么事？挂号费还三毛钱呢，我们老远的奔这儿来，还有路上的车费，闹半天给我们开九分钱的药？我孩子这病，花了三百多块钱都没去根儿，您给开九分钱的药，这不是开玩笑吗？"

老医生脸上仍旧带着那样的笑容，同时用手触动一下那母亲的袄袖子，仿佛这就可以消除她心头的怒火了。"药不在贵贱，能治病就好。"他用稍微拖长的声调劝说着，"您只管给孩子吃吧！"

那母亲见医生如此固执，便使劲扭转身去，阴沉着脸，鼓嘟着嘴巴往外走去。旁边抱着孩子候诊的母亲们围上去，悄声告诉她：

"您放心，按这药方吃吧，管保好。这老大夫开的方子都便宜……您准是头一次来。"

我向老医生详细地介绍了跳跳的病情变化，便陪着他们师徒三人去医院。

"她见我开的方子药味太少，太便宜了。"等车的时候，我谈起那个妇女，老医生带着那种似乎是羞怯的笑容说："毛主席的战术是集中优势兵力一鼓作气歼灭敌人。用药如用兵，也应该是分量多而药味少，譬如劲兵专走一路，则足以破垒擒王。分量减而药味多，譬如广设攻围，战线延长，必然力量就没那么大了。而且品类太繁，攻治必杂，宜于此，不宜于彼。"他说得很慢，而且口齿笨拙，同时习惯地用手触动交谈者的胳臂。

第二天我去见老医生的时候，见那位母亲脸上带着兴奋、快活、抱歉的笑容说:"吃了您老的药就见好。真是谁听了都不信,才九分钱一副的药!"

"吃过这两副药,您就不必来了,这孩子就完全好了。"老医生把药方交给那母亲的时候说。

那母亲先是惊讶地竖起眉毛。接着,用那样感激、尊敬夹杂着一点儿迷惑的目光注视着老医生的脸,然后抱着孩子,拿着药方走了。

老医生每天到医院去看跳跳的病。有时冒着大雨,哗啦哗啦蹚着院里的水流来会诊。

第二副药就改用了西洋参、五味子等滋补津液的药了。同时,西医也开始注射血浆和葡萄糖。

"不,我们要透过表面现象了解病的本源。"第二次看过跳跳,从医院向外走的时候,老医生反驳徒弟的话。徒弟提出跳跳脸红、肚胀,吃补药是否合适?

"脸红是虚假的现象,"老医生说:"现在肚胀也是虚假现象了。那是气胀。肠胃不干净也不能再往下打了,连发汗的药都不能再用了。"

我送走老医生回来,见那位姓孙的女医生,正在亲自往跳跳的静脉里注射血浆。这是非常艰苦的工作,注射非常慢,而且整个身子和手都不能有丝毫移动。五分钟……十分钟……三十分钟……我见她的额头上渗出了一颗颗豆粒大的汗珠,滴落在孩子的手背上了。同时,鬓角上的汗,也在像小河一般,顺着脸往下淌。我向一个走进病房来的护士做了个手势。护士会意地微笑着拿手巾给医生擦汗。

跳跳睁开眼了,而且用极微弱的声音要水喝了。

一天晚上,我到祁老家里去看这位老医生。

老医生正在灯下写什么。听得来客,从写字台上抬起他鬓发半白的头,放下笔,一边从鼻梁上摘下眼镜,起身迎接客人。

"您工作一天了,晚上还在学习?"我惊讶地问。瞥了一眼桌子上没有合上的《毛泽东选集》以及刚刚合上的笔记本子。

女主人一边倒茶,用听来似乎又是赞扬又是不满意的口气说:

"刚写完他的研究材料,又趴桌子上看书。"

"人必须有一个怕字。"老医生并不理会妻子的话,一边给我点烟,用平常的语调说:"老怕自己不够,老怕跟不上别人,老怕跟不上这个时代。"他说着自己燃着一支香烟,坐在对面的椅子上。

"祁老救了跳跳一条命!"我带着感激的笑容说。

"啧,"老医生由于一时找不出适当的话,咂着嘴,身子往后仰着,把头往一边扭去。"您知道,"他终于有了回答的话。朝我探过身子来,仿佛说一件秘密的新闻似的,悄声说:"任何科学都不是万能的。"

我疑问地望着他,不明白这话的含义。

"啧,嘿,"老医生又那样咂着嘴,低声地耳语似的:"如果没有西医的抢救,也是不行的。所以毛主席提出中西医合作,互相吸收,互相发展。"他起身迈着年轻人一般的快步,到写字台边,拿过那本《毛泽东选集》,打开,伸出那老年人有褐色斑点的手,指点着给我念了几段。然后合起书,兴奋地微笑着坐下来,"我们中医有的也有封建迷信思想,迷信古人,不往前发展。不能颂古非今。母亲是傻子,我们就应当是傻子吗?啧,"就好像有人在反驳他的话。他变得愈来愈兴奋了。"不,方子不能停留,要发展,再研究。中医也需要向西医学习。当然不能生吞活剥。"

他又不由自主地打开书,哗啦哗啦迅速地翻动着。

"你看,毛主席说得多好。……像食物一样,必须经过自己的口腔的咀嚼,肠胃的运动,吸收!"

念完,放下书,从烟盘里拿起尚未熄灭的半枝香烟吸着。片刻沉默之后,他用安静的沉思的语调添说了一句:"唯有知道他人的长处,才能补足自己的短处!"

我坐了一会儿,告别的时候,紧握老医生的手,深情地直望着他的脸说:

"您应该注意休息。您这样的年纪,晚上不要工作了。"

他微笑了一下。

"您知道,"他说,"我们不在安逸而在奋勉,不在容易而在艰难。还有许多的尖端科学要我们攻破。"

往外送我的时候,他继续刚才的思路,自言自语地,仿佛在回答他自己内心的声音:

"我们一切事业的创造,决不能乘虚而入,必须步步为营,必须攻坚!"

但他没有说他已经做出只用两味药便治好了恶性喉头炎的成功试验;没有说他只用两三副药,最短时间,治好病危的肺炎和恶性的肠炎;没有说他许多大胆的独创性临床治疗的成功经验。

老医生沿着马路的人行道,送了我一段路。分手的时候,我再一次两手握紧他的手:

"有人说生命属于人只有一次。可是,我们的党,我们的时代,却给了我孩子第二次生命!"

老医生站在人行道上,习惯地半仰着头,两眼向上凝视着,用他缓慢沉思的语调,仿佛是向那深远的布满繁星的太空说话:

"党,她给了我们这个时代的许许多多人第二次生命!"

他黧黑的、像青铜雕像一般的面孔,在霓虹灯红色的反光里,显得异常严峻深沉。

今年五一节晚上,我邀请老医生到家里做客。因为坐在我家院子里便可以看见天安门节日的礼花。吃过晚饭,妻子便带领着早又变得活蹦乱跳、聪明的跳儿和老医生六岁的小儿子到天安门去了。

我同老医生坐在院中的藤椅上,一面等着看花,一面喝茶闲谈。

"听说您在解放前是个不爱说话的人?"闲谈中断沉默的时候,我说。

老医生稍微仰起一点头,眼睛并不看我的脸:"不了解过去,也就不能了解现在。确实,我解放后十多年来说的话,比解放前几十年说的话要多几十倍呢。"

他用无限感慨的语调谈到他的过去:

"我是城东八里庄人。祖父和父亲都是瓦工。父亲病死了,祖父也相继去世。家里生活困难。我上过几年私塾。十八岁的时候,母亲托人介绍我到一个药铺当学徒。没有工钱,专门侍候老师和他的家里。老师高兴的时候,叫你背一段汤头歌、药性、脉诀。不高兴的时候,你问他,瞪着眼把你呵斥一顿。一九二三年老师病故。我托人介绍到西单皮库胡同游民习艺所当助理医师。"

他沉默了,似乎不愿意回忆这些使他内心痛苦的事。但他还是说了下去:

"所谓游民,都是些无家可归的小孩、孤儿、小偷。助理医师每月十五块钱薪金,几个月才发一次。整个习艺所每月有两千元经费,几百个儿童。所长明着往口袋里装去一千元,底下总务科、稽查,还要分几百元,我们职工一年就发不了几次薪了。每天都有病死饿死的孩子抬出去。我只有一件蓝布衫,洗了穿,穿了染。每天步行十六里去上班。我的第一个妻子是给有钱人洗衣裳,掉井里淹死的。生活实在不能维持了。我学徒的时候,认识对门铁匠铺一个姓金的徒工,以后他在沈阳兵工厂做工。他来信说可以到东北去行医。我去了,但北京的医生证明,不能在东北行医。我便在炮厂找了个记工员的职业。

"上了一个月的班,赶上放一个月的年假。没处吃饭,我便坐煤车回到北京。这种车不花车费，但有时在一个站停四五天。十冬腊月天气，我只穿一件夹袄，外罩一件夹布长衫，险些冻死在车上。到北京崇文门站下车。我把里面的小夹袄脱下来当了，吃了一顿饭。因为已经饿得走不动路了。我无处投奔。母亲给人家当保姆，只有去找母亲。"

他突然停顿了。使劲吸了一口烟。香烟的火花一闪，我见他的脸上，有严肃的宁静的神情。约有几分钟，他沉于深思之中，然后，声音低低地继续说着：

"以后我在北京挂牌行医。宪兵、警察、流氓，看病不挂号，不给钱。你还得给他们钱。一个名叫饶恕之的流氓，勾结报馆，专吃医生。他进院向着许多候诊的病人大喊大叫，'祁大夫，我们那病人吃你的药就完啦。'你得立刻给他钱。像走进他自己家里一样，从桌子上拿起烟就抽，嬉皮笑脸。骂他，他也不急。说他，他也不上火。你伸手碰他一下，他就倒在地上，搅得你无法看病。

"他们的身份不同，作法也不一样。一个国民党将军，身子细长，走起路来肩往后仰，胸往前突，有一双野猪似的眼睛。有一天，马靴上的马刺叮当响着，来找我说：'祁大夫，我是司令部的少将，有事找你去。'这种人，多拙于自谋，而巧于谋人。他想这样叫我自动地把钱给他送去。我回答说：'对我们医生来说，只有病人来找我们的时候，我们给他去看病。'"

我注意地听他说着：

"北洋军阀时代取缔过中医。国民党取缔过中医。解放不几天，人民政府便请我参加筹备北京市中医医院。祖国的医学，只有在毛泽东的时代才得到这样的保护、发展。在我入党的那天，同志们都为我高兴，我激动得流泪了。"

一阵巨响，打断他的谈话。仿佛整个太空突然敞开了它的大门，无数鲜红艳丽的花朵，从蓝天里闪现出来，五彩的火焰，给老医生青铜般的脸上，添了一阵红潮。在他的唇上，他的短短的胡髭，有如银针一般闪着光。我见他半仰着头，用发亮的目光凝视着美如神话的太空。就像应和着天安门广场礼炮的雷鸣，他用那种骄傲而稍微拖长的声调说：

"我们的时代……"

然后转过脸来，把手放在我的胳臂上，用提高的声音说：

"生命因了人民的需要而得到光辉，因了党的需要而得到真正的价值！"

一天晚上，我去看祁老。女主人在外间屋低声说，祁老病了。经医院检查，是高血压。院长下命令叫他休息，才没有去上班。这两天又受了些外感，刚吃过药,睡了。

说话间来了两个人。一个是东城区一个医院的办公室主任,一个是病人的母亲,带着匆忙焦急的神色说请祁老去会诊一个病危的孩子。

女主人向他们做手势,同时悄声说,祁老病了。

"可是孩子的病情挺危险啊!"那母亲搓着手说。

这时候听屋里有脚步声。老医生穿一件古铜色的毛衣,一边拿手绢擦着额上的汗,走了出来。他的脸有些微红,向他的妻子说:

"把上衣和帽子拿来!"

"您去行吗?"他的妻子低声温和地向他说。

老医生微笑着,露出他的白牙齿,拿手触动着我的胳臂,低声地仿佛透露一件秘密似的:

"我这病不要紧。孩子出了事可就不得了啦!"

临向外走的时候,他又在我的耳边添说了一句:

"我们必须见危受命!"

他向来人说,还要过中医医院接他的两个徒弟。然后便走进停在门口的一辆小汽车里,去了。

一九六四年初夏

(刊发于1964年10月25日《人民日报》)

拉萨早上八点钟

黄 钢

拉萨是世界著名的"日光城"。这里一年平均有三千个日照小时。即使是在冬雪飘飞的日子,太阳也天天从云缝里涌现出来,显露它那金色的灿烂光芒,把无限的温暖带给了人们。

拉萨,每天都有它风和日丽的时辰。每天上午六点四十分钟,西藏人民广播电台的汉语播音员和藏语播音员一块儿走进了播音室,肩并肩地坐在工作台前,在试过了传声话筒之后,七时整,他们俩就分别用汉语和藏语先后呼出了台号——"西藏人民广播电台,西藏人民广播电台……"

这时候,每天七点钟开始在拉萨大街上跑步锻炼的民兵们,从街头扩音器中听见了这个电台的开始曲和天气预告,以及转播中央人民广播电台新闻和首都报纸摘要。除了这些和民兵的操练声以外,街头上还是静悄悄地,恰像是内地其他城市的五点钟光景……

八点钟,这个处于海拔三千七百八十米的高原城市,方才洒满了阳光。到这时,拉萨新建市区的宽阔马路两旁,走过了流水般的行人。他们大都是上班去的工人。协助民警工作的义务交通员们,到这时也已经开始工作:他们是系着红领巾的少年儿童,手拿传话筒,肩挂木制冲锋枪,这样叫唤:

"婀佳娜(藏语:大姐)!请你走便道!突其切(谢谢)!""佳那(大哥)!请你走便道!突其切!"

由于八点钟涌到工地去的工人太多,马路旁宽敞的人行道几乎都被挤满了。义务交通员——少先队员们认真的呼唤,引起了那些上工的"大姐"和"大哥"的注意,他们从柏油马路路面上收回刚刚落下的脚步,立刻又转回到人行道上,仍旧是熙熙攘攘、说说笑笑、成群结队地继续再向前走去。

他们是新拉萨的建设者
——从乞丐变成工人

他们是新拉萨的建设者。他们是西藏历史上出现的第一代现代技术工人。

过去的西藏,在封建农奴制的长期统治下,解放军进藏之前,从没有过一里公路,没有一家工厂;那时候,除了人们手里拿着的敬神用具"转经筒"以外,在全西藏,甚至再也找不出一种能够转动的车轴和能够滚动的轮盘;而现在,西藏已经建立了六十多个中、小型工厂,修筑了一万五千多公里公路,全区有藏族工人两万多人,其中技术工人占七千多名。

在拉萨市街内上工的多半是建筑工人。今年头七个月,这些建筑工人以歼灭战精神完成了拉萨新市区四万三千多平方米的新房建筑,约用半年时间完成了一年工程。如今在他们结队经过的新市区,正在安装拉萨市第一座指挥车辆交通的玻璃窗岗楼,十字路口第一次吊上了全西藏区第一批红绿灯,马路两旁,第一次树立了市内公共汽车的行车站牌,人行走道上,正在铺砌最后的一片片砖石……

就在这一大片新式建筑物栉比林立的新市区,已经屹然矗立着钢筋混凝土的大建筑物——劳动人民文化宫和西藏革命展览馆。民航公司和新华书店、百货商店和藏族服装店等等,都分布在马路两旁。仅在不久以前,拉萨新市区还是一片片肮脏低洼的泥塘地、臭水坑和垃圾堆;而平叛前,这里更是一些流落在拉萨街头的棚户人家和乞丐们聚集露宿的贫民区——在当时,拉萨全市还不足三万人口中,被封建领主逼迫压榨得在街头流浪乞讨的男女老弱乞讨者就有七千多人。

如果不经过仔细的询问,人们再也想象不到,如今在你面前走过的这一批扛着铁锹与洋镐的藏族工人之中,青年工人旺杰和他的母亲白章,原来也都是往日拉萨街头上的乞讨者。是的,怎么会认得出来呢?旺杰,今天戴着整洁的学生帽,穿着蓝白横条纹相间的运动衫和篮球鞋;他母亲戴着耳环,披着头巾,穿的是长筒黑胶皮套鞋,手提着她和儿子中午在工地食用的充足的午饭和盛上了酥油茶的、由天津制造的小暖水瓶,步伐矫健地走在所有上工人们的最前头……他们母子一向的惯例是早在开工以前一小时(九点开工)就领先到达了工地。

旺杰今年十八岁。母亲四十多岁,一九五七年八月开始做女工。一九五九年平叛以后,母亲用下面的理由劝儿子跟随自己一同走进了建筑工地——"在业余时间你还可以继续学习"；接着，儿子在工地上参加了共青团，现在是共青团支委。

一九六四年二月，旺杰母子都被编入了西藏建设工程局新成立的第四工程队。这个队是以藏族工人为主：二百名左右生产工人中只有九个汉族技工。第四工程队承担了拉萨新市区最大的两项现代建筑物——西藏革命展览馆和劳动人民文化宫的一部分工程。这个工程队已经是建设新拉萨的主力军之一。

兴建新拉萨的劳动过程，同时也就是建设者进一步改变自己精神面貌的过程。

旺杰在展览馆这个框架结构的建筑工程中，不但学到了符合现代建筑要求的一整套操作技术，成为藏族粉刷工人中的骨干和拉萨市先进生产者，而且还是学习毛主席著作的积极分子。每晚放工以后，旺杰都坐在母亲的床前学习到深夜……

有一天，第四工程队的藏族青年工人罗桑说："旺杰，我看你的技术早就不是一个普通工人了，可以比得上一个三级或五级技工；可你拿的还是普通工人的工钱。你为什么这么傻，何必还这么卖力气呢？"

"我这是傻么？"旺杰反问道："我是为谁卖力气呢？"

罗桑再说下去："我们还不如到市建设局去送矿石，一天可以挣到五块钱；到那儿弄到一个三级工，没问题！"

"我们去遛一遛吧。"旺杰发现了罗桑的错误思想之后，散了工，便邀他的青年朋友一起去漫步。他们走出了展览馆工地，来到布达拉宫后山下新铺的马路上。旺杰说："你看，你现在穿皮鞋了，罗桑，你全身的穿戴多么好！你忘记了吧？我们从前是光着屁股，在这片地方讨饭的呵！那时候我们穿什么？什么都没有——身上有的只是领主老爷们用鞭子抽打的伤痕！

"你想想看，罗桑，是谁教给了我们技术？谁给了我们做工的权利？教我们技术的，是党。党让我们从要饭的流浪儿变成了光荣的工人。你这么喜欢谈工资，那些教我们技术的汉族工人师傅们，从千万里外的内地跑到西藏来，他们又是为了什么呢？难道也是为了多挣几个工钱吗？

"你忘记了？罗桑，我们这片工地上，从前是我们流浪儿童和要饭的露天过夜的地方；你忘了，那时人家管我们都叫做'穷猴儿'；那时候，每天早上，在那臭水塘的旁边，该有多少个饿死的尸体没有人去收敛呵！

"现在你再看看，罗桑，你还能找到那些大大小小的脏水坑吗？我们住过的那些破破烂烂的小窝儿呢？你看看我们藏族人民整个的生活呵，罗桑。

我们的全部生活早已经更新了！你再不要受那些旧的思想影响吧，罗桑，你要向前看去……"

罗桑很听话地抬起头来，朝前看去。他看到的是，新整修过的金色房顶的布达拉宫后面深蓝色天幕和洁白的大朵浮云。他听到的是街头扩音器里传播出来的、颂扬新生活的嘹亮歌声。他微微地点着头，眼里盈满了激动的泪水。

他们是新生活的主人翁
——过去的奴隶和他的子孙

高达十三层的布达拉宫呵，还是那样的重重叠叠，群楼耸立。早上八点钟，它的顶端被云雾缭绕。下午八点钟，它那刷新了的宫墙被傍晚的霞光所映照……

景物依旧。不过布达拉宫下面的人间世界，早已发生了翻天覆地的变化！

在那东西两端长达三百多米、高达二百多米的布达拉宫前面，建成了占地四千六百一十九平方米的西藏革命展览馆，馆内陈列着揭露封建农奴制度最反动、最黑暗、最残酷、最野蛮的罪行展览品。有一项展品清清楚楚地反映出西藏农奴主把他们的奴隶（即家奴——藏语叫"朗生"）当成是仅仅"会说话的工具"；这件展品的标题是——"对朗生数不清的戒律"——

不准男女朗生戴礼帽。不准朗生穿与主人同一样的鞋子。不准朗生穿袜子。不准朗生穿氆氇做的衣服。不准朗生骑主人的骑马。朗生不能在主人的垫子上坐。女朗生头上的辫子，只许披在背后，不准缠在头上。女朗生被主人强奸后，不准说被谁强奸的。不准朗生说不符主人心意的话。主人吩咐朗生时必须答应"是、是、是"。朗生不能吃饱肚子。不准朗生唱歌跳舞。不准朗生省亲探友。晚上不准男朗生和自己的妻子住在一起。不准朗生之间通婚。不准朗生死在主人的二门里。

上面摘录的仅仅是一部分内容。为了与农奴主相区别，从前农奴主对农奴和奴隶们穿衣服的颜色也有所规定。例如黑色和绛红色的衣服，奴隶们是没有权利穿上身的。

而现在的拉萨街头上，翻身奴隶们穿着五颜六色的氆氇（手工织的西藏毛料）衣服和讲究的长筒藏靴，他们不仅戴着崭新的藏族礼帽，有时还戴上从前只有僧俗官员才能戴的金光闪闪和镶上珠宝的头盔，骑着比从前主人的坐骑还要肥壮强健的高头大马，在车辆与行人之中若无其事地缓缓穿过……

在拉萨街头，往日那些农奴主与贵族官员们被一群群家奴们所拥戴着、骑马呼啸而过的吓人情景，是再也不会有了！

延续了千百年的封建农奴制度已经被彻底埋葬！

人民民主专政代替了过去地狱般的生活。

拉萨汽车修配厂藏族工人、预备党员拉珠的家庭，可以充分说明平叛后的这种生活变化。五十三岁的拉珠过去是铁匠，那时被叫做"黑骨头的下贱人"。现在他是修配厂先进集体锻工组副组长，四级锻工。拉珠全家早就住进了一家参加了叛乱的领主代理人被没收的大院落的宽敞楼房。

一九五三年，拉珠曾经被领主派遣差役，强令他去为达赖修建避暑的行宫和园林。他在那里一直是无偿的劳动。后来实在活不下去了，他就乞求达赖的领主代理人与工头允许他去做几天修建民航机场的民工，因为机场民工是可以拿到工资的。由于这一请求，拉珠犯了重罪，立即被达赖的工头和领主代理人抓进监狱，而且准备对拉珠处以残酷的极刑——"立劈"（从头劈开，死后还要剥皮）……

反动农奴主达赖他们就是这样地阻碍西藏工人阶级和新生事物的诞生成长，曾经用尽一切力量不让劳动人民参加当地工业与交通建设。就在这种高压之下，拉珠在监狱里下定了决心，他告诉前来探监的大儿子："我们不能这样再受领主的欺负，你应该去参加拉萨发电厂工作，大胆去做一个工人！"

今天，拉珠的大儿子达娃和二儿子洛桑、三儿子强巴，都在电厂当工人。达娃一九五九年到北京出席过全国群英会。洛桑是共青团员，五好工人，先进生产者。拉珠还有两个女儿，在同一个工厂当学徒工。其他几个较小的儿女还在念书。达娃的妻子是党员，也是电厂职工。"你们别以为每一个奴隶的家庭，都可以像我们这样幸福团聚。"拉珠每个月召集一次家庭全体会议，每讲到解放军把他从达赖的监狱里拯救出来时，常常这样教育他的儿孙："很多奴隶的家庭，都叫领主们杀害得不能团圆了！我在十五岁的时候，像你这么大（他指着他的第六个儿子），就受够了铁工房工头的毒打。我现在还记得他双手拿起粗木棒往我身上抽打的凶相。我父亲，你们的祖父，那时候就叫他用木棒活活地打死了……"

拉珠在自家客厅里的毛主席像下讲这番话的时候，全家十几口，儿孙三辈，都环绕着他。他们现在都坐在从前领主坐过的毯垫上。拉珠这样继续讲他的家史："按农奴主订的规矩，奴隶死了，家里人不许哭，不许流泪。我父亲死了，我只好忍着眼泪。后来我去做铸币工人。每天凭着两只手，要为三大领主们铸出八千个铜币。要是一天做不够八千个,他们就说你偷了钱……"

现在的拉珠,每天早八点半钟上工以前,从工人宿舍到厂房,一路上拾起那些被抛撒的螺丝钉与钢铁碎片,然后再走进那个轰隆轰隆响动着的汽车修配厂车间。在那里,拉珠那个叫巴桑的女儿,已经学会了对磨损的机件进行金属喷镀;而另一些藏族姑娘们也已经能够熟练地掌握坐标镗床和冲床的操作技术。从上海制造并运送到拉萨这个高原工厂里来的巨型剪板机,在这车间里有规律地响动着;它那锋利的钢刀把那些塞进去的大铁板改切成一段又一段,不断地发出惊人的巨响;那种震撼了整个车间的声响,正像是翻身奴隶们获得解放后的生活节拍一样,充满了乐观和自信,是一种无比高昂的音调。

他们是捍卫边疆的战士
——从车间走向靶场

除了拉珠一个月召集一次的家庭会议以外,平常要会见拉珠全家人,很不容易。儿女们都很忙。不是大儿子达娃到民兵演武场上去了,就是二儿子洛桑出席先进生产者评奖大会,一连几天都没空儿回来……也许,我们到八一建军节的拉萨民兵演武大会上,再去找一找达娃、洛桑或巴桑——在那儿可能够看到他们。

早晨的雾气环绕着拉萨市郊的群山。还只有八点钟,几千名民兵都聚集到打靶场上。在这么多带枪的翻身农奴当中,你怎么能够单单找出达娃或巴桑呢?虽然这里到处都是紧握着枪的藏族青年男女工人,可以说到处都是达娃和巴桑……

红色信号弹升起来了。和藏族男女民兵混合编制在一起的汉族的民兵们一队队地开过来了。这时候,我们看见前面所说的西藏人民广播电台的汉族民兵们——包括那个汉语女播音员——也进入了射击线。她今天戴着白色遮阳软帽,普通灰布上身,斜背子弹袋。当那位衣袖上缠着红布条的射击指挥员告诉她"地形、姿势自选""子弹先不要上膛"的时候,她略略有一些紧张。片刻之间,那些假定被当成是"敌军空降部队"的红色气球活靶在这个靶场上空冉冉上升,飘然出现了。这时候,女播音员也迅速在土堑壕下的浅沙坑里选定了一个无依托的射击姿势,往枪膛里先压进了五发子弹,定好标尺,早在那里瞄准。"砰"的一声,一个红气球在一百八十米左右的上方应声爆裂了。女播音员身后响起了一片参观者的掌声。

"别忙高兴，还有的是哩！"播音员对自己说。她沉住气，接着就瞄准第二个要射击的气球活靶。"砰，砰"，不断有枪声在她耳边响起，升空的红色气球也逐渐被她身旁的民兵伙伴们打掉了不少，而剩下的活靶就越飞越高了。

"砰！"播音员又打掉了一个。又是掌声。播音员什么也听不进，她还要赶忙在红气球高不过四百米的时候再消灭一个目标。好，马上就如愿了。不过，靶场上空最后剩下的两三个气球却飞得高高的——"有多高呀？——播音员用两眼紧盯着——至少超过了五百米吧？"一霎时，又超过了七百米！"能放过他们吗？不能！""播音员哪，你千万别着忙——她自己稳定自己，在内心里说——这时候最需要的是镇静，沉着。"这么想着，她就趴下，在沙窝里斜曲着身子，选择了半卧式，斜斜地高抬起枪口，准备去射击远去的最后的一两个"敌军"。这时候，呵，别忙，她又顺手抓起了一小块硬土，垫在枪管下面，使枪口的仰角抬得更高一些，不巧，子弹袋又从右肩上滑下来了。"不管它了！"她咬着自己微微发白的嘴唇，把枪口上的准心对准了那接近千米上空的"敌军"。"绝不让他逃走！"——她这时感到全身肌肉都紧缩了，她屏住了呼吸，把全部的仇恨和注意力都集中在乌黑发亮的枪口上……

气球一刻也不停地继续高飞远去，更加远去了……持枪的女战士呀，你真能够不放过他们吗？

"这是我最后的一颗子弹了！"女播音员在想。可是，这一次的瞄准，她异常从容，几乎用上大半分钟。就在这凝神瞄准的大半分钟里，她才嗅到了土堑壕边沿上一片青草地的新鲜芳香；哦，原来是经过了昨晚的夜雨，草原上的花朵——堑壕旁边的那些青紫色的、多瓣的格桑拉花（汉族叫它是野菊），在这天早晨发散出一种特别浓烈的异香……祖国的每一寸土地呀，你都是这样的可爱和惹人思恋哪！"砰！"她最后一粒枪弹打出去了，一千米上空的最后一个红气球，应声而中。

这就是远远生活在边疆地区的祖国儿女进行自卫战斗的准备。听吧，忠实的儿女，现在演武大会场上的广播器中正在播送出一批批优秀射手的名字。你自己是播音员，而这一次，却轮到别的播音员来播出你的名字——

民兵同志们！电台播音员、女民兵钟季和，共产党员，五好青年，先进工作者，今天对空射击六枪四中，成绩优异，超出了优秀射手标准。钟季和同志平常工作严肃认真，立场坚定，遵照毛主席教导的敌人磨刀我也磨刀的精神，坚持苦练杀敌本领，立志保卫边疆，保卫祖国……

当播音员钟季和快步匆忙地回到自己电台的队列中时，她并没有听清楚上一段广播对她的表扬。十二年前，当她还是十六七岁的姑娘，随着解放军从四川来到西藏的时候，她就把自己的青春交给了这一海拔平均四千米上下的高原和一百多万藏族人民。十多年来在西藏的工作，使这个自幼参军的青年对于阶级和阶级斗争有了较深的体会。当达赖叛国集团发动反革命武装叛乱时（她那时刚到广播电台工作），她在战斗的地堡里转播过《人民日报》编辑部文章：《西藏的革命和尼赫鲁哲学》；在一九六二年反对印度侵略的自卫反击战中，曾经接到过她的丈夫（随军采访的新闻电影摄影师）在前线战斗立功和负伤的消息。紧张的不眠之夜，广播电台初建时期手摇马达的单调嗡嗡声，在地堡中对叛乱分子进行阵前喊话时身旁边暗淡的烛光，黎明之前的寒冷……这些都成了最艰苦时期的回忆。如今你要问到她，广播员最大的幸福是什么？那她就会告诉你，每天早晨八点钟之前（还有晚上八点三十分）在自己的战斗岗位上，就能与祖国的心脏北京进行电讯新闻的交流和联系，而且还把北京发出的声音转播给西藏全区军民，这就是她最大的幸福……

"是呀，最大的幸福和愉快！"女民兵钟季和说："就为了这些——她指着枪杆——值得好好地端起它，做一个战斗中能过硬的民兵，为祖国付出自己的一切……"

她们是工人阶级第一代
——正经历着美妙青春

拉萨夏季的黄昏和黑夜，直到下午九点才姗姗来迟。下午八点钟，拉萨电厂的晚班工人开始上工。藏族女工卓玛央吉最忙碌的时刻到了。她是电厂的运行班长，这时她要到电厂的中央控制室去巡视仪表，检查入夜时分电厂的负荷量……

卓玛央吉已经换上了上班的工装——她方才从篮球场上回来（这是她最喜欢的运动）。此外，她又从宿舍床头小桌上拿起了那本厚厚的《电工学》（这是她最喜欢的自修读物），走进了自己的厂房。七年前，一九五八年元月一日，卓玛央吉第一次走进这车间。在那以前，她主要的经历是在拉萨一个领主家里当奴隶。不要说是《电工学》，就是电这个名词也很少听说过。

"这么多针头为什么都会动呢？"这是她七年前走进厂房，手指着电器仪表对师傅（一个汉族工人）提出的第一个问题。

庞师傅（以后她这样叫他）马上教她——电是怎么来的："我们用水冲击水轮机，水轮机带动发电机，产生了感应……"

"什么是感应？"卓玛央吉又一次问道。

直到现在，卓玛央吉回想起当年走进车间最初时刻的最初发问，还常常禁不住哑然地微笑，同时也充满了一种幸福的自豪感。真的，自己那时候知道得是多么的少呵——但这又有什么奇怪呢？现在到这个电厂附设的半工半读学校里来的贫苦农奴和奴隶家庭出身青年学生们，不也是这样的吗？

今年三十二岁的卓玛央吉，现在还兼任这电厂半工半读学校的技术辅导员。当一些藏族青年听课之后还不大明白的时候，她帮助再细讲一遍，或者帮他们在车间实习时详加讲解——"什么是感应""什么是电压和电流""什么是发电机的保护和维修"——她对年轻接班人讲解这一切，就像是从前庞师傅对她传授一样……

黄昏时，巡视过控制室以后，她还要到半工半读的自习课堂上去。卓玛央吉常常是做完了深夜两点到清晨八时的最后一班晚班，在早上八点钟走出厂房。这时候，迎接她的是鲜明艳丽的东升的朝阳：新的一天的劳动，又在整个拉萨城乡重新开始了。

卓玛央吉清清楚楚知道：由于近五六年来西藏全区的发电量已经增长了将近一倍，她的家乡最近已经发生了多么大的变化啊！

但是同样值得高兴的，还有卓玛央吉本人的发展。

一九六一年春季里的一天，卓玛央吉在车间接到了发电站站长的电话——"是卓玛央吉同志吗？请到我这里来一下。"

她走进站长室，在站长办公桌旁的椅子上坐下。

站长："现在有个任务交给你。不知道你能不能担任下来。"

"你说吧！"卓玛央吉紧握自己的双手。根据经验，她知道发电站调配干部的工作，其进程是很快的；比方她那庞师傅，在她刚刚学会了独立操作以后不久，马上就调到别处开拓新电站去了；这也是为了让卓玛央吉能早些全部接替师傅的岗位。

站长："你知道，卓玛央吉，我们党在西藏进行建设工作的根本方针之一，就是积极培养藏族干部，促成藏族技术力量的成长。现在我们要把你们运行班的班长调走了；党组织决定由你去接替王班长的工作；你考虑一下，你能够担任下来吗？"

卓玛央吉先没作声。她首先想到的是：过去她跟她母亲在拉萨当奴隶时，领主老爷曾经骂她和她母亲都是"身上榨不出二两油的女朗生！"现在呢，伟大、英明的共产党，竟是通过如此温暖的培育和无微不至的关怀，要把这个发电站的心脏管理——整个运行车间的组织工作，交给她来承担了。

"我能。"卓玛央吉抬起了头，坚定地说。

"那就好！"站长兴奋地站起，紧握她的手："你也知道，卓玛央吉，形势非常好：建设一个繁荣幸福新西藏的巨大任务也在促进着我们！你是清楚这一点的——我们的计划是在一个不长的时间内，打算在西藏全区范围内，让所有农村都用上电！"

卓玛央吉连连地点着头，抑制不住自己万分兴奋的心情；停了一会，她就像飞鸟样地从站长办公室里奔跑出来。那是一个刮风的日子。湍急奔流的拉萨河呵，这一天也正在以它激动的浪花不断地去拍打着电厂堤坝上的巨石……

半年以后，卓玛央吉参加了共产党。她在申请入党时说，我是一个奴隶和奴隶的女儿。我如今，作为藏族人民中第一代的工人，作为电力工业战线上的一名战士，能够用现代技术来改造和建设自己家乡，这是党给我的权利和荣誉！我宣誓：无论在任何情况下，我都要为建设社会主义的新西藏而奋斗。永远追随毛主席的指引，永远跟着党走，决不变心。

她入党到现在已经有四年了。自从十五年前西藏解放以来，特别是一九五九年到一九六一年平息叛乱和进行民主改革以来，西藏的面貌已经从根本上改观。工厂企业和广大农村、牧区，到处都出现了如像建筑工人旺杰那样的团员和优秀青年，出现了像卓玛央吉这样的新生力量和党细胞，这就自然加强了共产党和青年团的基层组织建设，加强了党的领导和先锋作用。

西藏社会主义革命和社会主义建设的新时期，已经开始。

繁荣幸福的社会主义新西藏，正在出现！

它已经并将屹立在祖国西南边疆，经得起任何风险。

在完成这一伟大任务的多民族的团结战斗的行列之中，藏族第一代的工人阶级队伍和他们当中的先进人物，肩负着光荣的历史使命，他们已经放射出全新的思想光芒。

祝贺你们：旺杰和你们母子，拉珠和他的家庭，卓玛央吉和她那曾为人奴隶的母亲；我们祝贺藏族第一代工人的诞生和他们之中阶级战士的成长！祝贺新西藏美妙的青春！

正像毛主席早就描绘过的那样:"惟独共产主义的思想体系和社会制度,正以排山倒海之势,雷霆万钧之力,磅礴于全世界,而葆其美妙之青春。"在中国共产党和毛主席坚强领导下的西藏历史性的空前飞跃与伟大变革,不也是同样地证明了这一光辉的预言和论断,没有丝毫的例外吗?

(刊发于 1965 年 9 月 11 日《人民日报》)

哥德巴赫猜想

徐 迟

编者按：我们怀着激动的心情，向读者推荐徐迟同志的报告文学《哥德巴赫猜想》。这篇作品原载于一九七八年第一期《人民文学》。它以生动的文笔，如实地反映了我国著名数学家陈景润不畏艰苦、勇攀高峰的动人事迹，受到广大读者的欢迎。这一期《人民文学》很快销售一空。这是一种十分可喜的现象。它反映了粉碎"四人帮"之后，全国人民非常关心祖国科学研究事业的进步，反映了党中央关于向四个现代化进军的伟大号召已经深入人心，也说明在社会主义新中国，凡是有发明创造的科技工作者和工农兵群众，都会受到国家和人民的尊重，受到整个社会的尊重。

陈景润是新中国培养出来的科学工作者。他所以能在数论方面做出重大贡献，首先是因为他有为社会主义祖国科研事业勇于献身的精神。这是十分难能可贵的。有了这种献身精神，才能百折不挠，一往直前。陈景润的成长，离不开党组织的关怀和支持，也离不开老一代科学家的培养和帮助。"千里马常有，而伯乐不常有。"发现人才，选拔人才，是不十分容易的。但是，我们有毛主席革命路线的指引，有优越的社会主义制度，有勤劳、智慧的八亿人民，会有更多的"伯乐"来发现、选拔、培养和支持更多的"千里马"。

徐迟同志从文学界走进科学技术领域，继反映李四光同志的光辉事迹的《地质之光》（载于一九七七年第十期《人民文学》）之后，他又为读者介绍了一位杰出的中年科学家。科学技术领域是层峦叠嶂的壮丽高原，是繁星灿烂的无垠长空，期待着更多的作者去探宝，去报道，去写出更多的好作品。

因原文较长，本报编辑部在转载时，特请徐迟同志作了一些删节。

……为革命钻研技术,分明是又红又专,被他们攻击为"白专道路"。
——一九七八年两报一刊元旦社论《光明的中国》

一

陈景润是福建人,生于一九三三年。当他降生到这个现实人间时,他的家庭和社会生活并没有对他呈现出玫瑰花朵一般的艳丽色彩。他父亲是邮政局职员,老是跑来跑去的。他母亲是一个善良的操劳过甚的妇女,一共生了十二个孩子。只活了六个,其中陈景润排行老三。上有哥哥和姐姐;下有弟弟和妹妹。孩子生得多了,就不是双亲所疼爱的儿女了。他们越来越成为父母的累赘——多余的孩子,多余的人。从生下的一天起,他就像一个被宣布为不受欢迎的人似的,来到了这人世间。

他甚至没有享受过多少童年的快乐。母亲劳苦终日,顾不上爱他。当他记事的时候,酷烈的战争爆发。日本鬼子打进福建省。他还这么小,就提心吊胆过生活。父亲到三元县的三明市,一个邮政分局当局长。小小邮局,设在山区一坐古寺庙里。这地方曾经是一个革命根据地。但那时候,茂郁山林已成为悲惨世界。所有男子汉都被国民党匪军疯狂屠杀,无一幸存者。连老年的男人也一个都不剩了。剩下的只有妇女。她们的生活特别凄凉。逃难进山来的人多起来。这里飞机不来轰炸,山区渐渐有点儿兴旺。却又迁来了一个集中营。深夜里,常有鞭声惨痛地回荡。不时还有杀害烈士的枪声。第二天,那些戴着镣铐出来劳动的人,神色就更阴森了。

陈景润的幼小心灵受到了极大的创伤。他时常被惊慌和迷惘所征服。在家里并没有得到乐趣,在小学里他总是受人欺侮。习惯于挨打,从来不讨饶。这更使对方狠狠揍他。而他则更坚韧而有耐力了。他过分敏感,过早地感觉到了旧社会那些人吃人的现象。他被造成了一个内向的人,内向的性格。他独独爱上了数学。演算数学习题占去了他大部分的时间。

当他升入初中的时候,江苏学院从远方的沦陷区搬迁到这个山区来了。教授和讲师也到本地初中里来兼点课,这些老师很有学问。他喜欢两个外地的数理老师。外地老师倒还喜欢他。人们对他歧视,拳打脚踢,只能使他更加爱上数学。枯燥无味的代数方程式却使他充满了幸福,成为唯一的乐趣。抗战胜利了,他们回到福州,陈景润进了英华书院。那里有个数学老师,曾经是"国立清华大学"的航空系主任。

二

老师非常渊博，又诲人不倦。他在数学课上，给同学们讲了许多有趣的数学知识。不爱数学的同学都能被他吸引住，爱数学的同学就更不用说了。

数学分两大部分：纯数学和应用数学。纯数学处理数的关系与空间形式。在处理数的关系这部分里，讨论整数性质的一个重要分支，名叫"数论"。十七世纪法国大数学家费马是西方数论的创始人。但是中国古代老早已对数论做出了特殊贡献。《周髀》是最古老的古典数学著作。较早的还有一部《孙子算经》。其中有一条余数定理是中国首创。据说大军事家韩信曾经用它来点兵。后来被传到了西方，名为孙子定理，是数论中的一条著名定理。直到明代以前，中国在数论方面是对人类有过较大的贡献的。十三世纪下半纪是中国古代数学的高潮了。南宋大数学家秦九韶著有《数书九章》。他的联立一次方程式的解法比意大利大数学家欧拉的解法早出了五百多年。元代大数学家朱世杰，著有《四元玉鉴》。他的多元高次方程的解法，比法国大数学家毕朱，也早出了四百多年。明清以后，我们落后了。然而中国人对于数学好像是特具禀赋的。中国应当出大数学家。中国是数学的故乡。

有一次，老师给这些高中生讲了数论之中一道著名的难题。当初，他说，俄罗斯的彼得大帝建设彼得堡，聘请了一大批欧洲的大科学家。其中，有意大利大数学家欧拉；有德国的一位中学教师，名叫哥德巴赫，也是数学家。

一七四二年，哥德巴赫发现，每一个大偶数都可以写成两个素数的和。他对许多偶数进行了检验，都说明这是确实的。但是这需要给予证明。因为尚未经过证明，只能称之为猜想。他自己却不能够证明它，就写信请教那赫赫有名的大数学家欧拉，请他来帮忙做出证明。一直到死，欧拉也不能证明它。从此这成了一道难题，吸引了成千上万数学家的注意。两百多年来，多少数学家企图给这个猜想做出证明，都没有成功。

说到这里，教室里成了开了锅的水。那些像初放的花朵一样的青年学生叽叽喳喳地议论起来了。

老师又说，自然科学的皇后是数学。数学的皇冠是数论。哥德巴赫猜想，则是皇冠上的明珠。

同学们都惊讶地瞪大了眼睛。

老师说，你们都知道偶数和奇数。也都知道素数和合数。我们小学三年级就教这些了。这不是最容易的吗？不，这道难题是最难的呢。这道题很难很难。要有谁能够做了出来，不得了，那可不得了呵！

青年人又吵起来了。这有什么不得了。我们来做。我们做得出来。他们夸下了海口。

老师也笑了。他说，"真的，昨天晚上我还做了一个梦呢。我梦见你们中间的有一位同学，他不得了，他证明了哥德巴赫猜想。"

高中生们轰的一声大笑了。

但是陈景润没有笑。他也被老师的话震动了，但是他不能笑。如果他笑了，还会有同学用白眼瞪他的。自从升入高中以后，他越发孤独了。同学们嫌他古怪，嫌他多病，都不理睬他。他们用蔑视的和讥讽的眼神瞅着他。他成了一个踽踽独行，形单影只，自言自语，孤苦伶仃的畸零人。长空里，一只孤雁。

第二天，又上课了。几个相当用功的学生兴冲冲地给老师送上了几个答题的卷子。他们说，他们已经做出来了，能够证明那个德国人的猜想了。可以多方面地证明它呢。没有什么了不起的。哈！哈！

"你们算了！"老师笑着说，"算了！算了！"

"我们算了，算了。我们算出来了！"

"你们算啦！好啦好啦，我是说，你们算了吧，白费这个力气做什么？你们这些卷子我是看也不会看的，用不着看的。那么容易吗？你们是想骑着自行车到月球上去。"

教室里又爆发出一阵哄堂大笑。那些没有交卷的同学都笑话那几个交了卷的。他们自己也笑了起来，都笑得跺脚，笑破肚子了。唯独陈景润没有笑。他紧结着眉头。他被排除在这一切欢乐之外。

第二年，老师又回清华去了。他早该忘记这两堂数学课了。他怎能知道他被多么深刻地铭刻在学生陈景润的记忆中。老师因为同学多，容易忘记，学生却一辈子记着自己青年时代的老师。

三

福州解放！一九五〇年，他考进了厦门大学。因为成绩特别优异，国家又急需培养人才，提前毕了业。而且，立即分配了工作。一九五三年秋季，陈景润被分配到了北京！在中学当数学老师。这该是多么地幸福了呵！

然而，不然！在厦门大学的时候，他的日子是好过的。同组同系就只四个大学生，倒有四个教授和一个助教指导学习。他是多么饥渴而且贪馋地吸饮于百花丛中，以酿制芬芳馥郁的数学蜜糖呵！学习的成效非常之高。他在抽象的领域里驰骋得多么自由自在！大家有共同的 dx 和 dy 等等之类的数学语言。三年中间，没有人歧视他，也不受骂挨打了。他很少和人来往，过的是黄金岁月；全身心沉浸在数学的海洋里面。真想不到，那么快，他就毕业了。一想到他将要当老师，在讲台上站立，被几十对锐利而机灵，有时难免要恶作剧的眼睛盯视，他禁不住吓得打战！

他的猜想立刻得到了证明。他是完全不适合于当老师的。他那么瘦小和病弱。他的学生却都是高大而且健壮的。他最不善于说话，说多几句就嗓子发痛了。他多么羡慕那些循循善诱的好老师。下了课回到房间里，他叫自己笨蛋。辱骂自己比别人的还厉害得多。他一向不会照顾自己，又不注意营养。积忧成疾，发烧到摄氏三十八度。送进医院一检查，他患有肺结核和急腹症。

这一年内，他住医院六次，做了三次手术。当然他没有能够好好地教书。但他并没有放弃了他的专业。中国科学院不久前出版了华罗庚的名著《堆垒素数论》。它摆上书店的书架，陈景润就买到了。他一头扎进去了。非常深刻的著作，非常之艰难！可是他钻研了它。

厦门大学校长来到了北京，在教育部开会。那中学的一位领导遇见了他，谈起来，很不满意，提出了一大堆的意见：你们怎么培养了这样的高材生？

王亚南，厦门大学校长，就是马克思的《资本论》的翻译者。听到意见之后，非常吃惊。他同意让陈景润回到厦门大学。

听说他可以回厦门大学数学系了，说也奇怪，陈景润的病也就好转了。而王亚南却安排他在厦大图书馆当管理员。又不让管理图书，只让他专心致意地研究数学。王亚南不愧为政治经济学的批判家，他懂得价值论，懂得人的价值。陈景润也没有辜负了老校长的培养。他果然精深地钻研了华罗庚的《堆垒素数论》和大厚本儿的《数论导引》。陈景润都把它们吃透了。他的这种经历却也并不是没有先例的。

当初，我国老一辈的大数学家、大教育家熊庆来，我国现代数学的引进者，在北京的清华大学执教。三十年代之初，有一个在初中毕业以后就失了学，失了学就完全自学的青年数学家，寄出了一篇代数方程解法的文章，给了熊庆来。熊庆来一看，就看出了这篇文章中的英姿勃发和奇光异彩。他立刻把它的作者，姓华名罗庚的，请进了清华园来。他安排华罗庚在清华图书馆中工作，一面自学，一面听课。尔后，派遣华罗庚出国，留学英国剑桥。

学成回国,已担任昆明云南大学校长的熊庆来又介绍他当联大教授。华罗庚后来再次出国,在美国普林斯顿和依利诺的大学教书。中华人民共和国成立以后,华罗庚马上回国来了,他主持了中国科学院数学研究所的工作。

陈景润在厦门大学图书馆中也很快写出了数论方面的专题文章,文章寄给了中国科学院数学研究所。华罗庚一看文章,就看出了文章中的英姿勃发和奇光异彩,也提出了建议,把陈景润选调到数学研究所来当实习研究员。正是:熊庆来慧眼认罗庚,华罗庚睿目识景润。

一九五六年年底,陈景润再次从南方海滨来到了首都北京。

一九五七年夏天,数学大师熊庆来也从国外重返清华。

这时少长咸集,群贤毕至。当时著名的数学家有熊庆来、华罗庚、张宗燧、闵嗣鹤、吴文俊等等许多明星灿灿,还有新起的一代俊彦,陆汝铃、王元、越民义、吴方等等,如朝霞烂漫,还有后起之秀,杨乐、张广厚等等已入北京大学求学。在解析数论、代数数论、函数论、泛函分析、几何拓扑学等等的学科之中,已是人才济济,又加上了一个陈景润。人人握灵蛇之珠,家家抱荆山之玉。风靡云蒸,阵容齐整。条件具备了,华罗庚做出了战略性的部署。侧重于应用数学,但也向那皇冠上的明珠,哥德巴赫猜想挺进!

四

要懂得哥德巴赫猜想是怎么一回事?只需把早先在小学三年级里就学到过的数学再来温习一下。那些12345,个十百千万的数字,叫做正整数。那些可以被2整除的数,叫做偶数。剩下的那些数,叫做奇数。还有一种数,如2,3,5,7,11,13等等,只能被1和它本数,而不能被别的整数整除的,叫做素数。除了1和它本数以外,还能被别的整数整除的,这种数如4,6,8,9,10,12等等就叫做合数。一个整数,如能被一个素数所整除,这个素数就叫做这个整数的素因子。如6,就有2和3两个素因子。如30,就有2,3和5三个素因子。好了,这暂时也就够用了。

一七四二年,哥德巴赫写信给欧拉时,提出了:每个不小于6的偶数都是二个素数之和。例如,6=3+3。又如,24=11+13等等。有人对一个一个的偶数都进行了这样的验算,一直验算到了三亿三千万之数,都表明这是对的。但是更大的数目,更大更大的数目呢?猜想起来也该是对的。猜想应当证明。要证明它却很难很难。

整个十八世纪没有人能证明它。

整个十九世纪也没有能证明它。

到了二十世纪的二十年代，问题才开始有了点儿进展。

很早以前，人们就想证明，每一个大偶数是两个"素因子不太多的"数之和。他们想这样子来设置包围圈，想由此来逐步、逐步证明哥德巴赫这个命题一个素数加一个素数（1+1）是正确的。

一九二〇年，挪威数学家布朗，用一种古老的筛法（这是研究数论的一种方法）证明了：每一个大偶数是二个"素因子都不超九个的"数之和。布朗证明了：九个素因子之积加九个素因子之积，（9+9），是正确的。这是用了筛法取得的成果。但这样的包围圈还很大，要逐步缩小之。果然，包围圈逐步地缩小了。

一九二四年，数学家拉德马哈尔证明了（7+7）；一九三二年，数学家爱斯斯尔曼证明了（6+6）；一九三八年，数学家布赫斯塔勃证明了（5+5）；一九四〇年，他又证明了（4+4）。一九五六年，数学家维诺格拉多夫证明了（3+3）。一九五八年，我国数学家王元又证明了（2+3）。包围圈越来越小，越接近于（1+1）了。但是，以上所有证明都有一个弱点，就是其中的二个数没有一个是可以肯定为素数的。

早在一九四八年，匈牙利数学家兰恩易另外设置了一个包围圈。开辟了另一战场，想来证明：每个大偶数都是一个素数和一个"素因子都不超过六个的"数之和。他果然证明了（1+6）。

但是，以后又是十年没有进展。

一九六二年，我国数学家，山东大学讲师潘承洞证明了（1+5），前进了一步；同年，王元、潘承洞又证明了（1+4）。一九六五年，布赫斯塔勃、维诺格拉多夫和数学家庞皮艾黎都证明了（1+3）。

一九六六年五月，像一颗璀璨的明星升上了数学的天空，陈景润在中国科学院的刊物《科学通报》第十七期上宣布他已经证明了（1+2）。

自从陈景润被选调到数学研究所以来，他的才智的蓓蕾一朵朵地烂漫开放了。在元内整点问题，球内整点问题，华林问题，三维除数问题等等之上，他都改进了中外数学家的结果。单是这一些成果，他那贡献就已经很大了。

但当他已具备了充分依据，他就以惊人的顽强毅力，来向哥德巴赫猜想挺进了。他废寝忘食，昼夜不舍，潜心思考，探测精蕴，进行了大量的运算。一心一意地搞数学，搞得他发呆了。有一次，自己撞在树上，还问是谁撞了他？他把全部心智和理性统统奉献给这道难题的解题上了,他为此而付出了很高的代价。他的两眼深深凹陷了。他的面颊带上了肺结核的红晕。喉头炎严重,他咳嗽不停。腹胀、腹痛,难以忍受。有时已人事不知了,却还记挂着数字和符号。他跋涉在数学的崎岖山路,吃力地迈动步伐。在抽象思维的高原,他向陡峭的巉岩升登,降下又升登!善意的误会飞入了他的眼帘。无知的嘲讽钻进了他的耳道。他不屑一顾;他未予理睬。他没有时间来分辨;他宁可含垢忍辱。餐霜饮露,走上去一步就是一步!他气喘不已;汗如雨下。时常感到他支持不下去了。但他还是攀登。用四肢;用指爪。真是艰苦卓绝!多少次上去了摔下来。就是铁鞋,也早该踏破了。人们嘲笑他穿的是通风透气不会得脚气病的一双鞋子。不知多少次发生了可怕的滑坠!几乎粉身碎骨。他无法统计他失败了多少次。他毫不气馁。他总结失败的教训,把失败接起来,焊上去,作登山用的尼龙绳子和金属梯子。吃一堑;长一智。失败一次;前进一步。失败是成功之母;成功由失败堆垒而成。他越过了雪线,到达雪峰和现代冰川,更感缺氧的严重了。多少次坚冰封山,多少次雪崩掩埋!他就像那些征服珠穆朗玛峰的英雄登山运动员,爬呵,爬呵,爬呵!而恶毒的诽谤,恶意的污蔑像变天的乌云和九级狂风。而热情的支持为他拨开云雾;明朗的阳光又温暖了他。他向着目标,不屈不挠;继续前进,继续攀登,战胜了第一台阶的难以登上的峻峭;出现在难上加难的第二台阶绝壁之前。他只知攀登,在千仞深渊之上;他只管攀登,在无限风光之间。一张又一张运算的稿纸,像漫天大雪似的飞舞,铺满了大地。数字、符号、引理、公式、逻辑、推理,积在楼板上,有三尺深。忽然化为膝下群山,雪莲万千。他终于登上了攀登顶峰的必由之路,登上了(1+2)的台阶。

  他证明了这个命题,写出了厚达二百多页的长篇论文。

  闵嗣鹤教授给他细心地阅读了论文原稿。检查了又检查,核对了又核对。肯定了,他的证明是正确的,靠得住的。他给陈景润说,去年人家证明(1+3)是用了大型的、高速的电子计算机。而你证明(1+2)却完全靠你自己运算。难怪论文写得长了。太长了,建议他加以简化。

  他当时正修改他的长篇论文。突然陈景润被卷入了政治革命的万丈波澜。

五

  一次一次的胜利,一次一次的反复。把仿佛已经完成的事情,一次一次地重新来过,把这些事情再做一遍,每一次都有了新的提高。它搜索自己的弱点、缺点和错误,毫不留情。像马克思说过的要让敌人更加强壮起来,自己则再三往后退却,直到无路可退了,才在罗陀斯岛上跳跃;粉碎了敌人,再在玫瑰园里庆功。只见一个一个的场景,闪来闪去,风驰电掣,惊天动地。一台一台的戏剧,排演出来,喜怒哀乐,淋漓尽致;悲欢离合,动人心魄。一个一个的人物,登上场了。有的折戟沉沙,死有余辜;四大家族,红楼一梦;有的昙花一现,萎谢得好快呵。乃有青松翠柏,虽死犹生,重于泰山,浩气长存!有的是英雄豪杰,人杰地灵,干将莫邪,千锤百炼,拂钟无声,削铁如泥。一页一页的历史写出来了,大是大非,终于有了无私的公论。肯定——否定——否定之否定。化妆不经久要剥落;被诬的终究要昭雪。种子播下去,就有收割的一天。播什么,收什么。

　　天文地理要审查;物理化学要审查。生物要审查;数学也要审查。陈景润在无产阶级"文化大革命"中受到了最严峻的考验。老一辈的数学家受到了冲击,连中年和年轻的也跑不了。庄严的科学院被骚扰了;热腾腾的实验室冷清清了。日夜的辩论;剧烈的争吵。行动胜于语言;拳头代替舌头。无产阶级"文化大革命"像一个筛子。什么都要在这筛子上过滤一下。它用的也是筛法。该筛掉的最后都要筛掉;不该筛掉的怎么也筛不掉。

　　有人曾经强调了科学工作者要安心工作,钻研学问,迷于专业。陈景润又被认为是这种所谓资产阶级科研路线的"安钻迷"典型。确实他成天钻研学问。不太问政治,是的,但也参加了历次的政治运动。共产党好,国民党坏,这个朴素的道理他非常之分明。数学家的逻辑像钢铁一样坚硬;他的立场站得稳。他没有犯过什么错误。在政治历史上,陈景润一身清白。他白得像一只仙鹤。鹤羽上,污点沾不上去。而鹤顶鲜红;两眼也是鲜红的,这大约是他熬夜熬出来的。他曾下厂劳动,也曾用数学来为生产服务,尽管他是从事于数论这一基础理论科学的。但不关心政治,最后政治要来关心他。

　　善意的误会,是容易纠正的。无知的嘲讽,也可以谅解的。批判一个数学家,多少总应该知道一些数学的特点。否则,说出了糊涂话来自己还不知道。陈景润被批判了。他被帽子工厂看中了:修正主义苗子,安钻迷,白专道路典型,白痴,寄生虫,剥削者。就有这样的糊涂话:这个人,研究(1+2)的问题。他搞的是一套人们莫名其妙的数学。让哥德巴赫猜想见鬼去吧!(1+2)有什么了不起!1+2不等于3吗?此人混进数学研究所,领了国家的工资,吃了人民的小米,研究什么1+2=3,什么玩意儿?!伪科学!

说这话的人才像白痴呢。

并不懂得数学的人说出这样的话，那是可以理解的，可是说这些话的人中间，有的明明是懂得数学，而且是知道哥德巴赫猜想这道世界名题的。那么，这就是恶意的诽谤了。权力使人昏迷了；派性叫人发狂了。

六

台风的中心是安静的。

而旋卷在台风里面的人却焦灼着、奔忙着、谋划着、叫嚷着、战斗着、不吃不睡，狂热地保护自己的派性，疯狂地攻击对方的派性。他们忙着打派仗，竟没有时间来顾及他们的那些"专政"对象了。

待到工人宣传队进驻科学院各所以后，陈景润不但可以读书，也可以运算了。但是总有一些人不肯放过他。每天，他们来敲敲门，来查查户口，弄得他心惊肉跳，不得安身。有一次，带来了克丝钳子，存心不让他看书，把他房间里的电灯铰了下来，拿走了。还不够，把开关拉线也剪断了。

于是黑暗降临他的心房。

"九一三"事件之后，大野心家已经演完了他的角色，下场遗臭万年去了。陈景润听到这个传达之后，吃惊得说不出话来。这时，情况渐渐地好转。可是他却越加成了惊弓之鸟。激烈的阶级斗争使他无所适从。唯一的心灵安慰就是数学。他只好到数论的大高原上去隐居起来。现在也允许他这样做了。图书馆的研究员出身的管理员也是他热情的支持者。事实证明，热情的支持者，人数众多。他们对他好，保护他。他被藏在一个小书库的深深的角落里看书。由于这些研究员的坚持，数学研究所继续订购世界各国的文献资料。这样几年，也没有中断过；这是有功劳的。他阅读，他演算，他思考。情绪逐步地振作起来。但是健康状况却越加严重了。他也不说；他也不顾。他又投身于工作。白天在图书馆的小书库一角，夜晚在煤油灯底下，他又在爬，爬，爬了，他要找寻一条一步也不错的最近的登山之途，又是最好走的路程。

敬爱的周总理，一直关心着科学院的工作，着手排除帮派的干扰。半个月之前，有一位周大姐被任命为数学研究所的政治部主任。由解析数论，代数数论等学科组成的五学科室恢复了上下班的制度。还任命了支部书记，是个工农出身的基层老干部，当过第二野战军政治部的政治干事。

到职以后，书记就到处找陈景润。周大姐已经把她所了解的情况告诉了他。他们会了面，会面在图书馆小书库的一个安静的角上。

刚过国庆，十月的阳光普照。书记还只穿一件衬衣，衰弱的陈景润已经穿上棉袄。

"李书记，谢谢你，"陈景润说，他见人就谢。"很高兴，"他说了一连串的很高兴。他一见面就感到李书记可亲。"很高兴，李书记，我很高兴，李书记，很高兴。"

李书记问他，"下班以后，下午五点半好不好？我到你屋去看看你。"

陈景润想了一想就答应了，"好，那好，那我下午就在楼门口等你，要不你会找不到的。"

"不，你不要等我，"李书记说。"怎么会找不到呢？找得到的。这是用不到等的。"

但是陈景润固执地说，"我要等你，我在宿舍大楼门口等你。不然你找不到。你找不到我就不好了。"

果然下午他是在宿舍大楼门口等着了。他把李书记等到了，带着他上了三楼，请进了一个小房间。小小房间，只有六平方米大小。这房间还缺了一只角。原来下面二楼是个锅炉房。长方形的大烟囱从他的三楼房间中通过，切去了房间的六分之一。房间是刀把形的。显然它的主人刚刚打扫过清理过这间房了。窗子三槅，糊了报纸，糊得很严实。尽管秋天的阳光非常明丽，屋内光线暗淡得很。李书记没有想到他住处这样不好。他坐到床上，说："你床上还挺干净！"

"新买了床单。刚买来的床单，"陈景润说。"你要来看看我。我特地去买了床单，"指着光亮雪白的蓝格子花纹的床单。"谢谢你，李书记，我很高兴，很久很久了，没有人来看望……看望过我了。"他说，声音颤抖起来。这里面带着泪音。霎时间李书记感到他被这声音震撼起来。满腔怒火燃烧。这个党的工作者从来没有这样激动过。不像话，太不像话了！这房间里还没有桌子。六平方米的小屋，竟然空如旷野。一捆捆的稿纸从屋角两只麻袋中探头探脑地露出脸来。只有四叶暖气片的暖气上放着一只饭盒。一堆药瓶，两只暖瓶。连一只矮凳子也没有。怎么还有一只煤油灯？他发现了，原来房间里没有电灯。"怎么？"他问，"没有电灯？"

"不要灯，"他回答，"要灯不好。要灯麻烦。这栋大楼里，用电炉的人家很多。电线负荷太重，常常要检查线路，一家家的都要查到。但是他们从来不查我。我没有灯。也没有电线，要灯不好，要灯添麻烦了。"说着他凄然一笑。

"桌子呢？你怎么没有桌子？"

陈景润随手把新床单连同褥子一起翻了起来，露出了床板，指着说，"这不是？这样也就可以工作了。"

李书记皱起了眉头，咬牙切齿了。他心中想着："唔，竟有这样的事！在中关村，在科学院呢。糟蹋人呵，糟蹋科学！"

李书记回到机关。他找到了比他自己早到了才一个星期的办公室老张主任。主任听他说话后，认为这一切不可能，"瞎说！怎么会没有灯呢？"李书记给他描绘了小房间的寂寞风光。那些身上长刺、头上长角的人把科学院搅得这样！立刻找来了电工。电工马上去装灯。灯装上了，开关线也接上了。一拉，灯亮了。陈景润已经俯伏在一张桌子之上，写起来了。

光明回到陈景润的心房。

七

数学的公式也是一种世界语言。学会这种语言就懂得它了。这里面贯穿着最严密的逻辑和自然辩证法。它可以解释太阳系、银河系、河外系和宇宙的秘密，原子、电子、粒子、层子的奥妙。但是能升登到这样高深的数学领域去的人不多。

且稍稍窥视一下彼岸彼土。那里似有美丽多姿的白鹤在飞翔舞蹈。你看那玉羽雪白，雪白得不沾一点尘土；而鹤顶鲜红，而且鹤眼也是鲜红的。它踯躅徘徊，一飞千里。还有乐园鸟飞翔，有鸾凤和鸣，姣妙、娟丽，变态无穷。在深邃的数学领域里，既散魂而荡目，迷不知其所之。

闵嗣鹤教授却能够品味它，欣赏它，观察它的崇高瑰丽。他当时说过，"陈景润的工作，最近好极了。他已经把哥德巴赫猜想的那篇论文写出来了。我已经看到了，写得极好。"

"你的论文写出了，"一位军代表问陈景润，"为什么不拿出来？"陈景润回答他："正做正做，没有做完。"军代表说，"希望你早日完成。"

室里的领导老田对李书记说，"可以动员动员他，让他拿出来。但也不急。他不拿出来，自然有他的道理的。"

陈景润说，"那个稿子我还在做。我确实没有做完。"

"我确实还没有做完。我的论文是做完了，又是没有做完的。自从我到数学研究所以来,在严师、名家和组织的培养、教育、熏陶下,我是一个劲儿钻研。怎么还能干别的事?不这样怎么对得起党?在世界数学的数论方面三十多道难题中,我攻下了六七道难题,推进了它们的解决。这是我的必不可少的锻炼和必不可少的准备。然后我才能向哥德巴赫猜想挺进。为此,我已经耗尽了我的心血。

"一九六五年,我初步达到了(1+2)。但是我的解答太复杂了,写了两百多页的稿子。数学论文的要求是(一)正确性,(二)简洁性。譬如从北京城里走到颐和园那样,可有许多条路,要选择一条最准确无错误,又最短最好的道路。我那个长篇论文是没有错误,但走了远路,绕了点儿道,长达两百多页,也还没有发表。从那年到今天已经过去了七年。

"这个事是比较困难的,也是难于被人理解的。从学习外语来说,我是在中学里就学了英语,在大学里学的俄语;在所里又自学了德语和法语。我勉强可以阅读而且写写了。又自学了日语,意大利语和西班牙语,到了勉强可以阅读外国资料和文献的程度。因而在借鉴国外的经验和成就时,可以从原文阅读,用不到等人翻译出来了再读。这是必不可少的一个条件。我必须检阅外国资料的尽可能的全部总和,消化前人智慧的尽可能不缺的全部的果实。而后我才能在这样的基础上解答(1+2)这样的命题。

"我的成果又必须表现在这样的一篇论文中,虽然是专业性质的论文,文字是比较简单的;尽管是相对地严密的,又必须是绝对地严密的。若干地方就是属于哲学领域的了。所以我考虑了又考虑,计算了又计算,核对了又核对,改了又改,改个没完。我不记得我究竟改了多少遍?科学的态度应当是最严格的,必须是最严格的。

"我知道我的病早已严重起来。我是病入膏肓了。细菌在吞噬我的肺腑内脏。我的心力已到了衰竭的地步。我的身体确实是支持不了啦!唯独我的脑细胞是异常的活跃,所以我的工作停不下来。我不能停止。……"

八

一九七三年二月,春节来临。

早一天,数学研究所的周大姐说,佳节前后,要特别关心一下病号。她说:"那些老八路的作风,那些过去部队里形成的作风,我们千万不能丢掉了。尤其像陈景润那样的同志,要关心他,他很顽强。他病得起不来了,但又没有起不来的时候。在任何情况下挣扎起来，他坚持工作。他为什么？他为谁？为他自己吗？为他自己，早就不干了。不是，他是为人民，为党工作。我们要去慰问他。也要慰问单位里所有的病人。"

　　大年初一早晨，周大姐和几个书记，包括李书记，一行数人，把头天买好了的苹果、梨子装进一些塑料网线袋子。若干袋子大家分头提了，然后举步出发，慰问病人。他们先到陈景润那里。他住得最近。

　　陈景润正从楼梯上走下来。大家招呼他。他很惊讶，来了这许多的领导同志。周大姐说，"过春节，我们看你来了，你的病好点了吧。"李书记也说，"新年好，给你贺新年。"陈景润说，"噢，今天是新年了呵？谢谢你们，谢谢你们。新年好，你们好。"李书记说，"到你屋里去坐坐吧。""不，不行，"陈景润说，"你没有先给我打招呼，不能进去。"周大姐沉吟了一下，说："好吧，我们就不去了。李书记，你给他送水果上楼吧。我们还上别家去，你回头再赶上我们好了。"李书记说，"好。"周大姐和陈景润握手，并祝他早日恢复健康，然后转过身走了。李书记把水果袋递给陈景润说："春节了。这是组织上送给你的。希望你在新的一年里，多给党做点工作。""不要水果，不要水果，"陈景润推却了，"我很好，我没有病，没有什么……这点点病，呃……呃，谢谢你，我很高兴。"说着说着他收下了水果。李书记说，"上你屋聊聊？"他又张手拦住，"不，不要进屋了，你没有给我打招呼。"

　　李书记说，"那好，我不上去了。你有什么事，随时告诉我。我也得去追上他们，到别家去看望看望。"于是握手作别，他返身走。刚走两步，后面又叫，"李书记，李书记！"陈景润又追过来，把水果袋子给了李书记，并说，"给你家的小孩吃吧。我吃不了这多。我是不吃水果的。"李书记说，"这是组织上给你的，不过表示表示，一点点的心意罢了。要你好好保养身体，可以更好地工作。你收下吧，吃不下，你慢慢地吃吧。"

　　他默默收下了。他默默地送李书记到大楼门口。李书记扬手走了，赶上了周大姐他们的行列。陈景润望着李书记的背影，凝望着周大姐一行人的背影消失在中关村路林荫道旁的切面铺子后面了。突然间，他激动万分。他回上楼，见人就讲，并且没有人他也讲。"从来所领导没有把我当作病号对待，这是头一次，从来没有人带了东西来看望我的病，这是头一次。"他举起了塑料袋，端详它，说，"这是水果，我吃到了水果，这是头一次。"

　　他飞快地进了小屋。一下子把自己反锁在里面了。

他没有再出来。直到春节过去了。头一天上班，陈景润把一叠手稿交给了李书记，说：

"这是我的论文。我把它交给党。"

李书记看他，又轻声问他："是否那个（1+2）？"

"是的，闵老师已经看过，不会有错误的，"陈景润说。

数学研究所立即组织了一次小型的学术报告会。十几位专家，听了陈景润的报告，一致给以高度评价。然后，数学研究所业务处将他的论文上报院部。

九

四月中的一天，中国科学院在三里河工人俱乐部召开全院党员干部大会。武衡同志在会上作报告。他说到数学研究所一位中级的研究员作出了世界水平的重大成果。当时没说人名。李书记在坐中，听到了，还不知说谁？旁边的人捅了他一下。"干什么？"他问。那人说，"你听到没有？""怎么啦？"那人又说，"这活儿是陈景润做出来的呵！""噢？还这么重要？"那人说，"这是世界名题。真不简单！"

第二天，新华社记者来访。他见到了陈景润，谈了话，进他房间看了看。回去就写出一篇报道，立即在内部刊物上发表。其中，说到了陈景润的经历；他刻苦钻研的精神；重大的科研成果以及他现在还住在一间烟熏火烤的小房间里。生活条件很差！疾病严重!! 生命垂危!!!

伟大领袖和导师毛主席看到了这篇报道，立即作出了指示。

当天深夜，武衡同志走进了陈景润的小房间。

他立即被送进医院，由首都医院内科主任和卫生部一位副部长给他作了全面的身体检查。他患有多种疾病。他们要他立即住院疗养，他不肯。于是，向他传达了毛主席的指示。

他一共住院一年半。

在住院期间，敬爱的周总理曾亲自安排了陈景润的全国人大代表席位。在第四届全国人民代表大会上，陈景润见到了周总理，并和总理在一个小组里开会。人代会期间，当他得知总理的病时，当场哭了起来，几夜睡不着觉。大会后，他仍回医院治疗。

当他出院的时候，医院的诊断书上写着：

"经住院治疗后,一般情况较好。精神改善;体温正常。体重增加十斤;饮食睡眠好转。腹痛腹胀消失;二肺未见活动性病灶。心电图正常;脑电图正常。肝肾功能正常;血沉及血象正常。"

关于他的工作和健康,华主席也非常关怀,并亲自作过几次批示。

早在他的论文发表时,西方记者迅即获悉,电讯传遍全球。国际上的反响非常强烈。英国数学家哈勃斯丹和西德数学家李希特的著作《筛法》正在印刷所付印。他们见到了陈景润的论文立即在这部书里加添了一章,第十一章:"陈氏定理"。他们誉之为筛法的"光辉的顶点"。在国外的数学出版物上,诸如"杰出的成就""辉煌的定理",等等,不胜枚举。一个英国数学家给他的信里还说,"你移动了群山!"

真是愚公一般的精神呵!

或问:这个陈氏定理有什么用处呢?它在哪些范围内有用呢?

大凡科学成就有这样两种:一种是经济价值明显,可以用多少万,多少亿人民币来精确地计算出价值来的,叫做"有价之宝";另一种成就是在宏观世界、微观世界、宇宙天体、基本粒子、经济建设、国防科学、自然科学、辩证唯物主义哲学等等等等之中有这种那种作用,其经济价值无从估计,无法估计,没有数字可能计算的,叫做"无价之宝",例如,这个陈氏定理就是。

现在,距离皇冠上的明珠,只有一步之遥了。

但这是最难的一步。且看明珠归于谁之手吧!

十

陈景润曾经是一个传奇式的人物。关于他,传说纷纭,莫衷一是。有善意的误解、无知的嘲讽、恶意的诽谤、热情的支持,都可以使得这个人扭曲、变形、砸烂或扩张放大。理解人不容易;理解这个数学家更难。他特殊敏感、过于早熟、极为神经质、思想高度集中。外来和自我的肉体与精神的折磨和迫害使得他试图逃出于世界之外。他成功地逃避在纯数学之中,但还是藏匿不了。纯数学毕竟是非常现实的材料的反映。"这些材料以极度抽象的形式出现,这只能在表面上掩盖它起源于外部世界的事实。"(恩格斯)陈景润通过数学的道路,认识了客观世界的必然规律。他在诚实的数学探索中,逐步地接受了辩证唯物论的世界观。没有一定的世界观转变,没有科学院这样的集体和党的关怀,他不可能对哥德巴赫猜想做出这巨大贡献。被冷酷地逐出世界的人,被热烈的生命召唤了回来。帮派体系打击迫害,更显出党的恩惠温暖。冲击对于他好像是坏事;也是好事,他得到了锻炼而成长了。病人恢复了健康。畸零人成了正常人。正直的人已成为政治的人。他的进步显著。他坚定抗击了"四人帮"对他的威胁与利诱。无所不用其极地威胁他诬陷邓副主席,他不屈!许以高官厚禄,利诱他向人妖效忠,他不动!真正不简单!数学家的逻辑像钢铁一样坚硬!今后,可以信得过,他不会放松了自己世界观的继续改造。他生下来的时候,并没有玫瑰花。他反而取得成绩。而现在呢?应有所警惕了呢,当美丽的玫瑰花朵微笑时。

(刊发于 1978 年 2 月 17 日《人民日报》)

为了周总理的嘱托
——记农民科学家吴吉昌

穆 青　陆拂为　廖由滨

编者按： 在全国科学大会召开的前夕，我们怀着十分激动的心情，向读者介绍农民科学家吴吉昌同林彪、"四人帮"顽强战斗的事迹。《为了周总理的嘱托……》这篇通讯，生动地描写了植棉模范吴吉昌为了完成毛主席指示、周总理嘱托的解决棉花脱蕾落桃这个科研课题，忍受着林彪、"四人帮"一次又一次的打击、迫害和摧残，奋斗十几年，终于闯出了一条增产棉花的道路。吴吉昌不仅为祖国的科学事业作出了可贵的贡献，而且为我们树立了一个忠于党，忠于毛主席，忠于周总理，为祖国科学事业献身的榜样。

现在，打击和迫害吴吉昌，不准他搞科学研究的"四人帮"早被打倒了，我国人民能够甩开膀子大干社会主义了。我们要学习和发扬吴吉昌的那种不怕挫折，不怕打击，无私无畏地为革命事业钻研科学的精神。有了这种大无畏的革命精神，我们就能在新的长征途中，在攀登科学技术高峰的崎岖道路上，披荆斩棘，勇往直前，就一定能在本世纪内实现毛主席指示，周总理提出，华主席在政府工作报告中所阐明的建设社会主义现代化强国的宏伟目标！

一九六六年一月。寒风呼啸，中南海的湖面上冻结着厚冰。周恩来总理刚从全国第五次棉花生产会议上作完报告，又立即请几十位植棉劳模来国务院会议室座谈。

当头裹白毛巾，身穿黑棉袄的农民科学家吴吉昌进门时，总理指指自己右侧的座位说："老吴同志，坐这里来。"

总理对大家说："毛主席又给咱们任务了。主席指示：要粮棉并举，学会两条腿走路；要继续研究解决棉花脱蕾落桃问题。主席把任务交给我，我依靠大家。"

总理和大家亲切地谈了一个多小时。临走时,他握住吴吉昌的手,炯炯有神的目光凝视着吴吉昌说:"我把解决落桃的任务交给你了,你把它担起来!"吴吉昌迟疑地说:"中,可我是个大老粗,一没文化,二来岁数也大了……"总理打断他的话问:"你多大了?"吴吉昌答:"五十七。"总理说:"你五十七,我六十七,毛主席比我们都大得多。我跟你说,再过二十年,我八十七,你七十七,咱们一起用二十年时间,把毛主席交给的任务完成,行不行?"热血涌上了吴吉昌的脸,他紧紧握着总理的手,响亮地回答:"行!"

这就是吴吉昌不平凡的战斗历程的起点。

从此以后,吴吉昌把毛主席的指示,周总理的嘱咐,看作党的重托。他准备为此付出自己全部的心血。但他万万没有想到为了完成这个庄严的使命,为了种出不落桃的棉花,他竟然遭遇那么残酷的迫害,经历那么严重的斗争。

十几年来,他走过了一条光荣而又布满着荆棘的道路。

(一)

吴吉昌的家在山西闻喜县东镇公社涑阳大队。这个普普通通的农民,在科学上具有一种顽强的探索精神。人们说,没人去的地方,吴吉昌也要闯三回。他在植棉技术上先后摸索创造出"冷床育苗""芽苗移栽"等九项科研成果,《人民日报》曾发表过社论,推广他的经验。由于他对祖国的贡献,毛主席和周总理曾多次接见过他。

这次他回到家乡,立即传达了毛主席的指示和周总理交给的任务,并组织群众进行了直播、移栽、套种等各种对比试验。吴吉昌日夜在棉田里观察研究,连吃饭都端着碗蹲在地头。人们说"棉花迷"变成"棉花疯"了。

不久,"文化大革命"开始了。吴吉昌十分兴奋,他决心在斗争中经风雨,见世面。但是,他没有想到,这场运动竟带来了无休止的动荡和混乱。林彪和"四人帮"一伙颠倒敌我,混淆黑白,抛出"怀疑一切、否定一切、打倒一切"的反动口号,把斗争的矛头指向广大革命干部和革命群众。在这股阴风的煽动下,少数别有用心的人把吴吉昌当作斗争对象。他们攻击他研究棉花是推行刘少奇的"技术第一"的修正主义路线,是"黑劳模"。他们抄了吴吉昌的家,找出他培育的一包包棉花良种,诬蔑说:"看哪,这就是黑劳模偷藏棉子榨油吃的证据。"

吴吉昌受到了近百次的批斗。在恐吓和辱骂声中，他始终不屈地回答："我研究棉花，一不图名，二不图利，我是在完成周总理给我的任务！"

那些人见吴吉昌不低头，就撤销了他大队长的职务，进而捏造罪证，诬陷他是反革命。他们对吴吉昌进行令人发指的残酷迫害：用棍打，用火烧，好几次打得他血流满面，昏迷不醒。他的腿给打伤了，左臂一连五次被拧得脱了臼，终于成了残废。

当时，吴吉昌想，什么痛苦他都可以忍受，只要能让他搞棉花就行了。哪里知道，那些人偏偏剥夺了他研究棉花的权利，禁止他下地，强令他每天打扫全村的街道。

从此，树影斑驳的村道上，人们每天都看见吴吉昌弯着残废的手，拖着打伤的腿，艰难地跪在地上打扫。人们记得，这街道两旁的白杨树，还是几年前吴吉昌领回来的奖品。那时，县里要奖给他一辆自行车，吴吉昌拒绝了。他说："成绩是大家的！"他要求改奖一千棵白杨树苗让全村栽种。如今，这些白杨已经有碗口粗了。可是，为全村赢得这些荣誉树的人，却受到这样的折磨。白杨在迎风呼号，那是为老汉在鸣咽，还是为这不平在愤怒！？

看到这情景，许多贫下中农心里多难过啊！为了减轻老汉身心的痛苦，大家不约而同地出来，默默地帮助他打扫。

长期的折磨，使吴吉昌患了重病。从外表看来，他脸孔蜡黄，两腿肿胀，身似朽木，但在内心深处，一种严肃的使命感，仍然像烈火一样，熊熊不息。周总理那"我把任务交给你了"的声音，不断在他耳边回旋……

有一天，他扫地发现几颗丢落的棉子，高兴得连忙揣在怀里。他想，不让明搞，我就暗搞；不让在大田里搞，我就在自家院里搞。他回到家里，用一个瓦盆装了土，把棉子埋进去，放在炕头上。不久，棉子萌芽了，越长越高，他怕被监视的人发觉，就把棉苗移栽到院里洋姜之间的隐蔽处。一听到有人敲门，就连忙用鸡罩罩往……当时，他真是想不通呵，为什么在光天化日之下，有些人可以目无法纪，任意把人民的生命财产当儿戏！而他，想为祖国做出点贡献，却不得不偷着去干！

夜深人静，他独自在院里蹒跚徘徊，看着那些缺少阳光而不能结桃的棉苗，一遍又一遍地自语着："总理呵，你知道不知道，他们不让我完成您给的任务！"

吴吉昌的病一天比一天严重了，最后竟卧床不起。那些人既不许吴吉昌外出就诊,又不准医生登门,还向他勒索所谓"专政费",监视他的人的工分和饭费,都要吴吉昌负担。他老伴汤素莲不得不把衣物都变卖了。

吴吉昌无医无药,生命垂危,看来是没有指望了。老伴悄悄地为他安排后事。她用灰水染了一块布,裁制老衣,一边裁一边伤心地想着:老伴生平爱的是棉花,总不能让他穿着破衣烂衫死去。买不起棺材,农村又无法火葬,家里还有一对大瓮,合在一起,让老伴蜷缩着躺在里面罢。

一天下午,吴吉昌叫喊起来,豆粒大的汗珠不停地从脸上直往下落,终于痛得昏迷过去……汤素莲慌了,怎么办哪?总得找人合计合计。但那时左邻右舍都被迫跟她家"划清界限",她怎么肯去连累别人呢?她跑到本村吴吉昌妹妹家里去了。妹妹是亲骨肉,来了。有个老贫农叫李茂德,是五保户,他说:"我无儿无女,我不怕!"也来了。大家赶到炕头,一看这阵势,都说不中了。于是,汤素莲和他妹妹慌手慌脚地给吴吉昌剃了头,穿上了老衣。……

就在这个时候,吴吉昌睁开了眼睛。亲人们流着眼泪围在他的身边,要他交代后事。他摇摇头,很久很久,才断断续续地说:"我不怕死,可我不能死……我还没有完成总理给我的任务……"

吴吉昌病危时的话,传出以后,揪疼了全村贫下中农的心,大家千方百计想挽救他的生命。社员李桂英听说有一种偏方,能治他这种病,偏方需要小鱼配制,她就让自己的爱人带着孩子,到涑水河边去破冰捞鱼。这件事悄悄地一传二,二传三,人们纷纷到河里捞鱼去了。从此以后,吴吉昌家的人经常发现秸秆编的院墙脚下,有人在夜里偷偷地把一碗碗用小鱼配制的药塞了进来……

事情传到了外村,仁和大队有位老医生叫白秀珍,悄悄把汤素莲请去,递给她一副针管和四十支针药,抱歉地说,我没法亲自给吴劳模治病,你自己学着注射吧。一个农村老婆婆学打针,不用说有多艰难,一连扎了七针,药水都进不了肌肉,顺着大腿往下流。但是为革命必须活下去的决心,鼓舞着这对患难夫妻。吴吉昌说:"我不能死,我要活着跟大鬼小鬼斗,坚决完成总理交给的任务!"

病,居然奇迹般地好起来了。

(二)

一九七〇年春天。一场冰雹,把棉苗打成光杆。可是,棉苗不管枝断叶残,仍然顽强地继续抽芽。就在这时候,吴吉昌拄着拐棍在村头出现了。人们三三两两兴奋地传告着:老汉又站起来了!

那些要打倒他的人,怕他东山再起,继续蛮横地禁止他侍弄棉花,勒令他每天必须带着干粮早出晚归去村外割草。就这样,老汉拄着拐棍,背着草筐,整天孤独地踯躅在田野上。

一天,吴吉昌离村走了五六里,来到北街大队。眼前是一大片棉田,绿油油的棉苗正在疯长,他多么想去提醒社员注意呵。但他想,以自己当时的"身份"和处境,人们会不会听他的话,会不会因此招来新的祸害呢?一连两天,他围着棉田看了又看,转了又转,内心斗争非常激烈。

直到第三天,当社员们走出棉田,围在一棵大树下面休息时,他终于鼓起勇气凑了过去。人们用同情和关切的眼光看着他,沉默着。半晌,吴吉昌好像自言自语似地说道:"棉苗长得不错呵。"队长立刻回答说:"就是挂桃少。"老汉说:"那是因为后期管理没跟上。"这时候,一位中年女社员冲口说:"吴劳模,你给指点指点吧。"吴吉昌凄然一笑,摆摆手说:"好妹子,不敢再称劳模了。"那位女社员噙着眼泪回答:"老大哥,俺们心中有数……"

亲切的称呼,简单的对话,沟通了压抑着的共同的思想感情。吴吉昌立刻放下草筐,向棉田走去。他抚摸棉苗,就像抚摸着自己久别重逢的孩子,全身颤抖了。长期埋在他内心的感情,一下子都迸发出来了。

第二天,社员来到棉田,发现老汉早已在那里了。从此,就像是谁立下了规矩:吴吉昌每天来这里传授技术,进行科学试验,休息时候大家就自动地你一把,我一把,替老割草。傍晚收工时,人们心疼他有病,路又远,就把装得满满的草筐,悄悄送到涑阳村口,再让他背回去。

这一年,经他亲自指导的二十亩棉花,平均亩产皮棉一百四十六斤,开创了这个大队的丰产新纪录。这引起了人们的惊奇。事情终于让那些迫害吴吉昌的人知道了。他们立刻召开大会,说吴吉昌到别队去搞科研,是阶级斗争的新动向!又强令吴吉昌去瓜园"立功赎罪",永远不准他再进棉花地。

但是,瓜蔓真能把吴吉昌拴住吗?

吴吉昌人进了瓜园,心还在棉苗上。有一天他偶然发现,瓜把式在甜瓜苗刚长出两片真叶时就打顶,这样在两片真叶的腋心里就很快长出两根蔓来,坐瓜早,瓜又多,又不脱落。吴吉昌马上就联想到棉花上去:如果运用这个办法让棉苗长出两个杆,早现蕾、多挂铃,不就能增产了吗?

一种按捺不住的强烈愿望,促使他不顾一切束缚要去进行试验。他趁别人不注意，偷偷地蹲到瓜园旁边的棉田里去，选了两株刚长出两片真叶的棉苗，做上记号，打了顶。过了几天，这两株苗果然都长出两根杆来。吴吉昌兴奋极了，每天出工收工，有事没事，都要寻找借口到那里去看看。夏天棉田干旱，他宁可自己忍着干渴，把老伴给他准备的水，都偷偷给这两株试验苗喝了。这两株试验苗是吴吉昌的希望，是困苦的时候他心中唯一的安慰。

但是，想不到的横祸又发生了。棉苗正在现蕾开花的时候，因为紧挨道旁，给过路的牲口踩掉了。一见这情景，吴吉昌颓丧地坐在路上，暗暗叫起苦来："天哪！是你存心不让我完成任务吗？"

老伴知道这些事情后，埋怨他说："你种的是瓜，迷的是花，人家不准你搞，你偏要搞。等将来你的事情水落石出了，再研究不行吗？"

满腔悲愤的吴吉昌听了老伴的话，激动地说："我相信总有一日，会重见青天。到那个时候，总理把我找去，问：'老吴同志，任务完成得怎样了？'我能光向总理诉苦吗？我能空手去见总理吗？不行，啥也别想挡住俺！"

（三）

林彪反党集团被历史的洪流冲走了。一九七三年二月，吴吉昌的冤案终于得到平反，他恢复了党的组织生活，担任了涑阳大队革委会副主任。

老汉总算盼到了这样一天，可以不偷偷摸摸地研究棉花了。可是，从周总理布置任务起，珍贵的时间已经过去了整整七年！

吴吉昌像久困在笼中的鸟，一旦获得解放，他就要立即展翅高飞了。为了时时提醒自己不忘总理的嘱托，为了处处能观察和研究棉株理想的株型，他特意在家里的檐下、墙头、窗前、树上，到处挂起一株株棉花。这银花满目的庭院，迎着阳光发出灿烂的光华！

二月里，涑水河里的冰雪还未消融，大地寒气仍在袭人，吴吉昌棉花"早育复栽"的试验开始了。他在苗床旁边搭起一个简陋的窝棚。刚抹的稀泥还在滴水，他就往冻土上铺了一层麦秸，回家搬行李去了。

汤素莲看到老伴卷起被褥，连忙拦住说："你……你还要不要老命了？"吴吉昌回答说："在家里我能合上眼睡觉吗？我宁愿死在地里，也不能待在家里。"

还能有谁比汤素莲更懂得、更体谅吴吉昌的心情呢！她眼圈一红，松开了手，望着老汉夹起被褥，拿着一把镰刀走了。

晚上，老贫农赵发全也夹着被褥跟着吴吉昌进了窝棚。

涑水河畔一片寂静。月光下窝棚四周的冰柱，射出凛冽的寒光。两位六十多岁的老汉，提着马灯，拿着镰刀，像忠于职守的哨兵，警惕地守护着苗床。棉苗移栽到麦茬地里以后，白天吴吉昌顶着太阳观察棉花拔节、开花；夜里他蹲在地里倾听棉花落铃落蕾的声音，有时还风趣地对棉苗说："你休息，我不休息！"

一个个日日夜夜过去了。他，终于摸清了棉苗的脾性，逐步认识了落蕾、落铃、落桃的时间，跟水、肥、光、温等条件的辩证关系。

这一年，涑阳大队两亩八分"早育复栽"的试验棉田，平均亩产皮棉一百八十六斤。吴吉昌搞的两个真叶打顶一株双秆的试验，也获得了初步成功。

但是，就在这个时候，"四人帮"又掀起了一股破坏抓革命、促生产，破坏科学研究的逆浪。

一九七四年，山西省棉花科学研究所负责人来到涑阳，邀请吴吉昌参加棉花栽培技术经验交流活动。端午节，当他们正在稷山县参观时，运城地委主要负责人乘坐小卧车来了。

意想不到的事情发生了。这个负责人一见吴吉昌就训斥道："你这个人就是技术挂帅，专搞唯生产力论。"他吩咐省棉科所负责人说："吴吉昌技术再好，我们也不能用他，不准再带他出来传授技术，不准推广他的植棉经验。"说罢，钻进汽车，把门一关，一溜烟地跑了。

吴吉昌就像头上给人猛击一拳，站在路边发愣。他愤懑地想：这到底是为什么？林彪不是摔死了吗？难道又出了奸臣？

果然，接连不断的打击来了。有人说，对吴吉昌落实政策，不把他当阶级敌人看待，够宽大了，他再也不是什么植棉模范。有人说，吴吉昌的双秆棉是唯生产力论的活标本，他不问政治，专弄棉花，念的是"复辟经"，干的是"回潮事"。……一顶又一顶大帽子压到了他的头上。

尽管吴吉昌不断进行斗争，但是缚在他身上的绳索还是越捆越紧。省科委发给他的科研经费他领不到手；发给他用于棉花试验的化肥给别人挪用了；发给他的抽水机具还没有运到就被别人半路劫走了……这年夏天天旱，棉叶开始打蔫。那些过去迫害吴吉昌的人又对棉田实行了断水、断电，逼得这个残疾的老汉只好跟小姑娘一起抬水救苗。

乡亲们都为他担忧，有人劝他说："算了，这么大年纪了，可别斗了，弄那个棉花干啥？"他说："那可不行，总理要我创造经验，解决棉花落桃问题，全国有七千五百万亩棉田，一株棉少落一个桃，一亩地就能增产十多斤皮棉，这可是件大事。棉花就是俺的命，啥也别想挡住俺！"

用什么办法冲破这重重压力和层层封锁呢？吴吉昌反复考虑了很久，决定要离家出走。他对老伴说："这里不让搞，就到外地去，走到哪里就在哪里革命，沟死沟埋，路死插牌，哪里的黄土不埋人呢？再说，我走了，也免得连累你们。……"

老伴越听越伤心，但听到最后一句，火了。她说："你忘了？当年你受林彪的祸害，给打成反革命，俺哪有一天跟你分离过？现在你要走，咱俩一起走，能活，活在一起，要死，埋在一堆……"说罢，呜呜地哭个不休……

常言说，"穷家难舍，故土难离。"在"四人帮"的重压下，这个倔强的老汉和他患难与共的老伴，决心离家出走，是多么万不得已呵！当年他爷爷从山东逃荒来山西，走过这条路，但那是为了活命；今天，他被迫走这条路，是为了革命，为了完成党交给他的庄严使命。

就在这十分困难的时候，传来了周总理对吴吉昌十分关怀的消息。

多年来，周总理几次询问吴吉昌的情况。起初，传来的消息说，吴吉昌是反革命，总理嘱咐一定要查清情况，向他报告。后来，总理又询问这件事。有人说，吴吉昌躺倒不干了。总理说：我不信，老吴同志是不会躺倒不干的，要让他继续革命嘛！我们的周总理对这位老劳模怀有多么坚定的信念呵！

有谁能描写吴吉昌听到这一消息后的心情呢？他感动得哭了。他沉痛地说："我对不起总理对我的关心，我没能完成任务……"

这是一个多么要强的人呵！

（四）

一九七四年十月，中国农科院棉花研究所的两位干部，避开一些人的阻挠，直接来到涑阳，邀请吴吉昌去陕西大荔参加全国棉花栽培技术协作讨论会。吴吉昌连忙拔了四株棉苗作为标本，匆匆上了火车。这位长期被迫孤身奋斗的科学尖兵，终于找到了自己的队伍。

来自各地的许多植棉模范和科学家济济一堂。当吴吉昌拿着我国植棉史上第一次出现的"双秆棉"登上讲台，全场的秩序乱了。坐前排的拥到他身边去，坐后边的站了起来……

吴吉昌一连讲了三个半小时。可是，他始终没有介绍，这项科研成果是在一般人想象不到，忍受不了的条件中奋斗出来的。

就在这次会上，吴吉昌第一次听到总理患病的消息，他心里很不安，一连几夜都没有很好入睡。会议一结束,他立刻赶回家去,带着别人送他的两斤金针菜,还有家乡产的糯米,匆匆忙忙上北京去了。

吴吉昌来到国务院接待站。他一再要求见见周总理。接待人员问:"你有什么问题要解决吗?"吴吉昌捧出带给总理的礼物,解释说:"周总理很关心我,一向对我很好,现在他病了,我老远跑到北京来,就是为了看看他,盼他早点好……"一次、两次……他都重复着这样几句话,一连在北京逗留了十八天。

这是多么难以忍受的十八天呵!他有一肚子话想对总理说,但又不忍心把他这几年的遭遇告诉总理,生怕总理知道了会愤怒,会伤心,他只想对总理说,当年布置的任务已做出一些成绩,这样,总理会高兴的。后来,他知道周总理已住了医院,就一连给总理写了三封慰问信。怅怅地回去了。

吴吉昌来京探病的事,周总理事后终于知道了,他托人带给吴吉昌两句话:"保重身体,继续前进!"

从此以后,吴吉昌天天注意收听广播。总是关心有没有总理病愈出院的消息,有没有总理接见外宾的新闻。谁知道一九七六年一月八日,像晴天霹雳一样,电台突然播放出不祥的哀乐。周总理逝世了!

这巨大的打击和难言的悲痛,几乎把吴吉昌击倒了。当他跟跟跄跄从外地赶回家乡时,沿途的村庄、道路、田野在他的泪眼中都像蒙上了一层薄纱,模糊着、颤动着。"再也见不到总理啦!""再也见不到总理啦!"他失魂落魄地推开自家的院门,那些悬挂在檐下、窗前、墙头、树上的一株株棉花,在他的眼前一下子都变成了痛悼总理逝世的白花……此时此刻,吴吉昌再也忍不住自己的悲痛,倒在炕上失声痛哭起来了。

在涑阳大队贫下中农举行的追悼大会上,吴吉昌向大家回忆了多次见到总理的情景。他含着眼泪又一次向大家说:"当年总理对我说:'再过二十年,我八十七,你七十七,咱们一起用二十年时间,把毛主席交给的任务完成,行不行?'可是总理今年只有七十八,还不到八十七呵!为什么这么早就先走了呢?这么多年他老人家没有来得及听我一次汇报,总理呀总理,现在我到哪里去向您汇报呢?……"

(五)

"四人帮"反党集团被粉碎后,吴吉昌获得了彻底解放。在华主席为首的党中央领导下,在抓纲治国的新的年代里,他努力攀登科学高峰,继"一株双杆"之后，又培育出一种"多杆两层"新株型的棉花。

一九七七年的八月，中国农林科学院组织十三个省市的近百名科学家和植棉能手来涑阳参观。他们走进两亩"多杆两层"棉花试验田，都不肯出来了。他们有的数苗，有的数桃，有的掏出皮尺来量果枝节间的距离。展现在人面前的上万株棉苗，每株上面长多少果枝、结多少桃，每个桃长在什么地方，好像都是经过人们巧装布置的一样。

人们看到，这种新株型的棉花，上下两层都能充分利用光照，中间通风，平均每株成桃二十八点三个，比"一株双杆"棉增加五至六个桃，比单株棉增加十一个桃。这是一个有重大意义的成就。在解决棉花脱蕾落桃这个科学难题上，吴吉昌已经从栽培体系方面闯出了一条道路。大家兴奋地跟吴吉昌握手，热烈祝贺说："毛主席指示要解决脱蕾落桃问题，你算是把它抓住了。"

在纪念周恩来总理诞辰八十周年的日子里，吴吉昌作为五届人大代表参加了这次具有伟大历史意义的盛会。这个六十九岁的老人听了华主席的报告，心情十分激动。他说，现在离周总理交给我完成任务的时间还有八年，我决心提前五年，攻下落铃关，做到人过七十，棉过五百，实现毛主席和周总理生前的遗愿。

吴吉昌已被邀请出席即将召开的全国科学大会。他对祖国科学事业的贡献是可贵的，但更可贵的是他对党的感情，是他那种无私无畏，自觉为革命事业献身的精神。为了完成党交给他的庄严使命，在迫害面前，他不屈服；在挫折面前，他不灰心。他在经历一次又一次打击之后，跌倒了爬起来，永远是"啥也别想挡住俺"这么一句话。在乌云密布、群魔乱舞的日子里，这个纯朴的老农，昂首挺立，用自己的行动为人们谱写了一首悲壮的正气之歌！

历史揭开了新的一页。像吴吉昌这样的遭遇，连同产生它的时代背景，都一去不复返了。但是，吴吉昌那种为了真理，为了祖国的科学事业，为了党和人民的重托，"啥也别想挡住俺"的革命精神，将教育和鼓舞人们去披荆斩棘，进行新的长征！

（刊发于1978年3月14日《人民日报》）

扬眉剑出鞘

理 由

一辆闪着红十字标记的救护车和两辆小汽车,驶出马德里体育宫,沿着公路向前疾驰。

这是一九七八年三月二十六日的晚上。马德里的初春的夜色清凉如水,而车里人的心情却灼热、焦急……

汽车停在一所医院的门前。

鬓发斑白的西班牙击剑协会主席和中国青年击剑队教练员庄杏娣,簇拥着一个年轻的中国女运动员,直奔医院的急诊室。击剑协会主席找到医生,用西班牙语急切地告诉刚才发生的事。

姑娘的左臂上包扎着绷带。她叫栾菊杰,还不到二十岁。身材修长,亭亭玉立。红润的脸颊,红得像一朵山茶花。眉眼俊气,一副清秀的江南女孩子的模样——在她的身上,找不到一丝好武斗勇的特征;恰恰相反,还显得有几分稚嫩。

医生解开缠绕在她左臂上的绷带,嘴里发出"啧啧"的惊叹声。映入人们眼帘的有两处伤口。那是一柄钢剑折断之后,被断裂的锋芒刺穿的。伤口透过皮下的肱二头肌,鲜红的血在向下流淌。内侧的伤口刺开了花,雪白的肌肉向上翻卷着……

击剑作为一项体育运动,从来有益于增强体魄而无损于健康。竞赛规则的保障,进攻武器的限定,和防护装备臻于完善,使双方运动员的人身都很安全。一九〇一年成立国际剑联以来,在比赛中像这样的事故极为罕见。这支鲜血淋漓的手臂,仿佛向人们诉说着一场凶猛的搏斗……

击剑被视为欧洲的传统项目。从斯巴达克思的角斗,到中世纪的风流骑士,都把击剑当做一门格斗技术。此后火器取代了冷兵器,击剑仍作为一项体育运动在欧洲世代相衍。国际剑联成立后的七十七年中,历届世界比赛的前列名次，全部被欧洲的选手垄断；从来没有一个亚洲选手，哪怕是取得一次决赛的权利。近十年来，苏联的选手侧目欧洲，雄峙剑坛，几乎囊括所有的奖牌和银杯。

我国的剑术虽有悠久历史，后来演化为一种矫健而优美的造型艺术，跟对抗性的欧洲击剑不同。对抗性的击剑运动，在我国是五十年代中期才引进的。这株体育园地的新苗，在它短暂的生长期中几度风霜两次被砍去，主要在于其"洋"。一九七三年，毛主席革命体育路线的春风化雨，使击剑项目又恢复了。我们这个真实故事的年轻主人公，就是那时应运而生，踏上剑坛的。可是她习剑不久，体育界又刮来一阵邪风。"四人帮"及其余党歪曲"友谊第一，比赛第二"的革命口号，把严肃的事业变成浅薄的空谈，把祖国的荣誉当做轻率的儿戏，拿革命英雄主义的锦旗去擦桌子，以在黑板报上写一篇"帮"云亦云的批判稿代替在训练中出几身汗水。一时取消比赛，取消名次，取消集训，"洋"的不要，"中"的也不要。我们的体育受到的内伤，比通常见到的运动生理创伤更难痊愈。栾菊杰算是幸运的，她所在的江苏省击剑队是一支刻苦训练的劲旅；但是孤掌难鸣，得不到向兄弟省市学习交流的机会。一九七七年初，栾菊杰第一次出国比赛之前，将近一年没有举行全国性的集训和比赛了。那次她去奥地利参加第二十八届世界青年击剑锦标赛，还没进入半决赛就被淘汰，只得个十七名。这个成绩是可以预料的，我国体育的严冬季节刚刚过去，元气尚未康复，而栾菊杰毕竟也还缺乏经验。

然而，那次有一件事是不能忘却的。在各路选手云集的练习场上，栾菊杰曾经主动邀请欧洲某个国家的选手练剑习武，对方却耸了耸肩膀，显出不愿耽误时间的样子，姑娘的心被重重地刺疼了。我们是为友谊而来的，友谊的基础是互相敬重。但在世界这个小小的角落里，在那个特定的剑坛上，我们没有赢得应有的敬重，没有获得更多的友谊。民族情操是体育运动的血液，殷红的血液不容亵渎，麻木者沉沦，知耻而后勇。姑娘倚剑站在那里，嘴唇在剧烈地颤抖！

这就是我们故事的真实背景。

光阴流水，又是一年。第二十九届世界青年击剑锦标赛今年三月在西班牙举行。昨天，当栾菊杰站在马德里体育宫的大厅里，臂佩金光闪闪的国徽，把剑柄竖在面前，高高地扬起剑尖，按照一种古老的、庄重的礼节，向观众和各国运动员致意时，她并没引起人们特别的注意。人们把传统的目光，转向欧洲剑坛的几颗新星去了。

女子花剑比赛一交手,场上发生奇异的变化。栾菊杰以一种清新的姿态,出现在击剑台上,挺身仗剑,锐不可当。在前三轮的小组比赛中,她一共打了十四场,赢了十二场。进入半决赛以后,强手云集,猛将相逢,都是些打出来的拔尖人物。而栾菊杰愈战愈勇,竟以1∶8的压倒优势,击败了上届亚军、苏联选手蒂米特朗。暴雨似的进攻,旋风似的结束,看台上欢呼呀,蹦跳呀,惊愕的叹息和沮丧的号叫呀,整个剑坛被轰动了!

亚洲朋友围住中国领队李春祥,兴奋地说:"这不仅是中国的光荣,也为我们亚洲人争了一口气!"

从上届比赛到这一届比赛,她的步子跨得太大了。人们甚至来不及回顾她,品评她……

决赛前的马德里体育宫大厅,气氛活跃而紧张。参加决赛的各国击剑队也许正在紧张地调整战术吧。在疾风吹皱的波光浪影中,有一处是很平静的,那就是中国青年击剑队的临时休息地点。栾菊杰身穿玫瑰色的运动服,躺在深褐色的橡胶地板上,恬静地睡着了。身旁放着头盔、手套和她的剑。决赛将在晚上七点钟开始。我们还有一些时间来研究她、思索她身上发生的变化……

让我们把视线的焦距,对准她身旁的那支剑吧。一把好剑,应该是坚韧的。翘翘者易折。而足够的刚度和韧度,要在锤炼中获得。一个运动员也是这样。

为了认识她,认识一下她的家庭是蛮有意思的。小栾出生在南京市,父母都是工人,和我们所有的工人家庭一样,生活充实而愉快。只是父母孩子生得多了些,一共七个,前六个是女儿,最小一个是男孩,她是老二。这样的家庭让孩子去搞体育有为难之处。跑跑颠颠的孩子吃得比大人还多,衣服磨损快,鞋子也破得快。但她的父母对体育很热心,在我国千万个业余体校的学员家长当中,这个家庭是难能可贵的:墙上贴满五十多张奖状,那是老大老二和老三从运动会上拿回来的,父母引以为自豪。他们替下一代想得多,宁可自己节省一点,也要让孩子锻炼得结结实实,同时又不放纵孩子。老二很懂事,样样家务都能干。读书(她是三好学生)、练剑、回家还要带孩子。她爽朗、乐观、发奋、刻苦。她的才能在击剑运动中得到发挥。习剑刚刚四个月,参加一次全国比赛,名列第二。三年之后,披挂多年的老将退出赛场,她名列全国第一。自然,这个奇迹般的纪录也反映了我国剑坛当时青黄不接的状况……

她去年参加奥地利的比赛归来,教练员向她提出一个问题:"小栾,你好好总结一下,为什么没能进入半决赛?"

党组织告诉她,不能光从客观上找原因,现在的条件好多了,自己得发奋图强。

条件的确太好了!这一年,我们的祖国驱散阴霾,晴空万里,体育战线又焕发出新的活力。客观条件改变了,主观条件上升到矛盾的主要方面。有人意识到这种变化,纵身到时代的中流去击搏;亦有怨天尤人的,徜徉在时代激流的岸边。你做哪一种人?

她发奋了,发狠了。

这一年国内比赛频繁。集训、比赛、再集训,每一次都取得了成绩,也暴露了问题。看清自己的弱点才谈得上去克服它。她的打法单调,常搞一锤子买卖;她的爆发力差,一剑又打不"死"对方。为了锻炼爆发力,她每天奔跑在紫金山麓。变速跑,加速跑,规定跑五圈,她跑八圈、十圈。脚踝扭伤了,她咬着牙跑了一个多月,直跑得右腿变形,才想起去医院打"封闭"。"封闭"了又跑,跑坏了又"封闭"。这种严酷的训练并不见之于体育经典,后来却帮了她的大忙。要想突破现代体育的"禁区",回避负伤的问题是不可能的。无病呻吟,小病大养,只能望洋兴叹。她奔跑着,默默忍受伤痛的折磨,锻炼顽强的意志。她奔跑着,清秀的脸上淌下了小溪般的汗水。同伴们风趣地说:"瞧,她练得跟一条野牛似的!"

她的教练员庄杏娣和文国刚,都是十数年前我国剑坛的风云人物,如今向新秀们贡献出自己的心血和技艺的结晶。文教练指导她改进手上的动作,击打刺,交叉刺,转移刺,对抗刺,第一战术意图过渡到第二战术意图,学一招,用一招。她的进步不小,稳定地前进,稳步地上升,从不大起大落。可是,就在这次来马德里之前,她变得不稳定了。一次集训比赛当中,比分直线下跌,轻易输给对手。集训队批评了她,她惊愕、迷惘、内疚;眼睛哭得红红的,又瞪着红肿的眼睛走上击剑台,把对手打下去,重又保持了"稳定"。一个风纪严明的运动队,就像是一座熔炉,她的剑锻了再锻,在这次预赛中初露锋芒。这把剑,现在就放在她的身旁……

决赛前的小栾,睡在马德里体育宫的地板上,觉得有点发凉。她揉了揉眼睛,一骨碌坐起来了。

"睡着了吗?"坐在她身旁的翻译同志问道。

"还做梦呢。一闭眼就梦见我在打。一打就是我赢!"

翻译也笑了:"真的,白天你赢了好几场了。"

她说:"还没赢够呢。来马德里之前,我想能进入半决赛就不错了,进入半决赛,又想挂上一个小六儿(第六名)。现在小六儿是稳拿了,我又在想……"

"你在想什么?"

"我想把五星红旗升上去!"

翻译高兴得跳起来:"太好了,这回就看你的啦!"

小栾急忙拉住她:"这件事我们两个知道就行了,不要再去对别人说呀……"

激战前运动员的心理,仿佛奏起一支奇妙的乐曲。回荡在她心中的既有轻松舒展的基调,又有激越高亢的旋律,摆脱了个人胜负的羁绊,喷薄着为国争光的热忱。运动员的心里响起这样的和弦,就处于最佳竞技状态。

晚上七点,决赛开始。大厅里的观众比白天骤然增多。按抽签决定比赛排列顺序,栾菊杰将和苏联的扎加列娃对阵。这对双方都是一场关键性的比赛。看台上的气氛上升到白热化。

小栾穿一套紧身的白色击剑服,扎一件金属丝织的背心,携盔持剑,登上赛台。在大厅中乳白色的灯光辉映下,她一身洁白。

裁判员发出"预备"的口令。

击剑运动要求双方在一定的时间和空间里,按照一定的姿势进行搏斗。进攻、防守、绝对速度、相对速度、脚下的腾挪闪躲、手上的千万变幻,全都凝集在一个目标,把剑刺向对方的有效部位。当然不是为了把对方刺倒在脚下,而是为了使自己在无数次的刺击中变得更加坚强。挥舞在运动员手中的那把剑,不停地解剖着对手的性格,也向对手描绘着自己的性格。荟萃于运动员身上的思想风貌,积年累月的训练成果,刹那间就能撞击出火花,有形或无形的火花,灿烂夺目或暗淡失色的火花,偶然存在于必然之中。

裁判员发出"开始"的口令。小栾轻捷地跃进几步,挥出剑去,在对手面前晃了几晃,对方举剑相迎。这是一种互相调引的动作,两道剑光翩翩缠绕,仿佛在空中划着问号,都在试探对方的虚实。小栾越逼越近,对方一直退到"警戒线"上,出现短暂的相峙。小栾奋臂挥剑,"啪"的一声,把对方的剑向外一击,剑尖威胁着对手的胸部。对方本能地把剑向内拨去,做出防守动作,这正是小栾所预料的。她连续转入第二战术意图。趁对方头一个防守动作还没完成,一抖腕子,把剑抽了出来,那剑在空中划出一个扇面形,从内侧绕到外侧，指向对方暴露出来的空档。同时弓步上前，飞剑直刺。这一连串娴熟细腻的剑法，伴随着力度、幅度、深度、精度，刹那间爆发出来，如灵蛇吐焰，银光一闪，正中对方的腹部。

裁判台上，表明扎加列娃被刺中的彩灯霍然亮了！

看台上高声喝彩。

苏联选手刚一上场就受挫，焦躁地在台上踱着步子。

比赛重新开始。小栾继续争取主动，越过中线，挺剑前进。她透过面罩观察，对方那雪亮的护手盘在不停地翻转，两条腿在强悍地跳跃着，这表明对手也在伺机进攻。小栾毫不迟疑，冲开对方的门户一剑刺去。就在她抬腿举剑的瞬间，对方突然大喊一声，凶猛地扑上来，对方几乎要迎头相撞了。小栾的左脚落地以后，对方的脚也踏下来，踩住她的脚面。对方的剑刺在她左臂上方的无效部位。这一剑刺得太狠了，剑身像蛇一样的拱曲，又形成僵硬的直角，弹簧钢制成的剑身也承受不住这样剧烈的变形，发出刺耳的断裂声。折断的剑头约有二十厘米，飞迸出去，落在击剑台上。对方的半柄断剑依然在手，剑头失去了安全装置，而对方由于惯性作用，全身的重量还在向前运动。这时，小栾的左臂传来一阵电击般的感觉，待她收回自己的动作，左臂已经麻木了，僵硬了……

铺设在场地上的电路装置传出指示讯号，裁判台上同时亮起两盏白灯，表明双方都刺在无效部位。

这"无效"的一剑比有效的一剑造成的后果更严重。小栾恰是左手握剑的，她低头看看左臂，两层的确良卡几的击剑服被刺穿四个洞孔。她试着抡了抡胳膊，觉得像铅一样的沉重，伤势显然不轻……

刚才击刺的速度太快了。坐在台下的我国领队和教练，坐得更远的各国观众，都没看清刚才的细节，唯有小栾知道自己的伤痛。这时，如果她要求下场检查伤势，脱下击剑服，袒露手臂，那幅情景是目不忍睹的，我们已在前面忠实地描绘过。她肯定会得到人们的同情，还会立刻得到精心的救护。她完全有理由那样做。如果她那样做了，别人也会请她中止比赛，善意的或强制的，那是可以想见的结果。但是，参加决赛的中国运动员只有她一个，她肩负着祖国的荣誉。她看到眼前是一场真正的战斗，严酷的战斗。她的心里重复着几句话："千万不能叫人知道我受伤了。只要能把五星红旗升上去，让我去死也干。拼，拼了！"

呵！多么纯真的思想，多么可爱的品格！这就是我们一个不到二十岁的姑娘，站在欧洲的击剑台上，经过独立的判断，迸发出的心灵火花！忍受着巨大的伤痛，凝结着战士的情操，超越了击剑运动本身的含义。我们应该为有这样毫光四射的年轻一代而骄傲！

扎加列娃又换了一把剑走上来，比赛接着进行。

栾菊杰左手握剑冲上前去。精力高度集中的人，是能够创造生理上的奇迹的。她的脑神经坚定地指挥着臂神经，心脏忠实地向血管里输送着血液，肌肉顽强地履行着自己的职责，技术水平表现得十分稳定。"来如雷霆收震怒，罢如江海凝清光"。千百双眼睛瞵视着她，居然看不出她有一丝受伤的样子。当她刺出决定性的一剑时，欢腾的风暴从大厅上空掠过。同志们闪着湿润的笑眼向小栾拥了上来。栾菊杰以4∶5战胜了苏联选手扎加列娃。这是无言忍受伤痛取得的光辉战绩。4∶5可以描绘场上的现象，怎能描绘姑娘深沉的内涵？祖国呵，你的女儿用鲜血浇开胜利的牡丹，为你赢得了一剑！

小栾刚坐下来，一个同伴发现了她击剑服上的穿孔："呀，你受伤了，脱下衣服看看吧……"

"不看，不看。没时间了！"

眼前还有四场鏖战在等待她，她又携剑上场了。

栾菊杰勇挫扎加列娃之后，斗志正酣。可是，在对法国的拉特丽耶和对意大利的伐加罗尼两场比赛中，我方出现了两次器材故障。我们国产的击剑器材生产技术和我国的击剑项目一样的年轻。我们涌现出优秀的击剑运动员，一时还没有堪与媲美的击剑器材。特别是它的电路装置，一会儿灵，一会儿不灵。裁判员为了检查故障，比赛中断了二十多分钟，并且先后判罚栾菊杰失去两分，原因是耽搁了比赛的时间。

小栾又何尝愿意耽搁时间？她在这二十多分钟是怎样度过的，别人想也难以想象。随着时间的拖延，她的伤势在恶化。左臂麻木的感觉消失了，一阵阵发热，又粘又湿，这是因流血引起的，也是剧痛发作的征兆。她以5∶3输给了拉特丽耶，又和伐加罗尼对阵。这时她的情绪下降到低点，而臂上的伤痛却发作到顶点。

小栾的动作失去常态，看台上一片嘈杂。

"小栾！抬剑过高，抬剑过高！听见了没有？"几个年轻的中国女运动员焦急地站起来，大声呼喊着。

她听得清清楚楚，可是手上的剑不听控制，左臂一阵阵痉挛似的疼痛。我们的姑娘是倔犟的，她决不肯就此罢手。她咬紧牙，用浑身的力气瞄准对方刺去，手臂在空中伸出一半变得发飘了，这一剑又落空……

看台上传来一阵惋惜的叹息。

她以5∶2又输了一场。当她回到自己的座位上时，喉咙哽咽着，晶亮的泪花在眼窝里转动，禁不住夺眶而出。她赶快拉过一条毛巾，悄悄把脸遮住……

教练员庄杏娣坐在她的身旁，领队李春祥也走过来。他们并不知道小栾在场上动作失调是伤势发生作用，只当是因为器材故障罚掉的两分破坏了她的情绪。用什么安慰我们的姑娘呢？

物的条件不用去多想，那暂时是一个事实，最终都能靠人的条件去改变（这个条件正在改变，后来上海某厂的同志听到消息，决心在几个月当中攻克它）。下面还有两场比赛，眼前的处境虽很艰难，为祖国夺取荣誉的希望仍然存在。还是多想想迫在眉睫的战斗吧。

激战临前，繁琐的解释会分散运动员的注意；稍加压力也将收到完全相反的结果。教练员最熟悉姑娘的脉搏，像地质队员熟悉埋在大地深处的矿藏。应该用最少的语言，敞开心的窗子，让流动在她身上炽热的熔岩宣泄出来！

"小栾，器材不是你的问题，别去想了。"教练员亲切地说："想想我们离开北京的日子吧，还记得吗？"

小栾揩揩脸颊上的泪水，放下了毛巾。

记得，当然记得。一丝清爽的风，吹去心头的云翳，唤起明亮的回忆。呵，那情景就像昨天发生的一样……

栾菊杰随中国青年击剑队离开北京的前夕，正是全国五届人大胜利闭幕的日子。英雄的首都到处是人的海、花的海、旗的海……即将出国比赛的小栾，像一滴幸福的水珠，被沸腾的海洋溶化了。英明领袖华主席宣布社会主义新时期的总任务，八亿人民踏上锦绣的征程，向着四个现代化，向着二十一世纪！这一切，在小栾的心里激起多少美好的憧憬。体育也要现代化，"禁区"也要闯一闯。当时她激动地说："这次去马德里，我决心打出好成绩，打出中国人民的志气来！"这是她说过的话，也是鼓舞她在预赛中勇闯三关的动力，难道现在能够动摇吗？

"要顽强！""咬住打！""为祖国争光！"

小栾站起来了。耳边如闻声声战鼓催征，心中凛然溅起千尺飞瀑！一股豪迈的感情激流涌遍全身，左臂上的伤痛被这股奔腾的激流荡涤了，消融了。她扬眉挺剑，再次登上赛台。先以2∶5战胜了法国运动员特安盖，又以4∶5

击败西德运动员比肖夫,荣获第二十九届世界青年击剑锦标赛亚军。马德里体育宫的大厅里冉冉升起鲜艳的五星红旗,这是从国际剑坛升起的第一面五星红旗!

当栾菊杰走下击剑台时,已是她受伤后的两个多小时,鲜血浸透了雪白的征衫。同志们这时才发现她伤势严重,催促她把击剑服脱下来。各国运动员也纷纷围拢过来。

无数双眼睛——金黄的、碧蓝的、黝黑的,同时注视着那条受伤的手臂,各种语言发出同声惊叹!

科威特朋友向栾菊杰赠送一个银光闪闪的盘子:"把这个银盘赠给本届比赛中最勇敢杰出的人。"

法国记者发出消息:"栾菊杰博得了所有人的钦佩。""毫无疑问,天赋灵巧和敏捷的中国人,对击剑运动是有才能的。"

本届比赛与上届相比,风景迥异。中国击剑队所到之处,各国朋友频频祝贺,声声慰问。我们赢得了应有的敬重,我们获得了很多的友谊!

外国朋友在赞扬之中,时时带出"意外"这个词汇。

意外么?这是情理之中的意外。一年呵,在历史的长河中只是短暂的一瞬,祖国焕发了健壮的容颜和肌体。在党中央领导下,八亿人民扬眉吐气,毫光四射。作为体育战线一名普通战士的栾菊杰,她的剑脱鞘而出,凝聚着祖国的灿烂霞光!

我们为霞光而歌唱!

霞光绚丽的祖国,拥抱了胜利归来的英雄儿女。国家体委发出了学习栾菊杰同志先进事迹的通知。姑娘的家乡江苏省和南京市给予她凯旋式的欢迎。

一个运动员荣获银牌和奖杯,接下荣誉的果实,也播下考验的种子。栾菊杰还很年轻,她将怎样回答?

愿霞光永远在她青春的剑锋上闪耀!

(原载《新体育》1978年第6期;刊发于1978年6月11日《人民日报》,有删节)

一封终于发出的信
——给我的爸爸陶铸

陶斯亮

一

爸,我在给您写信。

人们一定会奇怪:"你的爸爸不是早就离开人间了吗?"是的,早在九年前,您就化成灰烬了,可是对我来说,您却从来没有死。我绝不相信像您这样的人会死!您只是躯体离开了我们,您的精神却一直紧紧地结合在我的生命中。您过去常说我们是相依为命的父女,现在我们依然如此。爸爸呀!你我虽然隔着两个世界,永无再见面的那一天,但我却铭心刻骨,昼夜思念,与您从未有片刻分离……

爸,九年前,您含冤死去;九年来,我饮恨活着。是万恶的林彪、"四人帮"害得我们家破人亡,妻离子散。我简直无法想象您这么一条硬铮铮的汉子,是如何咽下最后的一口气;同样,您也想象不到在您印象中如此脆弱的女儿,又是怎样度过了那些艰难的岁月……

爸,我永远不会忘记这一天。一九六七年一月四日,半夜里有几个同学猛然把我从睡梦中叫醒,递给我一张"打倒陶铸"的传单,上面印着江青、陈伯达等人一月四日对一些群众组织的讲话,说您"背着中央文革小组独断专行",是"中国最大的保皇派",他们要"发动群众"把您"揪出来"。记得一九六六年十一月我离开北京回上海时,妈妈曾对我说:爸爸还是有一定的危险性,弄不好就会粉身碎骨,你要事事谨慎……当时,我以为妈妈只是一般的叮咛,没有在意。可是,现在竟然真的大祸临头。同学们劝我赶快给家里打电话。电话是妈妈接的。她讲:"情况就是这样,可究竟是怎么回事,你爸爸也不知道,他当时还在接见群众组织的代表呢!"听了妈妈的话,我惊奇极了,也伤心极了。您知道女儿是单纯的,我不敢想,可无情的现实却逼得我不能不想:为什么江青、陈伯达他们要这样从背后捅您一刀?这难道光明磊落吗?可怜的爸爸,在您被抛出来的最后一瞬间还被蒙在鼓里,成了一个可耻的政治骗局的无辜牺牲者。党中央政治局的一个常委,政府的一个副总理,没有经过党的任何会议,党也没有做过任何决议,以后也没有追发过任何补充文件,就这样任凭几个人的信口雌黄,莫明其妙地被赶出政治舞台,横遭囚禁迫害,我想不通,这究竟是为什么?为什么?

许多朦胧的往事一下子涌到眼前。我想起:不久前,有些叔叔、阿姨悄悄告诉我:"亮亮,你知道你爸爸为什么搬出钓鱼台吗?那是因为你爸爸到中央工作后,江青他们想拉他在一次中央会议上带头向小平同志发难,被你爸爸拒绝了。""亮亮,因为保一些干部,你爸爸跟江青、陈伯达他们顶得很厉害,听说江青对他发了好几次脾气,这样下去可要吃亏的。""亮亮,你该提醒爸爸,江青不好惹,能退让就退让点吧!"这些叔叔、阿姨的劝告当然都是一片好心,可我知道:违心的事爸爸是不会干的。当时,我虽然摸不清政治斗争的深浅,可心里一直为您不安,我万万没有想到大难临头得如此迅速,如此猛烈。我被这突如其来的惊涛骇浪打得头晕目眩……

八月,我们想尽了办法才得到允许去北京看您,那时,您和病中的妈妈被软禁在字廊的住所里。一路上,我不停地设想即将相逢的情景,当我兴冲冲而又心神不安地走进家门时,一眼就看到出来接我的您,您像孩子一样的高兴,但我却愣住了:一个声音嘶哑,头发花白,驼背的老人出现在我面前。这哪像我那生龙活虎的爸爸呀!爸,仅仅几个月的工夫,您怎么就被折磨成这个样子了呢?我心酸地仔细看着您:深感负疚的痛苦,茫然不解的思索,强捺在心里的愤怒,都汇集在您那皱起的眉峰和额头上,但您的目光依然炯炯有神,就像两团燃烧的火。看着您,我心酸,我心痛。我怕您看出我的悲痛,就假装着去洗脸,可是任凭怎样擦,也擦不尽刷刷下落的泪水;怎么忍,也忍不住喉头的哽噎。过了一会儿,妈妈进来找我,轻轻地对我说:"亮亮,你要坚强些,父亲和我都不喜欢你这样子。"爸爸,从那时起到现在十一年过去了,可当时的情景仍然历历在目,仿佛就发生在眼前……

在字廊的一个月,是我与您相处的最后一段日子,如果当时能知道这点,我一定会千倍、万倍地珍惜它。当时,您已完全丧失了自由,饮食起居都有专人监视,您除了被带去看大字报外,只有晚饭过后的那段时间能到屋外的廊上放放风。您是个从不停息的人,可现在却硬是被关在笼子里,外面阶级斗争的疾风暴雨正在冲击着整个中国，您怎么能不为党和国家的命运、前途担忧呢？江青一伙虽然使您身陷囹圄，但他们何曾有一时能囚禁住您那颗为国为民的心！您有在思索时踱步的习惯，我记得，那时您每天都用急促的步子在不大的房间里走来走去，您经常是几个小时、几个小时地这样急促地走着，走着……虽然您从来没向我流露过一句内心的愤懑和焦灼，可我从那急促沉重的脚步声中却听到了您热血的沸腾。您当时的情景真像是一只被关在笼子里的猛虎。爸爸，您可知道，从此我就不爱去动物园了，因为每当我看到孩子们兴高采烈地逗弄铁笼里的老虎时，我立刻就想到您，一种触动隐伤的痛苦常常催我泪下……

我还记得，您多么珍惜那短短的放风。您经常目不转睛地凝视着四周池水里的荷花，对我说："亮亮，你要好好记住它。你看它出淤泥而不染，光明磊落，象征了一种崇高的品德。"直到今日，我眼前还时时清晰地浮现您当日目视荷花的那种专心致志的样子。爸爸，从此我也爱上了荷花，因为我知道，您是在用荷花来寄托自己的情操和志向呵！

由于监管的人监视很严，我们不能谈任何现实情况，您就给我讲历史上的直节忠臣的故事。您是那样满怀激情地给我讲汉朝的范滂如何刚直不阿，挺身就险，跟擅权祸国的宦官阉党作斗争；您又是那样情真意切地给我讲为官清正廉洁、关心人民疾苦的宋代贤臣范仲淹，如何不畏权贵，抨击时弊，在被贬外逐时，还念念不忘"先天下之忧而忧，后天下之乐而乐"。有一次，您意味深长地给我讲李贺的诗："我有迷魂招不得，雄鸡一声天下白。少年心事当拏云，谁念幽寒坐呜呃。"您说："亮亮，你领会到了吗？李贺在这里寄喻了自己在困厄时的苦闷心情和他不甘在伤感中消沉的决心。"爸爸，您在这里借李贺的诗向女儿表达了自己的处境和心情，您是多么渴望着鸡鸣天亮啊！尽管在监禁中您也不悲戚伤感，仍然壮怀激烈地向往着"拏云"的心事。我看着，听着，我的整个身心都融汇在您的思想感情中。爸爸，您可知道，您的气质使软弱的女儿也因此坚强起来，而且随着岁月的流逝，我对您当日的这些囚训，也就领悟得越来越深，到后来简直是刻骨铭心了。

妈妈经常为您担心。记得，有次她劝您："人家已经批判你搞封资修，现在，你何苦还说这些？！"您听后，气愤地说："嘿，我就是因为不会给他们叩头下跪才落得今天这个下场！以后，我也还要凭着这点骨气活下去。"十一年过去了，您的这段话一直在激励着我，鼓舞着我，每当我在困苦挫折中稍存气馁和懈怠时，我的耳边就会立刻回响起您的这段话。我是陶铸的女儿，我也要有爸爸的骨气。

二

为了把您搞臭，江青和陈伯达等人无中生有地在社会上散布您是叛徒，然后又伪造民意，加害于您。那时，我单纯得像一泓清水，当我初次听到您是"叛徒"的流言时，我的心僵硬了。半年多来，出自江青、陈伯达之口对您的所谓反党、反社会主义的种种诬陷，我都嗤之以鼻。我从小在您的教育下长大，您是怎样一心一意为党和人民拼命地工作，我十分清楚。他们诬陷您反毛主席，可我看到的却是您每当谈到毛主席时的那种肃然起敬的敬仰和深情。我从小就听您的教诲，我身上所有的对党和毛主席的感情，大都是从您那儿得来的，我怎么能怀疑您？我又怎么能怀疑自己？可说您是叛徒，我的心就乱了，虽然我脑海里装的都是过去那些叔叔、阿姨讲给我听的关于您在南京国民党狱中英勇斗争的故事，可这终归是听说呀，难道连叛徒这样重大的问题也能编造吗？有一次，趁监管的人不注意，我心怀疑虑地质问您："你出卖过同志吗？"听了我突如其来的质问，您一下子愣住了，十分恼火，愤怒地直视着我的眼睛，难过地说："难道你也不相信爸爸？我是宁愿把自己的热血全洒在地上，也不会做对不起党的事的！"这件事我记得太清楚了，您当时的表情，是只有受了最大伤害和委屈的人才会有的。今天，写到这里，您写的那首诗又字字真切地出现在我的眼前：

狱中
（一九三五年）

秋来风雨费吟哦，铁屋如灰黑犬多。
国未灭亡人半死，家无消息梦常过。
攘外空谈称绝学，残民工计导先河。
我欲问天何聩聩，漫凭热泪哭施罗。

（注：施罗指邓中夏、罗登贤两同志）

您这首诗其实我很小就读过，可那时不甚懂得它的价值，因此，日子一长也就慢慢忘记了。就在那次谈话过后不久，您再次把这首一九三五年在狱中写的咏志诗抄录给我。您当时的神态是那样严肃,坦然,眉宇间的凛然正气使我仅有的一丝疑问烟消云散了,我为有您这样一个经过铁窗考验的爸爸自豪。但同时,心里又罩上了一层阴影,我奇怪为什么在我们党内会有这么大的冤案?当时,您也和我一样困惑不解,我们多么渴望有一天能解开这个谜!现在,谜底揭晓了,真正的叛徒、特务就是诬害您的江青、陈伯达之流,可是爸爸,您却长眠地下,抱恨千古了……

爸爸,您还记得江青他们策划的那次批判会吗?那是一个炎热的八月天,突然有一群彪形大汉闯进来,说是要开批斗会,二话没讲就把您押走了。妈妈正患病,可是这伙人仍然硬拖妈妈去陪斗。你们走了,屋里是死样的沉寂,空荡荡的,只有屋外看守的沉闷脚步声陪着我在屋里发愣。我实在放心不下,想去看您和妈妈,又怕惹出麻烦被赶出去。正当我踌躇不决时,有个看守偷偷地走进来同情地对我说:"你想去看就去看看吧,没关系的。"爸,至今我还常常以感激的心情想起这位同志,因为从他身上我看到了沉默的人民和民心。

我站在围斗的人群后面,悲愤地看着。当时,他们故意制造一种气氛,在那里拍摄电影,准备在全国放映。您和妈妈站在台前,那些人吼着,叫着,让你们低头认罪、背诵语录,而你们是那样不卑不亢,神态自若地对待不明真相的人的辱骂和围攻……对于这种人格的侮辱和摧残,我实在看不下去,不等结束就先回去了。我给您和妈妈准备热水,等你们回来好烫烫站肿了的脚……

批斗会结束后,十几个人押着您回来。您气呼呼地坐在椅子上,我端着盆走过去,忽然看到您的额头上有个大包,我扑上去想帮您揉揉,可您一把将我推开,愤怒地说:"别管它,让它留着。要不是相信共产主义,相信党和毛主席,老子今天就和他们拼了!"面对您的盛怒,那些人不知所措,而我也受到了极大的震动。写到这里,啊,爸爸!好像您又怒容满面地站在我的眼前……

爸,我记得在这段时间里,您也有过两次极大的喜悦。一次是您被带出去看大字报回来,高兴地对妈妈和我说,刚才见到了陈毅同志,尽管周围监视的人很多,但陈伯伯还是意味深长地向您点头致意,从陈伯伯的亲切目光中,您看到了党和同志的信任。在这个时候,还有什么比得到同志的信任更使您感到幸福的?当时,有许多老同志都很同情您的遭遇,他们常常冒着被牵连的危险,通过各种途径表示对您的关切。有一次,我碰到了康(克清)

妈妈，她悄悄地把我叫到身边，询问您和妈妈的情况，分手时再三叮咛我，一定要劝爸爸、妈妈相信党、相信群众，要坚强地活下去。当我偷偷把这些话告诉您时，您微笑了。此后，每当我看到您在沉思时脸上露出幸福的微笑，我就知道，您又在重温同志的信任和爱，用它给自己的信仰淬火加钢……

我知道，您一直到死，心里都带着同志们的信任，它给予您斗争的勇气和力量。

三

爸，那是一段多么痛苦、难堪的日子啊！但生活仍然沿着自己的轨道前进。我至今能告慰自己的就是我也曾在苦难中给您带来过一点欢欣。那是一个夏日的黄昏，我轻轻地走近您，告诉您我有男朋友了。您高兴极了，激动地拉着我的手仔细地问：他是谁？是个什么样的人？当我把照片拿给您看时，您眯缝着眼认真地端详了好久，然后满意地说："看样子人很聪明，有头脑，可你是否把咱家的情况都告诉了他？千万不要因为我连累了人家。"我知道您当时忧喜交加的复杂心情，赶忙说："他什么都考虑过了，无论将来如何，都不后悔。"您含笑地点了点头，我以为这下子已经解除了您的疑虑，哪知道，第二天您交给我一封给他的信，里面详细地谈到了我的优点、缺点，您受审查的情况，劝他务必再做慎重考虑。爸，今天当我也有了子女时，我才越来越懂得，为什么当时您是那样地痛苦和不安：您既怕说的分量不够将来我受委屈，又怕自己受审查的严重情况吓住了这位您还不了解的年轻人。您长时间对自己的受屈从未呻吟过一声，可是，那天，您却怕因自己的处境而妨碍一对年轻人的幸福，感到那样愤怒和痛苦。信送走后，整天您焦躁不安，这天对您好像格外地长，直到我带来了回信。信写得很短，斩钉截铁地表示他不改变主意，他要和我结婚。这一来您再也无法按捺自己的高兴。您笑着在屋里走来走去："我的亮亮有爱人了！""我的亮亮有爱人了！"突然您猛地拉住我的手兴冲冲地对妈妈说："咱们给亮亮的爱人送点礼物吧。"可已被抄了几次的家哪还有什么东西？您翻了半天才找到了一架旧半导体收音机和一个亚非作家会议发的手提包。您想了想，觉得太少，又从自己身上脱下了那件穿了多年的毛衣，对我说："亮亮，再加上这件毛衣吧，虽说旧了些，但总是爸爸的心意。爸爸实在是再没什么可送你们了！"说着，您就哈哈大笑起来，您笑得那样爽朗，那样开心，没有一点压抑和阴暗。听着您的笑声，我的忧患和伤感也都消融了……

可是，他们哪里允许您有一丝一毫的欢乐呢！很快，他们就强迫我们分开，再不允许我和您在一起。

那是一九六七年九月八日，我和妈妈在广播里听到反动文痞姚文元的文章《评陶铸的两本书》，每一句都如钢刀扎心。他们在搞文字狱！他们在用笔杀人！我愤怒，我神志恍惚，我悲恸欲绝！可妈妈仍是镇静地面对着这拔地而起的狂风，好像一切都已在她预料之中。我和妈妈相对无言，彼此心里都明白，您这次是被彻底抛出来了……过了一会儿，您走过来，两眼发直，悲愤地自言自语说："姚文元这是置我于死地啊！"您一夜没睡，在屋里徘徊着，直到天亮。等我惴惴不安地再见您时，您已恢复了平静，好像是一夜之间您已经为自己在政治上做了最后的选择：斗争到底，绝不屈服！

一两天后，有人找我谈话，让我立即离开北京去东北白城子。当时我正发高烧，妈妈也患重病，体重只剩六十来斤。我要求暂缓几天再走，被拒绝了。为了不使您再伤心，妈妈和我没有把赶我走的事告诉您。我要走了。走前的那天晚上，我一直找各种借口待在您的屋里，我想哭，又怕您发觉，只好强忍着。您看出我有些反常，以为是我身体不舒服，再三催我早睡，我只好走了，走了……这一夜，我辗转反侧，怎么也不能入睡，而您则通宵在看列宁的《国家与革命》。我几次披上衣服要过去，都被妈妈拦住了。我躺在床上悲愤地想：我们究竟犯了什么罪？第二天破晓，我就起来了，见您的屋里还亮着灯，我知道您没睡，我在您的房前转了很久、很久，不能决定是否该进去同您告别。那时，我对这场斗争的残酷性怎么能估计得充分，幻想迟早总有一天会见到您，眼下您正处在极度的痛苦中，我怎么能再让您伤心？再说我也想避开使人心碎的送别场面，咬着牙没和您告别就走了。我在青海、甘肃一待就是五年，我万万没想到从此一别，就再也没能见到您——我最亲爱的父亲，甚至连一封信他们也不允许我给您写啊！爸，我的好爸爸，您可知道，这不告而别的憾事整整折磨我十一年，十一年呵！

十一年来，我日日追悔莫及，每当想起这件事，就心如刀绞，泪不能忍……爸爸，在您最困难的时候，我被迫离开了您，我内心负疚，我抱憾终生……从此，您不但在政治上被迫害蒙冤，在生活上又妻病女离了，在这几重痛苦的折磨下，妈妈后来告诉我，您一直保持着乐观，不向权势折腰，几次申请要去农村落户。您认认真真地对妈妈说："我们老两口好好劳动，只要每月有三十元钱，就能过得很好了。"您在一首诗中写道："我欲卜宅漓湘，贫雇永结邻芳。沐浴东风浩荡，劳动学习昂扬。"以后，在整理您的遗物时，我们从散佚的文稿中发现了您在一九六七年十月一日，也就是在姚文元的文章发表二十二天后，您在纸上写的自勉：

"自杀，就是有见不得人的事，不想把自己的问题弄清楚。当然也有这样的可能，就是你去见了马克思，问题还是弄不清楚。那也不要紧，事实终归是事实，最后还是可以弄清楚的，我相信我自己的四句话：性质纵已定，还将心肝掏，苌弘血化碧，哀痛总能消。"

这是血和泪的控诉，这是火和钢的自白。这里面的每一句话，每一个字，都是深思熟虑的产物，都是不屈不挠的结晶。我想，任何一个有革命正义感的人，看到它，都会情绪激昂，热血沸腾。他们会看到在自己面前矗立的是一个真正共产党员的形象：他既热情而又坚定，既有生的愿望而又不惧牺牲；他是一个有血肉身躯的平凡的人，他有着一般人的喜怒哀乐，也有着自己的缺点错误，但他更有一个坚定的共产主义信念和一颗全心全意为人民服务的心。

爸爸，您的女儿说得对么？

四

在大西北高原，我有了儿子，您知道后可高兴了。爸爸，见到小亮的人都惊叹地说：简直太像外公了。听到这话，我是多么高兴呵！人们常说，当胎儿的心脏在母亲的身体里和着母亲的心脏一起跳动的时候，母亲热爱和思念着谁，孩子长得就会像谁。爸，小亮是带着我对您多么深沉的眷恋之情成长、出生的呵，在他身上融进了我对您的全部的热爱和思念，他怎么能不像您呢？

可是，这个与您酷似，您最疼爱的外孙却从来没让您见过。爱人来信讲："我们多次请求把孩子抱进去让他外公看上一眼，都被拒绝了，我只有抱着不满周岁的小亮，伫立在萧瑟的秋风中，默默地等待在外公住处的门口，盼着外婆出来，看一眼小亮，然后回去把他牙牙学语的可爱乖相讲给外公听，引外公高兴……"每当接到这样的家信，我真恨不得插上双翅飞回北京。我想您，想得心都要碎了。我曾多次申请回家探亲，都被粗暴拒绝。突然，一九六九年十月下旬的一天，单位领导同志通知我马上回北京，这种意外的"开恩"，使我不知是喜是悲。在这之前，我，这个"叛徒""中国最大保皇派"的女儿是严禁离开西北的,可这次究竟是为什么呢?爸,在家时您常叫我傻亮亮,可是苦难使人变得头脑复杂起来,我觉得这件事来得蹊跷。提心吊胆到北京,爱人来车站接我。他脸色阴沉忧郁,强作笑脸对我说:"亮亮,你只能见到妈妈了……"听到这话,我就像遭到了雷击,赶忙问他:"爸爸呢?"他避开我的眼睛,低声告诉我,根据林彪一号通令,爸被疏散去外地了。接着他说:"亮亮,别慌,听说安排得还好……"我知道他这是在安慰我,各种可怕的念头在脑际萦回,可我多愿他的话是真的呵……

妈妈在一个临时住的招待所里等我们。她愈发瘦得可怜了,可是,妈妈的自持使我心静下来。爸,您可知道,您不在,妈妈就成了我唯一的精神支柱了。妈妈让我单独跟她待一会,当屋里只剩我俩的时候,妈的脸变得煞白,劈头就说:"亮亮,你爸爸活不长了,他得了癌症……",她抽泣,再也说不下去。爸,我长那么大,从没见妈掉过泪,可现在,妈却泪飞如雨。那时,只有那时,我才真正懂得了什么叫心如刀绞,我多想抱住她说:"妈妈,您就痛痛快快地哭吧,您就把胸中积郁已久的愤怒和悲痛全都哭出来吧……现在只有女儿一个人,您哭吧……妈妈,我的坚强的好妈妈……"可是,妈妈很快就控制住自己,给我讲起您的病和不久前被迫生离死别的情景。

爸爸,原来您在一九六八年十月就感到身体不适了,由于被监禁,就医有种种限制,一直拖到第二年四月胆囊受压,全身变黄,病显危态后,才被允许去医院治疗。妈妈告诉我,是敬爱的周总理亲自批示给您做剖腹探查,指名让全国最好的肿瘤和外科专家共同负责您的手术,并且让通知家属征求意见。当妈妈把总理的批示内容告诉您时,对总理的感激之情,使您这个铁骨铮铮的硬汉子竟热泪满眶,您欣然同意开刀。听到这里,我哭了。爸爸,总理想救您,可是晚了,就医太晚了呵!探查结果证明您得的是胰腺癌,虽然做了根治手术,可是到九月,病情再度恶化,此后您就再没有出过门。

爸,女儿是医生,我知道胰脏靠近腹腔的一个大神经节,癌块侵犯神经会引起极大的疼痛。妈妈在您的病情记录中写道:"经常痛得在床上东倒西歪,前趴后仰,每次痛过后都是一身大汗,要用几条毛巾才能擦干,像这样,一天要发作三四次……虚弱得连大便的气力都没有,每隔几天,就得用手给他抠大便……昏昏迷迷地睡着就讲谵语,有时听到在叫亮亮。"可妈妈却从没听过您哼一声。有时她看您太痛苦了,就劝您:"实在忍不住就哼几声吧,哼几声吧!"您说:"哼有什么用,你已经够苦了,听到我哼,会更难受的,为什么还要给你增加痛苦?我咬咬牙就过去了。"有一次,您夜里痛得实在熬不住了，就请求身边的监管人员给您几片止痛片，遭到的竟是厉声呵斥，极度衰竭的您，只好从床上挣扎着起来，跟跟跄跄，一跌一撞地去取药……即使到了这样的地步，您明知已患了不治之症，仍然倔强地对妈妈说："我不能死，特别是这个时候，不应该死！"爸爸，可以说，一直到心脏的最后一跳，您都还抱着强烈的生的愿望。您死的时候才六十一岁……六十一岁！……

十月中旬，您差不多已是濒于死亡的人了，可就在这时，上面却来了命令，让您到外地去。专案人员对妈妈说："根据一号通令的精神，陶铸要马上离开北京去安徽合肥。我们给你考虑过了，最好去广东插队，如果你要同陶铸一起去，到合肥后要断绝和女儿的一切来往，因为陶铸的住处不能让人知道，如果你不去合肥，那么就要和陶铸断绝联系。"直截了当地说，他们就是让妈妈在您和我之间作一个选择。妈妈同您商量，您经过反复考虑后对妈妈说："我活不久了，你跟我去也帮不上忙，何苦再牺牲你？还是争取和亮亮在一起吧，现在不行，将来总还可能。有你和亮亮在一起，我也放心了，我们只有她这一个女儿……"妈妈还能说什么呢？爸，我的爸呵！

生离死别的三天，您和妈妈是在怎样一种难熬的悲哀依恋中度过的，我无法想象，可听妈妈讲，你们彼此谁也没有说过一次伤心的话。妈妈强捺着悲痛，为您准备了该带的东西，什么都为您想到了，什么都为您拼命做到了。您能给妈妈的仅是一首诗：

赠曾志

重上战场我亦难，感君情厚逼云端。
无情白发催寒暑，蒙垢余身抑苦酸。
病马也知嘶枥晚，枯葵更觉怯霜寒。
如烟往事俱忘却，心底无私天地宽。

今天，我读着它，依然像九年来每次读到它一样感到震动。爸，这哪是一首诗，这是一个痛苦而坚强的心灵的跳动。它熔铸了您作为一个革命同志加丈夫的全部情感和信念呵！

分别的日子终于到了，再有一个多小时您就要被押送合肥。您知道此去离泉台只有一步，您再也见不到妈妈和我，妈妈也知道这是你们的诀别，可你们这对为共产主义共同战斗了四十多年，共度忧患，感情笃深的老夫妻竟然没有掉一滴泪。您由于不完全性肠梗阻已经几天没吃东西了,妈妈强颜欢笑地为您切了一片薄薄的面包。为了安慰她,您忍着剧痛一口口把面包强咽下去。每咽一口,您都要流一头汗呵……

专案人员问您还有什么话要讲,您沉思了一下,一字一句地说:"我已经是油尽灯残的人,他们尽可随意给我做结论。但我是一个共产党员,我有权利保留自己的意见。我相信历史会对一切做出说明。"爸爸,您就是这样威武不屈,一直到死,也没向江青和陈伯达他们低头。就要分手了,您无限深情地对妈妈说:"我怕是难见到亮亮了,等你看到她,要告诉她,爸爸对不起她,让她跟我受委屈了。但爸爸在政治历史上是清白的,是对得起她的。希望她无论在什么情况下都要跟着党,跟着毛主席干革命。我相信亮亮也会这样做的。"说完,您和妈妈握了握手,妈妈要送您也不让,就这样由人架着上路了。您和妈妈分别得那样从容,那样镇定,你们把个人的生死置之度外,想到的仍然是革命,是对党的忠诚,是共产党员的气节和对下一代的教育。爸,您把自己的一切都献给了人民,而唯一属于您的女儿,却在临死前都没能见她一面,您死能瞑目吗?

爸爸,妈妈把您的遗言告诉了我,从那时起已经过去九年了,我一时一刻也没有忘记您的话。"四人帮"被粉碎前,一个"黑帮"的女儿,生活的道路是多么艰难,她要不断地受到各种歧视和冷遇。有时,在受到一而再、再而三的打击后,我真想破罐破摔,自暴自弃,可是一想到您,我就又觉得不应该那样做。我随时想到我不单纯是一个陶斯亮,我是陶铸的女儿,有些人认为这是一个耻辱的称号,那是因为江青她们在您的名字上泼洒了污垢,可我则知道陶铸是一个坚强的老共产党员。我不能让自己的言行玷污了您的名字,给那些人留下攻击您的口实和笑柄。

五

您走后,妈妈很快就被强迫去广东了。爸爸,广东是您和妈妈战斗了多年的地方,你们在这块土地上流血流汗。您知道吗,至今广东人民没有忘记您。这种人民的怀念对一个共产党员来说是最可珍贵的,女儿把这点告诉您,您在九泉下也会感到欣慰的。

我们去广东农村帮妈妈安排了新家。那是一间破旧的小屋,阴暗潮湿,四面漏风,有很多虫子。这间房深深地铭刻在我的记忆中,这不仅仅是因为体弱多病的妈妈在这间房子里孤苦伶仃地生活了三年，而且更重要的是我和妈妈在这间小屋子里度过了您逝世后最初的一段时日……

一九六九年十二月的一天，被林彪一伙控制的广州军区突然有人来找妈妈，通知我们：您到合肥后四十三天就死去了，时间是十一月三十日上午十一时。闻讯后，妈妈虽然脸色铁青，但在来人面前仍然是那样沉稳持重，一直到人走才簌然泪下……我们坚决要求去合肥料理您的后事，但是遭到了拒绝，一直到今天，我们都不知道您的遗骨沧落在何处……

一个为党，为人民的革命事业战斗了四十多年的老共产党员，就这样被林彪、"四人帮"残酷迫害，夺去了生命。那时，像您这样的老革命，被他们害得家破人亡的不知有多少呵！这些用血和泪写成的事实，就是林彪、"四人帮"所谓的"对资产阶级全面专政"的政治内容。爸，今天可以告慰您的是：这些淋漓的鲜血已经提醒人们，永远记住这些奇耻大恨，认真总结历史的经验教训了。

爸爸，您的女儿是个医生，曾给许多病人看过病，曾在许多病人弥留之际进行抢救，也曾守护过许多病人与生命告别。可是，在您病中，我却没能给您喂过一次药，打过一次针，甚至在您临终之际，我都不能让您看上一眼……爸爸，女儿对不起您……女儿实在对不起您……我知道，您一定会原谅女儿的，可是，我又怎么能宽恕自己呢？怎么能不含着刻骨的仇恨诅咒万恶的林彪和"四人帮"呢？

爸，我听人说，在夜深人静时，九泉之下的人会听到亲人的絮语和思念，这时，他们就会化作梦来与家人相会。这当然是不可能的事情，但我却常常希望它是真的，那样，我就可以和您在梦中见面了。爸爸，您现在在哪儿？您可曾听到女儿的呼唤？您是否知道女儿在您逝世一周年的时候，一个人在大西北高原的月夜给您荒祭的事呢？

一九七〇年十一月二十八日，离您去世一周年还差两天。当时，我仍身不由己，来自四面八方的监视使我不能对您的死表示任何哀悼。于是，我只好提前两天避开那些人的注意来暗中悼念您。那天晚上，我找了个借口，一个人先回了宿舍，偷偷地在罩衣里面戴上早就准备好的黑纱。我来到单位外的一个事先选好的荒僻场地，对着您逝世的东南方向恭敬地默哀了三分钟，然后借着月光念了写给您的悼词。我对着苍天大地发誓：等到红旗盖上您的身体那一天，我一定要书寄黄泉告诉爸爸：林、陈、江之流垮台了，人民又得到解放了！好让您展开紧锁的眉头，再听您开怀的大笑……

冬去春来，第一年过去了，埋在我心底的愿望的种子没能冲破冰封的土层……

第二年又过去了，催苏唤生的春天还迟迟没有到来……

等啊，等啊，我们一直等了七年，才盼来了党中央揪出了祸国殃民的"四人帮"……现在，党中央终于为您平反昭雪了。爸爸，我真恨不得砸开死亡的铁门，找遍整个九泉，将这个好消息告诉您，您听到了一定会高兴得拉着我的手重返人间。

亲爱的爸爸，十一年了，我不知在默默中给您写了多少封信，我既不能让人知道，又没有可投之处，可我却不停地写，不停地写……写在纸上的我不得不一封封毁掉，可写在心上的却铭刻得越来越深。现在，我终于给您发出了十一年来在纸上和心上反反复复写的这封信。它仅仅是我作为一个女儿在短短的时间里看到的，听到的，想到的。它怎么能装得下我积郁多年的感情，又怎么能表现您四十多年来的战斗生涯呢？它仅仅是一朵小小的白花，是女儿向您致哀和报春的一朵小小的白花。关于您一生的功过，党、人民和与您共同战斗过的同志是会给予正确评价的。

您虽然去世了，但您作为一个真正共产党员的革命形象，却永远不会在人民的心上泯灭……

安息吧，爸爸！

（《诗刊》供稿；刊发于 1978 年 12 月 10 日《人民日报》）

固氮蓝藻

黄宗英

自从日记往往被冠以如此这般的定义后,就不理日记了。日去夜来,年复一年。又想:难道因为无端飞来的定义,决定自己做什么、不做什么吗?不理它!且再理日记。

一九八〇年一月二十八日

"降温了,预报有雪,你不能去。"
"你为什么去呢?"
"路不好走……"
"你为什么去呢?"
"这次,不一定有什么结果……"
"你,为什么去?"
"嗳……这是我的工作!"
"这也是我的工作。"望着他那从眉峰跳出的一根特白的寿眉毛,我说。

我来到武汉,到中国科学院水生生物研究所,了解藻类专家黎尚豪同志进行固氮蓝藻研究的进展情况。当我得知他次日往鹤峰县,继续调查野生蓝藻,即决定在鄂西山区与他会合。

小小固氮蓝藻,藻丝的直径不过一根头发丝的百分之一;它群生速长,能够固定空气中游离状态的氮素,变成作物能利用的氮素化合物,成为氮肥,给土壤,给水稻。它不娇、不贵,撒在田里不多日子铺开一片蓝绿。它也可以晒干成薄薄的蓝色"花瓣",研成粉末(干燥藻种),随人们带往需要它的地方;哪怕贮藏几年以后也还能复苏萌发。固氮蓝藻作为晚稻(或中稻)的新肥源,已由水生所在湖北蕲春(李时珍故乡)、浠水(闻一多故乡)、黄梅(佛教五祖庙所在地）等县推广试验，面积一九七九年达四十多万亩，获得增产的良好效果。如今，黎尚豪和他的实验室的同志们，又要去寻找新的蓝藻品种去了。

漫布在九百六十万平方公里的国土上，有极丰富的却极不被注意的野生固氮蓝藻资源，在等待、在召唤人们去发掘、去运用。

一月二十九日

刚合眼天就亮了。东湖畔一片银白，气温陡降。黎老是否还远行呢？电话接通时，黎老一行五人已冒雪沐风向山区进发了。

不畏艰险，永远向着未来。我，一个勘测思想资源的作家，能不追随这样的人的足迹吗？

一月三十日

乘火车到宜昌。我向地区科委主任提出卖艺借马——演出一场，借吉普一辆，我去追黎老。

"你不演我们也'借马'。可你进不了山啦！我们已经打电话把黎老请回这儿来。"

下雪天留客天留人不留——此句如何标点，且待黎老。

一月三十一日

黎老无可奈何地从八十公里外的宜都来了。人们纷纷告诉他：中央气象台紧急警报，这次强寒流是全国性的，从北到南，大部分地区日平均气温下降十至十九度。现在全省降雪，再下可能封山，地委领导要他留下。又说：这里是长江入峡之地，宏伟的葛洲坝工程能不看？名胜古迹能不去？有隋鼎、唐刻、宋寺，有张飞当阳桥上一声吼……

黎老无意品尝主人递到手里的屈原故乡秭归的柑橘，只是说："还是让我们走吧。"

"太危险。天又这么冷，咱们围着炭火还脱不下大衣，山上更……"

"正适合采集蓝藻耐寒品种标本。今年不去，明年冬天也要去。早去好。"

"上不去山，公路结凌，轮胎打滑。"

"试试。"黎老话不多，蔫噱。

主人留不住："总得在咱们这儿参观两天！"

黎老看看我，照顾文人喜游览的习性，忍痛说："半天。"

"两天！那么大岁数，歇歇腰腿……"

"半天。最多半天。"

我们来到三楚名山——玉泉山麓。大雄宝殿高七丈，全部楠木结构，宋朝营造，明末重建，解放后大修过。此刻，殿门反锁，五百罗汉全砸毁了。那动乱的十年中，雄赳赳开来五百多人，在这里"破四旧"，破了一整天。"正气扫地山河羞"，稀罕的夜眠松，乏人照看，永远长眠了。刻有唐代画圣吴道子画的观音像的石碑上，凿得坑坑疤疤；如今，外国旅游者用高价争买拓片，不知是为吴道子，为观世音，还是为了那些坑坑疤疤？唉，现在又在复修了。只是，碣石遗篇坑坑疤疤已刻在人民心头，永志民族的耻辱。

耻辱，是内向的愤怒，

如果整个国家真正感到了耻辱，

它就会像一头蜷伏下来的狮子，

准备向前扑去！

谁的诗？在我耳际回旋。啊，是马克思如是说，在历史的诗情前被我剪裁成诗句。

绕过珍珠桥，来到关云长显圣处。正欣赏关公托梦"还我头来！"发现黎老没头了——钻到山石缝里找藻去了。这里是砾岩，当初是水底。我也学他的样，找了一点，递给他时，他用手捻了捻，说："是刚毛藻，能吸汞和重金属，可用于环境保护。"原来藻类有多少万种！连雪山冰峰上都有藻，叫雪藻。新翻的土层上最先长出来的是藻，火山爆发熔岩流过的地方，最先长出来的也是藻。地球上现在已知的蓝藻门、蓝藻纲里有蓝藻二千多种，隶属一百四十属、二十科，其中已知有固氮作用的约一百二十多种……我的天！不起眼儿的东西里也有那么大的学问！

我们又来到一座花池旁。主人说，夏季这里莲开并蒂有千瓣，池中青蛙不叫，可能是地理气候条件影响。老百姓传说：古时候有位皇娘在寺里住过。晨起，娘娘梳头，听青蛙叫得心烦，申斥了一句："鬼青蛙，你一时不叫好不好！"青蛙听错了金口玉言，把"一时"误听成"一世"，吓得从此不叫了。听到这里，我苦笑笑。黎老这回没下池找藻，他摇头又点头："有意思……"

这个传说一直为老百姓乐道，用以讽刺唯唯诺诺的小胆人："莫做玉泉寺的青蛙！"

二月一日

往五峰进发。从地势图上看，我们是从绿色走向淡黄、深黄。进入了"贺龙一脚跨三省，重返湘鄂川"的鄂西山区。

到处是竖起来的坡，挂起来的田。由于一九五八年以来，长江两岸毁了不少山林，水土冲刷严重，汽车驶过清江与长江的汇合处，只见长江泛黄，界线分明，划人心扉。

山大人稀。起初，俯瞰山下座座农舍覆雪的屋顶，仿佛天使们上学去不小心遗落的一张张书页。再上，山山皆白。至千丈崖，黎老下车赏雪。我问黎老走遍中华他都去过哪些省份？黎老一一数下来，我说："黎老，你只有五个省份没去过。"他说："不对。"我又算一下："对呀，是五个省。"他说："不对，应该说，还有五个省要去！"

"……唔，为了固氮蓝藻？"

"是为了它。"为了蓝藻绿天涯！迎着风雪，他仿佛在哼一支歌。老少年！

二月二日

昨晚，在捶衣、熏肉、做粑粑忙年的气氛中，主人挽留的话儿说了几背篓，没用。

不留，不留。出城几里，冰衣雪帐凌幔，覆盖了所有的松柏茅棘崖谷山头。

过核桃垭。停车，司机小憩，准备翻越天险。真是山高一丈，冰厚一分，指路标又纷至沓来：

Z——大转弯。

)(——屏息擦过摩天岭。

▲——溜过羊子岩。

蜿蜒下得山来。见溪水、石桥，黎尚豪喊停车，直下乱石坡，涉溪涧。水生所老王、老何、大李（女）随之。是枯水季节。他们去溪水缓流或凝固处；在冰下、在岩缝中采集藻类标本。我没下去，那个坡度够我爬的了。而水生所的同志仿佛生命中被注入了水生生物的基因；到了溪边，他们都变得活灵活现。

我以前一想到科学家，往往只想到明亮的实验室、清洁的白罩衣、书籍、论文。如今，看到黎老在采集标本时，那样不避艰辛，不顾安危，凿岩破冰，攀上跃下；我不禁对那种幼稚的想法哑然失笑。许多科学实验工作，本身也是艰苦的体力劳动。当然，科学技术工作的重要意义还不仅在这一点，更因为这种体力劳动是和创造性的复杂的脑力劳动紧密地结合在一起；科学家所从事的脑力劳动正在为解除人类的繁重的体力劳动作出贡献。人类的前景，是将以越来越多的时间进行科学文化的学习和从事于脑力劳动，笨重的体力劳动将随着生产的机械化自动化而逐渐减少。反之，把脑力劳动贬得一钱不值，逼迫成千成万的知识分子去仅仅从事体力劳动，剥夺他们从事科学文化事业的权利，实是历史的倒退。

在记录标本采样地点时，水生所的同志问一位老人："这座桥叫么子桥？"老人回答："早先叫龙桥；合作化了，叫农桥；'文化大革命'，叫红桥。你们是从北京来的么？说是贺龙军长临终连口水也喝不上……"老人老眼临风流泪，再也不说什么。

沉默、沉默。

过岩板河，见界碑树，进入鹤峰县境。

鹤峰县，土族占人口总数的百分之六十。一九二七年末，党中央同意贺龙等同志前来建立了湘鄂西根据地。贺龙同志依靠人民，发展武装力量，跋山涉水，斩关夺隘，威震天下。谁料到，百战不死的贺老总……鹤峰啊，古有传说：仙鹤曾来峰前饮水，水变甜，井不枯。今有传说：贺龙化鹤归来，饮甘泉，长立此峰。

鹤峰下，黎老不洗风尘，也在讲述传说。引典《本草纲目》拾遗卷八：葛仙米。生湖广沿溪山穴中石上。遇大雨冲开穴口，此米随流而出，土人捞取，初取时如小鲜木耳，紫绿色，以醋拌之，肥绝可食。土名天仙菜，干则名天仙米……晋葛洪隐此乏粮，采以为食，故名。

传说者传说耳。葛洪化仙，不得为证。黎老证曰：葛仙米，亦固氮蓝藻。大自然恩赐之宝也。

二月三日

上午。瞻仰贺英墓、段德昌墓。遥对威风台，红土坡上，有当年红军的战壕，有国民党反动派的战壕，有武斗的战壕。"湘鄂边苏区革命烈士纪念碑"已经奠基。烈士的英灵在看着我们怎样把历史写下去。

继续前进。路更险。司机队长也颇有性格，开起车来，显得大大咧咧不在乎，只要听到他轻轻吹起悠扬的口哨，我就知道脚下准是断岩绝壁了。转了几个弯。是"看见屋，走得哭"的盘旋道，却不见水生所的车跟上来。薄雾霭霭袭来，我们担心了。

云湿山动，天低雪坠。重重雾里闯大垭，出垭称关外，车子猛地像进入原子爆炸的气浪里。好不容易避过风伯吼叫，停车，用石块顶住轮胎。我们等着。脚下，是儿童滑梯般的冰坡，身边，万丈深谷。等着、等着……

说不清过了多久。仿佛手表也紧张得不动了……

……喇叭声，天外传来喇叭声！人间最悠扬的音乐！黎教授的车缓缓来到，停下。黎老笑眯眯下得车来，笑眯眯说："咱们长了见识了。很好，很好！"原来，黎教授的车在半道上滑轮了；幸亏向内滑，如果向外滑，黎教授一行已经"魂断蓝藻"了。可是黎老仿佛在奇险中颇得奇趣。使我不禁想起了李大钊的散文"艰难的国运与雄健的国民"，以崎岖的山路比喻革命的征程……

继续攀登。天悄悄地暗了。车行时速仅五至十公里。夜色迷茫中抵达目的地——走马坪公社。传说是金兀术走马、石达开突围之地。贺龙同志当年在贺英同志配合下，曾在此收编各路兵马五六千众。

党在革命战争年代，需要像贺龙、贺英这样英勇善战的共产党人。同样，在社会主义建设年代，也需要无私地献身于科学技术事业的共产党人！

黎尚豪同志，一九五六年入党，是在党中央召开知识分子会议之后。但是，是不是所有自命为马列主义者的共产党人，都能理解党中央在社会主义建设时期发展高级知识分子入党这一闪烁真知灼见的战略方针呢？我亲眼看到多少老知识分子噙热泪、洗肝胆、吐衷肠，捧出燃烧的心，投入中国共产党的行列。谁会想到，后来发生了这样的事情：我们，我们许许多多党的、热爱党的科学家、艺术家、教授……不仅成了"外人"，而且成了"敌人"。我不仅说十年……怎么搞的？仿佛知识和党性是对立的，无知倒是党性的导体？！陈陈相因，一而再地强调外行领导内行，又误了多少党员干部长期空抛了学习新时期中革命需要的本领的大好时光！人才，人才，"才须学也，非学无以广才，非志无以成学。"诸葛亮言之有理。

"冬天从这里夺去的，春天会还给你！"春天，你回来了。许许多多的知识分子又都像黎尚豪那样拼着命地工作着。因为，他们比以前更深刻地认识到，新中国的主人翁、无产阶级的先锋队所肩负的历史重任。然而，阻碍、束缚、甚至压制就都没有了吗？不是还有人总想把他们划到工人阶级队伍之外吗？把他们当作"客卿"敬而远之吗？甚至还有人看到知识分子刚刚伸直了腰，就气冲斗牛吗？在有些人的心目中，不要说对一九五六年以后入党的知识分子，就是对二十年代入党的知识分子，也会根据他们知识的富有，而注定没资格与知识贫乏的比肩。党中央的方针何时得以真正全面贯彻呢？要知道：在社会主义建设中，低估了最有知识的劳动者的力量，低估了不比以往斗争轻松的战斗中这一部分党员的忠诚，那就是自我消耗党的战斗力，使"四化"成为"画饼"。

想得太远了。看看眼前，这个差点丧命的黎老，可还不睡觉，围着炭火，他急切地问起此地葛仙米生长的情况来。

公社书记老覃，抓抓脑壳说："从来没把这么事列入议事日程……"

"一九六三年，是你们公社给我们所里送来葛仙米，要求我们化验。我们……总是……我们耽误……"黎老说不出的抱歉。

"葛仙米，俗称水木耳，是个好东西。"黎老用通俗的语言款款述说："黄豆含蛋白质百分之三十多，葛仙米含百分之三十到四十。葛仙米和地木耳是本家，都是低等植物，叫蓝藻，能固氮……"

老覃瞪大了眼睛听黎老讲："本来，地球上没氧气，慢慢产生氨，才有简单生物，但还是缺氧的世界。三十亿年前有了蓝藻，它放出氧气，其他生物、动物才慢慢出来。所以，在生命发展史上蓝藻立了大功。二十多年来，我们满处找、找，为筛选优种的固氮蓝藻……"

雪继续着，话继续着。

二月四日

还在飘雪。

公社伙房，早饭还没烧好，得先为汽车水箱烧两大锅开水。洗脸也非用热水不可；毛巾冻在架上。昨夜喝剩的茶也倒不出来了。

公社书记老覃早在堂前了。他把黎老堵在过道里："黎老，昨夜晚，我睡下去，想了又想：本地农民一直夸冬泡田（又称腊水田）好。我们硬是要人家消灭冬泡田。训人家把田泡水闲着是懒汉种田。我开了不晓得多少大会小会贯彻，还下去抓，一察出那个队有冬泡田，就狠批一通。我们总是怪农民保守。过去，农民议论土地好丑，也是拿水木耳来比；那块田里水木耳多就长好谷。农民说不出所以然，看来这里面有科学道理噢。"他一口气把琢磨了一夜的话往外倒，"水木耳果真有固氮作用，那可好喽！只要它相当绿肥，哪怕比绿肥差些，也是我这个公社出了宝喽！我们公社每年就可以少花五万块钱的绿肥种子钱。更不要说运费、人工——播种、施肥、掩青……"

黎老插话："高山气温低，绿肥腐烂慢，晚插脱季节，早插烧秧。"

"太是了！急死人了！还不说那差旅杂支磕头作揖的窝心费！我们公社有的是葛仙米。多得很。有时有的田块铺满一层青呼呼的，这不是天然氮肥厂吗?！果真如此，我要为冬泡田恢复名誉！"我欣赏老覃的自责。要是我们所有的干部都能尊重实践，发现不对头，就爽爽气气地改正，那可好喽！

"还要经过试验、观察，才能逐步推广。"黎老说："对葛仙米的固氮能力，我们还没掌握科学数据。蓝藻也有它的天敌，土壤中的无脊椎动物要吃掉它……"

"一切要通过试验，当然！要尊重科学。我们今年就可以搞对比田块。这两年，我们一吃政策饭，二吃科学饭。"

科学技术是生产力的道理，实践者已确信了。我是不懂经济学的。但为什么苦苦攥着书页一角，"二要素""三要素"辩得我不得其要素！其实，新的社会实践，提供了新情况，也要求着新的理论。多几个要素，马克思同志不会不高兴的。我想，深入到生产实践和科学实践中作一番调查，可能会对什么是生产力得出新的认识。几十年来，现代科学技术突飞猛进，对全社会生产力起了多么巨大的作用，而在经济学的概念里，为什么不能充分地把科学技术的作用表达出来呢？

早餐，备葛仙米甜羹、咸羹、淡炒三种。我一一品尝，味同发菜。黎老说，发菜也是固氮蓝藻。真是，处处碰到。

细雪霏霏，黎老换了长筒套鞋。我们驱车前往回龙阁。找到了！找到了！黎老像孩子般高兴地跑下坡，跑过积雪的田埂，跑到那块留做秧田的冬泡田旁，蹲下来，摘掉手套，捣开冰层，伸手就往冰水里捞那大大小小念珠般的水木耳——葛仙米。他一会儿从上衣袋里掏出手持放大镜观察，一会儿拔出笔形温度计测量水温。是"五九冻死牛"的寒天，又落雪，村子里本来静悄悄的，只偶尔有"赶山"的猎手经过。谁也没想到会来一群人，噼里啪啦愣往冰里跑。一时狗吠鸡鸣，山坡上一家家板门打开了，老人提着手炉倚门眺望，孩子奔到跟前，好奇地盯着那架二百倍的显微镜。大道上还停着三辆吉普。出了么子事?!

黎老的脸色冻得青一片白一片，寿眉毛上沾着雪。

我想起：多少酷夏溽暑，他在"火炉"般高温里，赤脚下田，蚊叮蚂蟥咬，来不及擦把汗。

黎老正仔细地用冻僵的手指夹着镊子，在玻璃涂片上，剖开一粒葛仙米，放在显微镜下。他快活地招呼我们："快来看啊，漂亮极了！那藻丝！那异形细胞！透明的，发亮的……"看到了蓝藻门、蓝藻纲、念珠藻目、念珠藻科、念珠藻属、球形念珠藻——葛仙米的美丽的细胞结构。

水生所老王、老何、大李还有小余，简直像北海公园滑冰的顽童，舍不得上岸。他们捞了这块田、捞那块田，捞了大的、捞小的。立时做起葛仙米现场固氮反应来。田埂上并排崭齐摆了六个小三角瓶，除一个空着做对比，其余都装了大小、色泽不同的葛仙米标本，进行乙炔还原反应。因为样品要反应半小时，黎老催我们先回去。他拎起已扎紧过的显微镜小箱，又解开略嫌松的细绳，重新仔细地、熟练地再扎过。

这时，我想起，在水生所，他的试验室，清洁，整齐，井井有条。可是他的家里，他那书桌上，仅仅扒拉得出放一本杂志的空间。书一堆堆地堆在书桌下边、床后边。所谓书架，书都是摞着，看不到一册书的书名。我问黎老："你在家，还是在所里阅读、写作？""在家。""你找得着要查的资料吗？""可以。习惯了。我的条件算好的了。"请问：知识分子最强烈的需求是什么呢？我体会：理解。理解就是最大的支持。知其人，全其志。得此，纵茹苦含辛、餐风宿露、焚心炙骨，也甘心乐意。

夜已深。靠拖拉机发电的灯光早熄了，黎老的房间里，还有烛影。

我想起青年时期的黎尚豪。三十多岁白了头发。每晚每晚打字机嘀嘀嗒嗒响到一点钟、两点钟……

二月五日

司机们和地区、县里的同志也研究了半宿，决定：回头路不走，绕湖南……

二月六日

黎老一行被湖南省石门县县科委"扣"下了。石门科委去年就远走湖北通城、蕲春，并去水生所索来固氮蓝藻种，在大田里试验放养，如今老师上门，当然要讨教一番。

下着霰子，我离开石门。

二月七日

黎老还没回武汉。一定又是哪里把他们"扣"下了。人民需要科学家。科学家是人民的。

我一回武汉，就求见黎夫人，我说："一路黎老只谈蓝藻生活史，请你谈谈黎老的生活史吧。"

夫人鬓发也已斑白，大方，略有矜持，是一般知识妇女乍见生人的常态。她说："科学试验是允许失败的。"

"当然。"我说。

"蓝藻难找，蓝藻难搞……"她也对我讲起蓝藻来。哪一年，哪一月，为了蓝藻……

"咦，你是搞音乐的，怎么也懂蓝藻，传染啦？"

"我都是在大字报上看来的，好多好多大字报……"

"哦……"我没有再问下去。虽然关于黎尚豪，我知道得那么少。他生于广东梅县，青年时参加过抗日先锋队。在抗日救亡工作中，当过合唱指挥。仅此而已。但是正像一路上，大家有时谈到科研领域、工程建筑、农业、文艺，以至党风、民风……的严重破坏时，黎老偶然会插一句："我们那里基本情况也差不多。"

是的，都差不多。到处的无脊椎动物——不，我是说，到处的害虫，都差不多，都是害虫。到处的蓝藻，也差不多，都是蓝藻。

黎老在哪儿？在干什么？不用问，总之，和蓝藻在一起。日日夜夜心在蓝藻，生生死死和蓝藻在一起。

黎老的身影嵌在我的视网膜上，他好像——

他像谁呢？不，谁像他呢？

蓝藻！

对！蓝藻就是黎老！黎老就是蓝藻！

蓝藻，他没有华丽的外观，没有诱人的香气，没有高大的躯干，没有喧嚣的声响，也没有威严的架子。但是，他工作着，工作着——

是的，蓝藻们在忠实地工作着。他们在最贫瘠的土地上工作着。他们在最艰苦的条件下工作着。他们向自然索取的唯一条件只是光。真理之光。哪怕只有一丝微光，他们也勉力工作。在严寒中，当百花凋谢的时候，在暴风雨中，当百鸟无声的时候，他们还是工作着，不停地工作着。当然，最能使蓝藻们充分发挥作用的条件，是适宜的气温，灿烂的阳光！

是的，应该为蓝藻创造出他们所应得的条件！他们所做的工作多么重要！他们在向自然摄取一切生命所不可缺少的元素！他们是用自己的生命来参加固氮工作的。他们用生命换来了氮，但固氮又不是为了自己。他们慷慨地把从自然取来的氮，连同自己的一切，献给了其他的有生之伦。他们为别人造福，尽管别人常常忘记他们，甚至根本不知道他们的存在。

但是，难道不应该为蓝藻们大声疾呼吗？

我不知不觉地把名词和代名词的"数"改了，把单数改为复数。我不仅写他，而且写他们；不仅写蓝藻，而且写蓝藻们。因为，此刻我所想的，已不仅是黎老，而是黎老们，是一切战斗在农业和农村第一线上的农业科学家和农业科技工作者。祖国广大的科学技术工作者们啊，正像丝丝蓝藻一样，在九百六十万平方公里的土地上，哪里没有他们的足迹！他们正以惊人的毅力，从事着人民迫切需要的工作。但是，似乎，有的时候，有的地方，有的人，却忘记了他们。

晚稻是不忘记蓝藻的。晚稻垂下沉甸甸的穗头，深情倾诉对蓝藻的深情。

蓝藻，是的，正是"蓝藻们"，养护着中华人民共和国国徽上的金穗的光泽。

（刊发于1980年3月22日《人民日报》）

特邀代表

柯 岩

一

公元一千九百七十九年九月三十日，一支队伍行进在北京天安门到西城区委的道路上，吸引了千千万万路人围观。

这支队伍有男有女。男孩子一律军绿色制服，女孩子一律天蓝色衣裤，银线嵌镶。队前有军乐队导行：大鼓七面，小鼓几十面，小号十几把……

行人议论纷纷："这是什么队伍？多漂亮！"

"是军官学校的吧？怎么还有女孩子？"

"什么军官学校呀？看看队旗！"

队旗高高地打着，白底红字，赫然大书着："西城工读学校"。

"什么叫工读学校？"不了解内情的人惊愕地问。

"就是流氓、小偷学校。呸，呸！……"

"什么？流氓小偷？不像！不像……"

"天下哪有这么整齐漂亮的流氓小偷？……"

"人是会变的嘛。看把他们改造得多好！"

"谁，谁改造的？"

"就是那些老师们，看队伍后边那些没穿学生制服的人。"

"呀，多了不起！"

"是了不起。看，快看！看队伍最前边，穿着灰色制服的那位，那位满头白发的！看见了吗？那就是他们的校长，校长！"

队伍行进着，整齐地行进着。校长王胜川同志昂着他的白发苍苍的头颅走在队伍最前列。校旗高高地飘扬，两个护旗的美丽的女孩子步履轻盈地走在老校长的前侧。纯洁的天蓝色制服映着校长的苍苍白发,给人一种那样神圣和庄严的感觉。

许多路人激动得流下了泪水,要知道这些孩子一年前还是歪戴帽子斜瞪眼,满嘴脏话,一身污秽,扬手就捅刀子,低手就掏兜儿的……读者可以想象,而我实在不愿描绘的形象!

队伍行进着,行进着,它向全北京、全中国、全世界宣告:人,是会变的,是可以教育好的。"四人帮"成批成批地给我们制造流氓,我们现在就成批成批地把他们改造成新人,改造成这样庄严美丽的队伍……

路人折服了,情不自禁地鼓起掌来,有的啧啧地称赞道:

"唉,这些老师,操了多少心!——"

"看校长,头发全煎熬白了,全白了!——"

二

他的头发确实全白了。在经过二十四年漫长的岁月,我重又坐在工读学校校长室、王胜川同志的对面时,他才五十二岁,但头发确实全白了。

我们半晌无言,默默相对。

"你还是那样。"最后我说。

"你——也没变。"

"又回工读了。"

"你也没离开自己的岗位。"

"那时我们是多么年轻呵!"我们不禁同声慨叹,又同时扬声大笑起来。

是的,那时我们是多么年轻呵!现在重又看着窗外明媚的阳光,听着一遍遍的课铃,感觉着上课时节的紧张,下课时节的喧闹……时光好像一下子倒流了二十四年。那时,他是温泉工读学校年轻的校长;我是到温泉工读学校深入生活的年轻作者。他一下子就把我引进他那个严肃亲密的教师集体……是的,那时我们都还发黑如漆,风华正茂;是那样雄心勃勃地指点江山,拼命工作,扬言要把"工读事业"消灭在我们手里……

可现在,工读事业却大发展了。

"现在的工读和当年有什么不同?"半晌,我苦笑着问。

"首先,学生不同了。他们是'小学生日记'的受害者,是'四人帮'砸烂公检法后,把毁灭人类文明的打砸抢行为上升到理论高度,提出'知识越多越反动'口号时的学龄儿童,怎么能不是'文盲加流氓'呢?且大都出身很好。"

"为什么出身好的多呢?"

"根红苗正,教唆他们闹,他们也敢闹呗!还不是'反动血统论'的惨痛果实。"

他沉默了。我的心像刀绞一样疼痛。是呵,人们往往容易看到打砸抢留下的表面创伤;可是,更令人愤怒,也更难消除的却是这渗入我们阶级肌体的腐蚀和毒害呵!

"愚昧到什么程度呢?"他接着说:"有的孩子不知道自己是哪国人。问他是哪国人?他说:'北京人。'有的不会做最简单的算题,问五除以五等于几,他说:'零。'老师说:'五个烧饼分给五个人,一个人得多少?'他知道是一个。老师说:'五除以五不是一样么?'他说:'不一样!那是烧饼呵……'"

我的心更疼了。我已完全忘记这些孩子持刀行凶、斗殴淫秽的历史,几乎哭了出来说:"这可怎么办哪!"

"有办法。"王胜川同志笑了:"我们也不同了嘛,比那会儿有经验了,也更有信心了嘛!你听,他们现在上课多安静,刚刚一年多,我们已经建立了团小组,有人还在准备考大学呢!"他的笑容那样安详温暖,就像以前一样,只是比以前更从容了。

"现在学生更难带了吧!"我问着,不禁想起二十四年前我们称之为"救火"的生涯——每天清早起床和学生一起出操、跑步、上课、劳动、晚自习……同时处理着没完没了的纠纷。深夜十一二点,刚刚就寝,不知哪间学生宿舍又闹了起来,于是全体教师立即起床去"救火":处理纠纷,惩罚肇事者……

"不。我们早就结束'以管为主'的消极教育状态了。"王胜川回答:"现在的方针是'立足挽救,造就人才'。正因为他们是在十年浩劫中成长的,他们没有或很少感受过正常人的温暖,所以真正的诚恳和教育者的热爱往往会使他们出乎意外地安静下来,如果我们抓好每一个教育环节,很快就产生师生感情……"

我不再重复他的再教育思想和理论了。除了公安部门和各地的工读学校外,这对广大读者可能是枯燥无味的。大多数读者或父母们可能更有兴趣的是:他,王胜川,他们究竟怎样才能和这些通常认为的"坏孩子"亲密相处,并怎样把他们改造成人的。不是吗？也许还是讲一点故事有趣些……

三

据说人是上帝造的。人类的祖先亚当夏娃犯了罪，从此，人就永远是有罪的了，要终身在上帝面前俯首赎罪。罪，是永远赎不完的，而上帝就高高在上，永司惩罚之权。

也许恰恰因为王胜川同志不是神，也不是神父、祭司和法老，而是人，是个普普通通的人吧，于是他用普通人的正常头脑分析客观事物。

他首先认为：这些孩子是十年动乱的必然产物。在乌云翻滚、毒雾迷漫的时刻，花朵能不受摧残吗？在"四人帮"的野蛮践踏、反复教唆、全无法制、整个社会道德水平被迫下降时，这些当年只有四、五、六、七岁的孩子能不畸形变态吗？

因此，校长王胜川坚定不移地不把他的学生当作罪人，坚决摒弃殴打、侮辱这些孩子的做法，而把这些孩子当人看待，并要求他们自尊为人，学着做人。

他认为他们仍然是祖国的花朵，只不过是遭了病虫害的花朵；他承认他们害了恶性传染病，但他说："我们必须消灭传染病，但不是靠惩罚病人。"

所以，说来也许你不信，王胜川的工读学校很少赎罪的气氛，而多的是欢乐的笑声。他们不看重没完没了的检查和保证，而是一点一滴去挖掘孩子身上每一丁点儿的积极因素。

一般学校的学生是按期前来注册的，西城工读的孩子却是开学前老师一个个去"请"来的。孩子不来，因为他们听说"工读学校是变相监狱"。他们"自由"惯了。他们打算就这样"自由"下去，直到"捕"了为止。但这些老师来了，拉着他们的手，和和气气地动员他们不要待"捕"，要去上工读。告诉他们还有前途，而且前途美妙着哪！

这些孩子很少有人正眼看他们，他们不怕挨打，他们挨过家长、同伙、工人民兵指挥部和"镇流委员会"等各式各样残酷的打骂，但害怕镇定、温暖的笑容。

几乎全部学生是抱着试试看的心理来的，打定主意："不好就溜，走他娘的。"他们万万没想到，一进校门，到处是红红绿绿的标语、彩旗。没有高墙，没有铁丝网，没有禁闭室，没有门卫……有的只是校长和老师，而且校长和老师在校门口列着队、鼓着掌欢迎他们，把他们一个个接进明亮的教室和宿舍。

这些孩子什么都见过，就是没见过这个。

这些孩子再混，再坏，再冷酷，再愚昧，也不能不寻思一下："这是为什么呢？"而校长和老师的这一切精心准备就是为了要孩子们的这一个问号。这个发自内心的问号，就为教师们创造了第一个教育时机，让孩子们安静下来，参加欢迎会。

欢迎会上，校长王胜川第一句话就是："你们不相信自己吗？可我们相信你们。党办工读，就是相信你们能改好。对你们的要求很简单：一是当学生要学习，要过有严格纪律的集体生活。二是学校要帮你们弄清过去犯错误的原因，把你们教育成才，你们应该配合。谁在这方面解决得好，谁就进步得快。三是继续犯罪就采取措施，而改好了的，以前材料统统不进档案。"

噢，原来要求只是这样？学生提溜着的心一下子落在了肚里。但是，"野"惯了的孩子不能管住自己。他们允诺的事往往做不到，任何个人也没办法让他们自觉，他们自己也没办法。这时，唯一有权威的就是——集体。

学生刚入学，最关心的就是让不让回家？如果不让，就必然会发生连续的逃跑。于是王胜川校长让开学生代表会自己讨论。有的学生为了表现积极说："不回，谁让我们犯了错误呢？"有的说："由学校规定，我们没的说。"但王胜川说："就是让你们自己讨论，因为你们是学校的主人，你们自己最了解自己和自己的家庭环境。"这一下就迫使学生不得不面对自己的实际并进行思想斗争，摆出了各种情况，最后提出请求：让他们每两周回家一次吧？因为不回家自己不安心，家长不放心；但回家多了，"哥们儿"会来找，又不利于进步。学校认为这个方案合情合理，就此定为制度，但加上一条，犯了错误的要停止回家的权利。学生心满意足地说："原来学校还真拿我们当人，我们说了话还真顶用。"从此，每次回家前后全班互相叮咛：回家可别犯错误呀，可要按时返校呵……

一次，王胜川看到一个小男孩胸前口袋里插着牙刷牙膏，就叫住了他。他说："我的牙膏是名牌，一会儿就让人偷掉了。"于是王校长让各班班会讨论一下偷窃是什么行为，应怎么办？当然，有人公开在会上宣称："偷窃是高级的脑力劳动与体力劳动的结合。"但最后集体得出的结论是："暂时把财物由学校集中保管。"王胜川同志大大赞扬了暂时这两个字，说这是他们对自己和学校的未来有信心的表现。完全接受他们的意见，并让学生选出了各班的仓库值班员……

学校精心安排，学生分批地接。王胜川开宗明义地告诉第一批学生："你们入学三周后，就接第二批新生，那时你们就是老生了，我要求你们起骨干作用。"从而培养他们的荣誉感和责任心。在入学两周后，就发动全校准备迎亲会——集体过年。排节目，出墙报，包饺子，守岁……请家长来看看学生的进步。并通过合理的组织，调动了每个学生的积极性，使全校师生和家长都受到一次深刻的教育……

时间在新鲜活泼的生活中流逝，每一天都安排得有意义，集体在慢慢成长，但，用教育学理论说：学生的上述行为只是环境改变后精心安排的产物，并不是新的习惯的形成。因此，麻烦同时每天层出不穷地发生着：

比方：一次，两个学生打架，大的一下把小的打倒在地，两人扭结着来找老师。起因很简单，大孩子课后弹吉他，卖"帅"；小孩子在边上犯贫、穷哄，逗急了，大的就动了手。

现在，两个人眼睁睁地瞪着老师，要是处理不公，就砸他娘的！老师沉吟了一下，说："看到你们的进步，我真高兴。打架是你们多年的恶习，可你这次只推了他，没接着打下去，你呢，也没还手，这是一大进步。要是过去，你们非打个你死我活不行，是不是？"

两个孩子愣住了，随即又感激地笑了，情不自禁地对老师行个礼。原来他们都进步了？咳，老师要不说真不知道哩！

一次，一个孩子逃跑了，和"哥们儿"晃荡了几天，没犯什么错误，他妈却给他准备了菜刀，学校要开除他的话，就和他拼了。孩子也准备破罐破摔，故意满不在乎流里流气地又晃荡回来，但班主任第一句话说的却是："逃跑是错误的，愿意回来说明还是愿意进步嘛！"然后帮他洗刷，捉虱子，说："今天就睡在老师屋里吧，别把虱子传给同学。你走这些日子，同学又进步了……"这孩子愣了半天，号啕大哭起来……

是不是所有的老师水平都这样高呢？当然不是，也不可能。处理不当的问题有的是，有的年轻老师气愤难忍时，也有动手打了学生的。

每当这时，校长王胜川往往先把挨打的学生找来，对他说："老师打人，不对。他冷静下来会找你检讨的，但你要知道，老师不是神，他也是人。泥人还有个土性子呢，是不是你把他气得太厉害了？但我找你来，不是批评你，是为了表扬你，老师打你，你没还手，是个了不起的进步嘛！要在过去，你还不把他开了瓢?! 这说明学校的教育在你身上收到了好效果……"

然后王胜川再找教师谈，在教师会议上反复讲教师的职责。教育者的尊严恰恰在于他高于被教育者,教师也动手打人,不就和工读学生一个水平了?!然后引导大家学习唯物辩证法:学生的恶习不是一天形成的,在进步中有反复是正常的、必然的,几乎可以说是规律性的。教师的任务就是要调动一切积极因素,为他前进开辟路子。在洗刷他们的恶习时,教师的表率作用是极端重要的。惩罚和空洞的说教都是无能的表现,学会坚持用辩证唯物主义分析事物,就能使工作主动起来……

不信么?在学校里流传的一个故事足以为这个理论作证。

有一个外号"二百五"的学生,一心一意地想当积极分子。学校每个月评一次积极分子,他常常是守纪律,努力学习,拼命劳动,做好事……可是往往十五天、二十天,就得犯个小错,多数是打架,因此每次评不上。这一次好不容易熬到二十八天了,可不知怎么,又打了一架。在评积极分子时,有的为他遗憾,有的说:"可见他的进步是假的。"这时王胜川同志却突然走来说:"我投他一票。"大家愕然了。

"可他又打架了呀!"

"是打架了。可为什么打的呢?我调查过。他打架,多半是从劝架开始的。先去看热闹,接着就制止:'别打了,别打了!'哪边不听,他就跟哪打起来,成了主角。这说明动机还是好的,比袖手旁观好,比在边上起哄架秧子更好。他打架是真的,进步也是真呀!守了二十多天纪律,因为打一次架就把那么多好事都抹了,这公平吗?是不是有点片面性呀?所以选积极分子,我投他一票。"校长分析得头头是道,会议接受了。

王胜川刚回到屋里,这个孩子就一头撞了进来,眼噙着热泪说:"校长,没说的,就为您这一票,我豁出命跟您。"王胜川同志看准了这是个进行教育的好时机,笑着让他坐下,说:"你每回好心好意地劝架,怎么最后老成了主角呢?"他傻乎乎地笑了:"我也不知道。"校长说:"我知道,因为你缺少方法……"学生津津有味地向校长请教方法,从此进步很快。

王胜川同志最爱对年轻教师说的话是:"学生热爱生活,热爱祖国,往往是从热爱老师开始的。我们在处理每一件事时都要考虑对学生的教育作用。一件事处理得好坏往往会直接影响学生的进步,甚至他的一生哩!"

四

是的。教师是能影响学生的一生的。

"我被海淀区批准加入共青团了。亲爱的校长老师们,回忆起我刚被送到工读学校时,无论什么坏习气,没有我不沾边的……工读学校的一年是我一生的一个转折点呵。"

"我能够有今天——能从一个糊涂无知的少年成为一个光荣的解放军战士,多亏了咱们的工读学校。我决不能辜负母校的培养,我有责任为它争取荣誉……"

"工读学校对我的教育和影响是无法估量的。我现在有热爱党和我们伟大事业的思想,这是校长老师教育的结果。"

我读着面前厚厚的一叠老工读毕业生的来信,看着那些熟悉的名字,他们的声音笑貌立即历历地出现在我的眼前。"文化大革命"前的十年,温泉工读学校培养出近千名优秀的毕业生,他们有的当了工人、车间主任,有的当了解放军军官、教师、飞行员、地质勘探队员、气象员、科研工作人员,有不少人入了党,成了优秀的共产党员、党支部书记……

工读事业原有可能做出更大的成绩,但,十年浩劫……我至今清晰地记得我被关在"牛棚"里听到砸烂工读消息时的痛楚心情。

"真没想到你能活过来。"我忍不住对王胜川同志说:"那会儿我一听,心想:完了。咱们那些孩子打砸起来,老师还有活路么?"

"恰恰相反!"王胜川同志笑着说:"在那黑白颠倒的日月里,工读学生却表现出非常高的道德水平。相信吗?我是全国几乎没受什么大罪的特殊'走资派'。每次揪斗我时,留校留厂的工读毕业生轮班跟着我。他们一个个膀大腰圆,威风凛凛,走到哪儿,跟到哪儿,说'斗可以,打不行!'我在台上挨斗,他们就蹲在台角,或坐在台下,睁大眼睛虎视眈眈地守着,所以我没挨过一次打。"说到这儿,我们都情不自禁地笑了。

"不但没挨过打,而且不断有毕业生回来看我,从外单位、外地回来看我。特别可笑的是:'造反派'管不了在校生时,还得勒令我去维持秩序,直到砸烂工读……"

"我早就听说了,在卖砸烂工读的小报时,有一个工人掏出钱来说:'多少张,我包了。'然后,撕得粉碎,是吗?"我问。

"是。一边撕,还一边恨恨地骂:叫你们砸,叫你们砸!多会儿报应到你们头上就知道了……"

"你多么幸福呵!"我十分艳羡地叫了出来。

"幸福么?是的。"王胜川同志沉思着说:"但幸福,并不仅仅是在看到教育结果的时候。作为一个教育工作者,如果对研究人没有兴趣,没有感情,那工作就成为苦行了。教育家绝不是苦行僧,因为幸福就寓于教育过程之中呵!"

"哦,讲点新的故事吧!"我终于想起了我的采访任务,他也就兴致勃勃地讲开了:

"学校要求孩子学会尊重自己,尊重别人。不许侮辱和骂女生是洗刷流氓行为的一项标准。一次,一个孩子骂了女生,老师批评,又顶撞了老师。那天正好是返家日,我在学校门口迎面碰到这个学生,因为他平时很尊重我,我就顺便批评了他,谁知他竟破口大骂说:'你校长有什么了不起,我见过的校长多了。'老师同学都围了过来,这时我如果压服他,老师同学大多会支持的,但那样我就把自己降低到以势压人的水平了。我考虑到他的这种反常行为是怕我不让他回家,明白自己找错了教育时机,于是说:'你先回家,好好想想,等我通知你再返校。'

"我为什么要说最后那句话呢?因为我必须为自己和他重新创造教育时机,同时调动家长的力量。果然,第二天,他就打电话来承认错误,要求我允许他回学校,我应允了。我明白这是家长对他施加了压力,骂他是傻瓜,怎么能得罪校长呢?因此,他返校后几次要求向我道歉,我都不允许,因为我接受他的道歉,就等于接受家长的观点:校长是不能得罪的。我挽回了校长的尊严,但对洗刷在流氓中流行的'强权即真理'的错误观念却有副作用。于是一连三天我不允许他来找我,而在他感到压力越来越大时,我召开全校大会说:'×××骂我,有他言之成理的一部分,我是没什么了不起,校长本来就是人民的勤务员嘛!但他也有说错的部分,就是他没看到我也有点了不起的地方——就是要诚心诚意地把你们挽救过来、教育成才的这种精神。'我叙述了我对这件事整个过程的看法,然后说:'×××骂老师是错误的,但他也有他了不起的地方,就是他承认了错误。一个能承认错误的人,就是勇敢的人。我们对学生的态度从来是允许犯错误,允许改正错误。我希望他能记住这件事,从此,诚心诚意地改正自己的一切错误,而不是向强权服软。'"

这样的处理是学生没有想到的。从他们的世界观出发,他们以为校长召开大会当然是处理×××——报复他,并杀一儆百。他们愣了一会儿,就拼命鼓起掌来。因此,这件事不但给了×××一个难忘的教育,同时给全校师生留下的印象也是极为深刻的。

这是他教学生做人的许多例子中的一个,接着他又讲了许多教学生做事的例子:

一次，一个学生在院子里骂骂咧咧，王胜川同志叫住了他。他说："我的马桶包放在贮藏室丢了，找遍全校也找不着，这个贼窝！"王胜川首先向他调查了情况，批评他"贼窝"的错误说法，然后说："你的包没丢，肯定就在贮藏室什么地方藏着。"后来果然在贮藏室找到了。他十分惊奇地来找校长说："校长，您真神。"王胜川说："一点也不神，只是有个分析的头脑罢了。你想：上一周不是返家日，进出贮藏室时都是个别的，都有班干部陪着，值班员看着，谁想拿也拿不出去，顶多是有人想拿，先藏起来等返家日人多趁乱时再带走。你说是不是？"他说："是的哩！"王胜川说："你乱找找着了吗？""没找着。""你骂骂出来了吗？"他不好意思地笑了。半天扭扭捏捏地说："我也想有个会分析的头脑。校长，我——能有吗？"王胜川说："能。是人，只要学习就能学会。"他十分高兴地走了。以后，他告诉王胜川说：也不知怎么回事，只要一张嘴骂人，就想起这事……

王胜川同志说："空洞的说教最令人厌烦，何况这些孩子早就听惯了家长、老师无数一般的说理，所以我不主张刮'耳旁风'，而要求老师们在不断解决矛盾中用事实本身说话。"

"再教育，也是艺术哩！"我衷心地赞叹说。

"是艺术，但能够掌握这门艺术的只有无产阶级教育家。"

接着他告诉我：不少基督教国家的友人来参观工读学校，他们说他们感化院的房屋校舍不知比我们好多少倍，而且全都是现代化的电化教具，但他们的孩子就是不肯改好，照样斗殴、淫秽、吸毒……

"他们是怎样教育呢？"我问。

"感化——给他们读圣经；或者，惩罚——关禁闭。"

"念圣经？"我不禁笑了起来。

"这不奇怪，"他十分严肃地说："信仰不同嘛！但事实证明，恐怕再教育最好的方式还是运用集体的力量——教师集体和学生集体，而起决定作用的又是教师集体。"

"是呵！"我不禁长长地呼出了一口气。感化办不到的事，惩罚办不到的事，而王胜川他们却办到了。为什么呢？其实也很简单。因为只有无产阶级教育家才能有这种真诚挽救、平等待人、无私无畏的广阔胸怀；只有社会主义制度才能产生工读学校这种全新的再教育机构，并由王胜川这样的共产党员在不断的实践中继续改善和提高它。

五

现在，公安部表彰先进的全国性会议正在北京召开，王胜川同志是这个会议的特邀代表。

多么光荣！但他是怎样达到这一步的呢？

他出生在山东农村的一个中农家庭，几乎没受过什么教育，十二岁参加革命，在革命队伍中长大成人，冲锋陷阵，对党忠诚……这原是我们革命队伍中千千万万小八路相同的道路。

但正像一切有所建树的人一样，他也有着他自己独特的地方：好学，多思，勇于实践，并善于总结。进城了，他当北京师范学校的教导主任、党委副书记，主管班主任和学生支部工作时，他把年轻教师和学生所能阅读的课外书籍尽力全部读完，以便和他们一同讨论，一同提高。在有些年轻的老革命"左"得可爱，对旧知识分子十分警惕的时候，他却能真诚相待，并请他们给他讲教育学和古文。在有些辛辛苦苦的官僚主义者满足于每天频繁的会议时，他却到人民大学坚持上了四年夜大学，学习马列主义。当凯洛夫学说在教育界备受拥戴时，他却醉心于马卡连柯的《教育诗》、《塔上旗》，最后要求到工读学校，参加清除旧社会垃圾的工作。

在工读初期，当我们每天在那儿忙于"救火"、"以管为主"、消极防御时，他却公开提出要教育，要爱这些孩子，反对惩办主义……这一系列与众不同的独立思考，使他长期生活在"右"倾的指责声中，但他至今不悔，反复宣传"无产阶级只有解放全人类才能最终解放自己"，"毁灭一个人是容易的，但挽救一个人却要付出心血……"，"惩办谁不会，但如果不立足于挽救，要我们这些共产党员干什么？"……

没有英雄的品质就没有英雄的业绩。也许恰恰是他这一生的勤奋学习、埋头实践、独立思考、勇于探索的精神，才使他与其他各条战线作出成绩的同志一样，有别于我们队伍中那些和他有着共同经历甚至相同品质的同志的吧！

王胜川同志最近被调到教育部普教司去工作了，重点抓工读教育。他一上任就到全市各个工读学校进行调查研究。一次在西城工读开会，请来了朝阳工读、东城工读、石景山工读、海淀工读……的几十位领导同志。我一看，大都是我青年时代一同"救过火"的伙伴！但，他们都成熟了，成为久经沙场的工读老将了。一张嘴就是成套的经验和再教育理论，听得我目瞪口呆。他们对办工读一致的意见是：必须坚持正面教育；必须反对惩办主义；必须立足挽救、造就人才；为此，对工读学校的教师队伍、体制、学制、教材……一系列问题也必须狠抓，狠下工夫研究……他们认为：青少年犯罪是世界性的问题，是阶级社会存在、政治动荡的必然产物。但他们仍然雄心勃勃地说：实践证明，只有在我们的社会里才有可能、才有条件配合公安工作，把犯罪的孩子成批成批地挽救过来……

但是，教育毕竟不是万能的。马克思说，人的本质……是社会关系的总和。新工读学生的野蛮、愚昧、残忍、凶暴、没有法制观念……无一不打着林彪、"四人帮"横行时期的深深烙印，带着他们打砸抢"英雄"的时代特点，并和砸烂公检法有着直接关系。犯罪的因素错综复杂，源远流长，并且是历史长期形成的，因此，也难于消灭于一旦。

有些好心的人们，奇怪为什么"四人帮"粉碎了三年，还有这么多流氓、小偷，一味指责公安部门抓少了、教育部门无能，甚至完全归咎于宣传部门和文艺部门……这些同志没有想到："病于沉疴者无虑于癣患之疾"。恰恰是因为现在整个社会正在走向安定团结，各条战线生机蓬勃、百花竞放时，流氓小偷才这样使我们刺目扎心。在林彪、"四人帮"横行时期，武斗成风，冤狱遍地，那时，谁来得及注意小偷小摸的事呢！

因此，把账都算在现领导头上，恐怕是不应该的，一味指责公安、教育、宣传、文艺，恐怕也是不尽公正的。既然人的本质……是社会关系的总和，那么，就让我们各条战线互相支持，互相配合，挽起袖子来共同打扫旧社会和林彪、"四人帮"留给我们的形形色色的垃圾吧！

衷心祝愿各条战线都能成批涌现像王胜川和他的教师集体这样具有无产阶级事业心的内行、专门家、实干家；更祝愿各条战线的领导都能把像王胜川同志这样从实践中来，具有真知灼见、勇挑重担、年富力强的内行选拔到领导岗位。这将不但使我们在解决青少年犯罪问题上，能更多更快地出现一九七九年九月三十日那样庄严美丽的队伍；也必将加速我国四个现代化的步伐，使我们年轻的共和国在十年浩劫后休养生息，像大病初起的年轻雄狮一样，迅速抖落强附在他身上的一切污秽，昂首阔步，奋勇前进。前进，前进在世界先进国家之林……

（刊发于 1980 年 4 月 26 日《人民日报》）

祖国高于一切

陈祖芬

柏林妻子

30年前。德国柏林。

俗话说：人非草木，岂能无情。即使像王运丰这样豁达的人，现在也屡屡跌进感情的深渊。他陷在厚实的沙发里，望着正在地毯上嬉戏的三个儿女：孩子们和她长得太像了！那凹陷的棕色眼睛，那举手投足之间，无一不渗透着她的音容笑貌。说来也怪，只有在她出走之后，他这做丈夫和父亲的人，才充分地领略了这一切遗传上的惟妙惟肖之处。于是孩子们那欢快的笑声，只能引起他悲凉的情思。人对于失去了的东西，总是感到分外地宝贵。她出走了，却较之她在家的时候，愈发地使他感觉着她的存在和他视之比生命更宝贵的她的爱情。

这些日子发生的事情，像旋转木马似的把他搞得晕头转向。一切都是从那个邮件开始的。那是一张祖国寄来的《人民日报》——报道了新中国成立的消息。他简直不是看报，而是吞！他一口气把那条喜讯吞了下去，然后才久久地品味着、陶醉着……当然喽，回国去！1938年他出国留学时，坐的是德国海轮。这样先进的海轮，这样超乎他想象的内燃机！世界上一见钟情的故事不少，他和内燃机的"姻缘"就由此产生了。海轮途经新加坡，几个洋人向海里扔下几枚钱币，对中国人说：谁下海捞着，钱就归谁。洋人笑着，笑得白脸变成血红；下海的中国人也笑着，笑得黄脸变成惨白。这种愚昧痴呆的笑，都是因为他们心里没有一架燃烧起自豪和力量的内燃机！

柏林到了。呵，这么多的汽车！一辆、两辆、三、四、五、六……唉，数不过来！来自人力车和马车的国土的王运丰呵，这些飞驶的汽车无疑是给他来了个下马威：你们中国造不了汽车，你们连一个内燃机厂都没有！

唉唉，中国在德国的四百多留学生，几乎谁都不学内燃机专业——回国没饭碗呵！可是难道中国就永远没有内燃机、永远没有自己制造的汽车、轮船了?!不！……

现在王运丰是西德内燃机专业的国授（国家授予）工程师，拥有着一吨多重的书。正是这些书，浓缩成他生命的精髓；而他的生命，也分解在这些书里了。书本是他生命的影子，当然要跟随他回国的。影子是不会和他自身分开的。妻子再好，也可能分开……前几天国民党在西德的便衣跟踪他、审问他。昨天半夜又有人打电话来威吓："小心点，否则我们要用手枪来对付你。"妻子吓得睡不着了。她痴愣愣地瞪着他，那棕色的大眼睛更加凹陷了。一夜之间，她变得像一朵萎缩了的花。他的心也萎缩了起来：他干了什么对不起她的事？他召集了留德同学和侨民开会，呼吁响应周总理对海外知识分子的号召，回国参加社会主义建设，而且立刻给周总理发了电报："留德同学会全体会议通过决议，表示忠于中华人民共和国毛泽东主席，并响应周恩来总理的回国参加建设的号召，请速派遣外交代表和安排留德学生回国事宜。"祖国解放前几年，国民党驻西德的机构先后三次动员他回国，他拒绝了。可这次，他偏要回，"你别走吧……"棕色眼睛的妻子哭了，泪水盈盈地望着那六间一套的家。每间房里都有大幅的地毯和贵重的家具。于是，他看见爱情在讲究的咖啡壶上闪耀，在雕花木上微笑，在地毯上伸展，在她的泪水里流淌……只有他和她才知道，他的事业加上她的爱情，才能经营起这个美妙的家庭。他们是一体的。他和她之不能分开，犹如他们那三个孩子不可能再分解成他和她的细胞一样。

但是，当她知道他回国的决心已不可动摇时，她赌气回到东柏林的娘家去了。这位柏林妻子和他竟是同样地把祖国看得高于一切。唉，人们往往津津乐道：一个共性如何使有情人终成眷属。但人们可知道，往往同一个共性，又能使眷属终成无情人？

无情？当法官宣读了离婚的判决后，她在法庭上当众就哭了起来。他真想一把搂住她说：别哭了，和我一道去中国吧，就像结婚时他拥着她走向他们的家……

家被无理查封了。家具、地毯、车库，一切都贴上了封条。根据当地法律，私自撕毁封条的，要加倍从严地法办。但是封条可封不了王运丰那急于回国建设的心，那颗像内燃机一样产生巨大能量的心。一切可能发生的凶险，都在"祖国"这个古今中外最有魅力的名词面前,变得不值一顾了。王运丰撕下了汽车上的封条。在德国司机的帮助下,他带走了三个孩子和跟随他的影子——一吨书。而财产,全丢下了。"生活中最没有用的东西是财产,最有用的东西是才智。"这话是谁说的?对了,莱辛!是呵,只要有书,有才,就可以为祖国服务。他怀着赤子之心奔向理想的境地。呵,解放区的天,是明朗的天,解放区的人民好喜欢。50年代的知识分子是天真的。第一个从西德回国的工程师王运丰,和他那三个7岁、5岁、2岁的孩子一起稚气地笑着……

"德国特务"

有人靠回忆度日,有人靠想象生活。有人因独具精神而力量过人,有人因敏于思想而陷于痛苦。人之所以成为人,就是因为有了思想。王运丰被作为专政对象,独个儿在河北蔚县的崎岖山路上担煤。他的思想却因抵抗专政而变得毫无规则。如果他能未卜先知地预料他这个留德的内燃机专业工程师在60年代中期将以担煤为生(虽然煤也是燃料),真不知当初他还能不能拼命攻读了?不过他当然还是要攻读的,否则他就不叫王运丰了!"王运丰,你老实交代,你是不是德国特务?"特务?他在德国倒是有特殊的任务。他在内燃机专业毕业后,本来满可以每两年准备一篇博士论文,到1945年,两个博士学位也到手了。但他不去考。他给自己规定的特殊的学习任务,是尽可能多学会几门技术——祖国什么都欠缺呵!于是他又去学焊接、电工、管理、铸造。铸造是冶金不可缺少的部门,但在旧中国被看成下贱活:打铁翻砂么!西德教授惊讶地打量着站在他面前的王运丰:"我没见过中国留学生学我这个铸造系的。"王运丰在铸造厂实习,每隔三四分钟就得把一只70斤的砂箱搬上机台。搬几下还凑合,一会儿就对这70斤的宝贝儿望而生畏了。那也得搬!默默地喊个号子吧:"一、二——为了祖国!""一、二——为了祖国!"10个月后,他的臂力使他在留德侨民中成了划船冠军。20多年后,他的臂力使他还能在蔚县山区担煤、运煤……

黑煤上闪烁着白雪。漫天又飞扬起雪片。1945年,炮弹皮和断砖碎瓦像雪片似的飞着。苏军进攻柏林了。柏林当局规定,居民听到空袭警报,全下防空洞。"王先生,整个楼的人都下防空洞了,你快走吧!"邻居劝他。"我就不信炸弹正好掉到我的头上。"炸弹尖叫着,偏偏来到了他的头上,他万念俱灭，只等着人生最后的刹那。一声巨响，楼晃悠着，土直往他头上掉。还有知觉？那就是说还没死？他活脱脱地蹦了起来，跑出去一看，五十米远的一幢楼成了瓦砾堆。他又回到楼里攻读。他不是不怕死。天生不怕死的人是没有的。他只是想，每次轰炸几小时，他要是往防空洞一钻，这几小时岂不是浪费了？对于一个学习癖，最痛苦的莫过于时间的浪费了：几个小时又可以吸收多少人类文明的精华！顾不上危险不危险了。一个人只有忘却自我，才能真正地发现自我。正是在忘却的时刻，他会焕发出他全部的智慧和力量，他将惊讶地看到他拥有着什么样的才能！

"王先生是我们的安慰，王先生不怕轰炸我们也不怕了。"德国邻居们信任地望着他，差点没把他当成了上帝。但是炸弹像下最后通牒似的把他的门、窗都震落了。搬家。又震落了门、窗。再搬。他终于把一叠十几张设计图交给了德国老师考核。"王先生真不是一般的学生！"他快活地在弹坑间疾步走着，好像在生与死的边界线上穿行。"王先生来了！"书店老板亲热地招呼他："我给你留出了一捆书，准是你需要的。"他和书店老板之间已经达成了这样的默契：不用他挑书，老板知道该给他留下一些什么样的书了。他又把一份咖啡送给了好心的老板。咖啡在战时因缺货配给而变得身价百倍。但是咖啡再贵重也就是咖啡。而书籍却能变出内燃机，变出坦克，变出祖国所需要的无穷尽的宝物。

天安门前的阅兵行列里，开来了一辆辆中国制造的轻坦克、水陆两用坦克和装甲车。王运丰坐在观礼台上，像父亲欣赏儿子那样，向坦克倾注着全部的情和爱。真不知是坦克因他的注视而变得威武雄壮，还是他因坦克的出现而变得这样不能自已。他回国后就担任了坦克专业局的技术领导职务。可是厂呢？只有农机修理厂，机车修理厂。衣衫褴褛的祖国母亲呵，让我们来装扮你吧！先把这几个修理厂改建成发动机厂和坦克制造厂。唉唉，师傅们还是在山沟里制造步枪的半手工业做法，没有工艺规程，做出的零件一会儿一个样。必须把坦克几千个零件的每一个工艺规程都写下来，一切纳入现代化生产的轨道！规程写了三年，以后进程就快了。原先坦克的大部件都得向苏联订货，以后订货单上开的项目一年比一年少了，最后终于全部取消了订货单，而代之以中国制造的坦克。

不过他跟坦克的缘分并不长，反而跟卡车很有缘。一辆卡车载着造反派抄了他的家，抄走了毛主席、周总理接见他这个全国先进生产者的相片，抄走了好几箱书。书是他的影子。人一旦连影子都给剥夺了，将是怎样地凄苦！另一辆卡车拉他游街、批斗："无产阶级革命造反派的战友们，他，是一个彻头彻尾的德国特务！他的柏林老婆还到中国来串联过！"唉，柏林妻子！他离开柏林时，把本想留给她的小女儿也带走了——愿思念女儿的心情使她回到他的身边来吧。他给她邮去了路费，一年年地等着，终于把她等来了。他怎么也没想到这期待中的会见又这样地激动着他。在匆匆的一瞥中，他就把对于他是那么熟悉的她的身影、她的一切都看清楚了。"亲爱的，我们再也不分开了！"她笑了。她又伤心了：孩子们的德语说不利落了。因为前不久他出差了7个月，孩子们没人管了，就把德语忘了一半。可是他总得下去开展工作呵。他吻别了妻子，又走。妻子回来一年多，他走了倒有8个月。他怎不想想，这个数字对一个不懂中国话、又对德国有着深深的眷恋的妻子来说，意味着什么！何况当时又正逢困难时期。"你看人家全家去德国了，我们一起走吧！"妻子痴愣愣地瞪着棕色眼睛，做着最后的努力。火车门关上了。妻子的泪水一行行挂在车厢玻璃上。他追着启动的车厢想说，想说什么？唉唉，全忘了，忘了。他只是用内疚的、失神的眼睛看着她，眼睁睁地看着火车载走了他的爱、他的心。他的胸膛一下空虚了，只有火车的隆隆声在他那空荡荡的胸膛里撞击着、回响着……

卡车的隆隆声在野地里显得孤单单的——又是一辆卡车把他送往蔚县监督劳动。押送"德国特务"的人戒备森严地拿着枪。其实，为确保安全起见，他们不妨先枪决他领导下设计的坦克。卡车途经八达岭。雪把他的胡子、眉毛都染白了。黑夜里他只见野狼闪着碧绿的眼睛。他柏林家的地毯就是这种绿色。现在要是能把这地毯裹在身上就好了。在这大冬天里坐卡车，身上冷得就像穿了皇帝的新装——什么也没穿！也许今晚就冻死，连同他的知识一起消亡。培根说知识就是力量。但是知识碰到暴力，毫无招架之功；知识分子碰到秦始皇，也只有束手待坑……

雪，纷纷扬扬地下着。漫天大雪使天地之间成了个大雪坑。王运丰在蔚县的山路上挑着一担煤，一步一停地向山上爬着。爬了半天好像还只是停留在雪坑的坑底。好大的坑呵……

中国母亲

一个人在平静的时代生活、工作，他也许永远也不会懂得什么叫解放。当王运丰重新获得工作的权利时，他的感觉犹如一个刚走出监狱的人，来到充满阳光的天地里,感到了令人目眩的光明、自由和解放。他的知识和才能,原先就像是一群拥挤着给关进笼子的小鸟,现在要把它们统统放出来,让它们冲天而起,展翅飞翔了。唉唉,要干的事情太多了。60多岁的人啦,他是恨不得把每一分钟的时间拉长。有些人受了委屈,或是疯狂地对社会挥着拳头,或是颓废地失掉了自信。一个人要是对自己都不信任,还会信任什么真理呢?——王运丰摇着头。他自信他的才能,他的价值,所以他这个"德国特务"偏要给周总理写信——给我工作!可惜总理已病了。他又给邓副总理写信,不料"批邓"开始了。1977年他再给华主席写信,于是应邀出席了国宴,获得了工作的权利。

是呵,只要能为祖国工作,他什么都可以不计较——贫困、委屈、凶险、一切。1960年苏联撤退专家,某柴油机厂陷于困难境地。"领导同志,让我去支援这个厂吧。""老王呵,那是重灾区,你知道吗?""怎么不知道?我刚从那儿出差回京么。那儿,已经有人吃树叶了。""你能受得了?""那儿的上万职工都受得了,我为什么受不了?我还要把3个孩子都带去。整个家迁去!"

"厂长同志,你们厂哪个部门最吃紧?"王运丰问。"铸造。不过铸造车间最脏、最累——""我来主管铸造车间。"王运丰毫不怀疑当年他在德国铸造厂搬那70斤重的砂箱时,就预感到有一天会在中国的铸造车间里大显身手了。他和职工们改善了车间管理,稳定了产品质量。

人们往往以为,一场战斗胜利结束了,就可以痛快一下。但是王运丰是这样疲乏,以至没有精神来享受曾经那么期望着的胜利的日子。是的,只是在任务完成了之后,他才一下感到精力衰竭,难以支付生命的需要。生活是苦呵。"李师傅,你怎么没吃饭去?""王总,是,是这样,我粮票没了。""李师傅,拿着,快买饭去!""三斤?!""快去!"他回家了。孩子们饿得用自来水把生高粱面冲得稀稀的,当饭吃呢。可怜的孩子呵,爸爸怎么忍心看着你们挨饿呵!他晕倒了。营养不良性关节炎、脊椎硬化,等等,他近乎瘫痪地卧床了。一般的人,谁不愿意生活得好一些,活得长一些,留给子女的钱多一些。老年得病难免会想这想那。但是他最揪心的,是他的才能没有得到预期的、真正的发挥。就说在柴油机厂吧,书记很好,带头吃苦。可工厂是多头领导,总工程师制又没建立。他这个党外人士又只能担任副职。他的职权范围就相当有限。想作一些重大的改革,无职无权,无法推广,才能施展不出来呵!医治这种制度上的弊病,比医治营养不良性关节炎要难多了。

当他干活的时候，他只有一个要求：不要把他的手脚束缚起来。但是难呵，总有一些绳索从他的前后左右伸将过来……1975年，他靠边站时，有一位老上级请他到南京帮助筹建电子计算机站。他是个给剥夺了工作权利的"德国特务"，到南京去当临时工，政治上可是担风险的事。但他说去就去了，就像当年走向重灾区。他从大量的技术资料中，发现外国某公司提供的电子计算机，和合同中规定的型号不一样。这是一套拼凑的旧设备，连正规的出厂合格证都没有。可我们的干部说，"我们已经验收了，而且支付了货款的95％。""不能听任外商欺骗！""客人是我们请来的，别谈电子计算机的问题。"王运丰震惊了：这么奴颜婢膝！是呵，往往愈是真心实意地学习外国先进技术的人，愈是有自力和奋发的精神；而排外的人，往往走向媚外。科学使人格高尚，而无知使人格萎缩。

"我要上国际法庭控告你们！"外商想先发制人。

真闹出事儿来，王运丰当然是罪加一等。那么又会有一辆卡车把他带走。也许是囚车。不过他这时倒冷静了：其实死也是生活的一部分，不值得大惊小怪的一部分。当初轰炸柏林时，年轻轻的都不怕死，何况现在？人要是能死在他所爱的事业上，那也就找到了最好的归宿。可是孩子们怎么办？这些年他们插队、掏粪，而且因为那显而易见的外国血统而给人围观！活着，还能送去一片父爱……唉，人老了，更重感情了。这三个孩子从小离开了妈……当初在柏林法庭上离婚的劲头哪去了？我是个科学家，一个热爱祖国母亲的科学家。母亲可以一时错怪她的孩子，但我不能不爱母亲。让我们感谢祖先传给我们的这种默默的献身精神吧！我已经和计算机站的领导和同志们研究了一切材料和数据，我们决不能花钱买一架废物，更不能让外国人把中国人当作废物。"科学是使人的精神变得勇敢的最好途径。"布鲁诺又在给我以启示了……

勇敢战胜了欺骗。外商同意交一套新产品："你们中国还是有人才的。"

还是有人才的？仅仅"还是"？不，我们有的是人才！但是在我们这块充满着人才的土地上，还延续着一种扼杀人才的习惯：有些掌握科学而不掌权的，得服从本单位掌权而不掌握科学的；有些想干且知道怎么干的，得服从不想干且不知道怎么干的。在两种对立的精神品质的阴错阳差、东拉西扯中，人才还在给消耗着，但是人们往往不震惊，不愤怒，因为这一切都已习惯了。而习惯是一种何等不可思议的力量！它能把一切可笑的和可泣的、可怜的和可叹的、可鄙的和可赞的、可恶的和可爱的统一起来,维系着一个伟大而落后的国家。

"王院长,您来了!"是的,在五机部党组、国防工办和王震副总理的一次次关心下,王运丰副院长沐浴着党的政策的春雨,来到了五机部科学研究院。"王院长,您来了!"是的,他又来到了以人相待的社会里,重新感到在人和动物的千差万别中,还有礼貌这一说。而礼貌,正是对人的价值的肯定。他回国30年,实际工作时间只15年。其他时间除了挨斗、靠边,还有让他干坐办公室。他本来可以创造多少价值?他自己无法估计,更无暇估计。他又忙于筹建电子计算中心。"如果说,机械化是19世纪进入20世纪的一个象征,那么,电子计算机科学将是从本世纪过渡到21世纪的重大标志。"——他什么时候成了电子计算机的义务宣传员了!他什么时候变得这么交游广阔!他几次去西德寻找30年前的同学、老师。在国际合作中,有时私人友谊比官方谈判更起作用。他联系派遣了一批中国实习生去西德学机械制造业,又几次请来西德的专家、教授来我国讲学,进行造船、建工等方面的合作。"王先生,"柏林大学的老校长望着他30多年前的学生:"在我有生之年,能为中德教育合作建立关系,是最大的愉快。"而王运丰也感受到一种意识到自己的价值的愉快。可是我们的行政效率……直到他第三次赴德找老校长时,教育合作才刚有所进展,而这时,老校长已过世了……

我们有些当领导的,往往把精力花在如何转动官僚主义的机器上,而不去转动生产机器,去提高生产力。当我们很多人恨不得把每一分钟拉长的时候,偏有一些人在把每一分钟掏空。制造冤案的时代过去了,但是那种因循的习惯,却像幽灵似的戏弄着勤勤恳恳的人才们。母亲老了,往往有些怪癖。好在祖国母亲现在是又古老又年轻:既有老人的涵养和怪癖,又有年轻人的朝气和冲动。我们作子女的,应该关心的不是母亲给了我们多少,而是我们是否帮助了母亲!说起来,王运丰被抄走的书至今没退还。他在"牛棚"被迫写的材料,也没退还。"造反派"为了给他强加罪名,硬把他这中农出身改成"富农",也至今不更正。他的住房还是那么紧,他那些没被抄走的书,也只能继续封存在板箱里——没有地方摆出来。一位西德专家来他家做客时,他很怕有伤国体:"我这间房又是卧室,又是书房,又是饭厅,又是会客室。""不,王先生,这已经不错了。你记得吗?战后我那间屋连窗玻璃都没有,只好用X光胶片贴在窗框上。"

好了,伤感使人衰老,牢骚使人不思进取。王运丰毕竟找到了他的幸福,他从 1938 年出国留学时就希冀着的幸福：为祖国奉献才能。人是要有信念的。在古今中外人类发展史上，信念始终是动力。王运丰在科学的道路上探索了一辈子，他确认的最伟大而又最平凡的真理，则始终只有一条：祖国高于一切！

（刊发于 1980 年 10 月 2 日《人民日报》）

报告：我们打了一个大胜仗
——四川抗洪救灾记事

马识途

现在小阳春已经来到了巴山蜀水，阳光灿烂，空气温馨，今年的雨季确定无疑地过去了，一个多月前那样暴雨倾泻、江河横溢的灾难也过去了。经过四川人民三个月抗洪救灾的努力，大地复苏，灾象大变，在洪水扫荡过的土地上又涌现了一片片新绿，在城镇的废墟上又出现了一座座新房，地坝里又堆积着翻晒的金黄色稻谷，粮站外面又排着卖余粮的长龙，乡场上又出现熙熙攘攘的热闹景象。城市里时鲜蔬菜泛着水汪汪的翠绿颜色，大批被淹没的工厂已冲去污泥，擦亮机器，恢复了生产，职工们正在为"百日立功运动"而日夜奋战，百年不遇的特大洪灾所留下的灾难痕迹，正逐步被英雄人民的双手洗刷干净。现在是到了召开全省抗洪救灾庆功大会的时候了……

一

今年从6月下旬到9月初，60多天时间里，四川连续下了六场暴雨，许多地方一天内降雨一两百以至350毫米，真像有个龙王爷，汲取千百万斗东海水，从漆黑的云头，乘着呼啸的飓风，突然喷泻在四川盆地。一时从高山深谷，百川千水，挟带着泥沙石头，滚滚而下，涌入长江，顿时江河横溢，洪水滔天，到处一片汪洋。据统计：全省有135个县遭灾，其中许多县连续遭灾两次以至三四次。受灾人口约2000万。被淹县城57个，城镇776个。淹没房屋237万间，其中冲走倒塌153万多间，致使百余万人一时无家可归。粮食冲毁5亿斤。大牲畜冲走5万头。受灾农作物1756万亩，其中无收的459万亩，彻底冲毁的耕地147万亩，少打粮食约30亿斤。水库垮塌45座，有险情的733座。冲毁渠道11000公里，堤防913公里。3100多个工业交通企业受灾停产，无数商店停止营业。一个电站和6个变电站被淹，31条高压线断电，527条电报电话线路中断。通省外的铁路全部不通，许多大桥冲断，路基被毁，公路断道523条，冲坏桥梁324座，冲毁码头45处，损坏船舶124艘。中小学受灾16619所，370所被冲光，校舍损失256万平方米。受灾医疗单位1302个。这便是特大洪灾给四川人民带来的损失。

请不要小视这些枯燥的数字，这要在旧社会，是可以使一个省元气丧尽的，那不知要淹死、饿死、冻死、病死多少人，不知要有多少人离乡背井，不知要多少年才能恢复生机。就以合川县1945年的洪灾来说，水涨30米，淹死1000多人，接着瘟疫丛生，又死1000多人，城里两月不见炊烟。今年涨水33米，才死了3人，没有瘟疫，水退几天后就百业开门了。有的老人说：旧社会遭灾后，逼租的来了，放高利贷的来了，瘟疫来了，盗匪来了。现在受灾后，干部和解放军来了，国家支援来了，医疗队来了，慰问团来了，两种"来了"大不同，新旧社会两重天啊！在庆功大会上许多代表说，这样百年不遇的洪灾，救灾救得这么及时，生产恢复得这么迅速，人心这么稳定，物价这么稳定，社会秩序这么稳定，而且没有疫病流行，旧社会办得到吗？这么一想一比，大家由衷地说道："还是社会主义好！"

二

这次四川抗洪救灾，对四川的党组织是一次严峻的考验。这里，且不说洪灾发生之后，四川省委、省政府、成都部队直到县委、县政府的领导同志，如何身先士卒，赶到抗洪抢险第一线，指挥战斗并亲自参加战斗的，也不说省委第一书记和军区司令员怎样冒着生命危险，坐上飞机，在雷鸣电闪中，穿云冒雨，飞到滔天洪水上面，视察灾情和指挥救人的，我想说一说我们党的基层组织和普通党员，在灾难临头人民遭难时是怎样行动的，群众又是怎样评判他们的。

我先摘记重庆市北碚区委报告中的一段内容：在这次与洪水搏斗的过程中，我们区的党员发扬了党的光荣传统，不怕苦，不怕死，身先士卒，带头上阵，哪里困难哪里去，哪里危险哪里去，多少党委书记、支部书记跃身激流，不计安危。有的党员挺身而出，将身上的钱包交出来，说"这是我的最后一次党费"，便跃进洪流去了。有的党员支撑着动过5次手术的虚弱身体，连续冒雨苦战三天两夜，直到昏倒在地。有的党员冒险泅渡10次，为被围困的群众送米送菜送干粮。共产党员、黄桷派出所政治指导员邓瑞甫和干部肖肃、工人姜建中，听到被洪水围困的群众紧急呼救声，不顾水急浪大，明知前面有落水高压线，也冒险划一只橡皮艇渡河，不幸触上高压线，献出了他们的宝贵生命。

我记录了两个群众的谈话："好多支部书记，好多党员，不会游水，和我们站在齐腰的大水中，浸泡一天一夜，转运物资，抢救老弱，有的家里也淹了水，垮了房子，孩子落了水，也顾不得回家去看看，我们一同淋雨，挨饿，生病，同生同死呀。古代大禹治水，三过家门而不入，万年传颂。我们这里的党员干部五过家门、七过家门、十过家门而不入的多的是。这真是万千大禹治蜀水呀！"

我再说几个具体的人物。成都东风食品厂六十几岁的支部书记侯忠玉，当洪水淹进工厂时，不顾自己有高血压病，和年轻人一样抢运上百斤的原料包，连续抬了30几小时不歇气，滑倒了又爬起来抬。这时忽然传来他的女儿和外孙女落水死了，他晕了过去。醒来以后，仍忍着悲痛，又带领大家完成了为灾民制作一万斤空投干粮的任务。大家劝他回去看看，他不走，说："不行，这个时候我不能离开岗位！"当晚，他又到厨房，亲自操刀切肉，为夜班工做饭。他的行动，使一个平时表现落后、对侯书记的批评不满的青工的思想震动很大。这个青工对他说："侯书记，我算佩服你了。"这个青工从此也变了，坚持上夜班，抢修设备，表现突出，前后判若两人。还有个农村支部书记王一基，他把被洪水包围的500多群众转移到一个高台上以后，水又淹了高台。他就和青年一起加固高台，把老人、妇女和小孩安排在中间，他和青年们手挽着手沿着高台边筑成人墙，在水中站了一天两夜，洪水退后，群众安然脱险。广汉三水供销社党支部在洪水到来时，5个支委和22个党员，没有一个人顾及自己被水淹的家，而是全力抢救国家财产，晚上水退了，满街漆黑，他们蹚着水把蜡烛和饼子送到每家每户，第二天一早就烘干炉灶，坚持开门营业，以应群众需要。他们说："洪水只能冲垮河堤，共产党员组成的堤岸是冲不垮的。"群众叫他们是"冲不垮的供销社"。

党支部是这样，县委怎么样？新津县委就是一个抗洪救灾的模范县委。洪水涌来时，县城和县境内的低洼地带全部被淹。县委书记、县长和人大常委主任带领县委和县政府的干部们，都到了基层抗洪前线，和群众一起不眠不食，连续日夜战斗，人员无一死亡，财物损失较少，农作物受害较轻。这个县委还及时提出"无灾大增产，轻灾不减产，重灾少减产"的口号。这并非说大话，是要秋后兑现的，现在可以说兑现了！

面对这样的党员，面对这样的党组织，群众评价说："还是共产党好！"

三

在这次抗洪救灾的前线，无一处没有解放军，无一处不是解放军打头阵，他们发出"灾区就是战场，救灾就是打仗"的口号，冒着瓢泼暴雨，冲进急流恶浪，从摇摇欲倒的房顶上、阁楼里、险巷中背出老弱妇孺，从大浪中漂浮的房架、木板、桌椅上救出奄奄一息的落水群众。有个在对越反击战中负伤7处的连长，还是像在前线踏过地雷区一样，走在前头，喊一声："跟我来！"就第一个扑向洪水了。重庆某化工厂有26支装剧毒无水氟化氰的钢瓶，如被洪水浸泡，将会强烈爆炸，严重毒化江河。这些钢瓶，都是解放军冒险背了出来的。当一大片木头和杂物滚滚而下，严重威胁沱江铁路大桥的安全时，是解放军战士，一个个奋勇扑向翻滚的漂木，一根一根拖到岸边。是解放军在激流水口筑成人墙，拼命抢住被水冲流而下的几十根圆木，有的因此被撞伤，有的被冲倒，但是谁也不让步。把受灾群众抢救出来，送水、送饭、送药、送衣服的是解放军；水退以后，为群众安排住房，修理危房，清洗街道污泥，打扫厕所，消毒防疫的是解放军；冒着危险驾驶飞机，穿过雷电和峡谷，送省委和军区首长去视察灾区指挥救灾的还是解放军。

这里，我还要说一说成昆铁路上断桥河边解放军救人的事迹。位于凉山利子依达沟上的铁路大桥，被暴雨酿成的巨大的泥石流冲断了。刚好有一列客车运行到那里，冲向断桥，车头和两列车厢滚下了河，附近的解放军驻军闻讯后，立即冒着暴雨，跑步几十里，同列车上还活着的乘务人员和受伤的旅客，一起救死扶伤，到淹了水的车厢中寻找和抢救受伤旅客，把他们一个一个背了上来，有的解放军和乘务员双膝跪地，抓着乱草往上爬，只见长长的陡坡上留下了一条血路。被救起的人眼泪簌簌直流，感动地说："你们用鲜血换来我的生命，我一辈子忘不了你们的恩情。"

在那些日子里，人们说得最多的，还有一句话："还是解放军好！"

四

这次四川抗洪救灾，我们的普通群众，同样表现出了十分可贵的先公后私、舍己为人、不畏艰险、团结战斗的英雄气概。被中央慰问团和广大群众誉为"抗洪八勇士"的事迹,就是以这种英雄气概谱写的一曲凯歌。八勇士是遂宁猫儿洲的8个社员。他们为了抢救集体财产,陷入洪水包围,登上房架,他们听到党支部书记隔河喊话:"团结一心,争取生存,扎木筏子漂流。"便把衣服撕成片片扎好木筏,不料又被大浪卷入激流。8个人5男3女,只有两人会游水,5个男社员把3个姑娘放在中央,然后围坐一圈,由两个会水的前后撑筏。大浪像山一座一座压过来。他们始终抱成一团,沉浮100多里。他们穿过涪江大桥,翻过龙凤电站,渡过黑神庙、张飞梁、老虎嘴、闯闯岩等一道又一道险关。中途,筏子要散架,3个姑娘叫会水的快泅水上岸逃命,不要管她们了,只要他们回去安慰爹娘就行,可是会游水的说:"我们决不离开,大家都为保护集体财产一起来的,只要我们在,就有你们在,我们8个人一个也不能少!"大家互相关心,互相鼓舞,一直流到潼南玉溪镇,终于被党派来的抢险机动船把他们从昏迷中救了起来。一到岸上,党委和镇上的人都来慰问,请他们去家里住,给他们浇水洗澡,送衣服,请医生看病,照顾得无微不至。回遂宁的路上,老船工为他们冒险撑渡,不相识的社员为他们引路、送馒头,果园的社员为他们摘梨子解渴,汽车司机热情地请他们搭车,他们说:"真是百里归家,处处亲人呀。"

富顺的船工们,在洪水中围猎大罐那场斗争一时传为佳话。这个大圆罐内装酒精,有十几米高,30几吨重,被水从糖厂冲了出来,正乘着13500立方米每秒的流量,以每秒5米多的流速,横冲直撞而下,碰到什么,冲垮什么。这个祸害如果冲入长江,奔出三峡,撞向葛洲坝,很难想象会造成什么样的灾难性的后果。擒住大罐,便成为大家很关心的事!富顺的船工们不愧是英雄,他们冒着暴雨,在滚滚的洪水中,和不断翻滚的圆罐周旋。爬上去掉下来,总拴不住它;等拴住了一拉,它又把钢绳绷断跑掉了,有时还气势汹汹地向猎船冲来,时刻都有船毁人伤的危险。船工们就这么在江上围猎,擒而复失,几经波折,才使大罐就范,扫除了隐患。是的,为了葛洲坝的安全,灾区的船工和群众曾在江河上展开了一场拦截漂浮物的斗争。不说别的,一百几十万间流入长江的木构房子,就够清除的了。而宜宾一带还拴着十几万立方米的木排,如果一旦脱缰而去,冲出三峡,后果更不堪设想。英雄的船工和放排工人们日夜守候在木排的周围,准备捕捉,他们眼睛盯着的是木排,心里想着的却是:葛洲坝,葛洲坝!

还需特别一提的是,我们的青年在这次抗洪斗争中立下的功勋。他们是一支最活跃的力量。在洪水冲击着城市、乡村,危及人民生命财产的每一个地方，都可以看到他们奋战的足迹。三台县18岁的青年邓长青，路过清溪，河水猛涨，小溪上的小桥已被淹没，一群女社员要到对岸去加工粮食，不敢过桥，邓长青毫不犹豫地在被水淹没的小桥上往返十几次，把粮食运到对岸，又一个一个地搀扶女社员过桥，有一个年纪小的社员过桥时，由于桥板打滑，和邓长青一起掉进溪水中去，邓长青把个人生命置之度外，奋力把小社员顶向岸边，小社员得救了，邓长青却被洪水卷走，献出了他年轻的生命。万县市待业青年刘伶，是一个年老病重的荣军的儿子。这次洪水来了，他把许多孤老病残的人一个一个背到安全地带，又用家里的木板扎成筏子，为受灾群众运送东西，传送信息和报告水情。为困在屋里无法上厕所的居民，挨家挨户倒屎罐子，不怕脏，不怕累，干了好几天，有人说他"站班子（丢丑）"，他说："对人民有益的班子我愿意站，我要做一个心灵美的人。"金堂赵镇也有一个待业青年叫郭代富，他不接受一个单位给钱叫他去搬东西的要求，却自己驾起一叶小舟，在洪水中飞驶，哪里有呼救声，就划到哪里，不怕激流漩涡，不怕墙塌屋垮，在一天多时间里，救起了200多人，许多眼见无望的老弱病残，他都一个一个救出，背到安全地带。有些人感激他，要给他钱，他一分也不要，说："人我要救，钱不能收。"他还把自己身上仅有的9元钱拿出来买干粮送给大伙吃。遂宁青年社员邱盛春的家是当地闻名的"冒尖户"，他看到洪水涌来时，置自己刚刚添置的全新结婚用品于不顾，冲出家门，四处救人，把困在水中的35名老人、妇女和儿童全部救出。人救完了，他家新盖的大瓦房也轰然塌倒，一件东西也没抢出来，人们说："我们被救了，你的家都冲光了，我们多难受。"小邱说："万元家产买不了乡亲的性命，只要人活出来了，败了家，还会兴起来的。"

五

四川这次遭到特大洪灾，损失很大，但是在中央关怀和全国人民支援下，一亿人团结互助，自力更生，奋发图强，生产自救，以惊人的速度重建家园，恢复生产，取得了很大成绩。工厂已经全部恢复生产，通外省的几条铁路经过一万多名职工和铁道兵的日夜奋战，都提前通车了。农村正在重建家园，粮食虽损失不下30亿斤，然而估计还能保持去年生产水平，说不定还能小增产，确实已经做到省委提出的"两个保持"（工业、农业保持去年水平），"三个稳定"（人心稳定，物价稳定，社会秩序稳定）。这是多少人殚精竭虑，艰苦奋斗的结果，有着多少可歌可泣的故事呀！

　　内江棉纺厂是受灾最重的骨干工厂之一，全厂淹没，机器埋进泥沙中，原估计3个月难以恢复。但是洪水还没退尽，职工和家属们就纷纷踏进工厂，冲洗机器和车间积泥，清理管线，抢修设备。四川的37个棉纺厂，发扬一方有难八方支援的协作精神，派出了480名技术过硬的技术人员和工人，自带工具，自备费用，参加抢修，用了43天，便恢复了生产。重庆卷烟厂也是10天后就恢复了生产，当天达到灾前生产水平，第二天创了新纪录。在农村灾区，你可以看到：洪水还没有退尽，大人小孩就顶着毒太阳，下田去一棵一棵地扶苗洗苗。一些社员，在肥田被冲光只剩下一片白沙卵石上面，挑土造地，赶种晚秋。大地又染上了一片绿色。一些群众，还解囊捐款，以表他们对救灾斗争的支持。成都印刷二厂的八十一岁的退休女工丁双莲，把她几十年积蓄的5306.8元，一分不留地拿了出来，支援受灾工厂。谁都知道这些钱有一部分是她多年栉风沐雨，捡拾废纸，一分一分地积攒起来的呀！成都有12个待业青年，把他们捡骨头鸡毛积存下来的110元捐了出来。金堂一对青年把多年积下的结婚费用以"人民的儿女"的名义邮汇了来。许多小学生把一分一角零用钱和小铅笔也拿出来送给灾区小学生。至于到接待站来送衣服、用具、粮票、杂物的更是络绎不绝，汽车运，三轮车拉，自行车驮，肩挑背扛，熙来攘往，就更热闹了。而在农村，一些没有遭灾的社队，则开展"一根树、一把草、一个工"的支援活动，组织几百上千人的队伍，自己带上木料、竹子、麦草、种子和肥料，浩浩荡荡地开到灾区去帮助遭灾的阶级兄弟重建家园。

（刊发于1981年11月7日《人民日报》）

美的探险者

鲁 光

在人们的印象里,一个自由体操的世界冠军,一定有一副很"帅"的身材——修长而健美。然而,在他身上,却看不到这些美的特征。他身高只有1.54米,矮墩墩,虎头虎脑,地地道道的五短身材。如果不是穿着洁白的体操服,如果不是站在体操毯上,谁会相信他是一位体操选手呢?倒常常误认为他是一名举重运动员。但这位身段并不优美的中国小伙子,却独创了一种有着巨大魅力的惊险美,致使国内外观众为之倾倒。他就是李月久。

鸡属虎

李月久宿舍的墙上,挂着一幅画,一只鸡站在一块巨石上,置身于黄灿灿的迎春花丛中,引颈长鸣。鸡的两边,贴着两张"虎"。鸡虎混杂,实在有点不协调。兴许是小伙子缺少点艺术细胞吧?

当人们面壁纳闷时,李月久会饶有兴味地告诉你:"我二十四岁,属鸡。可我特别喜欢老虎,喜欢老虎勇猛的性格。看来,我这只'鸡'是属虎的。"

说来也巧,今年年初,李月久在全国十佳运动员发奖大会上,又得了一只"虎"。这只"虎",出自大画家胡爽盦之手,画得惟妙惟肖。仿佛可以听到猛虎下山时惊天动地的长啸。画家在右上角题写了四个苍劲有力的字:"搏出威风"。

这件奖品最称李月久的心。是啊,他就是一只虎,一只为祖国荣誉搏出威风的猛虎!

1980年8月21日夜,在美国哈特福德市的一座方形体育馆里,教练员高健轻轻拍打了一下李月久的肩膀:"上场!"

也许是李月久的身材在这个高大的现代化体育馆里,实在显得过于矮小了,他刚一出场，就引起一阵骚动。哄笑声、交头接耳的议论声，汇成了一种巨大的声浪，在体育馆的空间嗡嗡回响。李月久心里明白，这声响是冲着他来的。他一点儿不生气，不慌不忙地向裁判举了一下手，心想："等着瞧吧！"

今晚的第一项比赛是单杠。他轻轻纵身一跳，灵巧地抓住了高高横在头顶的杠子。他的杠上动作，那么娴熟，那么新颖，那么高难惊险，那么干净利落，就连他那矮墩墩的身子，也已经变成了一种令人惊叹的美。一切声音都消失了，观众的目光，犹如千万条探照灯光柱，紧紧追逐着李月久那处于激烈运动中的身影。

大回环，反转正，后空翻180度抓杠……这是一个成败的关键动作！他感到杠子有点软，不太适应。如果抓杠时离杠远，虽然没有危险，但有可能抓空而被扣零点五分。如果离杠近一点抓，虽然有碰杠的危险，但抓不好也只扣零点二分。而这零点几分却关系着祖国的荣誉呀！宁可冒点风险，也要离杠近一点抓！糟糕，他的嘴唇真的撞到铁杠子上了，而且撞得那么重。他感到下嘴唇火辣辣地疼。啊，已经撞裂开一个大口子了，鲜血喷洒而出，溅落在他的脸颊上、体操服上，溅落在站在杠下保护的高教练身上……怎么嘴里还有半颗牙齿呢？呵，那一定是铁杠子把门牙撞碎了。他没有丝毫停顿，不顾一切地继续在杠子上做着各种高难动作……

当李月久下杠时，高健上前一瞧，惊讶得差点叫出声来：伤势太重了！

李月久躺在长条矮椅上，闭着眼。高教练关切地问："月久，怎么样？"

李月久睁开那双细长的眼睛，艰难地张开嘴，说："一点外伤，没有事的。放心照顾他们去吧！"

随队的林大夫小心翼翼地擦洗着他脸上和嘴上的血迹，伤口露出来了，下嘴唇已经断裂。林大夫急忙在伤口上撒上止血粉，用胶布把断裂的伤口粘连起来，然后用一团纱布捂在伤口上，让李月久用牙咬住。

"送医院吗？"高健望着医生，担心地问。

月久嘴里咬着纱布团，无法用语言表达自己的意思，一个劲摇头。不一会儿，洁白的纱布团就被渗流出来的鲜血染成嫣红的了。

高健是那么激动，仿佛是对自己，又仿佛是对站在周围的队员，轻声而动情地说："现在是我们为祖国出力的时候呀！"

李月久深深地点了点头。他太懂得教练的心情了。四年前在马尼拉的那次"西瓜宴"，至今历历在目。那一次，李月久在亚洲青年体操比赛中，获得个人全能第四名。前三名都被日本选手夺走了。说来也怪，李月久却输出志气来了。当夜,在马尼拉的旅馆里,他对教练高健和队友黄玉斌说:"日本队员年龄比我们大,我们的技术和他们差不多。我看,以后可以'吃'掉他们。"一谈起赶超日本,七嘴八舌,个个豪情满怀,屋里的空气热烈得快要爆炸了。运动员是不许喝酒的,而且房间里既没有美酒,也没有汽水之类的饮料,只有华侨送来的几个花皮西瓜。高健灵机一动,建议说:"就拿西瓜当酒干杯吧!"李月久把西瓜切成一小块一小块。每人高举一块,互相碰一下,说:"为了赶超日本,干杯!"

"西瓜宴"已经过去了一千多个日日夜夜,但"西瓜宴"上立下的誓言,却不停地在月久的心灵深处回响。天长日久,这声音愈来愈响。

这次哈特福德国际体操邀请赛,是一次对抗在莫斯科举行的奥林匹克运动会的世界高水平比赛。今晚是团体赛,正是与日本队比个高低的绝好时机。在实现誓言的这种关键时刻,他能退却吗?不,绝不能!他艰难地对高健和身边的队友们说:"轻伤不下火线。豁出去,拼了!"

这是一次不同凡响的严峻考验。因为单杠比赛之后,还有5个项目的比赛。也就是说,离比赛结束,还有两个来钟头的漫长时间。血还在慢慢地渗流,他能顶下来吗?

第二项自由体操比赛开始了。李月久取下了咬在嘴里的带血的纱布团,昂然向场内走去。他的跟斗翻得又高又飘,真是快如闪电,疾似流星,轻如浮云,获得了9.9的高分。哪里看得出他是一个挂了彩的伤号呢!但当他走下场往矮椅上一躺,那严重的伤情又展现在人们眼前。用胶布粘连的伤口,因刚才的激烈运动,重新裂开,鲜血又在流淌……

在场的每一个人,都被他这种浴血奋战的精神深深感动。医生用颤抖的手撕去了那带血的胶布,重新在伤口上撒上止血粉,用胶布粘连伤口,重新捂上一团白纱布……

比赛一项接一项在继续。李月久带着重创顽强地夺取着一个又一个高分。跳马时,从伤口喷溅出来的鲜血,不幸洒落到双眼里,使他睁不开眼睛,落地时看不见地面,往后一趔趄,扭伤了脚腕,关节错了位。他硬是忍着钻心的剧痛站稳了。当电动显示牌亮出9.7分时,他站在那儿,迈不开步子了。高健上前扶住他,一边往外走,一边兴奋地告诉他:"前五项,我们超过日本了。"

这是一个多么鼓舞人心的喜讯啊!看来,今晚中国队真有希望赢日本,夺取团体冠军了。医生在给李月久擦洗脸上的血迹时,他恳求道:"大夫,采取点临时措施吧！我还有最后一个项目呢！"

医生向来是冷静的，但在这员虎将面前，他的心也不禁激动得跳荡起来。他为李月久的脚腕正了位，并用胶布作了局部固定。李月久站起来，在地板上蹬了蹬。疼痛，剧烈的疼痛，使他全身冒热汗。他强忍着，开始了最后一个冲刺……

中国体操队终于有史以来第一次战胜了曾经获得过十多次世界冠军的日本队。战友们紧紧地拥抱李月久，激动地说："月久，这个冠军可来之不易啊！"月久嘴里依然咬着一团带血的纱布团，但他含泪欢笑了。

当他来到医院时，已经是深夜11点多钟。美国医生为他缝了9针：里面4针，外面5针。

"住院！"美国医生不容商量地说。

困倦、疲劳和麻药一起袭击着他。他全身松弛下来了，闭着眼，正沉沉欲睡。"住院"两个字，像电流击中了他的中枢神经，使他猛然惊醒。他睁开眼，用恳求和执着的目光，望着美国医生说："不，我不住院。我还要参加单项决赛呢！"

美国医生也许从来没有见过这样的伤员，惊讶地摇摇头，说："伤口发炎怎么办？"

李月久冲医生笑了笑，说："谢谢您的关心。不过，我还得走！"

第二天，伤口没有发炎，但脚腕肿得很厉害。高健坐在床前，一边给他按摩，一边关切地问他："月久，单项决赛你是不是……"

不等教练说完，月久就表示："我能顶下来！"

医生决定给他注射麻药，可脚腕无感觉，那么高难、激烈的动作怎么做呢？弄不好还会骨折。后来还是用纱布给他缠了脚腕。

单项决赛的头一个项目是自由体操。李月久是中国运动员中头一个出场的。战友们都为他捏着一把汗。但他自己很乐观。他眯着那双细长的眼睛，风趣地说："我去开个头，升旗！你们紧跟着奏国歌！"

上场前，为了动作起来灵活，他俯身把缠在脚腕上的纱布解掉。虽然自由体操只有50秒到70秒的时间，但在这短暂的瞬间，他需要付出多大的毅力呵！

他那健美而又惊心动魄的自由体操表演，又一次征服了观众和裁判的心。9.9分，他终于荣获了冠军！

李月久瘸着腿，艰难地向领奖台走去。英雄呀，月久！你的胆，不是一颗普通人的胆，而是一颗英雄虎胆啊！

探险者

体操是一种美的旋律！无论是舒徐的美，矫健的美，还是惊险的美，对观赏者来说，无不是赏心悦目的艺术享受。但是创造这种美，需要智慧和勇气。所以，人们都把体操称为勇敢者的艺术。

像李月久这种条件的人，如果没有大智大勇，且不说摘取这朵艺术之花，就连体操艺术的大门也别想迈进去。

在故乡辽宁省营口市的孩子们中间，李月久是有名的"小跟斗王"。有一天，他正和一群小伙伴一道在自己的母校——延风小学的铺满稻草的地上翻跟斗。前来挑选集训运动员的吕宗广教练喜欢上他了。吕教练把他带到了省城。这副身材，能当体操运动员吗？凡见过他的人，没有几个不摇头的。当举重运动员倒蛮合适。一位举重教练看中了他，悄悄来动员他去当"大力士"。杂技团也看中了他，拉他去当演员。武术队还想让他去练功。但是，李月久都谢绝了。他那么自信，觉得自己模仿能力强，什么动作一学就会，将来准能练出来。兴趣和自信，是运动员成功的基础。吕宗广喜欢李月久的性格。他对同事们说："这个孩子胆子大，聪明，肯吃苦，让他闯闯路子吧！"

他留在省队集训了，先是吕宗广教他。后来，孙国盛教练收下了这个不起眼的徒弟，一直悉心指点他。

省队教练为了让李月久开阔开阔眼界，把他带到杭州参加全国体操比赛。李月久在赛场上一出现，立即在体操界引起了种种议论：

"辽宁怎么就选不出别的人了……"

"怎么带这么个怪物来呢？"

…………

有些话，太刻薄，不堪入耳。李月久因受到了侮辱而难受，甚至感到气愤。但是他既不伤心，也不去抗争，他心里说："别把人看扁了！等我练出来给你们看！"

他简直被国家队著名运动员的高难优美的动作迷住了。场子里，国家选手还在表演，他就躲到练习场地模仿着练了起来。他一点也不胆怯，不过，动作太难了，一下子掌握不了……

辽宁队的教练知道了，匆匆赶来，语重心长地告诫这个憨厚的愣小子：

"没有人保护，不要练，会出危险的。"批评是批评，心里却暗自高兴。俗话说："可贵者胆！"这个孩子多有胆量啊！这正是一个优秀运动员最可贵的素质呀！

在家乡泥土地上翻翻跟斗，与现代的竞技体操，虽然不无相通之处，但毕竟是两码事。李月久必须从头练起。训练是极其枯燥、极其艰苦的。就拿他那两条胳膊来说吧，是天生的弓形，对一个体操运动员来说，这是犯忌的。必须让它们直过来！为了使弓形的胳膊变直，教练天天帮他压。每压一下，都疼得钻心，头上冒汗，但他强忍着。教练不在，他就自己压。天天坚持。一直压了一年多，终于使两条胳膊变直了。刚练单双杠的时候，他的双手老凸起一个个紫红色的血泡。细皮嫩肉，怎么行呢？他开始整治自己的双手了：哪儿起泡，就专挤压哪儿，一直到把血泡挤破。再起再挤压，反复整治，终于有了一双皮肤坚硬得像铁一样的手掌了。

在名师的指点下，他的跟斗越翻越好。1974年，他头一次出国，到西德的威斯巴顿参加世界中学生运动会，就一鸣惊人，夺得了男子体操个人全能冠军。面对着徐徐升起的五星红旗，他感到无比自豪。他更自信了，心想："谁说我不是练体操的材料。我看，我能行。"

小跟斗王盼望成为世界跟斗王了！

成为世界跟斗王，谈何容易呵！模仿别人是省事的，但是，嚼别人嚼过的馍不香，踩着别人的足迹走，没有出息。况且，体操还有个"印象分"，正如李月久自己说的："别人往场子里一站，就来分了；我往那儿一站，就掉分。"摆在他面前的路只有一条：创新，创造世界上没有他人会做的高难动作。只有这样，才有希望超过别人。他在日记本上写下了两句富有哲理味儿的话："创新，才能打破技术水平的停滞！创新，才能有世界冠军的出现！"

这时，国家队的著名教练高健已经成了他的指导。人们说，世界上第一个敢吃螃蟹的人，是了不起的勇敢者。那么，第一个敢去攻克前人没有做过的高难动作的人，更是了不起的勇士。因为，做任何第一次高难动作，都充满着风险，都需要胆量。用李月久自己的话说，在我探求美的道路上，等待着我的是伤、残，甚至是生命的代价。

这是他的一次惊心动魄的险遇。他正在高耸的单杠上做高难动作。突然，横杠从中间断裂了，支架往两边倒塌，他被远远地甩向空中，然后重重地跌落下去。悬啊，真悬！他跌落的前方，是一堵坚硬的墙壁，他跌落的两旁，是硬木地板，而他却不偏不倚，不前不后，正巧跌落在一块厚海绵上。

当然,像这种生命攸关的悬乎事故是十分偶然的,但伤病却时时威胁他。

他的动作实在太高难了。就拿自由体操来说吧,在腾空的一秒多钟的时间里,要做那么难的一连串动作,只要腾空的力量、旋转的速度、动作的角度稍稍掌握不好一点点,就会出现危险。多少个夜晚,他半宿半宿失眠,一遍遍琢磨、思考怎样做好那些高难动作。即使事先想得已很周全,但在千百次练习中,他的头曾经着地,发生过脑震荡;他的脚弓,曾经断裂;有时练着练着,胳膊肘和腿关节突然被掉落下来的骨刺卡住,动弹不了。

他动过好几次手术。有一次,他的右胳膊肘开了刀,取出了3块掉落的小骨刺。术后胳膊伸不直。医生说,三个月之内可以恢复正常。但三个多月后,正巧有一次重大的国际比赛需要他参加。他心急如焚。夜里睡觉,他把胳膊用枕头垫高,硬是把胳膊弄直。疼,钻心地疼痛,浑身冒汗,把被子都浸湿了,但他不顾这一切,硬是这么伸直胳膊。起先疼得睡不着,后来疼得发麻发木,沉沉困睡了。第二天早上醒来,胳膊倒是弄直了,但又弯曲不了。他又硬掰,把胳膊弯曲过来。当然,又是疼出了一身身大汗。就这样,恶治了不到一个月,他的胳膊竟能伸屈自如。他又到海绵坑里去练起新的高难动作来。教练和队友们从外地比赛归来,发现了这个奇迹,惊讶地问他:"月久,你是怎么治的呀?"

他憨厚地笑道:"土办法,自己想出来的。"

更绝的是,有一次,北医三院的一位著名外科大夫发现李月久的右胳膊上有一个凹进去的像大拇指一般大小的坑。显然是在做动作时,撞在器械上断了一束二头肌的肌肉。断了肌肉,是很疼的。当这位大夫问李月久什么时候撞断的时候,李月久竟然答不上来。

好一个美的探险者!在险字面前,他从不胆怯,而是勇敢地探索,再探索,追求,再追求。他发现,在体操艺术领域里,还有许许多多尚未被人们开掘的美……这些美的花朵,绽开在艺术的峰顶上。他不顾一切地向上登攀。他要摘取那些璀璨的艺术之花,奉献给自己的母亲——祖国。

心中的旗

1981年深秋,当李月久来到莫斯科参加第二十一届世界体操锦标赛时,已经是一位遐迩闻名的优秀体操选手了。头年,在加拿大的多伦多市举行的世界杯体操赛中,他曾经荣获双杠冠军。莫斯科的大会海报上,尽管显眼印着世界各国的名将，但是没有这位中国名将的名字；苏联的报纸上，也没有提及他。当然，苏联的观众们也就不熟悉他。李月久还是那个老脾气："等着瞧吧！"他要用自己的体操艺术的语言与观众们交谈，使他们熟悉他，了解他。果然，他在团体赛中的自由体操表演，一下子就把观众的心沟通了。

他站在浅灰色的自由体操板的一角，镇静了一下。头一串动作的高难、惊险和优美，已使全场观众敬服。这串动作俗称720度旋，即身子腾空后，横转两圈，竖转两圈。这串动作是他在高健的指导下独创的，当今世界比赛中还没有第二个人会做。他的跟斗，翻得高、飘、轻、快。第二串动作，令人眼花缭乱，也是他的独创。结尾的第三串动作是一般运动员开始时做的360度旋。落地时，像一截铁塔，纹丝不动。太成功了！观众们发自内心给他鼓掌，向他欢呼。但当电动显示牌上亮出9.9分时，全场观众哗然。

"不公平！"

"加分！"

观众们起哄了，跺脚的，嘘裁判的，呼叫的，什么都有。他们用各种方式为李月久鸣不平。多有意思啊！在一两分钟之前，他们还不熟悉他，瞧他不起眼，甚至嘲笑他。但瞬间之后，他们已经倾心于他，竭力为他争分。五分钟后，裁判们迫于舆论的强压，只好改判为9.95分。

自由体操决赛时，形势对李月久并不利。在参加决赛的8个人中，他的比分只是名列第三。第一个出场的苏联运动员科罗廖夫得了9.9分。这样，李月久就必须得9.95分，才能登上冠军的宝座。李月久充满信心地出场了。他用手轻轻掠了一下松散的头发，然后又轻轻拉了一下贴身的白色体操服。全场都注视着他。苏联教练和科罗廖夫就站在跟前，睁大眼睛盯着李月久的每一个动作。

他的动作，就像团体赛时一样，漂亮、利落、稳健。当李月久稳稳站立下来的时候，苏联教练与科罗廖夫不禁相互看了一眼，默默地点了点头。他们被李月久的精湛技术折服了。

9.95分！李月久终于以总分19.775分的成绩，与科罗廖夫并列第一，登上了世界冠军的宝座。这是中国的第一个男子体操单项世界冠军呀！

"世界跟斗王"的美梦，终于变成现实。再也没有人嘲笑他，数说他，有的只是赞颂和钦佩。记者们用各种美好的语言来形容他，说他是"一只弹性很足的皮球"，说他的腿像一根"强力的弹簧"。一位外国评论家还感叹说："中国人把李月久这样的运动员都能培养成世界冠军，看来，我们国家浪费了大量人才！"在莫斯科的同行们中间，李月久成了讨人喜欢的英雄。在当夜的告别酒会上，各国运动员都来找他，把他请到自己的酒席上，敬他酒，送给他纪念章，拥抱他，跷着大拇指夸赞他，幽默地对他说："这是我们送给你的勋章呀！"

此情此景，是多么感动人呀！李月久在这儿得到的荣誉，远远超过了赛场上的满分。这位遇险脸不红、心不跳的小伙子，此刻心儿像打鼓似的跳荡着，脸也兴奋得绯红绯红的。这位在挫折和伤病面前从不弹泪的铁汉子，眼眶潮湿了。

他站立在高高的领奖台上，眼望着徐徐升起的五星红旗，百感交集。泪水夺眶而出。透过晶莹的泪水看国旗，比平常更红更大。鲜红的国旗，遮住了他的整个视野，占满了体育馆的空间。此时，在他的眼前，只有灿烂的国旗；在他的耳里，只有雄壮的国歌；在他的心中，只有伟大的祖国！人生呵，还有什么时刻比这更庄严，更幸福！喜泪啊，尽情地流淌吧！

李月久有一个淡蓝色封面的训练日记本。翻开日记封皮，扉页上画着一面很大很大的五星红旗。再往下翻，每隔几页，就在页码的天头上画一面五星红旗。如果数一数，不会少于十几面吧！有人曾经问过他："月久，为什么画这么多五星红旗呀？"

他细长的眼睛里闪动着一种奇异的明亮光彩，回答说："其实，它们都装在我的心里。现在画在本本上，将来一面面都要升出去的，升到国际体坛的上空去。"

这几年来，李月久为祖国屡建奇功，他的宏愿实现了。

呵，徐徐上升的五星红旗，你哪里是从莫斯科的体育馆里升起来的，你明明是从赤子李月久的心灵深处升起来的呀！

美呀，从何而来？你从苦中来，巧中来，险中来，从李月久的那颗飘扬着五星红旗的美丽的心灵里迸发出来！

（刊发于1982年3月29日《人民日报》）

一个女工程师的道路

金 凤

戴总和小戴

北京毛纺织厂副厂长兼总工程师戴秀生正在车间巡视。她今年53岁，看上去要年轻得多。漆黑的双眉，红润的双颊，一双细巧聪明的眼睛在玳瑁色眼镜后灼灼发光，齐耳短发紧塞在白色工作帽里。她那灵敏的耳朵倾听着几百台纺纱机、织机和染整机发出均匀的有节奏的声音，她那双锐利的眼睛留神观察着雪白的毛条经过几十道工序变成各种花式的高级毛料，她那因公伤残的手不时捡起落在地上的飞毛，擦去呢面的油污……哪道工序出现故障，她当机立断去排除；哪匹产品出了疵点，逃不过她的眼睛。人们尊敬地称呼她"戴总"，她是名副其实的生产、技术总指挥。她的特点可以概括为：干，认认真真地干，三十年如一日地在生产第一线奋不顾身地干。

她成天活跃在各个车间，科室干部有事找她，不免要一个车间、一个车间地跟踪追寻，因此开玩笑说："咱们的戴总真像罗马尼亚电影《沸腾的生活》中的那位厂长，该给她随身配部报话机。"她在车间巡视，一些工人和车间干部见她走来，不觉有些紧张。她是出名的要求严格的人啊，有些技术、管理或操作上的疏忽被她抓住，她可是毫不留情，当场给你下不来台。有人说她性子太急，要求太严，爱发脾气。一年要生产340万光优质毛料，要出口一百二三十万米到四十多个国家，要给国家上缴二千多万元利润和税金，要提高经济效益和管理水平，一步步赶上国际水平……这担子不轻啊！而现在，生产上的漏洞还很多，她能不着急吗？譬如，有人马马虎虎把来样订货的配料颜色弄错了，产品不得不重新投产，交货日期要推迟，外商可能索赔，对这样的事她能眯眯笑，笑得出来吗？最挑剔她的人也承认她发火是为了把生产按质、按量、按市场需要搞上去啊。严厉的指挥员才带得出能打胜仗的队伍，要求严格的戴总，使北毛获得"质量信得过工厂"的荣誉。

1950年戴秀生从北洋大学纺织系毕业来到清河制呢厂时，还是一个梳着小丫辫，穿着工装裤的小姑娘，见人腼腆，一说话就脸红，一受委屈就爱哭鼻子。工厂的人都亲昵地喊她"小戴"。一个世纪的三分之一过去了，年轻的女大学生成长为毛纺工业的专家，"小戴"变成了"戴总"。但不少老工人、老同事、老上级至今还是亲热地喊她"小戴"。"戴总"和"小戴"，在她身上似乎同时存在，奇妙结合。生产中，工作中，她是精明强干、雷厉风行的"戴总"，而她的生活方式和处世哲学却还是颇为天真的"小戴"。她的老上级宋汀同志有次开玩笑地对她说："小戴，我要送部《东周列国志》给你看看，让你了解一下人事关系的复杂。"书，没有送，戴秀生至今也没有时间看。她对于当今显然变得复杂起来的人事关系和处世哲学依然一窍不通。心里怎么想，嘴里就怎么说，直来直去，不大讲究方式方法，不免得罪人，不免碰钉子。碰了钉子她还是要说。人家看她是"戴总"，有时不得不让步罢了。

一位车间主任劝她："戴总，你不要太认真了。这年头乔厂长不好当。"戴秀生扬起双眉，认真反驳："像乔厂长这样的干部太少了，要是多了，事情就好办了！"现实中的戴秀生不是小说中的乔厂长。她的生活道路不同。但她的事业心和责任感，她的自我牺牲精神和坚毅的品质，和乔厂长颇有相似之处。就说她受伤的手的事吧……

伤残的手　坚毅的心

1960年8月10日下午。北京市清河毛纺厂的长毛绒车间。戴秀生正同一位老师傅和一名青年女工在复洗机上试验毛条压染的新工艺。正是国民经济困难时期，戴秀生营养不良，日夜奋战，体重已降到八十多斤，但仍全神贯注地试验。一次意外的事故，把戴秀生五个手指连同手掌全卷到压水轴里去了，在14吨重的油压机下整整压了一小时。厂长、工程师、医生都赶来了。围着的人看到她那失去血色的脸，有的心疼得直掉泪。令人意外的是，平时爱哭的小戴这时却没有流一滴眼泪。当医生匆匆包扎好她那一团血污的手把她送往医院时，她甚至还勉强地向同志们微笑。

经过检查，医生断定是"五指粉碎性骨折"，需要立即截肢。北京市纺织局局长张布克赶到了，他向医生请求："小戴是很有前途的工程师，和你们医生一样，她非常需要她的一双手。我们毛纺工业也需要她的一双手……"

骨科专家王大琬教授赶到了，她决定使用她创造的交叉皮瓣手术，尽量保住戴秀生的伤手。

手术进行了五六次。王大夫先将戴秀生的左腹部割开，将伤手和左腹的肌肉缝在一起，再从左腿割皮补在左腹。半个月后，又将伤手连同左腹部一块血肉一起割下，伤手成为紫红色的肉团，再将那紫红色的肉团割开，一次，两次，逐步修出两个手指……

戴秀生凝聚起全身力量，接受一次又一次手术的巨大痛苦。

白雪覆盖大地，窗外已是一片银白世界。医院大玻璃窗内，心如白雪般晶莹的戴秀生正用仅存的半截拇指夹住笔在艰难地练习写字。她穿着的毛衣毛裤都被汗水湿透了。但白纸上毕竟赫然出现了豪迈的诗句："数风流人物，还看今朝！"她被调到北京市纺织品设计所当副所长。组织上显然是照顾她。她可不是坐办公室的人，她把设计任务安排好，一头扎到工厂中去了，和技术人员一起设计、生产了乌黑毛涤纶，销到香港，大受欢迎。她的伤手已经能熟练地写字，画图，拉计算尺，做各项产品的性能试验，还能挡车开机器。她的腕关节已受伤，要运用整个胳膊的力量才能移动伤手。人们只看到她像一位出色的工程师那样工作，却不知道她夜间躺在床上时，有时疼得连自己的胳膊在哪里也不知道了呢？！

她来到北京毛纺织厂担任副总工程师兼技术科科长。她和老工程师马文荣、女技术人员黄小婉、田振云等一起改进了产品的设计和质量，制定了一整套工艺标准。

她带着北毛的样品来到天津参加全国毛纺织品质量评比。面对全国、特别是一些素负盛誉的老纺织工业基地的产品，她有点紧张、不安。

产品陈列室里，毛纺工业的老专家们用精细得近乎苛刻的眼光在估量着，用有几十年经验的手在抚摸着、品评着产品的弹性、手感、条干和色泽……脸上是一副莫测高深的神气。

评议结果，出乎大家的意料之外，毛纺工业中只算得小兄弟的北毛出产的华达呢、凡尔丁、哔叽名列三个第一。

这一天夜间，戴秀生在招待所的床上翻来覆去睡不着觉。迷迷糊糊地，她似乎又站在陈列产品的大厅。专家们在评议着，代表们在争论着。大家的眼光都集中到她带来的一块奶油色的凡尔丁。它的弹性、手感、条干、色泽、呢面和边道都很出色。一位代表忽然嚷道："它落水以后会不会变形，皱巴巴地像泡泡纱似的？"戴秀生吃了一惊，那块凡尔丁各项试验都做过，恰恰没有做落水变形试验。原来评比条件中没有这一条呀。她急得大叫起来："不行，不行……"

和她同住一屋的北京市纺织局科研处处长王俊灵惊醒了。她喊醒戴秀生，问是怎么回事，戴秀生不好意思地将她的梦告诉王俊灵。王俊灵听了哈哈大笑："小戴呀，你真是做梦也惦记着你那些宝贝哟。评比结果都出来了，你还担心什么？"戴秀生叹了口气："凡尔丁没有做落水变形试验，我心里总不踏实。"

有的代表果然对北毛连拿三个第一不服气，他们提出要对凡尔丁做落水变形试验。各地拿来的十几块凡尔丁投入水中，大多数变形了，有的当真皱巴巴地像泡泡纱似的，只有北毛那块奶油色的凡尔丁，出水后依然亭亭玉立，达到试验最高的五级。代表们信服了。

信念和力量

人是要有信念的。在那一场史无前例的政治动乱中，有许多人遭受折磨而坚强不屈，极少数人攀缘权势而堕落，戴秀生怎样了呢？

在工厂那样受人尊敬、器重的戴总一夜之间变成"资产阶级反动权威""阶级异己分子"，车间不准她进，只让她打扫厕所，种地，甚至宣布"开除她出党"！她被剥夺了一个工程师工作的权利，但她的思想，她的心，最残酷的法西斯专政也难掠夺和占领。每天，拖着筋疲力尽的身体回到她姐姐家的小屋（她在工厂的宿舍已被没收），她有更多的时间读书和思考。

她想起小时候，失业的父亲就在这小屋中给她们几个姐妹讲中国的历史，讲一百多年来中国人民所受的痛苦和屈辱。解放了，也是在这间小屋，父亲用怡然自得的眼光，笑着对她们说："我早就说过，中华民族大有希望，中国人民扬眉吐气的日子不是来到了吗？"

她想起，清河制呢厂的第一任厂长兼党总支书记张布克同志不止一次找他们这些刚进工厂的大学生谈心，谈抗日战争和解放战争的艰难经历，谈中国人民的英勇斗争。张布克那矮小的身躯似乎蕴藏着不尽的精力，短短几年把一个只有几十台残破布机、只能织布用毛毯和粗呢的小厂，改造成为拥有一万毛纺纱锭、能生产几百万米精毛产品的大厂。她忘不了张布克同志经常说的一句话："中华民族能自立于世界之林，任何外部和内部的敌人休想打垮我们。"她想起,当她听到开除出党的消息,坐在高粱地里像一个孤立无援的女孩一样痛哭时,和他一起种地的老王师傅静静地说:"小戴,你发什么傻?他们就能代表党?党在你心里,在我心里,他们开除不了。他们呀,兔子尾巴,长不了!"

戴秀生想了很多很多……

十年动乱终于结束。她恢复了组织生活,重新担任副总工程师,可以放开手脚抓生产了。

起步艰难哪。工厂接受16匹漂白华达呢订货。投产32匹,勉强挑出16匹交货,光修补就花去十多天时间。

困难和挫折常使怯懦者止步、消沉,真正的战士却更奋然前行。戴秀生又主动接受12匹漂白华达呢订货。她发动科室、车间订出漂白产品管理细则50条,她自己和科室人员田振云、顾佩卿、车间主任温德、陈怀志、华云梅、王学勤、王秀英等跟了白班跟夜班,一道工序、一道工序地抓。辛勤的劳动获得出色的成果,投产14匹,匹匹合格,有6匹没有一个疵点,修补只用了一天时间。队伍训练出来,管理制度重新恢复,北毛的生产走上轨道,现在每年生产两万多米漂白产品,匹匹合格。

戴秀生又在产品的质量、花色、品种上下工夫了。

高级单面花呢是国际市场上畅销的高级产品。"文革"前北毛的高级单面花呢已赶上有五十多年生产历史的著名老厂的水平。"文革"中这个产品质量掉下来了。戴秀生组织了攻关小组,把国外样品和老厂产品作为借鉴,又参考国外的资料反复试验,在工艺上采取一系列改进措施。1979年,这个产品荣获国务院颁发的金质奖。全国毛纺工业只有两块金牌,北毛夺得一块,这凝聚了戴秀生和全厂工人、技术人员多少心血呵。1980年,北毛又评上四个名牌、两个优质产品。北毛的质量在全国又开始有点名气了。

在总工程师戴秀生的组织和领导下,80%羊毛、20%聚酯的一系列毛涤产品,100支纱的高级维也纳衬衫料,120支纱的高级精毛产品和时纺都在北毛生产出来。和时纺薄如蝉翼,柔若轻裘,质如绢帛,加工成"国王牌"衬衫,在香港每件售港币250元,轰动了香港市场。许多港澳同胞伸出大拇指赞叹:"想不到祖国竟能生产出这样高级的产品,真给中国人长志气!"现在,北毛每年要生产三四百个花色、品种的毛料,还试制七八百个新的花色、品种。许多外商认定要PA牌的北毛产品。

时间的哲学和她的生活方式

戴秀生从青年时代起就认定每一分钟时间都要讲求实效,不能做虚功。"文化大革命"夺去她十年的时间。如今,她更迫切感到要在有限的时间内尽量发出自己的光和热。她一天的工作日程排得满满的。一到工厂,看完报表,下到车间,就要处理日常生产中一些紧迫问题,还要参加那些计划会、生产调度会、质量分析会、产品鉴定会、学术论文评定会、党委会、安全会、教育工作会……晚上回到宿舍,简单的晚餐还没来得及做,工人、干部跟了来,谈工作,谈思想……一直到深夜。她只好吃点面包和点心当晚餐。人走后,她还要在灯下考虑工厂的生产安排,看国外的纺织资料,准备新的学术论文……时间就是生命,就是工作的数量和质量。她对于时间抓得很紧很紧,也要求工厂的生产讲究实效和时效。

北京市纺织品进出口公司的同志拿来一块仅仅六盎司重的100支纱的斜纹方格棉布,这是国际市场上的畅销货。她组织技术人员、车间干部和工人,从分析原料、试验规格、制订生产方案到生产出100支纱斜纹方格毛料的高级维也纳衬衫料,只用了一个月时间,质量还超过原来的规格。制成高级衬衫投放国际市场,马上给国家挣来外汇。

她接待美国一家著名的服装公司的经理。那位商人傲慢地说:"我听说中国总要十个月才交货。"戴秀生意识到,现在交货的时间关系到国家的信誉。她冷静地说:"你拿样品来,我们保证四个月交货。"两个月后,他们交出样品。美国商人高兴地一次订货四万米。

这几年,出国参观、考察的人多了,有人很有收获,但也有人只是出去看看花花世界,给自己采购一些"洋货",白白浪费了宝贵的时间和外汇。1979年,戴秀生到英国考察毛纺染整工艺。二十几天中,她参观了几十家工厂,只在伦敦停留半天。她没有给自己买一样东西,却把节省下的零用钱买了几块英国毛料样品带回做试验。回国后,她立即把考察成果运用来改进工厂的染整工艺。她一项一项产品做试验,取消了儿道工序,提高了产品的实物内在质量,节约了能源,减轻了工人的劳动强度。时不空过,这就是戴秀生的时间哲学。

工作、学习几乎占据了戴秀生全部的时间,她留给个人生活的时间就很少了。五十年代,她和丈夫老李同在北京工作,但他们没有安家。平时各住各的宿舍,一星期聚会一次,看看双方的老人,吃顿饭,戴秀生就急急赶回工厂去了。有时老李下班后骑自行车赶到清河制呢厂，小屋中时常留下这样的字条："今晚要做实验，你等着吧。"老李等着，等着。十二点过去了，一点，两点钟过去了，有时直到天亮，戴秀生才回到宿舍，头一落枕便沉沉睡着了，梦中还在喃喃说着："质量，质量……"老李还能说什么呢？他轻手轻脚收拾好屋子，骑车走了。更多时候，她晚上还要给工人补习功课，老李也就不来打扰她了，满足于一星期聚会一次的生活方式。他们没有孩子吗？没有。五十年代还没有提倡计划生育，马寅初先生的人口理论还在受到批判，但这一对倾心于事业的年轻夫妇一结婚就避孕了。等到他们想要一个孩子，到医院检查，戴秀生需要动一次手术。只是，她总安排不出住院的时间。

1959 年，老李奉命调到大连海运学院工作。戴秀生原也可以调到大连，但大连没有毛纺工业，戴秀生宁肯忍受两地分居的痛苦和不便。

这种牛郎织女的生活一过就是二十年。1979 年，老李调回北京。这时，他已将近六十，戴秀生也年过半百了。结婚三十年，细算起来，他们在一起生活的时间，大概不过三五年。老李调回北京后，平时依然住在单身宿舍，每星期回家一次。他们说，这样生活习惯了，晚上的时间双方可以专心工作、学习，这等于延长了三分之一的生命。只是在老李的一再坚持下，他们抱养了一个小女孩，名叫丹丹。三十年来第一次置办了锅盆瓢碗，有了自己的家。

在这新建的家里，引人注目的是墙上挂着著名的 88 岁老画家王森然送给戴秀生的两幅国画和老李弟媳妇画的一幅油画。国画上是一树黄澄澄的硕果和一篮紫艳艳的荔枝，画上题了"几头垂烂紫，纤手研轻红"的美妙诗句。油画上是郁郁苍苍的森林，加上小丹丹的欢笑，点缀得室中春意盎然，富有情趣。

老画家送的两幅国画也许是含有深意的吧。那累累硕果不正象征戴秀生艰苦奋战几十年，终于获得丰盛的硕果？！"纤手研轻红"的题词，最好不过地描绘了她那虽然伤残、依然纤巧有力的手，至今还在精心研磨毛纺工业的万紫千红！

（刊发于 1982 年 7 月 19 日《人民日报》）

还是那双眼睛

孟晓云　丛林中

眼睛是心灵的窗户。因此，诗人和画家都极精细地描绘人的眼睛。

三十六年前，著名作家周立波曾经这样描写过王震同志："像八路军所有的身经百战的将军们一样，他有一双好眼睛，在原野里看得非常远。"

一个将军，运筹帷幄，决胜千里，没有远见卓识是不行的。

我们破坏了一个旧世界。这还不是目的。我们要建造一个新世界。这时候，有些人的眼光变得模糊、黯淡，失去了当年的锐利。

王震将军还是那双眼睛。他看到了历史的巨大转折，看到了我们熟悉的东西有些快要闲起来了，我们不熟悉的东西正在强迫我们去做这种新形势。他仍然是一位将军，但是他的军团变了。他率领着铁道兵、军垦大军，历尽艰辛，走遍了祖国的高山、沙漠和荒原……

而知识分子，则始终是王震的朋友，是向新世界进军的王震兵团的依靠力量。

硝烟未尽，炮声在耳，王震率部挺进新疆。一路之上，他花了很大精力做了两件事：收罗人才，收罗书籍。记不清他找多少人谈过话了，各种专家、教授、留学生，甚至刚刚俘虏过来的国民党的技术人员。王震总是一句话："走，跟我们上新疆！"虽然仗还在打着，他已经想到明天。他是去开发新疆建设新疆的，他要办纺织厂、钢铁厂、农学院，他需要人才。

"这些人是国民党哩！"

"怕什么，他又不是党棍，是搞技术的嘛！"

这种争论，先是发生在王震和他的部下之间，到"文化大革命"变成了王震的一种罪名。但是，一座座毛纺厂、钢铁厂、农学院，第一次矗立在新疆的大地上，建设社会主义的人才也随着物质财富一起生产出来了，这是多么好的回答。

1957年，反右派运动后期，王震心里总在想着一件事：定为右派的人，也要给个出路。这些人都是知识分子，他们的知识还是有用的。可以到农垦部门来嘛，我们有能力、有力量收容他们。于是，许多人到王震的兵团里去了。艾青就是其中的一个。

　　……北去的列车，在暗夜里隆隆地行驶。车厢里多闷。艾青一眼扫过去，全车都是军人，只有极少数几个人身着便衣。这是王震的部队，正在向黑龙江进发。艾青好像是糊里糊涂就上了这趟列车的。不，当然不是。生活有时候像落差很大的河流、瀑布，急转直下，容不得人们细想。现在，伴着列车单调的节奏，艾青陷入沉思。

　　一天，他正郁闷无聊，在公园里看人下棋。忽然有位同志来找他，说王震要见艾青。一见面，王震就说："老艾呀，我又爱你又恨你！你是不反对社会主义的，你是拥护真理的嘛！离开文艺界，你到我们那里去吧。"王震指着地图说："这里是密山，怎么样？"第二天，王震又到艾青家里来动员艾青的妻子，指着满屋子的书说："把这些营养品都带去，书架也带上，北大荒需要文化。"

　　艾青就这样登上了北上的列车。是王震对他特别垂爱吗？艾青搜寻往昔的记忆，这么多年也就见过两次。南泥湾，花篮的花儿香。劳军大会，艾青朗诵了一首诗。什么诗？唉，全忘了。王震讲的几句话还记得，他说："毛主席说，延安来了一些名流学者，需要维他命。没有维他命，眼睛就近视了。"是这个意思吧。再一次就是1954年，艾青从南美洲回来，王震请他去。见面之后，王震说："我在大兴安岭看到的景色真美呀，我想到你了，我想若是艾青来，该写出多少好诗呵！你到铁道兵来吧，全国只要铁路能通的地方你都可以去。我给你一部车子，一个秘书，你去不去？"谈话间，艾青看到一本《艾青诗选》，里面划满密密的圈点。扉页上是王震写给儿子的"指令"，也记不清了，大约是说：凡是我打了一个圈的，你们要熟读，会朗诵。打了两个圈的，你们要会背。没有什么比这更能打动诗人的心了。艾青心里发热，王震将军爱我的诗，也爱我。

　　就见过这么两回。现在……列车到达哈尔滨了，月台上有车来接。艾青很诧异，问道："是谁让你来接的？"回答是"王司令员"。戴着右派帽子的艾青，眼睛湿润了。

　　列车继续向前。快到牡丹江了，突然广播里喊道："艾青同志，请你在牡丹江下车，站台上有人等你。"

艾青惊呆了。他知道是王震在等他，可他不敢立刻站起来。整个列车的人都惊愕了，原来大"右派"艾青就在本次列车上！他怕暴露自己。他是用"搞农业的"身份打掩护的。过了一会儿，艾青装作上厕所的样子朝前走去。一个车厢又一个车厢，那车真是长呵！到哪里去找王震呢？终于找到了播音员，她着急地说："你就是艾青呀，还不赶快下车。"正说着，"咣当当""咣当当"，车开了。艾青终于没能见到在月台上等他的人。

一个与地富反坏连在一起的人，一路之上受到一位将军这样的照料和保护，铁石心肠的人也要感动，何况是一个诗人。他们没有任何私交，一个是诗人，现在倒霉了；一个是读者，依旧赫赫有名。但是在王震眼中，这位倒霉的诗人，仍旧是中国不可多得的人才。于是，在密山，在向荒原进军的动员大会上，王震站在一辆卡车上说："有个大诗人，艾青，你们知道不知道？他也来了，他是我的朋友。他要歌颂你们，欢迎不欢迎啊？"

数月来，艾青一颗仿佛悬吊着的心，在一片"欢迎"的轰鸣声中，落到了完达山的土地上，安稳了，开始了生命的新旅程。

在漫长的革命生涯中，王震将军见过的人多啦，伟大的，渺小的，有功的，有罪的。他知道爱什么人，宝贵什么人。人民需要的人，党的事业需要的人不应该爱么？知识分子是国家的宝贝，革命需要他们，大规模的经济建设离不开他们。历史赋予共产党人的重任，使王震将军具有这样的战略眼光。

早在战争年代，王震的部队里就聚集了许多知识分子。每逢他们上前线，王震总要给师团打招呼："好好照顾，可不要把我们的'墨水瓶'给打烂了！"被王震称为工农化了的知识分子刘亚生，是北京大学毕业生，难得有这么一个！将军破格提拔他当了政治部副主任，而当时许多红军战士不过是连级干部。王震敢作这个主，凡是高中毕业生，一参军便是连级待遇。人们说，这是王胡子的"土政策"。三八式的干部讲怪话了，王震操着改良了的浏阳腔说："人家高中毕业不容易哟！要毕业多少次呀，要初小毕业，高小毕业，还要初中毕业，你去念个试试看！中国文化落后，读书人可贵，我和贺老总都喜欢文化人。知识这东西很宝贵呀！"可以说，从战争年代起，王震就在收罗人才，储备人才。看不惯的人有，提意见的人也有。王震对随军记者杜鹏程说："你给我找一篇文章，叫《大量吸收知识分子》。"杜鹏程问："你干什么用？"王震说："我要在会上给大家念念。没有知识分子的参加，革命的胜利是不可能的。这不是我的发明创造，党中央文件上早就讲过的哟！"

只有无产阶级才有这样宽阔的胸怀。他用他的爱温暖着不止艾青一个人。作家丁玲，歌唱家张权，至今怀着感激的心情想着王震将军，因为在她们曲折的人生道路上，将军曾经伸出了有力的大手，搀扶过她们，使她们刚强地面对人生，在困境中仍然保持着坚定的信念。

早在1936年，丁玲就认识王震。第一次见面，王震热情极了："听说来了一个女作家，欢迎！欢迎！我们这里都是武将，没有文人。我们非常需要作家。"1954年，第一届全国人大散会时，丁玲挤在人群中，王震将军忽然喊她，笑着说道："你的《太阳照在桑干河上》我读过了，写得很好。"女作家惊诧了，没有想到像他那样的武将，政务繁忙，会有时间读她的小说，她感激地对他笑了。可是在密山的会见却是1958年6月。时过境迁，丁玲此时已成为文艺界"反党集团"的首要人物了。她忐忑不安，将军严峻的目光中闪出一丝柔情。他对丁玲说："思想问题嘛！我认为你下来几年，埋头工作，默默无闻，对你是有好处的。"他看丁玲沉默着，便又说下去："你这个人我看还是很开朗，很不在乎的。过两年摘了帽子，给你条件，你愿意写什么就写什么，你愿意去哪里就可以去哪里。这里的天下很大，我们在这里搞共产主义啊！"

1962年夏，王震在哈尔滨拜访了解放初期从美国归来的著名歌唱家张权。她是在北京中央歌剧院被划为右派后下放到哈尔滨歌剧院的。将军向她请教，兵团里唱歌跳舞的人，能不能转到歌剧院来。张权不敢回答。以她的处境她能说什么呢？她说："这我说不好，得问院领导。"王震直率地说："你是专家，我就是问你！"张权说行，兵团里有人才。王震高兴了。没过多久，果然有一批兵团的青年转到歌剧院来了。有谁知道，王震的拜访给了张权多么大的欢乐啊！

同年冬天，张权到北京开个人音乐会。周总理去了，王震也去了。演出结束后，王震对张权说："快过年了，到我家来过年吧！"

在王震家的年饭桌上，将军对张权的孩子们说："你们的妈妈当年从美国回来不容易啊，你们要理解她，不要背家庭包袱。"然后，又亲切地问张权："你唱歌那天看见我旁边坐着谁？"

"看见了，你旁边坐着周总理，还有一个人，不认识。"

"那人是罗瑞卿大将。"

"你们三个人总在说话，好像没有听我唱。"

"我们正在讲你。我把你的情况向总理和罗瑞卿同志介绍了。罗大将很钦佩你的爱国思想，对你的遭遇愤愤不平。这时候，周总理特意叫人把自己的一杯茶给你送到台上去的。"

一杯茶，一席话，一颗心的跳动。永世难忘啊！这时，张权才感到，像王震将军那样粗犷性格的人，却有着这般柔和细腻的感情。

当你受苦受难，遭逢厄运时，王震坐立不安，大声疾呼，他总是牵挂着你；当你时来运转，政策落实了，日子好过了的时候，他把往昔的一切都当作过眼的云烟。整过他的同志，他早忘却了，有人提起，将军总是说："哎，这个人还不错嘛！"王震同志就是这样一个人，不记仇，不图报，心地像孩子一样的纯真。这是怎样一种高尚的情操啊！知识分子爱他，不仅仅因为受过他的帮助，而且还从他身上看见了共产党人的美德。

王震爱知识分子，仿佛将军之爱士兵。他望你成才，给你活力，为你创造条件，帮助你成就更大的事业。

"杜鹏程，你最近在干什么？" 1954年王震将军在北京遇见杜鹏程，这位作家告诉他，刚刚完成《保卫延安》一书。

"写东西，坐在北京能写出来么？走，跟我到铁路工地去转转！"就这样，将军把作家拉进生活，带他一起钻隧道，跑桥梁工地，一待就是十三年。沸腾的生活养育了作家，使杜鹏程的笔下涌流出《在和平的日子里》这样的名篇。

"张权，找我有什么事，说吧！"

1977年张权被"劝"退休。这位歌唱家无奈，只好回苏州原籍，跑了一年，户口落不上，进退两难。现在，她啜嚅地说：

"王老，想告诉您，我要退休了。"

将军腾地从沙发上站起来，捋了一下头发："你退什么休，我们这一头白发的人还在干！"

歌唱家的眼泪流下来了："您不要误会……"

"你哪儿也别去了，就留在北京吧！把你的情况写一个来，我给你反映，你愿在哪里工作？"

不久，张权就到北京歌舞团报到了。

"老艾，走，跟我一起去转转。"在三江平原，在新疆，王震一有空就拉着艾青到处跑。满天风雪，王震问了："老艾，走不走？"当然走，头顶着风雪也走。到了一个水库，房子没有窗户，一条长长的炕。王震又问了："老艾，我们睡一起怎么样？"谁也说不清艾青跟着王震跑过多少地方，在那些不能发表作品的日子里，生活照样撞击诗人的心。两部长诗草就了——《踏破荒原千里雪》《哈马通河上的朝霞》。多么美的名字，可惜这些作品全部遗失了。

这就是王震的爱。有时候你被他拖得精疲力竭，累得要死，想发牢骚；但事过之后，你觉得自己长了见识，增加了才干，出了成果，也懂得了王震将军别样的爱。

知识分子也爱王震。大凡与王震将军初交的知识分子，都有共同的感觉：一见如故。人与人之间，唯其平等相待，才能一见如故。华罗庚第一次见王震，两人一直谈到深夜，推心置腹，我忘了你是教授，你忘了我是将军。艾青身处逆境，王震一方面对农场领导说："政治上要帮助老艾，赶快让他摘掉帽子，回到党内来。要让他接近群众，了解战士。"一方面又率真地对艾青说："老艾呀，你要是搞不好，我是要骂你的。等我死了你再写文章骂我！"发起火来也向艾青吼道："你不要以为你是个大文化人我就怕你！"能这样讲话的人，是真正的朋友。1980年王震要去新疆，一个电话叫柯岩立刻登程。老伴说，人家柯岩有心脏病。王震一瞪眼："怕什么，我的病比她还重哩。"果然，从新疆回来，柯岩住进了医院。王震说："怕是累的哟！"他让爱人去看她，特地带去一张短笺："我兹给你一个特别命令：必须服从治疗，安心养病。你为党工作的时间还长。"柯岩给将军的复信上写道："司令员同志，你的命令已经下达，正在执行。我希望有人能给你下一道命令，因为你作为一个病员，表现还不如我！"王震读后，朗声大笑。对农业上的问题，王震多次请教农业学家金善宝。有一次请金善宝来家里吃饭，王震恭之于上座，上座是一把藤椅，平常是将军的坐席。今年8月刚从三江平原考察归来的金善宝，讲起三江平原的今昔巨变，十分感慨。真是逢人便忆王震，当年豪气干云。

纵观历史，对待知识和知识分子的态度，是一个社会先进与落后，文明与野蛮的标志。一个不懂得尊重自己知识分子的民族是愚昧的，一个愚昧的民族是没有前途的。王震在自己的长期实践中认识到这个真理。共产主义是以消灭三大差别为目标的。无论士农工商，无一例外，都要进化为知识分子，这是几千年文明发展的必然趋势，整个人类的光明归宿。王震将军虽然工人出身，少时没念多少书，却从革命的发展过程中领悟到这一点。

在战争年代，他的马袋子里装满了打进城市后从敌人那里缴获的书。他那里书多啦。苏沃洛夫、库图佐夫的传记，《日日夜夜》《毁灭》《铁流》以及德国军事学家克劳塞维茨的《战争论》，等等，堪称部队的"小图书馆"。战斗间隙，人们都来向他借书。王震喜欢文艺，有见解，曾经同周立波通信，讨论文艺方面的问题。他对戏剧也感兴趣。有一次，碰上拍戏，他说："导演是一门大学问，咱们看看去！"

行军途中，杜鹏程在看书，看完一页撕一页，王震很奇怪。杜鹏程说："司令员，你的书有牲口驮着，我们的书是自己背着，背不动呢！"

"这是《安娜·卡列尼娜》呀，太可惜了！你放到我的马袋子里去吧！"

1948年8月的一天，王司令员正坐在马上读书。忽然，敌机扫射，马一惊，把王震摔倒地上。通讯员追马去了，他却躺在原地，仍旧看他的书。战士们都笑了。王胡子却说："笑什么，读书很有意思呢！"他有一种惊人的力量，在艰险的环境中，能把人们带进一种单纯的欢乐中去。

解放后，马袋子换成了一柜一柜的书。他常常站在书架前，觉得面前展开一个广阔的世界，一个浩瀚的海洋，一个苍茫的宇宙。读书的兴趣更加浓厚了，范围也更加广了。政治、地理、历史、文学、自然科学，几乎无所不读。进疆途中，王震收罗有《中西交通史》，左宗棠在新疆的事迹，丝绸学；搞铁路，他钻研有关桥梁、隧道、工程地质的书籍；当了农垦部长，他又涉猎气象学、土壤学，干哪行，学哪行，手不释卷，勤奋异常。近两年，王震趁动手术在医院养病之机，读了大量的近代史书籍，抽空也不忘翻翻《古文观止》。他特别推崇胡绳的新著《从鸦片战争到五四运动》，花了40多天时间，读完了这部70万字的大作，说："这部书讲了1840年到1919年八十年苦难深重的中华民族的历史，对青年人进行历史教育，了解帝国主义压迫，增强爱国主义观念以及社会主义观念和党的观念，都是很有裨益的，对这样的学者，应该表示尊敬。"

他不是当年的王震了。年过七旬，一头稀疏的白发，行动迟缓了，但睿智的头脑中储藏了各种学问和知识。他比战争年代更加成熟，有阅历，也更加聪慧了。

不，他依然是当年的那个王震。一个视死如归、威震敌胆的带兵的将军！一个见困难就上、拔起脚就走的创业者！一个鄙视高官厚禄、对事业和同志怀着挚爱的革命者！

将军生平最厌恶养尊处优的官僚主义者。他曾经用嘲讽的语气说："难道我不会做官？做官有什么，每天看看报，从第一个字看到最后一个字，听听收音机，干杯，然后批批报告：所拟甚妥。这种人是没有灵魂的！"王震是一个灵魂纯净的人。他身上有一种精神，是这种精神吸引了知识分子，感染着一切同他一道奋斗的人们。

1980年秋天，王震重病后的第三个月，中央委托他到新疆视察。将军如同当年听到了战斗的号令,置孱弱的病体于不顾,立即奔赴新疆。

他挥着手,胸膛里沸腾着当年的一腔热血,一双眼睛闪着锐利的光芒,面对着成千上万的兵团战士,朗声说道:"我们的老祖宗历来屯垦戍边,在秦汉时,就是这么干的。这十多年来,林彪、四人帮把我们的边疆建设破坏了,令人痛心哪!我们的战士是燕赵韩魏慷慨悲歌的勇士,是一些既能生产又能打仗的老兵。你们要四海为家,要到人烟稀少的地方去创造新的天地!"

台下,千百双眼睛在凝望着将军,千百双耳朵在捕捉他的声音。

"我得了重病,不能与你们一起战斗了,但我的心是和你们在一起的。我这个老头子,死也死在新疆。我死后,骨灰撒在天山脚下!"

王震有一种神奇的力量。这力量就是王震自己一生的言行。兵团的老部下、老战士了解他,热爱他,共同经历过艰苦卓绝的岁月。因此,将军的话一出口,台下的群众激荡起来了,热情迸发出来了,一发而不可遏。

在这群情激奋的会场里,坐着诗人柯岩。她望着眼前像雪山、像白杨一样伫立着的王震将军,心中不由得涌出这样的诗句:

　　假如明天我就死去,
　　朋友,请不要为我哭泣。
　　因为,我永远永远不会和你分离。
　　那长长的白杨林带是我们一起栽的,
　　那无边无际的良田是我们一起开的,
　　那宽阔平坦的大路是我们一起铺的,
　　那遥远遥远的雪山是我们梦里的歌曲……
　　是的,还是那个王震。还是那双眼睛。

(刊发于1982年9月13日《人民日报》)

台湾来的鸽子，回家吧

宋祝平

0

台湾海峡经历过了阴霾风雨，天空又是晴朗的，海水又是蔚蓝的。而浩瀚的东海，又展开她柔软的手臂，亲昵地把海峡两岸紧紧地拥抱着。

鸽子，海空上出现了鸽子，绛灰的、古铜色的、灰白相间的鸽子，朝着福建的东海岸飞来。一只，两只，三只……

它们或是在海滩上，或是在礁石上落下脚，抖落身上的风尘，梳理一下羽毛，喘一口气，又挣扎着飞起。人来了。鸽子在空中盘旋，谨慎地审视着陆上的人；陆上的人也诧异地凝视着它们。人与鸽，像是在对话，又不是对话。

——鸽子，鸽子，你从哪里来，要到哪儿去？

——我从台湾来，受伤了，迷路了，饥饿了，疲累了，飞不动了。我能下来吗？你们能收留我吗？

——下来吧！你瞧，这儿的古城，石头，甘蔗林，相思树，郑成功的祠堂，妈祖娘娘的神庙，福州俚语，闽南乡音，还有我们血管里流的血，不是都和台湾的一样吗？这里也是你的家。

1

落下来了。

1978年10月2日的傍晚，有两只鸽子，随着大陆上回家的鸽群飞进了东山县杏陈公社前何大队的一户农家。

农家的主人何赛花攀上鸽笼清点归家的鸽子。一只，两只，三只……怎么多出了两只？是哪儿来的"客人"？何赛花发现"客人"的脚上还套着带字的铝环，忙捧起来辨认：

"嘉义县太保乡麻寨村141-1号詹清朗。电话：南新局208。"

"嘉义县溪口游西村28号陈连聪。电话424。"

这是鸽子主人的姓名住址。"客人"从台湾来，飞了这么远，累了吧，饿了吧，腿怎么肿起来了，是叫老鹰打伤了吧！

有客从台湾来，令人惊喜交集，何赛花忙着清扫鸽笼，端来清水、绿豆，又拿来消毒用的紫药水……热情善意的款待，使得忐忑不安的两只鸽子像是回到了自己的家，感到温暖了，安全了。

安安稳稳地住下了。可是，你们为什么还要咕咕咕地不停叫唤呢？

"胡马北嘶，越鸟南栖。"何赛花猜想：它们准是想家了。唉，本是同根同祖的大陆和台湾，三十年来相隔横海，音讯难通，现在怎么送它们回去呢？

一年多来，台湾鸽子焦急地期待着，何赛花四处探询着。

1980年12月6日，何赛花的儿子何云生回家，喜滋滋地把福州成立信鸽协会的消息告诉了他。

何赛花的眼前一亮：协会是专养鸽子的，说不定他们有办法。忙着叫儿子："你快写个信，到福州去问问吧。"

2

又一只鸽子，1980年7月的一个傍晚，落在福建北部福鼎县沙埕海边一只浮吊操纵台的平台上。银灰色的浮吊漆着"416"三个白色大字，甲板上走动着穿海魂衫的水兵。

鸽子站在平台上，水兵们常常探头望它。这里安全吗？鸽子感到害怕了，挣扎着飞到甲板上，又飞到码头上。这时候，几个水兵跟着跑上码头。人们的眼神是善意的，态度是友好的。这不，水兵们还朝它撒来一把绿豆，咕咕咕学着它的声音叫唤它，对它表示欢迎了。

鸽子胆大了，不怕了。轮机兵李智第一个从地上捧起，鸽子的脚上也套着铝环，还写着字："台北县汐止镇江北里52号杨福源。电话（02）6412。"

是一只台湾的鸽子呀！放心好了，水兵们会把你像亲人一样接待的。

鸽子跟水兵们一块住在浮吊上。水兵们开饭的时候，鸽子的脚下撒满了绿豆；水兵们休息了，鸽子也跟着水兵在甲板上散步。鸽子感到寂寞了，水兵们围着它、逗它,同时议论着:"鸽子想家了。"

是该让鸽子回家呀!船长任岳华的老家在奉化,台湾也有不少奉化人,他们不是也想家吗?他命令水兵们:"把鸽子送回去。"

半月以后,李智和另一名水兵陈培云带着鸽子启程了,他们要到福州去,水兵们恋恋不舍站在甲板上给鸽子送行。

台湾来的鸽子呀,水兵们说些什么,你听不懂。他们在对你说:"一路平安。"

3

还有一只鸽子,1981年6月2日傍午,落在惠安东园公社白奇大队海边一座石砌的庭院里。它飞越东海,筋疲力尽,呆呆地停在一块石头上。

一位中年妇女走近它,它动也不动。妇女捧起它,它也不知道挣扎。妇女转身走进室内,把它交给年过八旬的公公郭有明:"公公,这鸽子来得奇怪,落到我们家就不走了,脚上还套着铝环,它是神鸟吗?"

老人接过鸽子,戴上花镜看铝环上的小字:"嘉义县太保乡过沟村过沟4号涂泰辉。电话:370167."

是台湾来的鸽子,不是神鸟!

鸽子,鸽子,你来了,把老人压了数十年的亲情勾起了,把老人藏起来的隐痛触动了。老人的姐姐幼仔,二十岁出阁,嫁到台北骆家,如果健在,该是九十出头了;六弟有望,二十八岁赴台,住在花莲,有幸存世,也已七十有五。一母同胞,骨肉情深,却数十年雁杳鱼沉,死生莫问,触景生情,睹物思人,郭有明由不得老泪纵横了。

金乌西坠,更深人静,习惯于早睡的郭有明老人却心潮滚滚,夜不能寐。

他披衣起床,磨墨挥笔,写下一首小诗:

> 一衣带水似重天,
> 信鸽飞来大有缘。
> 怀念台湾亲骨肉,
> 朝夕当归盼团圆。

写完了诗,似乎情还不尽,又随手写下一行小注:"何时金瓯无缺,神州一统,俾遂我老人与亲人团聚的愿望呀!"

人盼团圆，鸽子亦然。一个月后，郭有明看着台湾来的鸽子日见丰满，羽毛重现光泽，便收拾行李，准备出门。

儿媳问："公公，你要去哪里？"

老人说："带鸽子到福州，找人去。"

4

在福州，谁能帮助台湾来的鸽子呢？

福州商业车队有个职员叫姜祖贵，1979年，福州市的鸽迷们选他担任福州信鸽协会主席。《福建日报》还特地给他们发了一条新闻。

这条短短的消息，竟然引起许多有心人的注意。于是，闽清、大田、漳浦、漳平……好多收留了台湾鸽子的普通人，都把求助信给他们寄来了。而第一封，就是东山县杏陈公社前何大队何云生替他父亲何赛花写来的。信上的话儿说得多么恳切："拣到台鸽，如见乡亲，不能物归原主，心中十分不安，你们有什么法子帮我了却完璧归赵的心愿呢？"

1980年8月，有两个带着鸽子的水兵，在福州街头酷暑中到处打听"信鸽协会在哪？"这就是416船的李智和陈培云。他们从中午找到傍晚，终于摸到信鸽协会的大门，郑重地把鸽子交给姜祖贵。临别，李智又回过头，问老姜："唉，能不能再代我们向鸽子的主人杨福源先生问个好？"

1981年8月，郭有明老人又从惠安乘了一天的长途汽车赶到福州，带着鸽子登门了。他把鸽子交给姜祖贵，还附了一封信，拉住老姜的手，一再说："拜托，拜托了，务请将鸽子转给嘉义县的涂泰辉先生。"老人告辞后，姜祖贵打开信一看，竟是一首诗：

> 灵禽信鸽最堪珍，
> 飞坠吾家必有因。
> 愿借机缘通信息，
> 好将怀念达亲人。

这些收留了台湾来的鸽子，又与鸽子的主人素不相识的普通人呀！就是出于炎黄子孙的同胞一念，把他们的心一齐牵动了，或投书联系或长途跋涉，不约而同，先后把鸽子送往福州，物归原主，是义不容辞，责无旁贷的呀！

福州的鸽迷们一起合计：在海上把这些台湾来的鸽子放走吧！可是，福建和台湾，还隔着一道东海，海域辽阔，路途遥远，台湾的鸽子离家日久，还能认得路，飞回家去吗？怕不行！

他们又通过电台广播邀请台湾的鸽友们来福建举行省际信鸽联赛，借此机缘，好放台湾的鸽子回归故里。信息发出去了，却如石沉大海。

只因条件所限，形势所迫，可怜的台湾鸽子，又不得不在福州羁留下来了。

5

鸽子分别住在福州鸽迷们的家里。

姜祖贵的家里就住了七只。

台湾来的鸽子都是单身的，长在大陆做客，会感到孤单、寂寞，长期难耐的吧。姜祖贵想：该替它们成个家了。

鸟类中双双对对的鸳鸯，对爱情的忠贞，博得了东方人的赞赏。鸽子的爱情，也类似鸳鸯般的笃诚，要替它们建立一个新的家是一桩困难的事。可是，精诚所至，金石为开。姜祖贵先细心地为它们择偶，再让它们彼此逐渐地熟悉接近。他日复一日，耐心地调理着，等待着。开始，鸽子吵嘴了，打架了，姜祖贵为此担心；尔后鸽子和好了，相亲相爱了，姜祖贵也高兴了……

终于，有一天，姜祖贵看见，台湾来的鸽子双栖双飞了……

又过了一段，台湾来的鸽子开始生儿育女了。

鸽子呀，台湾来的鸽子呀，你们在大陆，不会感到寂寞了吧。

可人们并没有忘记要送你们回家！

6

大陆上，有许许多多台湾同胞。年代悠远天然形成的血统的民族的感情纽带，把他们和大陆上的同胞紧紧地联结在一起；而同样是年代悠远天然形成的浓郁的亲切的乡情，又使他们自然汇聚到一块。1981年在福建的台湾同胞，成立了台湾同胞联谊会。

亲爱的台湾同胞，你们能够帮助台湾来的鸽子回家吗？

姜祖贵去找他们，把台湾鸽子的故事一个一个讲给他们听。

平常的故事，却又包含了深沉的骨肉同胞之情，使台湾同胞的心跳了，脸热了,眼前闪现着大陆同胞普通却又是热忱和期待的脸庞,幻化出阿里山的雄姿,日月潭的碧波,父老兄弟们的音容笑貌。把台湾鸽子送还给乡亲们,尽一点同乡的心意,是理所当然的呵!

他们有什么好办法?

想起来了!过去,到大陆是怎么来的?现在,台湾来的鸽子,也可以用同样法子回去呀!

是了,是了,让台湾来的鸽子,坐船回家吧。

上船了,祝你们一帆风顺。

别忘了,台湾来的鸽子呀!到家向乡亲们问个好!向我们的亲骨肉问个好!

(刊发于1982年11月15日《人民日报》)

三门李轶闻

乔 迈

在1980年的早春时节,在我们国家960万平方公里地面上的一个角落里,发生了一件很小的又是很大的,平平常常的又是非同凡响的,乍听之下出人意料、细细想来却在意中的事。

好事不出门,坏事传千里。消息像插上了翅膀,随着料峭的春风,迅速传往四面八方,在不同的人们中间,激起了不同的反应:有拍案而起的怒责,有幸灾乐祸的冷嘲热讽,有庄严的沉思,有含着苦笑的悲叹……

昔日默默无闻的小村落——散漫地分布在东辽河左岸一片大盐碱滩上的吉林省怀德县十屋公社三门李第四生产队——因此名声大噪了。

这是关于五个共产党员和他们的一段奇异遭遇的故事……

我们共产党人在群众中的位置

旧历辛酉年——鸡年——的春节快到了。汗巴流水苦累了一年的庄稼人,兴高采烈地忙着杀年猪,淘米做豆包,赶集买年画,换粉条子,买鱼,打酒。半天上零星地响着性急的孩子们提前燃放的鞭炮,空气中混合着微微的火药味儿,更使年关的气氛足了。

然而,这几天有一件事,比迎接春节更加吸引着三门李庄稼人的心,那是关于联产计酬、自愿结合划分作业组的消息。多少天以来,在积肥场上,在饭桌边,在月光和雪光照射的难以成眠的热炕头,干部们,老农们,父子、叔兄和小夫妻们,咕咕哝哝议论的都是这事。这可不是一件小事啊!包工包产到作业组,人合心,马合套,就不愁多打粮,多贡献,早富。但是,作业组怎么个划法呢?谁和谁在一组呢?人们在焦急地等待着。

终于,大队书记沈春亲自来村里主持召开分组会议了。这是个规模空前的社员大会，人们参加会议的踊跃可以同土改时斗地主的大会相比美。平时显得过大而空洞的"队屋子"，此时嫌窄了。来的不但有劳力们，一家之长们，也有爱凑热闹的小嘎子们以及奶着孩子的妇女。大蛤蟆头烟像施放驱霜烟雾似的呼呼升起来，把临时换上的二百瓦大灯泡都熏暗了。然而，屋里很静，没有往常开会那种没完没了的闲嗑和打趣儿逗哏。

书记宣讲了县委的有关文件，又讲了大队党支部的建议。那个建议很简单，就是根据本生产队劳力、土地和牲畜等情况，认为分成两个作业组比较合适。组划多了，人员不够角儿。庄稼人心急嘴也急。沈春的话音刚落，有人就呼儿号儿地喊起来："这个政策行啊！拥护！既是自愿结合，谁就插旗招兵吧！"一人喊，众人应。会场上，呼兄唤弟，喊朋叫友，乱成了一片。

沈春一看，大势所趋，人心所向，心里也觉着高兴了，暗暗佩服中央的政策深得民心，作业组一定能划分得好，来年生产错不了，就又急忙讲了划组的注意事项，主要是希望把骨干劳力和弱劳力搭配好，避免出现一头轻的现象，别的地方是有这样偏差的。同时，作为党的领导者，沈春书记当然也没有忘记提醒大家发扬风格，团结友爱，互相照顾，等等。

报名开始了。有人喊："我们是田富组长！"接着，就哇哇地念了这个那个组员的名字。又有人喊："我们是王占河插旗！"接着，也哇哇地念了这个那个组员的名字。大队书记一看，更觉高兴。但是，刚才念名字的时候，会场太嘈杂，念的速度也太快，连汤水不落的，沈书记没有太听清楚都是谁和谁一组，只觉恍恍惚惚好像田富那个组多数是姓冷的。王占河那组差不多都姓王，似乎还剩下一些人没进这两个组。沈书记赶紧动员："既是基本有两个组了，也好，就以他们为基础吧，看看，还没入组的人，哪组要，要上哪组，抓紧时间报吧！"

听了书记的话，刚才热闹非凡的会场忽然安静下来，光剩下人们使劲咂着嘴唇抽大蛤蟆头烟和分明是不那么自然的咳嗽声。沈书记感到有点诧异，便以诲人不倦的领导者风度，又讲了一遍政策条文，然后问："都还有谁没进组？举举手吧，先拢一拢，看哪个组欢迎，自己愿意到哪个组去。都有谁呀？"说着，就在人们中间仔细审视起来。

大蛤蟆头烟又使劲地鼓起来了，烟雾先是升到棚顶，再慢慢往下压，快压到人们头上了。人们的目光有点异样。沈书记越发奇怪。他猛然发现了，在大蛤蟆头的烟雾缭绕中，有五个低垂着的头。头垂得那样低，以致稍不注意就看不见他们，即使看见了，也无法看清他们的脸和眼睛。数九寒天，窗户上哈气成霜,可那五个人的发梢额角,却闪着亮晶晶的汗珠。

中共三门李大队支部书记沈春的脸腾地红了起来,好像被一只无形的手狠狠扇了一巴掌。他看清楚了,那不是别人,正是本生产队的五名共产党员。看:身材高大、年纪五十开外的党小组长王才,复员兵、年轻英俊的小伙子荣凤春和刘清洲,河北人、壮年汉子王汉周和他的妻子、剪短发的王淑梅。对啦,正是他们五个人没有进组。在惶惑中,沈春想起了不久以前改选生产队长的事。他们这里硬是把党员队长荣凤春选掉了,换上了一个非党员。那是不是今天这种事情的先兆呢?是的。可惜自己当时竟没有留心。

沈春无奈,只好等脸红过一阵以后,勉强把心稳一下,很委婉地说:"我刚才看,还有几户等着入组的,都是社员,总不能甩出去几家,那样也不好。看看哪组愿意吸收他们?"

沉默。沈春身上的不自在一分一秒地增长起来,好像浑身的血在往外膨胀。再看自己那五个同志,脑袋越发垂得低了。

"看看……哪组……"沈春的声音越发微弱了。

沉默,还是沉默。连小孩子吃奶的声音都停止了。

"我们组就这些人啦!"忽然有一个人说,声音很低,语气却很坚决,使得全屋的人都耸然吃了一惊,所有的眼睛都转过去看,却是刚才插旗的王占河。

"我们组也够啦!"又一个红脸汉子跟着高声大嗓地嚷,"书记刚才不是讲让自愿么?我们就这些人自愿。"

这是封口了。眼珠不叫眼珠,真眼仁(人)呀!

五个共产党员是哪组都不要!……

当天夜里,这几个被抛弃的布尔什维克不约而同地聚集到了党小组长王才的家里。王才是这几个人中间的长者,有着近十年的党龄,又当过二十来年的生产队长。这位从八岁起就当半拉子、扛大活的老同志,当年曾是村里的一等棒劳力,后来又驰骋疆场受过伤,抗美援朝渡过江,在难忘的1967年,还戴着三尺长的"走资派"高帽子,在全大队被光荣游斗。如今,霜欺两鬓,英雄老矣!

但他真的老了吗?今晚,王才望着默默聚拢来的同志们,心里边一阵酸楚。他一个个地看着大家的脸,有的垂头丧气,有的愤愤不平。那个唯一的女党员,河北人王淑梅两眼红红的,呼吸之间还有抽咽声在。他想安慰他们几句,却又觉得无话可说。这时候,他们中间最年轻的一个、二十七岁的荣凤春说话了："这不是故意整人吗？咋的，一个不要！真把我们党员一碗凉水看到底了！上公社、上县，也得说道说道。"

"不假！"王汉周接过来了，他在河北曾经当过大队团委书记，很有点理论功底，说话喜欢提到纲线上认识，这时就操着一口河北腔说："共产党领导一切，分组不要党员，这就是阶级斗争！"另一个年轻党员刘清洲听了，也就着高往上拔，大声说："可不是咋的！这就是不要党的领导，不要四个坚持！跟沈书记说说，他们自个成立的两个组不合法，得推倒重来。"

"我看倒不一定扯到阶级斗争上去。"还是女党员王淑梅实事求是些，"人家一多半怕是嫌咱们干活不行。咱也别强求人家，自己成立个组吧，架不住早点起，晚点歇，能总拉后？"刘清洲听了也说："可也是！搞原子弹、人造卫星不行，真格的了，种大地，这么大个子，就干不了？"

七言八语，莫衷一是。王才听着这些议论，心里不住地翻腾。能扯到阶级斗争上去吗？当然是气话。真的是人熊、干活顶不上去吗？也不全对。他总觉得大伙没说到真正的原因上去。是没有看到？还是不肯那么认识？他想引导大家从自己身上找找原因，就说："咱这五个人，除我过了五十岁，三十上下的多，就是王汉周也才四十六，正是庄稼人下力气干活的好时候。可这些年咱们都咋干的呢？我是党小组长，我清楚。你们也不傻，能不知道？不讲别人，就说我吧。自个儿觉得年纪大了，在村子里边，没有功劳还有苦劳，如今两个儿子在城里工作，活泛钱儿多，光自留地一年就收四石粮。自家日子过好了，就想当老太爷、享清福了，管大家的事少了，地也不下了。不像个共产党员。今天会上的事，我有责任，我对不起党……"

老王才这一说，其他人都耷拉下眼皮。荣凤春年轻，受不了这话，赶紧说："你老上岁数了，要怪得怪我们年轻的。我复员回来，庄稼活生了，好当甩手队长，对人态度又不好，挺横的。我结婚以后那阵，听社员有反映，说我穿得溜光水滑，骑个小车，见天嘤儿嘤儿地，东跑一趟、西颠一趟，干拿补贴工分，当时我还有情绪。把我队长选掉了，也不是滋味。如今看，这不是给党抹了黑么！"小伙子说着，流下了眼泪。

这一来，大伙都检讨开了。有说因为嫌前勤太累，甘心当了保管员的；有说年纪轻轻却操起鞭杆子当小猪倌的；有说利手利脚却不爱下田的。是啊，我们这几个党员，除去淑梅不算，都当过兵，都当过生产队长，人人能说会道，可就是有一点，马列主义是专冲别人的，把为中国人民和世界人民谋利益变成为自己个人谋利益了。

"见椅子歇腿,见酒盅开胃,千里马也架不住恋栈。谁能拥护恋栈的千里马?"见大家说得差不多了,王才总结似的说,"我们党员啥时候变得这样了呢?"他在沉思中,想鼓励同志们几句话,但是找不到适当的词儿。他努力回想着当年在战场上遇到这种情况的时候,班长或连长是怎么鼓励自己来的。他终于没有想起来。当年的共产党人似乎没经历过这种失败。当年的共产党人,在人民群众中,如鱼在水,如鸟在林,从来没有听说过被人民群众抛弃不管的事。屡闻不鲜的,倒是老大娘或大嫂子,大伯和大哥们,有时甚至还有刚懂一点人间善恶的小嘎子和小闺女,为了保护一个党员,宁可在敌人的皮鞭和棍棒下,血肉横飞,宁可被烧了房子,填了水井,有时甚至不惜满村老幼面对敌人喷火的机枪口,也决不肯让党员同志受半点伤害。而我们的党员,也可以随时随地,为了人民的利益,极端自觉地献出自己的一切,乃至生命。党是人民的心,人民是党的命。

但是现在,我们五个共产党员不受欢迎了。怨谁?怪谁?

在这寒冷的冬天的午夜里,在这间孤零零的小土房的暖烘烘的火炕上,中国共产党的一个小组,以前所未有的郑重态度,讨论着这样一个极其严肃的课题:我们共产党人在群众中间的位置。这是何等发人深思的课题呀!月挂中天,星汉灿烂,大盐碱滩上闪耀着雪一样的色彩。那是使人望而生厌的涩碱,还是月轮的明洁的光辉?

三星歪了,夜已过半,中共三门李四队党小组的讨论会得出了一个重要结论:不是群众冷落了我们,而是我们辜负了群众,不是群众不要党员了,而是我们不怎么像党员了。

我们怎么办?就此躺倒吗?沉沦下去吗?不!我们从哪里跌倒的,就还在哪里爬起来!

我们共产党人要做什么样的榜样

分组第二天的黎明时分,一个惊人的消息飞快地在村里传开了:党员们自己插旗建组了。

这个消息立即在村里引起了各种议论。一些人点头称是:"这么样好,谁也不沾谁的,谁也不拐谁的。"有的人把这意思就说得刻薄些:"党员们也该自个劳动养活自个了。"一些老年人却觉得过意不去了。他们想起了党员的种种好处,办事公道啊,爱帮助人啊,肯自己吃亏啊,对老年人有礼节啊。

缺点是有，特别是这些年，可谁没有缺点呢？再好的马也有失前蹄的时候，就一个也不要人家？他们埋怨起那些分组的积极分子来了。

但也还有一个人很高兴。那是个老病号，本村的头等穷户，长得小身板像麻秆儿似的，只能放放猪，不能上趟子（下地）。他叫戴洪元。在那晚的分组会上，他曾经很兴奋地自报：“我参加王占河组。”

"我们人够了。"王占河组的人赶紧说。

"那我报田富那组。"戴洪元有自知之明，因此很能将就，他的意思是有个组就行。

"我们再要就多了。"田富组的人也赶紧声明。

戴洪元干翻白眼说不出话来。现在一听党员单独成立了作业组，他赶紧跑回家，让孩子从南大甸子喊回了正在搂毛柴的妻子，夫妻两个紧张地商量起来了。很快地，一个最庄严不过的家庭决议形成了：报名入党员这组。戴洪元飞起两条细腿，小脸兴奋得通红。他去找党小组长王才了。他很有信心。

这个戴洪元，三岁上被卖到戴家，如今四十七了，既不知道自己是从哪儿来的，也不知道父母往哪儿去了。他在贫困的境遇中挣扎着长大。二十五岁那年，得了一次严重的肠梗阻病，在四平和长春住了三个月医院。有21天，滴水不进，全靠打葡萄糖活命。结账时候，总共花掉了1600多元钱，都是国家给报销了。他总说："我没有亲人，共产党就是我的亲人。我从小没娘，共产党就是我的亲娘。"划分作业组的会上，他寻思自己跟王家组是亲戚（他的养母姓王），跟冷家组是儿女亲家，哪组还不能要？可就偏偏哪组也没要。"谁要他那个累赘！"有的人说。这回他来找共产党员王才了，眼泪汪汪地，他喊："三舅（他论的是屯亲，其实并非真的甥舅关系），我要参加你们党员这组。别人不要我，我跟共产党，共产党不能把我扔了吧？"

虽然来的是一个半残疾人，王才也很感动，他觉得这时候来找他入组，是一种支持，是一种鼓励，也是一种信任，就赶紧说："要是你不嫌乎，就来吧。我们吃干的，不能叫你喝稀的就是了。"戴洪元很自卑，他吭吭哧哧地说："我顶不上个好半拉子，要了我，你们就得少打粮。"王才说："放心。一粒也不兴少打的。还要比他们那两个组打得多。往年，我们党员没把劲使到生产上，光练嘴皮子了。教训了别人，自个不咋的，对不起乡亲了。今年，我们要把劲别过来。党员都下了决心，要在发展生产上起先锋作用，把我们作业组办成全公社第一等的。今年我们党员要出这个风头，哪怕先烂呢，也非当这个出头橡子不可。我们要拼命了，你不嫌累，就来吧。"

这以后，他们还另外吸收了两户没人要的职工家属，正式组成了作业组。大队党支部批准了他们的组成，同时把这几个组按顺序划定为第一、二、三作业组。但三门李的庄稼人自有独特的命名法。他们把王姓为主的称作"王组"，把冷姓为主的喊为"冷组"，而把党员为主的这个组，别出心裁地叫作"党组"。

啊，"党组"！这是亲切的称呼，还是包含有某种揶揄？

总之，"党组"的旗帜就这样打起来了，最年轻的党员荣凤春抖擞精神，就任了第一任组长。好心人替他们捏把汗。有人给算了一下，论人头，他们组能有十几个人干活，其中除了三个党员是中青年，还有一个病号，三个老头，一个半拉子，六个小姑娘，忙的时候还可以动员起来五个家庭妇女（其中包括两个老太太）。年龄最大的七十四岁，最小的十六岁。这样，他们就集中了全村的老弱残兵。而另外那两个组则全是一色棒劳力。爱凑热闹的人编出了顺口溜："王组强，冷组棒，党组真够呛！"好心人替他们发愁："到秋天，'党组'这台戏可咋唱？"

戏是可以唱的。事实上，自从"党组"正式组成那一刻起，这台戏已经开唱了。他们不怕拖累，肯于吸收半残疾人戴洪元和没有劳力的职工家属入组，显示了共产党人克己为人的宽广胸怀，赢得了善良的庄稼人的敬佩。现在，他们又克服劳力不强的困难，送齐了粪，虽然是跟头把式，连跑带颠干的。

"党组"真正经受考验是在春播时节。

严冬过去了，春风在人们的期待中染绿了柳树的梢头。三门李人豪兴十足，要在八十年代第一春里大干一场了。

三个作业组撒开人马，进到芳香的田野里。就像有人预言"党组"一春天送不齐粪那样，现在又有人预言他们的地要种不上了。当此时机，党小组长王才挺着高大的身躯下地来了。他抓起一把湿土，使劲攥着，宣誓似的说："我不当舒服老爷子了，豁上这把骨头，干吧！"他早年生活不安定，落下个胃痉挛的毛病，一犯就疼得打滚。这时候，他就带着药瓶子下地，病犯了就吞一片药。每天，他第一个在曚昽的曙色升起以前就起来，挨家叫醒自己组的同志，踩着早霜下地。往年种拉拉稀苞米，今年他提出种单株密。他挂个小棍，在前边踩格子，不用度量，不用计算，一步一个脚印，步间恰好四十五厘米，好像他的脚上天然就带着一个电动钢卷尺似的。整个播种期间，他就是这样在走，十五垧苞米地，都是这么样走出来的。每天平均要走两万多米。但这不是在平坦的大路上悠闲散步,而是在疏松的垄台上,深一脚浅一脚,来来去去毫不变样地走。东辽河边上,既无山又无树,风沙很大,有时刮得人平地摔跟头,何况在一条窄窄的松土垄台上。风沙难撼志士身。共产党员王才就这样一步步向前走着。在他的身后,是"党组"的同志们。

王汉周是负责滤粪的。他从河北迁来没有几年。河北不是这样干活的。一方风土,一方活计。到哪随哪。但这些年他没有好好学活计,如今不会使巧劲就只好使笨劲,汗流满面地苦干不歇。荣风春一春天没穿他那身油光水滑的新郎官礼服了,他早换上了从部队带回来的草绿色军装。经过春风和汗水的漂白,军装很快地褪色了,一张年轻英俊的脸也变得黧黑。他的媳妇心疼丈夫,偷着宰了一只老母鸡,炖上了她在娘家时候拣的油磨。动筷子的时候,荣风春对妻子说:"不用宰鸡,我累不垮,力气在心里边呢,使也使不完。"那个本来还很年轻,却被称作"老窝瓜,不起面了"的刘清洲,是除了王才以外最能起大早的一个了。他是怀德十八中的毕业生,说话好讲个遣词造句。"清洲哥,真早啊!"有人喊。"这也叫物极必反了。"他笑一笑说,"以前我是上工没一天不迟到的,现在不早点就达不到新的平衡啦。"

在春耕的紧张时刻,"党组"成员的家属们也都来了。那可真是有人出人,有力出力,出不了力的也来站脚助威。其中有小媳妇,有小学生,还有一位须发如霜、矮小驼背、身子几乎弯成一个圆圈的老人,那是王汉周的七十四岁的爹爹。这些家属们,他们有儿子、父亲、丈夫或哥哥"在党"。这些"在党"的亲人今年面临着一场严峻的考验。这场考验的成败似乎也和他们命运攸关。他们嘴上不说,但心里想的都是这个。"捧我们'党组'!"这好像成了他们不言自明的行动口号。别组是一个点种的和一个滤粪的。他们至少有两个点种的和两个滤粪的。一副犁杖后边,常常跟着一大串人。他们好像不是在种地,而是在和他们的亲人一起,从事一种神圣的事业。这事业绝不是单纯用工分和经济收益所能表示的。这使他们的精神异常专注,情绪分外高涨。而人在这样的时候,往往能做出平时做不出的事情来。今年,他们的地就种得又快又好又精细,一点也不像我们北方习惯的大犁划沟,大把扬籽的粗拉拉的干法。

这一年的春播,三门李四队的三个作业组上了劲,工效大为提高。去年种地,全队用了一个月工夫。今年分组,十五天就干净利索地完成了。

好雨知时节。慈爱的大自然母亲也为自己的儿女们及时地助了一臂之力。春播刚完,一场春雨就落下来了。种子发芽,小苗拱土,田野一派绿色。

沈春书记组织了一次全大队的苗情检查,有大队干部、生产队干部和各作业组长参加。他们沿着本大队的地面巡视,发现哪块地的苗齐苗全苗壮,哪里的苗色发绿发黑,那就一定是"党组"的。"你看人家'党组'种那地,地头地尾都没扔,没一垵缺苗的。""王组"和"冷组"的人说,有点佩服了。

见苗三分喜。"党组"更来情绪了。"王组"和"冷组"不敢怠慢,赶紧补苗。"'党组'呛上了,向你们学习!"他们中的一些人诚恳地说。

"'党组'的苗太密,以后怕不结棒,要吃甜秆儿。"他们中的另一些人也是诚恳地说。

果然,不几天以后,"党组"满地的青苗泛黄了。这是脱肥了。为今之计,就是要赶紧追肥。化肥最赶劲。荣凤春组长火急奔往公社求援。公社机关立刻紧张起来。他们一直在关注着"党组"的命运啊!"你们这几个人代表着全公社的党员"。这是党委书记的话。岂止全公社,就连县委的书记、地委的部长,心都被牵拽着啊!公社很想给"党组"吃一点偏食,可惜手头并没有化肥。十屋公社党委书记亲自出马,去友邻毛城子公社请求支援。毛城子一听是三门李"党组"需要,也紧张起来。"他们这个'党组'也代表我们这些党员啊!"这是毛城子公社党委书记的话。他们立刻从自己手头分出了六吨硝铵。

硝铵拉回来了,"王组"和"冷组"眼巴巴地看着。这当口追化肥,可真追到点子上了。"到底是'党组',有党撑腰。咱这没有党员的老百姓组,可成了后娘的孩子了。"他们这样想着。

与此同时,"党组"也在想。共产党员能吃独食吗?我们能做那种光顾自己、不管群众的事吗?好事都归我,见着便宜就抢,这是我们共产党员的风格吗?不,不是。我们宁可少打点粮,多吃点亏,也不能把党的性质改了。三一三十一吧。六吨硝铵,一组两吨,平均分下去了。这不是送化肥,是送成吨的粮食啊,这不是送粮食,是送去了党的传统啊!"王组"和"冷组"大为震动。庄稼人心肠软,受一点好处就不得了,何况是紧要关节时候成吨的化肥,他们的心和党员的心往一块贴了。

"嗯,三门李党小组,有点像那么个样子了。"十屋公社党委书记听到这件事,点头说。

"党组"把追肥的活包给了妇女。王淑梅动员起了五个家庭妇女,其中包括王才的老伴和荣凤春的老妈。妇女们干活心细,又不糊弄,组里是放心的。往年追化肥是拿锄头,直着腰板刨坑,大把抓肥往下扔,今年,"党组"

妇女们一改常规，拿小木棍扎眼，用汤匙舀肥，弯下腰，一点一点往眼里放，就像给自个心疼的孩子喂奶。农村妇女生活条件艰苦，家务负担重，不少人都有难治的痼疾。荣凤春的妈妈年轻时候生过一对双胞胎，落下个病，俩肩膀总是酸疼酸疼的。王淑梅有肾炎，这些日子正犯病，两条腿浮肿，一按一个坑，半天下不去。可她们都坚持着干。在她们的丈夫和儿子面前，她们从不说一个累字、苦字、疼字，汗水淋漓的脸上总是挂着笑容——只有在劳作不息而又家庭和美的劳动妇女的脸上才会有的那种笑容。晚上回到家里，男人们能蹲着或坐下抽支烟，揉腰揉腿，她们却还要趴在灶门脸前烧火，忙忙地淘米做饭。火光映着她们的脸膛，烟气熏着她们的眼睛，而她们粗心的丈夫和儿子总是很难发现她们的手和腿是颤抖着的。这样一干就是多少天，她们到底抢在雨前追完了全组的地。

转眼也就到了铲地的时候。三门李地方地多人少，铲地一向是北大荒干法，大夹板锄，两条胳膊悠开了，粗干毛撸，形同赛跑，轰轰隆隆，眨眼之间一大片地就完了，铲下来多少草就算多少草。河北人王汉周初来这里干活很不适应。他的老家就在万里长城脚下，离秦皇岛不到一百里。那里铲地的方法有点奇怪，最大特点是往后边退着铲，而且铲得非常精细，因为土地少、人口多，决不肯伤一棵苗，就像大姑娘绣花一样。王汉周来到三门李铲地，冷不丁由往后退改为向前进，觉得十分诧异，不仅干得很笨很慢，而且干着干着就又身不由己地往后边退了起来，引起人们一阵阵哄笑。

但王汉周也有他的好处，今年"党组"铲地要求质量，就是要保全苗、锄净草，"种十成保十成，丰收年不收无苗田"呀。这正是河北铲地法的优势所在。王汉周有用武之地了。他下了地，除掉仍对向前进感到有些别扭而外，他那种精细劲，那种认真的态度，那种一苗不伤的精神，都叫人打心眼里佩服。素来被人判为"不会铲地"的王汉周成为打头的了。一帮年轻人都跟他学，铲得又细，搂得又深，三门李因此出现了新的铲地法。等到沈春书记又带人来检查夏锄情况的时候，看了"党组"的地，他和检查组的人无不点头赞叹，说是这样的地铲一遍顶两遍了。

我们共产党人好比种子

满地庄稼比赛似的蓬蓬勃勃长起来了。大盐碱滩为一片壮观的青纱帐所覆盖。"党组"的庄稼继续拔尖，丰收已成定局。人们的态度也慢慢变过来了。

但"党组"仍不敢有半点松懈。

"人家小看咱们,咱们可不兴小看人家。"还在"党组"处境艰难时,党小组长王才常对同志们说,"大家一个屯子住着,哪能总是针尖对麦芒的!分组不分心,共产党员还要讲风格。"

他们也真是这么做的。夏天,冬小麦黄熟时节,劳力很紧张。"种在冰上,收在火上","麦收三晌",火似的太阳一照,眨眼间麦子就勾头了。不及时收上来,就要掉粒。偏赶上天气预报说要有大雨。抢秋抢秋,真是和天老爷抢收成啊!"党组"劳力虽不硬实,但是能动员起来的人手多,干劲又大。人家一头晌歇两气,他们只歇一气,中午也不休息,忙忙地扒拉一口饭,就又下地了。他们很快地拔完了麦子,运回去了。这时候急坏了那两个组,特别是"冷组"。大片麦子在地里挺着,眼看就要颓秧了。三门李地方粗杂粮多,种一点麦子金贵得要命。来人去客,擀个面条,新年春节,包个饺子,全指靠着这点出产。"冷组"的人急得火上了房,不吃不喝不歇气,拼命干,越着急那麦子还越难拔了。抬头看看天边,黑云彩正由小变大,风也带出凉味了。正当这个时候,一群人轰一声涌进了麦地,立刻烟尘风扬,干起来了。"冷组"人抬头看,正是"党组"派人来了。他们很是激动,一迭声地感谢。"党组"却说:"这也是互相支援呗!"人们的心越发贴近了。

分组以后,农具什么的也照样分了三份,但他们仍共同使用一个仓库,一家占了一个角,从来没发生过什么纠纷。不像有的地方,分了组,就在仓库里垒起高墙,开出几个大门,各走各的,如同路人,邻组相望,鸡犬之声相闻,老死不相往来。

柳枝泛红,北雁南飞,转眼间壮丽的秋天来到了。小杂粮上场以后,"党组"的领先局面以具体的物质成果显示出来了。无论是小麦、糜子、小豆和葵花子,"党组"的人均所得都超过了另外两组,其中有的超出了差不多一倍。四大作物(高粱、谷子、苞米、黄豆)的产量,"党组"也大大领先。全作业组产量高达五十五吨。"王组"和"冷组"也不错。全队三个组加在一起比去年多产粮四十多吨。

这是一个生产上的重大胜利。但引人注目的东西还不只这些。前不久,三门李重新选举了生产队班子,党员刘清洲被三个组一致推为生产队长,"王组"和"冷组"还称他为"总组长",意思是刘清洲也是他们的组长。在沈春书记看来,这种情况很自然地又成了一个预兆,说明三门李三个作业组的构成将要有所变化了。"王组"和"冷组"已经放出口风,要求"向'党组'

靠拢"。有人还在私下里活动，对某个党员说："过年你得上我们组来。没有党领导哪行！"对此事反应最为强烈的是那两组中的一帮小伙子和大姑娘。青年人喜欢用自己的眼睛看生活，他们有自己的功利主义，不像上岁数人那样注重经济观点，他们更着眼于精神生活的需要。他们很不满意地说："三门李的分组法大有问题。把党员都给分走了，我们入党、进步的事咋办？谁培养？未必你们这些长翅膀的（非党员）当得了介绍人吧？"对这样的埋怨，他们的父兄是难以作答的。就这样，经过近一年的艰苦奋斗，卧薪尝胆，三门李四队的共产党员们，同乡亲们一道，共同迎接了一个大丰收。他们在我们国家960万平方公里地面上的这一个小小村落里，以党的一个最基本的细胞，重新恢复了党的威信，重新获得了人民群众的信赖。

这威信是怎样失去，又怎样重新获得的呢？三门李大队党支部书记一边谈着，一边陷入了深深的思索。以前不是没有发现过党员们的问题，也不是没有采取措施解决。批评啊，个别谈话啊，办学习班啊，学习十二条准则啊，可就是不起多少作用。这回用了什么办法呢？没有。没用什么办法。大队支部和社党委甚至没有批评一声，指责一句，可党员们竟一个个奋起改正了缺点。这是什么巨大的权威力量做出的奇迹呢？是生活，是人民群众，是一种极严峻又极公正的社会现实。"我们共产党人好比种子，人民好比土地"。我们党的领袖老早就这样说过了。种子是不能离开土地而生存的，就像地神安泰离开大地母亲就会窒息而死一样。这些年来，我们的教训有一千条一万条，归根到底是这一条：我们作为种子脱离了人民这块土地。

当我们勇敢地正视这种现实，挺起胸来，不是靠宣言，而是靠行动，不是靠旁人，而是靠自己，去克服缺点错误，去发扬党的传统，去以我们自己的手，恢复我们自己的形象，则我们就必定能够重新开花结果，达到我们的目标，就像在三门李这块丰饶而又贫瘠、富裕而又荒凉的大盐碱滩上，我们五个普通党员所获得的成功那样。

  编者附记：《三门李轶闻》系中国作协主办的第二届（1981—1982年）优秀报告文学奖获奖作品之一，原载《春风》1981年第6期。此次本报转载时略有删节，并请作者到三门李访问一次，看看四队党小组的同志们怎么样了？作者为此写了一段"附记"如下：

"党组"的同志们在继续前进。

先是，荣凤春应邀去"冷组"挂帅，不久又奉调就任大队民兵连长；

另一名青年党员刘清洲则受命到问题成堆的大队机耕队作负责人。考虑到"党组"余下的成员过于单弱，分开会带来诸多不利，大队党支部决定仍保持原来三个组的建制不变。农村里边，分组如分家，父子兄弟间利害得失都很分明。但王才带领"党组"不仅自己种好地，而且继续悉心帮助别人。三队刘延生作业组种地有困难，求救于"党组"，"党组"立刻送去了组里最好的一匹大红马，无偿地给"刘组"使用。二队包干户尚学俊一家不会种地，急得哭，"党组"出人出犁出车马，从春播直到庄稼上场，全面包了下来，分文报酬不取。如今，顺应形势的发展，三门李地方都已经实行大包干、责任到户了，从此要户自为战。四队党员们的目光却没有禁锢在自家的庭院里，他们郑重确定了每人的帮助对象，即那些劳力弱、畜力差、底子薄的人家，三门李人称之为"党员联系户"。党员们在自己搞好生产的同时，决心带领困难的乡亲一同发家致富。1982年夏天，中共怀德县委授予三门李四队党小组"模范党小组"的光荣称号。这荣誉，王才和他的战友们是受之无愧的。

（刊发于1983年3月24日《人民日报》）

在这片国土上

李延国

编者按：即将在《解放军文艺》第 10 期发表的长篇报告文学《在这片国土上》，是一首献给引滦入津工程建设者们的赞歌。我们今天特选载其中的一部分。选载时，作者做了一些删节。

将军帽山下

三十亿年前的造山运动中，由于地壳板块构造的碰撞和挤压，造就了华北大地上雄奇的燕山山脉。引滦入津，需要在燕山余脉的将军帽山下凿出一条十二公里长的引水隧洞，这是我国目前最长的水利隧洞，也是引滦入津的"卡脖子"工程。

此处地壳多次升降，造成了岩层的扭曲、断裂、破碎，对于工程，它意味着惊心动魄的塌方、滑坡、流沙、山水……

曾有一些工程队的负责人和工程师来勘察过现场，他们都摇摇头走开了——要干，至少得五年，或者十年！

干渴的天津，不能等待，翻两番的宏图，不能等待！困难，在呼唤着猛士！

1981 年 11 月 11 日，副军长王嘉祥带领着先遣队向将军帽山进发了，他们带的工具是原始的——钢钎、铁镐、铁锹、抬筐，而斗志是昂扬的。

天津七百万人民，从车间里、课堂上、厨房里抬起头来，重新打量着这支队伍……

"呼啦啦……"滑坡了，上千方的土石堵死了刚刚掘开的洞口，另换洞口，时间要延续两个月；"轰隆隆……"塌方了，塌得透了天，十几米深的大黑洞，巉岩像死神的獠牙，张开在战士们的头顶上。有人提议用掘开式，那等于搬掉一座小山，少说要搭进六十天……

我们解放了这片国土，却并不了解它的构造；我们热爱这片国土，却并不懂得它的喜怒哀乐。

营长孙道彬，一个血气方刚的小伙子，组织起一个"敢死队"，接着把头发剃光，其含义不言而喻。上行下效，各连干部战士也齐呼啦地"削发为僧"，然后还有带悲壮意味的宣誓。孙营长早早地留下了一份遗嘱：一，如果牺牲了，没有完成党和人民交给的任务，问心有愧，死不瞑目；二，丧事从俭，不要影响施工；三，全营同志奋发努力，继续完成没有完成的任务；四，老婆可以改嫁……当然，"遗嘱"未见诸文字，是几个营干部在工地吃着冰碴子饭时凑起来的。

难道真的让他们只凭血肉之躯去拼搏？

应该赞佩军首长和师首长的远见，当王嘉祥副军长带着部队出征的同时，部队也办起了各类技术骨干培训班。北京部队秦基伟司令员，送来了从各部队抽出的几十名技术骨干，他担心哟，当年他当红军时，打坑道不懂得什么"经始"计算，打到老表的茅坑下去了……

"土八路"被逼上科学的"梁山"！他们要向牛顿、爱因斯坦、李四光要生产力，要战斗力，要安全，要质量，要速度！

月下追"韩信"

被冷落久了的科学之神，并不是一开始就被人们所钟情的。

某团进驻了两位地质工程师，他们每天到隧洞里取样，作记录，为部队施工提供地质预报，在有些人看来，那小巧的地质锤比风钻轻快得多。被塌方急得红了眼的团长，说话喷火："你们吃在我们这里，住在我们这里，不帮我们解决什么问题，还不如去推轱辘马！"

地质工程师的自尊心被损害了，他们默默披上地质锤，回指挥部去了。

"你们团长、政委到我这里来一下！"师政委王基山眼睛也发红了，在屋里来回转悠，他要克人！当年拿破仑远征埃及时曾下达了一个古怪的命令："让毛驴和学者走在中间！"那是爱惜知识分子啊，我们共产党人难道还不如一个资产阶级将军？知识分子是什么？是科学技术的载体啊！

团长、政委赶来了，王基山把桌子拍得山响："你们啊，不懂政治，不懂大局。没有地质预报，我们就是聋人瞎人，就像打仗没有侦察员……"

"我们明天就去把他们请回来。"

"明天？干嘛要明天？今天就去，马上去，好好向人家道歉！"

军用吉普车启动了。这是共产党人的月下追"韩信"！

工程师被请回来了。值班员行了一个庄重的军礼："工程师同志，部队集合完毕，请你讲课！"

英雄的部队向科学敬礼了！

师长、政委、副师长、副政委……这些鬓发斑白的"老头子"，像小学生一样和战士们坐在一起，听工程师讲"新奥法"，"光面爆破""非电爆破""全断面掘进"……新名词儿，新技术，让大脑褶纹里储进更多新的信息。

善于学习的军队是最有希望的军队，这是新的"集团进攻"！

为了帮助祖国母亲拉一根纤绳，他们要做一支能打仗、会建设的"两用军队"！

在"吉卜赛部落"里

走南闯北的铁道兵，素有"吉卜赛部落"之称。在引滦工地上，他们发生了那么多酒的故事：

酒故事之一

国庆节前夜——一个爽心怡神的夜！

"老虎团"简陋的机关食堂里，正举行一场"庆功宴"。自从师长刘敏在天津引滦指挥部立了军令状后，他们一个九月大战，夺得了463米的进度——这是铁道兵战士给共和国最好的献礼！

"干杯！"几十个创业者的手，高高举起了酒杯，每个人的酒杯里都盛着一轮月亮，几十个苦战的日子，大把大把的汗水都浓缩在这里了！

团政委孔庆云，一个面孔黧黑，粗壮敦实的山东汉子，端着酒杯，款款走到师政委张景喜面前："政委，我知道你不喝酒，可今天这酒你得喝！"孔庆云自豪啊，一年前哪来的"老虎团"？那是一盘散沙，号称"三国四方"（三个团加一个独立营）。甭说别的，整编时有的连队把可怜巴巴的小猪崽都杀吃了，只带着一盆咸盐来入伙，第一顿饭就揭不开锅……从科尔沁大草原来到了引滦工地，他们削"山头"，抱成团，在引水隧洞的全线放响了第一炮，又第一个从斜井打入正洞。他们的兵力是全线的八分之一，担负的任务却是四分之一。三千名指战员就像三千小老虎，威震燕山，从此叫响了"老虎团"！此刻，九月大战告捷，你师政委不喝这杯酒说得过去吗！

谁知师政委张景喜用手把酒杯捂住了："我喝酒是有条件的！"

"什么条件？"

"掘进再加五百米，年底完成一千八！"

一杯酒五百米，好辣的酒，好苦的酒！

酒杯，在半天空吊着，像一个大大的问号！孔庆云变成了一座举着酒杯的雕像！

倏忽间，他的目光和团长解少文的目光交织在一起了！那是心的交流，热的交流，力的交流，碰出了火，碰出了自信和决心！他扫视"宴会厅"，几十双眼睛朝他投来热、投来力，等待呼唤，等待开发！这个桥梁系毕业的军校生，猛然把胳臂一伸，像伸出一座桥梁："一千八，干了！"

师政委倏地站起来，嘴角露出一丝不易察觉的笑容："干！"

"干！干！干！……"

（年底，"老虎团"不是干了一千八；而是两千三百七十五米！）

酒故事之二

九号洞第二百五十六次塌方又开始了，掌子面上，发出了由死神指挥的交响——

"轰隆隆——"这是危石塌落在钢拱架上的声音；"哗哗哗——"这是地下水倾泻的声音；"嘎嘎嘎——"这是钢拱架达到疲劳极限，扭曲、断裂的声音！六排工字钢的排架，受不了沉重的负荷，倾斜着，下沉着……

工程师王国钧，一个平时默默无语、已有外孙的老兵，扔掉手中的烟蒂，甩掉身上的雨衣和绒衣，扛起一根支撑木冲了进去，两个战士也随后跟了上去……"轰隆隆——"巨石又塌落下来，两个战士退出来，王国钧也撤了出来。

山体在徐徐下沉，钢拱架在痛苦地扭曲、断裂，陷入地面三尺多深，如果让三十七米厚的山体陷落下来，后果不堪设想！

浑身透湿的王国钧红眼了，又扛起一根支撑木……

"不要往里进了！"副总工程师王纲兴喊住他。九号洞已经夺去了两条半人命，他要为同志们的生命负责！

"你给我滚开!"从来不发脾气的王国钧两眼瞪得吓人,转身冲上了掌子面。

王纲兴与王国钧同龄,是有名的炮筒子脾气。他第一次当着那么多晚辈人的面挨骂,可是,他沉默着,和战士一起扛起支撑木,跟上了王国钧,冲进了"虎口"里……

两位老总和战士们跪在拱架下,顶着纷纷下落的小石块,用手扒开石渣,搭起三个枕木垛,竖起了九根立柱,下沉的山体被托住了。

深夜,战士们带着一身泥水,下班走了。王国钧这个很少喝酒的男子汉,特意找来两杯龙潭大曲,摆放在九号洞值班室的桌子上。他独自坐着,他在等一个人。

一步,一步,王纲兴顶着满头白发,拖着疲惫的身体走上斜井,他是最后一个离开掌子面的。他走进小屋,怔住了……

王国钧站起来:"老伙计,我对不起你,刚才我在教导员那里作检讨了……"

两只抖动的手端起了酒杯,他们默默对视,泪水顺着他们眼角的鱼尾纹滚了出来。

(两天以后,团政委赵树春派干部股给两位老总每人送来两袋奶粉和一包白糖)

酒故事之三

这是一个多雪的冬天。燕山银装素裹,引滦战士住的营帐变成了一只只巨大的白蘑。指导员陈庆辉踏着积雪从工地回来,按惯例,熄灯前他都要到各班走一遭。他撩起三班帐篷的门帘,顿时被一幅景象惊住了:许冠群,那个颧骨高高,平日看来老实巴交的壮族同胞,正纠合着六七个壮族老乡在喝酒!不但有本连的,还有外连的。工班前喝酒,这是纪律绝不允许的。你看他够摆的——烟、糖、罐头、香槟酒全有了!你看他够寒碜的——牙缸、饭碗、杯子盖都当成了酒具。

"许冠群,你搞什么名堂?"陈庆辉铁着脸。

帐篷里顿时静下来。许冠群站起来,手里还端着半碗酒,面对指导员,他不知该说什么好,忽然他把碗向前一伸:"你也喝一杯吧!"

陈庆辉一挥手:"我不喝。我问你哪!"

本连战士黄洪安站起来了,小声地说:"指导员,今天是冠群的婚礼,别批评他了……"

"婚礼？"陈庆辉简直不敢相信自己的耳朵，难道还有一个人举行婚礼的吗？这时他才看清许冠群的确换了一身新军装。

"是啰，是啰！"老实巴交的许冠群带着新郎的羞涩垂下头去。他二十七岁了，已经为引滦三次推迟婚期！这个来自刘三姐故乡的壮族同胞的行动，本身就是一曲动人的歌！

1981年12月，许冠群探亲回到广西隆安县文化山村，他和相爱了三年的阿园姑娘到公社办理了结婚登记手续。就在这时，部队接到了开赴引滦工地的命令，许冠群未能成婚就返回部队。这中间，许冠群因引滦工程紧张又两次推迟了婚期。按壮族人的习俗，如果哥哥、姐姐不结婚，弟弟、妹妹也不能成亲，于是双方老人又一次给他们订好了婚期——1983年1月28日。

当阿园得知许冠群说引滦工程"不通水不能回家完婚"时，她写来了一封信"……家里准备的东西都是双的，就是人不成双，如果你请不下假来，我给你发一个假电报吧……"

"你要发假电报，我就和你'吹'！"许冠群在信上写道。当然，真"吹"他是舍不得的，他委婉地提出一个不改婚期，在两地举行婚礼的办法。

阿园毕竟是通情理的，半个月后回信同意了！于是，在约定好的良辰吉日——今天晚上八点，一对情侣分别在茶花盛开的小米河边和冰封雪裹的燕山脚下，按着中华民族古老的传统，举行了庄重的结婚仪式。

指导员被感动了，心里觉得欠了这个战士什么，这是一生的大事啊！他赶回自己宿舍，拿来香烟和糖块，他来不及准备更好的礼物。

这一次，陈庆辉郑重地从许冠群手里接过喜酒，"刷——"所有参加婚礼的军人都站了起来。

"来，我们为许冠群同志祝福，祝他夫妻恩爱，白头到老！"

叮叮当当，各种各样的酒具碰在一起，有牙缸、有饭碗、有杯子盖……

（婚礼结束，许冠群换上工作服，戴上防险帽，走向他的"洞房"。后来，赵紫阳总理来工地视察，听到这个故事后，连声说："佳话！佳话！"）

祖国啊，我为你背一根纤绳

从遥远的科尔沁大草原家属基地开来一辆"大篷车"，停在了营部门前。

营长的妻子何正桂带着三个孩子走下车来,当她第一眼看到丈夫陈正金时,这个三十多岁的妇女竟像孩子一样哭了!

陈营长刚从工地回来。十个月不见,他把自己搞成什么样子了哟!衣服滚得像泥猴,身子瘦得像麻秆,两只眼睛红得像灯笼,络腮胡子长得像蒿草,走起路来好像风都吹得倒。何正桂在内蒙古家属基地时就常听回去的人说引滦工程很艰苦,眼前,不用丈夫开口,她已全看到了!

十个月来,陈正金带着全营凿穿了全线最陡的十二号斜井,又向正洞开进。这个斜井全长208米,共517级台阶,爬一次斜井,等于上一次北京饭店的顶层。可是这毕竟不是北京饭店!这里印着死者的鲜血和生者的汗水。如果一个人按一天爬六次斜井计算,半个月累加的高度等于珠穆朗玛峰!

何正桂决定留在丈夫身边。当晚,十二号洞又出现了大塌方。陈正金带着战士们奋战了三天三夜,塌方被制服了。可是,陈正金的关节炎和风湿性心脏病恶化了。他是被战士扶着走上517级台阶的。他需要休息、治疗。

何正桂尽心地给丈夫烫脚、揉腿、煎药,做他爱吃的饭菜。可陈正金咽不下妻子烧的鲫鱼汤,咽不下家乡风味的肉丝榨菜。铁道兵对担负的隧道工程实行了"大包干",营里兵员不足,还缺一百多天工,营部卫生员、统计员、通信员、炊事员都上了阵,他当营长的怎能吃得下躺得住呢?

何正桂理解丈夫的那颗军人的赤子之心。这天晚饭后,她给丈夫煎好药,把孩子哄睡了,便从墙上拿下丈夫的防险帽和雨衣。她要到那个男子汉去的地方,去攀登"珠穆朗玛峰"!

"我不能替你指挥,我可以替你出力气!"她把防险帽戴在头上,顿时使世上一切女性的妩媚都失去了光彩!夜幕下,城镇里千万个母亲正守着可爱的孩子进入甜蜜的梦乡,而何正桂,这个引滦工地上的妻子和母亲,却走出了她的低矮的小屋,走下了517级台阶……

隧洞里,所有的卷扬机手、抽水机手、调度员、爆破手、风枪手、装碴机手都含着泪水向这位可敬的大嫂、他们营长的妻子投来注目礼!

她,肩扛着铁锹,像扛着一面旗帜,走向深深的掌子面,在地球深处,一干就是几个月——她是这条全国最长的引水隧洞中唯一的女战士,也是唯一没有领取任何工资和奖金的引滦战士!

(刊发于1983年9月24日《人民日报》)

"三连冠"

何慧娴　李仁臣

张蓉芳挥臂一击,疾如流星的排球重重地砸在美国姑娘手臂上,像鸟儿一样斜翅飞出了界外。

3∶0,中国女排赢了!我们赢了!!

奥运会冠军的大门,终于被她们敲开!

梦寐以求的"三连冠"(连获世界杯、世界锦标赛、奥运会的世界冠军),终于如愿以偿!

长滩体育馆沸腾了!这个历史的镜头,使多少守候在电视旁的炎黄子孙热泪盈眶,欢呼雀跃!掌声、笑声、鞭炮声汇成欢乐的声浪,振荡在8月的晴空里,带着祖国亿万亲人的祝贺、慰问和感谢,飞过波涛滚滚的太平洋,飞向洛杉矶!

不平静的1984年8月8日中午(北京时间),已经成为一座永久的纪念碑,载入中国女排的奋斗史。在祝捷的欢乐时刻,让我们沿着袁伟民和中国女排姑娘走向胜利的足迹,去寻找她们洒落在"三连冠"之路上的汗水和泪珠,苦恼和喜悦,曲折和奋进……

一

"你敢不敢说这句话:我们非要拿这个奥运会冠军不可!"

三个穿运动衣的人——袁伟民、郎平和杨希正在进行一次严肃的谈话。

袁伟民手上夹着一支烟,半天不吸一口,期待的目光,落在郎平的脸上,等着她的回答。

郎平的思绪像翻腾不息的海水。袁指导的这句话,语气平和,依然带着苏州乡音,但她听来却像一把铁榔头敲击她的神经,震撼她的心。

室内暖融融的。她的一颗心，却仿佛裸露在寒风中，紧缩着。这位一向爱动脑子、机敏豁达的北京姑娘，此时心事重重，竟不知怎样从话匣子里理出一个头来。

她知道，袁指导的脾气是不饶人的，说在节骨眼上的话，更是一针见血："你最大的长处是肯追求，总是不满足，总是向前看。你刚进业余体校，就整天盼着打北京队；到了北京队，又想进国家队；到了国家队，一心想拿世界冠军，要成为最佳运动员，世界排坛的尖子。现在，两个世界冠军已经到手，你就不想再把奥运会冠军拿下来？"

大滴的眼泪，"吧嗒、吧嗒"地掉在地板上。按照郎平的性格，她何尝不想尝尝"三连冠"的滋味！可是，今天的中国女排发生了多大的变化？这已经不是拿过两个世界冠军的那支队伍了。

就说坐在面前的杨希吧，现在是袁指导请来的客人。她和陈招娣这次"回娘家"，是来帮助训练，做新队员工作的。

从秘鲁捧回第九届世界排球锦标赛金杯之后，孙晋芳、曹慧英、陈亚琼等五员老将光荣引退，杨锡兰、姜英、郑美珠、杨晓君等一批新秀补充进来。这个扯筋动骨的大胆决策，使中国女排奋进的风帆，驶入一片顶风逆水的海域。虎视眈眈的世界女排列强，都想抓住这个难得的时机，把我们的航船击沉在抵达光辉彼岸的途中。

最初的挫折，发生在1983年深秋的日本福冈。四年来，与中国女排交手屡战屡败的日本姑娘，第一次翻过身来，重新夺回亚洲女子排球锦标赛的金杯。这个金杯，四年前曾被郎平和曹慧英双手举过头顶，接受观众的欢呼，留下难忘的镜头。谁料想，这次竟让它飞了，而且输了个0∶3。这怎么向老队员交代？怎么向全国人民交代？

悔恨的泪水，在领奖台上就涌出了眼眶。一片阴云，笼罩在郎平的心头。

她第一次感觉到，面前的路竟是这样的艰难。在队里，她的位置连升两级，变成了老队员，又担任着副队长，过去别人带她，现在她带别人。不说别的，连早上多睡一会儿的这点福分也享受不到了，还得像当年的孙晋芳那样，每天都得早早地起来，去叫醒那些想多眯一分钟也好的新队员。在球场上，她树大招风，是众矢之的，美国队把她的动作输入电脑，日本队潜心研究她的每一条攻击路线⋯⋯主攻手的担子越来越沉重，防御她的屏障越筑越坚实。真是难！难！难！怪不得在她的日记本上，隔不了几页，甚至隔不了几行，就出现一个"难"字。

此刻，郎平不敢迎视袁指导锐利的目光。这目光能把你的五脏六腑看透："你的难处我知道。现在，正是我们队转入新老交替的时期，需要你那股追求的劲头。我知道你有拿'三连冠'的愿望，但是为什么不敢响亮地说出来？这又不是开记者招待会！人贵一口气。这口气是上、是下，自我要求就大不一样。有了非拿'三连冠'不可的精神境界，才能创造达到这个目标的物质条件。不付出超人的代价，就想得到超人的成绩，天下哪有这样的便宜事！"

袁伟民清楚地看到，实现"三连冠"，这把"铁榔头"是举足轻重的人物之一。主攻手是否精神抖擞，八面威风，关系到整支队伍的士气。

好马一鞭，响鼓一锤。袁指导的良苦用心，她全明白：下死决心，当"三连冠"！在这一点上，袁指导自己硬得像块钢，也要求每一个队员像钢一样坚强。

驰骋赛场的郎平，不愧为一名骁勇的战士。在困难面前，她没有退缩，每次上场都使尽浑身解数，做最大的努力。她要用行动抹去福冈输球的阴影。时隔一月，在一次国际女排邀请赛上，她面对高大对手的拦网，频频起跳劈杀，眼看再拿两分就把一场球赢下来了。突然，一阵钻心的痛楚，使她跌坐在地板上。不好，小腿抽筋了！同伴们正为她着急，只见她咬紧牙关，一跃而起。"世界大炮"继续轰鸣，直到取得最后的胜利。

二

1983年农历的岁暮。中国女排在湖南山城郴州迎来了她建队后的第八个冬天。

这一天，张蓉芳一大早就起来了。房间里一点不冷，排球集训基地的同志，特意为前来冬训的中国女排烧了暖气。生机盎然的水仙，在案头绽开淡雅的玉蕊；南国的寒风，摇曳着窗外不凋的碧树。只是，这里的天空不像北京那般晴朗，倒像张蓉芳此时的心情。

近来，她常常失眠。昨晚，熄灯半天了，她还独自在走廊的窗前凝思。眼前的景物，是那么熟悉、亲切。不远处那个大草棚，在朦胧的月色下显得太简陋了，新建的训练馆矗立其旁，代替了它的使命。但是，这个撒满她们汗水的大草棚，却留着她最美好的记忆。

四年前，她和中国女排的伙伴们在这里卧薪尝胆，终于在第二届亚洲女排锦标赛上实现了"冲出亚洲"的愿望,开始"走向世界"的攀登。

光阴荏苒。四年后,她作为中国女排艰难时期的队长,又来到这里。"新女排"要去夺取"三连冠"的最后一个金杯,这是更严峻的考验。

哪一种比赛能与壮丽的奥运会媲美?哪一个运动员不把夺取奥运会桂冠作为最高的追求?但是,时间只有半年了。这支"老冠军、新队伍"通往奥运会的路,布满荆棘。张蓉芳怎能不急?

不知是徘徊的脚步,还是轻轻的叹息,惊动了伏案工作的袁伟民。他推门出来,见是张蓉芳。八年的相处,使他对这个老队员的性格了如指掌。好胜逞强的毛毛,在困难和对手面前,一向是个咄咄逼人的挑战者。如今,挑战者自己正面临着挑战。

当引退的孙晋芳、陈招娣他们沉浸在蜜月幸福中的时候,她这位重任在肩的"元老",却被出其不意的病魔击倒在病榻上。急性胰腺炎销蚀了她二十斤体重,人瘦了一圈。病后,她第一次出现在工人体育馆的排球网前,苗条得像个中学生,有的观众甚至都不敢认她了。

病魔无情,毛毛执拗。大病初愈,很小的运动量也会给她带来痛苦。她咬着牙坚持锻炼,一点点长劲儿,一步步恢复失去的素质和体力。

郴州的冬训异常艰苦,经常是一上球场就长达四小时。细心的袁伟民发现,张蓉芳口袋里总是装着几块巧克力华夫饼干。训练间隙,她便喝几口水,悄悄把饼干咽下。袁伟民知道,准是讨厌的胃病又在折磨她了。这种饼干,两角二分钱一块,每天得吃三四块,一个月要花二十几元,都由她自己掏腰包。有节俭美德的张蓉芳,对该花的钱毫不吝啬,只要能为国争光,她心甘情愿。

"别急,毛毛!情况会好起来的……明天你休息,不要去球场了。"

张蓉芳没有遵照袁指导昨晚的吩咐留下来休息。她想:"谁不累啊?袁指导不累?邓指导不累?郎平、晓兰、梁艳、杨子……哪个不累?"富有弹性的步履虽然变得沉重了,一颗自强不息的心还是引领着疲惫的双脚,迈进了训练馆的大门。

一个人要在精神上战胜自己,比在身体上战胜自己,不知难多少倍。中国女排对一位队长的要求,远远超过了对一位"怪球手"的要求。过去,张蓉芳把深沉的思索,化成技术上的追求,赢得了国际排坛"怪球手"的美誉。现在,也处处按照一位尽职的队长严格要求自己。开会听得多讲得少的习惯,被她改掉了,变为经常的"首席发言人",会议主持者。熟悉张蓉芳的人知道,这对她来说是多大的变化啊！队长的重担，把她磨炼得更成熟了。新的权威形成了。女排姑娘们钦佩自己的队长，喜欢自己的队长，一声"毛毛姐姐"的昵称，唤出了她在新队员心中的地位。

三

"杨子，来，给我一个！"

"杨子，再来！"

一声声呼唤，冲着她飞来；一只只好球，从她手上传出。绷紧的排球网前，昔日站着孙晋芳的地方，如今活跃着天津姑娘杨锡兰。她是一根新的金线，串联着中国女排的颗颗珍珠。

度过严峻的冬天，伴着明媚的春光，中国女排远涉重洋，又一次飞落美国西海岸，作访问比赛。两把好剑，在相互撞击中才能显出谁更锋利。调整后的中国女排与美国女排四次较量，在香港和波鸿邀请赛上赢了，在"瓦尔纳之夏"和不来梅邀请赛上输了，二比二，平分秋色。这次相遇，双方都非常重视。从4月15日到24日，两个队捉对儿打了五场，足迹遍及洛杉矶、迈阿密、达拉斯、明尼阿波利斯、波特兰，最后来到旧金山。

旧金山，对杨锡兰并不陌生。两年前那次美国西海岸之行，中国女排虽然取得四胜三负的成绩，但在这里却是败走麦城，给世居这座城市的华侨、华裔留下了沉闷的记忆。

今天，杨锡兰从球场上望去，只见观众中，有一半是黑头发、黑眼睛、黄皮肤的炎黄子孙，龙的传人。一到旧金山，我领事馆的同志就转达了海外赤子的殷切期望："这场球，我们一定要赢！"

偌大的体育馆，一下子安静下来。杨锡兰掠了掠额发，微微猫着腰，背在身后的左手，传递着战术暗号，就像按着枪的扳机，一触即发。

银笛鸣，白球飞。美国姑娘开局顺利，以2比7领先。暂停之后，袁伟民面授机宜："你们不要急着赢，只管咬住她们的比分，最后她们会紧张的。"杨锡兰她们拿出了平时练的"咬"劲，扣、传、拦、发，一丝不苟，一口气追上8分，对方也添了3分，场上出现10平。

忽然，美国队教练赛林格站起来叫暂停。他叫队员站在端线上，自己与美国裁判交涉起来。他指着观众席，认为使用闪光灯的人太多，对电视转播不满意。杨锡兰甩一把汗水，暗自想到："果然不出袁指导所料，她们有点沉不住气了。"

此次旧金山之役，打了个漂亮的3比0，一雪两年前之耻，当地唐人街上欢欣鼓舞，祝捷的电话不绝于耳。

出访前，袁伟民心里就打好了主意："如果先胜两场，就让新队员打。"在达拉斯进行的第三场比赛，他果然换上姜英和侯玉珠打主攻，让郎平和张蓉芳坐"冷板凳"，当替补，以磨炼新手。六场球打了个五比一，在塞林格博士的心理上，造成了一定程度的不安定感，打出了我们新老队员之间的信任感。

最使袁伟民高兴的是，杨锡兰挑起了二传的大梁，新的场上核心捏合起来了。新队员中，她是唯一一个没有老队员做后盾的人物，压力大，责任大，成长得也快。在飞机上，袁伟民问郎平和张蓉芳："你们现在看到这支队伍的希望了吗？"

郎平笑了。张蓉芳也笑了。这发自内心的笑，使袁伟民看到，她们对孙晋芳的怀念换成了对杨锡兰的信任。

四

刀刻般棱角分明的脸上，平添了几多皱纹；浓密卷曲的满头黑发，新染了几许银霜。一个人的成熟与衰老是同步进行的。

波罗的海之滨的苏联名城里加，留着袁伟民青年时代的记忆。二十年前，他作为中国男排的主力二传来过这里；今天，他作为中国女排的主教练，又出现在热情的拉脱维亚观众面前。

在这里举行的中、日、美、苏四国女排邀请赛，不算重大比赛，却有特殊意义。袁伟民把目光集中在日本女排身上。从福冈到里加，当中隔了半年，中日双方都渴望在新的较量中决一高低。

日本女排总教练山田重雄，从主席台上俯视着场边的袁伟民。袁伟民一副专注的神态，一只手托着下巴。像罗丹的著名雕塑《思想者》。他在思考什么呢？

是不是还在玩味军事家郭化若那封寓意深长的信？这位精通《孙子兵法》的将军，借兵家之言，论赛场之事，点拨在要害处，令人茅塞顿开。袁伟民很欣赏信中那个"斗智不斗力"的观点。在郴州集训期间，他和邓若曾既抓苦练，搞"突击周"，攻薄弱环节；又抓巧练，请张蓉芳、梁艳、李延军三个手快脚快的姑娘谈跑动进攻的体会，开"诸葛亮会"，研究克敌之策。中国女排在训练的科学性上，更上一层楼。昨天晚上，他独自关门思考怎样与对手"斗智"，最后决定主力阵容的站列顺序往后倒三轮。

这一倒，有点出乎对手的预料。因为从香港超级排球锦标赛以来，我们一直都没倒过。日本队按照我们以往的排阵习惯部署力量，在同一个位置上，原来做的是防郎平的准备，三轮一倒，变成面对张蓉芳了，两人球路不一样，像防"大炮"那样卡位，就未必能招架"机关枪"的扫射。这场球，中国姑娘回敬日本女排一个3比0。惧怕中国队的阴影，又笼罩在日本姑娘头上。

第一盘棋下输了，总想再来一盘。四国邀请赛第二阶段，移地列宁格勒。中日间的冠亚军决赛，为山田重雄和他的队员提供了扳本的机会。

"战幕"拉开，又一个始料不及的新情况出现了：中国女排上场队员中没有郎平和张蓉芳。日本姑娘张大惊讶的眼睛，纷纷扭过头来看着自己的教练，仿佛在问："怎么办？"

山田重雄也没有想到，对阵的袁伟民会从"棋盘"上撤掉两颗这么重要的"棋子"。场上队长的标志佩戴在杨锡兰的胸前，她和梁艳、杨晓君、郑美珠、侯玉珠、姜英，就是袁伟民用来拿这个冠军的主要兵力。

这个阵容，一上来就把日本队打懵了，竟以12比0遥遥领先。她们的快攻特长受到扼制，我们倒像流动着的活水。第一局日本队仅得了2分。第二局，双方打到14比13时，袁伟民放出郎平，"铁榔头"一锤定音。第三局，她们以15比6扳回。第四局，我们以15比5告捷。

袁伟民、邓若曾和领队张一沛运筹帷幄，女排姑娘齐心协力，赢得了四国邀请赛上的全胜，打了一个漂亮的奥运会前哨战。她们带着心理优势，迈着坚定的步伐，昂首进军洛杉矶！

争气的中国姑娘，英雄的中国姑娘，长江黄河为你们欢笑，十亿神州为你们骄傲！

然而，我们透过你们激动、兴奋的心扉，也分明地听到你们的心声："三连冠"是终点吗？不，这又是一个新的起点！

一九八四年七月—八月写于北京—洛杉矶

（刊发于1984年8月9日《人民日报》）

玉 碎

袁 鹰

岂有文章倾社稷，从来佞幸覆乾坤。

——廖沫沙：挽邓拓诗

整整二十年过去了。

1966—1976—1986。

从 1966 年开始的那大动乱、大疯狂的十年，那黄钟毁弃、瓦釜雷鸣、忠良遭害、奸佞横行的十年，是一场充满血泪和血腥的梦魇。自 1976 年 10 月粉碎江青反革命集团从而永远结束那暗淡的长夜，至今又近十年。悲怆难忍的悼念，惊心震魄的控诉，骇人听闻的揭发，正义凛然的审判，都已渐次成为过去。大江流日夜，我们的党和人民正在新的万里征途上披荆斩棘，迈步奔向令人心驰神往的二十一世纪。

然而，痛定思痛，怎能忘却那段给我们民族带来如此深重灾难的历史呢？怎能抹淡在那一桩桩、一件件冤案中，数以万计赍恨以殁的英灵的名字呢？如果我们不能从血海中吸取历史悲剧的沉痛教训，岂不是枉过了那十年？

在这里，请读者们暂时离开充满春光的现实世界，回到二十年前那被扭曲、被毒化的岁月，唤回一个忠贞正直的共产党人、一位卓越的知识分子的英魂。他是那场亘古罕见的浩劫中第一个用自己血肉之躯去维护革命者尊严、抗击邪恶势力摧残的人。

他就是邓拓，曾任《人民日报》总编辑、社长，中华全国新闻工作者协会主席、中共中央华北局候补书记、中共北京市委书记处书记、中国科学院社会科学学部委员；也是卓越的马克思主义宣传家、政治家、历史学家、新闻学家、诗人、杂文家、书法家。

一

四五月间，本是北京最美好的春日花朝，但是 1966 年暮春时节，却成了最郁闷恼人的日子。政治气候密云欲雨，硝烟弥漫，叫人透不过气。

一连好些天，邓拓几乎从早到晚都枯坐在书房里，心情沉重而烦躁。他经历过白色恐怖和反动派监狱里的生死搏斗，经历过战火纷飞和敌后反"扫荡"的艰苦岁月，也经历过新中国成立以来的风风雨雨，却从不曾经历过如此痛苦的心灵上的煎熬。一场政治大风暴倏然而至，雷声隆隆，惊天动地，而且竟轰击到他的头顶上，是他做梦都不曾料到的。

其实，近一两年来，雷声一直在中国大地的上空翻滚。市委会议上讨论过；作为主管宣传、文化、教育的书记，他也曾向所属单位的同志们传达和布置过；在熟悉的同志间，更是多次议论过。对电影《北国江南》《林家铺子》、戏曲《李慧娘》《谢瑶环》和其他一些文艺作品的批判，对学术领域一些哲学、历史理论问题的批判，调门越来越高，口气越来越硬，帽子越来越大，早已远离学术讨论百家争鸣的正确方针。稍有点政治阅历的人就会意识到，一场新的政治运动已经在隐隐发动。

至于要批判吴晗，去年就断断续续听到。开始时，他有点纳闷：《海瑞罢官》有多少可批的？为什么要翻出一个五年前写的戏来批？吴晗又有什么了不得的问题？他了解这位在北京共事多年的同志，深知这位满腔热血、一片丹心的学者的为人。有位同志曾经大惑不解地问他："海瑞精神不是毛主席亲自提倡过的吗？毛主席不是批评过那种不顾人民疾苦的死官僚主义者不及封建时代的海瑞吗？"邓拓当时没有回答，心里觉得这位好心的同志未免像自己过去那样太书生气了。

终于，五个多月前，上海报纸上抛出了一篇姚文元评《海瑞罢官》的长文。箭离弦、刀出鞘"来者不善，善者不来"。邓拓耐着性子仔细读了两遍，觉得此文完全是装腔作势的吓人战术，根本不是谈历史和戏剧，无非借海瑞为由头，扣个大得吓人的政治帽子。那咄咄逼人的架势，深文周纳的论断，更是隐伏着一派杀机。这种文章，怎能让作者心服、读者受教育呢？吴晗当时就愤愤地对他说过：

"如果真是要讨论对海瑞的评价，我可以奉陪，写文章参加争鸣。但姚文元是在扣政治帽子，我只能保持缄默，以示抗议。试问，我的剧本写在庐山会议之前，当时既不知道彭德怀同志要被罢官，又怎么能未卜先知地影射

1962年才发生的单干风和翻案风呢？岂非神话！"

邓拓望着吴晗，只能默默地点点头。吴晗的反批评当然是对的，只是未脱书生意气。那个姚文元显然很有来头，有恃无恐，同这样的角色进行什么学术争鸣，岂非与虎谋皮！然而，彻底的唯物主义者是无所畏惧的。他在市委的会议和其他场合，仍然严肃地反复强调：应该坚持党的优良传统，正确区别学术问题与政治问题的界限，维护党的思想理论斗争的正确方针。他对市委理论刊物《前线》编辑部同志就这样叮嘱过：

"《海瑞罢官》首先要作为学术问题来讨论。要培养良好的风气，把不好的风气慢慢扭转过来。在真理面前，人人平等，都有发言权，不能一批评就不得了。过火的批评要纠正，不能一棍子将人打死。"

邓拓的这段话，表现了一位马克思主义政治家、宣传家的襟怀和风格。江河日下，举世滔滔，他是明知其不可为而为之。尽共产党员的责任，尽力做一点拨正工作。政治风暴一来，知识分子、文化人总是难逃一劫，似乎已经成为一条规律。知识分子的世界观总被认为没有改造好，辫子一抓就是一大把，毫不奇怪。可是，他万万不曾料到，此番风暴不同于往年任何一次。就在邓拓和他的同志们顶着逆流、力挽狂澜之际，林彪、江青、康生和他们的党羽，正麇集在鬼影幢幢的暗室里磨刀霍霍，瞄准他这颗黄金无价的头颅，要用它去祭他们搅乱天下的黑幡了。

二

阴谋家的行径，从来都是鬼鬼祟祟、见不得太阳的。秦桧要对精忠报国的岳飞最后下毒手，只敢夜晚躲在东窗下炉火旁同老婆悄悄定计。现代的秦桧们，虽然都不忘竭力为自己的鬼蜮行径描上金碧辉煌的光圈，但在筹划于密室的阶段，也还不敢轻易宣泄于人。只有到了自以为可以得胜回朝，才会趾高气扬地自我暴露一番。

一年以后，1967年4月12日，江青窜到中央军委扩大会议会场，得意洋洋地夸耀了一番她和张春桥、姚文元之间的一段秘密勾搭。在那个后来广为印发的讲话中，有这样几段妙文：

"批判《海瑞罢官》……张春桥、姚文元为了这个担了很大的风险啊，还搞了保密。"

"当时彭真拼命保吴晗，主席心里是很清楚的，但就是不明说。"江青继续故弄玄虚,装模作样:"因为主席允许,我才敢于去组织这篇文章。对外保密,保了七八个月,改了不知多少次。"她诡秘地说张春桥每来北京一次,就有人探听。"有个反革命分子判断说,一定和批判吴晗有关。那是有点关系,但也是搞戏,听录音带,修改音乐,但是却也在暗中藏着评《海瑞罢官》这篇文章。因为一叫他们知道,他们就要扼杀这篇文章了。"

这是鬼话!六十年代初期,以张春桥、姚文元那时的煊赫声名(更不用说江青),真想发表一篇文艺评论,易如反掌,何以要搞得故布疑阵,草木皆兵?很简单,他们写的不是正经文章,而是政治阴谋;他们手里没有真理,只有皮鞭和大棒。

那天在座的元帅、将军们,目睹江青这一番似人似鬼的表演,有些同志心中有数,但是投鼠忌器,不便驳斥;有些同志平时不太注意文化战线的事,对江青的蛊惑,不免半信半疑;也可能本来就认定文艺界问题不少,现在一听,果真是糟透了,坏透了。这也难免。

这种种内幕,邓拓当时只隐隐约约听到过一点传闻,并未深信。但是康生、江青们几个月来的言行,却使他渐渐地心如明镜。康生其人,平时道貌岸然,俨然一副马列主义理论权威的架势。然而邓拓知道这是个翻手为云、覆手为雨的两面派,一掌大权便要整人,尤其是整知识分子文人的时候,更是心毒手狠。对江青,邓拓从来是抱敬而远之的态度,他说过这是个蛇蝎一样的女人,心胸狭窄,喜怒无常。前两年她心血来潮,忽然要在北京搞"试验田",搞京剧改革,作为市委文教书记,他不便硬顶,只好借口有偏头痛的病,躲避了晚上陪江青看戏的苦差。看来,这回很难躲脱这两个人的毒手了。

前些天市委会议上,已经传达了中央精神,要公开批判他的《燕山夜话》和《三家村札记》。讨论时,发言的人不多,冷冷清清。大家似乎都有难言之隐,对这次要兴师动众进行大批判,很不理解。以彭真、刘仁同志为首的市委同志们很尊重党中央、毛主席,按照上面的指示布置了要做的事;同时劝他不要紧张,要正确对待,严格要求自己,注意健康,不要把身体搞垮,希望他放下包袱,轻装前进,将来还要做很多工作。他衷心感激那些老同志的深切关怀,殷勤嘱咐,言语不多,却体现了革命战友间同舟共济的情谊。但是,回到家里,孤灯静坐,却总也平息不了满怀压抑、委屈和愤激的心潮。

据邓拓夫人丁一岚同志和孩子们回忆,那一年几乎整个春天,邓拓都在沉默中度过。家里再听不到娓娓动人的话音,再看不到温文和蔼的笑容。他本来就严于律己,很少同家人随便议论政事,尤其属于党内机密的事,从来绝口不谈。孩子们每星期六从学校回家,只见他们的爸爸终日紧锁双眉,连最小的岩岩也不敢多问一句话。大一些的子女,在学校里听到党团组织和老师的反复教育:"要站稳立场,坚决同反党反社会主义分子划清界限。"他们爱爸爸,相信爸爸,但他们更要同党团组织站在一起,只能用茫然的、带着怀疑和恐惧的眼光偷偷地看看那最熟悉的面容。丁一岚那时正参加电话局的"四清"运动,工作紧张,很少回家。报上的文章,来自各种渠道的传闻,使她终日忧心如焚,却难得有同丈夫倾心交谈的空暇。直到如今,她每一忆及,还是悔恨不已。

三

一进入5月,电闪雷鸣,形势更加严峻。5月8日,署名高炬和何明的两篇文章,同时发表了,真似五雷轰顶,万箭钻心。翻开报纸,天天都是整版篇幅,通栏标题,从一版到四版,尽是《铲除反党反社会主义毒草》《坚决同邓拓斗争到底》;打开收音机,从早到晚,都是"愤怒声讨""彻底清除"的声浪。那一触即发的火药味,使邓拓终于明白,这场席卷全国的狂飙,根本不是学术讨论,也很难说是"文化革命"。什么"百家争鸣""自由辩论",什么"真理面前人人平等",什么"思想批判从严,组织处理从宽",所有这些正常的原则,早被刮得无影无踪。而且他已经被剥夺了辩白的权利,那么,还能说什么呢?

凭着多年新闻工作的经验,他自然清楚那种"声势浩大""全国一致"的来龙去脉:一纸电文,一个紧急通知,就能够在一夜之间调动起千军万马。社论、材料、文章、反应依次见报,各条战线先进人物、少数民族代表人士,纷纷出场,反正自有笔杆子捉刀代笔。只要有三五篇、七八篇,就能冠以通栏大标题,"舆论"就造成了。

"群众是对的。"面对着那些足以使人神经高度紧张的报纸版面,邓拓痛苦地强制住自己的愤慨:"既然宣布我反党反社会主义,那就是敌人,他们当然理应表示憎恨。群众从来是相信党、相信党报的。"

然而,深夜扪心自问,自己怎么会变成敌人!?怎么可能成为敌人!?三十多年来,即使在敌人的监狱里,在敌后行军、骑在马背上编报纸的日子,他也从未对共产主义事业有半点动摇。即使如1957年那次被无端地斥责为"书生办报""死人办报",他也只是反求诸己,默默忍受,如鲁迅说的躲到草丛中自己舐干伤口的血迹。他仍然一如既往,夜以继日地工作,也仍然用自己的一支笔,热情地为社会主义前进的脚印讴歌,为杰出的中华儿女画像。凭什么要诬蔑他是"反党反社会主义"呢?

前些天,杨述来看他。谈到眼前风云,两位老战友心情都相当沉重。

邓拓悒郁地说:"我作了一年以后再弄清问题的准备。"

杨述眯起眼睛,透过深度近视眼镜向他看了一会,摇摇头:"我看这一次可能会长些,可能需要两三年吧。"

在1966年5月,人们自然不可能对眼前这场正在开始的历史悲剧做出深刻的剖析,即使是邓拓、杨述这样具有高度学识水平的历史学家和理论家,甚至连符合实际的预见也难以做到。他们空自慨叹:"屈贾谊于长沙,非无圣主;窜梁鸿于海曲,岂乏明时!"只能相对缄默,束手无策。

但是邓拓还有更深的忧虑。

很明显,这场政治风暴,已经将党内斗争推到社会上去。姚文元又在杀气腾腾地叫喊:"不管是'大师',还是'权威',是三家村或四家村,不管多么有名,多么有地位,是受到什么人指使,受到什么人支持,受到什么人吹捧,全都揭露出来,批判它们,踏倒它们,"还要挖出"最深的根子"。很清楚,诸如"根子""包庇""后台"这类字眼,岂是某个作者或编辑能够随便加上的?这是明眼人一看便知的。他们的矛头还指向谁?搞倒吴晗,搞倒他邓拓,肯定还要搞倒北京市委,搞思想文化战线的一大批人,那么,他们究竟意欲何为?

四

5月17日那天,丁一岚整天都在机关里忙着"四清"的结束事宜。批判"三家村",搞"文化革命",恶浪滚滚,人心惶惶,谁还有心思搞"四清"?而且,自从公开点邓拓的名,她一直处于惊愕和迷惑中,还要承受周围同志的异样的眼光。那眼光,说不清是同情、怜悯、安慰,还是无可奈何、幸灾乐祸。动乱的年代,扭曲了同志间的正常情谊,在人与人之间支起了一层又一层朦胧莫辨、变幻无常的帷幕。这些她都还可以忍受。多年来的政治运动,她已经习惯于这种使正常的人情和人性变了形的不正常气氛。只是回到家里,看到丈夫愈加憔悴、瘦损的面容,使她心如刀割。她完全能理解、又感受到这些日子以来他承担了多么沉重的压力。那个瘦削多病的身子、那颗带着创伤的心灵，能支撑多久呢？唉！

有如烈火加油，昨天，5月16日，报上又发表了戚本禹的文章。文中竟有这么一句："邓拓是一个什么人？现在已经查明，他是一个叛徒。"

叛徒！看到此处，邓拓顿时热血上涌，只觉眼前昏黑，头晕目眩，全身像一片枯叶，在狂风中悠悠荡荡，坠入无边无际的骇浪惊涛。

他禁不住拍案而起，绕室徘徊。这个姓戚的有什么根据这样血口喷人！什么"现在已经查明！"查明了什么！他不能忍受这种凌辱！他要向市委申诉，向中央申诉！思想批判从严，也不能无中生有，肆意诬陷！怎能任意给人戴这么一顶又重又黑的大帽子！

走了几圈，他的心情渐渐平息，终于颓然坐下。有如一头落阱受伤的麋鹿，被狠心的猎人捆住四肢，投进监车，只能俯仰由人，动弹不得。

是啊，历来的文字狱，本来不需要多少根据，也不需要什么人证物证，有时一句话，仅仅一句话，就足够置人于死地了。

"这是怎么回事？"丁一岚昨天一回到家，就急切地问。她上午在单位看到报上那篇文章，心头就像爆炸了一颗炸弹。她相信丈夫政治上是清白的，怎么可能跟共产党人最憎恨最厌恶的"叛徒"二字连在一起？

"纯粹是诬陷！"邓拓愤愤地说："我两次被捕的情况，抗战初期就在太原向黄敬同志讲了。被捕以后，我的组织联系人和我领导的支部都没有受到牵连和破坏。我没有做过任何对不起党的事！这是组织上早就调查清楚，做了结论，写在档案上的嘛！"

苍白的脸上泛起红晕，紧咬嘴唇，胸部不停起伏，仿佛一团怒火即将喷薄而出。丁一岚有点慌乱，此时此刻，他那心脏病千万不能突然发作啊！

沉默好久，邓拓喟然长叹："也许这是中央重新给我做了政治结论。"

屋里本来已经显得阴冷的空气骤然凝固了。丁一岚没有作声。他的话像一记重锤，沉重地敲击着她本已战栗着的心扉。

今天黄昏，她拖着沉重的双脚踏进家门，抬头就瞥见他仍正伏案疾书，继续写那封给市委领导同志的长信。她轻轻走到书案边，扭亮了台灯。

邓拓抬起头来，掷下笔，搓搓手，仰靠在椅背上。

"你看你今天一天都没有回来。我有好多话要对你说。"

丁一岚静静地在书桌边的小沙发上坐下，不安地期待着。

轻烟似的暝色投进室内，渐渐地潴成一汪清凉的湖水。他们两人沉浸在湖水里，周身浮起阵阵寒意。

"一岚,"邓拓缓缓地开口:"我又想了好久,你和孩子们还是同我先分开一段时期的好。家里有姐姐照顾我,不要紧。这样对大家都好。"

丁一岚心乱如麻。他们昨天曾经议过这件事。儿女都渐渐大了,戴上红领巾,入了团,纯洁无邪,眼睛里容不得一粒砂子。蓦然间,他们挚爱的、崇敬的父亲,竟然成了凶恶的"反党反社会主义分子",成了为人所不齿的"叛徒"!他们不敢相信,又不能不相信,《人民日报》《红旗》杂志都这么登的,还能错吗?在学校里,受到教师的诘问,同学的辱骂,真想回家在妈妈面前痛哭一顿,可是又不愿回家。家里那融融泄泄的欢乐气氛,早已变成阴森森的冰块。妈妈只是叹气,只是嘱咐要相信爸爸是好人,不要对爸爸说刺激性的话。这几天,他们索性一句话也不说,连走路的脚步都放得很轻很轻。

孩子们的凄惶神情和异常举动,自然都落到父亲的眼帘里。一阵阵痛楚咬啮着他的心。孩子都是好孩子,长在艳阳下,前途无限。他怎能连累那些可爱的儿女,那一颗颗掌上明珠!

"好吧,"丁一岚心不在焉地叹口气:"我带孩子们先避开一阵……"

邓拓深情地望着她凄苦的脸:"最好明天就走!"

丁一岚心中一怔。为什么那么急?莫非他预感到什么?莫非今天他听到什么消息?不会的,近来他什么会议也不能参加,什么文件也不能看到。但她不忍多问,只是随口应了一声:

"好吧,反正等问题解决了,我们就回来。"

邓拓凄然一笑:"你太傻了!"

二十年后,丁一岚同志回忆那个永世难忘的夜晚,仍然幽愤填膺,泪珠盈睫:"我是太傻了!我当时听不出这句话的分量。那些日子,老邓好几次问我:你说这场运动到底为了什么?我回答不出。当时真的不理解,以为无非又来一场跟过去差不多的政治运动,批几个人。用不了多久,问题搞清楚了,该甄别的甄别,该平反的平反,总相信党是了解他的。谁能料到跟着来竟是那么一场使多少人家破人亡的浩劫!真是太傻了!"

五

深夜。纷纷扰扰的京城内,这一角小院此刻是宁谧的。一架紫藤萝,正是开花时节,暗夜里散发着沁人心肺的幽香。往日,它的主人倒是喜欢偷一点难得的清闲,在它身边踯躅吟哦,或是端坐在藤椅上把卷凝思,消磨几番春晨夏夜。今夜，它却显得孤独清寒，真有点"寂寞开无主"了。草木有情，它能知道这是它陪伴主人的最后一个夜晚吗？

灯下，邓拓仍在奋笔誊抄给市委领导的那封信：

……许多工农兵作者都说："听了广播，看了报上刊登邓拓一伙反党反社会主义的黑话，气愤极了。"我完全懂得他们的心情。我对于所有批评我的人绝无半点怨言。只要对党对革命事业有利，我个人无论经受任何痛苦和牺牲，我都甘心情愿。过去是这样，现在是这样，永远是这样。

他按照当时的认识，认真分析自己写《燕山夜话》和《三家村札记》时的背景和不足，他并不满意自己写过的许多诗文。但是，他不能容忍那种断章取义、指鹿为马、颠倒黑白的肆意诬陷。例如他写《说大话的故事》，原是听到当时有些农村又有买卖婚姻和谎报产量的现象有感而发，怎么能说是"妄想煽动人们反对党的总路线，攻击大跃进"呢？《一个鸡蛋的家当》，原是有感于当时有些社队又在搞投机买卖和剥削行为而写的批评，怎么就成了"要纠集牛鬼蛇神起来推翻我们的党"呢？他要申诉，他要反驳。明知这样做未必会有好的结果，但是一个共产党员的党性，一个马克思主义者的唯物主义态度，要求他必须这样做。他一直拳拳膺服于谦早年写的两句诗：粉身碎骨全不怕，要留清白在人间！面对这种无耻的诬陷，他只能寄希望于组织。

……文章的含意究竟如何，我希望组织上指定若干人再做一番考核。《燕山夜话》和《三家村札记》中，我写的文章合计一百七十一篇，有问题的是多少篇？是什么性质的问题？我相信这是客观存在，一定会搞清楚的……

邓拓同志，这里用得着你对妻子说的那句话："你太傻了！"阴谋家已经将磨得锋快的屠刀搁上你的脖颈，你还在认真地请组织上指定人去调查核实，还指出"有一些重要地方与原话有出入"，还要驳斥某人将你的《留别人民日报诸同志》一诗解释错了。唉，唉，你也太纯真了。你难道不清楚那些帮凶帮闲的刀笔吏们的惯伎，同三百年前指"清风不识字，何必乱翻书"两句诗为讥刺清廷就去告密以此送作者下狱治罪的卑劣手法，不是如出一辙吗？在专制、愚昧、横暴意识占上风的时代，善良正直的知识分子，任凭你光明磊落，博学多才，为国为民，贡献卓著，到头来常常免不了成为白衣秀士王伦们的俎上肉、刀下鬼。"亦予心之所善兮，虽九死其犹未悔。"这种精神和气节，自屈原而后，世代相传，光照千古。这是中国知识分子的可贵、可爱处，也是中国知识分子可悯、可悲处。

邓拓强抑住心头隐隐作痛，在追溯那一段时期的政治形势的时候，委婉地用曲笔进行一些揭露和反击。他不点名地提到了那个几十年来一贯以整人为业的康生。康生在大庭广众间批坏戏时，声色俱厉，好像社会主义的中国即将毁在几出戏上；而他自己看戏却必定点名要看《十八扯》之类。这小小一击，击中了康生的要害，康生看到这封信后，一直愤愤于怀，曾经恨恨地骂了一句："邓拓临死前还咬了我一口！"

在这封长长的遗书的最后一段，人们听到的是一位忠诚的共产党人披肝沥胆的呼喊：

> 作为一个共产党员，我本应该在这一场大革命中经受得起严峻的考验。遗憾的是我近来旧病都发作了，再拖下去徒然给党和人民增加负担。但是，我的这一颗心，永远是向着敬爱的党，向着敬爱的毛主席。
>
> 我要离开你们的时候，让我们再一次高呼：
>
> 伟大、光荣、正确的中国共产党万岁！我们敬爱的领袖毛主席万岁！伟大的毛泽东思想胜利万岁！社会主义和共产主义的伟大事业在全世界的胜利万岁！

几十年文章满纸，无数次签过自己的名字。此刻，却是最后一次签下这两个字。他感到一阵异常的宁静，也感到突然的疲惫。偶尔抬头，天边一钩残月正在藤萝架上洒落冷冷的清晖。他忽然想起战争时候写给妻子的旧句："似有难言心事在，行看冷月晚窗移"，心头涌起一阵难以抑止的眷恋和哀伤。

肠炎又发作了。他去卫生间的时候，穿过妻子的卧室，看到她睡得很安详，就蹑手蹑脚地走过去。望着"鹣鹣形影共春秋"二十年的爱侣，不禁百感交集，怆然泪下。他让自己稍稍平息一下，又抽出信笺，给她留下最后几行字：

> ……我因为赶写了一封长信给市委，来不及给你们写信。此刻心脏跳动很不规律，肠疾又在纠缠，不多写了。

你们永远不要想起我，永远忘掉我吧。我害得你们够苦了，今后你们永远解除了我所给予你们的精神创伤。

永别了，亲爱的。

他在信末注了日期：5月17日夜。其时已是5月18日凌晨，又一个骚乱不安的日子，正在急匆匆地走向骚乱不安的城市和乡村。

六

玉碎了。一块晶莹纯洁的无价之宝，被暴虐和邪恶的魔爪无情地毁坏了！

"宁为玉碎，毋为瓦全"，是我们民族几千年来无数志士仁人恪守不渝的崇高信条，也是我中华革命战士、优秀儿女横遭强暴却不能正常地表达自己纯真意志时使用的抗争手段。对坚贞正直的知识分子来说，更有一身"士可杀而不可辱"的铮铮劲骨。天昏地暗，沧海横流，手无寸铁而又被迫三缄其口、只能用死来表明耿耿丹心。六年前，邓拓一次在病中曾以山茶花为题口占一绝："红粉凝脂碧玉丛，淡妆浅笑对东风。此生愿伴春长在，断骨留魂证苦衷。"如今，这四句恰似他的遗诗了。当他生命的最后一刻，仍然虔诚地祝愿人民革命和共产主义事业的美好前景，而自己却毅然决然地"断骨留魂"，证明自己的清白与无辜！他过去曾对子女讲过《红楼梦》里贾宝玉引用的"文死谏，武死战"来为重于泰山的死作点注脚，那么，在他熄灭自己最后的烛光之际，是不是决心用生命对这场旷世罕见的文字狱、对这场民族的千古悲剧做一次血的控诉呢？我们这些后死者不能替他回答，但是我们从他的遗书里，完全能感受到他对那伙祸国奸佞们的激愤、憎厌之情。

北京市委一接到邓拓死讯，立即派人来整理一切文件遗物。从枕下发现两份遗书，当即都被收走了。直到1979年党中央为邓拓的冤案平反昭雪，丁一岚才第一次读到十三年前留给她的信。

遗体送往火葬场时，按当时组织的决定，用了假名，除亲属外，谁都不知道那白色被单里裹的是谁。丁一岚从庭前紫藤萝架上采撷了一束紫藤花，夹在从花店买来的鲜花束中，紫藤是他钟爱的花，让它像往常一样陪伴旧主人从容远去吧。

她默默地跟到东郊火葬场，心碎神摇，禁不住失声痛哭。他们从滹沱河畔开始，同生死、共患难二十四年，想不到竟这样地永别。她向遗体献上鲜花，伤心地抚摸着他冰冷的身躯，反复地低声叮咛：

"云特，你安安静静地睡吧，从此什么声音都听不见了！"

东郊火葬场的院子里出奇地岑寂，世界似乎在这一刹那间突然凝滞不动……

1986年3月，春寒料峭之夜

（原载《报告文学》1986年第5期；刊发于1986年5月5、6日《人民日报》，有删节）

高密之光

莫 言

我无法准确地表达我对故乡那片黑土大地的复杂情感,尽管我曾近乎癫狂地喊叫过:高密县无疑是地球上最美丽、最超脱、最圣洁、最英雄好汉、最能喝酒最能爱的地方,但喊叫之后,我依然、甚至更加悒郁沉重。我在那里生活了整整二十年,那里留给我的颜色是灰暗的,留给我的情绪是凄凉的——灰暗而凄凉,是高密留给我的印象。

离开故乡之后,我的肉体生存在城市的高楼大厦里,我的精神却依然徘徊游荡在高密荒凉的大地上。对高密的爱恨交织的情愫令我面对前程踌躇、怅惘。高密,你何日才能治好历史留给你的斑斑伤痕,摘掉贫穷落后的帽子?

进入八十年代,我不断收到报告高密逐渐富裕起来的信息,我兴奋然而又半信半疑。参军前高密衣衫褴褛的父老乡亲和醉意朦胧的农村干部留给我的印象像梦魇一样死死纠缠着我,使我不敢不怀疑——好嗜酒、好幻想、好夸张、好变形,是高密老乡亲的可爱的弱点——高密当真开始富裕起来了吗?

我终于回到故乡,看到乡亲们衣冠有些楚楚啦,眼珠有些活泛啦,是逐渐富裕的表现呵!我看到家家院里墙上树上挂满了金黄的玉米,知道家家都吃上了不掺麸皮的白面,进而知道有些人家还有了或多或少的一点点存款。果然是逐渐富裕了呵!

在村里生活了一段时间,欣喜的心情平息,更大的忧虑产生,村里的现象使我感到小小富裕之后潜藏的大大危机。可耕土地日益减少,人口急速增加,中共村支部委员会处于半瘫痪状态,封建沉渣泛起……这些当然是支流,但也足以令人担忧了。农民的日子还是难过,我从父亲因承包土地后付出比大集体时数倍的艰苦劳动而日益枯瘦的脸上,看到了那种几十年一以贯之、至今没有消退多少的悲剧色彩。

我后来才知道,这时,目光远大、敢作敢为的王建章已经率领着南关人在侍弄土地之外，大力发展工业和商业了。南关的几百亩土地，交给了一个队承包，南关的大批人马转移了——这有点像打仗。——后来我回忆，八十年代头几年，高密县的一些村党支部书记和村干部忙着利用职权之便为自家修建住宅时，王建章和南关村党总支一班人正在率领群众飞渡"难关"，从根本上解决南关成为"难关"的问题；一些村的党组织形存实亡时，南关的党组织正在真正发挥着堡垒作用。

在故乡时，曾去乡政府与一搞新闻报道的朋友聊天。他瘦如猿猴，一双锐利的眼睛深深嵌在眼窝里，嘴里是两排漆黑的、被含氟水毒害了的牙齿。他能说能写能喝酒邋遢不洗衣服有济公风度挺可爱的。他看到我瞅着他床底下那一堆空酒瓶子，嘶哑着嗓子问我："你知道一个支部书记一辈子要喝多少酒？"他告诉我，一辈子大约要喝一万公斤酒。我懵了。他掐着指头给我算账：一个支部书记三十年酒龄，每天喝酒两市斤，可不就是一万公斤么！一万公斤就是十吨，一辆解放牌卡车载重量四吨，两辆解放牌卡车拉八吨，还余下两吨。——我笑了，但心里很难过。我的朋友还说：酒是农村某些干部的"润滑油"，高级"润滑油"。我知道他说话喜欢夸张，语言尖酸刻薄，他的话要当成笑话听，但我还是很难过。因为我知道，这些人喝酒是不用掏酒钱的。说话间，朋友喝醉了，睡得极香无声无息好像逝世了。我走出乡政府大院时，太阳已经落山，黛青色的天上高悬着一轮月亮，白雾袅袅，我似乎嗅到了流动在高密大地上空的酒气。我也有些头大，脚下无根，犹如腾云驾雾。一个艺术家在醉意蒙眬中也许能创造出第一流的艺术品，可一个村的干部整日沉湎在醉乡里，这个村的工作就倒霉了。

去年秋天，我的一批以高密县为背景、带着高粱酒味的小说发表后，父亲来信了。

父亲信上写道：三儿，你哥哥跟我叨念过你的小说，父亲心里为你高兴，又为你担忧。你们青年人在新社会里长大的，没受到旧社会的苦。日本鬼子进中国八年，老百姓东跑西窜，像在刀尖上过日子，有多少好人被打死了。你奶奶一听到日本来了就拉肚子。现在安定团结的好日子应该爱惜它。自从党的十一届三中全会以来农民有吃有穿，家家都有存粮，就这样过下去我们老年人就心满意足了。村里干部喝点酒也是应该的，古来无酒不成事。你那个朋友被招到南关去了。他来过咱家一趟，跟我说，王建章是个了不起的改革家，开了好多工厂，赚了好多钱。父亲认为庄户人还是要好好种地，不种地就是不务正业。你那朋友戒酒了，他说你回家后一定要去南关看看，父亲认为还是不去好，免得惹出是非……

看过父亲的信，我慨叹一番，心里滋味挺多。从父亲的信里，我知道高密出了一个王建章。依稀也记得报纸上登载过王建章的事迹，但二十年农村生活中农村干部留给我的印象，使我不敢把王建章估计得太好，没准也是一个醉酒百家的酒神呢。

不久，我回高密探亲。这时，有关王建章的传闻很多，不少人说王建章领导的南关（兴华总公司）贷款一百万元，濒临倒闭，还有人说王建章被抓进了监狱。众说纷纭，且都带着那么一点点对出头者倒霉之后的隐隐的快乐之情。而这时，我的家所在村的党支部书记自动"扔套"，原先由他入股兴办的蓝矾厂倒闭了（好像从没出过什么蓝矾），"厂长"为躲债主远走他乡，债主连"厂长"的家都抄了。父亲对此一点都不吃惊，他认为农民不弯腰种地迟早要倒霉，"蓝矾厂"的倒闭只不过证明了他的理论。

我闲暇无事，领着孩子，到"蓝矾厂"的废墟去参观。只见十几间即将倒塌的房屋、一个锈得通红的锅炉、一堆煤灰、几口破瓮、十几个破坛子，在秋高明媚的阳光照耀下放射着美丽的光彩。前几年，这个"蓝矾厂"也是所谓的"乡镇企业"，也是贷着国家的款，占用着农民的"提留款"，号称为民造福的社会主义新型企业啊！可它除了在村庄里制造过大量的有毒烟雾外，带给村民的好处是丝毫也无的。我十分自信地认为，王建章的兴华总公司无非也是这样一些货色。

住了大概一星期，一辆乳白色的轿车出现在我家门前坑坑洼洼的街道上，孩子们都围上去观看。车门开，钻出了一个衣冠楚楚的瘦人，走到近前才看清竟是我那位靠天洗衣的朋友——他在乡里工作时，下雨时就把衣服挂出，天晴了，衣服干了，就算洗过了——我吃惊地盯着他，他羞答答地说："都是让'大书记'给逼的，他不允许我邋邋遢遢地去上班。"

朋友奉"大书记"王建章之令，专程来拉我。他现在兴华总公司属下的采暖设备厂政工科工作。我听到"政工科"几个字，以为听邪了耳朵了呢。——兴华总公司各厂都设有政工科，总公司设有政工研究室。到南关村后第四天，我翻阅着总公司翻印的《兴华简报》，翻阅着总公司的有关材料，心里不由对南关村党总支委员会的清晰头脑钦佩。在"向钱看"的时髦风潮中，南关村竟像招聘技术人员一样招聘政治工作人员——我没了解过，不知有没有别的农民企业这样干过。在那次唯一的谈话中，王建章对我说："我们在初创阶段，忽视了对职工的思想政治工作，结果出了问题，干事业归根结底要靠人，靠人的质量。人的质量有两方面，一是思想觉悟；二是技术水平，精神文明和物质文明么。"

朋友指着敞开的车门说："我不跟你废话，你跟我走，去看一看。我知道你对农村干部有看法，'大书记'让你去看看，只是看一看。"

我回家征求父亲的意见，父亲沉吟半晌，说："人家一片诚心来了，就去看看吧，少说话，别喝人家的酒。"

轿车飞驰在农民集资修建的柏油马路上，苍黄的原野在车窗外扇面般旋转。司机说："你们村的路糟透了。"他批评我们村的路我的脸上也无光。朋友说："兴华总公司前年投资二十八万元修建了县政府通南关的大路。"司机说："这事还被一些人列为'大书记'的一条罪状呢。"

"为什么叫王建章'大书记'呢？"我问。

朋友说："南关原来是个小村，王建章是支部书记。党的十一届三中全会之后，南关村由单纯农业经济转化为以工商业为主的经济结构，成立了兴华总公司，下设建筑安装公司、水磨石厂、靴鞋厂、采暖设备厂、服装厂、贸易商行、汽车出租公司、供销公司，从业职工已达三千六百人。由县委批准，南关村党支部改为总支，下辖七个支部，王建章任总支书记。他年龄大，'官'也大，就成了'大书记'。你不要把'大书记'和'大地头蛇'联系在一起，这是南关群众对王建章的爱戴。"

轿车驶上兴华总公司投资修建的南关大街，道路平坦宽阔，很有气派。我的朋友让车开进他工作的采暖设备厂。司机还要急着去青岛拉专家，与我告别后就开车走了。

朋友说："你先看看，这像不像你脑子里想象的那种农民办的工厂。"

采暖设备厂厂房高大，厂内曲径回廊，绿树鲜花，宛若美丽的公园。我立即想到了我们村的"蓝矾厂"。

"怎么样？"朋友问我。

我记着父亲的叮嘱，不说话。朋友狡黠地笑着，带我进了车间。1985年夏，我曾参观过一机部一家大工厂的车间，现在走进一家农民工厂的车间，我感受到的气氛是一样的。"农民工人"们都专心致志地工作着，无人理我，只有一个女工瞟了一眼穿着军装的我，也许她丈夫也是个军人吧。

采暖设备厂的会客室里，四壁挂满用户赠送的锦旗，陈列柜里摆着这家工厂生产的暖气片、散热片，产品的确十分精美。我从锦旗上看到，这家农民工厂的产品行销长江以北各省份。我疑惑地问："江南为什么没有销路呢？"

朋友说："江南不冷啊。"

采暖设备厂厂长兼党支部书记高方明抽出十分钟与我谈话，厂技术科长老董陪着。高方明四十岁左右，长相很憨，头脑很敏锐。他刚刚当选为全国建筑金属暖通协会常务委员。我担任马列主义理论教员时学到的那点政治经济学知识帮了我的忙，使我勉强能够与他对话。他对我说："采暖设备厂到了这个程度，首先是党总支领导正确，'大书记'要我们用农民的真诚淳朴做买卖，用严肃的科学态度搞生产。我们最重视的是信誉。"技术科长老董告诉我，全国散热器产品质量鉴定会不久前在这家农民工厂召开，全国有名的建暖行业的专家和技术人员二百多人出席了会议。经鉴定，兴华总公司采暖设备厂生产的散热器各项技术指标均列全国同类产品的一流水平，有两项技术指标超过了法国和西德同类产品的水平。

高方明频频提到"大书记"。

朋友告诉我，高方明原先是个小炉匠，是"大书记"慧眼识英才，把他提拔到采暖设备厂的领导岗位上，采暖设备厂在高方明任厂长前，连年亏损，面临倒闭。

后来我又参观了兴华总公司的几家工厂，印象都不错。

靴鞋厂新任厂长小田不满三十岁，中共预备党员，是"大书记"王建章的女婿。

我悄悄地问朋友："让自家的女婿当厂长，是不是有点……"

朋友说："现任塑料厂厂长孙立录是'文革'中挑头批斗王建章的人。"

——在那次唯一的谈话中，我喷吐着蓝色的烟雾，脑子里想着古人祁黄羊"内举不避亲，外举不避仇"的故事，耳朵倾听着王建章略嫌疲惫的谈话。前几天里，关于王建章不拘一格，选人用人招聘人的事情灌满了我的双耳。他招聘技术人才，招聘政工人才，还招聘体育人才。王建章招聘体育人才出了县界，平度县十几个有真才实学的体育人才纷纷要求来南关安家落户，平度县有关部门醒悟了，很快为这些人解决了住房待遇等问题，这些人虽没来成南关，但都感谢王建章。王建章还想招聘作家，我知道他愿意招聘我。王建章对我说，作为南关村领导人，不能光想着钱，还要想到农民吃饱喝足之后的精神需要。王建章说中国农民的质量提不高，中国人的质量就提不高。王建章说欢迎一切具有特长的人来南关。他说你莫言要来南关，必然会影响一大批人对文学感兴趣。他说我们不会让你去皮鞋厂纳鞋帮子的，我们给你一栋小楼让你专心写书。他说要使南关成为高密县文化最发达的地方。他说南关村的"外来户"对于打破中国农村的家族、宗法制度意义重大，国家不对外开放不行，一个村庄不对外开放也有点像"近亲繁殖"，后患无穷。我模模糊糊地感觉到王建章的谈话里隐藏着一些极有价值的思想火花，他甚至涉及了人种的问题。实行生产责任制之后，农村中利用婚姻缔结经济联盟的现象出现了，我的家所在村，已经形成了一张亲戚关系网，这种亲戚关系网带来的危害不仅仅表现在政治和经济上，而且确实不利于优生啊！

在兴华总公司的办公室里，戴一副紫边眼镜、文质彬彬的徐秘书接见了我。我提出要见"大书记"，秘书说"大书记"有急事到市里去了。我决定住下，等。

电话铃响，是在乡供销社工作的堂弟打来找我的，他告诉我："三哥，伯父说，看看就快回来，不要多说话。"

徐秘书带我看了被共青团中央表扬过的村"青年之家"，看了灯光篮球场、羽毛球场、旱冰场、乒乓球室。还看了总公司会议室。在这间会议室里，村党总支委员会和各厂政工人员每天早饭前集中学习一小时，主要学习报刊重要文章，理解党中央的方针政策，通报经济信息。这项制度已坚持了七年。

我问徐秘书："你们党总支委员会敢不敢批评王建章？"一个村的党支部书记如果想成为一个小皇帝，一般是能够成为的，这绝对不是胡说。但徐秘书找出党总支的会议记录给我看。我看到那上面记录着总支委员们对王建章私自签订上嘎斯石项目的尖锐批评和王建章深刻的检查。

电话铃响。徐秘书拿起话筒，话筒里传来一个男人的浑厚嗓音。是王建章从市里打来的电话，询问南关村女子篮球队代表山东省参加全国农民丰收杯女子篮球赛的战况。徐秘书拿着女篮拍来的电报向王建章汇报。徐秘书说女篮连战连胜，有希望夺冠军，最起码得亚军。王建章要徐秘书电告女篮：讲文明，讲礼貌，争冠军！——事后得知，南关女子篮球队获得亚军！

下午，我的朋友有事，我换下军装，在楼房、瓦房鳞次栉比的南关村漫游。

我去了南关村投资二十三万元兴建的南关小学。

我去了一家农户，家里人都上班了，只有一个老太太坐在葡萄架下编织着什么。院里红花似火。我知道我这辈子也住不上这样一套房子。我很想看看王建章家的房子。

晚上，我看到了王建章家古老破旧的房屋。屋里摆设也很一般。王建章身材高大的妻子拿出旱烟招待我。吸着烟聊起家常话。她说"文革"期间跟着王建章遭了很多罪，刚生过孩子就被逼着下地劳动，落了一身病。王建章被斗瘫了，人家还要用门板抬出去斗，她和孩子下跪求情。那些人可狠啦。王建章重新"上台"后，那些人都害怕啦。老太太说，建章这人心胸宽，不计较，要大家放心，快快干大事。那个李仁宗早先就干过对不起建章的事，"文革"中更起劲。建章一上台，他对老婆说话到头了，有病也不治。建章去看他、安慰他，还借给他五十元钱让他看病。我见过李仁宗，一个瘦老头，现在工厂看门，月薪一百余元。跟他提起王建章，他就眼泪汪汪。

来到南关第三天，终于见到了王建章。他实在是太忙了。他个头不高，胖墩墩的，红脸膛，厚耳朵，额头半秃，大眼肉鼻子，模样有点像意大利著名歌唱家帕瓦洛蒂。——一个典型的老农民——一个典型的老父亲——我有点失望——传闻中说他"文革"期间被开除党籍后，拎来一桶煤油淋到房子上，点起了一把冲天大火，站在耀眼的火光中，他大哭三声，又大笑三声，然后挈妇将雏流亡关东。——这传闻使我把王建章英雄化了。我问他这传闻是否真实，他憨厚地笑了。——我想起好多真实的事：王建章掏大粪时，掏得勤掏得净；王建章烧茶炉时水开态度好；王建章坐"喷气式"忍耐力最好；1985年王建章拒领按照总公司奖罚制度奖给他的六万元奖金；王建章拒收一个原籍南关流亡东北又回南关的一个老太太的一千元"感谢帮助迁回费"；王建章是村里一个哑巴的好朋友，哑巴一见我就对我比划王建章的模样，然后高高跷起大拇指。——我想起这几天里了解到的与王建章的劳动联系在一起的业绩：南关村由每人年分配四斤小麦变为1985年人均年分配现金一千五百余元（1986年会更多），1985年南关村固定资产总额已达一千二百六十万元，是1978年的七十九倍（1986年更多），南关村四进公安局的村民杨守仁变成了勤劳能干的维修工，南关的服装学校和建筑学校培养出了大批技术工人和好几个助理工程师。——"南关渡过'难关'是党的方针政策的正确，是南关人的共同努力，不是我王建章一个人的功劳。"他对我说。

我说："去年听人说你被逮捕了。"

王建章笑了："我被谣言'逮捕'好几次了！小老乡，你放心，兴华总公司光明正大，不干歪事。我们不赚黑钱。前年，有一个人跟我商量，只要南关出点地皮，出了公章，就可得几十万元，我自作主张把他轰走了。县里、市里都关心我们，指导我们，我们迷不了路。"

我离开南关村半年多了，终于得空闲写这篇文章。南关村值得写的太多了，我真的写不好。这半年里，我一直在想，必须改变我对高密的看法了，必须改变过去的生活留给我的灰暗印象和凄凉情调了。我拘泥于过去的经验，用偏颇的眼睛审视飞速变化的高密，是难以得出正确结论的。我不敢说南关村就是高密农村的方向（王建章也反对高密农村都学南关，南关有南关的实际情况），也不敢说王建章就是个完美无缺的人，但在我的经验里——仅仅是我的经验里——从没有过像王建章这样的农村干部，这是肯定的。我相信我的直觉和判断能力，南关村在全国真可能不算什么，但起码是高密县的明珠和骄傲。王建章多次被评为省、市劳动模范和优秀共产党员，美誉乡里，人人佩服。他在全国灿若群星的农民企业家行列里可能排不上名次，但他起码是高密县的明珠和骄傲。

我还想，要是高密县的农村党支部都能像南关村的党总支委员会一样，要是高密县的共产党员都能像南关村的共产党员一样，高密县没有理由不成为中华人民共和国的一个模范县，高密人没有理由不成为中华人民共和国优秀公民的一部分。

记得结束南关访问后，我见到了高密县年轻的县委书记赵凤池，他正为抗旱种麦和即将开始的农村整党工作忙碌着。我不愿多打扰他，匆匆告辞，虽没说什么话，但他那脸上坚定的神情和话语中透溢出来的实事求是的精神，使我对可爱的、永远难以忘记的故乡——高密——充满了信心。

不久前，朋友来信，告诉我，南关村准备成立一个文学艺术沙龙，聘请我担任顾问。朋友还告诉我，哑巴离婚了，原因是女方带来的孩子老是模仿哑巴的样子，哑巴的自尊心受到了损伤。

朋友还告诉我，王建章邀请我春节期间到他家喝酒……

我开始想念这个面容慈祥的"大书记"了。他五十九岁了，在解放军里当过机枪手，参加过淮海战役，在战场上是条好汉子。他酒量很大、在酒场上也是条好汉子，我肯定不是他的对手。南关村党总支有约法，不准到村民家喝酒，王建章对我说过，有一个干部到村民家喝酒，被他用高音喇叭吼了回来。

高密，酒神徘徊的地方，朦胧酒气消散之后，珠宝之光更辉煌！

（刊发于1987年2月1日《人民日报》）

三个太阳

黄传会

投下一个漂流瓶

载着中国第三次南极考察队的"极地号"科学考察船,中途在离开智利的瓦尔帕莱索港时,遇到八级风浪。小山似的浪头不停地翻涌而来,在船的周围激起一片片白色浪花。

神了!她不晕船,像个老水手一样,一点都不晕,还常常跑到前甲板,看那惊心动魄的浪。

长着一张娃娃脸,又留着披肩发,看样子超不过30岁,其实她的45岁生日都快到了。船员们喜欢她热情、直爽又有些执著的性格,喜欢找她画像、聊天。

"画家,你怎么起了这么个名字?陈雅丹,听起来像'鸭蛋',又像创造人类的'亚当'。"

"什么呀?"她说:"雅丹,在维吾尔语里是干燥地区一种风蚀地貌的名称。这种地貌,在我国新疆的罗布泊地区最多。"

船越往南行,风越硬,心越躁动不安。她老在问自己:我是去南极吗?真是去南极吗?

呵,南极!遥远的神秘的令人向往的南极!

两年前的一个晚上,她被电视上映出的我国首次科考队员踏上南极乔治岛、在亘古荒原上升起五星红旗的情景深深地吸引住了。那些日子,她变成了南极迷,到处收集有关南极的资料,不断了解长城站的建设情况。不久,她便宣布:我要去南极体验生活、画画!

去南极,行吗?人们怀疑。

那天,她走进了国家南极考察委员会办公室,急匆匆地问:"我给你们写的报告批了吗?我是中央工艺美院的教师陈雅丹。"

"哦,你就是陈雅丹!"办公室主任郭琨告诉她,报告收到了,她的精神令人钦佩,只是由于现在各科研部门要去南极的人太多,长城站刚建不久,还接待不了那么些的人员。另外,经费也是个问题……

她急了,摆了一条条理由,为什么男同志可以去,女同志就不能去;为什么搞科研的可以去,搞艺术的就不能去……但,都被驳回了。

但她没死心,一有时间,就往南极办跑。软缠硬磨,百般要求。上帝被感动了,南极办决定为她争取一个名额,但是,去时从北京经东京经圣地亚哥到瓦尔帕莱索港的飞机票,必须由她自己筹资。

能去就喜出望外了,钱是小事。但得问问:"这要多少钱?"

"大约7000元人民币吧。"

她的心咯噔一下。她和丈夫算了算家里的存款,差远了;当然,还可以向亲戚朋友借一些;对了,系里答应可以帮助解决部分;再不够只好卖画了,家里还有几张藏画……

几经周折,她终于成了我国第三次赴南极考察队的一名"编外"队员。

早晨,风浪小了些。海面上漂浮着的冰山,在阳光的照射下,闪着殷殷蓝光,犹如一座座水上宫殿。南极离得越来越近了。她拿着一个用蜡封严瓶口的青岛啤酒瓶,兴冲冲跑到右舷。瓶子里放着她写的一张字条:"1986年12月23日于德雷克海峡投此漂流瓶。是谁能拾到它?也许是10年、20年、100年、1000年之后?也许你是一个白人、一个黑人?也许,你也是一个中国人?不论相隔多久,不论你是谁,我相信人类之爱可以超越时间和空间,把我们紧紧相连。我是到南极中国长城站的第一位中国画家;也是去那里的少数女性之一。现在正随中国第三次南极考察队乘'极地号'考察船前往乔治岛。亲爱的朋友,衷心地祝愿你幸福、如意!"

她沉思了片刻,便奋力将瓶朝海上投去。

终于踏上了乔治岛的雪原

1986年12月28日上午九时整,"极地号"驶进了乔治岛的民防湾。

呵,这就是南极!茫茫雪原组成一个纯洁、宁静的世界;万年冰山仿佛凝固着这亘古不变的天地;成群结队的企鹅步履蹒跚地朝你走来,用真挚的眼神望着你；而调皮的雪燕，从空中俯冲而下，在你的帽子上轻轻一啄，又飞走了……

她站在那里迟迟不敢迈步。后来，她踮着脚尖轻轻地走着，只觉得每一脚踩下去，腿都在微微发颤。

中午，刚吃过饭，还来不及休息，听人说修码头需要人，好些人都去了，她也跟去。

往废汽油桶里浇灌混凝土，这是个费力活儿，人们劝她算了。她找了把铁锹，默默地帮助铲鹅卵石。气温零下10摄氏度，这还是南极的夏天呢。风真硬，吹在脸上麻辣辣的。一天下来，觉得脸上像脱了层皮。

奋战了11个小时，已经是深夜12点。不过这里没有黑夜，天空只不过微微暗些罢了。在回宿舍的路上，她觉得十分兴奋，一点睡意都没有。

接着，连续七天，她一直战斗在紧张而又繁忙的建设工地上。大家老劝说："画家，这里干活儿缺不了你一个人，快去画你的画吧！"她笑笑，没走，觉得自己一下子便融进了这个集体之中。

但，她没忘记自己的使命，她用画家那独特的目光注视着身旁的这些"南极人"。

郭琨，考察队队长，曾三次来南极考察。那是前些年的事了，他到国外参加南极会议，那时我国还没在南极建站，会议最后要表决时，主持人宣布没在南极建站的国家没有表决权，郭琨的民族自尊心受到强烈的刺激。为了筹建长城站，他呕心沥血；长城站落成时，这位作风凌厉的男子汉也流泪了。别看他沉默寡言，心里却裹着一团火。前天，他在工地上对大家说："我们这里虽然只有一名画家，但我们大家都应该是画家，每人添一笔，把长城站画得更美丽！"

国小港，测绘工程师，站里的英语翻译。干活儿时哪儿活累去哪儿，开车、修艇、驾驶雪上摩托，什么都会，大伙儿开玩笑说："给他一架飞机他都敢拆。"他太累了，眼皮老有些浮肿，好几次端起饭碗却睡着了。

廖清波，地球物理研究生，典型的80年代青年。风再大，每天四次（包括深夜12点）到后山观测所取数据，够辛苦的。不过他老是乐呵呵的，有时间，还要扭动身子，来一段"迪斯科"。

李果，开驳船又兼长城站邮局"局长"。那天，他悄悄找到她，说："画家，今天是我儿子生日，求你帮我画张画，就画我现在这种胡子拉碴模样，儿子才一岁还不懂事，等他长大了，我把这张画送给他，告诉他：'你爸爸曾经在南极战斗过。'"

这些"南极人",这些身上凝聚着南极精神的"南极人"!

她的心底老有一种东西在撞击着、冲动着。

夜里,整理完好几张速写刚躺下,便听见窗外传来一阵阵风的呼啸声,不一会儿,呼啸声仿佛变成千万只野兽在怒吼。"来暴风雪了!"她的脑子闪过这个念头,往窗外一看,只见值夜班的同志还在紧张卸货。她从床上跳下,猛地扑向门外。

海上巨浪翻滚,空中雪粒横飞,整个乔治岛已经变成混沌一片。他们抬着器材,建筑材料,穿梭似地飞跑着……

暴虐的狂风像是一头妖怪,咬牙切齿,要把长城站、要把乔治岛撕碎、吞噬。

他们已结合成一个坚实的整体,用自己的身躯,用自己的毅力,在与死神搏斗……

风暴过去了。

她觉得如同经历了一场战争,内衣全被汗水湿透,而外衣又冻得像坚硬的铠甲。浑身一点力气都没有,而腿像灌了铅似的沉重。她望着夜空,夜空又变得像原来那样明净。头顶上挂着一颗星星,只有一颗,闪着莹莹蓝光。我像这颗星吗?她在心里问自己,跨越1.7万公里的距离,一个女人,硬是闯进了这块本该属于男子汉的领地……

蓝莹莹的星也在望着她。

站在长城站后山上

晚饭时从企鹅岛写生回来,她走进餐厅,不禁一愣:餐桌上摆着丰盛的酒菜,像是要举行宴会。

大家刚刚坐定,郭琨拿着一瓶茅台酒进来,笑着说:"我们胜利完成了卸货任务,今天,又恰逢两位同志的生日,其中包括画家陈雅丹的生日,大家一块庆祝一下。"

生日!今天是我的生日?!她自己都忘记了。热血忽地涌上心头,脸颊浮起两片红晕。

郭琨端着酒杯走到她跟前,"画家,祝贺你生日愉快!你应该感到骄傲和自豪,在中国的所有画家中,在南极过生日,你是第一位!"

考察队员纷纷走到她的面前，频频举杯祝贺。

她紧紧地抿住嘴唇，努力克制着，不让泪水流出来。是太激动了，还是因为刚刚喝下一小杯茅台酒？浑身好像有一种燥热感。饭后，她慢慢朝后山走去，想让自己翻腾的心潮平静一些。

洁白而又柔软的积雪，沿着45度斜坡缓缓向上铺展。每踩下一脚，便出现一个深深的雪窝。慢慢地，一条清晰的、歪歪扭扭的足迹，由山脚延伸到了山顶。

任凭冷硬的风吹拂着头发，她像雕塑一般伫立在山顶。四周一层层雪浪好似大海奔腾不停的波涛；一座座山丘犹如晶莹剔透的龙宫宝殿；一条条雪墙就像是翩跹起舞的银龙。再远处便是紫雾飘绕的海了。她两眼一眨不眨，久久地凝望着这种万古不变的永恒……

她不能不想起自己走过的人生之路。

1942年初在广西桂林郊区出生，父亲便为自己取名"雅丹"。才两岁，便坐着背篓随全家开始了逃难生涯。抗战胜利，又随父亲所在的物理所东迁上海、南京。整个童年时代，她都在动乱中度过。动乱给了她不安，也使她变得倔强。

父亲20岁东渡日本留学，曾参加反对北洋政府卖国行为的运动。回国后，受聘到地球物理所工作。他风风雨雨，出生入死，用他的双脚踏遍了西北的处女地，为揭开罗布泊之谜付出了心血。解放前夕，国民党曾胁迫各研究所迁往台湾，父亲和爱国的科学家们一起，毅然留了下来。

记得初中毕业考上中央美院附中时，父亲十分高兴。第一次告诉她名字的来历，就是希望她像罗布泊的雅丹地貌一样，能经得起各种恶劣环境的考验，能为事业而献身。

走上工作岗位不到一年，正是可以大显身手的时候，"文革"开始了。她被下放到干校劳动改造。只能站在田埂上，望着阳光下的田野，她悄悄找来画笔写生……

粉碎了"四人帮"后，她搞版画、画插图、又兼书籍装帧，作品参加过两届全国性美展，一届《女版画家十人联展》。她参加的28幅作品，受到观众的好评。她的《驾驶员之歌》在第九届全国版画展上荣获优秀创作奖。她还有一些作品被送往日本、法国、德国展览……

她默默地伫立在山顶。她又看见刚才上山时在雪地上留下的曲折的脚印，不，准确地说，这是自己在生活道路上留下的印记，是自己在艺术道路上留下的轨迹。

天空格外辽远,大地格外辽远,在天和地之间,她突然觉得自己实在显得太渺小了。此时此刻,她为自己过去在艺术上曾经产生过的任何一点狭窄、浅薄和自得自傲感到心跳、脸红……

她在山顶上伫立良久。

下山时发现小山包上有间红色的小观测所,她上前趴在窗户一看,蓦地,仪器箱上一行"地球物理所"字样映入眼帘。她激动得差点喊起来。这是父亲工作和领导过的所,他们也派人来了!父亲说过,那年九死一生从罗布泊出来,几位同伴曾约好,将来一定要争取去南极洲考察。可是愿望未能实现。作为一名地球物理学家,父亲为没去过南极感到遗憾。现在好了,我们具备了这种条件,我国已经正式加入了南极条约,并在南极建立了科学考察站。如果父亲还活着,他会来南极吗?"会来的,一定会来的!"好像是山,好像是海,在这样回答……

留下三个太阳

脸晒黑了,大家笑她像非洲人。手冻了,手背上布满了许多血口子,她仍然忙个不停,一天到晚画着。

昨天到玛瑙滩收集素材,不小心摔了一跤,倒在一摊雪水里,身上的防寒服全湿透。今早起床,头有些晕,腰也疼,但一想到自己在南极的时间不多了,又马上来了精神。

顺着码头边那条小公路,她来到油罐山上。8个橘红色的大油罐连成一条线,显得十分气派。前几天,为了把这些庞然大物从船上卸下,又弄到小山上,颇折腾了一番。

站在这里,长城站全貌尽收眼底,她为找到这个最佳角度而高兴。

她把一张两开白纸钉在画板上,又把画板摆在雪地上,坐着画了一会儿,觉得不得劲儿便双腿跪在地上画。

没有风,干冷干冷地。她不得不画几笔、停一停,用嘴里的热气呵呵冻得麻木的手。麻烦的是挤出的颜料也结出了冰碴子,她又得用热气呵呵蘸着颜料的画笔。

她画得很慢。一号房、二号房、发电房、奠基石、国旗……每画一样,脑子里都要闪现出一幅惊心动魄的画面,心里都要引起一阵激动。

从上午9时到下午3时，这张长城站全貌写生终于完成。放下画笔，她才发现膝盖全湿了，两腿连站都站不稳了。

快要走了，大家都说："画家，给长城站留一幅画，作个纪念吧！"

她爽快地答应了，开始进入构思。然而一天过去了，两天、三天过去了，她连一张草图都没勾勒出来。她曾经创作过上百张作品，但是眼前却找不到恰当的构图、适合的语言来表现南极。

她斜靠在床上，紧蹙着眉头木然地望着天花板，忽地，又起来，在屋里来回踱着步子，不安、躁动，带着几分痛苦。

从宿舍里走出来，她重新审视着身旁一个个熟悉而陌生的"南极人"，竭力寻找和理解凝聚在他们身上的那种民族胆略和气概，那种南极精神！

她踏着茫茫雪原，来到西海岸旁。夕阳快要落下，淡淡的余晖缓缓地落在千年冰川、莽莽古海上。她思索着，南极，什么是你的真谛？

哦，她又想起那位赠给自己"雅丹"名字、为了事业、为了祖国、不畏艰难险阻、连什么都可以抛弃的老知识分子的父亲。

一幅壁画终于诞生了！这是人类赠给南极的第一幅壁画吗？对长城站来说是这样。

简洁明快而又协调的色彩，原始粗犷又带夸张抽象的线条，借助于高度概括的装饰手法，将人与自然巧妙地融为一体。特别令人注目的是，在壁画的上方和左、右角，画着三个太阳，一个中黄色、一个淡绿色、一个橘红色。

考察队员们站在这幅没有名字但似乎应该取名为《三个太阳》的壁画前议论着：

"嘀，三个太阳！一个代表早晨、一个代表中午、一个代表下午，是不是，画家？"

"画家，你的心地太善良了，你一定觉得我们在南极太冷了，所以多画了两个太阳。"

"什么呀？画家这幅画是专门为我画的，三个太阳一个是我，一个是我爱人，还有一个是我儿子，哈哈……"

"嗨，人家画家的画，已经过艺术概括，太阳是一种象征，象征着生命、象征着和平。"

她站在一旁，不说话，光是笑，艺术不是都能解释的，对吗？

1987年2月3日，她依依不舍地离开了南极。当智利空军"大力神"号运输机直插天空时,她将脸紧紧地贴在舷窗上,再一次俯瞰南极大地。呵,又是茫茫雪原,又是万年冰山……她在心底动情地呼唤着:南极!南极!!南极!!!

(刊发于 1987 年 4 月 24 日《人民日报》)

只有一个人生

陆庆敏　张定彬　高进贤

鄂西山区。苍凉而贫瘠的孤将山默默地挺着。三十一岁的民办教师余策明，就长眠在孤将山青青的山坡上。三尺高的坟上芳草萋萋，不时有些野蜂、蝴蝶落在坟头上。不远处是他倾注了十四年心血乃至整个青春和生命的民办小学。穿着补丁衣服赤着小脚丫的小学生们放学回家，都要从余老师坟前走过。孩子们远远地就放轻了脚步，小小的黑眼睛里闪着柔柔的光。几位老婆婆刚刚在坟前烧了纸钱，又哆哆嗦嗦地从怀里摸出几本崭新的作业本烧了。一切都像山溪的水一样淡，一切又像山溪的水一样纯！转头沟"九沟十八岔，一百单八洼"，沟沟洼洼都记着他们的余老师。

阳光洒满黄泥巴垒起的教室

1987年2月24日上午，准备上第三节课时，余策明倒在了他的讲台上。

阳光从他亲手改大的黄泥窗口射进来，照在他这个为太阳底下最光辉的职业献身的躯体上。一、二、三年级复式班的小学生们挤在一起，等着他们的老师讲新课呢。闻讯赶来的乡亲们满手满脚都是秧田里的泥巴，一滴滴泪水洒在教室前的青坡上。妻子扑在他身上，已哭不出声来。这天早晨起床时，她发现丈夫的脸色发青，知道又犯病了，苦苦劝丈夫休息，哪怕休息半天。但是连饭都吃不下的丈夫却执意要去上课，她不劝了，知道劝也没用。这些年不知劝过多少次，每次得到的就一句话："校里就我一个老师，我不去就等于停了学。"多少次她目送瘦弱的丈夫扶着门框出去上课，多少次望着丈夫摇摇晃晃地从山道上疲惫地归来，从今以后，那夕阳下的山道上，再也见不到丈夫的身影了。

六百多人扶棺相送的，是一位穿救济服入殓的穷教师

1987年2月26日，孤将山罩着厚重的云。山和水、草和树暗淡无光，敞沟小学第一次没了孩子们的欢笑。近80岁高龄的陈大爷从山那面气喘吁吁地挪到余策明灵前，老人呆了："孩子怎穿这身衣服？！"

是的，余老师是穿着这身衣服倒在讲台上的，现在还得穿着入殓——那是二汽工人为救济贫困山区农民捐献的旧衣！入殓那天，妻子打开全家唯一的破木箱，想为丈夫找套整齐些的衣服，但翻遍了箱底，只找出了几件破旧的打了补丁的救济服。买不起棺材，只好躺进母亲的寿棺里！

弟弟余策贵四处求援，为他敬爱的哥哥勉强撑起一个最简易的山区葬礼，却欠了二百多元的债。二百元，目下对一个"倒爷"来说，也许不足一顿酒饭的花销，而对于地处贫困山区的余家来说，无异于一块压在头上的千钧磐石（余策贵起早贪黑下田劳作，一年的总收入才二百多元，未能维持全家温饱），做弟弟的拼上了，童年、少年时哥哥的爱护一幕幕闪在心里，久久不散；做妻子的拼上了，顾不得自己的晚期肺炎，顾不得还有两个未满十岁的孩子；做母亲的也拼上了，顾不得自己风烛残年，朝不保夕，把寿棺让给心爱的儿子，使儿子在阴间睡得安稳些……

转头沟小学写了申请，上下求援，想为风雨飘摇的余家争取一小笔救命的资金，处处都得到了充满同情和惋惜的答复："实在没办法啊，按文件，民办教师没这笔费用。"再后来，也许是求援的诚心或人人都有的对余老师的崇敬，张湾区教委以"回退费"名义（大约是指回到阴间，退出民办教师之名额），拨来206.60元，余策贵用200元还了债，6.6元钱留下度日。

云更浓更低了，山坡上站满了黑压压的送葬人。山里年岁最大的爷爷奶奶们说，他们打记事起，从没见过这么多人送葬。田野山沟静悄悄的。没有谁组织，敞沟周围六百多名乡亲、师生、乡村干部都自发地来送他们深爱着的、无权无势、穿救济服、睡母亲棺木入殓的穷教师。

一片片花圈组成的队伍沿山坡移动着。在这些花圈群中，有几只是他的学生自己凑钱为他做的。贫困山区的孩子们很穷很穷，难得从大人们满是老茧的手里讨得一角两分。孩子们把积了多年的角角分分如数掏出来，买了纸和铁丝，用稚嫩的手为老师扎了花圈。

几位白发苍苍的老婆婆由小孙孙们扶着，枯瘦的手从怀里掏出暖热了的纸钱："娃子在世苦，去阴间多带点钱……"

转头沟前,你为何不思转头

方滩是十堰最穷的贫困乡。当年,年仅18岁的余策明要去的转头沟村又是穷乡中最穷的地方。"三代同盖一床被,夫妻换穿一条裤"似乎不算夸张。但在穷窝里滚大、又出去上了初中、被班主任称为聪明绝顶的高材生的余策明似乎并不理会这些。

转头沟村设在敞沟的教学点夹在孤将山下,四个村民组,三四百村民穷得叮当响,十之八九的人家交不起最低额的学费。上辈识字的人不到1%,下辈学龄儿童不入学的几乎达到了100%。山里的乡亲也有绚丽的希望,希望自己的孩子能上学,去填补祖辈留下的遗憾。余策明回乡前,敞沟的乡亲先后请了3个老师,都因耐不住贫困走了,后来又在本村招了几名土生土长的来教,日久翅膀硬了,也飞走了。穷山沟里留不住金凤凰!

余策明回来了,一教就是14年!他教得活、教得真、教得苦。乡亲们说他才是真正的金凤凰。每晚,他家那昏暗的灯光总亮到深夜。他那四壁皆空的屋子里,挂满大大小小的奖状,他几乎年年当先进。他一人教一、二、三年级所有功课(十二门),白天排得满满的,晚上还得备教案、改作业,整个敞沟小学就他一个老师。他的教学经验后来在全乡甚至邻乡推广。

民办教师没有工资,只有村里凑的每月46元生活补助费(起初仅20元左右),他的妻子、父母、哥哥都因有病不能劳动,家里靠这点钱,能吃饱就很不错了。14年里,他没有因农忙或家里事缺过一天课。

有一年黄龙公社开教师会,老师们头天步行几十里赶到了公社。余策明却白天上课,夜里爬几十里山路,第二天清晨带着满身露水赶到会场。下午散会后,其他老师在公社休息一晚上。余策明为了不误第二天的课,要当夜赶回去。天空下着大雨,远山雨雾蒙蒙,余策明把裤腿高高卷起,烂塑料袋往头上一套,冲着极力挽留他的老师们挤挤眼,就歪歪扭扭地上了山路。那晚余策明迷路了,在大山里整整转了一夜,天亮时才敲开姐姐的门,浑身冻得发抖,找姐姐要个馍,又上课去了。

余策明要去武大进修了,他满怀兴奋地去医院检查身体,回来却几乎无力迈上校门口的台阶:医生告诉他,由于常年操劳,营养不良,及先天性原因,他的心脏病已经发展到很严重的程度,上学不行了,早逝是可能的。这结论来得太突然了。在自己这个清贫但却炽爱着的人生里,什么发展都没有了,甚至生命也所剩无几,一切都太匆匆了,匆匆得让他觉得无望。也许,这时候该"转头"了，依靠自己的聪明、名声、学识和关系去寻个舒适的地方，或者换一种"教法"，不操心，混时光，只有一个老师的民办小学，憨厚天真的农村孩子是再好糊弄不过的。然而，他还是没有"转头"，这以后几年的教学几乎是拼着命干下去的。他鞠躬尽瘁地培养了400多名小学生。目前已有读高中的了，据说有几名不笨的，很有上大学的希望。

转头沟常在。它记得起有位在沟里不愿转头的好后生。"功利心"正席卷着沟外的世界，多少人热衷于经商，把个商业领域挤得像气球。沟里这位聪明且很善交际的后生却毫不犹豫地把一腔心血洒在了偏僻大山深处的穷孩子们身上。

"我梦见了余老师"

下午快放学时，来了两个小学生，小的叫王军，10岁；大的叫陈本成，14岁，小家伙们怕生，见我们向他们采访余老师的事迹，先是拘束地问一句说一句，后来对余老师的深情终于盖住了腼腆。

"有天晚上，我梦见余老师给我们上珠算课，还是那间黄土教室，太阳光晃得我们睁不开眼，余老师就站在黑板前，教我们背口诀。醒来我把梦讲给奶奶听，奶奶都哭了。"

"余老师对我们可好了。他从不吼我们，笑眯眯地给我们讲课，笑话又多，我们都喜欢听他讲课。"

"孤拐山雨多，到处是水沟，每次下雨，余老师都要守在水沟边，一个个抱我们过沟。学生多，抱起来很费力气，到后来余老师的嘴唇都发紫了。他腿一软倒在沟里，还挣扎着将学生送到岸边。我们一看到余老师脖子上的筋跳，就知道他又为我们累得犯心脏病了。冬天下雪时山路滑，余老师就守在陡坡前接我们，滑得实在不能走时，就抱着我们往下溜。有几次雪下得太大了，同学们都上不了学，余老师就一家一家上门补课。有一次累病了，还让同学到他床前听课。"

"余老师家里很穷，可他还舍得为我们花钱。这些年，老师自己掏钱买了些作业本和铅笔，哪个同学没有他就免费发。"

我们猛地想起了那几位白发苍苍的老奶奶，在余策明坟上烧作业本的情景，那不是在替她们的小孙孙还本子吗？

"有时，山里的孩子们交不起学费，他就先给垫上。我（陈本成）家十多口人，有一年实在没钱交学费，我退了学。余老师隔天找到我家里，劝我爹妈让我回校，那学费他帮垫了，奶奶提起就抹泪，说是等日后富了，用很多钱买很多纸到老师坟上去烧。余老师还给我们当医生，春天脑膜炎流行，老师上好险的山上挖草药给我们熬预防汤喝，有一次他上山受了伤，同学们都哭了。老师还会扎针，我们的小病都是老师治好的。"

难怪我们在余策明的遗物中，发现那么多的医学书和医学笔记。

庙堂改建的小学，妈妈陪嫁的桌子依然如故

有人说，教师是阳光底下最光辉的职业，可是，余策明似乎生活在一个阳光照不到的环境里。那年，余策明刚到敞沟任教时，教室还在阴坡下，矮小的土屋被大山压着，整日没有光照。第一年冬，大雪覆盖了屋顶堵了门，甚至连窗台上的积雪都一冬不化。学生们挤在阴冷潮湿的教室里，搓手，跺脚，余策明心如刀绞，"再这样下去，学生们不得风湿病、哮喘病，也要在昏暗的光线下弄坏了双眼。"他不知那几位前任教师是怎么在这种环境中听之任之的，上级和队上又何以熟视无睹？小小民办教师毫不犹豫地给自己限定了时间，不能等到下个冬天，一定要把教室挪到阳光下。

他写了报告，找教育、行政部门支持，他自信他的要求无可挑剔，会批准的，然而几个月下来，他彻底失望了，所到之处都是一句话：实在没钱啊，民办小学没这笔开支呀。事隔多年，我们已无法知道当时初入人世，心地还纯得像个孩子的余策明，看到山外那一幢幢豪华的高楼，捧着那张不过要求几百元的报告，心里是怎个滋味，据说他回来后把揉皱的报告随便向山头一扔，任风吹走。但他并不死心，他说服乡亲们，自己动手！

谁不曾是纯情的少年？谁不曾遇到过世间的冷漠？但有人不沉沦，不玩世不恭，而是以更大热情去溶化人世的坚冰。他们生来就是一团火，要把世界变得更美丽。

"孩子是我们的，学校也是我们的，即使现在没有孩子在学校，将来也会有的。"他拖着个病弱的身子走家串户四处游说，很快就说动了几十名乡亲，拆房搬瓦，和泥打墙，呼呼啦啦就在对面阳坡堆起了一座土墙教室。

14年来，那教室在他手上越修越漂亮，而他自己的住房却越来越破烂不堪，下雨天常把一张床在屋里东挪西搬，竭力把妻儿们转移到"安全地带"。

我们走进了他的家里，空荡荡的土屋里只有三样家具：床、柜、桌。床

是那种山里人土制的；柜是几块破木板钉的；那张桌子竟是母亲的陪嫁。桌腿磨得发黑发红了，桌面凸凹不平，糊了厚厚一层报纸。这就是伴他度过了14年的书桌。

我们迈着沉重的脚步走出那磨陷下去的门槛，回头望去，发现斑驳的门框上，贴着一副他亲手写的对联："戴月晓出耕，披星夜归读。"正是这位生活在二十世纪八十年代中国乡村民办教师清苦生活的写照。

春节又到了，桑葚又红了

1988年的春节又到了，辛劳了一年的山里人，望着裁好了的红条纸，再难抑制心中的思念：转头沟村一百单八洼，洼洼的房门上还贴着余策明上年写的对联！

穷山里缺乏文化人，能把几个字刷在门上，方圆几百里只有余策明能办到。年年除夕前，余策明那破破烂烂的书房里总要热闹起来。翻山越岭来写对联的乡亲，成堆地挤着和余策明插科打诨，在笑声中看余策明运笔如风。一天下来，眼窝都累得陷下去，晚上还得背着纸墨翻山越岭地上门去写，那劲头和教学时一样拼命。

现在春节到了，许多农家都没换上新对联。就用旧的吧，那褪了色的，字迹模糊的对联是那样亲切。

山坡上的桑葚又红了。似乎也在诉说余策明年幼时的故事。那天同学们爬到树上吃桑葚，有个同学不慎摔下来，浑身鲜血淋漓。余策明背起比他重的同学往村里跑，等把同学送到大人怀抱，自己竟累昏过去了。儿时的余策明豁达善良，乐于助人，同学们特别喜欢他。他家穷，可中午在校吃饭时，却常把干粮分给同样贫寒的同学，弄得自己经常饿肚子。他以对同学的无限真诚和爱护赢得了同学的拥戴，都愿听他的。他当班长的那些年，使班主任省了许多心。

余策明的爱人之心可以滴水成河。我们唠叨这些事，是巴望这世界多些余策明这样的星星之火，聚多了或许能成燎原之势，把一个有些冷了的世界烤得暖暖的。

我忘不了他的欢笑

谢霞，转头沟村校的语文老师，一个二十刚出头的很可爱的姑娘，中国有许多类似她这种生活在僻壤穷乡的有知识的女孩子,大多忘不了对人生哲理和自我价值的执著探求。那天,她侃侃谈起她认识的余策明。

"由于他教学成绩突出,村校曾两次把他从敞沟小学调来,我发现这位新老师课堂上的气氛总是很活跃,原来他很会讲课,很幽默,学生也愿意听。他一来就使全乡统考班级的学生在乡统考中夺得一二名,他的教学经验也被许多学校推广。

"他调到村校既当语文老师,还兼司务长和学校食堂的厨师,他对这种安排竟很满意。有一次他去家访,回来的路上自己垫钱买了十几斤牛肉,晚上我们都吵着要吃,他当即做好了。我看见劳累了一天的他努力睁着眼给吃肉的老师们说笑话,眼皮却一合一合地打瞌睡。

"一个不久于人世还要负起家庭、人生重担的青年人,那些经久不息的欢笑是怎么飞出来的?这是一个谜。他是一个绝顶聪明而有才气的人,难道他连自己的人生悲剧都悟不过来?

"送他下葬的那天,我哭了很久,想了很久,这以后我始终忘不了他的笑声。每当我哀叹自己农村教师的命运时,每当我走进土地土墙的破烂教室而感到一阵阵自卑和惆怅时,想想他的笑声就会好受些。我知道那笑声代表了另外一种人生哲学。"

当我们踏上归途时,山道上担肥挑菜的山民们还要拉住我们"说余老师"。一对卖豆角的年轻夫妇非要我们到他们家长谈不可。我们明白了,余策明作为一个无"籍"无"本本"的农民,死后虽无人追认他什么、表彰他什么,但他却深藏在这些山民的心中。中国有几亿农民,那么多农村孩子要上学,而执教的民办教师们目前是注定要清苦的。让我们爱他们,爱这些注定要清贫却仍然不撂挑子的人们!

太阳又照进那黄泥巴教室了。远山如歌,如一首沉重而深情的歌……

(刊发于1989年1月15日《人民日报》)

昆仑山的雪

王宗仁

他猛乍乍地在你对面一站，你简直会以为眼前移来了一棵雪松，再听他讲话，嗓音像铜钟一样脆亮，还有那白净细嫩的皮肤……这些都丝毫不会使你把他和55岁联系在一起，更不会想到他是一个在冰天雪地里滚了33年的高原人。

没错，他55年的生涯有33年是在人称"世界第三极"的青藏高原上度过的。那个地方在一些人眼里简直像魔鬼一样可怕，地势在海拔四千米以上，终年的平均气温为摄氏零度以下，空气中的含氧量只有内地一半，一些活蹦乱跳的钢小伙到了这里也被折磨得成了小老汉。可是，真没想到，他活得这样滋润、壮实。从班长、排长、连长、营长、团长到总后勤部某兵站部副部长、部长，他是沿着冰大阪、雪山路、戈壁滩，一个台阶一个台阶走上来的。一个农村娃儿今天佩戴上了少将军衔，他不是靠什么门路，而是凭一身力气，和那宽阔胸腔里的一颗执著奉献的心。

他是一个七色体的调板，从生命中分切出青翠，嵌在拉萨河谷的林带里；分切出橘红，涂在昆仑哨所的军旗上；分切出紫艳，赠给柴达木盆地的石油城……他从荒野中走出了一条路，一条从遥远的昨天延伸而来的路，一条无止境地通向明天的路。从五十年代到八十年代，他多次立功受奖，直至被选为党的十三大代表，浑身带着昆仑烟尘，走进了人民大会堂……

他就是王满洲。

雪山的形象

王满洲前大半生最富有光彩的历史是在青藏高原曝光的。而唐古拉山25昼夜的故事则是他这幅彩卷中的中心彩页。

那是1957年1月10日。一场突然降临的、历来罕见的暴风雪，将汽车某团一营去西藏边防执勤的75台汽车，结结实实地困在了唐古拉山上。十级左右的大风撼天动地地怒吼着，路上积雪半尺厚，有些地方积雪达二尺深。

唐古拉山海拔5700米，坐落在青海和西藏的交界处。此刻，风雪混沌，东西不辨，长长的车队瘫痪在暴风雪的肆虐中。驾驶员们加大油门，试图冲出雪的围困，但没有成功，便纷纷走下车，无可奈何地望着渺茫的雪峰……

有一个头戴皮毛帽、脚蹬大头毛皮鞋、穿着皮大衣的同志前后忙乎着指挥汽车突围。他就是王满洲，当时23岁，副排长。

雪的世界，冰的世界，风的世界！

车队就这样被围困在山上了。二百多人的吃饭睡觉甚至连解手都只能放在方寸之地的驾驶室里。吃？事先根本没有准备充饥的食品，有的同志无意间带来的几块馒头、饼干之类，头一两顿饭就当成宝贝吃光了。道班的一碗稀饭一元钱——1957年的一元钱啊！那也得买。在这上下唐古拉山的几十里山道上，它是唯一的人家，一元钱换来一碗救命的稀饭，给人家作揖磕头，也值！

三天中，连推带拉车队只推进了一公里。

无休止的暴风雪把这支车队的前程变成了难以预测的未知数。

营长张洪声此刻的心理负担肯定超过任何一个人了。这已经是上山的第五天了，摆在面前最大的问题是吃饭，同志们搜肠刮肚地找东西吃，连冷落在工具箱里的霉馒头都消灭了。道班的高价稀饭仍在加价……张营长想：必须立即派一个精明强悍的驾驶员死打硬拼地冲出暴风雪的围困，到山下的安多买马兵站去弄些吃的来。这是当务之急！要不200多人的命会丢在雪山上的。

他把这个任务交给了王满洲。这是一个具有探险性的任务。

王满洲没有犹豫，干干脆脆地答道："行！"

显然，张营长并不满意。这不是完成平常的任务，说行就行。他还想知道王满洲为了这个"行"，能拿出些什么行动。于是，他又问了一句："你有把握吗？"

王满洲想了想，又似乎什么也没想，答："你要我讲出个子丑寅卯来，说实在的，我说不清。但是，我是拼了！反正不能让暴风雪给困死在雪山上。"

够了！有这句话张营长满意了。

王满洲凭着他丰富的驾驶经验，小心谨慎地开着汽车下山。车上坐着副团长张功。汽车像一头发怒的狮子，扑撞着堆积在路面上的雪墙。但是，车速却快不起来,三步一走,两步一停,不时地要挖雪开路,稍有不慎,就会滑下万丈深谷。

本来只有两个小时的路程,他们却整整磨蹭了一整天。到安多买马兵站已经是深夜了,站上一片漆黑,一片死寂,好像走进了峡谷一样深沉。这时,王满洲和张功感到迫切需要的是美美地睡一觉,实在太困了!可是每一间客房都关得紧紧的,喊破嗓子就是叫不开。没有办法,他们只好在墙角一顶潮湿、阴冷的帐篷里摊开汽车保温套躺下了。很快就进入了梦乡。

一觉睡醒,弄不清是早晨还是中午,只觉得满帐篷里亮晃晃的像撒了金箔,刺得睁不开眼睛。他们揉了半天,好不容易睁开眼,两个人你望着他笑,他望着你笑,笑得不亦乐乎。

原来,两个人的脸肿得像脸盆,全变了形,谁也不认识谁了!

冻的?还是饿了?全有。

次日,王满洲的汽车满载着柴油、米面、牛粪、馒头等急需用品,又艰难地开上了山。山上山下的路就这样被打通了,但是要把整个车队从暴风雪中抢救出来,艰苦的战斗还在后面呢!

一营的200多名指战员在唐古拉山上与暴风雪整整搏斗了25昼夜。其间,有一天傍晚王满洲从道班房那花花绿绿的对联中才知道该过春节了,他和战友们用加倍与风雪搏斗的行动迎来了中国人这个古老欢乐的节日。2月4日,通路打开,准备下山时,同志们一个个变得不像人样儿了,满脸油泥,胡子拉碴,两腮掉肉,头发长得能梳小辫,活活像野人一样。有好几个同志的腿冻坏了,后来虽在拉萨、西宁进行了抢救治疗,还是截肢了。

30多年后,王满洲回忆起往事心情还很激动,他说:"唐古拉山可怕吗?暴风雪可怕吗?可是,它最终还是让我们踩在了脚下!"

他的话好像还没说完,但不言声了,像在思考着……

雪山是沉默的,只有暴风雪才是它的语言。

慈不带兵

在青藏线上的军营里流传着这样的顺口溜:

步兵紧,炮兵松,吊儿郎当汽车兵。

"不对!"王满洲走到哪儿都理直气壮地批驳这种谬论。"汽车兵也是解放军,谁规定的就非得稀拉、散漫?缺乏素质、没有严明纪律的部队是不会有战斗力的,是要吃败仗的!我从当排长以后就认准了这个理:带兵必须严。对于一切规章制度,对于纪律要不折不扣地执行。部队稀松,根子在干部。谁违章违制我从来不姑息迁就。"

当时王满洲在某汽车团当团长。严团长带出来的是严战士。

隆冬的一个呵气成冰的早晨,车队从长江源头的沱沱河兵站出发上路。跟随车队的兵站部后勤部长乘坐的车,摇车摇了快半个小时,累得驾驶员汗星子乱溅,就是不着火。后勤部长有点耐不住性子了,就对驾驶员说:"小伙子,别死摇了,踩马达吧!"驾驶员回答:"不行!如果团长知道了我踩马达要刮鼻子的。说不定要追查到你头上呢!"

嘀,这团长好厉害啊!

原来,团里有一条明文规定:"冬季的冷车一律不得用马达启动,要坚持用手摇柄发动车。"这是王满洲几十年来在高原行车总结出来的一条行之有效的延长车辆寿命的经验。开初他在团里提倡这种做法时,下面的抵触情绪可大了,许多驾驶员想不通,就连有的干部也讲怪话:"团长真会出点子,供着马达当花看,却要死乞白赖去摇车,吃饱了撑的!"不行,有抵触也得执行。你省下了一把力气,可汽车遭罪了,哪个值?车辆是汽车部队的武器,我们硬是要做到宁肯人吃苦,不让车受损。王满洲就是咬着这个理儿不放。每天早晨出车时,他顶着咬人肉的寒风站在车场一旁的高堆上,只要看见哪台车的驾驶员开着马达嘟嘟嘟地启动,就走上去,初犯者他作耐心地说服教育工作,对于屡犯他就不客气了,轻则点名批评,重则你把驾驶车给我交出来,先反省,什么时候想通了再还给你。团长这么较真,谁还敢把规章制度当儿戏……

后勤部长见驾驶员还在挥汗摇着车,心头不由得萌生起一股敬意,不单是对摇车人,更重要的是对此刻并不在驾驶员身边但却制约着驾驶员行动的王团长。他对这件事来兴趣了,想知道团长的更多的情况,便上去帮着驾驶员摇车,边摇边交谈:

"小伙子,你在这摇车也罢,踩马达也好,全是一个人干的,团长又不在场,你为啥还这么认真,不捡省力气的活干?"

显然,他故意这么问,想考考驾驶员。

"你这就不了解情况了,我们团长可神了,你背着他干的坏事,他总能想着法儿了解到。他一旦揪住你的尾巴,就没好果子给你吃。当然啦,最主要的是我们觉得团长严得有理,我们应该自觉地按规定办。"

后勤部长点点头又说:"你们团长真的就这么神吗?你能不能给我讲个你亲身经历的事!"

"那就多了,随便说吧。昆仑山大水桥以东的公路死弯多,坡度又大,据说这里几乎每月都有事故发生,且常出些人车俱惨的大事故。王团长说,我们团的汽车不得在大水桥以东的一段路上教练学员,这是对国家财产负责,也是爱护大家的生命安全。就这样,这里被划成了'教练禁区'。可是,日子久了,有些学员就不在乎了,什么禁区不禁区,来到这儿就手心发痒,想在险路上开开车,过一过瘾。跟我车的学员就是这样。开始,我没答应,告诉他这是王团长的规定,谁也别想违犯。可后来呢,经不住他三缠两磨,我的心软了。一次,我的车又行驶到了大水桥东边的路上,我往倒车镜上瞧了瞧,后面的车没有跟上,便把方向盘递给了学员。还好,没有出事,我放心了。谁料,回到车场,我的车刚一停下,王团长就过来了,冲着我说:'好小子,你今天没干好事!'我一听,砸了!让学员开车的事他已经知道了,我赶忙检讨,下保证。他说,今日原谅你一次,下不为例。你说,我们团长还不神?"

后勤部长服了:"够神了。那么,你们怕团长吗?"

驾驶员一笑:"说不怕,那是假话。记得我刚到团里,看见他老远来了,腿肚就打哆嗦。可话说回来,如果你老老实实的行事,不搞斜的歪的,团长也不会找碴儿的。其实王团长这个人很随和,很能体贴民心——当然我是指战士了。再说,严的本身就是爱嘛!"

后勤部长终于帮着战士把汽车摇动着了。引擎欢唱着,静静的雪山也显得有了几分生机。

正像军官的慈爱之心一下子不能被所有的战士接受一样,对于王满洲带出来的这样一个有素质、守纪律、讲军容的部队,有些人开始也是持怀疑态度的。

有这么一件事:

在昆仑山下的兵城格尔木,王满洲所领导的汽车团的指战员出现在大街上,走路也好,待人接物也好,都不同凡响,给大家留下极好的印象。当然,越是超群,就越会更多地招来人们的目光,而这种目光又是各种各样的。当时兵站部有位领导就不大相信王满洲带的兵没个稀松的,他要亲眼见识见识这位团长是不是改变了"吊儿郎当汽车兵"的旧俗。他在格尔木街上布下纠察队,还特地设了几个暗哨,抓这个汽车团的人。整连整班的难出问题,我就抓你这散兵游勇。

一个星期过去了,纠察队没有发现任何问题,开飞车的也罢,发生事故的也罢,或者是违犯军容风纪规定的也罢,统统没有。

这是星期一的晚上,王满洲已经脱衣要睡了,突然电话铃响了,他抓起听筒就传来了兵站部那位领导的声音:

"老王,抓住你的兵了!快来领人。"

王满洲忙问:"你抓到的是什么人?"

"这两个小子是你们电影组的,在大街上喝酒划拳,简直跟国民党兵一样。"

王满洲一听,不对头呀,睡前他还看到过电影组的几个同志。再说,他心里有数,他们电影组的人不会这样差劲。于是,他说:

"你抓的不是我的兵,肯定不是!"

"别犟嘴,你来看看就知道了。"

王满洲乘车到了指挥所,刚一进门,还没等他开口,那两个散兵就赶紧道歉、求饶:"对不起,团长,我俩刚才说了假话,我们不是你们团的。"

王满洲当然十分恼火,不过他没有发作,而是平静地问:"你们为什么要冒充我们的人?"

对方如实回答:"谁不知道你王团长带出来的部队严格,名声好。我们原想蹭点油水沾个光,也许就滑过去了,没想到……"

王满洲望了望旁边兵站部的那位领导,他在那儿闷着头抽烟,无话。

不当没味道的官

对于青海省委书记尹克升来说,这肯定是一条迟到的新闻了,但是他还是格外兴奋。怎么能不鼓舞人心呢?不要说现在是和平时期,就是在战火硝烟的战争年代,立功受奖的机遇那么多,可一个部队里有三个团队荣立集体三等功,这也是少有的。

可是,现在奇迹就出现在王满洲所领导的兵站部:三个汽车团队在一年多的时间里先后都立了集体三等功。这三个团队十分出色地完成了高原运输任务。而且做到了没有死人事故——这是非常不容易的。奇迹出在青海驻军,省委书记尹克升向王满洲祝贺。

我们可以亮出一个数字来佐证在青藏高原行车之艰难:兵站部从五十年代中期创建以来,死在事故中的人员共539名。血的数字呀!

哪一个团队都拥有数百台汽车，车轮从西宁滚到拉萨，有的还要到边防哨卡，途中经过雪山、沙漠、峡谷、冰河，有时遇雪，有时下雨，有时还被卷在暴风雪里，什么样复杂的地形都能遇到，走个神就会车翻人亡。要做到在这样的路上安全行车，实在很难！

可王满洲呢？好大的气派，他提出：要实现全兵站部的汽车部队无责任死人事故。

那是1985年12月，他在北京召开的全军后勤部长会议上提出这个奋斗目标的。

王满洲在说大话吗？兵站都有四个汽车团呀，每台车、每个人都必须绝对安全，才能保证这个宏伟计划实现！

与会者都用惊讶的目光望着他。当然，这些目光里更多的是包含着赞赏。

王满洲的心中是有数的。离高原赴京前，他和兵站部政委马国连反复商讨过的，之后又在领导班子里统一了认识。记得马政委在党委会上讲过这样一段话："干！什么奇迹都是人创造的。我查了查历史资料，发现兵站部的车辆责任死人事故是逐年下降的，五六十年代平均每年死30人左右；七十年代到八十年代初平均每年死20人左右；近两年仅死8人。可见任何事物都是可以转化的，转化的条件是人创造出来的。"政委很会做政治工作，既讲究方式，又具有说服力。王满洲信服。

王满洲在当团长时，就做到了全团在35个月中没有发生责任事故。这在高原汽车部队史册上是创纪录的。现在当了部长，职务高了，他认为理所当然地要把那个奇迹的规格提高一个档次。

从北京开完会一回到西宁，他就和马政委分头深入到所属团队去抓落实。领导干部从机关来到基层，这本身就给下面送去了一份压力，同时也送去了动力。

王满洲说：一个单位、一个人如果没有压力，总是那么轻飘飘地生活，是绝对成不了大气候的。但是，上面光给他们压力，不给输送动力，他们就会因为负荷太沉而喘不过气。我和政委正是抱着这样的目的到下面去的。

在一个多月的时间里，王满洲和兵站部的几位主要领导走遍了青藏沿线的汽车部队，和大家一起研究制定安全措施，一起找寻工作中的薄弱环节，堵漏洞。王满洲每到一个单位后，打心里讲，他是不愿看到他们的问题的，但是当他在调查研究中发现不了问题时，心里总觉得不踏实，像少了点什么。从某个意义上讲，他这次下去就是挑毛病的呀！

人们能理解他这种矛盾心情的!

有一个团的参谋长,过去工作搞得不甚理想,他抓点的连队事故不断。但就是这位领导玩劲却特大,他和一些参谋干事耍扑克牌,输了时被那些调皮鬼出尽洋相,他却不气不恼。还有,他和老乡喝酒,醉得躺在地板上,嘴里吐着白沫。王满洲找到这个同志说:"你哪里还具备一点当领导干部的魄力?以后你喝酒前应该先喝点尿清醒清醒头脑,是你自己把自己不当人看待嘛!"他多次用这个干部的例子警惕大家要对工作尽职尽责,做一个称职的好干部。他先讲自己:"我王满洲做梦也没有想到会当部长。现在党把我安在了这个位子上,我就豁出劲来干,干好。免得别人说王满洲当了部长啥事没干。"然后,他说大家:"道理是一样的,你们当上三年两年团长、营长、连长什么的,如果给大家啥好事都没做,你这官当的还有啥味道?"

难道王满洲不知道他这样讲一些人会不高兴的,是要得罪一些人的?他知道,非常知道。可他不讲出来总觉得心里不舒服。

这就是王满洲。

昆仑春晓

他当上部长不久,一场硬仗就摆在面前。当然他可以找个理由打场迂回战,绕过去,或者留着让别的人去啃。因为他的前任就对此事久拖不办,尔后移交给他的。不,王满洲才不会干这种事的,自己拉屎让别人擦屁股,这不仅仅是官僚作风,还有点面目可憎了。面对硬仗,他一拍胸脯:冲上去了!

什么仗呢?在昆仑山下修建一座军需综合库。

格尔木有个转运站,青藏公路一通车就有了。它是进藏物资的集散地,每天的吞吐量平均数万吨。长期来,转运站没有库房,大批的战备物资和建设器材堆放在露天。装卸部队是强体力劳动,肩扛手提,消耗很大。总后机关一位领导同志几次来高原检查工作,倾听了各方面意见,便让兵站部在此地修建一座综合库,储存进藏物资。再修一条铁路专线,把战士们从重体力劳动中解放出来。但是,一年过去了,还没有动静。本来该办的事,却像吹了一阵风一样,之后,又平静了。为啥?

总部让五年拿下这个工程,兵站部有关部门一合算,傻眼了,七年能完成就烧高香了。结子就这么挽下了,死结子!

王满洲当了部长后,首先瞄准了这项工程。青藏的建设需要它,指战员们在呼唤它。如果这项工程在他上任后仍然"瞎火"着,这个部长还有啥脸面见四千里青藏线上的父老?他在思考着这件事迟迟办不起来的原因:难道仅仅是因为完工的时间七年、五年之争吗?不像。五年为什么拿不下来?七年是否太长,能否再少些时间?他向有关人员提出这些疑问,却得不到回答。王满洲觉得奇怪了,心里没有答案,却不去寻找答案,还要把事情拖着,账欠着,哪个章法上有这个条文?

他下了决心先调查研究。他和政委的一致意见是:坐在办公室里争得再热火那是客里空。王满洲离开机关大院,来到了昆仑山下。大概人们没有想到吧,他带的人马只是一个人——文绉绉的总工程师杨尚旺。知识分子!

他们在现场察看,地基怎么挖,设备如何上,施工力量怎样使用,附属工程有哪些问题……自己找不到答案就去和群众交谈,向地方兄弟单位请教。最后又一笔一笔算了账。

这天,吃了晚饭撂下筷子,王满洲无心休息,来到杨尚旺房间,对面坐下,问:"老杨,你是专家,比我在行,我想听听你的意见。"

杨工说:"部长,你下决心吧,五年若拿不下这个碉堡,我替你坐班房。"王满洲一听站了起来,动情地说:"好,我的老杨哥,我就要你这一句话!"

说着,他狠狠地握了一下总工的手。老杨感到了痛,但身体纹丝未动。部长是给他传递力量呢!

末了,王满洲说:"要真坐班房,咱们一起坐,我不会让你独独去享受那份寂寞的!"

两人朗声大笑。

1984年春天,青藏高原仍然披着厚厚的积雪在冬眠,工程就上马了。杨总工程师当总设计者,兵站部专门分工一名副部长坐镇指挥。王满洲当然不会当甩手掌柜的,他奔波在西宁、北京、格尔木之间,联系、解决工程中那些名目繁多、复杂琐碎的问题。

其间,王满洲处理的一件事颇使人们动心。他不知从哪个渠道得知杨尚旺和爱人长期分居两地,扯皮多年就是解决不了。王满洲对有关部门的同志说:"咱让人家玩命工作,却不能给人家解决后顾之忧,这样的领导说话舌头短啊!"他停停,又说:"当然,我也官僚,过去不知道老杨还有这么个难题拖着他。"他过问多次,指定专人抓落实,才把杨总工程师的爱人调到了西宁。可以想象得出,这件事给正在昆仑山下工地上的老杨输送了多少动力!

1987年底,综合库的主体工程就拿下了。才三年呀!如期完工十拿九稳。

王满洲说:"我个人能有多大能耐?工作是大家干的,点子是集体出的。"

迎春花的微笑像太阳一般,而似白雪一样的梨花却是月色的。人们还是喜欢梨花,淡淡的,素素的,怪爽心的!

今年春天,王满洲接到调令到内地一所军事院校担任副校长,提升了。赴职途经北京时我见了他,自然交谈了不少,但他留给我印象很深的话是:"下高原时,据说西藏正落着一场大雪。真留恋这雪呀,圣洁,坚强,朴实。可今后也许再见不到高原上的雪了!"言谈中流露着无限的惜别之情。

远山正落雪。

一场大雪送他到新的岗位。相信他会把这高原那圣洁的雪带到他所到的每一个地方。

(刊发于1989年11月12日《人民日报》)

阎殿魁外传

浩 然

我去唐海县调查水稻种植情况，没想到遇见个外号"小鬼儿"的阎殿魁；他改变了我原来的写作计划，不得不先给他画个像，向读者朋友们介绍介绍。

在新时期，唐海一跃成为河北省的首富之县。它靠什么富的呢？人们回答说：靠水稻、海水养虾和加工业这"三足鼎立"的经济优势的开拓与发挥。既然把水稻摆在"老大"的位置，我就从它入手，焗焗历史，找找富之路、福之门的诀窍。

县委书记说："咱们上红房子访问访问吧。"

副县长说："我也陪你去，找找阎小鬼儿，都能够了解清楚。"

"红房子"是什么地方？"阎小鬼儿"又是何许人？让我好生纳闷；坐在行进的汽车上，忍不住向主人提出这个疑问。

原来这方土地属于渤海滩涂，日本军国主义侵略中国的20世纪40年代，从河北、山东、河南招募劳工来这里垦荒种稻；还盖了一幢红砖墙的房屋，驻扎"华北垦业有限公司"和"领事馆"的办公人员。于是人们称那地方为"红房子"，一直延续至今。"阎小鬼儿"呢，大号阎殿魁。他是当年第一批劳工中的一个，如今成了有数几位"遗老"里的一员。日本投降以后，共产党解放了这块地方，阎殿魁又成了第一批积极分子、第一批共产党员、第一批乡村干部队伍的一员。他资格老，经历多；长期的工作实践，练出一套与一般农民很不相同的性格和心术；尽管在"官职"方面他没有"高升"上去，却成了上下公认的一位有能力、有贡献、有政绩的优秀基层干部。他当过村长、生产队长、村支部书记；别看没在学堂上过一天学，竟然当了6年农场的会计室主任；连"叶轮"这个机器名词都不会说的时候，能在服装厂厂长的位子上稳稳地坐了四个春秋。无论在什么岗位上，干何种行当，他都干得比别人出色。冀东地区，特别是唐山到秦皇岛一带，人们习惯把某个人脑袋瓜灵敏称为"鬼头";阎殿魁周围的人,为褒扬他的聪明、机智,就送了个外号"阎小鬼儿"。

汽车在一方方翡翠般稻田间穿行的时候,陪同我的领导同志绘声绘色地给我讲了一段往事,很能表现阎殿魁的个性特点。

有一年,这地方闹了一场大旱。当时阎殿魁当生产队长。正当日夜不停地抽水灌地、抢插秧苗的紧急关头,抽水机坏了。请人修理,缺少几个叶轮,镇上、城里都没能配上,跑到唐山市也没有买到。万般无奈,阎殿魁亲自火急地赶到汉沽一家专门造农机具的工厂。一位从上级单位"下放劳动"的高级工程师接待他,问他要购买什么样的零部件。阎殿魁不会说"叶轮"这个名词,为了让人家听明白,快把事情办妥当好返回去,就一面打手势比比划划,一面告诉人家:"就是这样的,一个圆圈,三个翅儿……"

那个工程师越听越糊涂,很不耐烦地绷着面孔对他说:"算了,算了,你快点回去,换个明白人再来买吧。……"

"哎呀,同志!"阎殿魁挺严肃挺认真地回答人家,"我们村483口人,顶数我明白,才把这个任务派给我了,还上哪儿去找更明白的人呀!"

工程师听了这句话,忍不住"扑哧"一声笑了:"得得,你到我们仓库看看,要什么样的,自己挑吧。"

阎殿魁为了给队里省点钱,没有进库房,而是爬到废品堆上寻找,终于找到了急需而又可用的抽水机叶轮。

他在唐山下了火车,不停气地跑到汽车站。不巧,那个售票的小窗口,"呱嗒"一声关了:最后一班的汽车票全部卖完,怎么拍打呼叫也不给开。

阎殿魁当时心急如焚,满头滚大汗珠子。但是他没有急得团团转,也没有灰心泄气,而是动脑筋、想主意。他手提着用铅丝串着的零件,四下观望;一眼望见"站长室"三个字儿,立刻"眉头一皱,计上心来"。于是他凑到站长室跟前,往台阶上一蹲,眼盯着那个门扇等机会。时间不长,站长果然走了出来,阎殿魁就冲着一丝云彩没有的天空大声地自言自语:"总嚷嚷各行各业大力支援农业,也不知这话是真是假?"

年轻的站长没搭理他,扬长而去。阎殿魁不追不赶,等站长转回来的时候,他又仰望蓝天长叹一声:"唉,都说各行各业支援农业,也不知道是真的呢,还是喊喊口号就拉倒了!"

站长这时瞥了他一眼,径直进了屋子。

阎殿魁仍不烦不躁,冲着那掩着的门扇,把那句词儿再次高声"朗诵"

一遍。

站长终于沉不住气了,走出门口,拧着眉头质问:"你没完没了的,这是叨咕个啥呀?"

阎殿魁见时机已到,抽身站起,迎到跟前,赔着笑脸答对:"站长同志,您不知道,我这是让倒霉的事给急的。队里几千亩稻子等着插秧,抽水机坏了,跑好几百里地好不容易买来了配件,急想赶回去打夜班修机器,没想到汽车票卖完了,我得在这儿蹲一宿,稻子得晚插一天;叫天不应,叫地不语,我能不急得说胡话呀?"

"你说得可是真的?"

"您看看哪!"阎殿魁把手提的零件掂得哗啦响,"谁要骗您谁是活孙子、王八蛋!"

"等我给你写个条子,加张票……"

"嘿,嘿,这回您可修好积德了。谢谢啦!谢谢啦!"

等到售票员接过站长开的条子一看,不知是抱歉呢,还是吓唬人地对阎殿魁说:"可没座位了,得站着……"

"哎呀,姑娘!我急成这样子,还讲啥座位不座位的?"阎殿魁回答,"那车子上就是有地方楔根钉子,能把我挂起来,我也得走!"

……

我们的车子终于开到目的地。可是阎殿魁没有待在家里,没有忙在村子里,也没有在稻子地里劳作。两年前,他已经退出了干部的行列,也不在劳动力的编制花名册上。他当然不肯闲着种花养鸟。他是老年协会的一个小头目,正在跟几位老年伙计一块儿辛辛苦苦地做着一件从未做过的新鲜事:引海水养对虾。

我们赶到离着"红房子"远远的东南角的海涂上,钻进虾池岸边的窝棚里,照样儿扑了空。阎殿魁的一位姓陈的伙伴也是老稻农,县委书记和县长就请他给我介绍这里开发种稻的历史。陈老头推辞说:"我比老阎来得晚,知道得少;老阎记性好,会说,是一本活历史,让他细细地介绍吧。他投饵料去了,一会儿就回来。"

大家一面等候阎殿魁,一面闲谈。从闲谈式的漫议中,我得知,此地本来荒无人烟,有点绿模样,那是星星点点的黄蓿。1942 年日本鬼子派人来搞测量,第二年从中国的穷地方招来工人,分成 23 个"部落"。每个部落若干户,每户给六领芦苇席子搭棚子居住,租给牛和车,让劳工种稻谷,配给苞米、豆饼和橡子面填肚子；谁要吃了自己种的稻米，就算违法……

正说着话儿，棚子外边传来一个声音："谁找我？哪来的贵客？"随即一壮壮实实的汉子跨进棚里。他中等身材，腰板挺直；细看，才知是上了年纪的人。光葫芦头顶上掺着不少银丝，满面红光，两只不大的眼睛，把所有的人扫视一遍，闪烁着"把一切都看透了"的那种光亮；见到了熟悉的老领导，他笑咧开嘴巴，露出整齐洁白的牙齿，显出一种有活力又轻松愉快的年轻人的神态。

经过介绍，我得知他就是我们专程访问的对象阎殿魁。

阎殿魁漫不经心地跟我握一下手，同时把我打量一眼，以一种类似老相识，又有点居高临下的口吻问我："你是写小说的？"

我点头称是。

"还打算写几本呀？"

"如果写得动的话，还想写点；不过老了……"

"咳，你才多大年纪，说这话！身体还行吧？"

"一般化……"

"干你们这行的多愁善感。笑一笑，十年少；一天三笑，百病皆无，这话没错。眼下吃得好，知识分子又不挨整了，应该撒着欢写。多写点儿老百姓的事儿，别写那些千年万年的老辈子的东西，给人当古迹听。也别写那号粉的埋汰的玩意。那是大烟、白面儿、吗啡针。害人害国！这股阴风再不制止，非乱了套不可！……"

阎殿魁说得随随便便，我倒觉着很有意思。在座的领导同志为了帮我完成采访任务，硬是把话茬儿给扳到原定的题目上。幸好阎殿魁讲正题同样生动活泼，而且不时地冒出一句既有哲理的闪光又有人情味的水灵灵、活鲜鲜的语言。我听得入迷，不禁对他说："往后我要是写唐海县题材的作品，一定请你当语言顾问。"

不知不觉间，太阳已经落下地平线，我们必须告辞返回县城。

阎殿魁一步跃出窝棚，招呼我："先别走，我请你坐我的船。到了养虾的地方，不下到虾池里去尝尝味道，你可咋写呀！来，我给你划船。"

盛情难却，我只好从命。说实话，一迈上那小船，我就发觉阎殿魁驾驶技术并不高明。他的几篙下去，就把我摇晃得站立不住，小船差一点钻进拦网里。

转眼之间，离别唐海将近三个月。我常常想起那里的独特美景，怀念在那里新结识的一心一意创建新生活而又热情豪爽的人们。幽默、诙谐,外带有点狡黠的阎殿魁,也是我所不能忘记的一个。我打算以阎殿魁为"模特",用他的一个生活片断,或几件小故事缀合起来,写篇短篇小说。可以预料,这小说一定能够让读者感兴趣,会引起他们发出笑声。主意打定,在稻谷打晒入仓的时候,我又一次抽空跑一趟鱼米之乡的唐海,再次访问阎殿魁。

这一次,我们是在办公室里,坐着沙发,还有电热器驱赶初降的寒气的情况下会面交谈的。几乎在一见之下,我就敏感地觉察到阎殿魁的异样变化。他那丰满的脸颊明显地消瘦了,而且有些发黄;许久不曾剃头,也没刮胡子,其间灰白的颜色增加了许多;特别是那双聪明、机灵的眼睛,更失去了原有的光泽,变得混浊和呆滞。谈起话来一本正经、干干巴巴,往日的快活、风趣、坦率的性格特点,全都荡然无存。

我有意地诱导他:"从打建国前你就当干部,40多年,干出不少成绩,你给我说几件。"

他漠然地回答:"没啥。咱从小扛活、当劳工,共产党把咱解放了不说,还把管几百口子人过日子的大事托给咱,不尽心尽力地干,还有良心吗?"

"讲点具体的。"

"应该干的事儿,干过去就忘了,哪有精力老记着它呀!"

"你怎么干的,说一说嘛。"

"就打实的干,小事当大事干,公家事当私人事那么干;怎么公正,怎么不犯错误就怎么干呗!"

我进一步具体地点拨他:"有一件事,在我看来就是奇迹。你没念一天书,怎么能当6年会计室主任,而且当得很棒呢?你有什么窍门呢?"

他说:"反正文盲当不了会计,更管不了会计。把你逼到那个位子上了,不会就学呗。"

我叮问:"怎么学的呢?"

他摇摇头,表示想不起来。

我给他提醒:"听人家说,你为了学文化,坐在锅灶跟前一边烧火一边看书,火把鞋给烧着,直到烧疼了脚趾头,你才发觉。有这事吗?"

"忘了。"

"还有,你为了学会使用珠算,整夜地练习,困得睁不开眼,大冬天你舀一瓢子冷水喝几口,提提神儿再练习。是不是呢?"

"这类事倒是经常有。我脑子笨,老当外行又干不好上级交给的差事,你说不这么拼命能变成内行人吗？"

看来，这个问题不可能深谈下去，我又换个题目。

1982年一个准备投资34万的服装厂，上级指派阎殿魁去兴建。"服装厂"的全部家当只有一张计划表、一座废弃的计划当厂房用的马棚、从外地聘请的一位老师傅和在本地招的几个"小丫头"。阎殿魁靠他的才能、机敏、热情和拼命精神，只用3个月的时间，硬是让拟议中的服装厂正式投产了。第一年获得纯利润15.9万元，3年挣回全部设备的总投资。如今年利润都在30万元左右，产品打入日本、美国、芬兰等四五个国家。这应该算个不小的功劳。

可惜，阎殿魁仍无兴趣谈下去。他说："这事并不是我当厂长的一个人干的，要是点名立个功劳簿，得拉出一连人来。工厂声势这么大，是后来的厂领导闹起来的，跟我没啥直接关系，千万别算在我的账上，这不好。"

采访难以进行，任务没有完成，而午间我必须回到县城。我暗自拿定主意，拉阎殿魁同走，下午在我住处接着谈：不仅要让他谈出我想知道的话，同时要弄清他今天这不正常情绪的缘由。

"不，不，我不去。"他拒绝着，抽身站起，跳到靠墙处；如果没有墙壁堵截，他有可能逃之夭夭，"你还有啥事儿，多会儿找我我多会儿到还不行吗？"

我跟他一样地犯了"庄稼人"的脾气，不肯让步地向前拽他。

他用力挣扎。一个65岁的老人，像小伙子那么有力气，我被他推开，几位陪同者帮助拉也拉不动他。

他的一位顶头领导绷起面孔下了命令："老阎，去，这是工作任务。"

这命令立刻生效，阎殿魁不再挣扎，面带难色，勉勉强强地跟我出来，被众人推搡到汽车里。

在招待所吃过饭，我把他带到我住的房间，让他在空闲着的那张床上休息："咱俩都闭闭眼睛，两点钟我叫你。"

他神不守舍地跨在床边上说："你睡吧。我在家行，换了地方，又这么高级，睡不着。"

我给他放好枕头，展开被子，硬是把他扳倒，再给他扒掉两只鞋。

"唉，唉，我这鞋脏……"他虽然有点不好意思地说着，躲闪着，还是顺从地躺下了。但不闭眼睛，一动不动地盯着我，盯了好久，随后突然来了谈话的兴致，一个问题接一个问题地向我提出："你从大地方来，见得多。你说，咱们党当年的那些好作风还能恢复吗？……这几年不正之风刮得那么厉害，能铲除吗？……那些搞自由化的人，想把中国变成美国那样，他们是咋想的呢？搞暴乱的平息了，他们能甘心失败吗？……扫黄是件早该搞的事儿，依我看光没收点坏书不顶用，已经印在脑瓜子里的黄更危险呀！……农村还有个穷的穷、富的富的问题，让人担心哪！……"

我们诚恳地交谈着各自的看法，我说得少，他说得多，稍一停顿，他便响起轻微的鼾声——安安静静地睡着了。

下午的采访进行得很顺利。凡是我想知道的，他都认真地对我谈。他还向我吐露了许多我没有想到，但是应该知道的"秘密"。

随着房间里的光线渐渐暗淡起来，阎殿魁又显出情绪的波动。他几次打愣，几次看表，最后终于把话头岔开对我说："我今儿个确实有点事儿。我那老娘子（老妻）去年脑血栓，闹了个半身不遂。有人说，这类病症经过个夏天就能好。所以我一直抱着希望。如今夏天过去了，她的病一点转机都没有……她这一病，就像给了我一闷棍，打下去我500年道行。脑血栓哪是拴了她，是把我给拴住了。我是那种在屋里待得住的人吗？多少事情等着我去做呀！显鼻子显眼地老了，干一天少一天哪！……漏房、破锅、病老婆，遇上这三宗事的男子汉是糟心的。房子漏了可以修，锅破了换口新；老婆病了可是连心连肝的，没咒念哪。我20，她17，我俩成亲的，一块儿过了几十年，养大一帮儿子闺女。"他说到这儿，眼圈红了，声调哽噎了，"我托人给她找了个医生，说今儿个下午到家里看看；我不在跟前，怕老娘子说不清楚，也怕人家挑了理……"

听到这句话，我立刻收起笔和本，埋怨他："这话你为啥不早说呢？"

"咱这是公事，我那是私事呀！"

我站起身，拉住他："走，我陪你回家！"

阎殿魁的家，一个掌了40多年权的老基层干部的家，简朴清贫得完全出乎我的意料。房屋一般化，连院墙都没有。屋子里土炕、土地、木板柜。只有一个自做的沙发，算是"现代化"的，很不协调地靠在炕沿下边。

进了屋的阎殿魁，不顾招呼客人，几乎是扑到炕边的；伏下身，那脸差不多贴在病妻的脸上，柔声细语地询问："你今儿个觉着咋样啊？医生来过了吗？咋说的呢？……"他们喊喳一阵子，阎殿魁扭头冲着我说："你听说哪儿有治这种病的特效药吗？打听一下，告诉我；1000块钱一副我也要买；只要给她治好病，从身上往下割肉我也舍得！"

燃烧的晚霞，把窗户给染红了，把阎殿魁的脸孔也给映红了。我的心，也在燃烧，在发热。我不得已又要改变计划：写一个短篇，把一个在农村为乡亲辛辛苦苦奔波劳碌了40多年的基层干部形象地表现出来，是绝对困难的；应该写一部长篇，以一个普普通通、默默无闻、不见经传、没有"地位"的共产党员为主人公。因为他们才是带领唐海劳动大军冲锋陷阵地闯富路、开福门的班、排长，塑造出他们的真实形象，也就谱写了唐海的历史与现实——我以为这个设想不会是错误的。先给他描绘这么一幅粗线条的画像再说吧。

（刊发于1990年4月15日《人民日报》）

老梨树与退伍兵

李存葆　王光明

听说近年到山东莱阳市采风的文化人，往往会受到两种礼遇：一是到照旺庄梨园观赏老梨树，二是赴古柳镇造访一个名叫吕明玉的退伍兵。老梨树与退伍兵成了莱阳的两大"景观"，两个对外开放窗口。今年暮春，我们去梨乡深入生活，市委果真做了这样的安排。

照旺梨园坐落在五河汇流的五龙河畔，这里系正宗莱阳梨的故乡。哺育梨树的是大片闪着亮彩的油沙地，掬一把沙土摊在手上，似有金粉闪烁。数以万计的树龄在200年以上的老梨树，在子子孙孙们的簇拥下，构成了一二十华里长的浩茫茫的大梨园。时值谷雨，满园梨花带露绽放，似云若雪。村庄罩在梨花里，河水溶在梨花里，山丘裹在梨花里。入得园中，满眼洁白仿佛遁去，紧紧攫住我们目光的却是那气吞大地巨蟒般的树的躯干，它们或直或弯或蜷曲或侧立或躺卧，千姿万态，各呈其妙，从隙间望去，犹如无数条苍黑色的游龙腾飞狂舞，把生命的壮美展示到极致。在梨园深处，我们目睹了堪称"世界梨王"的风采。这梨王已是389岁了，两米多高的树干早被沙土掩埋，五根海碗粗的枝干犹如五条巨蟒，各自蜿蜒十数米，先卧地而后隆起再聚首，共描春色，每年仍向人间奉献2000斤甘美的果实。无疑，它曾抗衡过风刀霜剑，它曾经历过九死一生，世纪的年轮镌刻在它们的躯体里，它峥嵘的生命仍在谱写不朽的业绩，高吟不屈的凯旋。偎身梨王，我们的生命被另一种强大的生命所震慑，所溶解，所征服，身上的渺小、卑琐、颓唐与消沉顿觉荡然无存……

怀着对老梨树的崇敬与眷恋，我们来到毗邻照旺梨园的古柳镇，走近了莱阳柴油机厂，见到了退伍军人吕明玉。吕明玉是个典型的北方汉子，宽宽的脸膛，高高的鼻梁，厚厚的嘴唇，黧黑的肤色，像梨木一样结实敦壮的身躯，倘若他再挎起钢枪走进军营，他仍是队列中普通的一员；如果他肩起犁耙走上田野，他还是农民中寻常的一个。然而，这个普通的退伍兵，却有着老梨树一样不寻常的人生际遇。他以士兵那永远燃烧的信念，点燃起梨乡父老的希望之火，创造了令梨乡人民引以为豪的业绩：莱阳柴油机厂原是吕明玉率领一伙退伍兵创办的个体企业，他们没花国家一分钱，历经百折千曲，终于使之成为一个有固定资产1500万元、年产值近5000万元的现代化企业。两年前，吕明玉把这个企业毫无代价地献给了国家，使之成为莱阳市政府财政收入的一大支柱。这些年来，吕明玉除按规定上交给国家一笔为数可观的税金外，还从工厂自留资金中拿出223万元之巨，用于发展文化、教育、科技等公共事业。最令人钦敬的是，吕明玉将办厂以来个人应得的承包奖金49.5万元，分文不留地捐给了梨乡……

老梨树与退伍兵，将历史和现实融汇，驱使我们在梨乡寻觅艺术圣果。

几百年来，尽管老梨树以它固有的无私，馨其香甜于这片闪着亮彩的油沙地，然而世世代代生聚在这里的百姓的生活，却一直缺少亮彩。兵荒马乱曾是这里上演不尽的剧目，贫穷和蒙昧曾是这里收割不尽的果实。咀嚼着人生苦果降临于世的吕明玉，现年虽只有44岁，却像老梨树一样是个劫后余生的大命人。吕明玉的爷爷是清末民初的一介寒儒。扛了一辈子长活的太爷爷为改变吕家命运，吞菜啜粥供爷爷读书，爷爷囊萤凿壁，将《周易》《左传》、孔孟老庄经史子集烂熟于心。那年月，功名难求，爷爷参加了辛亥革命，革命未成，爷爷忧愤交加，于39岁便驾鹤西去。寒儒固穷，却不失君子之风，他留给儿子的家训是"穷不失志，富不变质"。明玉父亲克绍箕裘，也学得满腹经纶，他教明玉研书习文，明玉在渐谙世事的同时，也懂得了"之乎者也""嗟夫信哉"。然而父亲不再相信读书能救国，选择了跟党扛枪求解放的道路。这位村"国救会长"，宣传抗日，铲暴锄奸，领导土改，带头支前，在故乡泉水村一带名声赫赫。1947年还乡团血洗莱阳，扬言要把吕明玉一家统统活埋，那年明玉刚满周岁，母亲将他存放一石坑内才免于一死。父亲支前淮海时落下残疾，建国后一直是泉水村的村干。但这曾威慑敌胆的汉子，却未能带领乡亲们攻克贫穷的碉堡。1960年梨乡大饥，吕明玉的哥哥饿得两眼发蓝，在场上偷啃了一穗队里的玉米棒。身为大队长的父亲发现了，照着"因穷失志"的儿子，乒乓掴了两耳光……转年，父亲得了水肿病，谢世前唤明玉于床前，留下遗训："儿啊，你要精忠报国，方正做人！"

父亲去世后，家中日子益发艰难，刚刚上了半年高中的吕明玉中途辍学，投身卒伍。他来到长山列岛，一住就是六年。一身由三原色中太阳的金黄和大海的纯蓝调配而成的国防绿，给了他荣耀也赋予他责任。六年中，他年年都被评为五好战士，技术尖子，三次荣立三等功，并作为代表出席过济南军区的英模大会。这期间，命运之神对他既无情又有情。1967年4月，驻地坑道工程进入浇灌阶段，担任工程质量检查员的吕明玉进坑道检查工程，猝不及防的塌方盖顶而下，在这间不容发的当儿，吕明玉先是奋力将一战士从巨石下拖出，又拼命将身边的团参谋长推出死亡线，他却被碎石深深裹埋。战友们将他扒出来时，他已是血染军衣，昏迷不醒……在当时这无疑是爆炸了一颗精神原子弹！军师团三级组成写作班子要宣扬他，问他"在那一瞬间想到些什么？"吕明玉据实以告："那一瞬间最多几秒钟，当沙石埋过胸膛后我已不能呼吸了，只觉这下是完了……"启发、诱导、暗示，吕明玉仍未扩大事实，缩小灵魂。他想到故乡梨树无谎花儿，麦子七片叶儿，梨花五个瓣儿，有一就是一。本来他可作为重大典型扬名于世并能带伤破格提干，但他为了"方正做人"，将命运之神交给他的不幸而又幸运的缰绳轻轻地滑掉了……

  1969年初春的一个早晨，退伍兵吕明玉回到阔别6年的泉水村。6年来，母亲家书报佳音，鸿雁传喜讯，总言家乡生活芝麻开花节节高，让他安心服役。可当他围着梦绕魂牵的村庄转了三圈后发现，故乡的颓垣断壁上除多了几幅"宁要社会主义的草，不要资本主义的苗"之类的标语外，依然如故。他怀着不安的心情走进自家那低矮的柴门，竟一下子呆了：母亲是那样苍老，那样消瘦。没铺席子的炕上，团着用塑料纸包着的黑乎乎的棉套，那是母亲的被子。母亲依然穿着那条大补丁撂小补丁的单裤子……他鼻子一酸喊了一声"娘"，转身抹泪走出家门，用退伍金扯布给母亲做了条棉裤……县劳动局根据吕明玉在部队的表现，破格安排他为国营职工，对他来说，这无疑又是一次改变命运的契机，但看着吃不饱肚子穿不暖身子的乡亲们，他毅然谢绝吃国库粮的美差，在村里三年没有党支部书记的情况下，毛遂自荐当了支书。正是青黄不接的时节，家里仅存的瓜干需一片一片数着吃，身为一村之主，为不失体统，他常是在大粗瓷碗里盛"两层"饭，底下是地瓜叶，上面盖几片地瓜干，来人时慢嚼瓜干谈笑风生，无人时猛扒瓜叶以充饥肠。……他以"吃草挤奶"的精神，带领乡亲与贫穷厮杀，一年下来，村里的粮食亩产便过了"黄河"，转年，他又以士兵善于利用地形地物去作战的头脑，凭借泉水村靠近火车站的优势，组织装卸队、建筑队、编织队、驴车队，以副养农……三年下来，泉水村面貌初改，成为莱阳古柳公社改天换地的一面旗帜。吕明玉的事迹见诸《人民日报》，并被拍成新闻电影……他的才能和品行很快得到人们的公认。他先是被县农机局保送到莱阳农学院学了近两年的农业机械，继而又被古柳公社党委擢拔为党委委员兼工办主任。他村里公社一齐忙，一辆破吉普四处飞，他以士兵驰骋疆场的节奏，左奔右突，为古柳的社办企业杀出一条条生路，然而死神又一次捉弄他这"大命人"，在一次外出奔波中，他横遭车祸，肋条被撞断三根，险些"出师未捷身先死"……吕明玉三根肋条先后换来 11 顶不吃官粮的官帽子：公社农机站站长、公社拖拉机站站长、公社物资综合公司经理、公社地毯厂书记、公社修配厂书记，如此等等，不一而足。

改革的大潮涌动着梨乡的土地，正值吕明玉大显身手的时候，哪知命蹇时乖，一出荒诞剧却骤然上演了：1983 年元旦后的一天，出征回来的吕明玉刚卸下行装，即接到公社党委要他去公社修配厂开重要会议的紧急通知。吕明玉以军人的习惯于下午 1 时半准时抵达会场。这修配厂是吕明玉费尽心血为公社创办的骨干企业，而公社某负责人没和他打一声招呼，便断然宣布，工厂已由他人承包，解除吕明玉修配厂党支部书记的职务，限下午三时离厂回村；吕明玉兼任的其他 10 个职务也相应解除。该厂共有 123 人，同时被解雇的还有 60 人，其中退伍军人为 38 名……就这样，一个人，上下嘴唇一碰，便将吕明玉用 3 根肋条换来的 11 顶"官帽"掼了个精光……事出有因：那位公社负责人与已调走的公社书记不对脸儿，而吕明玉是原来书记的"入幕之宾"，这 60 名工人又是吕明玉的"尖刀部队"，"城门失火，殃及池鱼"，这便产生了一长串的"株连"……

炽热的呐喊得到的是冰冷的回音。被砸了饭碗的退伍兵们嗷嗷叫着来到吕明玉家。坎坷的人生经历练就了吕明玉宠辱不惊的性格，他安抚战友们耐心待命。当晚，他走进古柳镇边的济南军区后勤部某分部的军营，敲开了分部政委周才保的家门。周政委是吕明玉当兵时的老首长，那时他就很器重吕明玉，来分部任职后仍关心着吕明玉的成长。此时，这位曾名贯内长山岛的"爱兵模范"听罢吕明玉的诉说，气得七窍生烟。良久，才以政委特有的理智说："……算了，算了，明玉啊，干四化的大气候这么好，是战士总能找到显身手的战场，你要学会绝路逢生！"

在周政委的鼓励下，吕明玉没有松弛战士那钢铁般的神经。1983 年古历正月初三，他独自赶赴省城济南捕捉信息，寻找主攻目标，正月十六回家，十七便在三间破茅屋前挂起了"莱阳汽车修配厂"的牌子，一个私营的农民企业在五龙河畔宣告诞生了。然而牌子后面空空荡荡，吕明玉之所以急于挂出它，一为证实他们这伙退伍兵炮打不散，雷击不倒，二为慰藉 60 位被无理解雇的工人的上悬下空的心！农民私人办企业，最头疼的是资金。吕明玉的爱人是养猪能手，这年喂的6头大肥猪连同几窝小猪崽换得现金3000元，他倾囊拿出充当建厂资金，周政委雪里送炭，把部队闲置的机器租借给这伙退伍兵；退伍兵们又租赁了村里的50间破仓库，修修补补成了厂房……吕明玉的汽车修配厂于当年7月1日投产，他们背水一战，当年便盈利12.6万元！那被某人"承包"去的曾是红红火火的公社修配厂，早已被承包者作践得山穷水尽，吕明玉的工厂投产之日，恰是这个厂子的破产之时！

1984年春，梨乡大旱。正是播种时节，百姓望云霓而断颈，禾苗盼甘霖而折腰。因缺少抽水机械，乡亲们急得就地转圈儿。莱阳有家国营动力机械厂，生产的195型柴油机系部优产品，是农民心中的"白马王子"。村支书人托人、脸托脸，动用5个关系户，也未能把"白马王子"请进村。吕明玉当即决定，厂里停止生产，将几台柴油机架出厂房支农。有人支吾着规劝他："厂长，停产一天就失掉5000元啊！"吕明玉以毋庸置疑的口吻道："就是失掉1万也要停，啥时都不能忘记咱们是农民呀！"柴油机突突鸣响，田野里喷珠吐玉，望着这仁浆义醴，乡亲们感激涕零。此时，吕明玉萌发出一个奇想，他的厂子要转产柴油机，为农民兄弟排忧解难！当他把这一奇想往桌面上一摆，有的伙伴惊得直吐舌头："乖乖，虽说咱顶着工人的帽子，说到底还是吃庄户饭的小炉匠，这想法太浪漫了……"吕明玉虽是个敢想敢干的人，但却从来不用空想的花蕾去编织虚无的梦幻。"一个小小的柴油机，一般农民都会操作，脑瓜灵光的还会修理，没有太深奥的学问，东洋人丰田佐吉有句名言——丰田技术人员的成长就是拆拆装装，不断丰富。"吕明玉说到这里，用手指指北面——那里坐落着令人艳羡的虎踞龙盘的莱阳动力机械厂，"下棋找高手，弄斧到班门，我们就摽着'白马王子'干！"

于是，在梨乡一隅的不露水不显山的厂房里，一场在常人眼里看来是自不量力的与"白马王子"的对抗赛悄然拉开了帷幕。他们先是设法从外地购来一台"白马王子"，将其大卸八块，开肠破肚，拆装，装拆，不惮其繁。吕明玉及伙伴们又找来全国同类型号柴油机资料，采众家之长，掠诸家之美，反复揣摩研制。他们衣不解带拼搏21天，于当年"五一"节，一台自行设计的195型柴油机试制成功，送省有关部门检测，质量完全合格。一伙"土包子"为自己的"婴儿"领来一张"出生证"。吕明玉深知，办好一个工厂，产品质量是极重要的因素，如同贾宝玉脖子上的通灵宝玉一样，失却了它，工厂就会变成一具空壳。产品初试啼声后，他办的第一件事就是延揽人才，广募贤能。青岛有位曾留学国外、跟内燃机打了半辈子交道的刘工程师，吕明玉"十顾"茅庐，请进厂来，将之奉若神明；社会上一些置闲搁散的技术人员吕明玉也聘进厂来，待为上宾。有这些技术骨干操练工人，严把关隘，第一批高质量的柴油机很快产出。这年8月，省农机会在潍坊召开，他们的产品一下燃亮了客户的眼睛，当场订货5000台；金秋十月，全国农机会在邯郸举行，因他们的产品卓尔不群，一下子又订出7000台！全厂上下处在高度的亢奋状态中，被人们称为"吕旋风"的吕明玉，马不停蹄，组织扩建厂房，招收工人，筹措资金，经纬万端忙得他宵衣旰食。即使这样，工厂的年生产能力只3000台。具有大将风度的吕明玉沉着应战，很快从丰田佐吉成功的秘诀中找到了办法。丰田初创时是"一家一件，配套成线"，他要来个"一厂一件，组装成台"。他对国营动力机械行业的现状已了如指掌：生产柴油机零件的小企业星罗棋布，产品过剩，这些寄人篱下的小企业不得不仰承大企业的鼻息。吕明玉们口角春风，将平等联合的旗子款款一举，应者云集。三个月内，他们便与60家厂子建立了协作关系，使12000台柴油机如期交货，这期间吕明玉尽管忙得不可开交，但他仍紧紧抓住质量这个关键不放。第一批产品盈利后，他一分钱的奖金不发，便购来全国第一流的检测器械，设立了全国机械行业第一家微机试验室，生产的关键工序用闭路电视扫描监控。正因如此，他们的产品合格率一直保持百分之百。

  产品走俏并未使吕明玉兀自陶醉，来自农民对农民有着深情厚爱的他深悉农民兄弟的购物心态。孩提时，他便看到，南方人来北方卖木梳是当年给梳子，来年才收钱，当地卖小鸡者，春天赊鸡雏，秋后鸡下了蛋再付款，一台柴油机远非木梳、小鸡可相比，它是土地承包后的庄稼人的财神爷、心头肉。为不断拓展和巩固农村这个大市场，吕明玉实行的"推销经"，既充满了对产品的自信又注满了感情色彩：农民兄弟买他们的柴油机试用半年后再付款；若有毛病，包赔包换；若出故障，接用户信后5天内派员赶去排除；如属机器自身故障，耽误用户使用一天便赔偿一天的经济损失。外地农户通过当地农机公司购买厂里产品者，每台柴油机附信封一个、邮票一枚、信笺一张，鼓励他们提意见，每一条意见奖一元钱。厂内还专为农民兄弟设一有20余床位的小招待所，来厂购买机器或反映情况者，免费留宿一天和管饭一顿。另外，厂里还建立了跟踪服务小组，推销人员各携放像机、录像带，跟踪用户服务，他们先上映本厂的厂容、厂貌及柴油机操作规范，尔后放适合当地农民口味的录像片儿，这样，常常是一家买机器，阖村喜洋洋……这富有人情味的推销经，使莱阳柴油机厂芳名远播，他们的产品很快欢唱在齐鲁燕赵、中原大地、秦晋高原、辽东半岛、乌苏里江畔、天山脚下……

在梨乡，世世代代难以攻克的贫穷的堡垒，在吕明玉这代人身上终于炸开了缺口，吕明玉们在创建物质文明的同时，时刻也没有忘记向蒙昧这个更为顽固的堡垒开战。吕明玉本身是个文化人，在部队时他就是部队报纸的优秀通讯员，他书法、编剧、摄影、吹拉弹唱广泛涉猎，且有洋洋20余万字的《梨乡的传说》一书行世。与他的祖父他的父亲不同的是，时代给了他一个属于他的舞台，使他能将中国的传统文化、部队文化和西方的先进文化熔于一炉，去锻造自己，去陶冶全厂的工人。从建厂那天起，他就注意把工厂办成一个充满文化氛围的企业。他与省内外名牌大学挂钩，出资培养新一代的农民工人。近两年，厂里有90人获大专文凭，120人获中专文凭。如果说近几年兴起的"文凭热"容易使人对这些数字产生怀疑，那么去年全国机械行业进行的一次闭卷统考却能为这厂的文化水准做强有力的佐证：谁能设想，在这清一色的农民企业里，他们的考分竟在全国名列前茅！部队有个传统叫作月月有晚会，处处有歌声。吕明玉仿而效之，在厂里组织起一个亦工亦艺的文工团。这个文工团不仅活跃了工厂和周围农村的文化生活，也成了他们联络协作单位和部队的感情纽带，给厂里经济的发展注入了活力。文化和知识能使人产生内在的魅力，走进这座工厂，鲁迅笔下那"中年闰土"的呆滞的目光早已毫无踪影，一双双眼睛闪烁着憧憬美好生活的亮彩。工人们工作起来站有站相，立有立相，一切都有着部队生活的规范，闲暇之时，他们的穿戴尽管五彩缤纷，但言谈举止，彬彬有礼，看上去，男具阳刚之气，女有林下之风……

吕明玉创办的工厂像滚雪球似的年年扩大，厂里的财富像发了酵的面团似的急速膨胀。尽管吕明玉每年都把盈利的大头交给了国家，尽管每年厂里都拿出一批款项用于公共事业，但因是个体企业，有人未免以小人之心度君子之腹，说吕明玉家的钱盛满几箱子，八辈子也享受不完；也有利欲熏心者，明敲暗诈，吃大户索小钱；还有图谋不轨者，趁风高月黑，朝吕明玉那并不醒目的房屋上扔砖块甩石头……然而一桩爆炸性的新闻在1988年3月26日于梨乡传开，这新闻使胡乱猜度吕明玉者目瞪口呆，使狗苟蝇营之辈不可思议！这天，吕明玉在全厂大会上郑重宣布：他酝酿已久，经市委认同，从现在起，莱阳柴油机厂已毫无代价地交给国家，成为大集体企业……工人们看到他们的厂长在宣布这决定后，那黧黑的脸上挂着几颗晶莹的泪珠……此刻，吕明玉是想起母亲那用塑料包裹旧絮套的"棉被"？还是想起哥哥因偷啃队里的一穗玉米而重挨的父亲的两记耳光？抑或是想起他刚当村支书时那瓜干盖瓜叶的"两层饭"？……

我们在这个现有620名工人、其中380名是退伍兵的现代化工厂里漫步、徜徉，偌大厂区里那幢幢新厂房还散发着岁月的清新。在敞亮的组装车间，一排排嵌着白龙的柴油机正倚装待发，工人们自豪地告诉我们，他们的产品不仅畅销国内还出口东南亚和巴基斯坦、孟加拉国，去年为国家创汇150万美元，今年又加大出口量，比"白马王子"多出口2000台，可创汇500万美元。我们问："出口产品为啥叫白龙牌？"师傅们得意地说："吕厂长说过，白象征家乡梨花的纯洁，龙是我们这个民族的伟大象征！"

走进吕明玉的家中，屋内的摆设，简朴得出乎我们的意料。令我们喟叹不已的是：这个把近50万元奖金分文不留献给梨乡的退伍兵，家里竟还没有电冰箱！吕明玉指着家里的彩电告诉我们，他比另外三位副厂长要奢侈些，他们用的还是黑白电视机哩……正赶上吕明玉的小女儿放学回家，我们问爸爸给她多少零花钱，她把小鼻子一皱："哼，吝啬鬼！每天只给一支冰糕钱，买本子铅笔还是我用烂酒瓶子换……"

在我们观赏照旺梨园、瞩望那世界梨王时，陪同人员曾告诉我们，去年仲秋，一美国友人在这梨王下品梨时曾竖着大拇指说："世界上第一产梨大国是意大利，第二是中国，第三是我们美国，我曾走遍世界，吃过各种梨，你们这莱阳梨无与伦比！"的确，别看莱阳梨外表粗糙，但吃起来崩脆、稀甜、无半点渣儿……

我们登上西去的列车，依依告别了莱阳，透过明亮的窗口，梨乡的山峦、河流、田野、村落一一在我们面前掠过，而老梨树与退伍兵两个不关联又关联的形象仍在我们脑海中幻化叠印：老梨树，你腾游时空，吞纳古今，迎送寒暑，抽谢黄绿，给大地送来几多春华秋实；吕明玉，你抗争命运，追随时代，开拓进取，超越自我，给人间播下多少纯情挚爱……

老梨树——梨乡的灵魂；吕明玉——梨乡的骄子。我们在你们身上分明读到两个字——奉献！愿这"奉献"二字能书写在更多人的心灵的旗帜上……

（刊发于1990年7月11日《人民日报》）

走进塔里木

贾平凹

八月里走塔里木,为的是看油田大会战。沿着那条震惊了世界的沙漠公路深入,知道了塔克拉玛干为什么称作死亡之海,知道了中国人向大漠要油的决心有多大。那里的太阳极好,红得眼睛也难以睁开,喉咙冒烟,嘴唇干裂,浑身的皮也明显地觉得发紧。车上的司机告诉说,地表温度最高时是70摄氏度,那才叫个烤呀! 公路未修的时候,车队载着人和物资从库尔勒出发,沿着塔里木盆地边沿走,经过阿克苏,经过喀什,再到和田,这是多么漫长的道路,然后沙漠车才能进入塔克拉玛干腹地,这么一趟回来,人干巴巴的,完全都失了形! 司机的话使我们看重了车上带着的那几瓶矿泉水,并且相互恶作剧,拧对方的肉,问:熟了没?喉咙也就疼得咽不下唾沫,将手巾弄湿捂在口鼻上。在热气里闷蒸了两个小时,突然间却起风了,先是柏油路上沙流如蛇,如烟,再就看见路边有人骑毛驴,人同毛驴全歪成四十度斜角地走,倏乎飘起,像剪纸一般落在远处的沙梁上。天开始黑暗,太阳不知坠到哪里去了,前边一直有四辆装载着木箱的卡车在疾驶,一辆已经在风中掀翻了,另外的三辆停在那里用绳索拉扯,仍摇晃如船。我们的小车是不敢停的,停下来就有可能打滚,但开得快又有御风起空的危险。司机说,这毕竟还不是大沙暴,在修这条公路和钻井的时候,大沙暴卷走了许多器械,单是推土机就有十多台没踪影了。我们紧张得脸都煞白了,幸好大的沙暴并没有发生,然而沉甸甸的雾和沙尘,使车灯打开也难见路。艰艰难难地赶到塔中,风沙大得车门推不开,迎接我们的工人已都穿着棉大衣,谁也不敢张嘴,张嘴一口沙。

接待我们的是副调度长王兆霖,人称沙漠王的,他笑着说:中央领导每次来,天气总是好的,你们一来就坏了?我们也笑了,说这正是老天想让我们好好体验体验这里的生活嘛!

我们走进了大漠腹地,大漠让我们在一天之内看到了它多种面目,我们不是为浪漫而来,也不是为觅寻海市蜃楼和孤烟直长的诗句。塔里木大到一个法国的面积,号称第二个中东,它的石油储量最为丰富,地面自然条件又最为恶劣,地下地质结构又最为复杂,国家石油开发战略转移,21世纪中国石油的命运所系在此,那么,这里演动着的是一场什么样的故事,这里的人如何为着自己的生存和为着壮丽的理想在奋斗呢?我们在塔中始终未逢到好天气,风沙依旧肆虐,所带的衣服全然穿在身上,仍冻得嘴脸乌青。沙漠王是典型的石油人性格,高声快语,又诙谐有趣,领我们去看第一口千吨井,讲这里的过去,讲这里的将来,去英雄的沙漠车队,介绍每一个司机的故事,去看用铁板铺成跑道的飞机场,去亲自坐上沙漠车在沙梁间奔驶领受颠簸的滋味,去看各处的活动房,去看工人床头上都放的什么书。在过去有关大庆油田的影视中,我们了解了石油人生活的简陋,而眼前的塔里木,自然条件的恶劣更甚于大庆,但生活区的活动房里却也很现代化了,有电视录像看,有空调机和淋浴器,吃的喝的全都从库尔勒运进,竟也节约下水办起了绿色试验园,绿草簇簇,花在风沙弥漫的黄昏里明亮。艰苦奋斗永远是石油人生活的主旋律,但石油人并不是只会做苦行僧,他们在用着干打垒的精神摧毁着干打垒。这里仍是改革的前沿阵地。不论是筑路,钻井,修房和运输,生产体制已经与世界接轨,机械和工艺是世界一流,效益当然也是高效益。新的时代,新的石油人,在荒凉的大漠里,为国家铸造着新的辉煌。

　　我们在沙漠腹地的日子并不长,嘴里的沙子总是刷不净,忽冷忽热的气候难以适应,我就感冒了,又开始拉肚子。但我们太喜欢那红色的信号服和安全帽,喜欢去井位,在飓风中爬井台,虽然到底弄不明白那里的生产程序和机械名称,却还要喋喋不休地问这问那。新疆是中国最大气的地方,过去的年月里容纳了多少逃难的人,逃婚的人,甚至逃罪的人。而今的塔里木油田上,为了一个共同的目标,五湖四海的人走到一起,塔里木改变了他们的人生观,培养了他们特有的性格和行为方式。他们是那样好客,给你说,给你唱,却极少提到这里的艰苦,也不抱怨这恶劣的气候,说许多趣话,使你感受到生命的蓬勃和饱满。我们采访了那些在石油战线上奋斗了一生的老大学生,更多地采访了那些才从大学毕业分配来的大学生,问他们为什么没有留在大城市,没有去东南沿海地区,他们对这些似乎毫无兴趣,只是互相戏谑:谁谁在这里举行婚礼的那天,自己竟喝醉了酒,沉睡得一夜不起。谁谁去出车,车在半途坏了,爬了两天两夜,又饥又渴昏倒在沙梁上,幸亏派飞机搜索才救回来,去修那辆车时,才发现车座下面还有着一瓶矿泉水,真是笨得要死。谁谁的媳妇千里迢迢到库尔勒,指挥部派专车将人送到工地,说好明日再送回库尔勒,可活该倒霉,这一夜却起了特大沙暴,甭说亲热,连睁大眼睛端详一下媳妇都不可能。这些年轻人给我们留下了极深的印象,从沙漠回来后,当我们在繁华的城市坐着小车,就每每想起了他们。世上有许多东西我们一时一刻离不了,但我们却常常忽略,如太阳如空气,我们每日坐车,就忘了车的行走需要的是石油!现在的小孩子,肚子饥了要馍馍吃,馍馍是哪儿来的,孩子们只知道是从厨房来的。我们也作过一次小小的调查,问过13个坐车的人:车没油了怎么办?回答都是:去加油站啊!谁又知道发生在沙漠中的这些极普通又极普遍的故事呢?

接触了不同岗位不同层次的石油人,临走时,我们见到了塔指的三个领导。邱中建,这是石油战线上无人不晓的一个名字,他的一生几乎与中国所有的大油田的历史连在一起。如今已经六十多岁的人,祖国需要他到塔里木来,需要他来指挥这一场新体制新工艺高水平高效益的石油大会战,他离开了北京和家人,一人就长年待在塔里木。钟树德呢,这位塔指的大功臣,为了中国的石油事业,他献出了自己的一只眼睛,他自始至终在塔指,大漠中的每一口井台上都流过他的血汗。当我们见到他的时候,他才从塔中回到库尔勒不久,而那只完全失明的眼睛,因失去了功能,沙子落进去,擦磨得还是血红血红。梁狄刚更是个传奇人物,他的母亲居住在香港,年纪大了,一直希望他也能定居香港,但他虽是大孝子,可忠孝难两全,当中央电视台的记者采访他时,他没有什么华丽的辞藻,只说了一句:我不能丢弃我的专业。与这些领导交谈,你如坐在一张世界地图前,坐在一张中国地图前,他们的襟怀和视角是那么大,绝口不提自己的事,只强调这一生就是要为中国找石油,塔里木油田可能是他们人生最后要找的一个大油田了,党和人民让他们来,这就是他们一生最大的幸福。但他们压力很大,因为中央领导一个接一个来塔里木,历史的重任使他们不敢懈怠,如何尽快地发现大的场面,使他们只有日日夜夜超负荷地工作着。

我们去塔里木,我们是几个普通得不能再普通的人,又行色匆匆,但石油人却是那样的热情!所到之处,工人们让签字,签什么字呀,一个作家浪得再有虚名,即使写出的书到处有人读,而比起石油人是多么微不足道啊!他们一有机会就让我写毛笔字,我写惯了那些唐诗宋词,我依旧要这么写时,工人们却自己想词,他们想出的词几乎全是豪言壮语。这些豪言壮语在别的地方已经消失了，或者有，只是领导的鼓动词，而这里的工人却已经将这些语言渗进了自己的生活，他们实实在在，没有丁点虚伪和矫饰，他们就是这样干的，信仰和力量就来自这里。于是，我遵嘱写下的差不多是"笑傲沙海""生命在大漠""我为祖国献石油"等等。写毕字，晚上躺下，眼前总还是这些石油人的一张张黑红的面孔，想，这里真是一块别种意义的净土啊，这就是涌动在石油战线上的清正之气，这也是支持一个民族的浩然之气啊！回到库尔勒，我们应邀在那里作报告，我们是作家，却并没有讲什么文学和文学写作的技巧，只是讲几天来我们的感受。是的，如何把恶劣的自然环境转化为生存的欢乐，如何把国家的重托和期望转化为工作的能量，如何把人性的种种欲求转化为特有的性格和语言，使我们进一步了解了石油人。如今社会，有些人在扮演着贪污腐化的角色，有些人在扮演着醉生梦死的角色，有些人在扮演着浮躁轻薄的角色，有些人在扮演着萎靡不振的角色，而石油人在扮演着自己的英雄角色。石油人的今生担当着的是找石油的事，人间的一股英雄气便驰骋纵横！

从沙漠腹地归来，经过了塔克拉玛干边沿的塔里木河道的旧址上是一眼望不到头的胡杨林。这些胡杨林证明着历史上的海洋存在，但现在它们全死了，成了之所以称为死亡之海的依据。这些枯死的胡杨粗大无比，树皮全无，枝条如铁如骨僵硬撑在黄沙之上，据说，它们是千年不死，死了千年不倒，倒了千年不烂。去沙漠腹地时，我们路过这里，拍摄了无数的照片，胡杨林如一个远古战场上的遗迹，悲壮得使我们要哭。返回再经过这里，我们又是停下来去拍摄，那里修公路时所堆起的松沙，扑扑腾腾涌到膝盖，我们大喊大叫。为什么呐喊，为谁呐喊，大家谁也没说，但心里又都明白，塔里木油田过去现在是没有个雕塑馆的，但有这个胡杨林，我们进入了大漠腹地看到了当今的石油人，这些树就是石油人的形象，一树一个雕塑，一片林子就是一群英雄！我们狂热地在那里奔跑呐喊之后，就全跪倒在沙梁上，每人将矿泉水喝干，捧着沙子装了进去带走。这些沙子现在存放在我们各自的书房。我们不可能去当石油人，也不可能长时间生活在那里，而那个八月长留在记忆中，将要成为往后人生长途上要永嚼的一份干粮了。

（刊发于 1996 年 12 月 18 日《人民日报》）

走过去，前面是个天

——国有企业下岗职工再就业纪事

于 秀

选择坚强，就是选择成功

冬天的黄浦江岸寂寥而空旷。冷飕飕的北风低旋着吹过江面，令过路的行人缩脖收肩。已是夜里十点多了，宋心莲还伫立在灰色水泥护栏旁，目光呆滞而茫然。眼角，泪痕已被风吹干了，结了一层淡淡的亮痂。这是一个正徘徊在生与死之间的女人1994年冬天的情景。

当时只有三十八岁的宋心莲，刚刚处理完因肝癌英年早逝的丈夫的后事，便因所在的国营色织厂资不抵债被兼并而遭遇下岗。本是护校毕业的她不仅有一份在厂医务室里的清闲工作，而且还因气质出众、装扮得体而被厂里的青工们誉为"白天鹅"。可丈夫的去世，工作岗位的失去，使一直在顺境中从没有考虑过自己将来的路该如何走的她，曾一度想放弃生命。不久，婆婆又突然撒手离去。刚刚读小学的儿子使她看到了自己的责任，这是一种无法放弃的责任。为了抚养儿子和维持自己那个已经塌了一角的家，宋心莲擦干了眼泪，开始四处寻找重新走上岗位的机会。

后来，她总算在一家私人诊所有了一份做护士的工作，月薪六百元。又一次找到岗位，又一次领到薪金，宋心莲打心里感到这机会的难得，工作起来更加尽心尽力，很快博得了大家的好评。可天有不测风云，就在宋心莲刚刚为自己的生活有了依靠而稍微松口气的时候，大祸又一次降临了。她负责的一个病号，因急着到股市炒股，不听她的劝阻，擅自动手给自己注射青霉素，因过敏突然死亡。事故发生得猝不及防。作为主要责任者，宋心莲被依法拘留。在拘留所里的日日夜夜，心地善良的宋心莲几乎天天以泪洗面。她为自己没有阻拦住那个病号的行为自责。她不想为自己开脱。只是想到无依无靠的儿子,宋心莲真的有些绝望了。不过,由于事故的责任方很清楚,而死者家属又积极为宋心莲争取宽大,宋心莲被法院判刑两年,缓期两年执行。可那家出了人命案子的诊所被勒令关闭了。宋心莲从此再也不能靠她的护士职业谋生了。走出大墙,经历一场场劫难后,已经变得坚强起来的宋心莲没有再犹豫、彷徨,很快就在一家美容厅当上了勤杂工。干了不久,她发现与美容师们相比,薪金简直低得可怜,想上岗做美容师,又被老板拒绝了。这更激起了宋心莲不服输的劲头。她拿出仅有的两千元钱,到美容学校交了学费。几个月风雨无阻的学习,使她成了班里最优秀的学生。结业以后,为了筹建自己的美容厅,她借遍了亲戚朋友,才凑足两万元钱。可历尽千辛万苦办起来的美容厅由于她不善经营而很快倒闭。一段时间,为了躲债,宋心莲每天晚上十二点以后才敢回家。几年来的闯荡,磨炼了宋心莲的意志,也增强了她的勇气。开店不成,她就尝试着在家里接待顾客。周到热情的服务使她得到了很多信任。她的名气在宿舍区内不胫而走。1996年的春天,宋心莲的"十美"形象设计美容美发厅正式开业。店里的利润虽然没有一下子暴涨起来,但每天都是细水长流,慢慢往上攀升。立足于工薪阶层,把美容厅办得让普通人也能享受到全方位的服务,这个办店宗旨使宋心莲的"十美"一诞生便立稳了脚跟。下岗之后一直在苦苦寻找机会的宋心莲终于捕捉到了成功。她用事实说明,下岗并不可怕,可怕的是失去人生的信念;只有选择坚强才能选择重生;只要肯埋头苦干,下岗就是人生另一种活法的开始。

生活有情,转机就在你脚下

与上海的宋心莲下岗之后苦苦寻找自己的位置相比,山东济南的赵秀娥显然比较幸运。她所在的国营三环塑料厂破产后,三十一岁的她很快被劳动再就业部门安排到一个国营商场站柜台,成为"商嫂"。赵秀娥倍感幸运,很珍惜这次再就业的机会,工作勤勤恳恳,处处显示她那精明的才干,不到半年便当上了童装组组长。能说会道、颇有人缘的赵秀娥突然发现自己经商还真有几分天赋。可生活总是充满戏剧性的冲突。就在赵秀娥一心一意要在"商嫂"岗位上干下去的时候,这家国有商场因拆迁而业务量大减,不得不大批减员,原来被招聘的人员首当其冲,赵秀娥还没等过够"商嫂"瘾,便再次下岗,又成为待业者。自觉能力不逊于别人的赵秀娥苦恼极了。善解人意的丈夫开导说:"你别为生活发愁,钱少赚点没关系,重要的是你是不是就想这样过完下半生。""不，我当然不想把自己的后半生都扔在家里。"赵秀娥几乎是含着眼泪喊。"那你就振作点再出去试一次，你不是觉得自己有经商的天赋吗？现在国家鼓励下岗职工自谋出路。咱没有本钱，做不了大生意，可只要肯干，做点小事情也能赚钱。"赵秀娥心里承认丈夫说得有道理，对于她来说出去摆个摊设个点儿未尝不是条出路，可毕竟她没有经历过，总觉得有些拉不下脸。在公交公司开早班车的丈夫也算见多识广，看到赵秀娥一副犹豫神态，热情勉励道："摆摊赚钱是少点，可你是凭劳动谋生，大家只有佩服的份儿，哪会丢脸呢！有本事你从摆地摊做起，将来做大老板。香港富豪李嘉诚一开始也就是个油漆匠。"丈夫的话点亮了赵秀娥心里的灯，决心改变自己总是被动地被选择的命运，她选择了主动出击。

第一次到星期日市场摆地摊，白花花的太阳底下她站了一天，只赚到十二元钱，刚好够交市场管理费的。晚上她来不及跟家里打招呼又忙着赶夜市，直到深夜十二点才收摊。当她攥着在蚊叮虫咬的马路边蹲了半宿才挣来的二十元钱，兴高采烈跑回家里时，才知上早班的丈夫为了找她一宿未睡。望着赵秀娥在灯下翻来覆去数着那看起来一大堆却只有区区二十几块钱的毛票像孩子似兴奋的样子，丈夫再也不忍埋怨她的粗心大意，一下将她搂进怀里。困境使他们夫妻更加懂得了什么叫理解、宽容，什么叫爱。

在星期日市场摆了一段时间的地摊，脑筋灵活的赵秀娥发现做盒饭卖似乎更赚钱些，于是她花了几十块钱买了一辆旧三轮车，每天穿梭于星期日市场的各个角落，卖起自己配制的盒饭来。刚开始，做这个买卖的人少，收入颇为可观。可不久，许多人瞅准了这是个赚钱的门道，纷纷卖起盒饭来，竞争激烈得几乎白热化。赵秀娥单枪匹马，实在竞争不过许多夫妻档、母女档，只得败下阵来。清点几个月来的所得，除三千元的本钱已全都收回，所幸还挣了三千元，赵秀娥心里轻松了许多。可下一步路该怎么走？天性乐观的赵秀娥在寻觅着最能体现自己优势、发掘自己潜能的岗位。

丈夫为了让一直疲于奔命的赵秀娥放松一下，有一天，特意带她去参加徒弟的婚礼。这一次偶然的社交活动闪电般启发了赵秀娥的思路。在厂里一直是热心肠的婚礼主持人的她，突然发现，她寻找了许多次的机会就在她自己身上。因为，眼下那位婚礼主持人的表演实在太拙劣，而伶牙俐齿端庄大方的赵秀娥几句话就把整个场面给镇住了。赵秀娥与丈夫同时发现了自己的优势。一旦认识了自己的实力，赵秀娥便风风火火地行动起来。经过充分准备，赵秀娥创办的"红双喜"婚庆礼仪服务公司终于在1996年正式对外营业。

为了使公司一开始就向正规化发展，她在管理上设计了一套做法，把自己所做的服务看做是一项美的事业。她说："我不能只顾赚钱，我还要倡导一种新的风尚，一种崭新的婚姻观。"比如，为了让新人们对"红双喜"有足够的信任感，赵秀娥总是想方设法替他们设计最有品位又最实惠的方案；而对那些在婚礼上不惜大把花钱的年轻人，她总是关切地告诫他们，婚姻重要的是婚礼过后的生活，而不是婚礼本身，希望他们把不该花的钱省下来，为将来的小家庭做一些储备。她的这种设身处地为客户着想的经营作风，给"红双喜"公司不仅带来了滚滚财源，还带来了很高的声誉，年轻人都对把婚礼交给"红双喜"公司承办感到放心和骄傲。

经历了无数跌宕起伏的赵秀娥终于找准了自己的位置。她说，她如此地拼命想找一条出路，正是因为下岗给了她危机感，使她感到靠谁也不如靠自己。是的，就目前我国社会发展的状况而言，市场的空间是巨大的，就看你肯不肯动脑筋，分析市场洞察机遇。困境予人的不仅仅是眼泪，生活的压力倒能最大限度地调动人潜在的能量。只要能够坚守自己的信念，直面眼下的困难，命运的转机也许就在你的下一个选择当中。

你挺住了，命运就屈服了

幸福的家庭是相似的，不幸的家庭各有各的不幸。托尔斯泰的这句名言不知被多少人引用过。说到不幸，山东临沂市的田春美何止千言万语。

四十九岁的田春美曾是老三届下乡知青，返城时已是二十七八岁的老姑娘，仓促成婚。从1993年她被查出乳腺癌时算起，三年里连遇不幸。先是动手术切掉了双侧乳房。接着，比她小几岁的丈夫与她离了婚；为了让唯一的儿子生活有所保障，她将儿子和房子一起留给了丈夫，自己则租了一个街边的临时窝棚栖身。1995年，她因所在粮食系统体制并轨后效益大滑坡，不得不下岗。接踵而至的打击使田春美万念俱灰，多少次她祈求死神早早降临，让她脱离苦海。可生命又是这样顽强，当时做手术的大夫认为顶多能再活一年的田春美，迟迟没有踏上黄泉路。对死神同自己开的玩笑，田春美无奈之极；可要活下去，就必须找到工作。田春美拖着化疗后虚弱不堪的身体跑了几家单位，都被拒之门外，谁也不敢用她这样的病号。无聊之中，田春美回到医院去探望几位与她一起动过手术的病友，碰巧有位老病友的女儿愿意以每月四百元的工资请她照顾病中的母亲。为了能有些收入，田春美咬牙接下了这个工作。没做多长时间，那位胃癌晚期的老病友撒手人寰，田春美的身体也垮了下来。一心想坦然迎接死神的田春美收拾好行装，准备回到老家沂蒙山区平静地度过生命最后的时光。可没等她离开，儿子找到她的窝棚，一定要跟她生活在一起。看到已入秋了，儿子还穿着单薄的衬衣，田春美心都要碎了，没想到前夫娶了新妻后，儿子反而更像一个没家的孩子。面对儿子的请求，她实在无能为力，未来对她来说已是一条不归路，她不能给孩子带来什么保障。

回到老家，田春美发现这里依然很落后。老区的人纯朴但较保守，安于贫穷，许多先进农业技术硬是推广不开，特别在养殖方面，许多人家还是照老一套去做，费了老大劲儿却总是致富无门。已经把死置之度外的田春美突然明白自己不能就这样等死，应该趁活着做一点事，哪怕是再当一回农民。她从农技员手中借来养殖方面的书琢磨，并一点一滴照书上写的去实践。于是，她养的鸡苗成活率在百分之九十以上，产蛋率百分之百，蛋的质量上乘，成本却降了下来。田春美的成功带动了整个村子对养殖业的兴趣。看到许多村民想要试试身手却没有钱去捉鸡苗，田春美便将一千只鸡苗无偿送给他们，还上门解决实际操作问题。村民们依靠科学的养殖方法得到丰厚的回报，而田春美的养鸡场也越办越红火。1997年的春天，田春美实现了她最初想要告别人世时唯一的愿望——给儿子在城里留下一片屋顶，她用辛辛苦苦赚来的钱买了一套房子，常常在周末从乡下回到城里与儿子团聚。也许是她的倔强和无畏的勇气吓跑了死神，一直在癌症晚期的阴影中徘徊的田春美，这一次不但活了下来，还活出了另一番滋味。如果说当年她第一次下乡时，还是一个对未来生活充满期望的小姑娘，那么在遭遇下岗后的第二次下乡，她却成了一个成熟豁达对生活充满挚爱的能干的女人。这两者之间的距离有多遥远，想来只有田春美自己了解。因为她走过的路，每一步都浸满了汗水和泪水，每一步都在告诉世人这样一个真理：当命运不能把你击倒时，命运也就屈服了。

相信自己，你并非一无所有

在汹涌的下岗潮中，男人同女人一样，也饱尝了酸甜苦辣，同样经历了一段难以走出的困厄。时下，在北京某合资企业工作的王建新就有过这样一段日子。1995年12月，王建新所在计算机器材厂减员，不到四十岁的王建新从工作清闲的配电室下岗,成为一名每月领取失业津贴的下岗工人。厂里组织过几次再就业洽谈会,但他都因各种原因,没能找到合适工作,在家里一待就是半年。好在妻子所在的贸易公司效益不错,每月有上千元的收入。可一想到自己这个大老爷们得让妻子养活,王建新闷在心里的苦水直往嗓子眼上冒。妻子劝他出去找工作,他脖子一梗,振振有词地说:"我是国营厂子的员工,不能跟街上的那些小摊小贩去争饭碗。"但无论怎么说,家里少了一个人的收入,又有个读中学的孩子,这生活也实在好不到哪儿去。在家闲了一段时间,王建新再也沉不住气了,毕竟他还有一身力气。不等妻子说什么,他自己悄悄地找开了出路。照说他也没少折腾,到面粉厂扛过面粉,在星级酒店干过维修工,甚至还倒腾过 VCD 光盘。一次又一次,他发现自己并没有找到自己最真实的存在,好像水上浮萍,总缺少一种归属感。有一天,妻子拿出五千元让他学开车,考驾照,王建新拿出单位发的高级电工证书说:"我这辈子跟电老虎打交道惯了,摆弄不了方向盘。"丈夫的这句话倒是提醒了妻子:他虽然下岗在家,可他并不是一无所有啊,在企业里待了那么多年,专业技术还是有一点的,虽然大家现在都抢着"下海",可并不是每个人都是做生意的料儿,何必再去挤这人满为患的独木桥?大路朝天,只要肯放下架子,自己琢磨个出路还是有可能的。一个偶然的机会,妻子在报纸上读到某合资企业招聘电气技工的消息,忙陪了王建新去应聘。在国营企业神气惯了的"电师傅"王建新头一次领教这种来不得半点虚假的考核场面,紧张得把新换的衬衣都汗湿了,可他精湛的技术却最终赢得了全场考核人员的喝彩。只有高中文凭的王建新被破格录用了。王建新凭自己的"几把刷子"又找到了新的岗位。如今,他在新单位干得有声有色,被提拔为配电室主任。单位为了让他安心工作,还为他及其他招聘人员办理了终生养老保险、医疗保险等手续。王建新在经历了下岗的困惑、茫然与痛苦之后,终于又找到自己的位置。为了这失而复得的机会,王建新全身心地投入,他的积极能干在企业里出了名。最近,企业组织一次有贡献人员集体休假出国旅游,王建新也在其中。虽然只是一次"新马泰"七日游,可西装革履的王建新有了在他下岗之后的最自信的笑容。他又重新发现了自己,也重新发现了这个社会。原来,社会在变革,人要适应这个变革,一切都在自己观念的解放上。人,只有征服自己,才能征服挑战。无论选择什么,都不要选择逃避。市场经济不同情弱者,只有参与竞争,才可能赢取自己生存的地盘,在实现自己人生价值的同时,也为社会创造新的财富。

这是一个拒绝平庸的年代。在历史发展的新时期,风起云涌的经济大潮带给人们的不仅仅是物质的飞跃。变革意味着涅槃,意味着更加壮美的新生。二十世纪末的中国的改革是一场世纪之战,它所带来的反响绝不是少数人的"战争",这是全民的"战争",越来越多的人已经感受到它的震动。面对人生的转折,心态很重要。有时候,人生观念的转变比随手可得一个工作更重要,这是改革的一个路口,走过去,前面是个天。我们相信:在我们的人民用柔韧与坚强的肩膀承受住改革的艰难之后,托起的将是一轮崭新的太阳。

(刊发于1998年6月6日《人民日报》)

好人邓练贤

金敬迈

> 广东中山大学附属医院是广州最早收治非典患者的医院,该院的医护人员在抗非典的日日夜夜里前赴后继,可歌可泣,他们中的优秀代表邓练贤医生牺牲在岗位上……著名作家金敬迈在广东省作协组织的抗非前线英模采访中,写出了这篇长篇报告文学;广州美术学院雕塑家曹崇恩教授在很短时间内完成了邓练贤同志的塑像。本报发表此文以表达对邓练贤同志和所有用自己的生命保卫人民群众生命安全的白衣战士的崇敬之情。
>
> ——编　者

生命诚可贵——裴多菲说。

生命仅有一次——奥斯特洛夫斯基说。

生命对任何人来说,都只有一次。怎样"度过"这仅有一次的生命?怎样"使用"这仅有一次的生命?这是人类永远也探索不完的话题。

中山大学附属第三医院传染科副主任、党支部书记邓练贤教授是个身强力壮的中年人,是个热爱生活、热爱生命、热爱家庭的人,为了抢救非典病人,他毫不迟疑地把仅有一次的宝贵生命奉献出来了。在如何对待他人的问题上,他先想到了别人,舍弃了自己。他是个可以不死却又勇于去死、舍得去死的人。他穿着白大褂度过他生命的最后时刻。他戴着听诊器倒下。

他,是个好人。

一

邓练贤,共和国的同龄人,1949年12月9日出生在广东省台山市冲蒌镇一户贫农家里。他排行老二，下边还有六个弟妹。童年的邓练贤在还不该懂事、也不太懂事的年纪就懂得了要帮着父母照顾好弟妹们。沉重的生活担子压在他幼小的肩膀上，压得他只能多想弟妹们，少想自己，命运把邓练贤从小就铸造成一个好兄弟，好人。

邓练贤最小的弟弟刚满一周岁的那年，一场人为的灾难铺天盖地地刮了下来。邓练贤的父亲，一个老老实实的贫农，土改的老根子，在村里管过点事。实在找不到别的人，练贤的父亲成了资产阶级"代理人"的代理人。在一次斗争会上，有人下了毒手，对准这位老贫农的肋下狠狠给了几拳。邓练贤把父亲背回家放到床上时，老父亲已经无法翻身了。快天亮了，老父亲满口淤血停止了呼吸。邓练贤从母亲悲切的哭声里清楚地意识到，自己肩上的担子更重了。

希腊名医希波克拉底说过：我愿尽我力之所能与判断力之所及，无论至于何处，遇男遇女、贵人及奴婢，我之唯一目的：为病人谋幸福……我国古代名医孙思邈也说过：无欲无求，先发大慈恻隐之心，誓愿普救生灵之苦。不知道邓练贤是不是在经受了这场灾难后，才走上从医这条路的。几年后，凭着他的刻苦学习和勤奋，他当上了村里的"赤脚医生"。

"赤脚医生"邓练贤不论走到哪里，都受到群众的欢迎。村里半夜有人病倒了，谁也不喊，只喊"赤脚邓医生"。人们看中他的，是他那颗治病救人的心，是他对人的态度。即使得了邓练贤完全不能处理的疾病，邓练贤就是背也要连夜把你背到公社卫生院去的。有了病，只要交到邓练贤手上，你就只管放心。他懂得如何对待他人。1970年，群众一致推荐邓练贤去读大学，他成了中山医学院第一批"工农兵学员"。

三年后，即将毕业，得知报传染科的医生极少时，共产党员邓练贤把自己的名字端端正正地填写在传染科的申请表格上。于是，他被分配到以治疗传染病、肝病为主的中山大学附属第三医院。从此邓练贤就再也没离开过传染科。

七十年代初，一个偶然的机会，邓练贤遇上了家乡的好姑娘朱秀娟，两人一见钟情。按说这桩美好的婚事早就该办了。可他们硬是拖了整整七年。邓练贤的弟妹还在上学，自从父亲去世后，邓练贤就把养家当成自己义不容辞的义务。往后，两人的工资也有所增加，该办喜事了。不巧邓练贤的四弟要做一个大手术需要钱，朱秀娟这个还没过门的二嫂主动对邓练贤说："那我们就再等两年吧。"1978年，已经满了二十九岁的邓练贤才和朱秀娟结婚。

今年是他们的银婚。

　　二十五年来，人们的物质生活极大地改善了，邓练贤和朱秀娟不知道商量过多少次：什么时候利用假期去外地旅游。商量归商量，出外旅游的计划总是难以实现。邓练贤是多年的模范支部书记、连续多年的优秀共产党员。科里有那么多医护人员，谁家都会有利用假期要办的急事，一年推一年，二十多年过去了，两口子还是只回过台山，从来没有手携手跨出过省界。

　　台山老家倒是回去过多次，说是回去看看老母亲，回去休息休息，其实又有哪一次休息过呢。往往是邓练贤人还没到家，老母亲也还没见着，半路上他就被乡亲们"截"走了。当年的小邓就是村里信得过的"赤脚医生"，如今是省里大医院的主任，是教授，是带研究生的导师。不定在谁家，邓练贤就被围住了。满屋十几二十来个人，这个说晚上一躺下就咳嗽，那个讲鼻子好像有点不通气，有的说，我老爹总说他腿发颤，有的讲，小孙子头上起了一个泡……回家，邓练贤等于在家乡"巡诊"。

　　邓练贤对病人热情对病人好，对乡亲们热情对乡亲们好，对母亲对兄弟姊妹们更不待言，他非常体贴妻子疼爱孩子。无情未必真丈夫。他是个好丈夫好父亲。朱秀娟前些年得过肺炎，体质比较弱，家里所有的重活，他全部包下来。他们家住在七楼，买菜或者买什么东西由朱秀娟负责。但只要邓练贤在家或是抽得出空来，他都要早早地下楼去等着，朱秀娟有肩周炎，提着菜爬七楼很吃力，他要去把菜提上来，不能把妻子累着了。

二

　　马年的腊月二十九就是除夕，邓练贤和妻子商量，除夕晚上院里没有派他的班，我们带上孩子一起去逛逛花市。往年不是这个原因就是那个原因，有好些年没去过花市了。记得上次逛花市，儿子健平还在读中学，如今孩子都大学三年级了。夫妇俩盘算好了：除夕晚上和健平去花市买花。听说这些年引进了很多新的品种，有的不仅没见过，连名字都没听说过。大年初一邓练贤值班，哪儿都不能去。初二一早，全家回台山，给老母亲拜完年后一起去上川岛或下川岛玩玩。去过的人都说，过年，岛上格外热闹……朱秀娟对丈夫的安排，会心地笑了。

　　朱秀娟做好了一顿可口的团圆饭，全家早早地吃罢饭，收拾收拾准备去逛花市。邓练贤冲了个凉，换好了衣裳，这时春节晚会开始了。富丽堂皇的直播现场充满了欢笑。最精彩的节目一定压在最后边。他们打算快去快回来，还能听到马年羊年交接的钟声。

一家三口正要出门，电话铃响了。邓练贤家的电话铃，从来都急促，从来都清脆。这次的铃声和往天没有什么两样。

应该说这几声急促的电话铃声，既在邓练贤的意料之中，也出乎他的意料之外。或者说，他急急忙忙冲个凉，就已经表明他有了预感。不明原因的非典型肺炎、人们又称为传染性怪病的这种疾病，在部分医护人员间早就传开了。2002年底，当它在佛山、河源等地出现时，医院就派他们传染科的邓子德医生到实地考察过。病源病因虽然仍是未知数，但对它极其强烈的传染性，却早有所闻。出乎意料的是，他们中山大学附属第三医院虽是全国综合医院中传染科实力最强的医院，但多年来他们都是以防治肝病为主，呼吸系统的疾病患者，一般不会送到三院来。其实省卫生厅在当天中午就已经发出紧急通知，要他们院做好接诊的准备。只是邓练贤今天休息，没告诉他而已。

邓练贤是传染科的支部书记、副主任，他心里清楚，传染科有一百多人，放假期间，至少有一半人留在岗位上，按说没有特别的急事是不会召唤他的。铃声表明：情况非常严重！

春节晚会正在进行。电视屏幕上不知道是哪位笑星还是哪位著名的小品演员开始表演他们精彩节目的时候，邓练贤和他们的抢救小组也开始对病人进行抢救了。病人是个男孩，十一岁，外地送来的，还可以说话，抢救了三个多小时，进行得很顺利。趁医护人员泡手消毒的时候，邓练贤替所有参加抢救的人订了饭。出门看见走廊上病孩的父母孤零零地坐在那里，满含着期待的目光眼巴巴地望着医生们，好像想问什么又不敢问。这么晚了，又是外地来的，人生地不熟，上哪儿去买吃的？邓练贤替他们又买了两份饭。

院党委书记王荣新召开了紧急会议，立即成立"不明原因非典型肺炎抢救小组"。开完会可能是快12点了吧，春节晚会即将进入最高潮，邓练贤觉得有点累，没劲看电视更不想逛花市了，他想早点休息。

邓练贤正待回家，一辆救护车呼啸而至。送来了另一家医院一位被传染的护士，病情比较严重。在抢救这位护士的过程中，邓练贤感觉到装在口袋里的手机一直不停地在震动。他忙着抢救，完全忘记时间了。子时到了，善良的人们在新的一年刚刚开始的时候，互致最好的祝愿。手机声声，表明邓练贤的朋友们正惦记着他，他曾经救治过的病人，不管现在是在天南还是地北，也都记挂着他。

邓练贤走出手术室，是凌晨3点多钟了。花市已经结束了。广州的花市都在初一凌晨两三点结束，人群各自回家后，留下满地的残枝碎叶，经过环卫工人打扫，人们干干净净地过新年。

邓练贤妥善地进行消毒后回到家里，天都蒙蒙亮了。朱秀娟一直没睡，还在等着他。他对妻子说，我需要睡一会。有谁来拜年，替我说声对不起。实在是有点累了。躺上了床，他思绪万千还是不能入睡。邓练贤对妻子说出了自己的担心。这是有史以来从未发现更未被认识的一种疾病，它的传染度是已知传染病中未有过的。而我们目前的防护设备防护手段都非常有限。

三

邓练贤和传染病打交道整整三十年了。面对这突如其来的疾病，他感到了从未有过的巨大压力。他放心不下。上午又回到科里和同志们研究，如何使近距离接触病人的医护人员免遭感染，必须做好各方面的准备，以免一旦又有新的病人送来，措手不及。

果然，中午时分从中山大学附属第二医院转来一个重病病人。这位患者三十多岁，体重八十多公斤，身体非常结实。转来之前，他已经使救治过他的医生护士、开救护车的司机以及包括他的亲属在内的七八个人病倒了。他病情严重，烦躁不安，狂呼乱叫，几个人都摁不住他。邓练贤是治疗肝病的专家。肝脏有病的人，脾气暴躁火气大。邓练贤对付这样的病人有一套办法，很快能使他们安静下来。可这位患者根本不听招呼，一个劲地喊他喘不过气来，不停地撕扯胸前的衣衫。肺部受到感染的病人，本来就供氧不足，狂躁状态下将严重缺氧，不立即采取果断措施，难保不发生意外。就在给患者上呼吸机准备插管的关键时刻，病人又烦躁起来了，不肯配合，不停地在乱动。医护人员不得不都围了上来，一起动手把患者摁在手术台上。麻醉师刚刚插好了管子，病人又拼命挣扎，只听见"砰"的一声……刚插进的气管被喷掉了，病人的唾液、血泡、分泌物被喷得到处都是，连无影灯上，连天花板上都溅满了红色的脓液，进行抢救的医护人员的脸上手上口罩上防护衣上已经密密麻麻地都沾满了……

邓练贤是参加抢救的人员中年纪最大的，最年轻的医生护士也和传染病交往多年了。他们谁都明白出了什么事。他们谁都懂得应该怎么办。最妥善的措施就是立即更换所有的防护设备，不仅是口罩手套防护衣，应该是另换一间经过消毒的手术室，才可以重新进行抢救，否则……但这样做，就意味着对这位患者抢救的彻底放弃。因为他无论如何也熬不到那个时候，甚至他的生命力已经等不到你重新换个口罩。

摆在邓练贤们面前的只有一条路：就只当这一切都没有发生。要争分夺秒，继续抢救。邓练贤们都知道这样做的严重后果——他们完全有可能把仅有一次的生命舍弃掉——但邓练贤们还是这样做了。因为他们别无选择。他们是医务工作者。而医务工作者应该是崇高、神圣的。崇高、神圣，在于他们在关键时刻甘愿舍己为人。

病人终于逐渐平静下来，呼吸渐渐匀和。他睁开眼睛，对满身血污的医护人员笑了笑……

连续工作了十好几个小时以后，接下来的两天，初二、初三邓练贤只感到格外疲倦。他是个很注意锻炼的人，一米七几的个子，七十好几公斤，只要抽得出时间，他每天晚上都要坚持去操场跑一两个小时，身体棒着哩。可能还是年龄的关系吧，觉得疲倦，也是正常的。初三那天，邓练贤还参加了对那个小男孩的抢救。小男孩病情恶化，虽然还有微弱的心跳，但停止了呼吸。邓练贤给他连续做了三个小时的人工呼吸。有两次小孩已经恢复了呼吸，可终究还是没能抢救过来。

回到七楼家里，邓练贤觉得自己有点发烧，他感到不妙。背着妻子悄悄量体温：三十八度五。不正常。朱秀娟也早就感觉到了，故作轻松地问：没事吧？他回答说，没事。

邓练贤把自己独自关在书房里"睡觉"。其实他是躲在书房里打电话：自己已经有了反应，其他参加抢救的医护人员怎么样，邓子德医生，王乔凤护士长，还有参加抢救的其他几位教授，包括他带的研究生麦丽，一个一个都问到了。让邓练贤吃惊的是，他们中的大多数人有了发病的先兆。更让邓练贤不安的是，有两个根本就没有进入手术室的护士——她们一直坐在门外，由于手术室里的护理人员进进出出，防护衣难免不碰到一起——也被感染了。电话中他还得知一件更加不可思议的事：中医潘志恒，那天没有进过手术室，初三到病房为这个病人号过脉，他是全身设防，仅仅号脉的时候他觉得戴着手套不准确，摘掉了右手的手套，充其量也就十来秒钟吧，居然也被传染上了。怪不得人们称他为"毒王"！在中山大学附属第三医院他至少已经传染了十好几个人。

邓练贤是研究传染病的，他意识到这是个非常非常危险的信号！被传染的医护人员还有可能增加。疫情似火,时间就是生命!邓练贤拨通了党委书记王荣新的电话。

书房连着客厅。朱秀娟就坐在客厅的沙发上,丈夫在电话里说的,一句一句她都听清楚了。她能说什么呢?她倒抽几口凉气,眼泪涌了出来……

春节的长假还在持续,处处一片欢乐。

四

2月5日,阴历正月初五,中山大学附属第三医院已经病倒了二十多位医护人员,其中包括五位科主任、三位党支部书记和八名共产党员。院党委决定,紧急腾出两个病区,将所有受感染生病的医生护士严格隔离,进行治疗或抢救。病号日益增多,医院人手不够,加上医院的防护衣隔离服等有限,邓练贤等二十多个刚从战场上下来的"伤员",在少数几个护理人员的帮助下,他们相互搀扶着,慢慢地,摇摇晃晃地,一步一步地向隔离区走去。

院党委严格规定,除了相关的医疗人员之外,任何人未经主治医生批准,不得和病人接触。医院的其他医生护士们,工作人员们,邓练贤们的亲属们,都远远地站在一旁,含着泪水目送他们走进隔离区那道威严的玻璃门。

邓练贤在家里悄悄拿了几件衣服,故意漫不经心地对妻子说,我去病房看看。朱秀娟问,走得动吗,要不要我扶着你去?邓练贤说,这么几步路,走得动,说着就下楼去了。邓练贤刚出门,朱秀娟急忙把丈夫要用的牙刷牙膏毛巾杯子等生活必需品收拾了满满一兜,提起来就跑。她已经猜到了,他这是去住院。为了瞒过她,故意什么生活用品都不拿。可是等朱秀娟赶到隔离区门外,还隔着好远,就被穿着隔离衣戴着手套的一只胳臂拦住了。

邓练贤被隔离起来了。他正在和病魔做斗争。他和隔离区外的联系只有通过手机。

住院后,邓练贤知道妻子每天肯定会煲好汤给他送去的。他打电话对麦丽说,朱老师一会儿给你送点东西来,你收下就是。麦丽是他带的研究生,大学毕业不久,只有个朋友,还没成家。这次抢救她也被感染了。应该给她送点汤去——他还在惦记着他的研究生。

王乔凤是护士长,是这次抢救的主力,也病倒了。邓练贤打电话对她说,现在还没有什么特效药,相互间的安慰和精神鼓励很重要,信心是我们战胜病魔的有力武器。你每天都要给被隔离的同事打电话。你就说,我很好。你的话他们会信的——他在用他的"很好"鼓舞同事们。

和妻子朱秀娟当然是每天都通电话。他一直说"我很好",直到有天朱秀娟听出电话里的沙哑声,才知道他已经插管了。妻子终于进入隔离病房,见到了丈夫。一直"很好"的他,体重掉了三十多斤。他吃力地挥挥手,让朱秀娟赶快离去。

可敬的钟南山院士说:"把所有的重病病人都送到我们呼吸所来!"2月18日,邓练贤转移到广州医学院第一附属医院呼吸疾病研究所。重病状态下,他给同在病中的麦丽打电话说:安心治病,毕业的事包在我身上。论文写好后等我出院再看。邓练贤忽然想起来了:那天好像是你男朋友送你住院的,他最近身体怎么样?——他还是先想到别人。

五

省领导嘱咐有关部门:要不惜一切代价抢救邓练贤等医护人员。邓练贤在呼吸所的病情逐步好转,已经转到了普通病房。朱秀娟去看望他,他显得异常兴奋和幸福。他还不能说话,但他可以用笔来传递他的心声:"我真高兴,又见到老婆了!""谢谢护士,是她放你进来的。谢谢她!"

当知道同时被感染的医生护士有的已经康复出院,他更是激动,让朱秀娟转告他们,"一定要注意休息,加强营养。"

人们期待着邓练贤的病一天天地好起来。认识他的人期待着,经他救治过的病人期待着,家乡的乡亲们期待着,关心他的各级领导也期待着。

是命运,还是邓练贤受到的感染确实太重了?他突然病情加剧,重新转入重病隔离室。

朱秀娟去看他,发现他拿着勺子的手在发抖。"我来喂你吧。"一向好强的丈夫点了点头,破例地让妻子喂了他几勺汤。

再次去看他时,邓练贤艰难地拿起笔,歪歪扭扭写下几个字:"我肚子好饿。"朱秀娟一看,鼻子发酸。他怎么可能肚子饿呢?他是在表示,他还有正常的食欲,他正在康复中。他是在安慰我,表示他还能坚持下去。

待朱秀娟又一次怀着沉重的心情来到隔离室时,邓练贤已经不仅不能说话,连笔也拿不动了。前些天他总是劝妻子早早离开,免得被传染。这一次,他握着妻子——世界上他最亲的亲人的手,久久不肯松开……

邓练贤是医生,朱秀娟也是医生,他们是唯物主义者,他们什么都懂得,他们知道将有什么样的事情会发生。这一次长长的握手，把邓练贤对心爱的妻子要说的千言万语都表达了。

莫非，这就是告别……

不惜一切代价。不惜一切代价是关怀，是心意。生命诚可贵。有时候，生命是一切代价、任何代价都换不回来的。

朱秀娟通知了家乡的亲属们。

2003年4月21日上午她和儿子一起来到医院。他们来到病床前，邓练贤微闭着眼睛平躺着，呼吸机还能使他的胸部勉强机械地起伏着。他的脸上十分平静。

朱秀娟轻轻摸着丈夫的额头说：我来看你来了，儿子看你来了。你能听得见吗？邓练贤没有反应。

朱秀娟提高了声音：儿子看你来了，健平看你来了。儿子从学校赶回来，回来看你来了。你听得见吗，你知道吗？邓练贤还是没有反应。

但是，有一颗晶莹透亮的泪珠，缓缓地、缓缓地从邓练贤的眼角渗落出来。泪珠从他原是丰满、如今清瘦的脸颊上划过。

2003年4月21日下午5时许，邓练贤那颗总是想着他人的大脑休息了，不再想什么了。他那颗总是惦记着他人的心脏，跳累了，不再跳动了。

生命诚可贵。生命仅有一次。

邓练贤把他仅有一次的宝贵生命"使用"在为抢救一个素不相识的非典病人身上。他既平淡又辉煌地度过了他五十三岁的一生。

2003年4月29日，广东省人民政府授予邓练贤等同志以烈士称号。

追悼会那天——由于最近不宜太多的人聚集在一起——各单位只能派少数代表参加。邓练贤家乡台山的群众，却不管说什么也要赶来。他们包了五辆大巴士，加上小车面包车，二百多人浩浩荡荡向广州开来。他们就是代表。代表着家乡人的心意。

好人邓练贤，您的精神就是我们民族的骄傲，我们民族的魂！

（刊发于2003年5月27日《人民日报》）

驾驶感
——"汽车狂欢节"畅想

蒋子龙

一

20世纪40年代,正处于冷战状态的苏联,异乎寻常地购买了一部好莱坞根据斯坦贝克同名小说改编的电影《愤怒的葡萄》。意在展览美国资本主义制度下的贫困,以活生生的画面教育苏联百姓。不料影片放映不到两个月,就被匆匆撤下,因为给苏联人印象最深刻的,不是银幕上所显示的贫困,而是每个美国人都有一辆小汽车

想想"文化大革命"结束之后,最令中国人惊讶的是什么?同样也是汽车。原以为"世界上那2/3还没有获得解放的人们,是生活在水深火热之中",岂料他们竟是坐在小汽车里。而那时中国最吃香的职业,却是"方向盘"和"听诊器"。"方向盘"之所以吃香,是因为"离地三尺,高人一等"。也就是说,汽车比人尊贵,人因车显。

坐公共汽车为什么就没有"高人一等"的感觉?因为没有驾驶感。

长春一汽—大众公司2001年推出了一款"宝来轿车",被誉为"驾驶者之车"。这种称谓有点怪,难道还有"非驾驶者之车"吗?

后来我到了一汽—大众,才闹明白所谓"驾驶者之车",强调的是一种驾驶感。此车凸显驾驶者的自由,用驾驶感取代乘坐感,即变被动为主动。这诠释了一种全新的汽车理念,颠覆了传统的"坐"汽车的观念。

改革开放以来,给人们的思想和行为造成巨大冲击的,仍旧是汽车。著名的华西村富裕起来之后,一次购买了250辆捷达小轿车,排着长队开进村子,曾轰动一时,被媒体炒为佳话。城市里就更不用说了。有钱人斗富,首先就在汽车上显摆;结婚炫耀幸福也要在迎亲车队上比豪华;甚至连祭奠死

人，也要烧一辆纸糊的轿车；现在中国的官场，差不多就驮在奥迪车上，政府不知下过多少文件，规定哪一个级别的官员该坐什么车……可见金钱与权力，乃至人的尊严、追求和理想，都要依赖汽车体现。

中国人太多了，都是一个脑袋两条腿，你湮没在13亿人中怎么才能引起别人注意？靠汽车——汽车成了现代人的标志。就像布什的竞选主管肯·梅尔曼在分析选民成分时所说过的：开豪华车，练习瑜伽，差不多就可以肯定是一个民主党人。开林肯或宝马，并拥有枪的人，才会把选票投给布什。中国的汽车社会也正在逐渐成熟，慢慢地也可以根据汽车便能断定其人的身份。

二

就这样，人们几乎是在欢欣鼓舞的诱惑中，不知不觉地被汽车改变了，仿佛不是人驾驶汽车，而是人被汽车所驾驶、所追赶。看吧，中国到处都在修路，"要想富，先修路"——已成了不发达地区脱贫致富的万应灵药。为什么修路能致富？路一修好汽车就来了，汽车是财富的象征，汽车的滚滚车轮，可带动滚滚财源。于是，老路在拓宽，新路在无限制地伸延，公路如网一样覆盖了大地。

城市像发烧一样在急剧膨胀，向郊外扩展，一切都是被汽车逼的，为了汽车的便利。汽车的发展引发了一场城市"大跃进"……有史为鉴。

俗云："上帝创造了乡村，人类堆出了城市。"而汽车，又剧烈地改变了城市，决定着现代城市的面貌。只要稍微回顾一下近一个多世纪来，汽车和城市的发展过程，便一目了然。世界上第一台以汽油为动力的内燃机，是1885年由德国人卡尔·本兹和哥特利勃·代姆莱发明的。但真正把汽车变为大众化交通工具的，却是美国人亨利·福特，人们称他的T型汽车，"改变了美国，改变了世界"。

国际上公认的"改变世界商业历史的20个决定"中，福特汽车公司于1914年，给员工开出5美元的日薪，被排在第四位。当时福特汽车的生产线正陷于困境，工人流失率高达370%，福特不得不雇佣近5万人，才能勉强维持只相当于1.4万人的劳动规模。福特希望通过每天向工人的口袋里放进5美元（以前工人的日工资只有2.34美元），并将工人的劳动时间由9小时减为8小时，能稳定住人心。不料这一决定竟引起一连串的社会效应，渐渐地竟改变了整个美国的社会结构……由于工人的工资高了，有了购买力，汽车的单纯制造者变成了消费者，汽车的销路大增，自然也就更剧烈地刺激了汽车的生产。而高工资又催生了一批以高级技工和白领为代表的中产阶级，逐渐成为美国社会的中坚。

到 1928 年，约有 1600 万辆福特 T 型汽车从传送带上投放市场，平均每 5 个人就有一辆小汽车。当时美国的汽车产量，占了世界汽车总量的 85%。有了汽车就得修路，道路又刺激了郊区城镇的发展，在那个美国汽车和公路发展的全盛时期，每年建新房 833000 幢，其新房建造率是以往的两倍多。每个大城市的边缘地带都有许多新的郊区城镇联翩而起，驮在汽车上的美国城市经历了一场戏剧性的空间转换，来了个里外大调个儿，出现了中心区每况愈下，而外围蒸蒸日上的新模式，美国在不知不觉中身不由己地变成了一个郊区国家。

汽车使城里人享受到以前无论如何都享受不到的好处，清新的空气，安宁静谧的环境和大自然风光，既有乡村的全部优点，更兼城市的一切便利。（《潜兹暗长的疆界——150 年来美国郊区的发展》肯尼斯·杰克逊著，迟越译）这像不像现在的中国？

郊区化过程过去是，现在仍然是城市增长的重要功能。

可为什么非要说是汽车改变了城市的面貌，而不是电车、火车？电车和地下火车几乎都是直通市内商业区，似乎是在鼓励人们跟市中心保持经济和社会的联系。然而它们是有轨道的，因此是保守的，总是沿着一定的路线往返运行。而小汽车是创新的，有驾驶感，可随心所欲，任意驰骋。

上个世纪末，美国总统胡佛任命了一个委员会，调查美国生活的现代趋势。1933 年，以《美国当前的社会趋势》为题公布了调查结果，对私人小汽车有如下的描述：

"新交通工具之所以在短期内受到普遍的欢迎，多半可归结为以下的事实：小汽车使车主来去自如，这已是旧的交通工具所望尘莫及的了，汽车备于身边，可供随时驱驰之用；自己驾车外出，路线、目标任意选择，时间、速度随心所欲；行囊包裹之累已不在话下；更可取者，乃是用较小的开销，便可携全家出游。种种方便加大了汽车使用率，也加速了汽车的普及。"

这就是驾驶感的作用。只有拥有自己的汽车，才可以获得这般美妙自在的驾驶快感。

三

2006年夏天,一批作家应《作家》杂志社之邀赴长春参加一个讨论会,题目是"现代工业化进程和文学创作"。我却宁愿称这次文学讨论是一个"汽车狂欢节"——这个"现代工业化进程"最后也可以归结到"汽车的发展进程"上。

讨论会在一汽—大众公司举行,其开幕式放在试车场。一批崭新的奥迪和捷达停在路边,任由作家们上去试车。我见作家们个个都眼放精光,依次上去享受驾驶新车的快感。

在这里,驾驶像创作,而乘坐充其量不过是阅读。

这就是驾驶的诱惑。在汽车问世的120年里,惯于喜新厌故的人类抛弃了许多东西,为什么对汽车的兴趣却有增无减?

是汽车吸纳了现代人的灵魂。

人在学会走路后都要学跑,谁都想当那个"跑得最快的人"。追求速度是人的天性。现代生活中的一切,就更讲究速度和刺激了,一切都要快,进行快、结束快……于是,驾驶感就变得尤为重要,甚至可以说,生活的全部技巧都表现在"驾驶"上。

现代生活仰仗着一种平衡力,而对汽车的驾驶提供了这种平衡力,以及对自我平衡的满足感。是驾驶感将人的占有与消耗的本能发挥到极致……

四

经历了一番严肃的工业和文学的讨论之后,进入"汽车狂欢节"的核心部分——"第100万辆捷达车"下线的庆典仪式。

中外宾客聚集在总装流水线旁边,后面人头攒动,前面的大屏幕上画面闪烁,主持人带领大家回忆了15年来,中国第一汽车集团和德国大众汽车公司的合作历程……乐声伴着说笑声,心情烧沸了车间的温度,那辆幸运的刚刚下线的第100万辆捷达车,集现代人对轿车的万千宠爱于一身,为它欢呼,为它拍照,为它举办专门的音乐会,有关人员挤到前面在它的车身上签下自己的名字……

这场面让我想起所经历过的一个又一个的"工业大潮",或曰"经济浪潮"。20世纪的50年代,全国的工业兴奋点是造万吨轮,第一艘自己制造的万吨轮"跃进号"却像泰坦尼克号一样，在首航中触礁沉没，具有非比寻常的惊醒和宿命意味；60年代的重大科技攻坚战是造原子弹；70年代的工业热点是造万吨水压机……

现在则是汽车。

工业热点表达了经济动向和社会潮流，因此可以说现在的中国到了汽车时代、驾驶的时代。现代人把汽车看作是自己意志的表象，在瞬息万变、竞争激烈的商业社会，用钢铁的漂亮壳子把自己包裹起来，不仅有了安全感，让人和人、人和环境立刻就有了一种神秘的距离感。只要一坐进自己的车里，随即就有完全不同的感觉。在跨越距离时有了轻松和舒适感，变奔命为一种享受。

如果是驾驶蓝车或绿车，那是一种收缩的颜色，让车看上去比实际的要小，可在拥挤的大街上尽量灵巧地横挤竖钻，一逞有车之快。倘是开着红、黄两颜色的车，则显得膨胀、张扬，车给人的感觉要比实际的大，这就益发的醒目和娇贵。黑的高贵，白的俏丽……

五

狂欢节的高潮，是第二天的"汽车庙会"。即一汽—大众公司每两年一度的"家属参观日"。约有上万名一汽—大众的员工家属，名义是家属，实际上有家属的邻居和朋友、连同家属的亲戚们也跟着一块来了，扶老携幼，笑逐颜开。公司的所有大门都敞开，欢迎这些来汽车城赶庙会的人们，并发给每人一兜纪念品，里面有精致的汽车模型和宣传材料。

正门前的广场上有文艺演出，铜管乐队正高奏着《迎宾曲》，但看演出的人很少，家属们像潮水一样涌进各个车间。他们要看的是汽车怎么生产出来的，还要找到在一汽—大众上班的自己的家里人，看看他（或她）是怎么工作的……每个人脸上都洋溢着满足、自豪和幸福感。是的，家里有个人能在一汽—大众工作，制造轿车，那是幸运无比和值得骄傲的。这首先是因为在一汽—大众上班能有一份牢靠的高收入，其次是在一个眼下最吃香的企业里干着最吃香的工作，本身就令人艳羡。

在汽车社会，汽车就是具有这么不可抗拒的魔力。

还因为一汽—大众赋予了东北这个老工业基地以新的动力、新的经济增长点。它不可能不成为长春人、东北人，乃至中国人关注的焦点。

汽车工业之所以发达，是因为汽车适应了人类生命中的一种特质。人类是喜欢无止境地追求过剩的，贪欲是人的生命特质的一部分。曾经有相当多的中国人把自行车当做奢侈生活的"四大件"之一，现在却没有汽车受不了啦。

人类很难舍弃已经获得并且习惯了的便利。

同时，汽车又最接近这个世界的本质。这个世界是寂寞的，又是嘈杂的。汽车给外部世界增添嘈杂，却让它的驾驶者享受车内的寂寞。我看到各种型号的轿车，一辆接一辆地驶下一汽—大众的生产线，心想这就是汽车社会的源头……汽车若照这个速度源源不断地拥向中国的城市，会不会有一天将所有的城市街道都变成停车场？

答案是不会的。一汽—大众的一位高层管理人员说，中国的城市汽车市场，还远没有饱和，甚至还没有成熟，而农村的汽车市场几乎还没有开发……这就是说，中国的工业企业还大有前途。另一个最有力的证据是，汽车诞生100多年了，在汽车工业最发达、也是汽车人均占有量最大的国家，汽车却跑得比我们好。

这说明汽车是理性的。一辆奥迪车有2万个部件，组装在一起跑起来却没有多大声音。这些无计其数的理性汽车，在当今社会构成了一股强大的势力，逼迫着人类社会必须要更科学地管理自己的城市和生活，否则就寸步难行。这比开多少会，发多少文件都更有效。

靠两条腿走路的自然人好管。人所共知中国老百姓"任劳任怨，老实听话"。而身下装了四个轱辘的"汽车人"，其距离感、时间感、空间感，乃至责任感、道德感都跟自然人有了差异，这不可能不对现代社会构成挑战。

现代社会如果过不了汽车这一关，今后的种种美妙设想将成为泡影。喜欢汽车，拥有了汽车，不等于就进入了汽车时代，还需尊重汽车的理性和规律，完成汽车对人的挑战。

我从来没有对司空见惯的汽车想过这么多，发过这么多议论，这要感谢《作家》杂志社和一汽—大众联合举办的"长春汽车狂欢节"。

祝愿中国的汽车，能够一路狂欢下去！

（刊发于2006年8月12日《人民日报》）

让汶川告诉世界

——写在"5·12"大地震一周年之际

张胜友

一部人类文明史的进程,永远伴随着人与自然灾害的抗争!

——题记

生命高于一切

四川,据中国版图之西南一隅,扼浩浩长江之要津。

上溯3500年前,三星堆遗址即闪耀出令世人叹为观止的古蜀文明。时序演进,社会流变,"四川熟,天下足"之古训未变。遂有"天府之国"美誉。

丁亥岁末,54岁的刘奇葆走马上任四川省委书记、省人大常委会主任。他记得成都武侯祠有副名联:能攻心则反侧自消,从古知兵非好战;不审势即宽严皆误,后来治蜀要深思。好一句"后来治蜀要深思!"刘奇葆自忖:变革狂潮席卷神州大地,今之蜀道通衢,政兴人和,正所谓为官一任,守土有责,自己瘦削的肩膀上正扛着千钧重担呵!何曾想,刘奇葆履新不足半年,一场突如其来山崩地陷的里氏8.0级汶川大地震,将他推上风口浪尖……

绝对是一场空前的地球战争:蓄势已久的印度板块骤然向亚洲板块俯冲,青藏高原快速隆升,导致高原东缘地质沿龙门山构造带方向汹汹涌动,突遇四川盆地刚性地块顽强阻击,于是乎,逆冲、右旋、挤压……巨大能量最终积聚于龙门山北川映秀镇浅表层10—20公里地壳韧性转换带……公元2008年5月12日14时28分04秒,突然,千万声怒吼一齐喷射,飞沙走石,天地混沌,死亡气息煽动起巨大的翅膀飞翔……北至北京、蒙古,东至上海,南至中国香港、泰国、中国台湾、越南,西至巴基斯坦,据称几乎整个东南亚地区与整个东亚地区都传递着震感。

破坏力是相当恐怖而惊人的：汶川大地震能量堪比当年美国在日本广岛掷下原子弹的几十倍。

最大烈度为 11 级，极重及重灾地区达 10 万平方公里。

受灾群众达 3500 万人之众。

一片废墟，满目疮痍，惨不忍睹……

急！十万火急！救人如救火！

灾情牵动着中南海的中枢神经。

无疑，这是一场生死竞速的赛跑。

震后 1 小时 27 分钟，胡锦涛总书记即做出重要指示："灾情就是命令，时间就是生命！"紧急部署，果断决策，举全国全民全军之力抗震救灾。在灾情最为危急的时刻，5 月 16 日上午，胡总书记又风尘仆仆飞临四川地震灾区第一线，运筹帷幄，指挥若定。"任何困难都难不倒英雄的中国人民！"他坚定有力的声音回响在灾区上空。

震后 2 小时 12 分钟，国务院总理温家宝乘坐的专机飞赴四川灾区。此后，在"黄金抢救 72 小时"的日日夜夜，一个 66 岁老人的身影一直穿行于灾区废墟、瓦砾、倒塌的学校、临时搭起的帐篷医院……他目光慈爱而坚毅，分明传递出一种信心和力量："只要有一线希望，就要用百倍的努力！"

"第一时间"成为最有力的号令。国务院启动《应急预案》中最高的一级地震响应：人民解放军、武警、公安和消防官兵雷霆挺进，展开救援；国家有关部门紧急行动，及时发布地震信息，调拨救灾物资，下拨应急资金，组织地震灾害紧急救援队、现场工作队与卫生应急队奔赴灾区。

地震尚在进行时，办公楼在激烈摇晃，树冠在激烈摇晃，大地在激烈震荡……刘奇葆抓起一张地图一个箭步冲到省委大院草坪上，临危不乱，马上召集来一些人焦虑地搜寻着震中位置……很快又冲回摇晃中的办公室，抓起红机电话向中央领导即时汇报；尔后，即刻发布两道命令：命令四川省公安厅、成都市公安局第一时间管制通往灾区的所有交通道路，保障救援力量进入！命令四川省卫生厅立即组织医疗救护队先行出发！

刻不容缓，分秒必争。三辆越野车飞速地向震中汶川进发。刘奇葆作为四川省"5·12"抗震救灾指挥部指挥长，只急匆匆带了一部海事电话和一张地图上路。他只有一个念头：靠前、靠前！救人、救人！危难之时，他心如明镜：这一场即将展开的规模浩大的抗震救灾战斗，是对四川省乃至我们国家危机决策与危机处置能力的严峻考验!

汶川,一瞬间成为全世界关注的焦点。

东西南北中,士农工商兵,千军万马奔向汶川……

四川省省长蒋巨峰,这个从农村一路奋斗上来的铮铮硬汉,是在省政府办公室感受到汶川大地震的。在他的人生历程中,他曾先后有过两次五六级左右的地震震感体验。此刻,脚下地板超强度的剧烈震颤,让蒋巨峰心里一惊:此次地震非比寻常,来者不善!

蒋巨峰代表四川省人民政府依法宣布完启动一级地震响应,迅即跳上应急办的一辆小车飞速赶往省地震局,一路上看到满街拥挤着惊恐不安的市民们……在省地震局监控中心,他迅速果断地下达了三道指令:一、锁定震中之后,5分钟之内必须拿出余震趋势分析报告;二、立即召开新闻发布会,第一时间将地震信息公之于众(这应是汶川大地震后首场新闻发布会);三、地震专业队伍马上赶赴灾区。尔后,与四川省军区政委叶万勇将军乘一架直升机直飞汶川灾区……天空烟尘弥漫,能见度极低,最终不得不折返都江堰,与刚抵达不久的温家宝总理以及刘奇葆书记汇合一处。

四川省委、省政府、省人大、省政协四套班子的力量已全部动用起来,地震发生的当晚即成立6个小组(后又扩展为8个小组),由省领导牵头分赴6个重灾市(州)靠前指挥。

"灾区全力救灾,非灾区全力支援救灾!"

不分白昼黑夜,不晓晨昏交替。全省各级党和政府广泛动员干部群众就地就近开展自救与互救。

第一时间从钢筋混凝土下挖掘、抢救出7万多人,最终总计抢救出83988人,救生人数与死亡人数之比达到1∶1,在全世界各类重大地震灾害中,如此高的救生率堪称创造了一个奇迹。

紧急转移1190多万无家可归的灾民到安全地区进行避难性安置;然后又将1190多万人送回去就地、就近、分散进行过渡性安置,恢复家庭生活形态。一出一进,一来一往,犹如将北京或上海整座大都市的人口全体拉出来进行了一次空前绝后的迁徙大演练。其间,还紧急救援转移受困游客5.5万人。

向中央提出请求,紧急向全国(尤其是沿海发达地区)快速转送重伤病员10015人,让他们在最短的时间内接受到最好的医药治疗,力争将死亡率和致残率降到最低,实现了人类历史上非战争状态下蔚为壮观的伤病员转移大救治。这样的地震大灾难,据统计受伤总人数达360796人,最终截肢和截瘫的仅有827人、致残人数也只有5900人。

"开仓廪以济困苦,筑墟落以纳苍黎。"震后三天,四川省委、省政府当机立断:开仓放粮。确保灾区灾民有饭吃、有衣穿、有水喝、有医疗、有安全住所。真正做到:大灾之年不饿死、冻死一人。

汶川作证:人民生命高于一切!

众志可撼山岳

直到一年后的今日,刘奇葆回忆起当初的情景,他表情复杂又百感交集地说出一个字:难!

"蜀道之难,难于上青天。"救灾比蜀道更难!

避难性安置千难万难。在余震频频、大雨滂沱、道路阻塞且时时面临死神威胁的险境下,要抢在最短时间段内快速转移450万户计1190多万灾区群众至安全地区,可想其难……一时间,震区周边城镇的体育馆、演剧院、学校、机关、厂矿等公共场地人满为患,广场、街道两旁则帐篷、草棚、塑料棚如野蘑菇般遍地疯长,白花花、蓝莹莹一片……惊魂未定、仓皇逃生的人们,三四户人家十几口人挤在一顶20平方米空间的帐篷里,男女老少混住,安全是安全了……然而,接下来的日子,高温、多雨、潮湿,诸多不便……专家预言,如此环境下灾民的心理承受极限时间最多为一个月。

过渡性安置同样千难万难。艰苦卓绝的生命大营救暂且落幕,1190多万避难灾民的去向问题马上凸现出来。众声喧哗,有人认为震区地理条件恶劣、已不宜继续生存居住;有人主张向外实施大规模移民,移往上海、北京、成都,乃至新疆、黑龙江等地……移民,对于刚刚遭受地震重创的四川省而言,当然省时、省事、省力多了,重压一下可分散为全国各地共同来承担。然而,一个极其尖锐的现实问题摆在面前,汶川乃藏羌民族千百年来的聚居之地,10余万人转移出去还要找一处聚居地谈何容易?!更何况,经调查绝大多数群众恋土恋乡、熟土难离,纷纷表示不愿背井离乡。四川省委、省政府审时度势迎难而上,果断做出决策:就地、就近、分散安置,恢复家庭生活,恢复生产,重建家园。

一幅何等艰辛而壮阔的图景。

胡锦涛总书记驰赴河北,又飞往江苏,亲自部署赶制大批帐篷和板房。

四川省委、省政府千方百计筹措资金，表明了砸锅卖铁也得干的决心，紧急下拨44亿元专项用于无家可归的农村居民搭建简易过渡住房的困难补助。

1000多万回迁乡亲在满目疮痍的废墟上，掀起了一场轰轰烈烈的全民造房运动。人民群众既勤劳俭朴又极具聪明才智，他们发挥出巨大的创造力，自己动手清理瓦砾，搜寻旧物就地取材，自搭自建节俭又实用，住宿、厨房、厕所等功能齐全的简易过渡住房。仅短短3个月，赶在8月8日北京奥运会隆重开幕之际，450万户过渡安置工程已奇迹般完成99.6%：群众自搭自建简易住房220万户、板房安置60万户、帐篷安置40万户，其余群众的受损房屋也全部进行了维修加固。

综观古往今来，大灾之后往往引发社会动荡，今日大震后之四川，灾民居有定所、衣食无忧、八方援助、重建家园。北京举办奥运会期间，四川无一灾民因灾赴京上访，与全国人民一道分享了"百年奥运，中华盛典"的喜悦与欢乐。

历史经验告知我们：大灾之后必有大疫，且疫情往往甚于灾情。

说起灾后卫生防疫，灾区干部感慨万千："这一场硬仗打得非常艰苦，但打得非常漂亮！"

无疑，汶川大地震造成的死亡是相当惨重的。登记在册死亡人数已达68707人，还有17923人失踪（绝大多数失踪人数最终也将按照法定程序转化为死亡人数）。

四川省素为养殖大省，在地震中死亡动物竟多达4300万头（只），动物尸体处置不及时，同样极有可能成为疫病的源头。

方圆10万平方公里重灾区，其间沟沟壑壑山岭相连纵横交错，又正值炎炎夏日高温多雨，一旦引发瘟疫滋生、病毒蔓延，将会演化为一场震惊世界的灭顶之灾呵！

当务之急是防患于未然。

必须在最短的有效时间内，大面积"地毯式轰炸"反复喷洒消毒药水。采用飞机喷洒药水当然是既便捷又高效的办法，但高空喷射造成的空气污染与传播，必然会伤及人的健康。

时间不等人。四川省委、省政府毅然决定：发动群众，动员群众，组织群众，打一场卫生防疫的人民战争。首先制定了"专群结合，进村入户，不留死角，彻底防疫"的方针。

第一时间把灾区所有的乡村医生组织、动员起来，全部转化为卫生防疫人员，一下就把防疫力量全覆盖了；快速从各地抽调一批专家进行业务培训与指导，确保每个村庄都有 3 至 5 名专职防疫人员。

几乎全世界各种类型的喷雾器都集中到了四川灾区：高档的、普通的、手动的、肩扛的、机动的、电动的、巨型的、袖珍的……漫山遍野、村村寨寨一齐上，10 万平方公里的重灾区集中进行拉网式消毒、杀菌、灭鼠，效果奇佳——这是中国特色、中国智慧、中国气派的人民卫生防疫成功典范！

震后第二周，已完全做到处理遗体与发现遗体同步进行：凡发现遇难者遗体，即刻采取清洗、消毒、照相、提取 DNA 等措施，然后深埋。这其实是确保灾后疫病不发生的非常重要的前提。

也许人们并不知晓，死者遗体处理是一桩极其麻烦和错综复杂的事情。各式各样的诉求，五花八门的矛盾，你须十分耐心，你须洗耳恭听，同时，你还须做大量的艰苦细致的协调工作。灾区绝大部分的火葬场均毁坏殆尽，只能采取消毒深埋方式。其中，还涉及宗教、文化、民情、风俗等，你必须时时顾及诸多敏感问题。

我们的各级领导干部率先垂范体察民情，了不起呵！

我们的老百姓共克艰难体谅政府，了不起呵！

联合国秘书长潘基文先生曾专程前往汶川大地震震中映秀镇，举行中外记者见面会。一大批随行的美国记者、欧洲记者们，亲历亲闻灾区救人及时、措施有力、秩序井然、无病疫发生，尤其了解到在遗体处置方面表现出的中国人对不幸遇难者极大的尊重与终极人文关怀，一个个嘴巴圈成"○"形并纷纷竖起大拇指。

相信全世界不少炎黄子孙及外国朋友，通过中央电视台的电视荧屏都目睹了那一场惊心动魄、牵一发而动全身的唐家山堰塞湖保卫战：指挥者果敢决策，胸中自有雄兵百万；科学家智慧大脑精确运转，"生死时速"分秒不差；解放军、武警战士飞越天堑神勇无比；数十万避险撤离群众听从调遣秩序井然……

2008 年 5 月 22 日，温家宝总理第二次来到四川灾区巡视，特别牵挂汶川大地震后形成的头号"悬湖"——唐家山堰塞湖的排险工作。就在火车专列上，温总理阵前点将，亲自指定四川省"5·12"抗震救灾指挥部副指挥长蒋巨峰，兼任唐家山堰塞湖应急处置指挥部指挥长，全权负总责。临危受命的蒋巨峰，先后五次冒着生命危险乘坐直升机飞抵唐家山堰塞湖坝顶察看险情，会商专家们制订周密方案，精心组织涉及绵阳市、遂宁市两市总人口130多万群众避险撤离战术演练……6月7日7时08分，唐家山堰塞湖首次泄流；至6月10日17时，两亿多立方米的湖水已排除一亿多立方米。当刘奇葆激动地宣布：悬在绵阳市人民头上的一盆水已流走了大半盆。此刻，蒋巨峰才长长地舒出了一口气。

最终，唐家山堰塞湖抢险排险无一人伤亡——它的成功处置，一时传为世界上大型堰塞湖抢险排险的佳话!

毋庸置疑，防治次生灾害，是抗震救灾中又一场更具规模更为持久的攻坚战。四川地震史上就有因次生灾害造成的死亡人数超出地震直接造成的死亡人数的惨痛纪录。

汶川大地震山崩地裂、山摇地动、山移地转……造成整个灾区大大小小的堰塞湖多达104座，另有病险隐患水库1196座，犹如一个个硕大无朋的水盆高悬半空随时都将倾倒下来。

地震还造成6000多处严重的山体滑坡。

正所谓：山川改容，江河倒流呵!

防范余震，处置堰塞湖，加固损毁水库，监测塌方、泥石流等地质灾害，加强危房和公共设施排查、鉴定，防洪排涝……一桩桩一件件，处处有险又处处排险，头绪庞杂而有条不紊。尤其值得四川人民引以为骄傲的是：时至今日，没有因次生灾害而造成一例新的死亡!

人们记忆犹新：发生汶川大地震的那一瞬间，犹如有一万只老虎在地下怒吼，随之山体崩塌、巨石滚落、桥梁断裂、道路变形，供水、供电、通信全部中断……灾区与世隔绝，似乎从现代社会一下倒退回蛮荒年代。

"抢通保通"成为头等急迫之举——否则，救人、救灾、安置、重建……一切皆成纸上谈兵!

11万人民解放军、武警部队、消防战士，源源不断的医务人员、志愿者队伍从四面八方驰援灾区。

调集7500台抢险机械设备、5500多辆抢险车辆夜以继日抢修公路。

拼死贯通抗震救灾车辆特别通道，5月18日起，重灾区对外主要公路全部打通。

从都江堰至汶川90公里的"生命线"全线严重损毁，经直升机勘察和专家评估三年打通都很困难，建议放弃而绕道夹金山，但路程将长达710公里，英雄们斗勇斗智撼天动地，竟奇迹般地在3个月内抢通了"都汶线"。

全力抢修受损铁路。成昆、成渝、达成、内六4条干线5月12日当日即全线开通；宝成线于5月16日双线开通；成汶、德天支线分别于5月14日和16日开通；广岳支线于5月24日开通。

紧急抢修受损供水设施1300多处，新建应急集中供水工程2129处，于5月底全部解决了575万灾区农村群众临时应急供水问题，6月初即实现供水保障向过渡安置供水的转变。

积极抢修水利灌溉设施，都江堰、武都引水灌区于5月20日即恢复通水，全省基本恢复农田灌溉供水。

抓紧恢复通信、电力等功能。5月17日起，灾区县城全面具备与外界的公众通信能力；6月12日起，重灾地区所有乡镇恢复或临时恢复供电；目前，全省所有受灾县、乡镇、99.3%的行政村已全面恢复公众通信能力。

"抢通保通"这一场战役，若以"气吞山河"比喻之，乃不为过！

中国精神抒写又一英雄篇章……

托起明天的太阳

如果说，抢险救人、紧急安置、抢通保通、卫生防疫、稳定社会，始终都围绕着"急"与"难"两个字，可称之为艰苦卓绝的"百日攻坚"；那么，恢复生产、重建家园、发展经济，一个"重"字力拔山兮，必将是一场更为艰辛的"千日奋战"。

显然，"百米冲刺"之后又迎来了"万米长跑"。

四川省委、省政府发出明确信号：以人为本、执政安民，将是贯穿整个救灾与重建的一条红线——全体共产党员必须始终担当的政治责任！

一系列有力措施随之出台——

信息公开、透明救灾，每天定时举行专题新闻发布会。

开通统一的举报电话，切实加强治安、信访等工作，及时查处群众反映的热点问题。

实施临时价格干预，尤其是恢复重建急需的沙、石、砖等大量建筑材料，严格由政府实行团体购买，确保灾区物价保持总体稳定。

严格督察救灾物资分发，由省纪律检查委员会书记牵头成立"抗震救灾资金物资监督检查领导小组"，同时面向社会公开征聘308名社会监督员，明确提出救灾物资发放"先群众后干部，先基层后机关"的原则，公告天下，取信于民，真正做到阳光救灾、廉洁重建。

在灾区全面开展"暖冬行动"，保过冬住房、保御寒衣被、保卫生防疫、保冬春口粮，储备过冬物资。总计调拨、发放棉被396.1万床、棉衣裤490.2万件、电热毯31.95万床、取暖器13.91万个……保证受灾最重的1000多万群众安全、温暖过冬。此外，"文化暖冬"行动极大地丰富了灾区群众的文化生活，欢乐、祥和成为灾区新春的好景象。

重点抓好孤老、孤儿、孤残"三孤人员"安置工作。6个重灾市（州）原有"三孤人员"10.4万人，地震又造成新增"三孤人员"1460人。春节期间，开展"助孤过年活动"，发动社区居委会、志愿者、团员青年、基层干部对"三孤人员"一对一陪护过年。同时，尽最大可能解决好他们的基本生活和长远生计。

组织大学生青年志愿者及大批专业志愿者，深入灾区对青少年、老人、伤残人员及伤亡人员家属等特殊群体进行心理调适和精神抚慰……

刘奇葆说，救灾就是救民，重建就是为民。"人民的利益高于一切"——始终是共产党人执政的基本理念！

无疑，四川人民挺起脊梁，从废墟上站立了起来。

经受住了巨大地震灾害的考验，四川经济没有垮，四川人民没有垮，四川精神没有垮。

迎接国际金融危机的严峻挑战，四川的灾后重建将化"危"为"机"，逆势而上，奋发有为。

科学制定规划，坚持民生优先。

在生命大营救与安置群众最为繁重的时刻，四川省即着手谋划灾后恢复重建。省委、省政府主要领导同志亲自挂帅，1个总体规划、10个专项规划、43个行业规划紧锣密鼓出笼，分别呈报国务院和国家有关部委。

震后不到3个月，恢复重建工程全面启动。

以解决民生问题为基点，抓紧恢复重建灾区群众家园、涉及民生的公共设施和基础设施。努力的目标是：家家有房住，户户有就业，人人有保障。

尊重民愿，体现民意，集中民智，让群众尽可能多地得到实惠，最大限度地调动起群众重建家园的满腔热情与积极性。

尊重自然规律与科学规律并重，住房重建、设施重建、产业重建、城镇重建、生态重建，以及生产力布局、重大项目安排等，均充分考量到防灾避险的各项功能。

党中央、国务院重拳出击应对国际金融危机，投资1万亿元用于灾后重建，期望作为拉动内需、促进全国发展的强大引擎；期望四川的灾后恢复重建工程快马加鞭、要求"三年目标任务"提前至二年基本完成。

省委领导班子感受到了巨大压力，却信心满满，号令全省干部、群众，以非常时刻非常之举，实现关键时期超常规发展。

四川48.5万平方公里大地上，山河换装，家园易貌，万象更新，一台威武雄壮的大戏正拉开大幕——

纳入国家灾后重建总体规划的项目已开工10124个，完成投资额2967亿元；

农村永久性住房重建项目已开工91%，学校重建项目已开工49%，交通、通信、水利等基础设施项目，卫生、文化、体育等公共设施项目以及产业项目推进势头良好；

18个对口支援省市援建工程进展顺利。

地震前，四川省已绘制一幅"建设西部经济发展高地"的宏伟战略蓝图。

大规模的灾后恢复重建，犹如一部动力强劲的助推器，将四川的经济社会发展迅即推上了快车道——

西部综合交通枢纽构想正在加快变为现实。至2012年，四川铁路新开工建设里程将达到3760公里，比新中国成立60年建成铁路总长还要多800公里。届时，成都至绵阳、乐山、内江等地形成半小时交通圈；至重庆、广元、宜宾、雅安等地形成1小时交通圈；至西昌、康定、西安、贵阳等地形成2小时交通圈；至兰州、郑州、武汉、长沙、昆明等地形成4小时交通圈；至北京、广州等地形成6小时交通圈；至沈阳、上海、格尔木等地形成8小时交通圈……可以想见，贯通南北、连接东西、通江达海的西部铁路交通枢纽何等蔚为壮观。

与国家交通运输部签署协议，"千亿交通工程"正式拉开序幕。14条高速公路建设开足马力齐头并进，至2012年，四川将拥有高速公路进出川通道12条，高速公路通车里程将超过3500公里。

期盼与筹备多年的成都双流国际机场二号跑道、新航站楼，以及宜宾、泸州港口工程已开工上马。西部陆、海、空立体交通网络的形成指日可待。

"建设西部经济发展高地"的产业支撑快速拓展。1000万吨炼油、80万吨乙烯等重大产业项目工程开工建设，无疑将奠定四川省石油化工产业在西部地区的龙头优势地位。

川东北地区一大批投资过亿元的天然气开发利用项目加快建设步伐；投资300多亿元的攀钢西昌钒钛钢铁项目正式开工；向家坝电站成功截流，一批水电开发项目进展顺利。

四川作为"国家粮仓"、农业大省的优势将进一步凸现。至2012年总投资额达4308亿元，将新增100亿斤粮食生产能力、培育10大特色优势种植业、新增1000万头出栏生猪生产能力、新增有效灌溉面积1000万亩、新增高产稳产农田面积1000万亩。

开放合作迈出更大步伐。在国际金融危机冲击、全国出口急剧下滑的不利形势下，2008年，四川省出口达131.1亿美元，增长52.3%；外商直接投资达31.2亿元，增长76.2%；今年第一季度出口继续保持29.9%增长势头，居全国第一位，出口总额名列中西部之首；第一季度GDP增长势头喜人，达10.8%。

四川灾后恢复重建，站在更高的层面上，努力破解发展难题，积极探索与工业化、城镇化和新农村建设、与优化城市布局、与转变发展方式、与充分开放合作、与改善宏观环境有机结合起来，正走出一条依法重建、科学重建的新路子。

日本阪神大地震重建耗费近10年时间。
中国速度令全世界为之震惊。
托起明天的太阳——四川的明天必将更加美好！

让汶川告诉世界。

抗震救灾一年风雨路，我们经历了巨大悲怆和绝地反击。一路跋涉走来，彰显了生命的高贵和大爱无疆，既无比艰辛又充满欣慰。

党心可鉴，民心可追。中华民族以独特的智慧、勇气、精神，以坚不可摧的凝聚力和国家意志，在人类与自然灾害的抗争史上，耸立起又一座巍峨丰碑！

（刊发于2009年5月12日《人民日报》）

闪着泪光的事业
——和谐号："中国创造"的加速度

蒋 巍

为什么我的眼里常含泪水？
因为我对这土地爱得深沉……

——艾青

引 子

20世纪70年代，一位西方政要访问中国时登上长城，他看到一个古老大国的沉雄奇伟，也看到一个民族的封闭与落后，归国后他发出一句这样的感慨："一个停滞的民族是没有前途的。"

1978年那个静悄悄的雪夜，地球似乎突然晃了晃，整个世界都感觉到来自东方大陆的震动。一位在政坛上曾三次东山再起的中国老人靠在中南海的沙发上，他目光深邃，沉思良久，毅然做出这样一个判断：中国不改革开放，不发展经济，不改善人民生活，只能是死路一条。

从此，中国进入了改革开放的新时期。从此，中国铁路也进入了一个崭新的历史阶段……

八九十年代，铁道部挥师鏖战，先是"南攻衡广，北战大秦，中取华东"，后来又"强攻京九、兰新，速战宝中、侯月，再取华东、西南"，铁路版图的红色箭头有了强劲的延伸。

2008年6月24日，"中国速度史"上一个闪闪发光的日子。那天有雨，乌云密布，但耀眼的闪电不在空中而在地上，那就是中国铁路最新的"形象大使"——造型优美时尚的乳白色"和谐号"。司机李东晓身着笔挺制服，口袋里装着"中华人民共和国铁道部CRH3型动车组第0001号驾驶证"，号称"中国一号司机"。他手握操纵杆，稳稳上推，列车渐渐加快，城镇绿野飞速向后掠过。铁道部的负责同志屏息注视着驾驶室内闪烁不停的屏幕,显示时速的数字不断跳跃冲高,人们的心跳也不断加速:150,200,250,300,350……394.3!

"今天天气不好,不要冲了!"铁道部副总工程师大声对司机李东晓说。他的声音激动得有些喑哑,但这句话已被淹没在热烈的欢呼声和掌声中。394.3 公里——由国产动车组创造的中国高铁最高时速纪录诞生了。

这样的速度,插上翅膀就可以起飞了!

笑声和掌声中,在场所有的铁路人都泪光闪闪。

"中国高铁速度"的第一座里程碑昂然崛起!

29 分 43 秒,"和谐号"抵达天津,比开车从北京的东直门到西直门还快。后来北京市长对天津市长笑说:"看来我是你的北郊了。"天津市长笑答:"不,我是你的海边了。"

三十年河东,三十年河西。从牛背上的中国到高铁上的中国,最伟大的变化就是:"速度"。"中国速度"已成为中国发展的代名词。"和谐号"诞生的速度和它创造的速度,让整个世界为之震惊。大洋彼岸的白宫就被惊动了,奥巴马总统在他的第一部国情咨文中这样表述了他的心情:"我们没有理由让欧洲和中国拥有最快的铁路。"

1. 涌动的人潮:"中国之梦"和"中国之痛"

仿佛一夜之间,南国一个贫穷破败的小渔村忽然变成梦幻般绚丽的大都市。那是世界上最年轻的大都市。

就是它创造的"深圳速度",唤醒了亿万农民的渴望与梦想:打工去,赚钱去!农民们扛起简单的行李卷,从乡村的泥泞小路跋涉到长沙、贵阳、成都、郑州等中西部的大小车站,然后坐在行李卷上茫然四顾。其中很多人没有预定的目的地,只要买到向东向南的车票,扛起行李就出发。于是在改革开放的中国,形成人类文明史上一个前所未有的奇观:范围最广、规模最大、持续时间最长的人口大流动。30 年来,亿万脸色苍黑的农民工汇集成全球最壮阔的"候鸟群",一年一度,春节前"回巢",春节后"南飞",在中国版图上像海浪一样潮涨潮落、涌来涌去。他们在追寻和创造文明的同时,也领悟和接受着文明。

这是 20 世纪充满诱惑与生机的"中国之梦"。但是,或许没有多少人意识到，正是这个令人振奋的"中国之梦"，同时造就了一个范围最广、规模最大、持续时间最长的"中国之痛"。

你听到了吗？多少年来，延伸在全国各地的两条钢轨一直在颤抖和呻吟！你看到了吗？那么多铁路员工在谈到自己和同事的辛劳、付出和牺牲时，谈到家庭、老人和孩子时，眼里都闪着泪光。新时期以来，在中国，大概没有任何一个行业，像铁路这样承受着巨大的压力，付出极大的努力，却又遭受着无尽的责难。他们半委屈半幽默地说："我们累个半死，又给骂个半死……"

中国铁路无愧于"国脉"的光荣称号，它仅占世界铁路营业里程的6%，却承载了世界铁路25%的运输量。全国85%以上的木材和石油，80%以上的钢铁和冶炼物资，60%以上的煤炭和大部分三农物资，都是通过铁路运输的。但是，国门打开之初，当我们好奇地张望这个陌生世界的时候，让一些人最眼热、最心跳的不是铁路，而是民航、高速公路和互联网——民航更快，高速公路更便捷，有了互联网就不用出差了——这才叫信息化和现代化！至于叮当作响、老旧不堪、趴在轨道上"喘粗气"的火车，一些人认为它已经沦为"夕阳产业"，未来只有等着进博物馆了。

一批批从欧美购入的飞机在各大城市间翱翔起落，一条条高速公路在大江南北迅速延伸，但穿行于群山荒野和城市里隔着斑驳老墙的铁路，似乎成了"被遗忘的角落"，延伸在蒸汽机车喷出的团团白雾之中……

但是，国脉依然在艰难地、坚忍地默默运行着。因为亿万民工和普通百姓需要它！日夜不停地运往全国各地的煤炭、矿石、木材和石油需要它！来自城镇乡村并享受半票优惠待遇的大学生们（这在世界上是独一份）需要它！在冰冻灾害、汶川地震、玉树地震等大灾大难中，驰援军队、救灾物资、运送伤员需要它！现代文明史上一年一度的人口大流动、中国最独特的社会景观——"春运"需要它！

那一幕记忆犹新——

咣当，咣当……飞驰的冬夜和冷风中，刚刚参加工作的列车员小曾（现为广铁集团干部）抱着一位旅客发高烧的1岁女儿落泪了，他一筹莫展。他服务的是棚车，俗称"闷罐车"。20世纪八九十年代春运期间，因客车数量不足，只好临时用货运棚车来装人，一节车厢里塞进二三百人，挤得像沙丁鱼罐头。地板上铺些稻草，角落处打个洞就算"方便"的地方。列车员的"服务工具"主要是手电、钳子和铁丝。入夜，小曾一定先用手电检查一下旅客的安全和状态，再用铁丝把大铁门拧死，以免中途有人想透透气被甩下去。因为车厢人太多，想"方便"都无法移动，大家只好在黑暗中就地解决。小曾只能站着喊着，或者像走过瓜地一样，跨过席地而坐的旅客们的脑袋进行服务，等到中途有人下车了，他才能在稻草铺上歇歇……

  那一幕惊心动魄——

  2008年春，冰冻灾害席卷南国，广州地区聚集了350万等待回家的旅客大军。春节前10天，仅广州站就涌入200万人。站前广场上，每平方米平均站8个人以上，体重轻的脚都悬空了，几昼夜动弹不得，想出都出不来。有的孩子被挤晕了，旅客们就高举双手组成长长的"天桥"，把孩子传出来。时间长了，人海昏昏欲睡，浪潮般东倒西歪。铁路人员和部队、武警派出上万人，手挽手在外围组成六道铁壁铜墙。一会儿，半睡半醒的几十万人一齐向南歪倒，过一会儿又向北歪倒，只要外围用血肉组成的"长城"顶不住，一旦被冲垮，多少人将被踩踏……有时，心情焦灼的几十万旅客激动亢奋起来，一起高喊着"回家！回家！"向站前候车室潮涌而去，咆哮的人浪、声浪、气浪如怒海狂涛，难以遏止。"长城"们被撞得头破血流，但他们仍然手挽手肩并肩，好言劝解、屹立不倒。登车而去的旅客们可以吃喝和睡觉了，而"血肉长城"不吃不喝不睡，夜以继日挺立在人民的周围，守护着生命的价值！以至于铁道部不得不下达了一道死命令："让大家轮流休息，每人每天不得少于两小时！"

  客运员高惠英刚做过心脏搭桥手术，每天引导十几万旅客排队上车，春运结束回家后，鞋子被踩得变了形，袜子只能用剪刀一块块剪下来，因为和血肉模糊的脚黏在一起了。

  电路中断，信号灯失灵，张权林顶着严寒，手挥信号旗在风雪中挺立了整整18个小时。第二天接班的李建强赶到时，浑身凝着霜雪的"冰制信号灯"张权林砰地摔倒在地，已不能弯曲的手仍然保持着举旗的姿势，李建强抱着严重冻伤的战友大哭不止……

  2月6日大年三十儿上午，集中在广州站的200万旅客终于被全部安全送走，站前广场空空荡荡，只有旅客扔下的行李和被踩掉的鞋子堆积如山。

一些筋疲力尽、依然守在广场上的工作人员歪靠在栅栏上就睡着了，很多媒体的年轻记者目睹这一幕都掉了泪。他们说："你们创造了世界铁路史上的奇迹！"

那一幕令人心痛——

因风雪阻隔，西安至广州的L307次列车被困在湖南益阳境内的一个小站望城。断水断电断粮，乘务员的进餐停了，休息车的供暖停了，自备的厚衣服给老人和孩子披上了。没水，19名列车员带上水桶和脸盆，冒着风雪，在列车和农家小院的300米距离之间组成一条传水人链；黑夜，厨师杨大伟带人摸索到附近村庄，总算买到350斤大米和一些面条、蔬菜（一棵白菜卖到20元啊！）4个小时后扛回列车。一批盒饭做好了，两天两夜没有进餐的列车人员一盒未动，而是像押送钞票一样，前面乘警开路，车长负责殿后，中间列车员护送着一车水一车盒饭，他们宣布："首先保证老人和孩子进餐！"

受阻第四天，旅客们的忍耐力已经超出极限，哭声喊声叫骂声响成一片。他们觉得，两条轨道好端端地摆在那儿，火车不动，就是列车长"怕出事，磨洋工"。一群人围住黎智勇发泄着满腔怒火，制服被撕碎了，帽子被掀掉了。几位女列车员冲过去，用身体挡住那些失控的拳头，她们哭着喊："你们以为就你们想家啊？我们车长的两岁女儿已经生病住院了，我们厨师刚刚接到岳母病危的电话，为了大家能吃上饭，我们乘务员已经两天没吃一口饭了！你们怎么能这样？"

黎车长的眼圈也红了，他平静地说："其实，我们大家都是同样的心情，如果有什么不同，那就是我们肩上还有一份责任！如果你们觉得打我一下骂我一句就能解气、就能回家的话，那就打吧，骂吧。"

铁路人坦率地说，春运对他们而言就是一场"灾难"，年年躲不过。为尽可能缓解春运期间"一票难求""黄牛党"倒票的问题，从电话订票、团体订票、上门送票，再到2010年在广州、成都试行的"实名制"，中国铁路人绞尽脑汁，想尽了一切办法，同时他们给自己制定了严格的管理制度：售票员的手机禁止带入工作室；禁止内部人"走后门"购票等。2009年春运，广铁一位售票员为亲戚从内部购买了一张全价票，上午发生的事，下午她就被警告处分并调离现职。她是哭着走的。

承受着世界上最大运输压力的中国铁路人不愧为一支"铁军"。他们是一群把"家"安在轨道上的人。他们是送人民回家过年、而自己不能回家过年的人。他们是扛着压力、咬碎委屈,而把微笑送给群众的人。他们从事的是"闪着泪光的事业"。

2. 从"加快"到"跨越":中国等不及了!

一个人口最多、发展速度最快的大国,坐在两条脆弱而行驶缓慢的轨道上,那不就是"大象走钢丝"吗?2002年,中国火车平均时速只能跑50多公里。全国铁路日装车需求量最高达到30万辆,铁路只能提供10万辆左右。中国铁路处于"四面楚歌"之中。无论铁路人付出怎样巨大的辛劳与牺牲,赔上多少委屈的笑脸,但是只要"一票难求、一车难求"的现象不能从根本上加以扭转,人们怨气冲天甚至跳脚骂娘就是不可避免的。

现实不相信眼泪,需求不相信眼泪,市场不相信眼泪。

历史已经到了这样的时刻:站在新世纪的大幕前,望中华大地风起云涌,千帆竞发,百舸争流,积重难行的中国铁路究竟向何处去?铁路人必须做出选择,必须向人民、向时代提交出自己的答卷了。

加快,跨越,中国已经等不及了!

2003年,党的十六大,以胡锦涛为总书记的新一届党中央领导集体,站到世人的面前,胡锦涛对全党提出的"权为民所用,情为民所系,利为民所谋"的要求,深深打动了全国人民的心。在考察铁路发展的路途中和列车上,胡锦涛期望铁路系统广大干部职工,抓住机遇,努力加快我国铁路的发展步伐。温家宝总理也多次对铁路工作做出重要指示……

国家需要重如山,人民利益高于天。为实现铁路的跨越式发展,200万"铁军"誓师出征,开始了一场排山倒海的大决战。

提速,提速,再提速!

从1997年4月1日到2007年4月18日,中国铁路共进行了6次大提速。10年间,纵横全国的主要干线时速相继提升到120公里、160公里乃至200公里以上,催逼得国人走路似乎也快了许多。登上流线型的"和谐号",人们忽然有了许多新鲜感和愉悦感。看来,"老土"的铁路人终于和时代接轨了,"一站直达""朝发夕至""夕发朝至""旅游专列"等等,成了那几年的流行语,女列车员们的服务与微笑也变得分外温情和靓丽。曾是第六次大提速京津既有线时速 200 公里动车组首列列车长，后又担任京津城际铁路时速 350 公里动车组第一任列车长的徐颖，见证了中国铁路从提速到高速的巨大变化。徐颖身材高挑，容貌姣美，服务细致入微，是网上的明星级人物，人气极旺，堪称中国铁路的"形象大使"。"和谐号"驶过的第一个母亲节，她和同事们向所有"母亲旅客"赠送了 5000 朵康乃馨。旅客们高兴地对她说："姑娘们和空姐绝对有一拼了，我们就叫你们'动姐'吧！"

但是，没多少人知道，在 6 次大提速的背后，铁路人付出了何等艰辛的努力！在遍及高山平原、穿越江河峡谷的线路上，所有客货列车都在紧张地运行，所有时限都不得突破。因此，沿线换枕、换轨、换岔和线涵桥隧的整治工程、电气化改造工程，大都必须在下半夜，在列车行驶的间隙当中插空进行。数十万建设大军就这样默默无闻，夜战数年。一列列灯火通明的客车风一样掠过，没人知道他们的名字，甚至没人看到过他们的身影。

为适应大提速，必须精简铁路沿线层层叠叠的管理机构。2005 年 3 月 18 日，那是个悲壮的日子。在全路电视电话会议上，铁道部正式宣布，从即日起撤销 43 个铁路分局，由四级管理改为三级管理。一夜之间，数万名科以上干部进入"待业"状态，许多对政治前途抱有热望的青年干部和"后备干部"，自此加入"等待重新分配工作"的行列。但他们是经过"铁律"训练出来的人。他们忍下巨大的痛楚与失落，需要继续在岗位上尽责的，就默默守在岗位上；不需要的，就默默清理好自己的办公桌，走上新的岗位。经历了涉及人数如此之多、牵动面如此之广的体制性"大手术"，那个夜晚，中国铁路安然无恙，稳如泰山，安全正点！

2002 年，中国铁路营业里程为 7.2 万公里，人均铁路长度仅为 5.5 厘米，新华社记者形容说："还不如一根香烟的长度。"如此严峻的现实意味着，仅靠现有铁路提速是远远不够的，"必须加快速度，建设更多的大运量、低能耗、占地少的现代化高速铁路！"铁道部总工程师何华武如是说。

那是大决战的前夜。那是几间堆满国内外资料的"暗无天日"的房间——全世界的"铁路"从最落后到最现代的都装在里面了。铁道部精英云集，全员出动，茶杯里泡着让人亢奋的浓茶，烟缸里插着不睡觉的烟蒂，墙上挂着巨大的中国地图。历经几个月智慧与勇气、激情与思考、技术与梦想的激烈碰撞，房间里云遮雾绕，火花四射，键盘山响，图纸纷飞，墙上的中国地图用红蓝铅笔画了那么多穿山越岭、粗重有力的线条……

入秋，铁道部和国家发展改革委将一份关于铁路发展规划的建议送达国务院。2004年1月7日,国务院常务会议讨论并原则通过了《中长期铁路网规划》。这是大力推进铁路建设的纲领性文献。

号角已经吹响,道路已经指明。空前规模的铁路建设大潮澎湃而起,中国铁路实现"陆地飞行"的历史时刻已经到来!

3. 中国"高铁模式":没有失败的大国博弈

2004年1月,49岁的何华武出任铁道部总工程师。

他的家乡是四川资阳一个宁静的小镇,每天走在上学路上和夜里做梦,他能听到的最嘹亮的声音,也是小镇唯一来自工业文明的声音,就是成渝线上隆隆而去的火车,那雄壮的汽笛声仿佛是对他青春之梦的召唤。因此上大学读硕士,他都毫不犹豫地选择了铁路。接受高铁任务的那个夜晚,何华武对身患胃癌多年、体质极为虚弱的妻子说,以后工作会比现在更忙了,我恐怕抽不出多少时间来照顾你了,孩子也在读大学,我们都伸不上手,你可要照顾好自己啊!妻子泪水盈盈默然无语,末了说,你去忙吧,我理解,我会照顾好自己的……

何华武唯一能做的,就是给妻子备下一些方便食品,然后毅然走向紧张繁忙的高铁建设现场。从选址到组织重大工程攻关,从主持关键技术试验到论证各种建设方案,何华武全身心投入到崭新的高铁事业之中。京津城际铁路通车之后,何华武专门陪妻子登上"和谐号",让妻子体验一下今日中国的"高铁速度"。同为铁路工程师的妻子兴奋得两眼炯炯闪光,那驾风驭电的速度是丈夫的梦想,也是她的梦想啊……

在北京城市建设规划中,北京南站原本没有如此宏大的规模。正是京津城际铁路和京沪高速铁路建设,催生了京南这座富于流线美、闪耀着人文光辉的椭圆形建筑。能容纳上万人的宽阔候车区,进出方便快捷的无障碍通道,能发电、采光、保温、隔热的5700块太阳能板,把城市地铁、轻轨、公交、出租全部纳入"体内循环"以实现旅客"零换乘"的精妙设计……这一切都闪耀着"以人为本"的熠熠光辉,使北京南站成为中国高铁耀眼的"皇冠上的明珠"。当然,还有新建的武汉站、广州南站、上海虹桥站……在迅速延伸的高速线上,一座座各具特色、造型优美的现代化建筑拔地而起,犹如五线谱上一个个华美的音符,共同汇聚成一首"凝固的交响乐",而"作曲者兼指挥家"就是铁道部总规划师郑健和他的团队。郑健白面长身,性情儒雅,平时话很少，人们很少看到他为什么事情激动或大笑。只有通过那些矗立在大地上的"凝固的音乐"，我们才能发现他的内心世界原来如此绚丽、浪漫和辽阔。

2004年4月，国务院召开专题会议，就发展高速铁路和机车装备问题提出一个重大指导方针："引进先进技术，联合设计生产，打造中国品牌。"在"中国铁路"这个世界最大的棋盘上，一场需要深谋远虑、大智大勇的大国博弈开始了。

中国决定海纳百川，博采众长，走"引进消化吸收再创新"的技术道路。于是，掌握和代表着当今世界高铁技术制高点的四大跨国集团：德国西门子、法国阿尔斯通、日本川崎重工和加拿大庞巴迪纷至沓来，进入中国的旋转门。红地毯上出演了真诚而热烈的美酒加咖啡的欢迎仪式，中国东道主们个个西装革履，彬彬有礼——因为他们都是地道的"学生辈"。改革开放以来，铁道部领导和高层技术人员都曾多次到这几个国家或留学、或考察访问、或参加相关学术会议。那时他们还年轻，坐在西方的高速列车上，风一样的速度让他们眼界大开，激动不已——火车原来可以跑得这样快呀，"火车跑得快、全靠车头带"的模式原来可以改变，牵引动力可以分散到各个车厢啊！他们不断向东道主表达着真诚的敬意，同时又觉得脸上一阵阵潮红，中国的火车何年何月才能赶上西方的速度啊？

可以肯定，当时他们谁都没有预料到，这个激动人心的时刻来得这样快，这个伟大的历史使命竟然是在自己的手上完成的。改革开放，为他们缔造人生辉煌提供了千载难逢的机遇！

那是2004年初夏的早晨，学生和老师分坐在谈判桌两侧。中国"学生"们注意到，座中的德国老师们不仅鼻子最高，神情也相当倨傲。他们确实有恃才傲物的资本——德国高铁堪称世界一流，他们的精密制造技术也一向是称雄世界、无可匹敌的。

中方郑重表示，希望引进各国高铁机车车辆制造的先进技术，不过，中方代表又明确表示："参观过故宫的外国朋友都知道，进入中国大门是有门槛的。我们的门槛就是：整个市场只有一个入口，不搞'诸侯混战'。整个中国只有一个买主，就是铁道部。从整车技术到任何一个零部件，都由铁道部代表中国政府，统一招标、统一向制造商下订单。"同时他郑重地约法三章："要想进入中国铁路市场的外国朋友，必须实行关键技术全面转让，必须使用中国品牌，实行本土化生产，必须价格合理……"

行事谦恭的日本人频频点头，性情浪漫的法国人报以灿烂的微笑，表情深沉的加拿大人不动声色，只有盛产哲学家的德国人保持着"哲学式"的孤傲。在他们看来，一流的德国高铁技术是中方非买不可的。万万没想到，两个月后，铁道部一位负责人严肃而又不失幽默地对西门子公司谈判代表说："你们德国人长着方脑袋！"

连德国人都不好意思地笑了，那笑容分明含着几丝苦涩——因为他们出乎意料地出局了。

那些日子，长春客车公司同时拉住法国阿尔斯通和德国西门子分别谈。那意思很明白，谁的价格优惠就跟谁合作。但过于自信的德国代表根本没把法国对手看在眼里，也完全不考虑中方意愿，"方脑袋"和大鼻子挺得高高的，就是不肯圆通，咬住每列原型车单价 3.5 亿元人民币、技术转让费 3.9 亿欧元的天价，死不松口。

他们的一口价就是"底线"，天下哪有这么做生意的？

所有谈判进程当然都在铁道部的密切关注之中。开标前夜，即 2004 年 7 月 27 日，双方依然没有达成协议。深夜，中方代表话说得语重心长和直截了当："作为同行，我对德国技术是非常欣赏和尊重的，很希望西门子成为我们的合作伙伴，但你们的出价实在不像是伙伴，倒有点半夜劫道、趁火打劫的意思。我可以负责任地表明中方的态度：你们每列车价格必须降到 2.5 亿元人民币以下，技术转让费必须降到 1.5 亿欧元以下，否则免谈。"

德方首席代表靠在沙发椅上，不屑地摇摇头："不可能。"

"方脑袋"确实像个撬不开的钱匣子，商量回来，脑袋仍然很"方"，没有一点圆通的余地。

第二天早晨 7 时，距铁道部开标仅有两个小时，长客宣布，他们决定选择法国阿尔斯通作为合作伙伴，"双方在富有诚意和建设性的气氛中达成协议"。

大梦初醒的德国人呆若木鸡。早餐桌上，得意洋洋的法国人品着香甜的咖啡，还不忘幽了德国哥们儿一默："回想当年的滑铁卢之战，今天可以说我们扯平了。"

"德国人从中国的旋转门又转出去了"，消息传开，世界各大股市的西门子股票随之狂泻，放弃世界上最大、发展最快的中国高铁市场，显然是战略性的错误。西门子有关主管执行官递交了辞职报告，谈判团队被集体炒了鱿鱼。

不过，西门子知道，他们还有一棵"救命稻草"，即中国北车集团唐山轨道客车公司。富有戏剧性的是，在铁道部这次招标中，雄心勃勃的唐车和野心勃勃的西门子同时"流标",被关在中国高铁事业的大门之外。

唐车,始建于清末的1881年,迄今横跨3个世纪,被誉为"中国机车车辆工业的摇篮"。中国第一台蒸汽机车"中国火箭号",供慈禧太后乘坐的第一辆专列"銮舆龙号",就诞生于唐车。共和国成立后,唐车青春焕发,贡献卓著,但在1976年唐山大地震中遭受重创。厂房大面积坍塌,员工和家属死伤过半,并遗留下由工厂扶养的"八百孤儿",活下来的员工也大都深陷丧亲之痛。老厂长说,"八百孤儿"进入结婚年龄以后,他作为唯一的"家长",参加过的婚礼不计其数,每次都让他喜笑颜开又老泪纵横。大地震之后的唐车似乎再没恢复过元气,干部职工每月只能领到二三百元的最低生活费,许多人被迫流落到社会上打工,或者蹲街头卖羊肉串儿。

2003年,山雨欲来风满楼,唐车人嗅到浓烈的临战气息。他们搜集了大量国外高铁资料进行学习,并主动送到部里以期引起重视。他们勒紧腰带,组织力量清理环境,翻新厂房,准备迎战。他们还自筹经费造了一辆"高速样板车",欢天喜地、披红挂彩地拉到北京,让部里看看他们是多么的干劲冲天,志在必得。听说世界高铁技术四大巨头的谈判代表到了国内,他们立即派人联系游说,期望合作。但那时唐车困难重重,老外根本不理睬他们。倔强的唐车人不甘心,"没有门就跳窗户,没窗户就撞墙!"开标之前,他们费时数月,精心制作了一套一尺多厚的投标书递了上去……

2004年7月28日,铁道部开标之日,气氛空前紧张。凌晨3时,眼睛熬得血红的唐车老总王润(后出任北车集团副总工),对结果已经有所预感,他命手下给西门子总部发了一份传真,大意是:如果贵公司在这次招标中出局,我们愿意与你们精诚合作,争取下次机会。

颇有点惺惺相惜、同病相怜的意味。不想放弃中国市场的德国人很快回了一份传真,算是给自己留了一条"后路"。

这个夜晚,聚集在北京的30多位唐车人无事可干又都没有合眼。睡不着,"我们就像等待宣判的囚犯一样",工程师出身的党委副书记孔学云说。上午,派到现场的工作人员终于打来电话,声音极为沉重:"流标了!"

所有的努力付诸东流,梦破碎了。守在房间里的唐车人全哭了。王润铁青着脸跟大家说:"你们在北京哭个够吧,不过绝不能把这种情绪带回厂里!"过后,王润依然干劲十足,要求全厂振奋精神,不可松懈。他说:"我们还是大有希望的,其一,现在引进的高铁技术时速是200公里,中国的雄心绝不会停止在这个水平上;其二,西门子掌握的高铁技术是有优势的,只要价格合理，铁道部的大门对它还是敞开的，我们只要抓住西门子就有希望……"

孔学云嘲笑他："你就天天给我们画饼吧！"

2005年，铁道部启动第二次招标。唐车与西门子同时意识到，对方是自己必须抓住不放的最后一棵"救命稻草"。这回，西门子终于放下身段，同意以每列原型车2.5亿元人民币、技术转让费8000万欧元的价格与唐车合作。

一举中标！

与德国人第一次出价相比，中方节省了90亿元人民币采购成本，但中国的"高铁模式"没有失败者，德方也获得一份巨额订单和广阔的中国市场——双赢！

德国人的脑袋其实还是很圆的。

中标那个夜晚，很多铁骨铮铮、泪流满面的唐车人喝醉了。

4."山高我为峰"：一个民族的雄心与胸怀

高速铁路自1964年在日本发端，首开时速210公里的纪录，此后在西方国家走过40多年漫长的发展道路，运营时速一直在250公里上下徘徊。这显然与他们民航和高速公路比较发达，高铁缺少紧迫而巨量的市场需求有关系。而在中国，辽阔的疆土、广阔的市场、人民的需求和高速发展的国民经济，一切让铁路人疲于奔命、泪光闪闪的巨大压力，都转化为助推高铁事业呼啸猛进的强大动力！

天下英雄，舍我其谁！现在来看看中国高铁令人目眩的发展速度：

——从2004年、2005年相继引进日本、法国、加拿大和德国的高铁技术，到2010年3月，中国投入运营的高速铁路长达6552公里，时速和里程都冲到世界第一的位置。

——时速高达380公里的动车组日前刚刚下线，这是"中国创造"的高铁运营速度的更高纪录，同时意味着世界上更快的京沪高铁将很快投入运营。

——时速400公里的检测车、500公里的试验高速动车组及相关路网、信号配套系统，正在紧张的研发之中。

前后不过6年，中国一举跨过发达国家高铁40年的发展道路，创造了后来居上、自主创新、领跑世界的奇迹！

一个国家的雄心，会激发出全民族巨大的精神能量。回望高铁6年征程，我们看到，众志成城的举国体制和闻风而动的统一政令，展现出强大的动员力和凝聚力。50多名院士，15万科研人员，150多家核心企业，数百家产业链上的企业，200万铁路大军，数十万筑路民工，全国各行各业的有识之士和支援团队，一呼百应，呵气成云，攻坚克难，所向披靡……

辉煌就这样被创造出来并在祖国大地上迅速延伸。

集中力量办大事，一心一意谋发展——中国特色社会主义制度的优越性又一次得到验证。

毫无疑问，中国高铁超乎寻常的发展速度，首先源于我国综合国力的迅速提升，源于几代铁路科研人员的技术积累。但是，还有一个重要的助推力是我们不应当忘记的：那就是发达国家近半个世纪的科学探索和技术研发，给我们提供了一飞冲天的平台。"山高我为峰"——那是因为我们站到巨人的肩膀上了。

按照合作协议，青岛四方、唐山客车曾分别派出一批青年工人，到日本和德国学习铝合金车体焊接技术。洋师傅们对中国工人普遍友好，认真负责传授了相关的知识和技术。所有这些工人回国后，无一例外，全部成为企业的技术骨干。青岛工人离开日本时，日本师傅与他们紧紧拥抱，相约再见，洒泪而别。

张雪松，唐车工人技师，两获"全国技术能手"称号，"河北省十大金牌工人"之一。他从钳工转入数控机床操作，再转入装调维修，每次都成为行内"状元"。这样一位优秀的专家型工人，他勇于探索的积极性，有一次却遭到德国工人的严厉批评。那天，他趴在焊接机器人下面的地上，正在为排除故障冥思苦想时，耳畔传来一句生硬的德语。张雪松爬出来抬头一看，一个高高瘦瘦的西门子工人紧皱眉头站在面前。德国人看张雪松没有听懂他的话，于是招手叫来一名翻译。

翻译对张雪松说："他问你在设备下面干什么？"张雪松说："设备坏了，我在修设备。"德国工人又问："你有维修焊接机器人的资质吗？"张雪松摇摇头："我是负责数控设备维修的……"德国工人严肃地说："如果你没有维修资质，你就不能维修这台设备，请离开吧。"

"谢谢你！"面红耳赤的张雪松脱口而出。那是他发自内心的声音，那一刻让他深刻认识了德国式的"一切都有规矩，一切都按规矩办"的严谨作风。正是这些看来似乎过于"刻板"的规定和纪律，培育了德国精密制造在世界上的崇高声望。

唐车因此在全厂展开一个学习运动，要求广大员工全面学习、模拟和落实德国严格、严谨、严密的工作方法和工作作风。

日本川崎重工的专家和技术工人进入青岛四方以后，也让四方人耳目一新，深受震动。过去中国工人把机车线路接上头并保证无差错，就算完活了，日本专家却要求线路配管一定要"横平竖直"。日本工人到达工作点，首先铺开一块布，把工具按顺序排好，工作结束，再按顺序裹起来带走，一样不会丢失。而中国工人用一个大背篼，用什么掏什么，干完稀里哗啦一装，走人。一把钳子就这样遗忘在动车组车厢里。为此，日本专家石野主动召集中国工人开了个班组会，他严肃地说，把工具忘记在产品里，"就像医生做手术把钳子刀子遗忘在病人肚子里"。

深受教育的青岛四方，为此在全厂轰轰烈烈开展了一场长达半年的"向不良习惯说不"的运动，厂报记者每天抓拍中方工人随意、粗放的行为表现，登报示众，进行点评。工人们说，平时没感觉，登报一对比，"真是惊出一身冷汗"！

在长期的合作中，中国工人和外国专家结下深厚的友谊，过年过节，德国专家被请到家里一起包饺子，法国人、加拿大人被请到联欢派对上跳舞唱歌。在青岛四方工作的日本专家归国后，有些人借休假之机，还自费到青岛来看望他们的中国"师兄弟"。看到中国工人夜以继日地奋战，德国专家布拉赫激动地跑进唐车领导人办公室，强烈要求安排工人休息。看到中国工人那么辛苦，一些德国工人不计报酬，和中国工人一起加班……

唐车建厂129年，青岛四方建厂110年，都是中国民族工业和产业工人的"摇篮"。但是，面对西方数百年工业文明打造的科学精神、优良素质和严谨作风，中国企业领导人和工人阶级看到自己的巨大差距并用心学习、奋起直追，这无疑是我们更为重要、更具长久意义的收获。

和平、发展、合作是当今时代的主题。谈判桌上的讨价还价、唇枪舌剑都是"各为其主"，不必苛责。虚怀若谷，海纳百川，始终保持清醒的头脑，善于学习借鉴世界各国的文明成果和发达国家的先进经验，这才是一个伟大民族的胸怀和希望所在。

5. 让闪电掠过大地：中国铁路人在行动！

引进消化时速200公里动车组技术——自主研发时速350公里动车

组——创新研制时速380公里动车组。6年时间，中国高铁完成了惊人的"三级跳"。

高铁是当代新技术、新材料、新工艺集大成的产物，除了没有翅膀（却多了两条信息化、现代化的轨道），其复杂程度几乎与航空航天技术不相上下。让中国高铁冲到世界第一的速度，没有强大的自主创新能力是不可能办到的。

——那个夜晚，在千里冰封、万里雪飘的塞北大地，长客副总工程师赵明花"冻成了冰棍儿"。2007年冬，京哈线上的一列动车组在行驶中因突然断电而停车。赵明花立即带领一批专家赶往现场了解情况。旅客安全"摆渡"登程之后，浓浓夜色中，只剩下孤零零、空荡荡的动车组。这位身体单薄、性情文静的朝鲜族女性与同事们一起登上车顶，查找故障原因，测试各种数据，最后认定：速度飞快的动车组从北京到哈尔滨，经历了急剧变化的温差，造成车顶出现冷凝水，导致电路短路。赵明花和同事们意识到，"这肯定不是偶然的事情，如果不从内部结构上加以防范，在高寒地区有可能经常发生！"由赵明花主持的一个设计团队迅速组成，几个月之后，一项动车组电器内部构造的创新设计完成了，从根本上杜绝了冷凝水断电故障。一个看似偶然的事故，激发出一项中国创新！

2009年圣诞节前夕，穿越英吉利海峡海底隧道的"欧洲之星"高速列车遭遇大雪天气，进入隧道后因冷凝水浸漫导致断电，5列车被堵在隧道里动弹不得，"欧洲之星"被迫停运3天——赵明花看到这则新闻，感慨地对同事们说："幸好我们早有发现、早做预防了！"

——高铁"水土不服"的难题就是多。北方有冰冻，南方又多雨。飞驰在武广线的动车组，面临着长时间的雨季漏水和潮湿浸润的问题，在唐车副总工程师杜会谦的主持下，又一项防雨防潮的创新设计诞生了。

南辕北辙，各有高招！

——丰桥公司副总工程师赵秀丽"叫板"两条大汉的故事，是高铁建设工地上的一段佳话。2005年7月，京津城际铁路开工建设，中铁六局丰桥公司承担了14910块无砟轨道板的预制任务。轨道板是无砟轨道结构体系中最基本的支撑物，是高铁轨道核心技术之一。按德国工艺要求，轨道板必须用超细水泥制作，而国内尚无厂家能够生产，如果全部进口，不仅价格昂贵，工期也很难保证。

一个受制于人的大难题横在高铁人面前。赵秀丽跑遍华北各大水泥厂，动员游说厂方进行试制。一次次试验的失败,令多家水泥厂先后告退,只有一家还在犹豫不决。厂长是个膀大腰圆的汉子,赵秀丽对他说:"你一个大男人,还不如我坚强吗?"几个月后,符合国际标准的高规格水泥终于试制成功,实现了原材料国产化的重大突破,仅此一项,为丰桥公司节约资金1500多万元。

但是,赵秀丽的思考与探索没有停止。超细水泥不仅成本过高,而且耐久性差。能不能用改进的国产普通水泥替代呢?她和同事们废寝忘食,反复研究试验,寻找最佳配比和路径。京沪高铁开工以后,赵秀丽找到山东一家水泥厂,厂长一听她对水泥成分的新要求,吓了一跳,连连摇头说:"我们的产品已经达标,不愁市场。你的要求我们做不到,算了。"赵秀丽向他介绍了中国高铁的宏伟计划,说:"高铁市场这么大,要是把新型国产水泥搞出来,将带来源源不断的效益,你连这点雄心壮志都没有吗?"

这位山东大汉热血沸腾了。经过数百次反复试验,又一项创新成果——国产新型"绿色高性能水泥"问世,世界一流的无砟轨道板诞生了,为企业节省投资7000万元,更为今后中国高铁大发展提供了充足可靠的材料保障!

——中国幅员辽阔,地形、地质之复杂是国外同行不曾遇到的。郑州至西安路段,是全世界唯一铺设在黄土地带的高铁,何华武说:"黄土缺少支撑力,遇雨就沉降变形,像水浸过的面包一样。"高铁路基架在这样的土质上,如果固化不好,轨道就变成"面条"了。十几位院士和一批专家汇集到黄土高坡上"集体会诊"。就凭着这样的集体智慧和创新勇气,郑西线的湿陷性黄土地基,武广线的岩溶地基,广深港和甬台温的淤泥地基,合宁的膨胀地基,哈大线的高寒软土地基等等,都被中国铁路人一一攻克,并实现了"零"沉降!

再来看看空中的创新。

2009年12月9日,在武广线试运行过程中,中国动车组以"双弓重联"的方式,创造了时速394.2公里的速度,这是又一项世界级的新纪录!

所谓"双弓重联",就是将两列动车组、共16节车厢联挂运行,上部同时升起两个受电弓,从空中的接触网导线获取动力。这种大编组联挂,无疑会大大提高运输效率。但这绝不是"1+1=2"的简单等式,因为列车前弓高速冲击接触网后,会引起接触网的振动,使后弓与导线的"密贴跟随性"(专业术语称之为"弓网耦合")大为降低,剧烈的振动有可能造成后弓离线、撞线,产生大量火花,严重的时候可能会出现烧线、刮弓,酿成重大事故。

此前，仅有西门子在西班牙高速铁路上做过"双弓重联"试验，尚未在正式运营中应用。

中铁电气化局年轻的副总工程师董安平率领他的团队，承担了攻克"双弓重联"这一世界性难题。回忆这段艰辛的历程，董安平感慨良多，他说，中铁电气化局是个老企业，搞了几十年电气化铁路建设，过去把导线一挂，平直度差个一两厘米无所谓，只要不出现波浪弯和扭面，跑起来不打火就算完事大吉。武广高铁建设按欧洲标准，导线在 1 米长的范围内平直度不得超过 0.1 毫米。中国这些架线老手必须从零开始，在上千公里的线路上，那些粗糙的大手仿佛在一针一线地"绣花"。经检测，武广线牵引导线的平直度平均达到 0.05 毫米，比头发丝还细。这不仅是工程质量、技术水平的质的飞跃，更是中国工人在素质、理念、作风上的跨越性进步！

高铁系统对导线性能的要求是极高的：一是要有足够的硬度，受电弓几十万次与它高强度、高频率的摩擦，硬度不够，耐磨性低是不行的；二是必须有很高的导电率。但在金属材料学中，强度和导电率恰恰是一对矛盾：强度越高，导电性越差；导电性越高，强度越差。比如铜比铁软，导电性却比铁高。

那么，能不能找到一种新的合金材料，两种性能都能得到足够的保证呢？董安平知道，80 年代，日本研制出一种性能良好的 PSC 导线，于是他向日本有关方面表示，希望引进这个技术。日方专家经过严肃认真的内部讨论，最后以"我们的技术还不成熟"为由，拒绝了中方要求。毕竟，中国曾是远远落后于他们的角色，如今突然变成强大的竞争对手，他们必须小心提防了。

中国高铁发展的前景，又一次遭遇受制于人的瓶颈。董安平的心情久久不能平静，他和同事们开始探寻自主创新之路。一个偶然的机会，他们与浙江大学金属材料研究所所长、博士生导师孟亮教授遇上了。窗外一弯月，桌上几杯茶，海阔天空聊起高铁上的导线，孟教授说，中国航天器上用过一种新材料，他进行过专题研究，还发表过论文。

董安平大喜过望，双手把桌子拍得山响，茶杯都跳起来了。电化设计院总工程师王立天迅速飞往浙江，在孟教授的实验室看到一小块样品，那一刻，他激动得眼泪都涌出来了！"我们成立个合资公司怎么样？"王总当即提议。铁路系统的河北一家制造商闻讯自愿加盟，十几天后合资公司正式启动。

试验过程中，年近六旬的孟教授有胃病，天天靠冷水吞药片顶在第一线；

董安平瘦了十几斤，笑称"攻关就是最好的减肥运动"；项目经理何劲松 35 岁时才要孩子，为了高铁事业，妻子怀孕 5 个月时他"离家出走"。孩子渐渐大了，会认爸爸了，妻子只能抱着孩子到公司大厅的光荣榜前，指着何劲松的照片说："那是爸爸……"

"中国导线"终于在千里武广线上横空飞架，牵引着"和谐号"高歌猛进。

通信信号是铁路的"神经系统"。从当年"李玉和式"的手摇信号灯，到今天集成创新的数字技术控制，与共和国同龄的中国铁路通信信号集团做出重大贡献。研发中心总工程师江明今年刚刚 32 岁，他的话可以代表所有高铁科研人员的心声："我们的工作很有干头，因为我们解决的都是前人和别人没有解决的问题。"他还有一句更牛的话："什么难题我们都能找出办法来，主要是时间不够用。唉，人类为什么要睡觉呢？"

在迅猛前进的高铁事业中，还行进着一个默默无闻的庞大群体——中国新一代知识化、专业化的产业工人。他们全是"80 后"甚至"90 后"，个个朝气蓬勃，英姿勃发。就是这些被父辈视为"掌上明珠"的独生子女一代，构成中国新一代"铁军"。

——"五朵金花"坐在我面前，谈起这些年的艰辛与劳苦，全哭了。她们是青岛四方的"女焊花"：史秀华、曲先华、孙国华、于延伟、崔恩霞。

"和谐号"工程上马之初，还没有机械化焊接设备，由她们负责焊接铝合金车体。从接受任务的第一天开始，她们就成了一群"不要命也不要家的女人"，被不叠、衣不洗、锅不刷了，化妆品扔抽屉里了，几乎天天踏着晨露上班，顶着星光回家，一进家门骨头就散架了。吃奶的孩子，狠狠心断了奶，扔给老人。上学的孩子，经常一连几个星期见不到妈妈的影子。那天曲先华半夜回家，丈夫去上夜班了，她一进门就听 3 岁女儿在梦中喊"妈妈"。黑暗中，曲先华坐在床头热泪长流，哽咽不止。

她们无数次答应过孩子："等妈妈忙过这阵子，就带你去公园、看电影。"可她们从未实践过自己的诺言。读小学的孩子批评说："你是最不守诚信的妈妈！"上大学的孩子说："放假我再也不回家了，你们都在厂里忙，剩我一个人守着空房子有啥意思！"

背过身，妈妈怎么也抹不尽滚滚而下的泪水。

终于有一天不加班了，史秀华乐疯了，脱下工作服就往家跑，跑到家门口才发现自己忘乎所以，拎包和钥匙都锁在工具箱里忘带了，只好敲门。孩子上学，老公在单位，家里只有瘫痪在床多年的老母亲。老母亲挣下床，在地板上爬了近半个小时，才颤巍巍支撑起来把门打开。门开的那一刻，史秀华抱起母亲，一边往屋里走一边哭……

——一列动车组有几万个接线头，接线工必须成年累月以跪蹲方式进行工作，那大概是世界上最枯燥的劳动，一天忙下来眼花缭乱，夜里做梦，满脑子仍然飞舞着五颜六色的线头。唐车接线工高向丽，文静柔弱，走路和说话都是轻轻的。因为长时间跪蹲工作，第一次怀孕不幸流产。但就是她，以惊人的定力创造了两万根接线无差错的纪录。唐车所有接线工都保持着极高的无差错纪录，德国专家说，你们已经超过西门子的水平。

——身材高挑、容貌秀丽的孙斌斌，是唐车选送到德国培训的首批青年焊工之一，家里三代都是唐车人。新中国成立初期，唐车制造出第一辆火车头，上面的毛泽东像就是她爷爷亲手刻制的。好家风培育了一个意志坚定、好学上进的好女儿，孙斌斌在德国顺利通过"国际焊接教师"的资格考试——成为全球第一位获得此项资格的女性。她受邀走上讲台，为西门子培训德国学员——她又成为"中国第一人"。因为她授课耐心细致，德国学员们把好几位本国教师赶走了，说"你们能上哪儿就上哪儿吧，我们只让中国老师教！"

在唐车动车组奋战的第一代优秀青年焊工，都是孙斌斌一手"克隆"出来的。

——女工吕开香，地震中两个姐姐不幸遇难，她成了父亲唯一的"掌上明珠"。唐车决定送她去德国培训时，父亲老泪纵横，不愿意女儿跑到那么远的异国他乡去，但她还是扔下两岁的女儿，和同厂的丈夫一起踏上征途。从她离家那天起，女儿每天夜里都抱着妈妈的枕头睡觉，而且不允许任何人碰那个枕头，因为枕头上有"妈妈的味道"。

说到这里，吕开香泣不成声。

世界上的女人是水做的，中国高铁女工们是汗水和泪水做的。但她们无比骄傲和自豪，她们说："我们做出了世界上最好最快的动车！"

截至目前，中国南车和北车集团已经出口轻轨动车组成套设备达23亿美元。

无论多么绚丽的梦想，无论多么伟大的设计，当最后一道工序完成时，站在旁边默默擦汗的一定是一群工人。他们是中国高铁真正的钢轨和基石。他们如同春蚕，用自己的爱和生命，默默吐出一条流光溢彩的钢铁的"丝绸之路"。

尾 声

2009年9月,新中国成立60周年大庆前夕,北京南站披红挂绿,热闹非凡。铁道部组织全路上万名劳模,登上京津"和谐号"城际列车,以领略中国高铁的建设成就。伴随着速度显示屏上节节上升的红色数字,劳模们站立起来,激动地挥动双臂,齐声高喊,仿佛不是接触网上的巨大电流,而是他们的喊声在推动列车飞速前进。那是"中国创造"的加速度,那是几代铁路人的梦想与追求,那是中华民族走向伟大复兴的激越步伐啊!两鬓飞霜的老劳模老泪纵横,气宇轩昂的青年劳模热泪盈眶……

是泪花,也是骄傲与自豪,在他们的脸上闪闪发光。

十六大以来的8年,中国铁路谱写了自己辉煌壮丽的篇章:从世界上最快的"和谐号"到地球上最高的青藏铁路,从六次大提速的技术集成创新,到运煤专线大秦线(大同至秦皇岛)创造的世界重载最高纪录——那可是壮观到令人震撼的景观啊!第一位上线的万吨重载货运列车司机程利甫是西北汉子,英眉朗目,虎虎生威。他告诉我,大秦线上每天飞驰着95对重载列车,年运量达4亿吨。一列重载列车最高载重达2万吨,编组200多节车辆,总长2.5公里,最高时速120公里,这意味着大秦线平均每秒飞过去13.7吨煤,如同一条波澜壮阔的煤河每天源源不断地从大同流到秦皇岛……

中国铁路人终于在大地上画出最新最美的图画。高速、高原、重载、既有线提速等创新成就一鸣惊人,傲立于世,并在国际上一举打响"中国创造"的最优品牌。目前美国、俄罗斯、巴西、沙特、土耳其、波兰、委内瑞拉、印度、缅甸、柬埔寨等几十个国家都希望我国参与他们国家铁路项目的合作,有些项目已经开工建设。

"火车一响,黄金万两",这是国人对轨道交通价值意义最通俗也最精到的概括。到2012年,随着京沪、京广、京哈、沪汉蓉、沪昆等"四纵四横"高速铁路网的建成,闪闪发光的高铁将如一条条彩带,把北京和各省会城市紧密联系起来,从"1小时生活圈"到"8小时生活圈",再到西部边疆省区的"一日生活圈",56个民族组成的"中华大家庭"载歌载舞,仿佛都聚汇到辉煌壮丽的天安门广场……

横空出世、光彩熠熠的高铁,成为中国递给世界的一张亮丽名片。国际铁路联盟高速铁路部总监说:"中国正成为全球领跑者,世界铁路的未来在中国。"一位曾在广州车站当过春运志愿者的大学生,在经历和目睹了太多的崇高和感动之后，写下这样一首温情的小诗：

> 有一种车次，千百趟的终点
> 都是同一个站名——家
> 有一种运送，千百趟的目标
> 都是同一个向往——团圆
> 有那么一群铁路人，日夜工作
> 都是同一个希望——让您回家团圆
> 因为他们的坚守，因为他们的温暖
> 这个除夕不太冷

中国铁路人以对国家和人民的勇敢担当、艰难奋斗和炽热情感，在中华大地建立起一座以"无私奉献"命名的历史丰碑。

面对这座丰碑，我们充满敬意。

（刊发于2010年6月11日《人民日报》）

仰视你，北大荒

贾宏图

序

朋友，你到过北大荒吗？

那是一片神奇的土地。祖国高纬度的东北角是她所在方位，苍茫的三江平原和松嫩平原是她宽阔的胸怀，雄浑的兴安岭和完达山是她不屈的脊梁。

北大荒，又是一片豪迈的土地。军号响，红旗扬，千古荒原第一犁，拉出一轮红太阳。三代北大荒人前赴后继，披荆斩棘，化严寒为春雨，变苍凉的北大荒为辉煌的北大仓。如锦绣般的耕地铺向天边，像列队卫兵似的林带把田园划成世界最大的棋盘。由卫星导航的金戈铁马奔驰其间，装满谷粮的幢幢银塔耸立云端。色彩缤纷错落有致的座座城镇，如童话般矗立在田头、林间、湖畔。

5.4万平方公里的北大荒像一个聚宝盆，113座农场如113颗璀璨明珠，在北疆闪烁着绮丽的光彩，那是上天给予献青春献终身献子孙的伟大拓荒者的最高奖赏，更是数以百万计解甲归田重上战场的转业军人、热情如火大有作为的内地支边青年和城市知识青年以青春与生命为代价铸就的丰碑和奇观。一个古老的农业大国的农业现代化曙光，就在这片荒原上闪现；千百年来饱经苦难的中国农民的小康梦想，终于在这片土地上实现。

朋友，你知道北大荒的贡献吗？

在过去的60多年里，北大荒累计为国家生产粮食3922亿斤，交售商品粮3065亿斤。目前，他们的粮食供给能力，足以保证京津沪三大直辖市、人民解放军三军、港澳地区和藏青甘宁四省区的全部口粮供应。北大荒已经成为服从国家利益，服务国家战略，抓得住、调得动的"中华大粮仓"。

"美丽北大荒,塞外鱼米乡。／富饶北大荒,中华大粮仓。
啊,北大荒,我的骄傲,／啊,北大荒,我的希望。
建设现代化大农业,／光荣的旗帜迎风扬!"
就让我们踏着《中华大粮仓》的旋律,仰视北大荒吧!

1."铸剑为犁"
唤醒千古荒原

在那遥远的年代,风雪呼啸,塞外苦寒,曾让人望而却步;山险林密,水泽莫测,曾使多少豪强硬汉有去无回,只留下狼嚎、熊吼和虎啸。新石器时代渔猎部落的石弩沉落在荒原深处,魏汉时期满族先祖的100多座城郭海市蜃楼般消逝在历史的烟云中,侵略者扩张的野心和掠夺的魔爪被埋葬在寒地雪暴和漂垡鬼沼中。北大荒啊,谁敢走近你的身旁?曾羁绊于这片荒原上的作家聂绀弩在《北大荒歌》中这样喟叹:"不有天神下界,匠星临凡,天精地力,鬼斧神工,何能稍改其面庞!"

63年前的6月,一辆以木炭为燃料的汽车喘着粗气驶出哈尔滨,艰难地爬上张广财岭的山坡。车上坐着18个人,前面两个20多岁的年轻人,眸子闪烁着兴奋和激情。那位瘦小精干的叫李在人,是松江省建设厅的秘书,那位魁梧英俊的叫刘岑,是建设厅的农林科长。此刻,他们去执行一个特殊任务,松江省政府主席冯仲云行前交代:"党中央、毛主席号召在东北建立巩固的革命根据地,要求在北满办一批粮食工厂,主要是总结经验,培养干部,示范农民,为将来实现农业机械化做准备,陈云和李富春同志让我们先走一步。"两人被任命为中国第一座"粮食工厂"——松江省国营第一农场的场长和副场长,携带的全部家当就是两辆烧炭的汽车和三台日本开拓团扔下的旧"火犁",还有从农村刚买来的11匹役马。他们在一个叫做"一面坡"的地方落下脚,那里灌木丛生,树下是一片黑黑的土地。

13日那天,李在人把一块写着农场名字的松木板挂在一座草房前。接着,曾在北京上过农业大学的刘岑开着那台旧"火犁",轰隆隆地拉动4副大犁,身后便隆起四条翻开的土垄,闪着黑油油的诱人光亮。

这就是拉起一轮红太阳的"东方第一犁"。

共和国农垦事业和机械化建设的篇章就此翻开。此刻,解放战争的炮火还在几百公里外轰响。那一天,李在人在一片坡的小镇上买了点猪头肉,打了一茶缸白酒，庆祝开犁成功。

就在这一年冬天，一个大雪呼啸的日子，一个叫周光亚的延安干部，领着战友进入嫩北铁路上一个叫通北的小站旁、当年日本开拓团遗弃的一座四面漏风的房框，用茅草堵上透风的口子，住了下来，小通讯员冻得不得不抱起一只小羊羔取暖。很快，这里成了"东北政委会通北机械农场"所在地。他们先在附近的冰河里刨出了一台日本人扔下的"火犁"，又从苏联买进12台"纳齐"牌拖拉机。第二年春天，这片封冻许久的大地终于翻身了。他们的故事，后来由《人民日报》特派记者、著名作家李准创作拍成电影《老兵新传》。

共和国那些伟大的元勋领唱的这部"化剑为犁、解甲归田"的壮歌，最早回响在这片沉寂千年又被侵略者欺凌和蹂躏的黑土地上。那首歌的主旋律是用"火犁"代替木犁、用机械代替人力，因为刀耕火种的原始方式和"老牛破车疙瘩套"的小农经营，不可能从根本上解决世界第一人口大国的吃饭问题。

现在，可以回答聂绀弩先生的问题了。让千古荒原旧貌换新颜的下界"天神"，就是化剑为犁、解甲归田的中国军人，还有那些以天下为己任的知识分子和用圣火燃烧自己的热血青年，而临凡的"巨星"就是李在人、刘岑、周光亚、郝光浓……

当然，最伟大的军垦"巨星"是王震将军。这片土地上的人景仰他，传颂他的故事。1954年秋天，担任铁道兵司令员的王震来到汤原县看望正在山野里施工的战士，抓起一把黑土兴奋不已："这土多肥呀，肥得流油啊！"他对随行的人说："民以食为天，种地打粮是第一位的工作。我主张把大批复员军人留下来，在这里办农场，为国家多生产粮食！"

就在那一年，王震亲自带队踏察原野。赤脚涉河，风餐露宿，蚊虫扑面，野狼出没，他等闲视之。红旗挥舞处，新中国最大的国营农场群落神话般地耸起：副师长余友清以铁道兵8508部队的800名复转官兵为骨干创建850农场，接着让850农场"母鸡下蛋"，以"8"字头在完达山南北的密山、虎林、宝清、饶河县地域组建了十多个大型农场。在一次场长会议上，他说："快过年了，我送大家一副对联，上联是：密虎宝饶，千里沃野变良田；下联是：完达山下，英雄建国立家园；横批是：艰苦创业。"

1958年，已经担任共和国农垦部长的王震向中央提出：动员十万转业军人开发北大荒。他豪迈地说："新中国的荒地都包给我干吧！我这个农垦部长有这个信心!"

请记住这个日子,1958年4月13日。在密山火车站临时搭起的台上,身着上将军装的王震一挥手,中国垦荒史最雄壮的一幕出现了:数以万计的转业军人背着行李,有人还领着自己的妻子和孩子,徒步走向没有路没有村落的荒原,边走边唱起一支属于自己的歌:

> 一颗红心交给党,英雄解甲重上战场。
> 不是当年整装上舰艇,不是当年横戈渡长江。
> 儿女离队要北上,响应号召远征北大荒。
> 用拿枪的手把起锄头,强迫土地交出粮食。
> 让血染的军装,受到机油和泥土的赞赏……

歌的词作者,是一位叫徐先国的来自河南信阳步校的少尉军官。这首诗最先发表在《人民日报》,王震亲自写信鼓励并让谱成曲子,于是,就有了这首让十万转业官兵唱了一辈子的歌。

我站在兴凯湖畔当年王震将军最早踏察的8510农场10队的土地上,这里耸立着的直插云天的北大荒开发纪念碑。碑下,埋着王震的骨灰,他的遗言是:生为祖国开荒,死为人民站岗。我还想起两位英名也刻在这碑上的老红军:一位是852农场老场长黄振荣,他在"文革"中屈辱而死,亲人为遗体更衣时发现他满身的伤,还有那唯一的脚趾——失去的9根脚趾是在北大荒踏察时被冻掉的。还有那位全身有18处战伤的黑龙江生产建设兵团第一副司令颜文斌。为了抗灾夺丰收,他跳进水里和职工一起捞麦子,在零下三四十度的严寒中跳进粪坑刨粪肥。

创业艰辛,伟业辉煌。三代北大荒人在共和国历史上写下了史诗,献给祖国的不仅是一个安稳天下的粮仓,还有一种永世长存的精神,这是一个伟大民族不朽的灵魂。

追随十万转业军人的步伐,沿着挺拔的青杨林拥起的绿色长廊,我走进雁窝岛。它是三江平原腹地一个三面临河、一面沼泽相拥的小岛,挠力河把它打扮成仙女,农垦人视它为"棒打狍子瓢舀鱼,野鸡飞到饭锅里"的掌上明珠。人们敬它爱它,并不仅仅因为河汊暗动的无比神奇,芦苇荡的深邃辽远和鸟群飞起的遮天蔽日,更因为这里是北大荒精神的发祥地。

走进雁窝岛掩映在青松林中的烈士陵园,高耸的纪念碑上刻着"为人民的利益而死重于泰山"几个大字，碑后默默坐落着三座白色的坟茔。从坟前的碑文中可以看到：罗海荣，牺牲时年仅 26 岁；张德信，年仅 22 岁；陈越玖，年仅 24 岁。

三个人，代表了北大荒开拓者的三个主要组成部分：转业军人、内地支边青年和城市下乡知识青年。他们具有共同的人生追求，注定要以国家需要作己任，注定要视艰苦奋斗为乐事，注定要把贡献大小当标杆。这支队伍中的许多人，并无顺风顺水的幸运，也没有坐享其成的福分，无论是在战争的胜利硝烟中"转业"的军人，还是在政治运动中被"贬谪"的各方名流、被"下放"的干部和知识分子、被"接受再教育"的北京、上海、天津、哈尔滨、杭州、宁波、温州等地知识青年，都忍辱负重，"绝地反击"，以超常的勇气和力量，在这个苦寒荒蛮之地创造出富足和文明。这种顽强不屈、乐观向上的精神和勇于进取、乐于奉献的品德，已化作了北大荒人的基因。因此，不管在这片土地上发生什么样的人间奇迹，都不足为奇。

在岛上，我听到一个活着的英雄的故事。他叫任增学，来自中央警卫师的王震将军警卫班，因聪明机灵而被将军称作"小鬼子"。1958 年，面临转业，他有三个选择：去警卫学校当教官，留在北京的重要机关当保卫干部，到北大荒种地。结果，他自愿来到 853 农场，学会开拖拉机，参加了雁窝岛垦荒。一天，拖拉机压碎冰层，陷进被称作"大酱缸"的泥潭。他三次潜入冰水，把铁钩挂在拖拉机上，终于用绞盘机把机车拉上来，自己被战友捞出来时，身体已冻僵。满身满脸泥草的他，完全失去知觉，再晚一会儿，雁窝岛上就会多了一座坟茔。

1969 年，一个叫孙文珍的杭州姑娘来到雁窝岛附近的 852 农场。自从当上这个方圆十里唯一的助产士，她从没有清闲过。不管山有多高，路有多远，不管产妇的情况多么严重，没出过半点差错，而自己因过度劳累患上习惯性流产。得知她第三次怀孕时，院长下达命令：谁也不准找孙文珍出诊。可是，就在当天午夜，一个产妇出现难产。她二话没说，登上没有任何遮掩的小四轮车，风雪中颠簸十几里山路，当孩子平安降生时，她已经连续站了十几个小时。就在回来的路上，血水顺着裤脚流了下来，冻在冰冷的车板上。这个最会为别人保胎、让无数个母子平安的她，又一次流产了。后来，1.68 米的个子只剩下 70 多斤，领导强令她回杭检查：癌症，晚期。孙文珍寄回最后一笔党费，唯一的要求是：骨灰送回北大荒。因为，我是北大荒人！

21 年过去，每到清明节那一天，总有老北大荒人领着孙文珍接生的孩子，或由这些孩子再领着自己的孩子,来到她的墓前,对这位长眠于此的杭州知青表示深深的怀念。

  啊,北大荒北大荒,我把一切都献给了你!
  你的果实里有我的生命,你的江河里有我的血液,
  即使明朝我逝去,也要长眠在你的怀抱里……

  这是孙文珍那一代知识青年最爱唱的歌,也是所有献完青春献终身、献完终身献子孙的北大荒人爱唱的歌。这歌声,饱含三代人对这片山河的深情,悲壮、豪迈、历久弥新。

  2000年8月22日,江泽民同志在三江平原的腹地佳木斯接见北大荒人的代表,他说:"最主要的是要继续弘扬北大荒精神——这是垦区三代人创造的精神财富。"会见后,他和北大荒人一起唱起这首歌。

  2007年8月16日,在纪念北大荒开发建设60年的日子,《人民日报》发表评论员文章:"在创造巨大财富的同时,垦区孕育出'艰苦奋斗,勇于开拓,顾全大局,无私奉献'的精神,成为黑龙江农垦事业的灵魂,成为人民学习的榜样。"

  神奇的雁窝岛,北大荒的象征。长篇小说《雁飞寒北》取材于这里的生活,北大荒版画的代表作之一《第一行脚印》构思在雁窝岛上,以岛上的真实故事创作的话剧、电影《北大荒人》让北大荒精神传扬全国。而艾青、丁玲、吴祖光等大家,都在北大荒写下令人回肠荡气的诗篇,表达了对这片土地特殊的爱,进而被镌刻在北大荒的碑林上。

  还不止于此。经历苦寒的梁晓声写出《今夜有暴风雪》,张抗抗的《隐形伴侣》诞生在北大荒无花的季节,聂卫平最大的棋盘是林网纵横的黑土地,姜昆带泪的笑声最早回响在伏尔基河旁连队的食堂里,濮存昕铿锵的金石之声练就在风雪之中,樊纲的经济理论起步于对国营农场"大锅饭"的忧思……这些,也都是北大荒的结晶。

2. "机械化"
为农业现代化安上引擎

  从佳木斯东去,爬上锅盔山的余脉,山下那片被纵横交错的林带环抱着

绿锦般的大地，就是被称为"天下第一场"的友谊农场了。这是一个占地1888平方公里的巨型农场，相当于香港和新加坡面积的总和。无论在中国还是在全球，它都是规模最大的农场，它还是中国农业机械化、现代化的实验场，是世界农业机械"谁是天下英雄"的比武场，更是农垦英雄开天辟地的舞台。友谊农场的大，还因为它包容天下为我用的宽大胸怀，而这种大是对小农经济自我封闭、自给自足、自艾自怜的一种逆动。

共和国刚刚诞生，毛泽东主席访问苏联时，斯大林就表达了要帮助中国建设一座大型机械化国营农场的愿望。在新中国五周年大庆时，来访的苏联领导人又在天安门城楼上向毛泽东表达了这个意向。他笑着点了头，他知道建设机械化的大农场是解决中国吃饭问题的最好办法。

1954年10月12日，苏联政府代表团正式向中国政府发来建设大型谷物农场的方案。12月7日，国务院常务会议正式通过《关于建立国营友谊农场的决定》。周恩来总理提出友谊农场的任务是：出粮食、出经验、出人才。

"中国最大的粮食工厂正在荒原上崛起""中国农业鞍钢在北大荒开建"，一个振奋人心的消息迅速传遍全国。《黑龙江日报》记者这样报道："苏联专家们在雪雾蒙蒙和严寒天气里勘测是这样的艰苦，从勘测镜里寻找在寒风中摇摆的测旗，眼睛被寒风吹出了热泪，很快在睫毛上结成了一串冰珠。脸被冻白了，手被冻僵了，做记录的笔顺手掉在雪地里。在零下30摄氏度的天气里，他们刨开冻土，光着手一层层地剥取土样。手里拿着铁器就像针扎一样疼，稍有不慎，就会粘一层皮下来，疼痛钻心呀！"

友谊农场的史册，记载了几位北京人，他们是千百垦荒者的缩影：在北京参加过"一二·九"抗日运动、曾领着垦荒队两年开出40多万亩土地的老场长王正林；14岁就从北京跑到北大荒、后来成为新中国第一位女康拜因手的刘瑛；抱着出生才几个月的孩子来荒原的留苏女专家李特特——她的父母是老一辈革命家李富春、蔡畅。

北大荒的冬季漫长，但春天来得并不晚。友谊农场和整个垦区又一次升腾，依托的是改革开放大潮。组织这次进发的也是一位抗日老战士，名叫赵清景。1977年夏天，刚刚摆脱"文革"噩梦的他走上黑龙江省国营农场总局的领导岗位，到北京参观"世界先进国家农机设备博览会"。面对各种高性能的农机产品，他大为震惊："过去总说垦区已经实现了机械化，现在一看我们的农机设备比人家落后了半个世纪。我们再也不能自欺欺人，闭关自守了。只有一条路，迎头赶上！"

走出北京农业展览馆，搞一个全套进口装备试验点的设想形成了，这在拨乱反正尚未完成的年代，是需要勇气的。赵清景回来和已经担任总局副局长的友谊农场老场长王正林一商量，就决定在友谊的五分场二队来试。最终的决策在北京。国家以一种超乎寻常的迅速，特批外汇数百万美元，从美国迪尔和凡尔蒙公司引进62台套设备，把二队武装成世界一流的农业生产队。1978年10月30日，迎着党的十一届三中全会的东风，《人民日报》头版头条刊发消息："现代化农业初显神通，友谊农场五分场二队夺得大丰收，20人种11000亩土地，平均每人产粮20万斤。"同时发表按语："这个农业机械化试点的成功，是党中央决定利用外国先进技术来加快农业现代化步伐的一个试验的初步胜利。它对于我国逐步改变几亿人搞饭吃的落后局面，为我国农业高速发展带来了可喜消息。"

一时间，赞扬的肯定地说它是"我国农业现代化的报春花"，但质疑的否定的说它是"用钱买来的现代化，得不偿失"，说得还有更难听的："当年老美的飞机大炮没打进来，现在用拖拉机推开中国大门了！"

不久，还真有一个叫韩丁的美国人走进了中国，走进了友谊农场的五分场二队，接待他的是当年在太行山解放区曾向他学开拖拉机的马连相。见到自己的学生在组织这次现代化试验，韩丁说，你们当年引进的设备，是加拿大1900年的技术，20年代传到美国，后来传到苏联，苏联又传到你们这里。不能再用30年代的设备干70年代的活了！他手把手地教中国职工怎样使用美国机械。他在农场讲演，告诉人们如何建设比他在美国的农场还要好的现代化农场。临走时，他对马连相说："学生应该超过老师。"

赵清景和他的同事们一鼓作气，实现了中国农垦的"三级跳"：1978年，使用外汇在3万亩的五分场进行现代化试点。1980年，采用补偿贸易的方式，用日本的资金创建了30万亩的洪河农场。1983年，又用世界银行的贷款建设了300万亩的二道河、鸭绿河两个新型农场。

北大荒令人瞩目，几十万人涌进这个在地图上找不到的小村落——五分场二队。他们要看一看，农业的现代化到底是什么样子。

这时，有一位老人也踏上了这片田野。

1983年8月7日，那是一个阳光明媚的早晨。邓小平同志来到五分场二队农场考察，一路上问起农场的发展情况，说到垦区要建设好商品粮基地，还要大力发展畜牧业，繁育良种，赵清景一一回答。他听了，不时点头表示赞成。后来有人说，小平同志在深圳画了一个圈，确定了中国城市改革的方向；在友谊农场点了个头，肯定了中国农业加快改革开放实现现代化的道路。

现在，我也站在当年小平同志光顾的这片土地，稻菽如浪翻滚，稻香芳芬扑面。管理区一位技术员说，这片水稻的亩产不会低于1200斤。在过去31年里，五分场二队的每个农业工人年产粮已达到年产50万斤，在世界也是先进水平。在他们的示范下，今天的北大荒人均年生产粮食突破65000斤，创造了全国农业最高生产率，已经相当于法国、意大利和英国的水平。

3."中华大粮仓" 从此天下不缺米

1969年，为备战备荒，黑龙江生产建设兵团组建第六师。于是，在中国最先看到太阳的抚远三角洲，在那一片大雪覆盖的荒草萋萋的荒原上，出现了一幅千军万马会战的壮景。

师长王少伯，15岁参军、17岁入党，在抗日战争、解放战争和抗美援朝的战争中都担当冲锋的角色，又自告奋勇投身于屯垦戍边，这一年才39岁。面对那个无名村落，有人提议："咱们给这地方起个名字吧。"王少伯想了想说："就叫'建三江'，咱们要在黑龙江、松花江、乌苏里江汇合的三江平原，建设一个米粮仓！"

今天走进这个已经住有10万人的农垦新城，只能用"震惊"这两个字来形容感受：像北京长安街一样宽阔的十里大道让人震惊，沿街高耸的鳞次栉比的楼群让人震惊，正在建设的职工住宅小区那一排排造型新颖的别墅让人震惊，街上走过的穿着时尚的年轻人让人震惊……

而这只是建三江垦区的中心，在它1.235万平方公里的大地上已开垦出572万亩土地，15个装备精良的农场以高出全国52个百分比的机械化程度，每年为国家生产近百亿斤的粮食。这才是真正值得震惊的。

在一片绿波荡漾的16000亩的作业面，可以容纳6架飞机同时作业。如果亲临其境，就会真切体会什么是天高地阔、一望无际的意境，就会领略大农业的雄浑气魄和北大荒人的宽广胸怀。

被称为建三江"王铁人"的建三江分局党委书记王金会，经常早上三点多钟跑地号、晚上十点多钟召开会议。对于这种工作方式，他有自己的道理："我们事实上是农民，要赶农时，不能像城里的机关干部一样按部就班。再说了，王铁人能少活二十年，拿下大油田，我们就不能多辛苦点，早日建成大粮仓?"

建三江能发展到这样的规模,有两个人不能忘记:刘文举、徐一戎。前者提出的"以稻治涝"的思路和后者的技术支持,使建三江走出灾难。王金会颇有些自豪地说,我们创造了好几个中国粳稻生产之最:种植面积最大,730万亩;总产最多,年产近100亿斤;单产1200斤,全国最高,超过了日本、韩国这样的水稻高产国家,是世界平均水平的1.4倍。2006年,建三江被中国粮食协会授予"中国绿色米都"。

辉煌的建三江也有不堪回首的往事,三江环绕和七河贯通,曾把抚远三角洲变成一片水泽。一到雨季,那些河流都从淑女变成了妖女,冲毁堤坝,吞没麦田,让十几万人一年的辛苦顷刻化为乌有。最惨的是1991年和1992年,这两年的损失相当于30年来国家给建三江的全部投资,等于一万台新出产的拖拉机被水冲走。就在这个关头,刘文举走上局长的领导岗位。

1956年早春,农校毕业的刘文举背着一套行李和几本书,从佳木斯乘火车出发,在齐齐哈尔北一个叫双山的小站下车,开始了农垦生涯;20年后的1976年,他带着一双儿女和一汽车家当,又从双山回到佳木斯,当上了新恢复的农场总局的副局长、局长。他为之奋斗的理想很简单,就是要让黑土地多打粮。面对垦区的地图,他满脸严峻。这么多年,在国家支持下,水网密布的三江平原修建了大量水利设施,却经不住两年的连续水灾。现在,必须换一个思路:"咱们再也不能在种小麦这一棵树上吊死了!旱路不通走水路,多种水稻,少种小麦。"他为垦区制定了一个三年发展水稻100万亩的计划,以稻治涝,生死存亡,在此一举!

刘文举靠他的真诚和经验,很快统一了全局上下的思想,"以稻治涝"从一句口号变成全垦区的"化害为利"的行动。但是,种什么水稻,用什么方法种稻?他从方正县的经验中得到启发。1980年7月,76岁的北海道农民藤原长作随日本的一个民间友好组织访问方正县。他说,我虽然没有参加过侵华战争,但要把种水稻的技术传授给善良的中国人,以此来向中国人民谢罪。在他指导下试种的27.4亩水稻,虽遭受旱灾,还是创造了亩产650多斤的好收成,比当地农民每亩多产200多斤。

这种方法可不可以在垦区推广呢?刘文举想到了徐一戎。

身高面黑似老农的徐一戎,1937年在奉天农业大学就读时,就迷恋上水稻。可毕业就失业的他一直到光复之后,才参加了人民政府农业部门的工作,为了研究水稻,自愿来到莲江口农场。正当水稻种植初见成效时,他被打成"右派";"文革"中,妻离子散的他被遣返辽宁北镇县,又自愿到一个叫"南大荒"的地方试种水稻。第二年,他指导的50多个村子种的10万亩水稻,亩产提高了124斤。1972年,他回到北大荒,唯一的心愿是在高纬度的寒带种出高产水稻。经过1000个日日夜夜的风雨,终于在8亩试验田里,选用"合江19号"种子创造了亩产千斤的纪录,他研究出的寒地水稻直播技术获农垦部科技成果二等奖。

至此,已经功成名就的徐一戎可以坐享其成了。可这时,日本农民藤原长作的"旱育稀植"方式引起他的注意,跑去一看大开眼界:旱育比水育能增加积温,这正是寒地种稻要解决的问题;而稀植有利于稻秧分蘖,这正是高产要解决的关键。他对刘文举说:"我的直播打破了北大荒水稻不能高产的定式,但要想大面积高产就得学藤原的旱育稀植。"徐一戎勇敢地否定了自己的种稻方式,决心全力推进日本人的方法。

得到徐老的认可,刘文举下决心在查哈阳农场进行大面积"旱育稀植"的试验。这个场子有多年种水稻的传统,当年日本侵略者曾在这片水源充足的平原上规划过一个种150万亩水稻养10万关东军的"大查哈阳计划",后来扔下半截子工程溃逃了。日本人的失败却让刘文举看到中国人的希望,但由于种植方法不对,查哈阳的水稻产量不高,经营亏损。这次,刘文举大力推行"旱育稀植",徐一戎的课堂摆在了查哈阳的地头。最终,奇迹发生了,查哈阳连续七年水稻丰收,创造了总产、单产、利润超历史纪录。

种地人最看重收成,有了查哈阳的经验,扩种水稻就成了大势所趋。而刘文举最在意的是建三江的扩种步伐。有切肤之痛的建三江分局领导请来查哈阳农场的技术人员现场讲座,又组织所有生产队长上查哈阳留学,很快在15个农场全面铺开,水稻的种植面积扩到耕地的八成。这可忙坏了徐老,几乎每个农场的稻田里都印着他的脚印。实在跑不过来,废寝忘食地编了《水稻栽培必读》《寒地稻作》《寒地旱育稀植"三化"栽培图历》。这三本书,成了稻农随身携带的"老三篇"。他们说,按着这本册子搞生产,谁都能把地侍弄好!在他们住的屋里,最显眼的地方挂着徐一戎的"图历",那地方过去可是摆祖宗神位的。徐老成了人们心中的"农神"和"财神"。

徐一戎如今的另一个大名是北大荒"水稻之父",已因中央媒体的集中报道而名扬天下。而他希望更多的人了解晶莹如玉、温润如脂的北大荒大米,知不知道自己真的无所谓。"当年为什么下决心要一辈子研究水稻?"我曾问他。"因为生气!我读的大学是日本人办的,和日本、韩国的学生一个食堂吃饭。可学校规定只让日本学生吃大米饭，韩国人可以吃上一半的大米饭，而我们中国学生只能吃小米、高粱米。这是不能忍受的屈辱！"说着，徐老有些激动。

"你的科研成果为国家增产粮食600亿斤，增效100亿元，贡献已经这么大，为什么还把自己一生的积蓄，又预支了几个月的工资凑够100万都捐了出来？""增产多少粮，多挣多少钱，我不知道。我只想建立一个水稻基金会，鼓励更多的年轻人投身水稻研究。中国人不仅要吃饱，还要吃好。"徐老说得很平静。

由徐一戎这样的科技工作者和刘文举这样的专家型领导组成的十万大军，是垦区的中流砥柱，无怨无悔地视事业为生命。在过去的岁月，他们中的许多人命运多舛，但从来没有放弃理想与追求。他们就像大地里的苦菜花，即使被碾压和践踏过，每年都会开花并默默地把种子撒向田野，让大地总是花开不败。

王金会兴奋地回忆了建三江和全垦区的这一种植革命，称这场革命先是带来一次"移民潮"，解决了农场水稻扩种初期劳动力紧缺的问题，现在有两万多农民留在这里，成了我们先是共苦现在同甘的兄弟姐妹——他们和农场职工享有一样的权益。再就是引发了一场技术革命，加快了农业现代化的步伐。为适应大面积水稻生产，我们先后从美国、日本、韩国引进世界最先进的激光平地机、工厂化育秧设备和最先进的插秧机、大中型的水稻联合收割机。最近，和中国电信合作，把3G技术用在大棚的管理上。稻农坐在家里的炕头上使用手机控制大棚的生产，已不是梦想。然而，最重要的是建三江和整个垦区现代化水平的提高，增强了抗灾能力，保证了粮仓充足和国家粮食安全。

2003年4月的一个深夜，总局驻北京联络处主任王俊书的电话响了，对方说：非典肆虐，群众恐慌，一些地方开始抢购粮食，我们已经问了许多省，有的库里没粮，有粮的又没有加工能力，你们黑龙江垦区能不能解决？"他放下这个电话，马上拨通总局领导的电话。不到一个小时，总局向国务院报告：请中央领导放心，我们一定按时完成任务！就在这一天晚上，建三江的50条制米生产线连夜启动。第二天，装满新米的两列火车从建三江出发，急匆匆驶向北京。连续七天每天发出两列火车，2100吨精制大米摆在了北京各大超市的显眼处。

2008年5月，这一幕几乎在建三江重演。支援四川地震灾区的大米专列从这里出发，和其他分局的专列在哈尔滨南的编组站集结，2460吨粳米一路西去。重托在肩的北大荒人是不能在危难时刻，让国家为粮食问题为难的。

是啊，他们曾经写歌：北大荒，"你不是黑色的土地，你是金色的土地，绿色米都，金浪连天际，从此天下不缺米。"

4. "家庭农场"
收获永远的丰收

1984年，北大荒的经济体制改革正处于关键时刻，家庭农场和现代化是不是"水火不容"的争论正在进行。相当多的人认为，办家庭农场改变了国营农场全民所有制的性质，发展下去，会导致国营经济的瓦解。一位开拖拉机的老劳模看着拖拉机被其他职工拉回家，抱头痛哭。在这样的形势下，再加上连续几年的自然灾害，已经办起的家庭农场出现反复。干部群众都在思考，农场应该建立怎样的生产关系，才能和机械化的先进生产力适应？

风雨兼程二十年，垦区的改革几经风雨见彩虹，到20世纪90年代末，"两自理"（生活费、生产费自理）和"四到户"（土地、机械、核算、盈亏到户）的家庭农场经营机制和"大农场套小农场""统分结合"的双层经营体制才在逐步完善中建立起来。现在，20多万个家庭农场成了这片土地的经营主体，那价值数十亿的农机具除了50架飞机以外，都归家庭农场；4000多万亩耕地，包括中央领导同志视察过的万亩大地块，也由家庭农场经营。在北大荒开垦的初期，军事化的组织形式，集体化的劳动方式，曾发挥过巨大作用，但在市场经济的新形势下，已经成为桎梏的旧体制被他们勇敢地突破了，而选择了更适应生产力发展的新体制。这个伟大变革，创造了震惊世界的中国农业现代化的奇迹。

纯朴憨厚的王木存，是垦区第一个"吃螃蟹"的人。他1958年转业到北大荒开拖拉机，虽然一年到头累个贼死，过的还是穷日子。他家有5个壮劳力，日子都这样，别的人家就更别提了。要不是1983年春节回河南老家过年，看到红红火火的家庭联产承包和家家由穷变富的日子，打死他也不想在农场搞"承包单干"。这回，他下决心大干一场，队里的领导也支持。全家5口人，包了2200亩地，还养了1000只蛋鸡，租赁了一套农具。人手不够，他们招了两个驾驶员、一个农具手。这八个人起早贪晚，干得特别卖力和精心。人之常情，这是自己家的事，谁能不使劲？那年虽闹了水灾，这个垦区第一个家庭农场仍获纯利 2.7 万元，是整个生产队利润的 3 倍！这一下，老王家可出了大名，被总局授予"模范家庭农场"，大照片被挂到了北京的中国农展馆。10 多年过去了，老王家又开荒 1500 多亩，向国家交粮 260 万斤，自有的农具已上百万元。但是，王木存渐渐被人遗忘了，因为比他贡献大的家庭农场已经成千上万。

位于乌苏里江畔的 859 农场，有个葛柏林家庭农场。老葛 1968 年从佳木斯下乡到这个僻远的地方，从农工一直干到分场场长和党委书记。1985 年春天，他突然放弃官职领着也辞去农场工会副主席的妻子林莉办起家庭农场。最初的创业十分艰苦，林莉用四根木棍支着一块帆布，脚站在泥水里给工人做饭，老葛开着拖拉机挖沟开地。第一年开了 2000 亩地，第二年被水淹没，第三年继续开。10 多年过去了，农场现有耕地 7000 亩、林地 2000 亩、湿地 900 亩。他还有更多的惊人之处，成了中国第一个自费进口大型农机具的农户。那是一台投资 48 万元购买的大型拖拉机，驾驶员就是放弃在北京工作回到北大荒的儿子。老葛还是中国第一个自费保护湿地的农户，他用 200 亩熟地换回将被别人开垦的湿地，再花 12 万元修了围堰，让湿地恢复了原貌。

走进这个荒原深处的"乌托邦"，我看到绿林环抱的乡间别墅，成套的外国机械，水鸟低飞游鱼戏水的湖泊和通向田间的林荫大道，还有挂在客厅墙上"全国种粮十大标兵"的奖状。从 2000 年以来，他们每年生产 1420 吨粮食，能装 40 节车皮；如果按每人每年 300 斤口粮算，他的农场能养一万人！老葛说，家庭农场应该是现在最好的农场经营方式了，再吃大锅饭那是不可能的了。当年美国西部开发时，也试验过许多形式，最后还是选择了家庭农场。美国搞了 100 多年，农业世界第一，中国只要坚持下去，吃饭没问题，粮食和农副产品还可以大量出口。这些天，他又在建一个叫作"橡树庄园"的村落，在保持原有农业生产规模的同时，向旅游业发展了。

农场职工如此欢迎曾被他们拒绝的家庭农场这种形式，原因并不复杂。把个人的命运和那片土地连在一起，那里有自己的幸福生活，有自己的美好前途，只有傻瓜才不好好干呢！

5. "城乡一体化"
享受有尊严的幸福生活

不知为什么看到北大荒天翻地覆的变化，人们总爱"忆苦思甜"。

天津老知青矫淑梅说，1968年9月她下乡到北大荒，发现当地的孩子们竟不知"楼"是什么东西，因为他们从没见过。她对这些山东移民和转业军人的后代说："楼就是两个房子摞起来。"

作家郑加真的《北大荒移民录》中有这样的情节：一位姓赵的飞行员少尉，从密山火车站走到850农场三分场四队，整整用了三天，一看只有几栋破草房。晚上，200多人都住在大通铺上，男女都有，夫妻一对的挂着蚊帐，这边男的挨着那边男的，这边女的挨着那边女的。单身男女按年龄大小，男的从东往西排，女的从西往东排。当时他年纪小，挨着一个老大姐睡。他说，当时草棚透风，土墙挂霜，冻得我啥想法也没有。

往事让人心酸。可是，当你看着到处都是热火朝天的建筑工地、到处都耸立起成片的楼群；当你看到一批批解甲归田白发苍苍的老军垦、一家家面朝黄土背朝天的老农工搬进宽敞明亮的新居，怎能不为他们高兴？

今天的北大荒，吸引目光的不仅有那一望无际的稻海麦浪，那像大阅兵式军人方队一样整齐的秧苗，那像星球大战的武器一样的样式奇特的农机设备，还有那湖畔山间林中草原上的都市楼厦、居民小区。那城在林中、路在绿中、房在园中、人在景中的场景，甚至让人产生梦幻的感觉。那不是稍纵即逝的海市蜃楼，而是一种真实存在。只用了几年的时间，垦区的113个农场，将演变成的113个城镇一起崛起在昔日荒凉寂寞的土地上，谁能说不是一个传奇？

城市化是人类文明进步的必由之路。已经初步实现农业现代化、农区产业化的北大荒，又开始了农场城镇化的进军。他们要让职工住进比城市条件好、环境佳的城镇，也吸引更多的农民兄弟住进这个家园，成为他们共创伟业的同事。在先治坡后治窝的时代，饱尝苦痛的北大荒人对改善生存环境有更强烈的愿望。而垦区各级领导又把此项工作当成了最大的民生工程。

在杨子荣战斗过的林海雪原深处有一个海林农场，黑龙江省委书记吉炳轩称赞它这个有北欧风貌的小城"山清水秀，如诗如画，欣欣向荣，和谐吉祥"。场长刘连学详细介绍了那里由"棚户区泥草房"变成旅游新城的过程：从2003年开始，精心设计，让城区滨水而建；房屋选型，布局多样化；低密度、大面积、多功能；高标准绿化春季种小树，秋季栽中树，冬季移大树，让楼房掩蔽在树丛中。农场还实施低碳生活方式——场部所有住户都用沼气做饭和取暖。设备一流的养牛场里，1000多头进口奶牛的粪便成了生产沼气的原料，埋在地下的管线把这清洁能源送向每一家和场部的每一个企业。他们创造了北方高寒地区大面积使用沼气的经验。地大物博的北大荒并不缺少资源和能源，但他们节地节水节能，保护湿地、保护河流的新举措，显现北大荒人的新觉悟。

早晨在场部的三岛湖公园散步，突然听到朗读英语的声音，我好奇地跑去一看，只见几十人挤在会议室里，站在前面领读的是一位外国教师。如今出国都不用带翻译的农场党委书记和场长，都坐在学员的位置上，正全力打造学习型农场。只有高素质的职工，才能和现代化的城市适应，才能发展和管理好城市。这是比盖楼更重要的。

随着北大荒生活条件好转，越来越多的大学生自愿投身垦区建设。在前进农场新建的"高知公寓"里，我看到48名从15所大学来的大学毕业生，其中还有两名研究生。垦区人事部门提供了这样的数据：这几年来垦区工作的大学生逐年增加：2007年，2304名；2008年，2479名；2009年，3820名；今年将突破5000名。

离开海林，我从东到西走了牡丹江、红兴隆、建三江、宝泉岭、绥化、北安、九三、齐齐哈尔分局的20多个农场，每一个农场都有别具特色的城镇小区，"小有所学，老有所养，病有所医，娱乐有场所，素质提高有场地"，已经变成现实。特别是当年分散破落的学校消失了，代之而起的是集中办在场部的中小学、集中办在分局的高中。那里，塑胶跑道的操场，风雨无阻的室内球场，液晶屏幕的电脑，设备齐全的语音教室和试验室，宾馆式的学生宿舍，使北大荒的孩子乐在其中。据统计，垦区人均受教育年限11.3年，高于全国平均水平2.8年。

在北大荒采访的日子里，我总是在夜色初上时走进一个个绿树环抱霓虹闪烁的广场，只见老人们携手漫步，年轻人相依而行，踩着滑板的儿童在飞旋。文化宫里传出的歌声让我驻步，摆在门前的版画让我流连。艰辛创业历经苦难的北大荒人终于过上了应有的生活，享受他们用汗水和泪水换来的康宁。那些笑意写在脸上的孩子，赶上了一个好时代，其中应该出更多像经济学家刘伟、金牌速滑教练李琰、作曲家王黎光那样的人才，他们都曾是北大荒之子，父辈都是老垦荒战士。

"耕种在广袤的田野上，居住在现代化城镇里。"这是吉炳轩对农场职工的希望，现在正逐步变成现实。农场总局的总体部署是，通过几年的努力，把所有农场的生产队撤掉，职工搬迁到管理区或场部，原地复耕或建成畜牧业和副业基地。然后，在垦区建成5个农垦中心城市，50个重点城镇，50

个一般城镇，500个管理区。建设的速度超出预料，到去年底，全垦区已经搬迁了717个居民点，新建住宅1200万平方米，职工平均住房面积已达21平方米。有人担心，职工都搬进小城镇了，那么下地干活怎么办？在850农场十二管理区，我见到种水稻的刘国，他住在管理区新建的别墅里，指着自己的奇瑞轿车说："现在职工开自己的车下地很普遍，没车的下地也有通勤的大客车接送。"

几经风雨，几度春秋，北大荒走进了新时代。这个时代的特点是，耕者有其田，居者有其屋，人人都有劳动的权利，都有为自己的祖国尽力的机会，人人可以享受有尊严的幸福生活。几代中国人奋斗的目标，在这片广大而曾经荒凉的土地上得以实现，意义更加非凡。

尾　声

朋友，北大荒就是这么广大，当我从东到西地在这片土地上转了一圈的时候，夏天已经挥别，秋天接踵而至了。西部的农场已开始收麦，被机械割倒的麦子像劳累的汉子倒在地上眯缝着眼睛晒太阳，等着送饭的妇人把他叫醒。东部农场的稻秧像舞台上的姑娘挺胸抬头显示身姿和面容，时而又羞赧地低下头，像怀孕的少妇——稻穗已经饱满了。

见到我的人都说，北大荒今年又是丰收年。世界气候异常变化，让粮食生产面临着巨大困难。去冬的大雪，今春的湿涝，初夏的高温，都没有影响北大荒人种好地，因为他们智慧，也因为他们拥有高度的机械化水平。俄罗斯的森林大火让莫斯科天昏地暗，巴基斯坦的大水让人民陷于灭顶之灾……各地频发的自然灾害，使世界粮价正在"发烧"。这样，北大荒的丰收就更显珍贵。

讲起北大荒面临的大势，省农垦总局党委书记、局长隋凤富深有感触：三代北大荒人是我们国家和民族完全可以信赖的人，他们特别有历史责任感，对国家特别有奉献精神。他们站在荒原，放眼世界，立志为国家的农业现代化做出自己的贡献。他引用了美国前国务卿基辛格一句让搞农业的人特别在意的话："如果你控制了石油，你就控制了所有国家；如果你控制了粮食，你就控制了所有的人。"现在世界上有超级大国参加的战争，无一不是为争夺石油利益。我们中国农垦人的态度就是：艰苦奋斗、以科技成果保卫我国的粮食安全。

隋凤富说得很郑重：2009年6月，胡锦涛总书记在黑龙江省视察工作，高度肯定了垦区在60年来推进农业现代化建设取得的巨大成就，强调垦区是"全国农业现代化的排头兵"，明确要求垦区"积极发展现代化大农业"。这是党中央在新的历史时期对垦区发出的新号令，我们要进一步增强危机感、责任感和使命感。

分为"三步走"的百年垦区的发展战略已描绘。第一步，实现跨越。到2012年，实现总产值比2007年翻一番；粮食生产综合生产能力达350亿斤，在全国率先实现农业现代化；带动周边农村耕地5000万亩，加快全省农业现代化步伐。第二步，奋力超越。到2020年，实现生产总值比2012年再翻一番，北大荒集团进入世界500强。第三步，追求卓越。到2047年，即垦区开发100周年时，建成具有中国特色的现代化的大农业模式，打造东北亚现代化农业功能区，实现建设"本体垦区""影子垦区"和"域外垦区"的战略目标，确保国家的粮食安全。志向高远、锲而不舍的北大荒人正在创造这种今非昔比的变化，亿万国人对他们寄予厚望！

作为一个曾为这片土地流过汗的老知青，我为之骄傲，也请大家记住两位最早走进这片土地的大诗人郭小川和将军诗人陈沂的诗句：

"请问：什么是北大荒人？

答曰：堂堂正正的中国人。"

"耕耘下去吧，未来世界的主人！

这是一片神奇的土地——人间天上难寻。"

（刊发于2010年9月3日《人民日报》）

北川重生

张胜友

仅仅一年时间,一座北川新县城如神话般地矗立在安昌河畔。驻足安昌河畔,抬眼望去,半城楼宇半城绿树如扇面型展开。

在东西流向的安昌河上,纵贯南北架起了西羌北桥、禹王桥、西羌南桥、永昌桥等四座跨河长桥。尤以上下两层的禹王桥(风雨廊桥),桥面凸现羌族风貌和大禹文化,桥两端则为传统羌族碉楼造型,显得典雅而古朴。

安昌河水泛着粼粼的波光绕城而过。

跨过禹王桥,沿着景观中轴线一直往前走去,是北川新县城的标志性建筑:抗震纪念园,具有穿越时空意义的静思园、英雄园和幸福园。当我们一步步走近英雄广场上的主题雕塑《新生》时,一下被震撼了,一种夺魂摄魄的震撼:一座21米高的浅色花岗石纪念碑上,粗犷的碑体为"缺而不残"的羌族碉楼直刺苍天,羌族,被称誉为"云朵上美丽的民族",碉楼——垒石为舍,呼之为碉,是羌族原生态之建筑。青片石铺砌,房顶四边垒羊角、白石,那种凹凸感、错落感、厚实感,总引发人们去探寻那个历史悠久、文化深邃又稍许带有神秘色彩的民族。正面男子浮雕展示出力拔山兮的英雄气概,碑体前方的羌族母亲手牵小孩的情状,既俯瞰洒满阳光的大地又步履匆匆地前行,充盈着蓬勃的生命的动感……

选 址
再造一个新北川

2008戊子岁,中国经历了一场空前的大灾难。

"5·12"汶川大地震,山崩地陷,飞沙走石,骤雨狂风,粉尘蔽日……顷刻之间,四川省绵阳市北川县整座县城已不复存在。

地震后第十四天，5月25日，共和国毅然做出一项重大决策：正式批准北川羌族自治县另选新址重建北川新县城。

历史就这样拉开了"北川重生"的大幕……

选择新县城地址难上加难。异地重建整座新县城的决策，无疑是具有社会学意义的大事件。选址是关乎能否造福一方并惠及后世的头等大事，直接检验着我们对"科学发展观"的执行力。首先是安全问题。全县山峦起伏，必须远离整条断裂带，同时要十分注重防范次生灾害和地质灾害，避免悲剧重演。其次是民生问题。要充分考虑到已经失去家园、失去耕地、失去林地的几万老百姓新的生存场所，力争让他们充分就业，过上小康、富裕生活，一句话，过上比以前更加美好的新生活。再次是民情、民俗问题。要守护好、传承好源远流长的羌族历史文化，使之不断发扬光大而绽放出璀璨夺目的光华。

此刻，"权为民所用，情为民所系，利为民所谋"的执政理念，是如此清晰地凸现沉甸甸的分量和实实在在的支撑点！

那是何等紧张而忙乱的日子。在北川，抢险救灾与选址重建，几乎是同步并举、交错推进的。

2008年的6、7、8月间，余震不断，塌方、滑坡等次生灾害不断，酷暑难耐，艰苦异常。其时，中国城市规划设计研究院院长、华发初生的高级城市规划师李晓江，曾参与或主持过汕头经济特区、珠海经济特区、哈尔滨松北新区，北京、广州、南京、杭州、宁波等城市规划，以及"中国城市交通发展战略研究""珠江三角洲城镇群协调发展规划"等大型科研项目，亲自领着一帮专家们风餐露宿，几乎走遍了北川全县20余个乡镇和300多个村寨，勘察一道道山梁，探索一条条隘谷……

最终，李晓江和他的专家团队，以严谨的科学态度和一丝不苟的求实精神，得出如下结论：北川全境找不到适合建新县城的地方。

学术界也发出了另一种声音：可借鉴外国经验和唐山经验，在北川老县城废墟上重建，或选择离老县城仅3.5公里之遥的擂鼓镇重建。科学依据是发生过特大地震灾害的地方，在几百年之内一般是不太可能再发生大地震的。不太可能并不等于不可能。而另一个摆在眼前的现实是，北川老县城两山夹一深谷，擂鼓镇的坝子方圆不足2平方公里；无论老县城旧址或擂鼓镇坝子，既狭长又拥堵难有施展的空间。这一意见很快被否决了。

选址就这样一直在争议声中进行着……

"5·12"大地震发生时，曾万明任职成都市委常委、副市长，震后第四天被成都市委紧急派往都江堰前线坐镇指挥;震后第九天又被四川省委任命为绵阳市委副书记、代市长,作为一市之长,他代表地方政府向四川省委、省政府和专家们再三陈述:新址一定要远离断裂带,一定要有利于今后北川经济社会的可持续发展。

专家与地方政府,都在为新址的地质条件、区位条件、用地条件、市政基础条件、社会服务设施、行政区划影响、羌族文化塑造等诸多条件反复比较、论证,苦苦地探寻着。

正所谓"柳暗花明又一村"——领导和专家们眼前一亮:从北川老县城出发,沿东南方向23公里、距绵阳市40公里处,一片起伏丘陵,一片富庶坝区,一片开阔之地,一条安昌河由西北往东南缓缓流过,而后又不急不躁地流向绵阳市……半山半水半坝子,正是重建北川新县城的好去处呵!

这一块风水宝地隶属于安县的安昌镇和黄土镇。四川省委省政府、绵阳市委市政府当即决策:顾全大局。党中央、国务院充分尊重当地政府和专家们的意见,一锤定音,很快批准了新北川行政区划调整方案。2009年2月6日,民政部以民函 [2009] 41号文批复:同意将安县的安昌镇、永安镇,以及黄土镇的常乐、红岩、顺义、红旗、温泉、东鱼等6个村划归北川羌族自治县管辖。

这一行政区划的调整,把同属于特重灾县的安县最富庶的160平方公里土地和8万人口,全部划归给了北川县。显然,安县的干部、群众付出了巨大的牺牲和无私奉献——此一断然举措,只有在中国才能够办到呵!

2009年5月,春回大地时节。胡锦涛总书记又一次来到北川,当他踏上这片昭示着新生与希望的土地时,发出了"一定要把北川建设好"的新号令。而这片希望的土地,也有了寓意"永远繁荣昌盛"的新名字——永昌镇。

万事俱备,只欠东风。"再造一个新北川"已经有了图纸,下一步就是大张旗鼓地施工了……

援 建
众志成城造北川

恢复重建与对口援建攻坚克难的关键时期,2009年3月,四川省委毅然做出决策,把已在凉山州委书记岗位上任职6年的吴靖平,调任绵阳市委书记。吴靖平这位毕业于清华大学的法学硕士,年富力强,此前曾分别在绵阳团市委、游仙区委和绵阳市委工作，情况十分熟悉，作风果断，思维缜密。

四川省委非常时期的非常之举，为绵阳市配备的书记、市长均为40多岁敢于创新、有所作为的中年干部，显然是为了应对即将而来的一场大仗和硬仗。绵阳市委坚持以科学发展观统揽全局，周密部署，统筹兼顾，从农村到乡镇重建，从灾民安置、扩大就业到产业重建，以及防治次生灾害和治理地质灾害，有条不紊，一路开拓进取。

援建，全国的总动员令——一方有难八方支援，历来是中华民族的传统美德。每一个省市援建一个重灾县。除深圳对口援建甘肃、天津对口援建陕西外，全国共有18个经济较发达的省、市援建四川。

"5·12"大地震，震中心虽位于汶川映秀镇，但处于同一板块上的北川，一边是喜马拉雅山余脉，另一边是龙门山余脉，且两边都是页岩，所以断裂最为严重，以至于整座县城被毁，5个乡镇被夷为平地，成为大地震中死亡人数最多、灾情范围最大、损失最惨重、重建最艰难的特重灾县。

经济实力雄厚的广东、浙江、江苏、上海等省、市，都纷纷提出希望援建北川，上海的俞正声书记曾亲自带队前来北川，但最终还是被山东省捷足先登了。早在抢险救灾最为紧张、艰难的日子里，山东省副省长郭兆信即带领着一干人马悄悄来到了北川灾区，既没有给四川省委打招呼，也没有给绵阳市委添麻烦，他们住帐篷、啃方便面，深入到一个又一个特重乡镇灾区……北川抗震救灾前线指挥长、时任绵阳市常务副市长的左代富，发生地震当日傍晚即历尽艰险赶至北川，在灾民最需要救助的时刻，奋不顾身地站到了抢险救灾第一线的岗位上。当左代富指挥长得悉消息后，赶忙把自己乘坐的越野车送去给他们使用，才了解到郭副省长受山东省委、省政府特别委派，除不分昼夜地参与抢险救人外，已开始着手实地灾情调查，思考灾后重建问题。在随后的日子里，郭兆信副省长又先后9次前往北川灾区，他说："我们是来共担风雨，重建家园的"——山东人的豪爽风骨和侠义心肠可见一斑。在灾民安置阶段，山东帮助四川灾区总计搭建了3.6万套板房，其中在北川灾区就搭建了2万余套板房。所以，国务院领导很快批准了山东省对口援建北川县的特别请求。

2008年7月3日，"山东省援建北川工作指挥部"正式宣告成立。山东省委、省政府直接任命徐振溪为前线指挥部总指挥。徐振溪，山东省潍坊市委常委、副市长，成长于基层，长期分管和主抓城市建设工作，在协调、组织、决策、指挥诸方面均表现出一流能力和对工作的高度责任心。2008年5

月 29 日，徐振溪副市长就已率领潍坊一支队伍奋战在灾区，在北川县桂溪乡搭建板房。

受命于临危之际，徐振溪心中十分明白：敢于担当，还要善于担当！徐总指挥走马上任后的第一件事：走遍北川县 20 余个乡镇的村村寨寨、沟沟坎坎，深入实地调查，掌握第一手资料。

何其壮观的场面啊——安昌河畔，尘土飞扬，一幅幅"高标准、高质量、高要求"和"用心、用力、用情"的红色标语迎风飞舞；隆隆的推土机昼夜轰鸣，最高峰时，3.5 万多名建设者、230 台高塔吊车、1000 多辆工程机械云集于此，他们都是来自齐鲁大地的山东援建大军。

北川新县城的大会战，是以永昌镇安居房和北川—山东产业园区同时举行奠基典礼为标志而拉开序幕的。

此时，整个山东援建指挥部都搬入板房，与工人们同吃同住，很长一段日子没水没电，白天吃不上热饭，晚上漆黑一片，还要时时应对余震、泥石流、滑坡等突发自然灾害……正是甘于这种艰苦环境，大家乐呵呵地称之为"板房精神"。

1955 年出生的徐振溪，在山东所有援建干部中属于年岁最长的一个了，两鬓斑白，皮肤黝黑，每日不到 6 点即起床，每天工作 10 个小时以上，摸爬滚打，奔波劳碌。对于所有援建工程，他有一句口头禅："只要有一人不满意，我们就决不撤出北川"，这话也成了全体援建人员自律的标准。在一次温家宝总理视察新县城工地时，四川省委书记刘奇葆半开玩笑地说："振溪同志不应再叫振溪了，改名叫振川吧。"温家宝乐了，也握住徐振溪的手，既调侃又赞许地说："振川同志，辛苦啦！"

北川干部、群众，尤其深深感激和怀念山东援建新县城建设组组长、援建指挥部总指挥助理崔学选。崔学选这位毕业于山东农业大学的山东汉子，早已把北川当作他的第二故乡了。"5·12"大地震后，他是作为首批援建人员赴北川灾区搭建板房的。在随后的对口援建中，连喝水、吃饭、小憩都成了奢侈的生活习惯，一日三餐"矿泉水泡方便面，压缩饼干拌大蒜"，他却全然不顾身体病痛，没日没夜连轴转，长期超负荷工作，终因积劳成疾倒在了北川重建的第一线上。

病榻之中，崔学选对北川有着太多太多的牵挂：村民张兴慧地震中失去亲人而精神失常，有没有人帮着送衣送饭？汪华、贾小兵等 6 个孩子成了孤儿，他们的书包、文具等是否买齐？北川新县城能否如期竣工？

崔学选54岁的生命融入了北川这片热土,他英姿勃发的身影永远留在了北川人的心中……

山东的整体援建工作从容落子布局,有板有眼,强力推进。

第一阶段,民生工程为先。全省17个市各自抽调精兵强将组成援建队伍,每一个市援建一至两个乡镇,主要援建社会性、公益性事业项目和部分基础设施工程。

临沂市对口援建北川通口镇,核心工程是从山上铺设一条供水管道。指挥长程守田(临沂县常务副县长)领着工程技术人员来来回回爬山越岭查看路线,一次山雨路滑不慎拉伤小腿韧带,但他没停没歇一直忍痛工作,加上长期住在潮湿的乡下,这位北方汉子的右腿竟然引发了严重的关节炎,肌肉萎缩变细……至今他还兢兢业业坚守在临沂市援建指挥长的岗位上。程守田表示:北川的灾民多不容易呀,等完成了援建工作回到临沂,再抽空去医院治疗也不迟。

北川县漩坪乡地处唐家山堰塞湖附近,已被淹没在二三十米的水下,只能异地重建。重建的新址选在一座山下的永吉村,条件特别艰苦,没有自来水,没有通电、通路,没有住房,连板房都没有。负责对口援建的山东烟台市施工队只能住帐篷,夏季多雨,帐篷外大雨滂沱,帐篷内小雨绵绵;冬天奇冷,天寒地冻四面透风,晚上戴着棉帽才能入睡……可再苦再累,大家依然乐呵呵,能为灾区群众奉献一份爱心,他们倍感自豪。

2009年10月,第一阶段援建乡镇的任务已全部顺利完成。山东省援建指挥部立即将17个市的援建队伍全部调集至安昌河畔,会战北川新县城。

党中央、国务院曾向各省、市提出"三年任务两年基本完成"的要求,但一再强调"时间要服从质量"。

重建北川新县城,是所有援建项目中的重中之重,几乎可以说"成败在此一举"——而真正留给山东援建指挥部的时间:只有一年。务必快马加鞭,争分夺秒。

但质量永远是第一位的!

山东省援建北川工作指挥部、中规院新县城指挥部、北川新县城工程建设指挥部,设在同一个场地办公。绵阳市和北川县负责总统筹,中规院负责技术总协调和总体规划的监督落实,山东则负责援建项目和委托项目的建设,三个指挥部,团结、合作得如同一个人。每天上午分头巡查,下午集中碰头召开例会;每周召开一次现场办公会议,绵阳市委和北川县委会同三个指挥部沟通情况、分析问题、制订方案。整个大工地上百支队伍、几万名工人忙而不乱、井然有序,各项工程快速推进。

为确保工程质量,山东援建指挥部采取了一系列保障措施:参与援建北川新县城的企业必须是来自山东的企业,必须是具备一级或特级资质的建筑企业,必须是大型企业,诸如青岛市的青建集团、烟台市的烟建集团、潍坊市的昌大集团等。

严格把牢建材准入关。为此,专门成立了一家"鲁援建材供应总公司",归属指挥部直接领导和管理,并明确规定:所有的钢材、水泥、商品混凝土等都必须来自大型企业,比如钢材主要来自莱芜钢铁厂、济南钢铁厂和攀枝花钢铁厂,以保证质量和价格;所有的建材用料都必须集中供应,比如商品混凝土集中搅拌,沙石比例、水泥比例等严格按照质量标准实施,并全部通过绵阳、北川质检部门的检测;鲁援总公司还专门自建了砖厂,最多时一天能供应几十万块砖,既保证了质量,又方便各大建筑工地使用。

山东援建指挥部提出了一条雷打不动的标准:所有援建工程,包括安居房、学校、医院,以及一切建筑物,都必须确保"8度设防"!

在质量标准要求方面,山东指挥部还有一个很形象的说法"双零双百":零缺陷,零遗憾;百分之百的满意,百分之百的优质。口号是争创"三杯一优":小工程争创"绵州杯",大工程争创"天府杯"或"泰山杯",所有项目争创优质工程。日前,40万平方米安居房工程已荣获四川省"优质结构工程"的授牌,所有公共服务设施项目主体工程验收,也都一次性合格通过。

显然,那是充盈着激情创业与无私奉献的日子。17个市的援建施工队各有任务、各司其职,比质量,比速度,谁也不甘人后,整个大工地掀起了一场劳动竞赛的热潮。就连庚寅春节万家团圆之际,8000多名山东建设者,依然坚守在工地上挥洒着智慧与汗水。

山东举全省之力援建北川。省委书记姜异康、省长姜大明一遍遍亲临北川新县城工地视察、指导,无疑给山东援建大军强有力的鼓舞。

2010年6月23日,李长春来到北川新县城,十分牵挂灾民的生活安置,看到一排排环境幽雅、造型美观的楼宇拔地而起,他脸露喜色,快步走进一座安居房,从厨房、卫生间的水龙头,到墙体保温材料和门窗玻璃,看得那么认真、问得那么仔细……得悉工程质量有保证、老百姓能住得舒心,李长春开心地笑了,称赞创造出了又一个人间奇迹。

至2010年8月底,一座布局最合理、外观最漂亮、人居最适宜的美丽的新县城，已站立在世人面前，实现了"建成城镇基本框架，形成城镇基本功能"的预期目标，"十一"国庆前后即可举行隆重的交接仪式，向伟大祖国献礼。

山东省向中央主动提出援建北川之初，曾规划投资100亿元，涉及"农村、乡镇、新县城、工业园区援建和人力智力支持"等诸多方面，共安排各类援建项目369个，目前已完成345个，实际投资达108亿元。

北川新县城总计投资153.7亿元，通过山东援重、社会捐建、委托建设、北川自建——"众人托起一座城"。

显然，中国式的援建，为中国特色社会主义又作了一次生动的注释。

蓝天白云下，北川新县城临水而立，安昌河流淌而过，似一幅大写意的山水画，那样绰约多姿，那样安宁祥和，那样温馨怡人。

我们欣赏北川新县城的美景，新县城的背后激荡着的是一片新时代的云霓⋯⋯

新　生
浴火重生看北川

2010年8月19日，老天爷对北川又一次特别考验。

天摇着雨，雨摇着地，豪雨如注，倾盆而下⋯⋯刹那间，山洪暴涨，裹挟着泥石流呼啸奔腾，雷霆万钧，大有扫平天下之势。

北川新县城岿然不动。全县新建农房和安居房岿然不动。北川全县无一间房屋倒塌，无一人死亡。

2010年9月1日，新北川中学举行了简朴、庄重、热烈的"升国旗迎接新学期"开学典礼，标志着这所聚焦了全国乃至全世界多少灼热目光的北川中学新生的一刻。

此前的8月17日上午10时，一把"金钥匙"经过中铁二局、中国侨联、绵阳市政府、北川县政府等相关负责人一手一手的传递，最终交到了新北川中学校长刘亚春的手中⋯⋯这座占地面积225亩、建筑面积7.2万平方米，教学楼、宿舍、图书馆、大礼堂、餐厅等一应俱全，全部建筑按抗震烈度8度设计、采用桩基施工，由海内外华侨华人和中国侨联共同援建的最漂亮的中学宣告竣工了。此刻，耸立在学校大门旁红底金字的语录牌：教育要面向现代化、面向世界、面向未来，在阳光下熠熠生辉，令人感动而格外温馨。

安昌小学也于同日举行了开学典礼。一群群活蹦乱跳的中学生和小学生，荣幸地成了美丽县城的第一批入住者。

历时 8 个月的紧张施工，集现代教学、专业教学和实用教学为一体的北川七一职业中学，于 9 月 9 日举行了竣工和开学典礼。这所职业中学由全国共产党员交纳的特殊党费所援建，坐落于北川新县城永昌镇东南角，占地 116 亩，建筑面积 46490 平方米。显然，这所特殊的职业中学，一直受到中央、省、市各级领导的关爱，其校训"修德、强技、勤学、善用"，也寄托着殷殷的期望。

新北川医院显得那样的宽阔而敞亮，楼上楼下都在忙碌地进行着最后一道保洁工序，随时准备迎接第一批病人前来看病、治疗。医院杨院长忙前忙后喜形于色："比起老北川医院，规模起码扩大了五六倍，医院现有床位 200 个，设计规模可达到 300 个床位。山东人民不仅为我们援建了这么漂亮的新医院，连大型医疗器械和精密仪器设备都无偿送来了，我们接手后就能马上开业啦。"

徜徉于羌族手工艺品步行街，流连于草绿花红的街心花园，参观羌族民俗博物馆、宽阔敞亮的安居房、百亩玫瑰园、北川大酒店等，犹如穿越了一条长长的历史隧道……

从北川新县城驱车驰往老县城，六车道的公路宽阔、平坦而畅通无阻。灾后的痕迹已经快速地退去，路边山岙处不时会掠过一排排村落式的新建农房，灰瓦白墙，整齐而洁净；偶遇羌族民居，更是光鲜亮丽，说不出的美轮美奂。当初，北川全县因灾失地的农户计有 2 万户、6 万人之众，在短短两年之内，绵阳和北川倾全力，在全县 300 多个村寨大兴土木修建农房，安置所有灾民、流民，尤其是妥善安置孤儿、孤老、孤残等三孤人员，使人人居有屋、食有粮；同时，村落式的农房建筑，也彻底改变了以往农民零星散居于山林的陋习……其工程量之浩大、耗费财力、人力之巨大远不是建一座新县城可比拟的呵！

距老县城不足 5 公里处，一座书写着"大禹故里"四个大字、造型别致的牌楼迎面而立。大地震时，这座牌楼丝毫无损……莫非真有神灵保佑之说？

左边半山腰处，一座典型的吉娜羌寨映入眼帘：羌寨依山势而错落有致，幽邃伟岸的碉楼、古色古香的院落，点缀于树林山水间；围合、半围合的屋宇、房前花坛，房后菜园；房顶，白石兀立，各色羌字旗迎风飞舞；大门，披挂羌红，悬挂羊头骨……当地流传着一个神奇的传说，羌族祖先曾依仗白石头打败了一个敌对的部落，白石头便成了羌寨的镇宅之宝：置于屋顶是天神，置于水中为水神，置于火边成火神，置于树上则变成树神。啊，活脱脱一幅羌族民俗风情画！

吉娜羌寨俗称"北川第一村"，69户原羌寨居民全部于庚寅春节前搬回新寨，欢欢喜喜过大年。如今，家家户户都开设了小旅馆、小饭店、羌绣培训班；全寨280多人，人人都在从事民俗旅游生意，连外出打工的年轻人也纷纷回到了寨子。广场地摊上，摆满了手镯、袖珍绣花鞋、琳琅满目的羌绣等，引得游人流连忘返。吉娜是羌族美丽女神的名字，象征着"最美好"的意思。日前，吉娜羌寨正在酝酿公司加农户的经营模式：统一制作，统一销售，统一收益，统一分配。毋庸置疑，明天的吉娜羌寨，肯定会更加美丽，更加迷人……

擂鼓镇扼北川新县城、北川地震纪念馆、老县城地震遗址、唐家山堰塞湖遗址直至九寨沟这条新开辟旅游热线之要冲，号称北川老县城与北川地震纪念馆之门户。

擂鼓镇全镇上下热气腾腾、热火朝天，正在全力打造山川秀美的"羌族第一镇"：擂鼓羌城。

擂鼓镇的规划设计激活了飞翔的想象力，令人振奋而神往：神羊是羌族的图腾崇拜，整体设计布局为三"羊"开泰，喜气洋洋；生态设计则为"山水之城"，依托周边山林绿化、水体涵养等自然资源形成滨水景观带与水景绿化带；主题设计以挖掘羌文化为主，传承北川羌族文脉，突出擂鼓特色，打造羌族特色商业街、羌族戏台、擂鼓神台广场、擂鼓公园等；产业发展规划明确为环保型产业，即生态农副产品、农林产品加工业，以及旅游服务业，营造休闲、购物、感知等梦幻场景。

北川县、擂鼓镇两级党委、政府均信心满满，表示依靠国家扶持、社会捐助和充分启动市场机制，美妙蓝图将会很快变成美丽现实。

擂鼓镇党委书记韩忠明，大地震时，他在北川县妇幼保健医院当妇产科医生的爱人被活活埋在了地下，自己也受重伤被送往武汉治疗了一个月。2008年8月，危难之际见忠诚，韩忠明从北川县广电局长岗位调任重灾镇擂鼓镇任党委书记。从此，韩书记一直没日没夜地奋战在抢险、救灾、重建第一线上。他说，只有带领群众建设美好新家园，过上美好新生活，才是对九泉之下亲人最好的告慰。

在北川，干部中流行着"白+黑"和"5+2"的口头禅，细问，才明白：从抢险救灾到恢复重建，整整两年半，干部们没白天、没黑夜、没节假日、没休息日，换来的是广大群众从灾难阴影中走了出来，开始过上安居乐业的新生活……于是，在群众中便流传着这样的顺口溜："盖起新房子，建设新家园，找到新产业，充满新希望。"

在擂鼓镇统建的安居房小区，围墙上还贴着整整齐齐的防灾宣传画，诸如：什么叫泥石流？什么叫滑坡？什么叫崩塌？有哪些前兆？如何应急自救？……看着看着，一阵暖流袭上心头！

灾后曾一度兼任北川重建委员会主任的左代富告诉我们，北川在快速推进大规模恢复重建工程的同时，打响了艰苦卓绝的治理地质灾害和防治次生灾害的战役，拦洪坝、拦沙坝，在全县共建起了65处；凡可能发生山体滑坡、垮塌的危险地带，也都想方设法修建了各式各样的保坎、护坡和护堤，予以除险加固……这才是创造人间奇迹的奥秘啊！

在灾后重建展开之初，刘奇葆书记就提出了三条很高的标准：一、打破"火柴盒"，提升农房设计水平；二、打破"夹皮沟"，提升村落布局水平；三、打破"军营式"，提升村镇规划水平。一句话，灾后重建与城乡环境综合治理要结合起来，绝不是简单的恢复，而是具有超前意识的提升！为此，刘奇葆书记先后46次、蒋巨峰省长先后57次赶赴绵阳和北川实地指导工作。

在援建北川新县城的规划中，产业调整与产业升级被提升到了首要考量的位置。第一产业建设农业示范园和农产品交易中心，逐步把示范园打造成现代高山农业研发、交易、培训、示范、信息等5个平台，以带动农民增收、农业增效；第二产业建设北川—山东产业园区，招商引资，扩大工业规模，届时可提供一万个就业岗位，成为推动北川发展的引擎。日前，已有33家企业落户产业园区；第三产业建设7万平方米的羌族特色商业步行街，带动商贸、物流、旅游等产业发展，将会有4000多当地农民洗脚上田，在此从事全新的工作。

北川新县城建设还十分注重节能和环保。在建材的采用上积极推广新材料、新能源、新技术；主要路段使用LED节能灯，垃圾和污水严格进行无害化处理；绿地面积达到163公顷，人均绿地23平方米，绿化覆盖率高达46%，堪称全国最美丽的县城。

山东的对口援建已向对口合作纵深延伸。潍坊、威海与绵阳缔结为友好城市，德州与绵阳签订了战略合作框架协议；日前，山东省与四川省签订了

"1+7"战略合作协议,以利于援建北川任务完成后启动新一轮合作机制,促进两地共同繁荣发展。

亲身经历了如此大开大合的灾后重建与对口援建,绵阳市委书记吴靖平感触良多,他认为:"对口援建促进了东西经济大合作、文化大交流、理念大融合、观念大解放、民族大团结,促进了区域协调发展、科学发展。"

这一组枯燥的数字,此刻却充盈着诗情画意:绵阳市整个灾后重建计划投放资金2266亿、安排重建项目7318个,99.5%的项目已开工,86%的项目已完工,资金投放量超过了82%。

灾后重建、对口援建与西部大开发,无疑成为承载下一轮经济腾飞的驱动器!

行走在北川,处处新房林立,最坚固的是学校,最漂亮的是民居,最现代的是医院,因而最满意的是群众。而且,时时能感受到北川人知恩、感恩的情感。为了铭刻在心,北川人甚至曾提出许多新建的道路或街道采用山东地名来命名。山东省委书记姜异康得悉消息后,立即坚决制止,表示应该感谢党中央、国务院,感谢社会主义祖国大家庭。

地震时,正会聚于北川县文化馆的50多位"禹风诗社"的诗友不幸罹难……不足两个月时间,仅存的十几个老诗友从废墟上坚强地爬起来,擦干眼泪,自筹经费,复社复刊,又开始了诗歌的吟唱。

在北川,一首羌族民谣唱得高亢入云:"没有风/云不会走,没有水/鱼不会游,没有太阳/月亮不会发光,没有欢乐/歌声不会嘹亮……"

(刊发于2010年9月28日《人民日报》)

大医仁心

——中国肝脏外科创始人、中科院院士、优秀共产党员吴孟超纪事

周大新

生与死相隔多远？

很少有人去想这个问题。其实，想一想你会发现：生与死相离很近！也许，前一分钟有人还在对妻子交代事情，后一分钟地震突然发生，一下子葬身瓦砾，你说，生与死能相隔多远？我猜，大概生命之神和死亡之神曾结下了死仇，所以生命之神每让一个人诞生之后，死神便指定一个下属潜伏在那个人身旁，随时准备借疾病和意外灾祸之力再毁掉那个生命。

所幸，聪明的人类有了分工，他们让一部分人不再从事衣与食的生产和其他劳动，而让他们专当医生和医学家——专职护卫人的生命。

我今天要讲的，就是一个医生和医学家的故事，一个1956年入党的顽强的生命护卫者吴孟超的故事——

披甲执刀届九旬

我想，你应该见过年近九十拄杖而行的老人。在这太平盛世，高寿者多了，活到九十的人不少。你在乡村或城市的街头看见他们，可能会向他们投去惊喜和羡慕的一瞥：嚄，老寿星！

我猜，你可能也见过年近九十仍能劳作的老人，他们或在田头薅草，或在家中做饭，你看见后会很意外，会向他们投去惊奇和钦佩的目光：天呐，九十岁了还能干活？多精神的老人！

可我估计，我若是告诉你，有一个近九十岁的外科医生，仍能上手术台为病人做肝胆外科手术，有时一天还能做三台时，你一定会皱起眉头对这话

表示怀疑：太夸张了吧？给我讲神话?!

我当初和你一样：不相信！

因为谁都知道，外科医生要能做到术前准确诊断，手术做得精致，术后治疗得当，并不容易，其最佳年龄是35—60岁。开腹做肝胆手术是大手术，一个近九十岁的老人怎么还可能去做这样的手术？

因此，我今年2月下旬到了上海第二军医大学之后，提出的第一个要求是：去东方肝胆外科医院看吴孟超做手术。我心中想的是：我一定要看出个真假来！

那一天早饭后，我被告知今天可以看吴孟超做手术。我带着一睹究竟的急切心情到了东方肝胆外科医院，然后在一位医生的带领下，到医院手术准备处领取一套消过毒的隔离服。随后，便随那位医生走进了手术医生的换衣间。

这时，我看见了吴孟超。

和照片上的他相比，他失去了伟岸和威武，真实的他原来就是一个身材不高、体态偏瘦的普通老人。

我朝他点头致意，他也朝我点头笑笑，他一定已经知道我们的来意。

我注意他换衣服的动作。不慌不忙，有条不紊。但那动作里，也有老年人特有的那种"慢"。

换好衣服的他向手术室走去，我急忙跟上他。他走路的动作让我略有些意外：两脚迈得很快捷。

手术室总共有10间，他的那间在最里边。我们走进手术室时，要做手术的病人已躺在了手术台上，他的助手们已做好准备，器械护士也已就位。

大家好！他一边跟大家打招呼一边掏出手术专用的眼镜戴上，开始麻利地戴上手术手套，然后走到墙前去查看病人的CT片子。陪我进来的医生低声给我介绍道：这是他最后一遍看片子，其实这片子他已看过多次，而且昨天他还亲自去B超室为病人做过B超检查。

他开始向手术台走去。他眼中浮起严肃郑重的神色。我注意到他双脚踏上了一个约20厘米高的木台。陪我的人附耳轻声告诉我：他身高只有一米六二，那木台是为他特制的。站在手术台前的他和在换衣间的他有了明显的区别：老态一扫而光，一副昂然冷峻之状。随着他的眼神改变，手术室里的气氛也骤然一变：一股紧张弥漫开来。

他站的是主刀的位置，看来他是真的要亲自为病人做手术。

他双手开始伸进病人的腹腔进行探摸，他的眼睛未看触摸的部位，好像全凭手的感觉……

他简短地发出指令：止血……

他的一只手朝器械护士这儿一伸，一把手术刀已准确地放到了他的手中……

有血喷出来，气氛更显紧张，他威严地说了句什么，喷血骤然停了……

一块血乎乎的东西被他放到了托盘里……

陪我的医生低声告诉我：已切下病人病变的胆。

我俯身去看那个血糊糊的"胆"，这是我此生第一次看见人的"胆"，好家伙，比我想象的大。

吴孟超继续低头在病人的腹腔里忙，我这个外行看不懂，但我感受到他的动作纯熟而有把握。他下命令的样子像极了战场上掩蔽部里的指挥员，简短、清楚、有力，而且很快被助手执行……

开始缝合了。可他没有停手，一直坚持到缝完最后一针，坚持到护士开始数纱布……

他的全程表现和全部动作，像极了一个五十多岁的外科医生。一个人一下子显得年轻了几十岁，这真是神了！

是不是对老爷子的表现感到奇怪？护士长程月娥大概看出了我的疑惑，微笑着说，吴老平日开会要吃降压药，可一上手术台开刀，血压立马正常了；平日拿笔签字手会抖，可一拿手术刀就不抖了；他平日脾气好，可一上手术台就急得不得了，还有一点霸气，完全像一个年轻人。我也曾同他开玩笑说：你一定在家偷吃了人参和灵芝，而且是野生的，要不你哪有这样的状态？

又一个病人被推了进来。

他走下手术台，走近第二个被推进来的手术病人，先是亲切地摸了一下对方的脸，然后轻声说：别害怕。那病人很激动地答：有你在，我啥都不怕，你给我动手术，那是我的福气。他无声一笑，向休息室走去，开始两台手术间的短暂休息。十几分钟以后，第二台手术就要开始……

眼见为实。一个近九十岁的老人在这天上午为两个病人动了肝胆手术，耗时三个多小时。而且都非常成功。这就是说，文字材料上说他只要在医院，几乎每天都要为病人做手术的事不是吹的。

我不能不信！

接下来，我就特别想弄明白：他，吴孟超，已经功成名就，已经权钱都有，已经获过了国家最高科学技术奖，已经获过中央军委授予的"模范医学专家"称号，什么样的荣誉都有了，为何还要如此辛苦自己？为何不歇息歇息，享一享晚年之乐？

我是第三天下午向他提出这些问话的。

他照旧一笑，他的笑容里带着一种温暖和真诚。他说，我是一个外科医生，工作岗位是手术台，我从二十几岁上手术台，已经几十个年头了。我已经习惯了，只有在手术台上，我的心里才踏实，才舒服，才痛快；再说，我也希望和年轻人在一起，做手术时我的三个助手加上护士和麻醉医生，都很年轻，和他们在一起工作，有时聊聊天，说说话，我很开心。还有一条就是我们外科医生带学生，不上手术台是不行的，你想要多带出好学生，你就必须上手术台。最后一个原因，是有好多病人希望我亲自给他们主刀，他们信任我，我不能辜负了他们。只要我身体好，只要我还能干，就坚持做到最后，如果有一天真倒在手术室里，倒在工作岗位上，那我会感到幸福……

吴老手术室的护士长程月娥告诉我：吴老到这个年纪还做手术，作为护士，从近处看他，其实是能看出他的累来。有一天，因手术时间长，出汗多，他下手术台时双腿都有些打晃，我扶他在手术椅上坐下，轻声问他：很累吧？他沉默了一刹，才叹口气说：唉，身上的力气越来越少，哪能不累，看来，我的有生之年是不会多了。小程，如果哪一天我真的在这手术室里倒下去了，你不要慌张，你知道我爱干净，记住给我擦干净些，别让人看见我一脸汗污的狼狈样子……我一听他这话，眼泪立马下来了，我阻止他：你可不能说这种不吉利的话，你一定得长寿，还有那么多的病人等着你去救他们的命哩……

我查了一下有关吴老的统计资料，仅 2010 年，他就主刀完成手术 196 台。他主攻肝脏外科以来，已主刀完成 14000 多台重大肝脏手术。按每天平均两台算，他得连续工作 7000 多天。

换算一下，是得连续工作 20 年呀！

披肝沥胆攻癌症

每个人都有肝脏。可并不是每个人都知道肝脏这个消化器官对人体所起的重要作用。你知道它分泌胆汁，储藏动物淀粉，调节蛋白质、脂肪和碳水化合物的新陈代谢，同时还干着解毒、造血和凝血的事情吗？

也不是每个人都知道保护自己的肝脏。君不见，有多少人每天都让自己的肝脏浸泡在愤怒的情绪、透明的酒精和肥腻的肉食里。

也不是每个人都知道中国人的肝脏最易受肝癌的袭击。可能是基因也可能是生活习惯在起作用，世界上白种人得肝癌的比率较小，亚洲、非洲人得肝癌的比率则比较高；在全球的肝癌患者中，中国人占了40%多，肝癌是我们国家的一种多发病。肝癌和胰腺癌一样，是人体内最凶险的癌症，致死率非常高。

早在20世纪50年代中期，当吴孟超掌握了普通外科手术本领，开始思考自己在医学上的主攻方向时，他就注意到了肝癌对中国人生命的威胁，所以当他的老师裘法祖建议他向肝脏外科发展时，他没有任何犹豫，毅然决定直面这个凶恶的敌人，在肝脏外科这个医学的空白地域开辟向肝癌进攻的通道。

争取把肝癌扼制住，为国民造福！

吴孟超是个不下决心便罢，一旦下了决心就要付诸行动的人。当年，17岁的他在马来西亚诗巫下了回国抗日的决心后，和其余六个同学一起，历尽千辛万苦，时而上小舟时而登大船，绕道西贡、河内，坐车、步行交替，栉风沐雨，终于回到了国内。后来，他从同济医学院毕业，下了当外科医生的决心后，尽管主管分配的人嫌他个子小不同意，让他去小儿科，他还是想尽办法如了愿。再后来，他下了和恋人吴佩煜结婚的决心，尽管有的领导阻拦，给他制造各种麻烦，他还是机智地想出主意，在上海办成了简单而热闹的婚礼。如今，既下了主攻肝脏外科的决心，他便立刻开始行动。

他的第一个行动，是和同事方之扬一起，翻译美国人Gans于1956年写的《肝脏外科入门》。他和方之扬商定，两人各译一半。为了尽快把书译出来，他在得了细菌性痢疾，高烧40度住进隔离病房的情况下，仍在为一个词一句话的译法琢磨。病情稍轻，他就让妻子把书和英文字典拿到了病房，在病床上译了起来。1958年5月，中文版的《肝脏外科入门》在上海科技出版社出版了。

接下来，他向医院党委写了一份建议组织攻关、向肝脏外科进军的报告。院党委很快批准了这份报告，并决定成立由他和张晓华、胡宏楷两位同事参加的三人"攻关小组"。

紧跟着，他带领两个同事开始研究肝脏解剖理论。他们经过数十次实验，用做乒乓球的赛璐珞当灌注材料，先后做成了108个肝脏腐蚀标本和60个肝脏固定标本。在制作标本熟悉肝脏血管走向的基础上，他摒弃肝分左右两叶的传统看法，提出了肝分左外、左内、右前、右后和尾状五叶、左外叶和右后叶各分两段的"五叶四段"肝脏解剖理论。

随后,他们把这些发现付诸临床实践,于1960年3月1日成功进行了首例肝癌切除手术,实现了肝胆禁区的手术突破。

但吴孟超没有沉浸在这次成功的喜悦里,他和他的攻关小组成员很快又向前闯去。他接着又发现了术后肝脏的生化代谢规律,发现了常温下间歇肝门阻断切肝法,进行了肝中叶癌瘤切除术,突破了禁区中的禁区。1974年,在他极力要求下,二军大附属医院有了独立的肝胆外科病房。

他和他的同事一点也没料到,他们人生中的一个巨大考验和巨大成功就要同时来到了。

1975年1月3日,二军大附属医院肝胆外科门口来了一个40来岁的男人,这人的肚子大得惊人,像极了一个怀孕十月的女人。他双手捧着肚子,痛苦万状地说:求神医们救命!吴孟超看到病人时吃了一惊,他还从没有见过这样的病例。上前一问才知道,来人叫陆本海,安徽舒城人,他老家的医院说他得的是肝癌。吴孟超和同事们为他做了仔细的检查,最后断定他腹内长的是一个特大肝海绵状血管瘤。这种病最理想的治法是手术切除,但手术难度很大,极容易造成大出血,使病人的生命不保。国外也没有类似的手术成功记录。当时国外把直径4厘米的肿瘤称为"巨大",美国斯隆·凯特林肿瘤研究中心对一例45×25×25厘米的肝海绵状血管瘤只是做了剖腹检查,并没有切除。

咋办?切除还是不切除?

不切除不手术,理由很充分,病人也无话可说。

可遇难而退不是吴孟超和他的同事们的性格!

他决定干!前人没干过,外国人没干过,咱也要干。不干怎能在医学上有所进步?!

他们针对陆本海的病情,制定了周密的手术方案,并对可能的意外做了急救准备。学校和医院也全力支持,调集了几十名医护人员从各个方面给予协助。

病人的腹部正中被勇敢地划下了第一刀……

那是一场危机四伏惊心动魄的战斗。当切口完全打开,一个被血液充涨成蓝紫色的超大瘤子在无影灯下猛然显露了出来,只见它上部顶入胸腔,下部侵入盆腔,随着病人的呼吸一起一伏,活像一个怪胎。看着这个罕见的瘤子,在场的所有医护人员都不由得吸了一口冷气……手术整整进行了12个小时，最后一刀下去，超大的瘤子离开了人体。一个助手双手抱住那个瘤子，小心地将它抱出了手术室。一测之后才知道：瘤体重18公斤，体积为63×48.5×40厘米。它是至今为止国际文献报道的最大的被切掉的血管瘤，为世界之最。

11天之后，病人开始下床活动。

一个月后，病人体重增加了7.5公斤。

一个半月后，病人痊愈出院。

直到今天，2011年3月，陆本海仍健康地活着。

吴孟超和他的同事们经过了一次巨大的考验，也收获了一个巨大的成功。这例手术的成功，标志着我国肝脏外科技术已臻成熟。

紧跟着，吴孟超又开始了肝癌早期诊治的课题研究，首创了扁豆凝集素、醛缩酶同功酶等先进的肝癌早期检测方法；提出了巨大肝癌二期切除、肝硬化肝癌的局部根治性切除、肝癌复发再手术的肝癌外科治疗概念；并率先开展小儿肝脏外科研究……

1986年，拥有100张床位的肝胆外科病房——康宾楼，在他的手上建成。

1996年，独立的团级编制的肝胆外科医院在他的积极推动下成立。

1999年，独立的师级规模的拥有660张床位的肝胆外科专科医院又在他手上建起，使其成为国内最大，国际唯一的肝胆外科疾病诊疗和研究中心。现在一年收治的病人超过10000名，一年的手术量达到4000例。

吴老在长期和肝癌作战的过程中还意识到，肝癌光靠开刀解决不了问题，必须找出导致肝癌的病因和机理，进行综合治疗。所以他对基础研究极为重视，先后建立了中德合作的生物信号转导研究中心，中日合作的消化道内镜临床研究中心，中美合作的肿瘤免疫和生物治疗中心，沪港合作的基因病毒治疗中心等四个在国际上具有较大影响的基础研究基地。并在研究的基础上，逐渐在临床上开展了肝癌的介入治疗、微创治疗、生物治疗、免疫治疗和病毒治疗。

在这同时，他发表学术论文800余篇，主编《黄家驷外科学》等专著18部，获得国家级和省部级一等奖10个，各种荣誉26项，12次担任"国际肝炎和肝癌会议"等重要学术会议的主席或共同主席……

由于他的努力，肝癌这个中国的多发病在早期诊断、外科手术和综合治疗上取得了巨大进步。目前，肝癌的早期诊断率上升到98%以上；小肝癌术后五年生存率提高到79.8%以上，一些人术后已存活30多年，最长存活已达 45 年；晚期肝癌术后五年生存率，由 20 世纪六七十年代的 16%，上升到今天的 53%，肝癌对国人的伤害力得到了有效地扼制。国际著名肝脏外科专家、国际肝胆胰协会前主席威廉姆斯评价说：吴教授对肝癌的基础研究和临床工作，在国际上处于领先地位，他的成就令全球同行所瞩目和敬佩。

"术""仁"兼具成名医

2010 年冬天一个寒冷的上午，两位女性拎着 CT 片满眼焦虑脚步匆匆地走进了上海东方肝胆外科医院。

半个小时后，她们在东方肝胆外科医院一位医生的陪同下，站在了吴孟超的面前，其中一位急切地递上手中的 CT 片子，说：这是我哥哥的肝脏片子，麻烦吴老看看，我哥哥几个月前发现患了肝癌，您看还能不能动手术把肿瘤切了。吴老仔细看完后说：可以呀，可以切。那女士一听这话忽然哭了起来，说：我们原来送哥哥去了上海另一家医院，那家医院在没有征得我们同意之下，就把他收进了肝移植病房，三天后告诉我们，肝上的瘤子包着血管，无法取，病人需要做肝移植。并说他们手上有两个供体肝，和我哥的肝能配上型，一个是好肝，40 万元；另一个是带有乙肝病毒的肝，可以便宜到 20 万元。我们根本没有换肝的思想准备，更没有那么多钱，只好说不换肝。他们听后就给我哥开了腹把长了息肉的胆切掉，又给缝了起来。原来他们是存心逼我们换肝他们好赚钱呀……

怎么可以如此对待病人？吴老怒不可遏，猛地站起来说：这简直是医学的败类！这个手术我来做！

为了做好这个手术，吴老先后两次召集多名专家会诊，然后亲自主刀，顺利切下了病人的肿瘤。42 天后，病人平安出院。到目前为止，病人身体的各项指标均很正常。今年 2 月 28 日上午，笔者见到了病人的妹妹和妻子，两位中年女人一听我问到病人的现况，立刻流出了眼泪，说：病人很好，我们遇到吴老算是遇到了活菩萨，他和我们非亲非故，待我们就像他的亲人，他这么高的年纪，这么大的名气，还亲自为病人做 B 超，亲自主持专家会诊，会诊时我们就坐在旁边，他的负责精神感动得我们泪水不断，后来他又亲自主刀。他不收礼物，我们无以为报，只能祝他老人家长寿了……

这就是吴孟超和患者的关系！

类似的故事，在吴孟超的行医生涯中，不知已发生了多少。

香港的洪兰珍女士被确诊为晚期肝癌，医生告诉她只能活三个月。丈夫不忍看她等死，四处打听，知道了上海有个专治肝癌的吴孟超，就想来上海求医。为节省费用，洪兰珍只身来到上海。吴孟超接诊后，前前后后共为她动了三次手术，终于把她救了过来。在她住院期间，吴孟超经常到病床前探望，有时外出开会或巡诊，也要打电话询问她术后病情。中秋节那天，洪兰珍正一人躺在病床上思念香港的亲人，只见吴孟超和夫人一起提着一盒月饼来到了她的床头含笑说：我想香港人和广东人的饮食习惯差不多，所以买了盒上海产的广东月饼，不知合不合你的口味？洪兰珍的眼泪顿时下来了，她紧紧握住吴孟超的手说：怪不得大陆老百姓都称解放军为亲人，你们待我真是比亲人还亲呀……

一位福建籍的许姓老人，身患晚期肝癌，因为四处求医，家里已是一贫如洗。为了不再拖累家人，他孤身来上海寻找求医的机会。临走时，他跟家里人说：你们不必找我，我就是死，也死在外头。他在上海流浪许久，才在别人的指点下找到了吴孟超所在的医院，当班医生见他面容枯槁，衣衫褴褛，钱带的也不多，根本不够住院所需，便请示吴孟超：收不收这个病人？吴老的回答毫不含糊：收下！

吴孟超亲自为他做了手术。术后初期老人进食困难，吴孟超来看他时还亲手给他喂饭，一小碗稀饭喂了好长时间，把老人感动得一边吃一边流泪。当老人的家人知道他开了刀治了病还活着时，忙带着家中仅有的几只鸡来到医院，见到吴老就跪倒在地，感谢他的救命之恩……

吴孟超说，一个医生，只有好医术，成不了名医；世上所有的名医，都同时还具备另一个特点，那就是仁，对病人有爱心。他至今还记着自己的老师裘法祖说过的一句话：医生治疗病人，就等于要将他们一个个地背过河去。

他正是怀着对病人深切的爱，才每逢要为病人腹部检查时，都要先搓搓手，把手搓热后再伸到病人的腹部上去。每次检查完，还要帮病人把裤带系好。

他坚持每做一例手术前，不管此前病人已有多少检查结果，他还要亲自去B超室为病人做一次B超检查，亲眼看看B超的检查结果，好做到术前心中有数。

他虽已高龄仍经常亲自到病房查房，而且查得特别"慢"，为病人查体特别仔细，从头查到脚；问也问得细，从过去问到现在，从不放过任何一个疑点。有时查房临走时，还特意弯腰把病人鞋尖朝里的鞋子拿起，摆放成鞋尖朝外，好让病人下床就能方便地踏上鞋。

他告诉自己的助手们，得了癌症的病人，常常为求医已耗尽了积蓄，对凡能用低价消炎药解决问题的，决不能给人家开高价药；手术中凡能自己缝线的部位，就不要使用收费1000多元的缝合器，要为病人节约每一元钱。

他坚持对病人写来的求医信每信必复。复杂的信他亲自回，简单的信他口述由秘书代复。曾当过他秘书的李捷玮说，有一天，他陪吴老外出开会、会诊和研究生答辩，回到吴老家已是晚上11时15分了，整个家属区亮灯的人家已所剩无几。吴老这时对他说，累得腿都快抬不动了。话音未落，吴老家门口站着的几个人便迎了过来，原来是从福建慕名来看病的病人，也不知是怎样打听到吴老的地址，一直等到现在。李捷玮当时冲动地对他们说，这么晚了，你们怎么好意思？他决意要为吴老挡驾。吴老也开口道：你们能不能明天来看……可话刚说了一半，他顿了一下又改了口：那么进屋坐吧。那天病人的家属又特能唠叨，吴老一直耐心地听，详细地看，直到零时才送走这批病人……

甘为"人梯"建团队

独木不抗风。

单兵难排阵。

护卫生命和打仗一样，一个人的力量太小。

吴孟超在长期的临床实践中深深体会到，自己的刀法再精，能治疗的肝癌病人也有限，必须不断地培养人才，建成一个强大的医学攻坚团队，才能持续地向肝癌发动攻击，达到最终制服它的目的。

1977年国家恢复高考，随后又恢复研究生制度，他在第二军医大学第一个打报告，要求在肝胆外科设立硕士点。国家教委批准后，他1979年就招收了两名硕士研究生。1981年，他又申请并建立了二军大的第一个博士点，开始培养肝胆外科的专业精英。至今，他还带着博士生。这些年，他先后培养了260多名硕士、博士研究生，1000多名肝胆外科专业人才，其中有18人次获得了中国青年科学家、长江学者奖励计划特聘教授等荣誉。

他对弟子们的专业学习抓得极严。会做、会说、会写，这六个字是当年他的老师裘法祖对他的要求，如今，他也用这六个字来要求他的学生。会做，就是手术做得漂亮；会说，就是能在讲坛上阐述自己的看法；会写，就是能发表论文撰写专著。吴老的学生严以群教授说：老师"训人"实在太狠了，有时简直一点面子都不给。他训人的途径有二,一是考,二是查。考,就是当众提问。在手术台上,在病房里,他随时都会对你发问,而且有时还"诈问"。比如某个问题的答案是甲不是乙,你开始答甲,明明对了,若神情紧张,心里也无把握,这逃不过他的眼睛,他会盯着你追问:到底是甲还是乙?你心中一慌,可能就又答乙了,当众出丑了。他紧跟着就会板着脸说:为什么不多读点书?要是人命关天的紧要关头,能犹犹豫豫吗?再就是查,他每次查看病历查化验结果时,你站在旁边看得心里直发毛,多半会有毛病被挑出来。查病人,如果发烧的没有看咽部,没有进行肺部听诊没有查血象;如果有内科情况没有及时请人会诊;如果大便次数多的没及时做直肠指诊或者便秘几天没有采取通便措施,所有外科医生容易疏忽的事都会被他很容易地查出来。一旦查出来就训你,训的话还很难听:如果让你也憋上几天大便,你会怎么样?挨训的时候心里真不舒服。但我听他说过:你心里难过,我的目的就达到了……

他慧眼识珠,善于发现人才。王红阳并不是他的研究生,不是"吴门嫡传弟子",只是他在一次中德医学协会学术年会上偶然发现的一个苗子。当时,王红阳还是一个消化内科医生,被临时抽调到会上做会务工作,她冷静的头脑、严谨的作风、好学的精神、扎实的英语功底给吴孟超留下了深刻印象,他觉得这个女子身上有一股潜下心来做学术研究的素质,是一个可造之材。当时,德国医学协会每年给我国 10 个进修学习的名额。没过多久,吴老就与裘法祖教授联名写信推荐她到德国攻读博士学位。王红阳苦读 10 年回国时,提出在东方肝胆外科医院建立一个与德国马普研究院的合作研究中心,专门研究生物信号转导问题,而且要能保证工作人员来去方便。吴老当即答应,然后到北京找人多方疏通,最终得到军队和国家有关部门的允许。之后,她带着 250 万元经费及一些仪器设备和技术员,来到了东方肝胆外科医院,主持中德合作生物信号转导研究中心工作。如今,她已是中国工程院院士,并荣获亚太女科学家奖。

他带出的博士郭亚军告诉笔者:你别看吴老年纪大,可他的观念新,人极为开放。1989 年他送我去美国哈佛大学医学院学习,临行前嘱咐我,要学会用国外的先进研究手段来进行国内极需的科研项目研究。我到美国后,于 1991 年开始主持肿瘤转移免疫治疗研究室的工作,有了自己的实验室和数目可观的科研经费。那年,吴老赴美进行学术交流,特地去看我,我俩就中外科技合作和人才培养的事情,进行了彻夜长谈。当时困扰中国出国学者的一个最大的问题是，要不要回国进行科研。不回，容易被人说成是不爱国；回，又会失去在国外的研究条件和实验室。吴老当时大胆设想，能不能让这些学者在进修国和祖国同时拥有实验室，人两边跑。吴老的这一构想，很快得到了第二军医大学、总后勤部、国家自然科学基金会、上海市科委的大力支持。在吴老的努力下，经过5个多月的紧张筹备，在新落成的东方肝胆外科医院和东方肝胆外科研究所大楼里，肿瘤免疫和基因治疗中心就宣告成立。此后，我就在中美两个中心之间飞来飞去地工作，解决了"回国服务"和"为国服务"的关系，使两个中心优势互补，很快出了一批成果……如今，吴老提出的这种模式，已被命名为国际科技合作的"哑铃模式"，在全国推行。

　　一般人活到九十岁，想得最多的可能是自己的身体状况和身后事的安排：孙子孙女去哪里就业？房产和存款如何分给孩子们？遗嘱怎么写？该向组织再提哪些要解决的问题？可近九十岁的吴孟超没想这些，他眼下想得最多的是：在上海郊区安亭新建的国家级肝癌研究和治疗中心何时能建成？何时能开业？我们采访他的那天，他的一个下属说希望我们的采访中间能暂停一下，说吴老要去安亭处理肝癌研究和治疗中心建设中的问题。我当时很诧异，低声问那位下属：天这样冷，为何偏要一个老人跑那么远去处理事情？你们为何不去？那位下属苦笑一下：他不去会不放心，而且要与地方上打交道，很多事情只有他出面才能很快解决……那一刻，我望着这个老人，从心里涌上了真正的感动：真是一个罕见的老人！他的心里一定储满了对我们党、国家和军队的爱，所以才能把爱遍撒人间，才能如此挚爱自己的工作岗位，挚爱自己所从事的事业，挚爱自己的病人，挚爱自己的学生和所有可用的人才。要是我们的共产党员都能像他一样，那我们中华民族的复兴大业怎么可能会不成功?!

（刊发于 2011 年 5 月 4 日《人民日报》）

燃烧的中国海

——献给创造海上年产石油 5000 万吨的中国海油人

何建明

"美洲豹"直升机呼啸离地的那一刻,我的整个身心开始飞向那片宽阔无垠的蓝色疆域——那是祖国的渤海、黄海、东海、南海……呵,它们是如此美丽、壮观,又如此沸腾、光艳。那里正在演绎着中国又一场伟大的历史与时代的变迁。那里的海洋石油人告诉我:他们已经在祖国的蓝色疆土上成功地托起了一个"海上大庆"!

50 年前的中国,因为在荒芜的松辽平原上发现一个世界级的大油田——大庆,从此我们扬眉吐气地向世界宣告:"依赖洋油的历史过去了!" 50 年后的中国,又诞生了一个"海上大庆",她向世界预示着什么呢?

现在,我的眼前是一片无际的蓝色疆域,她如一幅壮美的画卷在吸引和激动着我……

湛蓝色的水面上,我第一次见到中国自己制造的 FPSO(海上浮式生产储卸油装置)。海油人告诉我,它仅仅是 77 个中国海上油田生产基地中很普通的一个:八层楼高的雄姿,连天接地,波涛汹涌的大海仿佛是它温柔的床垫稳稳地托着它那 16 万吨的庞大浮式躯体,每时每刻通过四周六座海上平台,将方圆数十平方公里的海底石油,源源不断地汇聚到这庞然大物的躯体之内,然后运往祖国各地。中国海油的朋友告诉我,最大的浮式生产装置排水量可达 30 多万吨(目前世界上最大的航母的排水量也仅为 10 万吨左右)。当我轻步走在 FPSO 中央的那条 280 余米长的"世纪大道",举目眺望辽阔海域上座座与之连为一体的海上石油平台时,才真正感受到什么是现代化的气魄,什么是自力更生的荣耀!这个年处理 400 万吨原油的庞然大物,是一座完全漂浮在大海之上的"石油城"!

执掌这座"海上石油城"的总监只有 32 岁,在这座"石油城"里的全部工作人员仅有 100 余人,平均年龄不足 28 岁。他们中不少人是共产党员。

有人告诉我：像这样一个储量在亿吨以上的油田，按过去的陆地油田开采模式大约需要几万人。

几万人与百余人之间的差异，便是中国石油发展史的 50 年跨越。

初吻莺歌海引发的震动

大海永远壮美，呈现蓝蓝的颜色时会令人陶醉；当夕阳斜照时，那一片绯红色的波涛更加美不胜收。

我国是一个陆海国家，环抱大陆的海岸线长达 1.8 万公里。自北至南渤海、黄海、东海和南海等四海相连，近海管辖面积约为 300 万平方公里，差不多是我国陆地面积的 1/3。然而，多少年来，我们似乎并不太熟悉这另一块美丽而富饶的疆域，这也使得某些想窃取我海上资源的居心叵测者总在想入非非。

一个简单的道理：落后就要挨打。

有人说：20 世纪是"石油世纪"。中国在 20 世纪前半叶没有享受过"石油世纪"带来的发展机遇，却饱受了贫油的屈辱。新中国成立，为了在陆地上寻找到每一滴珍贵的石油，毛泽东甚至开玩笑说给每一个地下可能有油的县政府配发一台冲击钻机用于勘探油井。

1956 年的某一天傍晚。在海南岛西南"犄角"的一个叫"莺歌村"的小渔村，当地驻军正在为村民们放电影，电影的名字叫《海上巴库》。巴库是苏联著名的大油田，这部电影讲的就是苏联在海上发现巴库油田的故事。看电影的村民们越看越兴奋不已："我们莺歌海面上也有冒黑油气泡的地方呀！""是嘛，照电影上这么说的话，我们这里也有油田不是？"老百姓的话传到了干部耳朵里，于是干部们又赶忙将这消息报告了当地的国营盐场，盐场又迅速向广东省和刚刚成立的石油部报告……不久，石油部派出一支中国和苏联专家组成的调查勘探队伍来到莺歌海。

南海莺歌盆地见油气苗，如一束熊熊燃烧的火炬，激荡着时刻想甩掉戴了 100 多年"贫油"帽子的中国亿万民众的心。1960 年，石油部在此布下第一口海上勘探井，取名为"英冲井"，而用于海上勘探打井的竟是一艘载重量仅为几吨的方驳船。工人们按着陆地上用的那种最简陋的"三角井架"打了一口井，该井水深 15 米，最后捞得原油 150 公斤。这就是被石油人戏称的"中国海洋石油第一吻"。

然而，此刻的中国石油人，面对大海，却尝尽了困难与艰辛：出海——沉船——再出海——再沉船……20 余年的殊死拼搏，仅仅年产 9 万吨原油的开采水平，竟不如挪威一个石油公司一个小时的海上开采量。更要命的是，我们海上开采石油的经验与技术积累不多。"哈哈，也许再过 100 年，中国人仍然只能呛海水。"有人这样嘲笑我们。

这是国家的耻辱！中国石油人不甘这样的耻辱。可出路何在？

走出去，天地宽！1978 年，再次复出的邓小平为中国石油人指出了一条光明之道：先进的科学技术是人类文明的共同成果，中国要实现现代化，必须借鉴一切人类文明的先进成果。于是，当中国大地仍在酝酿改革飓风之际，对外开放的历史一页则已经在海洋石油战线掀开序幕：由中国石油人组成的一个个"考察团"已悄然出境……

"那是真正的洗脑！"时任石油部副部长的秦文彩被直升机送到墨西哥湾的一座钻井平台上，他看到的先进钻井设备、全自动控制系统、海上"五星级宾馆"式的工人宿舍，以及"大海不是垃圾箱"的环境保护意识，令"老石油"的他内心强烈震撼。而当他随后参观菲利普斯总部的研究中心，看到这里的同行用卫星遥感技术将复杂的海底世界地质分布情况，用三维技术清晰呈现在眼前的图像和美国人半开玩笑地说打开投影大屏幕能将北京城所有建筑都一览无余地展出时，秦文彩心如触电般地惊醒：现代科技，确实把地球变小了，我们太落后了！如果再不迎头赶上，挨打和失败是必然的！

1978 年 3 月 26 日，这是中国海洋石油史上需要记住的日子，因为就在这一天，中央领导用了近 9 个多小时听取"中国石油代表团"的汇报，当即做出一项重大决策：在不损害国家主权与民族利益的前提下，积极探索一条与国外合作勘探开发海上石油的路子来。

一个关系到中国海洋石油工业前途命运的决策就这样出台了，犹如强劲的春风，将自古沉闷而寂静的中国海吹拂得激荡而充满生机……

"马上行动！"会后，难抑激动之情的康世恩召集部下，说：对外合作是一项全新的事业，一切从零做起。大家不要有畏难情绪。中国有句老话：摸着石头过河。

1981 年 3 月下旬，北京六铺炕石油部大楼异常热闹和紧张。围绕海洋石油对外开放问题的论证会在此展开，国家的十几个有关部门的几十名专家聚集一堂，与那些提出异议的人面对面地展开激烈争辩。

持久而激烈的论证会最后结论：中国海洋石油对外合作谈判所形成的合

同没有"卖国",是互利和有利于我国的符合国际法的合同,中国海洋石油对外开放更是符合国家利益,不存在任何"卖国主义"的行为。

一场异常激烈的争议结果仿如一股强烈的东风,催生了中国海洋石油事业的一派盎然景象:1982年春,中国海洋石油总公司的牌子在北京王府井的一座不起眼的三层小楼前挂起,而挂牌仪式上的鞭炮声则让整个中国海在沸腾……

从"低下头学艺"到"直起腰自己干"

经过数年"摸着石头过河"式的与外国公司过招,中国石油人渐渐学会了在自己的海域"当家做主"的合作模式,1979年签订有美、英、法、意、日等13个国家的48家公司参与工作的8个物探协议,总面积42万平方公里,协议区域分别在南黄海、珠江口、北部湾及莺歌海盆地,协议按照国际通行的风险合同模式,外方承担全部物探费用,无偿向中方提供全部资料。中方承诺在物探结束后拿出一定区块招标,参与物探的外商则为日后进入中国海域合作勘探开发创造了条件。

1980年,在结束海上物探与室内资料处理工作之后,来华参与成果报告的31家外国公司的60个代表团、共计466人次的专家们,带着350吨之巨的物探资料,云集广州,准备向中方总"交账"。世界著名的美国埃索石油公司就来了200多人,他们可谓财大气粗,将刚刚建好的五星级白天鹅大酒店的一层楼全部包下;英国的BP石油公司不甘落后,包下了另一座五星级酒店——中国大酒店的好几层楼……

为了确保主权国的尊严,中方根据合作协议,同时也组织了包括石油、地质和中科院等战线的80余名专家,一起加入了这场"资料处理大会战",只是我们的专家们虽说白天也穿着西装革履进出外国公司的驻地,可多数人的西装是临时借来的。另一个问题也让"老外"有些不解:一到中午和晚饭时辰,中国的专家们总是以各种理由离开大酒店。"离开酒店是为了逃避在那儿吃饭,我们哪敢在五星级酒店吃饭嘛!"现在广州的原中国海油总工程师、南海东部石油局老局长陈铜台在接受采访时对我说:"我们只能偷偷跑到大街上去买几根油条、喝碗汤填饱肚子就得了。然后再像模像样地回到外国公司的驻地开始新的工作。"

低下头学艺,甘拜能者为师。中国人自古有这样的传统与美德。

北京近郊的涿州，曾被人称为"中国石油总参谋部"，是因为这里有诸多石油科研单位，也是中国石油培养人才的摇篮。20世纪70年代末和80年代初，这里如同当年抗战时的延安，各路石油精英们被召集此地，进行强化培训。受训的学员后来都被派往与外国公司合作的第一线岗位，参与对外项目的实战。这种将学习和实战相结合的做法，使中国海油的队伍素质获得迅速提高，从而使我方在与国外公司合作过程中变得主动。曾经风浪起伏、惊涛汹涌的中国海，开始变得温驯和谐，风平浪静起来，随之而来的结果是：中国海的合作项目的生产进展指标直线上扬……

富有远见的中国海油领导层又适时做出另一项大胆决策：在全公司范围内再次挑选骨干，将他们一批批直接送往国外进行专门培训，学习国际海洋石油勘探开发及经营经验。

经过20年的对外合作，中国海上产油量从徘徊了多年的9万吨水平，到2000年时年产超过2000万吨，其中合作项目的产油气量占了中国海油总公司产油气总量的80%以上。其中一些突出的成果如发现和建成的南海西部莺歌海盆地的崖城13—1气田。这是中方与美国阿科公司签订的合作项目，它是中国近海乃至整个东部地区的第一个海上大气田，此气田高丰度、产量高，天然气性质好。崖城13—1气田自1996年投产后每年向香港输气29.5亿立方米。除此，还建成了南海东部珠江口盆地的惠州、西江、流花等10个油田。在渤海海域，中外合作项目更是战果辉煌，与中方合作的美国菲利普斯石油公司于1999年7月发现了一个储量为6亿吨的蓬莱大油田。这是我国继大庆油田以后所发现的最大的整装油田，消息一经公布，引起世界石油界巨大震荡。

此刻，中国海洋石油事业的腾飞，已从辽阔的海平面上呈现奇妙而壮观的景象。

然而，中国海油人自信而清醒地意识到："学习的目的，就是为了自己搞出名堂！"早在20世纪80年代初，具有战略眼光的康世恩就这样对海油人说。"自主经营"我们自己的海上油田，这一带着滚烫热度的爱国主义方略，其实从中方引进外国公司到中国海的第一天起就早已深深地"潜伏"在海油人的心中。

经过几轮招标和勘探之后，一些外国石油公司认为没能在中国海获得如中东波斯湾那样的巨大利益，加之当时世界石油价格一度跌至每桶十多美元时，失去信心和耐心，无可奈何退出中国海域。"挺起腰杆，站直身子，我们自己干！"面对大浪汹涌、起伏颠簸的海洋，尚未来得及摆下"谢师宴"的中国海油人，接过一个个被"老外"丢弃的勘探板块和熄灭了隆隆机器声的钻井与采油平台，开始伸展出自己的双臂，在祖国的海域踏浪搏击……

1984年11月22日和12月9日，这两个日子对海油人来说是值得铭记的，因为这是中国人完全依靠自营能力和现代化海上管理技术成功打出的第一口海上油井及第一口气井，这就是锦州20—2油气田。该油气田位于辽东湾海域，距天津大沽灯塔370公里，离海岸最近的锦西港50公里。此油田从设计到实施开发，完全由中方自己做，并且在施工生产过程中按照国际规范进行"不走样"的仿效，"我们的目的就是检验自营能力。"中国海油第二任总经理钟一鸣说得很明白，意在看看自己的队伍到底在技术与管理方面能不能"出师"。"最后的结论是：我们出师了！"钟一鸣说。

历史性的"美丽转身"

20世纪80年代的一天，一位国务院领导视察中海油刚从撤走的外国公司那里接过的一座海上钻探平台，当他看到所有机械设备上的标注的都是英文说明时，便问：你们准备怎么使唤这些"洋玩意儿"？

"给我政策就行。"中国海油负责人说。

"怎么讲？"国务院领导问。

"我要招人。"

"从此我们每年招进400到600个大学生到公司来，同时又把超过全公司1/10的技术骨干送到国外学习培训，这一做法一直延续到现在。"当时他们为了让年轻人进入领导班子，甚至动员一部分55岁的处长提前退出岗位。

大幅提高一线工人待遇，让不合格的人从岗位上撤下来，坚持所有岗位定编定员，坚持经济有效的用人政策。这是中国海油自1982年成立至今的一个"铁规"，中国海油前五任领导一直到现在，他们始终不渝地共同遵守了这条"铁规"。

一直在国际同行和国内国有大型企业中享有"铁军"之称的中国海油，能够在很长一段时间以几万人的队伍承担起传统的陆上石油业几十万人方能完成的勘探与开发任务，靠的也是这样的"铁规"。

这样的"铁规"在中国海油的队伍建设中不仅仅体现在队伍的精干上，更多的是在能力上、规程上，以及不可动摇的制度上。

比如：很多时候，中国人习惯了"加班加点""革命加拼命"的工作方式，而在中海油的海上平台作业中一般不允许这样的事出现。他们实行的"铁规"是：你在海上工作28天，你就必须回到陆地休息同样的时间；他们认为，你能保持旺盛的精力和良好的精神状态，甚至是与家人的和睦关系都是下一个"28天"的海上作业的根本保证。

比如：中国海油如今一年向国家交税已经超过千亿元，勘探开发一个中小油田的资金投放量至少也有几亿、几十亿元，但你能相信中国海油在一段时间内曾有这样一项规定：所有干部出差乘坐的交通工具和住宿标准统统比国家规定的自动下降一级。

在中国海油整个行业，诸如这样的"比如"可以列出长长的一串，而所有这一切，我们深切感受到的是中央倡导的"以人为本""科学发展"这八个字的精神实质。

单纯从实现海上生产油气的数字来看，我们也能清晰地看到中国海油所走过的"大庆"之路：秦文彩任期内开启的对外开放，钟一鸣任期内的200万吨目标，王彦任期内闯过的千万吨接力，卫留成任期内实现的3000万吨大关，到傅成玉手上托起了5000万吨"海上大庆"，建设四个"大庆油田"——"近海大庆""深海大庆""海外大庆""清洁能源大庆"成为更远大的目标。中国海油一路走来，可谓高歌猛进。

"使命重大""理想不灭""前途光明"，这十二个字在海油人的口中随时可闻。然而，使命并不是空洞的理论，理想更不是虚幻的光环，而光明的前途则需要雄心与抱负再加脚踏实地和掌握科学技术基础上的冲天干劲。

中国工程院院士、中国海油副总经理周守为对此感触颇深："最典型的例子就是涠洲11—4油田。我们发现这个油田后，先是和法国的道达尔公司签署了合作协议，他们经过一年多的研究，最后撤出了，理由是这个油田有底水，不具商业价值。后来我们又和意大利的阿基普公司合作，他们在道达尔研究的基础上改进了计算模式，最后得出的结论还是没有经济效益。可我们不死心，毕竟是自己的'孩子'，哪舍得丢弃嘛！后来通过仔细的地质和物探研究，我们的专家发现这个油田的水和油之间有一个隔离层，于是决定开发这个油田，结果达到了预期效果，我们使这个差点被人遗弃的油田实现了年产100万吨的采油量。到目前为止，该油田仍然是中国海域内我们自己开发的海上油田中效益最好的油田之一。"

被"老外"称为"中国虎"的南海东部石油公司，其总承包英国BP石油公司的番禺4—2—1井也是很能说明的一例："老外"们在这块海域投了巨资，花了十几年时间竟然没有闻见油腥味，而我"南海6号"一钻下去，竟然让这口番禺4—2—1井成了日产1210吨的高产油井。

是运气？还是技术能力？反正"老外"们弄不明白。可海油人自己清楚：在自己的海域，为自己的国家找油，感情不一样，效果自然也会不一样。"我的大海我做主"——就是从那个时候开始，根植于每一位海油人的心间。

郝振山，"南海2号"钻井平台经理，这位全国劳动模范的成长经历是整个海油人的缩影。踏着父亲的足迹爱上石油、爱上大海找油的他，当年上钻井船的第一份工作是甲板工。那时他看着那些有技术含量的岗位全由"老外"把着就憋着劲要把技术学到手，而且瞄准的是钻井最重要的司钻岗位。白天，他一干完自己的活就跑到司钻室外，直着脖子看"洋司钻"如何操控刹把；晚上他抱着外文技术资料一字一句"啃"。5年后，这位甲板工竟然麻利地从"洋司钻"手里接过了钻机刹把，成了半潜式钻井平台上顶替外方司钻的第一个中国人。郝振山后来又当了平台的高级队长、平台经理，成为一位真正指挥平台所有岗位的海上钻井高级管理者。

"大海如同一头烈马，想驾驭它就得有一套与之同舞的本领。要掌握与海同舞的本领，我认为最重要的是心中有两个字：祖国。"郝振山指挥的"南海2号"在2006年接受了一次特殊考验——首次作为中国海油派往国际油田服务市场的钻井平台，赴孟加拉湾参与缅甸海上油田钻探任务。经过21天日夜兼程，"南海2号"在郝振山的指挥下不仅安全抵达指定海域，而且在紧靠赤道的海域一举成功地为缅甸打出了第一口高产气井，为中国海油在国际市场上打出了威风。

扬帆远航：创造"中国"模式

上年岁的人都熟悉京剧《海港》里的这曲唱词："……看码头，好气派，机械列队江边排。大吊车，真厉害，成吨的钢铁，它轻轻地一抓就起来。"这是50年前的中国码头景象。然而，真正叫"厉害"的是今天的中国"大吊"——"你看这个庞然大物，约有八层楼高，它是海上平台的一部分，有六七千吨重量，我们的吊车可以把它轻轻地一抓就起来！不过这还不是最厉害的。"站在堪称"世界第一吊"的"蓝鲸大吊"旁，中国海油工程有限公司党委书记兼执行副总裁张松甫骄傲地将我拉到另一个卧伏在一旁的庞然大物,说:这是他们即将完成的起吊能力可达 11000—30000 吨的浮托安装吊。

简称的"海油工程公司"是中国海油的一个子公司,承担海油勘探与开发的工程制造与海上作业任务,是目前中国最大和最具实力的海洋工程总承包公司。"为了实现'海上大庆'目标,仅 2009 年一年中,我们公司铺设的海底管道就达 1200 多公里,等于前四年的总水平。"张松甫说,海洋工程涉及的科技含量甚至比航天更尖端,因为海面和海底所面临的问题远远多于宇宙空间的复杂性。

张松甫的话使我想起一件事:2011 年新年伊始,在人民大会堂召开的国家科学技术进步颁奖大会上,国家主席胡锦涛颁发的一项国家科技进步奖——企业技术创新工程类一等奖,奖励的项目是"中国海洋油气勘探开发科技创新体系建设"成果,获奖者是中国海油,这是第一家中央企业获得的国家科技进步奖。

2001 年,中海油上市时的市值为 60 亿美元,现在是 1000 亿美元。为什么国际市场这么认可?因为他们把中海油看成是"成长股",潜力好!这就是国际同行对中海油的一致看法。

"本世纪初,国家提出国企要建立现代企业制度,我们海洋石油 2001 年在香港成功上市,从而叩开了国际资本市场的大门。我们中海油田服务有限公司,2001 年按照总公司的规划,将七个小而全的公司合并成一个公司,然后我们整体上市。这八九年中,中海油服通过资本运营,强大了自己的实力,现在不仅可以承担起中国海油总公司在自己海域上的勘探与开发工程的所有服务项目,而且已经在海外 20 多个国家承包任务,公司资产总额一直以 30% 的速度在增长。这样的业绩,在全世界同行中绝无仅有。"中海油服副总裁徐雄飞用了"惊心动魄""惊涛骇浪"和"惊天动地"三个成语来形容他们公司的成长史。

认识统一了,改革的阻力变成了动力。就说中海油服上市过程,当时这一块原有员工 5000 多人,按照资本市场要求,必须裁掉 2000 人,这样人均效益就高了。这个方案在总公司决策层也同意了。但最后时刻,总公司经过审慎研究后,推翻了这一方案,最后决定中海油服要上市,但要消化的 2000 人也必须在公司的改制和发展中进行。

后来他们按照这一思路做,并通过三年的板块管理运作,如今不仅获得资本市场的认可,中海油服以自己的能力和实力成为一支让许多外国公司仰慕的专业队伍。

"因为我们的改革路子走对了,如这样的'拖累'问题也成了企业全速前进的动力齿轮。以后勤和存续等单位重组后形成的'海油发展公司',现在早已扭亏为盈,每年实现效益都在10亿元以上,去年达到了19亿元。而这期间,我们没有让一个人下岗,没有让一个人待业。"中国海油原副总经理曹兴和说。

中国海油以其独特而又紧盯国际一流能源公司的水准来打造自己的队伍,从而获得了企业跨越式发展。到2010年底,公司总资产6431亿元,净资产3843亿元,利润974亿元,上缴税费828亿元,相当于7年时间再造了4个新的"中国海油"。

有一则"经典故事"在中国海油很流传——

2006年,已经投产十年的南海北部湾最重要的油田——流花油田经历了一场百年不遇的大台风。此次台风的名字听起来似乎很美——"珍珠",其实是极端凶残的一个恶魔,它由两股飓风在西北太平洋上空碰撞,形成新的合力,在5月13日这一天,以每秒40多米的风速、20多米高的浪墙,疯狂地向我流花油田迎面扑来。在台风袭击之前,中海油根据海上作业的规程要求,撤出了全部生产人员,并且关闭了所有设施,此次"珍珠"光顾,中国海油数以千计的海上员工毫发无损。

可是,台风过后,技术人员发现固定"南海胜利"号储油轮的10根锚链已经被"珍珠"扭断7根,而这艘5万吨级的"巨无霸"仅靠剩下3根锚链系泊,就意味着随时因另一次哪怕是轻微的风动而造成折翻。"南海胜利"号载有26万桶原油和7万吨污油,一旦折翻,便是一次威力无比的大爆炸,那时,损坏的不仅是整个油田,而是不可设想的世界性海洋污染!

没有办法,只得先求人。可人家外国公司别的条件还没提,仅仅雇他们的操作船,开价一天就是50万美元,而且切割锚链的活儿干得成干不成,一分钱都不退。

只有自己想法儿了!

打捞锚链和软管的器具,是决定修复流花油田生产的关键。这样的打捞器具何处有?一打听,世界上没有一家公司备有这等大型设备。租不到也买不到,那就自己造。

海油人便使用上了自己的一艘8000吨位的"709"勘探船,在上面加装了150吨的步进式绞车和125吨的尾部A吊器具。这是打捞必须具备的基本设备——超大型绞车,通过齿轮的力量将漂沉在深海的锚链和软管吊出海面。

"那齿轮直径就有7米，两层楼那么高！"海工负责人一说起自己制造的"宝贝疙瘩"，一脸自豪。

深海打捞几千吨的东西和漂动着的巨型软管，光有力量还不行，得有"抓手"。于是，承担此项技术攻关任务的中海油深圳分公司千难万难地成功研制出了一个后来起名为"Chinese Finger"（中国指）的大"抓手"。

有了"中国指"还得有潜水员将"抓手"牢牢地抓住沉没和漂动在深海之中的断链与软管。于是，下潜300米的潜水服成了又一个科研难题。

咱社会主义制度的优势在哪儿？就是可以动员和依靠全社会力量办我们的事业！"一定要按要求、抢时间完成任务！"总公司在下达又一道战令的同时，还向所属执行任务的团队敞开了一个思路。所用的深海潜水服后来是通过国内外公司合作完成的。

2007年6月27日，停产的流花油田正式复产，从此恢复了每天20000桶的原油生产。据中海油称，由于流花油田提前一年复产，使得中海油当年增加收入约40亿元，增加原油产量120万吨。

中国海油在进行这个油田的复产过程中，实现了多少项国家级的科学发明和创造了多少项世界级的制造技术？我想借用中国海油一位领导的话作出回答：中国海油的技术进步，是实现"海上大庆"的根本，而中国海洋工程的技术进步，提升的是国家力量。

尾　声

"981"——托起深水海域的另一个、无数个"海上大庆"……它，就在我眼前：宛如一座钢铁垒筑成的摩天大厦。

那挺起的身子足有136米，相当于45层楼房的高度。踏上它的甲板，环顾左右前后，你立刻会联想到那种超级"航空母舰"，只不过装载的不是一排排静候展翅飞翔的战机，而是叠加有序、气势磅礴的各种机械设备，那密密麻麻、交叉错综的电缆线据说总长度超过800公里。甲板顶部的飞机平台，如巨人伸出的一只手掌平放着，直升机可在上面随时起降。这艘总造价达60亿元的当今世界最先进的深水半潜式钻井平台，代号为"981"，可以在3000米的深水海域进行勘探、钻井、开采石油的海洋"巨无霸"，其排水量达3.5万立方米，完全由我国自行建造。

据专家推测，仅我国南海的曾母盆地、沙巴盆地和万安盆地的石油储量将近200亿吨,而这些石油大多在2000—3000米的深水海域。"981"的诞生,是为了中国海油实现下一个目标:2020年前在南海深水区建成5000万吨油气当量的另一个"海上大庆"。而我知道,中国海油还有更远、更多的深海战略蓝图早已形成。

那,又是一个怎样的振奋?为这,请允许我以13亿人民的名义,向你们——英雄的中国海油人致敬!

(刊发于2011年6月15日《人民日报》)

黑土地的梦

蒋 巍

历史遗留的一个问号

那是党的十八大召开之前的秋日,我走向绥化大地,曾经一望无际的青纱帐已经化为丰收的金黄,在蓝天下闪耀着翻卷着,海一样雄浑壮阔,城市成了金浪中升起的亮丽岛屿。

如画的风景年年相似。其实一波新的具有深远意义的变革已在绥化悄然展开,不过不再是急风暴雨的方式和行政命令的强力推进,一切以自然的、温情的方式发生着,一切尊重人民的意愿和选择。正如党的十八大所具有的继往开来的意义,每个时代都有不同的命题,中国的改革也在深入、持续地前进,并深刻回答着不同发展阶段的提问与要求。

改革之初,安徽小岗村18户农民签订的一纸生死状震动了中国,家庭联产承包制的洪潮以排山倒海之势冲开了死气沉沉的"大帮哄"体制。这股风吹到黑龙江已经有些晚了。1983年秋,绥化地区肇东县的五里明村通过抓阄儿大会,把生产队的耕地和所有生产资料分光了,3户一匹马,5户一头牛,连扫帚、锹镐、犁杖、绳子都拆分到户,8个猪槽子不够分的,干脆分别锯成3截让农户抱回家,那种全家老小齐上阵的热闹场面比新中国成立初的土改还激动人心。3天后,生产队寸草不剩,完全解体了。傍晚,26岁的生产队长徐凤玉对村民说,今后用不着敲钟叫大家下地干活了,队部门口挂着的那块铁犁片我就抱回家做个纪念吧。

那个夜晚,全村许多间漏风漏雨的茅草房响起阵阵欢声笑语,下了岗的生产队队长徐凤玉却蹲在自家土坯房的院里,瞅着那块锈迹斑斑的破犁片抱头痛哭了一场。他心疼的不是队长职务,而是这个刚见起色的生产队。他当队长没几年，拼死拼活领着社员把工分分值干到 4 元多，这在当地算是个先进典型了，怎么一夜之间就拆光分光、彻底散伙了呢？他很痛苦，想不通。这种思想状况显然有点落伍了，跟不上形势，不过高中毕业的他还想了一个更重要的问题：广播里说中国要搞四个现代化，现在把耕地划成"豆腐块"分给农户单干了，将来现代化的大农业怎么搞啊？

很快，徐凤玉看到，分田到户极大地激发了广大农民的积极性，粮食连年大增产，中国人终于可以吃饱饭了，再加上发展副业外出打工，庄稼院的小日子越过越红火。可是，眼瞅着城市的现代化像楼群疯长、车流奔涌一样突飞猛进，农村发展显然缓慢许多，专家说那叫"徘徊"。那么，农村现代化的出路在哪里？未来的农业是啥样？他还是想不明白。但他知道一个大道理：一家一户分散经营的小农经济肯定办不成现代化！

中国农业向何处去？这是历史遗留的一个巨大问号，13 亿中国人要从根本上保障自己的粮食安全，必须对这个问题做出回答。

答案在哪里？人民是创造历史的主体力量，答案就蕴藏在人民无穷的创造力之中。

一个老兵的"根据地"

许彦彬又黑又瘦，一脸风吹日晒奔波四方的痕迹。1995 年，当兵 7 年的他复员回到家乡肇东市向阳乡中心村。那时全村土地已经承包到各家各户，没他的份儿了。一个年轻的爷们儿总不能靠老爹养着啊！许彦彬找到乡里于书记说，我看乡政府前面有个土体育场，每年春天开一次运动会，平时就没用了，能不能租给我种点什么，来年春天我再压平夯实还给政府。于书记说，军人保家卫国有功，解甲归田了就应当有田嘛！

许彦彬从小好学，脑瓜灵通，在部队"军地两用人才"培训中学过不少农科知识、栽培技术。他见家乡人清一色种的是大苞米，一亩地赚上一二百元就不错了，心想，肇东前靠哈尔滨，后靠大庆，种瓜果蔬菜肯定能大捞一笔。他于是跑到省农科院买回 1000 棵号称"圣女"牌的优良小西红柿秧苗——那时小西红柿还是稀罕玩意儿，此外还种了些西瓜、甜瓜。入秋，体育场开出的 27 亩地让许彦彬足足赚了 1.5 万元，第二年开完运动会，他又赚了 2 万多元。

那时农村还是"万元户"走红的时代，体育场距乡政府不远，来往人多，复员兵许彦彬居然把它变成瓜果飘香的大菜园子,而且一年就成了"万元户",消息传开,十里八乡的乡亲们眼馋得要命,纷纷跑来向他请教。许彦彬借机在体育场门口摆了个摊床,一边卖瓜果一边传技术,一边赚钱一边当"活雷锋",遇到三姑二大爷还掏钱请吃一顿东北大炖菜。几年下来,瓜菜风压倒大苞米,邻近几个乡有3000多亩地改种了瓜果蔬菜,许彦彬的家自然成了"技术咨询中心",从早到晚"热线电话"响个不停。收获季节,来自东三省和南方的商贩潮涌而至抢购抢运,临乡公路上车水马龙人声鼎沸,红红绿绿的瓜菜成吨地拉走,花花绿绿的票子成捆地塞进农民的腰包。

乡亲们笑了,许彦彬的脸色却凝重起来。他看到瓜菜多了,农民争着卖,商贩压价收,乡亲们增产不增收。2000年春,他找到乡政府,说想把种瓜菜的乡亲们组织起来搞个"协会",统一购种肥农药,统一销售,统一搞个商标打品牌。乡领导大为高兴,说全力支持!

于是,富起来的许彦彬自掏经费办起了"向阳乡瓜菜协会",数年间发展会员近3000名,乡农业技术站聘请他当了第二门市部的义务经理。每到耕作时节和冬闲时候,他请来省城的专家教授给乡亲们讲科学种植,前来听课的农民最多时达五六百人,有文化的拿小本子使劲记,没文化的支着耳朵使劲听,许彦彬看到乡亲们这样好学,大受鼓舞,干脆中午管一顿免费午餐。结果来吃免费午餐的人越来越多,体育场成了没有围墙的"农技大学堂"。乡干部们感慨地说,分田到户以来,从未见过这么多的农民自愿来开会听课。

信息是致富之源,此后向阳乡瓜菜协会在全国几大城市招聘了市场信息员,2004年,许彦彬发现各地批发西瓜种子量减少近一半,他立即鼓动会员增种西瓜5000多亩,结果"西瓜户"都大赚了一把。2007年,4000多亩番茄突遭疫病,农民忧心如焚,许彦彬立即与杜邦公司上海总部联系请求救援,该公司派专家飞赴绥化,深入田间会诊开方,协会出资雇用8辆大客车,将数百名瓜农拉到现场"面授机宜",结果药到病除。

所有这一切协会活动,全是普通农民许彦彬自费操办的!

加入协会的菜农越来越多,瓜菜成熟之时,邻近向阳乡的公路两侧绵延3公里,全是堆积如山、琳琅满目的瓜果蔬菜摊,人流如潮,车马如流,这段贯通哈尔滨、大庆、齐齐哈尔的公路成了肇东市最大的瓜菜批发市场。2005年,在市、乡政府的支持下,许彦彬联合5个实力雄厚的会员,成立了"向阳乡瓜菜合作社",大家决定集资140万元,征地建房,在路边搞个正规化的瓜菜批发大市场。许彦彬跑到市工商局登记注册,工商局干部摸摸脑袋为难地说，你这事儿挺新鲜，我们没遇到过，没法儿给你办手续，你就先干着吧。

在拥有586万人口、辖1区9县的农业大市绥化，第一个农业专业合作社就这样"非法"创办起来。经注册的"向阳花"品牌无公害瓜果蔬菜由此声名大振，哈尔滨、沈阳、大连、上海，包括海南等一些大中城市成为主销阵地。目前，"向阳乡瓜菜合作社"批发市场年交易额8000多万元，社员种菜3万余亩，交易量近10万吨，是绥化市最大的绿色无公害瓜菜生产基地。不过，由于批发市场征地和投资花费巨大，开张后仅收取很低的服务费，合作社5个股东都亏了，有的两口子为此吵得不可开交，许彦彬赔进去近30万元。乡亲们说他是"专理事、不挣钱的理事长"，可十几年来和他打交道的农民成千上万，没一个上访告状的。

"黄麻子"和"白胖子"

分田到户30多年来，特别是农民免交农业税以来，广袤的乡村大地似乎一片寂静，亿万农民各忙各的小日子，各奔各的致富路，春来秋去，村里大槐树下的空场地落满麻雀，除了三年一度民选村干部，村民开会成了稀罕事儿。

城里人不知道，近些年，农民自发召开的会议突然多了起来。

2006年，望奎县东郊乡李亚文的女儿考上大学，可2000元学费怎么也凑不齐。亚文找到张姨求援，说着说着眼泪就下来了。张姨种了多年马铃薯，有点积蓄，当即掏出2000元，然后建议说，你家孩子那样优秀，将来还有用钱的时候，你穷成这样，不如跟我一块种土豆弄点外快吧，我先借你1000元的股。走投无路的李亚文只好同意试试。到了秋后股金不仅还上了，还分了700元的红利。兴奋异常的李亚文思路大开，她通过亲戚在二龙山农场租下200亩地专种土豆，年底和张姨各收入2万多元。她想，自己和张姨闯出一条致富路，但单打独斗规模毕竟小，为什么不带动乡亲们一块干呢？恰逢2007年国家通过的《农民专业合作社法》开始实施，李亚文受到启发，动员了18个大户入股集资300万元，集中耕地670亩，成立了东郊乡"顺达马铃薯合作社"。那是2008年春天的一个夜晚，停电，18个股东集中在村委会的破会议室里，摸黑开了成立大会，李亚文当选理事长。"那以后，我们几乎每月开一次会，不是理事会就是监事会，"李亚文说，"分田到户以后，农民都不愿意开会了,可合作社成立后,大家特别愿意开会,因为一切都是民主决策,一切财务账目都公开透明,开了会大家心里就踏实了,每次会开得热热闹闹,会后大家还实行 AA 制,喝顿'团结奋斗酒'。"

按照国家相关法规,顺达合作社制定了一系列惠农政策,以吸引广大农户:所有国家惠农补贴一分不动全归农民;以土地入股的,合作社与农民签订最低保护价收购合同,保证每亩纯收入 900 元;实行多收多得,售后二次分红。因土质好、耕作细、管理严,品种也选得好,顺达合作社的品牌"黄麻子"土豆很快红透半边天,产品远销大江南北,全国著名的食品加工企业"上好佳"闻风而来,决定把这里定为原料基地,全面实行订单生产。2011 年,顺达合作社种植土豆 17000 亩,横跨 4 个乡镇,社员平均获利 36 万元,18 个股东各获利 40 多万元。不久前,李亚文又主持股东开了个会,她说,现在咱们富了,不能忘记那些特困户、伤残户,明年咱们帮着他们把地种起来,全包代管,让所有乡亲都过上好日子!

就在"黄麻子"土豆诞生之际,兰西县又冒出个"白胖子"土豆。

向阳村紧靠兰西县城,村主任徐文武当过 9 年民办教师,"年薪"970 元,因收入低他回村当了农民。此人获得过黑龙江省教育学院的函授文凭,又熟悉农村情况,在村里算是见多识广的"高级知识分子",2005 年顺利当选为村民委员会主任。2007 年,镇领导找到他说,国家鼓励村民联合起来创办合作社,搞土地规模经营,你能不能鼓捣鼓捣?徐文武一听就知道这是大好事,他找到党员李树德,两人都是能人,晚上坐炕头一合计,咱村紧靠县城,外有公路,如果搞个蔬菜合作社,比种大苞米来钱快多了。两人联合了 11 户有实力的村民组成马铃薯合作社,吸收了近百户社员搞统一经营。集体大宗采购,种肥农药的价格立即下来了;土地规模机耕,比单干户每亩成本下降 5 元,省下的劳力外出打工或在合作社劳动,可以再挣一份工钱。可东北冬季漫长,怎么能掌握作物生长期呢?经市里农科部门指点,他们引进了马铃薯"扣膜育芽"技术,每年 3 月还是冰雪世界,他们先在室内育芽,5 月栽秧,7 月收获,然后迅速整地,再种一茬秋白菜,东北传统的一季作物由此变成两季收获,1 亩效益顶 5 亩。社员们欢天喜地,纷纷跟着效仿。徐文武说,一到 3 月你进村看吧,家家炕头、地上摆满育芽的瓦盆木箱,密得插不进脚,炕上这头睡觉,那头是育芽箱,"好像夫妻搂着土豆芽子睡觉呢"。兰西县是肥得流油的黑土地,土豆长得又大又圆,表面平整,个头均匀,吃起来起沙,带甜味儿。镇党委书记高维国说,这么好的土豆得起个好名字,便于打市场。

他领着大伙儿琢磨商议了好几天,最后经投票表决,定名"白胖子"。纯绿色、无公害的"白胖子"迅速打响,销路直达长江两岸,订单生产供不应求。黑龙江省食品药品监督局也成了他们的"义务宣传员",说我们机关食堂主打土豆食品就是"白胖子"。

2011年,这个合作社拥有社员440户,经营土地面积15100亩,社员每亩收入8200元,比种植苞米的单干户增收14倍。农民富了,全村搞起新农村一期建设,依山而上盖起一排排别墅式新房,外墙是咖啡色,楼顶是红铁皮,每套房100多平方米,楼间宽敞疏朗,林木葱郁,结果被村民抢购一空。2011年村里搞选举,徐文武再次高票当选村委会主任,李树德高票当选村支书。我问,你们既是村官又是合作社的头儿,村民会不会怀疑你们搞猫腻?徐文武笑着说,村民入社自愿,退社自由,财务收支全部公示,一切决策民主讨论,你搞不正之风,社员就退社,合作社还办得下去吗?

大农机进了小村庄

贾洪涛,18岁外出打工时是个小瘦猴,裤袋里藏着50元活命钱,35岁回乡时宽额方脸,膀阔腰圆,是拥有数百万资产的物流业老板,在北京、石家庄、海口设有营业点。2005年秋,他开着光亮闪闪的本田轿车回到绥化市北林区的永兴村看望父母,刚下过一场秋雨,道路泥泞不堪,车陷在泥水坑里不能动了,叫来两台四轮子,用了两个小时才把轿车拽出来。回到家,当过几十年村干部的老爸瞅着一身西装革履的儿子和轿车成了泥猴,脸色很沉重,他心疼的不是儿子和车,而是全村的乡亲们。老人说,村里情况你都看到了,家家过着穷日子住着泥草房,好姑娘都嫁到外面,光棍剩下一大把,你在外面发达了,有本事也有本钱了,还是回来帮帮乡亲们吧。

听了父亲的话,贾洪涛毅然决定留下来,领着父老乡亲闯一条致富路。镇领导很支持,指定他当村"负责人"。第一次开村民大会,掌声很热烈,他脸涨得通红,憋了半天不知讲什么,只说了几句"我一定好好干"之类的话,人和汗就一块下来了。要致富先修路,他没告诉妻子,私下拿出80多万元为村里铺了10条砂石路,接着打了48眼机井,修整了数千米水渠,安装了进村电视和10台电脑,网线把大大的永兴村和小小的"地球村"全面连接起来——世界因此变得扁平了。

当时永兴村村干部平均年龄55岁以上,开会就咳嗽,出门就喊累,上炕就捶腿，而且论资排辈都是他的"二爷三伯四舅父"之类，根本支使不动，贾洪涛挑了5个年轻的治安员帮他打理事务，两年后经村民"海选"，老爷子全部进入"顾问委员会"，5个治安员都当了村干部，永兴村虎虎生风了。贾洪涛乘势而上，又相继组建了蔬菜合作社、现代农机合作社和烤烟合作社，全村688户全部入社，17200亩耕地全部由合作社规模经营，由农民群众自愿发起，真正民办民管民受益的"合作化运动"在永兴村产生。2011年，永兴村4个合作社总收入1500万元，拉动村民增收2336万元，当初只有贾洪涛的一辆轿车，如今全村轿车、越野车、客货车达200多辆，一栋栋造型优美的新社区楼房也拔地而起。

我问，现在有些农村脱离实际过快城镇化，农民"被上楼"，给生产生活造成许多困难，你那里不存在这样的情况吗？贾洪涛说，只要把合作经济搞起来，土地实现连片代管、规模经营，现代大农机用上了，农民可以离开土地另谋职业，他们当然愿意上楼！再说我们7个村进驻新社区，可增加复垦耕地2万多亩。以往村里家家都有个大菜园子，其实吃得少扔得多，浪费了大量土地资源。农民上楼以后大片土地腾了出来，这对国家粮食安全是多大的贡献啊！

他说得太对也太好了！在座许多干部农民热烈鼓掌表示赞同。

在绥化生机盎然的广阔绿野上，在各级党组织和政府的强力支持下，千百个乡村能人、种地大户、被群众认可的村组干部先后涌出，成为引领广大农民走向现代化大农业的新一代致富带头人，他们有一个统一的名字叫"理事长"。黑龙江省委省政府对绥化市"因地制宜，多元创办，政府支持，市场引导，大力推进农村合作经济"的经验给予高度评价。

绥化市委书记朱清文身材高大，嗓音洪亮，走路大步流星，虎虎生风。到任以来，他的大嗓门儿喊得最多最亮的就是"发展合作经济，推动规模经营，大力推动农业现代化和农村城镇化"。两年来，全市农业合作社迅速发展到3000多家，拥有众多大型农机、价值达千万元以上的农机合作社从几十家跃升至219家，作业覆盖面积占全市耕地四分之一，2011年全市粮食产量306亿斤，比上年增产37亿斤。下乡访谈时，我和朱书记一起走在田间路上，他顺手摘了一片草叶含在唇边，吹起欢快的歌哨。看得出，面对这片正向现代化大农业阔步迈进的沃野，他的内心响彻激情而昂扬的旋律……

数千年里，牛拉犁一直是中国农村的缩影。

改革开放30余年，小四轮拖拉机一直是中国农业生产力的象征。

新世纪到来，在国家一系列惠农政策的支持下，农民自发组织的专业合作社如雨后春笋涌现在乡村大地，正如党的十八大报告所指出的，这是"集约化、专业化、组织化、社会化相结合的新型农业经营体系"，在这个富有生机和活力的体系中，小农经济的汪洋大海正在汇聚起前所未有的集体智慧和能量，分散经营的广大农民正在重新集结起来，数字化大型农机具正在隆隆开向连年增产的绿野。毫无疑问，这是打造现代化、产业化绿色农业的希望所在，是保障国家粮食安全的必由之路。这是一个极其伟大、令人激动的新的历史发端，是建设社会主义新农村的勇敢创新，是中国农村生产关系的重大变革，积聚了30多年巨大能量的农村生产力由此将获得极大解放，并为现代化大农业的进军开辟广阔的前进道路。

历史的问号已经破题。

梦想不再遥远，她正在绿野上飞翔。

（刊发于 2012 年 12 月 24 日《人民日报》）

我的中国梦

李春雷

从珠海飞回沈阳的时候，已经是晚上8时了。

南北温差太大，冰火两重天。他体内虚火浮躁，满嘴起泡，唇角还淤结了一片不大不小的疮痂，黑糊糊的，像一粒溃烂的桑葚。

他打电话给妻子，说连夜赶去外地参加一个活动，月底结束，今晚就不回家了。

妻子问："十多天没照面，又要到哪儿去？"

他沉默了一会儿："你别问了，保密。"

妻子不说话了，这是多年的习惯。但又不放心，就叮嘱一句："如果是在东北，务必带上棉大衣。"

他赶回办公室，处理了几个急件。然后，拿上棉衣和一件工装——海蓝色夹克，就披着浓稠的夜色，匆匆忙忙地奔向几百公里之外的基地。

作为中航工业沈阳飞机工业（集团）有限公司董事长兼总经理，他担任研制现场总指挥的中国第一代舰载机——歼-15，几天后就要公开在"辽宁号"航母上进行第一次起降训练了，那肯定是一个世界注目的事件。只是现在，还不能透露丝毫。

这一天，是2012年11月17日。

一

罗阳是部队大院里长大的，父母亲都在第三军医大学工作。

高考的时候，他成绩非常优秀，完全可以考取清华大学，可他执意选报了北京航空航天大学、西北工业大学和南京航空学院。他是军人的孩子，他的梦想是国防军工。

进入北航读书，专业是高空设备制造。

在班里，他不仅成绩好，体育也好，立定跳远 2.75 米，引体向上能做无数次，腹部竟然练出了 8 块坚硬的腹肌。他 1.8 米的个头，身材清瘦，弹跳如簧，是班里的体育委员，是系排球队的主攻手。

1982 年，罗阳分配到沈阳飞机设计研究所，担任设计员。

这是共和国组建最早的飞机设计研究所，主要从事战斗机的总体设计和研究，中国空军现役的歼击机大都在这里设计定型。

那时候，所里正在进行歼-8Ⅱ的设计攻关。

有一年，罗阳与几位专家到美国考察。人家的航母甲板上，战机像蜻蜓一样飞飞落落，机翼轻松地折叠收放。想起自己的落后，年轻的他急得直想大哭。

差距太大了，太大了！

要拼命追赶啊。

一个国家，没有安宁的国防，就没有安宁的一切。

我们的天空并不安宁。未来的威胁，最多的将来自于天空。

没有人能够想象，这些年来，中国军机制造走过了一条怎样的艰难之路。

借鉴、消化、吸收、提升，失败、苦恼、汗水、泪水、血水……几十万中国航空人在追赶、追赶，苦思冥想，殚精竭虑，参悟天机，披星戴月，只争朝夕。

从二代机、三代机、到四代机，由望尘莫及，到望其项背……

二

到达基地时，已经接近凌晨 1 点了。

舰载机应急保障队的队员们还在等待，他们将举行战机上舰之前的最后一次检测。

飞机跑道上，停泊着几架橘黄色的歼-15，都在睁大眼睛，亲昵地瞅着他。他也用深情的目光，细细地抚摸着，紧紧地拥抱着。这些，都是他的心肝宝贝啊。

两个月前，中国第一艘航母"辽宁号"正式诞生，震惊世界。但航母是什么？它是以舰载机为主要武器并作为其海上活动基地的大型水面舰艇，是移动的机场，舰载机才是真正的战斗力。

说起舰载机的历史，国人真是汗颜啊，整整迟到了 100 年。

1912年5月2日,英国人查尔斯·萨姆森第一个从航行中的战舰上起飞。第二次世界大战中,舰载机被广泛应用,特别是在太平洋战场上起到决定性作用,从日本海军偷袭珍珠港,到双方舰队自始至终没有碰面的珊瑚海海战,再到决定命运的中途岛海战,无不如此。

1991年的海湾战争和2003年的伊拉克战争,美国尽管在中东没有足够的陆上机场,却依然能够利用其舰载机群进行主要攻击。

目前,全世界所有航母上的舰载机数量在1250架左右,其中美国超过1000架,俄罗斯、英国和法国排列其后。而中国呢,还是一片空白。

如今,这第一架,就要横空出世了。

美国媒体曾公开断言,中国的舰载机最少要两年后才能上舰。

而现在,才仅仅两个月。

他微微地一笑,忽地感到一团雾茫茫的困倦倏然袭来。

三

自从投身这一片温热而又浩瀚的海洋,他就再也没有回头。

20世纪80年代,国家倾力于经济建设,军工萧条。好多专业人才下海了,转行了,可他依然坚守。趁着清闲,他自学俄语,每天抱着收音机听读,还试着翻译俄文军事资料。后来,他干脆又考回母校,读全日制研究生,专业更是飞机设计。

90年代之后,军工航空的春天终于来临。

那个时候,他重点研究飞机座舱,侧重于舱盖玻璃和金属的老化疲劳问题。高空高速中,气流温度接近190℃,材料选用至关重要。为了快速筛选,需要到广州和海南做试验。试验是在强烈的紫外线环境中,强度是海南最高值的5倍。由于防护简陋,身体的照射时间每天不宜超过两小时。可他,每天照射5个小时以上,烤得皮肤火辣辣的,生疼。半个月,收获颇多,他的脸上虽然全部爆皮了,像一个烧伤病人,可仍然掩盖不住笑容灿烂。

他在科研上成绩骄人:在国内首次采用气动力分析法进行座椅的适应性分析;率先提出开展透明件材料人工加速老化研究,填补了国内空白;主持了歼-8系列飞机弹射救生系统重大技术攻关……

各方面的优秀表现,使他一步步走上了领导岗位。10年之后,他担任了这所国内最大的歼击机设计研究所的党委书记。

2007年,人到中年的罗阳又肩负更大重任,出任中国歼击机生产基地——中航工业沈阳飞机工业（集团）有限公司董事长兼总经理。

沈飞，被誉为"中国歼击机的摇篮"，自1951年创建以来，创造了中国航空史上的无数个"第一"：第一架喷气式歼击机——歼-5，第一架喷气教练机——歼教Ⅰ，第一架超音速歼击机——歼-6，第一架双倍音速歼击机——歼-7，第一架高空高速歼击机——歼-8，第一架全天候高空高速歼击机——歼-8Ⅱ……

由设计军机到制造军机，罗阳承担着国家安全的一项特殊的神圣使命！

说起来，罗阳与军机似乎有一种天缘。

有两个数字，真是惊人的巧合：

他出生那一年——1961年，正值沈阳飞机设计研究所成立。

而他的生日——6月29日，竟然就是沈飞的诞生日！

四

起床后第一件事，就是细细观察天气，这也是多年的习惯了。

东方一抹银灰的鱼肚白，晴天，能够试飞。他的心里立时升起一轮太阳，明亮亮的。

8时整，乘坐直升机，飞往"辽宁号"。

这是他第一次登上航母。但他早已通过图像和视频对这个庞然大物进行过千百次的熟悉，所以，对它的雄壮、繁华和先进性并不感到新奇。风大浪急，波涛汹涌，但航母不为所动，碾过喧闹，平稳前行。站在航母甲板右侧高高的舰岛上，凭栏远眺，有一种凌驾万物的感觉。

不知怎么回事，他总是豪迈不起来。

航母上的起落平台不及陆上面积的1/10，且处于运动状态和微颠簸状态，舰载机要实现平稳且精准的起降，其难度远高于岸基。根据美国海军的说法，飞行员在航母上降落时的紧张程度甚至要超过空战的时候。

据有关资料显示，几十年来，为了舰载机的成功起降，美国曾损失上千架飞机。

一条极危险的血路，一次刀尖上的舞蹈。

这，正是他最揪心的。

五

现代化战争，制空权的重要性不言而喻。而在这个领域里，常规军机可以购买,通用技术可以借鉴,最尖端的核心技术定然是国家绝密。

目前,世界上现役的舰载机主要有美国F-18、俄罗斯苏-33、英国"鹞式"和法国的"阵风"。几年前,中国选择与其处于同一平台的歼-15作为舰载机进行自主研制,无疑是一个巨大挑战。

中航工业集团牵头,以沈阳飞机设计研究所和沈飞公司为主体,组成精英团队,联合攻关。

按照常规程序,设计单位应在完成设计定型之后,再将生产定型的任务交给沈飞。

但是,为了提高效率和速度,罗阳另辟蹊径。他力主打破先设计、后制造的老规矩,将两个单位的研制人员整合为一个"飞鲨"团队,不分你我,不分先后,联合设计,联合制造。

制造与设计单位是一对矛盾体。设计者惟愿立足技术最前沿,而在工艺水平相对落后的我国航空制造界,设计意图很难完全工程化实现。

但作为新机研制生产现场总指挥的罗阳,总是给上游最大的创新空间。研讨设计方案时,他很少要求修改以降低制造难度,反而总是鼓励大胆设计,加工制造时遇到困难,他再去攻关。

"你们怎样设计,我们就怎么干!"这是罗阳常说的一句话。

制造一辆时速200公里以上且性能稳定的高级轿车,其难度系数是多少?而制造一架时速2000公里以上且性能稳定的舰载机,其难度系数又是多少?

老天知晓!

工欲善其事,必先利其器。这些年,在罗阳的主持下,沈飞集团已经逐渐拥有一整套国际先进水平的飞机装配、整机试验、可靠性试验、飞行试验的技术、设备和制造生产线,特别是在钛合金机械加工和大型复杂结构件的数控加工等方面已达到世界一流水平。

但是,千千万万个难关和险隘,横亘面前……

这里是高科技的极顶,是人类的至高玄奥,又是一个绝密的军事禁区!

所以,作为一个写作者,我无权窥探其中,也无法向读者描述,更不能臆想。

但,我们可以想象,想象那个邈远而神奇的高空世界。

六

舰载机的第一次公开起降训练,将由军方飞行员完成。

由于此次任务特殊,世界关注,军方、航空界高层及新闻界都亲临现场。

所以，军方只邀请罗阳一人作为沈飞公司的代表上舰工作。

这样，他的担子更加重了。

虽然训练任务由军方执行，但作为研制现场总指挥，作为"孩子"的"父亲"，他必须对一切结果负责。

在这几天里，他不得不亲自检查全部机舱，查对数据，并对相关环节全面监测。

他拿着一个小本，日日夜夜地记录着和计算着，那些只有他明白的麻麻密密的数据……

由于工作紧张和舰上生活不习惯，他睡眠严重不足。嘴上的口疮时时蹿火，麻麻刺刺地疼痛，疮痂渐次扩大，像一枚风蚀的葡萄干。

七

新机试制部工程师韩崇杰的右脸颊上有一个红疱，罗阳发现了。

飞机车间里，竟然还有小飞机——蚊子。

当天，他安排给车间所有人配上了花露水。

一位老技师患有糖尿病，他专门安排食堂准备无糖食品；深夜，看到车间加班，他叮嘱后勤一定要准时送餐；进入冬季，他又给外场人员每人配发了一个暖宝。

罗阳说，越是大干，越不能忽视大家的身体健康。

过去，除了特殊工种，沈飞人每三年体检一次。罗阳决定扩大员工体检范围，缩短体检间隔。从 2011 年开始，职工们每年体检。

对于"飞鲨团队"和特殊工种，罗阳请医生每周二上午到各个生产现场，为大家量血压，做心电图，随时检查身体状况。

从此，沈飞人的身体不仅有"年检"，还有了"周检"。

可他自己，却有两年没有体检了。

…………

罗阳是一个极简朴的人。

他家住在家属院的六楼，没有电梯，是 20 世纪 90 年代初期的老房子。装修呢？仍是当年的模样，客厅的八个莲花灯，其中三盏从未亮过。最让人惊奇的是，他家的厕所里还是蹲便池，明显落后于时代。

这些年来，他一直佩戴着一块卡西欧运动手表，表带是黑色布制的，边缘已经磨损，露出白色线边儿。他用碳素笔描成黑色，继续使用。

他唯一的爱好，就是待在各个车间里。

公司的工作服是一件海蓝色夹克，他常年穿在身上，即使到北京开会，也从不穿西服。不是不穿，是没有合身的。长期缺少锻炼，他原本标准的身材略微发胖，过去的西服不合身了。

几年前，有一次，省里开会，明确要求着正装。没有办法，他只得委托秘书上街买了一套，1390元。

开完会后，这套西服就闲置了，挂在办公室里，只在会见外宾时穿一下。

他就是一个工人。

一个最特别而又最普通的蓝领工人。

采访时，罗阳的秘书给我讲过一个故事：

中秋节，他去看望母亲。父亲7年前去世了，他是唯一的儿子。他坐在床边，与母亲说话，不知不觉中，竟然斜靠在床上睡着了。秘书在客厅看电视，长久地听不到声音，感觉有些异常，便往里面看了一下。只见母亲轻轻地拉着罗阳的手，静静地看着他，不忍松开。屋里面，飘浮着他低沉而香甜的鼾声。他太累了！

好一会儿，罗阳猛然醒来，不好意思地笑一笑，告别。

八

23日早晨，6时。

罗阳爬上甲板，看天气。风小了，雪也停了，天边露出了丝丝缕缕的霞光。

今天，将有两架歼-15公开训练。

8时30分，舰岛上和甲板上聚集了数百双焦渴的眼睛。全副武装的飞行员端坐座舱，等待起飞信号。

头戴帽盔，身穿黄色外套的飞行助理经过细密的观察之后，下蹲屈身，左手握拳放于背后腰际，右臂上扬，指向前方。

飞机快速滑行，呼啸而出，直刺长空……

罗阳的心，猛地高悬起来……

九

制造车间的墙上，有一行字特别醒目：一手托着国家财产，一手托着战友生命。

某系统偶尔出现一次渗油现象，最终发现是由于胶圈沿用老标准，未达到新工艺要求。及时转换标准后，大家以为事情可以画句号了。他却"小题大做"，召开质量大会，领导班子成员和1万多名员工，手持剪刀，一起动手，剪碎了剩余的两万多个老胶圈。

还有一次，某关键部件出现瑕疵。罗阳坚持不可原谅，从分厂厂长到车间主任，一撤到底。

拦阻系统综合试验时，有一个部件出现故障。有人认为，这只是一个偶然事件，更换部件就行了。罗阳说，绝不能这么简单下结论，故障原因不能有一丝一毫含糊！他连夜启动全系统普查，进行对比分析，最后发现，故障确非偶然，原因在于对设计思想理解不到位，造成产品存在不确定因素，如果只是简单处理，就会留下致命隐患。

罗阳始终盯在现场，经过几天几夜攻关，这个部件重新研制，达到了完全可靠。

他揉着红肿的眼睛，开心地笑着："这才是我想要的。"

从此之后，生产中无论出现什么故障，罗阳都会严厉地说："要找出原因背后的原因，问题背后的问题！"

是的，对于罗阳来说，所有的努力，没有及格和优良，只有两个成绩：满分，或零分。

满负荷运转，超极限爆发。

武器系统、火控系统、通讯系统、动力系统，起落架、机翼折叠、阻拦钩等等关键技术……

一个个钉子拔除了，他们日夜兼程！

每每有重大突破，他们也会忘情地庆贺。

只是，他们的庆贺不是在酒店里，而是在办公室里、在楼道里。他们泪流满面，相互拥抱，大喊大叫，歇斯底里。但走出大楼，走出厂区，却又面沉似水，守口如瓶。

他们的痛苦和快乐，不能与亲人分享。

十

9时03分，一架歼-15飞临航母上空。

大家指着那个时隐时现的黄色斑点，兴奋地小声议论着。

罗阳仰起头，瞪大眼睛，心脏剧烈地跳动着……

甲板上的飞行助理用手势指挥着，舰上的降落指示灯也在闪闪烁烁地提示着。

1000米，500米，200米，越来越近了。飞机进入环型航线，降低高度和速度，放下起落架、襟翼和空气减速板，伸出阻拦钩……

发动机的轰鸣震天撼地，撕心裂肺。而罗阳的距离，不超过20米。

巨大的战机扑向甲板，尾钩牢牢钩住阻拦索。一阵狂飙，飞机瞬间降速至零，像鹰爪抓枝，稳稳停下，而后折叠机翼，缓缓地向指定位置靠拢……

这个场面，那么熟悉，宛若在影视里。不！那是他20多年前在美国目睹的。

人群顿时欢呼起来。

50分钟后，第二架歼-15再次成功着舰。

17点，罗阳参加总指挥部例会。他拿着厚厚一摞数据表，认真审阅。机械系统，正常！电传系统，正常！液压系统，正常……

十一

从设计发图，到新机下线，歼-15创造了中国航空史上研制速度的奇迹。

但是，如果你认为罗阳只是完成了一个歼-15，那就大错特错了。

他是多个型号的研制现场总指挥，歼-15仅是其中之一。只是由于保密原因，我不能深入采访。但我坚信，每一个型号的背后，都是一串惊心动魄的故事。

最近5年，沈飞研制了超过过去50年总和的新机型。从陆基到舰载，从三代机到四代机，托举了中国歼击机研制生产的半壁江山。

另外，沈飞的民用飞机生产任务也同样繁重，每天都会有一架飞机出厂。而民用飞机，同样容不得半点瑕疵。

安全生产、工艺创新、严防泄密、国家责任、竞争世界……

一座座大山，压在肩上，压在心上。

数万个零件，经过几千道严密的工序，构成一个个整体，联成一架架飞机，最终将飞出厂房，飞向高空，以2.3马赫的时速，巡航领空，保卫国家。

他们是一群什么样的人？

作为这个群体的领导人,罗阳又是一个什么样的人!

十二

24 日上午,继续进行歼 -15 起降训练。

今天进行 3 个架次。

又是三次过山车般的肝胆欲裂。期盼、焦急、紧张、兴奋,波峰波谷,大开大合……

12 时 03 分,参加本次训练的最后一架飞机成功着舰!

将军和列兵,专家和员工,所有的人,纷纷拥上甲板,忘情地握手、拥抱、流泪、手舞足蹈……

平时内敛的罗阳,此时再也控制不住自己,涕泪滂沱,泣不成声。他面对大海,放声呐喊:"我们的孩子,成功了!成功了!"

当天下午,亢奋中的罗阳致电岸上的几位副手,通报喜讯,并特别嘱咐一定要办好明天的庆功宴,要喜庆、隆重,喝茅台。

这时,他想起了妻子,便打去一个电话,平静地告诉她活动结束,放心吧。

"你在哪里?"妻子问。

"我明天赶到大连,晚上回家。"

妻子和母亲,是他事业最坚定的支持者和知心人,却从来不是知情人。这么多年来,她们仅仅知道他在研制飞机,而进一步的内容,他从来不说,她们也从来不问。该公布的,国家自然会公布,看电视新闻吧。

…………

罗阳是什么时候开始发病的,已经没有人能够知道。

他的异常,是在第二天早上返航时出现的。码头上锣鼓喧天,彩旗飘舞,所有的人都在狂欢,只有他一反常态,无精打采,特别是嘴角大片的疮痂,像一颗干瘪瘪的黑枣,让人格外触目惊心。

但是,即使如此,谁也没有多想,谁也不会多想。大家都在忙于准备庆功宴,只是以为他近日太过辛苦,需要休息。

这次盛宴,由沈飞公司在大连主办,下午 4 时开始。是啊,这是中国航空界多年的渴望,这是中国军工业重大的突破,这实在是一个特别值得庆贺、值得铭记的日子!

谁也想不到,仅仅半个小时之后,他病情发作。

立即送往大连友谊医院!

2个小时后,宣布不治。

医院公布的死因:急性心肌梗死、心源性猝死。

一切,竟是这么突然!

十三

罗阳的去世,让所有人感到意外。

他正值壮年,爱好运动,体质良好,向来没有检查出什么病症。于是,大家不得不想到了他近几年的过度疲劳和心理压力。特别是今年,尤其是最近。

且看他临终前三个月的行程:整个9月和10月,都在忙于另外两个重点型号的研制任务,这是两项和舰载机同样巨大的工程,提心吊胆,夜以继日;项目成功后,未及休整,8日即直赴珠海,参加第九届国际航空航天展览会;17日傍晚返回沈阳,没进家门,就连夜赶往基地;第二天早晨,又马不停蹄地奔上了"辽宁号"。

医学专家进一步分析,罗阳的生理和心理长期处于亚健康状态,再加上刚从珠海归来,马上置身于冰冷的北国海上,两地温差达到40多摄氏度,血管骤冷骤热。还有,海上的不规律生活和巨大的情感起伏,更加剧了这种失衡……

即使是钢铁,也有疲劳限度。超过承载,就要断裂。罗阳本人就是研究玻璃和金属疲劳的专家,却没有意识到自己的身体。

这是一个遗憾的疏忽,这是一个罕见的偶然,却不幸发生在了罗阳身上。

为了在遗体僵硬之前换上一件正装,让他体体面面地上路,伙计们在他的行李箱中翻找。没有西服领带,只有那一件海蓝色夹克。

他原本就是计划穿着这件工装出席庆功宴会的。

伙计们面面相觑,再次号啕大哭。

于是,大家一起动手,把这件他最喜爱的海蓝色,穿在他身上。

这是他最深的牵挂,这是他永远的梦想!

十四

庆功宴前,大将倒下。

现场的气氛,骤然由大喜转至大悲。原本丰盛的晚宴,顿时索然无味,草草收场。

当天傍晚，中国航空工业集团公司董事长林左鸣率各路大员，陪同罗阳遗体从大连返回沈阳。原定直接送往龙岗殡仪馆，但沈飞和沈阳飞机设计研究所的战友们，坚决要求他们的罗阳最后一次回家看看。于是，大家决定，遗体在厂区内绕行一圈。

当车队进入沈飞大门时，已是晚上8时了。

长长的试飞跑道上，没有一盏灯，黑黑的。大家自觉地把上千辆私家车排列在跑道两侧，打开大灯，雪白雪白，照亮着他回家的路。那一夜，雪花飘飞，银屑满地，上万人默默无语，泪流满面……

灵车驶出厂区之后，突然有人想起了罗阳母亲。79岁的老人家只有这一个儿子，而罗阳更是一个大孝子。这最后的时刻，应该让他们母子见一面啊。

于是，大家紧急商议：让罗阳轻轻地从母亲的窗外走过，悄悄地看一眼。

于是，浩浩荡荡的车队，熄灭大灯，禁止鸣笛，蹑手蹑脚。

罗阳母亲就住在三楼，就是临街的那一扇窗，里面灯光明亮，笑语喧喧，电视里正在播放一台庆典晚会。老人家已经从儿媳处得知儿子今天晚上就要回家的消息，正在满心喜悦地等待着。她多么祈望儿子的平安归来啊，多么希望疲惫的儿子能躺在自己的床上，像婴儿一样酣酣地睡觉、打鼾，而她，就那样静静地看着儿子、看着儿子……

但是，可敬的可怜的母亲啊，您不知道，您的儿子此时就在窗外，就在窗外，只是他已经永远永远地睡着了……

…………

2012年11月25日，中国官方正式宣布："辽宁号"航母已经顺利完成舰载机起降训练任务，舰机适配性能良好，达到设计指标要求。

至此，歼-15舰载机终于拨开神秘的面纱，展示在世人面前。同时，这也表明，作为中国自行设计研制的首型舰载机，歼-15已经完全具备与世界各国现役舰载机并驾齐驱的能力！

罗阳陨落了。

但他的梦想已经起飞。

他的笑容，他的笑声，写满了中国的万里空疆！

祖国，终将铭记那些忠于祖国、奉献于祖国的人！

（刊发于2013年1月9日《人民日报》）

"懒汉"治村

徐锦庚

懒汉非懒汉,为小名,大名徐樟顺。懒汉与我同村。村在浙西开化,一听村名,便知是深山冷岙:东坑口。

前些天,弟弟来电,语带喜气。哥,懒汉连任村主任了。

我纳闷,上个月,他刚选上村支书,咋一人占俩窝?

镇里动员他的,要他"双肩挑"呢。

其他候选人服气吗?我有点担心。

怎么不服气?其他人选票差了一大截呢。

我是外来户,懒汉是土著,虽然同姓氏,并非是亲戚,远房都攀不上。他当选,弟弟何以兴奋?

他当家,村里有盼头。弟弟说。

我涌起一阵冲动,要为这个小人物立个传。

一

我这个村,人多有小名,为保孩子平安,特意取个贱名。我两个外甥,大的叫狗懵,小的叫癫痫。狗懵的意思,像狗一样傻,狗那么通人性,咋会傻呢?狗懵自然鬼灵精怪。至于癫痫,一头茂密黑发,还带自然卷。

懒汉兄妹五个,皆有小名,然而除了懒汉,个个命运多舛。两个哥哥,一个阿福,一个阿伴,阿伴也叫两斤半,奇怪不?哥俩差一岁,三十刚冒头,接连暴病归西。二姐小妮姑,幼患癫痫,婚后加重,孩子半岁夭折,精神彻底崩溃,廿三岁就没了。大姐小名不雅,也叫癫痫,因是女孩,多个后缀,MAO(音猫),类似语气助词。癫痫MAO患过小儿麻痹症,一腿瘸,两耳聋。村妇背后嚼舌,啧啧,幸亏又瘸又聋,不然……言者虽没恶意,听者头皮发麻。看来，取小名保平安，纯属扯淡。

懒汉可不懒。人没锄把高就砍木头、抬石头，尽干苦力。廿三岁，任村火腿厂厂长，两年后自己承包。三十岁，揽交通工程，再办融资担保公司。栉风沐雨，苦没少吃，钱没少赚，是村里首富。

当老板后，懒汉多了新名：徐总。不过，村里人叫顺了，张口闭口，懒汉长，懒汉短。县干部下乡，也会远远吆喝：懒汉！若问他大名，人多挠后脑勺。

如果不是那个偶然，他只不过是个小土豪，犯不着劳我费墨。

懒汉人生之彩，出在那个偶然。

2011年初，懒汉喷着酒气，打镇政府门前趔趔而过。忽然，门里蹦出一个小个子。懒汉，想和你商量件事。

懒汉膀大腰圆，血管里淌着彪悍，往那一站，不怒自威。可是，看到小个子，却自觉挫了挫身。喔，是方书记，找我？

小个子方明，一张奶油脸，地位不容小觑：杨林镇党委书记。

村委会要换届，我们拨拉半天，主任人选难产，刚才在楼上看到你，我忽然冒出念头，何不请你试试？

不行，不行。懒汉打了个饱嗝，摇起拨浪鼓。我搞工程还行，当干部不是料。

怎么不行？你工程做得好，说明脑子好使；在外面闯荡多年，社会阅历丰富；手下队伍棒，说明善于管理；为人豪爽办事泼辣，肯定有开拓精神。

都说嘴皮薄、口才好，方明果然会忽悠。

一个空壳村，欠债几十万，人心散了架，这副烂摊子，谁愿挑？你另请高明吧。懒汉酒醉心清，边说边退，准备开溜。

方明一把拽住。看你血气方刚，有能力有思路，指望你重振雄风，不料是个懦夫。东坑口人丢尽脸，被叶兰坞人嫌弃！

成功男人有弱点，十有八九怕激将。懒汉一蹦三尺：方书记，你狗眼看人低，尽揭疮疤！

叶兰坞是畲族村，人口全镇最少，以前属东坑口，"文革"时，被东坑口当包袱甩了。东坑口人说起叶兰坞，那口吻，像上海人说乡下人。

然而，风水轮流转，这十多年，东坑口顺坡溜，叶兰坞逆坡上。这不，镇里欲合并两村，儿子竟嫌老子穷，投奔了富村川南。东坑口人羞啊，差点脑袋掖裤裆。

懒汉一跺脚,腾起一缕烟。方书记,树要皮,人要脸,我干!

你若愿干,赶紧报名,村民选不选你,不好说呢!方明拿捏着火候,不动声色,再将一军。

一个月后,村民投票。懒汉七百一十二票,第二名五十三票。

二

我离开家乡时,懒汉尚穿开裆裤,鼻下两条黄虫。一晃三十年,再没相遇过,只知他大发了。如果不是那个偶然,这辈子,我俩八竿子打不着。

忽然有一天,接到陌生电话。哥,我是懒汉,东坑口的懒汉。

懒汉?哪个懒汉?村子不大,懒汉不少。在浙西乡下,懒汉、癫痫,是高频词,街上吼一嗓子,回头率不低。

住您大姐隔壁的。

噢,原来是黄虫孩子。

我刚选上村主任,您见识广,路子多,多帮衬啊。

好说,好说,只管吩咐。我声音提高八度。

放下电话,念头一闪。这个懒汉,不愧老板,甫当村官,急于公关。

不过,能被乡邻认可,是件高兴事。有的人,在外面人五人六,却被乡邻嗤鼻,做人很失败。

打那以后,这个号码成了热线,隔三岔五就响,有时天蒙蒙亮,有时天麻麻黑。

懒汉爱晨跑晚遛,听说我习惯早起,便瞅准空当。他说,尽是鸡毛蒜皮小事,知道您忙,怕耽误您上班。瞧瞧,虽然五大三粗,心像女人般细。

电话里,懒汉絮絮叨叨:想安装路灯啦,想建垃圾箱啦,想拓宽村道啦,想道旁搞绿化啦,想户户通水泥路啦,想给水库清淤啦,想在村头建公园啦,想在大樟树下建戏台啦……

每次絮叨完,懒汉会说,哥,您看行不?帮我出出点子。久了,我发现,他做事很少拍脑袋,自己先有谱,再向人请教,并且是出选择题。比如建戏台,他传我两套效果图,让我选一套。

这个农民不简单,懂得科学决策呢。我暗想。

光有想法不够,还得有钱办事。仗着脸厚嘴甜,懒汉到处化缘。开化财政底子薄,我纳闷,蚊子腿上三两肉,他是怎么割下的?

我是急性子,不爱电话唠叨,三言两语就挂机,可是奇怪,懒汉的话句句勾魂,放下电话,魂魄出窍,飘飘荡荡,飞越万水千山。那个小乡村,生我,养我,让我魂牵梦萦,泪湿枕巾。天下游子,倦鸟思归呀。

他的设想,多成新景。每次回村,皆有惊喜。三年来,他对我敬重未减,我对他叹服渐深。

哦,我美丽而贫穷的家乡哟,如果多几个懒汉,多几个充满创业激情的农民,还有什么不能改变!

三

镇政府设在东坑口。一条小溪,穿村而过。桥那头是镇政府,桥这头是我大姐家。

大姐两层楼房,二十年了,旧了点,模样还过得去。门前有个场院,平时堆柴搁物,秋时摊晒稻谷。这些年,因村道拓宽,场院被蚕食,剩下巴掌大,矮墙半截,顽强守护。楼旁菜园,渐次萎缩。园里茅厕,露了出来,兀立在路边,与镇政府隔溪相对,颇煞风景。

今年清明,我回乡扫墓,眼睛一亮:茅厕无影,矮墙无踪,村道变宽了,车辆畅通无阻。不过,也有遗憾,场院没了,村道连着台阶。

大姐哼了一声,语气倒算平静。懒汉说了,你家是门面,要光鲜点。拆茅厕,拆矮墙,我同意。但这么点场院,我舍不得。他说,要不我同你弟讲,让他做工作?哼哼,我怎能让你为难?

这小子,竟用我来压大姐!心里嘀咕,嘴上却说,好看多了。

为我哥的事,他又搬出了我。那天晚上,他先诉了半天苦:会上议修路,人人都说好,真占谁家地,祖宗也挨骂,气得我要抡拳头。

我开导他:多磨嘴皮,别动粗,乡里乡亲的,抬头不见低头见,伤了和气不好相处。

懒汉话头一转:刚才,你哥好凶,骂得我七窍生烟。

我哥在宁波打工,嫂子去了温州,帮女儿带孩子,家里铁将军把门。

我一惊,出啥事了?他道出原委。

路修到哥门前,须推倒围墙,征用菜园。我哥提条件,征用菜园行,围墙应砌好。懒汉说,征地只赔钱,不代建,他不能破例。

我哥脾气像炮仗,一语不合,嚷嚷起来:不砌围墙,不让征地!摔了电话。

我连忙道歉：他不明事理，别和他一般见识。你看这样行不？他不在家，缺人手，路修好后，你安排把围墙砌好，费用我来出。

懒汉说，不是钱的事，一两千元钱，我垫也行，只是村民要误会，以为搞特殊，会闹着攀比。

我二话不说。行，就按你说的办，我哥工作我做。

拨通电话，我哥还喘着粗气呢。我耐着性子，听他发泄完后，才慢声细语说：懒汉当主任，钱没多挣，气没少受，图什么？还不是为大家好？他回村三年，村里变化多大？你为村出过啥力？你让一步，就当是帮他，行不？

我这老哥，除了脾气暴，还是头犟驴。这回，听我这一说，他居然不喘粗气了。

我指了条路：你请人砌围墙，费用我来出。

咋能让你出钱呢？哥瓮声瓮气，让步了。

我趁热打铁：懒汉被你气坏了，你打个电话道声歉吧。

围墙我修就是了，还道歉？让我老脸往哪搁？老哥嗫嚅着。

你不打？我替你打。

我打，我打。

一会，懒汉电话里笑成了串：哈哈，今晚我可以睡个好觉了，哥放心，我不会让咱大哥吃亏的！

呸！得了便宜还卖乖。

不过，这家伙借力使力，我不仅未反感，反而欣慰，为他的办事公道。在农村基层，干群关系紧张，最大病因就是：干部办事不公。

四

数一数，我已被这家伙算计了三回。

今年元旦前，他热切问：哥，元旦回家不？

才三天假，路上要花两天，不回了。有事？

声音暗下去，又扬起来：您回来一趟行不？我有事想求您。

你只管说，我尽力而为。我这人，就是好面子，怕人求，惜弱。

村里新建两栋楼，大的出租，小的办公，想把村里的能人请回来，搞个启用仪式，座谈一下，出出点子，再聘几个顾问，您是第一个。

别看咱村小，千把人，还真出了几个人才，恢复高考后，全镇首个大学生，全县首个清华大学生，都出自咱村。现在，有电力专家，留美博士，政府官员，团职军官，新闻记者，企业老总。

人家都盯着您呢，您来，他们来；您不来，他们不来。这样行不？您飞到杭州，我派车接。懒汉继续缠着。

接倒不必，不过，元旦当天赶不上。

那我改到二号。

我没得选择，只有答应。

懒汉如数家珍：办公楼是多功能的，有便民中心，有农家书屋，有乒乓球室，有老年活动中心，有办公室，有会议室……

我连连称好。

好是好，只是里面空荡荡的。懒汉吞吞吐吐。

我明白了，忙表态：你直接讲，需要我送什么？

送实物吧，您太远，不方便。要不，干脆送个红包？

没问题，多少合适呢？

两三千就行。其实呢，我不是图您的钱，是想请您领个头，带动其他人。您捐，和别人捐，大不一样呢！

瞧瞧这张嘴，抹了蜜似的。我忽然想，这个狡黠农民，对别人也这么说吧？

两三千拿不出手，我捐一个月工资吧。

您工资多少？

一万多点。

电话那头笑出声来：哎哟，太多了，太多了，您出个整数，一万就行！

元月二日上午，我如约而至。呵，满屋子的人，八旬老支书来了，历届村干部来了，乡贤们也从京城、省城、外省赶来了，只剩国外的没来，并且都没空着手，捐款捐物，折合廿五万元。

座谈会上，七嘴八舌。不愧是乡贤，点子不一般。有的说，开化是钱江源头，该搞生态旅游。有的说，方志敏在这打过仗，搞红色旅游好。有的说，搞生态农业，规模经营。有的说，多种阔叶树，保持水土，美化山林。有的说，河道筑几道坝，保持水体，便利灌溉，还添景观。

我领到一本聘书，红彤彤的。论级别，这是中国最低的顾问吧？可我捧在手里，沉甸甸的。

这时，有人嚷起来，怎么才聘三个顾问？我大老远赶来，咋没我的份？

懒汉眼睛乐成一条缝：你们要当顾问，欢迎啊，只要多做贡献，我们一定聘,一定聘!嘿嘿!

我有感而发,写了篇千字通讯,《乡贤热议"生态村"》,发在2013年元月四日《人民日报》上。

五

九月底的一天,手机响起,里面劈头一句:国庆回家吗?

这回不是懒汉,是县教育局长齐忠伟。此君笔头了得,当过县委报道组长,把开化吹得天花乱坠。

手头事情多,不回了。我说。

你最好回来一趟,有件事你得出面。他一不寒暄,二不客套,口气很严肃。

什么事?我心头一紧。

都是懒汉惹的事。齐忠伟气急败坏。

我们搞教育改革,撤了东坑口村小学,并到镇中心小学。县里费了好大劲,与深圳企业家达成协议,打算投资几个亿,把村小学改造成特色学校。

这不是好事吗?我不解。

浙江母亲河钱塘江,源头就在开化。2000年,开化确立生态立县思路。今年又提出,打造国家东部公园。建特色学校,既能促进开化招商,又可带动村里三产。

懒汉要把好事搅黄哩!他想收回校舍,借口修路,推倒了传达室。校舍是国有资产,他这是犯法呀!我派人去交涉,他横竖不买账。听说他敬重你,你回来一趟,帮我劝劝他。

我立马拨通懒汉。

哥,有事啊?电话那头,声音很愉悦。

你个大老粗,好歹不分,还犯法!我没好气。

我良民大大的,犯啥法?

我把事一说,他嘿嘿一笑:我就是要把事情闹大。

闹大对你有好处?

校舍虽然是县里的,可地是村集体的,没有办过手续。他们只与镇里谈,没把村放眼里。村民意见很大,以为我得了啥好处呢。你说,我能这么便宜他们吗?

我语塞。他说得在理。征地纠纷,已成为攸关稳定的火药桶,政府漠视群众利益，难辞其咎。

你虽然占理，也不能蛮干，好好说呗。

你树底下讲风凉话。好好说？压根没人找我们，我们对谁好好说？会有人听吗？一个破传达室，值几个钱？谈得拢，赔就是了。

我无语。可不是嘛，懒汉不来这一手，齐忠伟也不会绕着圈找我。

看来，这个农民不只狡黠，而且智慧。

你看这样行吗？你把村民意见理出几条，双方坐下来，心平气和谈，别漫天要价。

哥，您放心，我们虽是粗人，讲道理的。去年四月，高速公路征地，全村一百三十一亩水田、二十七座坟，涉及一百一十户，一个星期就搞定，全县最快。有的村，征四五十亩地，三个月还征不下呢。

我把懒汉态度一说，齐忠伟沉吟起来。是我们工作没到位，就按你意见办。

过了几天，齐忠伟报喜：谈妥了，多亏了你，我和懒汉约定了，国庆你必须来，好好喝几杯！

六

这次回乡，听到几件喜事。村里欠债已还清，固定资产原先空壳，现在有七百多万；楼出租后，村集体一年进项二十万；新办两家来料加工厂，一个制衣，一个制鞋，一百三十八名妇女就业，最大的六十五岁，今年人均收入两万。

还有，叶兰坞人后悔了，想回到老东家；看到懒汉干得欢，其他村的老板动心了。

高兴劲还没过，严颂华找到我，一脸焦灼：村两委将换届，懒汉要辞职，他若走，村里会走下坡路，你做做工作吧。严原先是镇长，前年接的方明。

我急忙找到懒汉。村里刚上路，你怎么撂挑子？

不当村主任前，村里人见了我，客客气气。现在呢，自己的业务耽搁，往村里贴钱不说，还时不时挨骂，想想不值。懒汉说。

不值？当村主任前，村民有这么认可你吗？县里、镇里有这么看重你吗？我会认识你吗？

懒汉低着头，不吭声。

我灵光一闪。你是不是想当支书？

他迅速抬头,瞥我一眼,眸里闪过一道光。我怎么好意思和东方争?

东方姓余,厚道本分,人缘不错,是个老好人,支书当了十多年,可就是缺乏闯劲,不温不火。

我顾不了得罪人,向严颂华直陈:懒汉当支书更合适,选村干部,要选敢于担当、有创业激情的人,老好人成不了事,这十几年就是证明。

严颂华一拍大腿:咱俩想到一起了,我也猜出他心思,不过,东方已干四届,没功劳有苦劳,有点不忍心。

我出了个主意:要不,让他俩一起竞选,票高者上?

严颂华略一思忖。行,我来协调,既让懒汉参选,又让东方留下。

过了几天,严颂华打来电话。我同他俩谈过了,懒汉愿意参选,东方有点低落,想去儿子公司,我做工作后,他答应扶上马送一程。

十一月上旬,村支部换届。票选之后,镇党委宣布,懒汉为村支书,东方和另一名党员为村支委。

前些天,我问严颂华,他俩配合得好吗?

好,很好!严颂华说。东方脾气好,懒汉性子急,东方打前站,懒汉收摊子,一个唱红脸,一个唱白脸,回旋余地大多了。

我释然了。有的村,新班子清算老班子,老班子暗地使绊子,水火不容。

*　　*

刚放下弟弟电话,懒汉电话就响了,滔滔不绝描绘蓝图:想建座饮用水池,解决夏天饮水难;想把村口那座桥改造成廊桥,方便村民歇息聊天……

我的喉咙忽然有点紧。村里底子薄,你干点事不容易,真难为你了。不过,要提醒你两点:"双肩挑"后,一别做村霸,二别糟蹋集体钱。

哥,您放心,我不会让您失望的。懒汉的鼻音也有点重。

他的话,我信。

这个懒汉啊,治村有一套。

(刊发于2014年3月19日《人民日报》)

三十里那个干沟沟九十九道坎儿

李 迪

一

三十里那个干沟沟九十九道坎儿

庄农人呀么脸朝黄土背朝天儿……

这沙哑苍凉的秦腔,是钟家岔村窦老汉唱的。调儿是老调儿,词儿是自编的。唱的是他的村子,也是他的日子。

吴文俭打从省城来到钟家岔,结识了窦老汉,听到了他唱秦腔。

听到了,忘不了。想起来,就心疼。

钟家岔位于甘肃会宁县甘沟驿镇东北,除了黄土,还是黄土。间或有一两枝高杆杆上的红花,在黄尘中不屈地绽放,像村民被烈日烤熟的脸。当地人管这花叫求雨花。为啥?因为张开的叶片上有七个尖尖。它为俺们求雨哩,急得多出俩指头!

这里,沟多水少,被称为干沟。明正统五年设了驿站,遂名干沟驿。后来,百姓为求苦尽甜来,改称甘沟驿。

窦老汉对老吴说,名儿改了,甘没来。庄农人一年到头难吃上白馍馍。住的更别提,烂泥房,破窑洞,掏个窟窿当灯用。鹅想起就怕!

窦老汉口音重,管我叫鹅。管鹅也叫鹅。

2012年早春,甘肃省委在全省开展"单位联系贫困村、干部联系特困户"的双联行动,加快农民的脱贫致富。吴文俭来到当年红军长征会师的地方,走进了钟家岔。身为办公厅副主任,他有七年农村工作经历,见农民就亲,见黄土就想掉泪。甘沟驿镇党委副书记兼钟家岔村支书陈炜政,把窦老汉介绍给老吴，让他的"双联"落了地。

你听他秦腔唱得好不？

好！三十里那个干沟沟九十九道坎儿，唱得人心酸。

山沟沟里的坎儿好过，心沟沟里的坎儿难过！

啥？

二

五月，当老吴第三次来到钟家岔，对帮助窦老汉脱贫有了好主意。

他翻过几道梁，来到窦老汉的玉米地。

黄土地上种庄稼，要命的是水。咋办？铺塑料薄膜。满铺满盖，保住水汽。要播种了，在膜上扎一个窟窿点一粒种。太阳再毒，膜下挂了一层水珠儿，渴不着。当然，也有调皮的种子，发芽时躲在膜里藏猫猫。咋办？下手！一棵棵把它们请出来。谁知盘中餐，粒粒皆辛苦。

老吴来到地里，见窦老汉正撅着屁股从地膜窟窿里往外请苗。请出一棵念一句，你要乖哩！老吴挪脚下地一起干。

老吴，你回来啦？

回来啦！这回来，我想给你提个建议。

啥？

咱俩先算个账，种玉米前，你种啥？

麦子！

收入咋样？

一亩二百斤，能卖三百块。

那为啥又改玉米了？

玉米产量高啊，刨去成本，一亩净赚九百。划算！

要有更划算的，你干不？

在哪里？

还是土里啊。黄土黄，黄如金。咱们守着黄土，就要想法儿掏出金来。要是再换一样种，一亩能挣六千！

种金子吗？

呵呵，金子还得炼，咱这宝贝疙瘩摘下来就能卖钱！

啥哩？

核桃!

窦老汉闷住了。

老吴说,核桃产量高,卖价高,深加工利润更高。核桃油,核桃露,核桃仁,核桃粉,供不应求!钟家岔山大沟深,又是二阴地,最适合种核桃。一亩三十棵,一棵少说结十斤,每斤卖二十,就是六千块。核桃树,摇钱树,哪里种来哪里富!

窦老汉不吱声。

老吴又说,核桃耐旱寿命长,一亩核桃园,赛过十亩田!当年我下农村没少动员乡亲们种,都鼓了腰包!

窦老汉撇撇嘴,桃三李四核桃九,鹅等不了!

老吴笑了,你说核桃挂果要九年?嗨,那是老皇历!我来前专门请教了农大专家,现在培育的新品种,两年就挂果,五年盛产期。

鹅不信!

信不信,种来看。

你那个账也不对,隔着年头儿哩!

不错,是隔着年头儿。就说盛产期是五年吧,头四年你一分钱没得,可到了第五年,一下子就得六千!种玉米呢,一年九百,五年也就四千五,种核桃还是多赚一千五!再说,除了核桃,还有一大项收入!

啥?

低矮作物!核桃地里头一年就可以套种土豆、黄豆,四年下来要收入多少?五年以后,光核桃这一项,最少收入六千,再加上低矮作物,每亩上万,手掐把攥!你现有地二十亩,年收入就是二十万啊⋯⋯

老吴越说越兴奋。扭脸一看,窦老汉早没影了。

三

窦老汉听不进去。

城里人脑壳里都是字,文件当饭吃,嘴里种庄稼。鹅不信!

他心里跟老吴干着仗,忽然内急,抬起屁股就往家走。

正走着,土道上来了一辆木架子车。当驴的是钟老汉。轱辘缺油,吱哇乱叫。这要是赶上雨,泥里扭秧歌。

窦老汉叫起来,老闹钟,你这驴,拉车干甚?

钟老汉住在深山沟，轻易见不着。用电池叫响的闹钟是他家唯一的"家用电器"，他就落下这么个外号。

喜事啊，老闹钟说，俺要住新房啦！一个院子三间屋，一砖到顶！

做梦娶媳妇哩，资马二楞的！

"资马二楞"是当地土话，傻里傻气。

老闹钟不生气。心窝让高兴事顶着，笑还笑不过来呢。省里来的干部说啦，要让山里人告别土窑窑，一步跨进社会主义新农村！

正说着，大嘴张老汉走过来，说要去镇上接儿子儿媳。

他们买了种兔儿！张老汉嘴咧成瓢，"双联"让俺开了窍儿，不能光种庄稼，还要发展养殖。种也不能傻种玉米，哪样生钱种哪样！

窦老汉忙问，你……种核桃吗？

种！核桃，苹果，都试试！

窦老汉心跳加快，好像带上电。

这时候，轰隆隆，远处滚来大家伙。

老闹钟吼道，老窦，睁开你狗眼看看，这是甚！

窦老汉眼皮抖起来，好像过了电。

老闹钟又吼，资马二楞的，这是挖土机！新房要开工了！

窦老汉内急憋回去了，他想去找老吴。

四

老吴还蹲在玉米地里。

地膜挂着水珠儿。大眼睛。小眼睛。

看着这些眼睛，老吴思忖起来，对窦老汉来说，改种核桃是一道坎儿啊！我们期望老百姓不仅仅满足于一亩地九百块的收入，可在他们心里，九百块已经很满足了。为什么陈炜政说，心沟沟里的坎儿难过？答案有了。由农作物转为经济作物是脱贫致富的重要一步，而迈出这一步，技术坎儿好过，心坎儿难过。说句良心话，红军会师至今已经七十多年，可革命老区还有不少乡亲生活在贫困中，带领他们脱贫致富，是我们的任务，更是我们义不容辞的责任！

老吴这样想着，身边忽然蹲下一个人。

正是村支书陈炜政。论年纪，老吴可以做他父亲了，可他却跟老吴一样，有着扎根农村七年的工作经验。

老吴不由得说起窦老汉。

陈炜政笑了,别提改种核桃了,当初动员他麦子改种玉米,费了多大劲?我说千道万,他就一句,鹅不信!这也难怪,村里的老人都这样,观念一下转不过来。穷怕了,饿怕了,吃不上白面馍馍想怕了。一窝蜂都种麦子,就为吃白面馍馍。当初,我说服不了窦老汉,就追到地里去堵他,不让他种麦子。他赶驴拉犁,我上前一拦,犁刀正划在腿上,血淌了有一碗!

说着,拉起裤腿。哎哟,好大个疤!

后来,我就跟他说,这样吧,你借我一亩地种玉米,打下收成全归你,行不?他说行。又说,你要种不好,得赔鹅的麦子产量!我说,别产量不产量了,赔你三百块!他说,一言为定!我说,驷马难追!我铺膜种玉米,他在一边儿叫,种地还盖被,瞎闹!到了秋天,他傻眼了,玉米卖了一千多。他扯脖子叫,快别卖了,给我留点儿做种!

老吴笑起来。

陈炜政说,就这样,刮风似的,家家抢着种起了玉米。有了钱,想吃白馍馍就去买,乐着呢!现在,你要让他们改种核桃,别说窦老汉了,能转过弯儿的不多。急不得,船到桥头自然直。

话音刚落,远处,晃晃悠悠走来一个人。

谁呀?窦老汉。

五

见窦老汉回来了,老吴忙起身招呼,老窦,我跟你商量个事儿!

啥?

我想跟你借一亩地种核桃,结了是你的,结不了赔你六千块!

窦老汉死羊眼盯住陈炜政。

陈炜政笑起来,这可不是我教的,是吴主任自己拿的主意。要我说,你就少种一亩玉米,豁出地让人家试试。试成了,你也有功劳!

窦老汉说,这不合适,人家是大干部……

老吴接过话,咋不合适?一进村咱俩就联上了。我帮你,你也要帮我。我跟你算了核桃账,可账是死的,树要挂果才行。我不试试,心里也没底。你就帮我一回,行不?

窦老汉说，行。又说，鹅不要你六千块，就要鹅的玉米产量。

陈炜政抢着说，玉米产量就玉米产量。你定下了？

窦老汉说，定下了。

老吴笑起来，小陈，你给当个中人？

陈炜政说，行，一言为定！

老吴说，驷马难追！

窦老汉叫起来，这咋成了你俩的事儿？

哈哈哈！三个人都笑了。

一只喜鹊飞起来，叫着进村报信儿去了。佳佳佳！

六

喜鹊报喜信儿，老吴要种核桃啦！

照理说，五月种核桃晚点儿了，可老吴等不得。他风风火火跑到苗圃基地，买了三十棵苗。他问，挂果早吗？卖苗的说，两年准挂！老吴想问问农大专家，手机打了三次，都不在服务区。得，就它吧！

树苗进了村，村民都跑来看新鲜。老吴早年带领乡亲种过核桃，得心应手。他一看人来得多了，心说这正是好机会，授人以鱼不如授人以渔，大嗓门儿直逼帕瓦罗蒂——

乡亲们，种核桃要三大：挖大坑，浇大水，施大肥！挖坑时，表层土和底层土分开放，先施肥后种树，树苗垂直放进坑里，先填表层土，再填底层土，边填边踩实。踩实前，要向上提提树苗，别让树根受委屈。这叫三埋两踩一提苗。然后，浇透水，铺地膜。

有人问，一亩种多少棵？

老吴说，三十棵。一棵少说结十斤，每斤二十块，一亩核桃能卖多少钱，谁给说说？

一嘴快的村民喊，六千块！

人们叫起来，噢呀呀，赶上两头猪了！

帮着挖坑的陈炜政跟上，谁再给算算，比种玉米咋样？

嘴快的村民又喊，一亩玉米顶多收八九百，太孽障了！

老吴笑了，再说，地里还能套种土豆、黄豆，一点儿不耽误！

陈炜政忙敲边鼓，人勤地不懒，果粮双丰产！

人们一下子乱了营，叫好声山响。

这时，窦老汉问出最要命的话，这树，到底几年挂果？

老吴说，两年准挂！

七

老吴的话说早了。

转过年去，果没挂，树挂啦！

一个冬天，三十棵树苗全死了。

窦老汉两眼瞪成牛蛋。

陈炜政抓耳挠腮。

老吴把死苗拿给专家一看，哎呀！你买的是一年生苗，入冬前又没拿稻草裹树身，可不就冻死了！要买三年生苗才好！

老吴一咬牙，再种！不信过不了这道坎儿！

春三月，三十棵树苗又下了地。

回填树坑时，老吴刚要提苗，那苗自己就往上蹿。

谁提的？窦老汉！

两人对上眼，笑成弥勒佛。

白驹过隙，转瞬春秋。2015年，钟家岔山乡巨变。

老闹钟和一百多户散住在深山沟的人家都住上了新屋。他开起电驴车，上了水泥路；

张老汉养鸡养猪又养兔，地里还试种了苹果树；

新建的文化广场上，娃儿疯跑老人散步小媳妇们跳起健身舞。

老吴种的核桃呢？

棵棵挂了果，个个小油肚。一地的黄豆嘟噜噜！

窦老汉上看核桃下看豆，心里想老吴。

这才两三年啊，鹅不信！

忍不住，他秦腔一曲，山风当锣鼓——

  三十里那个干沟沟九十九条路

  要脱贫呀么要致富

  沟沟坎坎儿挡不住……

（刊发于2015年9月16日《人民日报》）

他们的前面是美丽中国

鲍尔吉·原野

透过云层的光

我憧憬的教育是学校里的孩子们像小鸟儿一样在树林飞出飞入,还有草地和鲜花,他们在爱与美中吮吸知识的露珠。然而城里的小学生们书包沉重,在知识和童真之间,他们只能选一样,最终成了有识之士,却少了笑容。看到这些,我的憧憬无异于痴人说梦。农村呢?统计数据告诉人们:在中国主要发达城市,接近百分之八十的学生可以考入大学,而贫困农村只有百分之五的优秀生能够接受高等教育。当今中国存在着严重的教育资源不均衡。

看到这些数字,心情像看到农村耕地减少、土壤沙化一样沉重,甚至更沉重。调查发现:农村基础教育的滞后并非硬件投入不够,而是师资力量薄弱。以广东潮汕地区为例,在李嘉诚等乡贤的襄助下,农村中小学都有良好的校舍与教学设施。但农村小学取消代课老师之后,在籍教师年龄偏大,人数偏少,知识更新缓慢,又有农活牵累,撑不起提升学生成绩的庞大格局。

沉郁的雨云里常会射出明亮的阳光。有一支大学生团队,早在八年前就奔赴云南和广东等地山区支教。他们用爱打开孩子们的胸怀和眼光,让同学们在快乐中学习知识,接触艺术和美,懂得友善与相互尊重。他们来自"美丽中国"公益支教项目,是一群闷声办大事的美丽中国人。

相信可能

饶平县位于广东沿海经济带最东端,隶属潮州市,享有"岭南佳胜地、瀛海古蓬莱"之誉。为采访"美丽中国"支教项目,我前往这个县的浮槟镇和新圩镇访问了上社小学、渔村小学、夏校小学和东二小学,还有潮安区的几所小学。跟随项目老师上课、家访,不期然收获了许多感动。

人说中国人民勤劳,而论到中国潮州人民,就要叫无比勤劳。这里的农民种稻谷、种香蕉、种菜、养猪、采制四季茶叶,无日不忙。老百姓忙赚钱,对教育却不看重。早晨,家长用电动车把自家孩子送到学校门口走人,剩下就是学校的事了。他们认为读多少书也没有采茶赚钱。学生犯错,老师请家长到校。当爹的一脚把孩子踹倒,对老师说:"你看这样好不好,我家小孩可以随便打的。"老师对此哭笑不得。除师资力量不足外,家长没时间陪伴孩子学习,也是农村基础教育薄弱的原因。

北京姑娘鲁思凡2015年来到浮槟镇夏校小学担任项目老师。她教四年级十四名学生数学、英语和音乐。上数学课,班里大部分学生不会乘法口诀,多数不认识汉字。有一道应用题说"小贝蕾剧场卖票……"同学们只认识"小、场"这两个字。鲁思凡只好双管齐下,数学语文一起教。黑板左边写数学题,右边写汉字,解词注拼音。她说"贝蕾"是个名词,"剧"是人在表演故事,"剧场"是有座位的大房子。她用多媒体展示各国的剧场和剧照,最后讲到加减法。孩子们弄懂了算术,认识了汉字,还看到了多姿多彩的世界。鲁思凡毕业于北京师范大学生命科学学院,她小学和中学读的都是北京最好的学校。而在饶平,她看到两地教育的巨大差距,不忍心让孩子在知识的沙漠里徘徊,恨不能用全部的热忱把学生缺失的知识都补回来。

除了上课,鲁思凡还要管理住宿生。住宿生小的五岁,念学前班,大孩子则有十二岁。鲁思凡教他们刷牙、洗脸。刷牙要刷三分钟,边刷牙边哼歌,比如《虫儿飞》。孩子们点歌,鲁思凡放音乐,大家一起哼。之前老师要教他们学会好多好听的歌,孩子们原来唯一会唱的歌是国歌。鲁思凡在班上实行激励管理。孩子们作业正确得一分,上课举手发言得一分,帮助同学得一分,改错得一分,用纸巾擤鼻涕得一分。不值日等不良行为则扣一分。十分换一颗星,五颗星换一张卡片,卡片可以兑换作业本、铅笔、头绳等奖品。假如同学们不兑换奖品,全班集齐所有卡片,老师带他们上镇里看电影。孩子们忍着不换奖品而去看电影。潮汕人做事抱团,小孩身上也有这股劲儿。班级活泼了,同学们对学习有了兴趣。鲁思凡刚来时,课堂里一片沉默,孩子们不发言,也不做作业。老师不知他们懂还是不懂,连哭的心思都有。鲁思凡激活了孩子们的好奇心与自信心,成绩逐渐上升。期末考试,全班数学成绩由原来的平均四十多分,上升到五十七分,有几次考试达到六十分。

放学后，鲁思凡领住宿生做运动。农村孩子笑嘻嘻地倒立、压腿和仰卧起坐，过去从没弄过这个。晚八点上图书室听故事，同学点故事，鲁老师朗读。孩子们被白雪公主、海的女儿和小锡兵迷住了，思绪和眼神一起飞向远方，原来他们还问"北京和黄岗镇哪个繁华？"晚九点进寝室，关灯睡觉。五岁的刘惜红，一关灯就哭，被哥哥姐姐们轰出来，站在走廊哭。鲁思凡抱着她讲故事，哄到不哭为止。惜红和姐姐住校，家里还有两个更小的孩子。惜红从来不说话，只用大眼睛看着你，鲁思凡担心她有语言障碍。有天晚上，刘惜红拍拍小手，突然说："抱。"鲁思凡抱起小惜红，心里充满感激却不知感激谁。支教生活每每给她带来爱的洗礼。原来，刘惜红不会说普通话，又胆小。在鲁老师的抚爱中，她终于发声了。

渔村小学的项目老师刘方哲毕业于北京航空航天大学英美文学系。在校时，他是北航户外运动凌风社的成员，攀登过藏区海拔五千三百米的宝顶雪山，上下山历时四天。他曾独自登上苏格兰的本尼维斯山，一天之中经历了暴雨、骄阳、大雾和冰川。登山给他不寻常的人生感悟，让他坚韧而细腻。刘方哲教四年级的语文和音乐，全年级只有一个班，四十一名学生。他把班级命名为441航班。上课先说："我是441航班机长，本航班现在开始起飞。"全班击掌——达达，达达，达达达。2/4拍，结尾三联音。这是"美丽中国"的标志性掌声。有一篇课文说德国小姑娘乌塔到国外旅游。刘方哲一边讲解课文，一边用多媒体展示乌塔所去的每一个国家的风土人情。河流、森林和城堡从孩子们眼前掠过，他们上课成了旅游，很享受。同学们更高级的"享受"是获得老师加盖的红章子——张开翅膀的胜利女神像。小红章不给个人给小组，每天评选一个胜利小组，集体获得。获奖的标准是班规的六个字：准时、认真、友好。被评上的组员们欣喜若狂，举着V形手势不肯放下来。刘方哲说，让孩子们在每次"航行"中培养好习惯和团队荣誉感，比知识更重要。

刘方哲班上有两位智障同学。王凯博是脑瘫患儿，说不清话，手指可稍动，腿不会动。他哥哥背他上下学。刘方哲用各种方法测试王凯博的潜能，察觉他对音乐有强烈的兴趣。王凯博学不会识字，但能很快记住歌词。刘方哲教他学歌，在电脑上一个字一个字地指认歌词的字，让他学会了不少字。班级开歌会，王凯博希望为大家唱一首歌，刘方哲满足了他这个愿望。在音乐伴奏下，王凯博咿咿呀呀地唱完了一首《小苹果》。刘方哲说，王凯博可能一辈子都忘不了他为全班唱歌的幸福。

另一位叫王景琳，是位女生，上课认真，能听懂老师讲话，但不会写字，笔画重叠在一起，是一堆难懂的符号。刘方哲经常研究王景琳的符号里面有什么信息。别人劝他别费劲了，但刘方哲不肯放弃。学生面对社会的第一次选择是老师的选择，如果老师放弃他，他就永远被放弃。有一次全班写《妈妈》的作文，刘方哲在王景琳的天书里破解出这样的意思："我妈妈从前凶，现在好，我爱妈妈！"刘方哲把这段话誊写在卷子下面，写下批语"写得不错，加油！"加盖一个胜利女神的小红章，这是王景琳平生第一次获得的学习奖励。期末考试，王景琳的试卷上密密麻麻写的都是老师誊写的作文和批语。刘方哲惊讶并感动，发现她所有作业本和课本的空白处都写着"我妈从前凶，现在好，我爱妈妈！写得不错，加油！"刘方哲不禁想起"美丽中国"核心价值观里的一句话："相信可能。"每一个学生都是神奇的，都有连自己也不知道的能力，老师的职责是发现他们的能力。

给孩子快乐的童年

孩子的出生地往往决定了他受教育的前景，如果贫困农村百分之九十五的孩子进不了大学校门，那么九年制义务教育给他们提供了什么呢？认点字需要九年时间吗？"美丽中国"项目老师要做的工作，除了提高孩子的成绩外，还要让科学与人文素养照进上不了大学的孩子们的心田，给他们有快乐的童年，把校园变成小鸟栖居的青翠树林。

毕业于中山大学会展系的广州姑娘郑霭伦在潮安区东凤镇东二小学教三年级的语文、英语和音乐。她报到时，教龄三十五年的校长陈振丰沉重地说"艺术代表着胸怀、眼光、志趣，是素质教育的重要内容。可是东二小学好多年没有艺术教育老师，我们很对不起孩子。"

听到这样的话，郑霭伦很感惋惜。农村孩子接触不到艺术教育，不只是校长的遗憾，更是孩子们一辈子的遗憾。她小时候在广州海珠区少年宫学习绘画、舞蹈、司仪和钢琴，体味到艺术关涉心灵，能给童年带来美和快乐。

郑霭伦大胆尝试跨学科教学。上语文课，她在优美的乐曲中朗读叶圣陶的课文《荷花》，让同学们闭上眼睛倾听，想象课文的意境。同学们睁开眼睛时，表情全变了，眼波烁烁。她让同学们把自己想到的课文意境画出来，并把自己画的荷花向同学们作示范。孩子们兴致大发，画出各式各样的荷花，还有对话："小鱼游过来，说我梦见你了，荷花。"不觉间，同学们牢牢地记住了课文。教《翠鸟》一课，郑霭伦提示同学们注意翠鸟的特征，然后画下来。孩子们画的翠鸟无奇不有，有的在捉鱼，有的在跟芦苇说悄悄话。她班上有五十名学生，第一堂课交了七张画，第二堂课交了二十五张画。后来，大多数同学都完成了语文课的绘画作业。课余时间，同学们如话剧演员一般声如洪钟地朗诵课文，体味意境，脑袋凑在一起研究怎么画作业，谁能想象原来他们胆子小的连一句话都不敢说。

郑霭伦在课堂上作画，讲解作画的顺序。接着说作文也要有顺序，想好先写什么、后写什么、重点是什么。她说写作文要美，美就是闭着眼睛也能想象出来。同学们立刻闭上眼睛想象美。郑老师让同学们写《家乡的景物》。孩子们拿着本子满村里跑，把池塘、香蕉树、芡实画下来，然后写成作文，成了多面手。

音乐课是郑霭伦的最爱，她用大屏幕和音响为同学们介绍圆号、单簧管和小提琴等乐器，让同学们形容它们的音色。同学们说圆号稳重，小提琴如长发少女。播放德彪西描绘大海的钢琴曲，大屏幕出现钢琴、大海和海鸥的图片，同学们如醉如痴。山区孩子哪见过钢琴和大海？他们感到了教育的神奇。郑霭伦教学的信条是：最大限度开发与保护学生的想象力，让孩子成为有创意和有趣的人。

起初，教英语是郑霭伦很头痛的事，班级英语平均成绩不到四十分。郑霭伦推广自然拼读法，调动音乐、美术、游戏各种手段，强化孩子们听音、辨字和读音能力，弥补山区孩子学英语的短板。同学们化难为易，乐在其中。期末考试五年级英语平均成绩达到七十五分，三年级成绩在八十五分以上。1992年出生的郑霭伦成了教学尖子，现在正为全镇老师上教改示范课。

饶平的大山莽莽苍苍，山坳里藏着炊烟袅袅的小村庄。山上是茶树、香蕉树和农田。孩子们踩着田埂放学回家要帮大人做工赚钱，然后照顾弟弟妹妹。项目老师刚来时，同学们表情如老人一样茫然。他们不知道什么叫乐趣，更想不到学习还有乐趣。后来，他们惊奇于上课可以唱歌、跳舞、画画，连刷牙也要哼歌，现在，孩子们的脸上喜气洋洋。下了课，有人搂着项目老师的胳膊，有人抱老师的腰，有人抓住老师的手，表情幸福。还有好多孩子抢不上这个待遇。学校早晨七点钟打开校门铁锁，孩子们六点多钟已把脸蛋贴在铁门的栅栏上张望校园。他们盼上课是盼着跟项目老师度过美好的一天。现在，"美丽中国"共有七十一位项目老师在广东汕头、潮州、梅州、河源和揭阳等地二十七所项目学校里支教，许许多多孩子跟项目老师结下了亲情。

我看见眼前的孩子们跟老师像藤缠树一样难舍难分，心里不免伤感。两年后老师走了，孩子怎么办呢？我不敢想象他们分别的场面，那让人多么揪心。

英雄主义是永不放弃

采访中，我关注的不光是山区的教育状况，还有"美丽中国"项目老师的心路历程。我想得到的答案不光有"牺牲、奉献"这些大词，更想知道他们独有的收获。

这些项目老师看上去笑容洋溢，那是忙碌、爱心和成就感在他们脸上留下的印记。如今人们比过去更关心金钱物质，一个年轻人要用怎样的定力才能在清苦寂寞的支教工作中找到乐趣呢？

潮安区江东镇下湖小学的项目老师彭冠华毕业于中山大学生命科学学院的国家基地班，在校期间多次获得奖学金。毕业时，他放弃直升博士的机会到农村支教。彭冠华小时候在云浮农村的中心校读书，姐姐在村小读书。他知道姐姐无论怎样刻苦，也考不上高中，因为村小师资不行。彭冠华投身支教，是被"美丽中国"愿景的一段话所打动："让所有中国孩子，无论出身，都能获得同等的优质教育。"这段话让彭冠华热血澎湃，眼前浮现众多跟姐姐一样想读书却被迫中途退出的农村孩子渴望的脸庞，这让他毅然走进"美丽中国"的团队。彭冠华如果继续读博士，他导师是进入世界排名的生物制药专家，他毕业后可以进大公司，取得优裕的薪酬。但彭冠华觉得更高处的光还没照进心灵，他说："太多的钱对我没帮助，我需要精彩的人生。"彭冠华在下湖小学教一年级到六年级的数学、英语、体育、科学和美术，每周上二十一节课，平均每天上四到五节课。他非但不感到累，反觉得自己储存的知识财富正通过看不见的管道源源不断地输送到孩子身上，非常开心。他担任班主任的四年级数学去年全镇考第一，让他十分得意。更得意的还有他建立的下湖小学足球俱乐部，曾以7比0的比分完胜本村中学足球队。彭冠华说："两年的支教生活是一个记忆宝库，足够我在一生中慢慢回味与感动。"

"美丽中国"是由北京立德未来助学公益基金会创立的公益性支教项目。八年来，他们招募七百多名项目老师在云南和广东省的一百七十多所中小学支教，受益学生超过二十四万人，累计授课超过八十三万节。经过层层选拔，招募具有领导力、克服困难能力以及具有良好沟通能力的优秀大学毕业生成为项目老师。"美丽中国"通过暑期培训，帮助项目老师完成从毕业生到优秀教育者的转变，培训内容涉及教学方法、课堂管理、目标设置、当地现状等多个方面。每所项目学校配备两名以上项目老师，共同迎接挑战。这些项目老师在与当地教育行政部门合作的基础上，被派到资源匮乏的地区完成为期两年的教学工作，以期推动城乡教育的均衡发展。

山区艰苦，项目老师没有工资，每月只有两千三百元生活津贴，自己动手解决从生活到教学的一切挑战。他们付出得到的最大回报，就是孩子们给予项目老师的爱，这是一笔无法估量的心灵财富。

前面说，鲁思凡的学生们乐于把全班的卡片攒一块儿看电影。事实是，孩子们比看电影更渴望"美食汇"。全班要攒三个月、大约二十张卡片才能换到这个超级派对。"美食汇"是什么名堂呢？是全班十四名同学请鲁老师吃一顿饭。每位同学出一道菜，借此表达他们对鲁老师的爱。一次，鲁思凡到同学家里参加"美食汇"，餐厅在二楼的楼顶。她进屋就看到花花绿绿的丝带绑在楼梯上，一直绑到二楼。楼顶的餐台是地面铺的一块大胶合板，砖头垫起的小纸板是唯一的凳子，请老师坐。菜谱用粉笔写在鹅卵石上："烤白薯、烤栗子、烤鸡蛋、烤生菜、烤小鱼。"还有他们在电视里学来的紫菜寿司。小孩不会卷寿司，就用牙签串上。一位女生把红的黄的花瓣摆在煮玉米粒的盘子边上，也算一道菜。宴会资金由同学平摊，当然老师也带去好多小食品。暮色降临，虫鸣四起，星斗满天。同学们把蜡烛点在橘子皮的小碗里，观察老师品尝每一道菜的表情。鲁思凡的心被同学们融化了，她扭过脸，让夜风吹去脸上的泪水……"面对这样的孩子，我还需要什么呢？"她说。

罗曼·罗兰说："世上只有一种真正的英雄主义，那就是认清生活的真相后依旧热爱生活。"公益支教不是一个人的战斗，而是一群人的牵手。这些年轻人在大山里默默耕耘，远方的星斗是他们和孩子们一起匆匆赶路的身影，前方是年轻俊逸、城乡并进的美丽中国。

（刊发于 2016 年 10 月 26 日《人民日报》）

塞罕坝时间

李青松

要广泛开展国土绿化行动,每人植几棵,每年植几片,年年岁岁,日积月累,祖国大地绿色就会不断多起来,山川面貌就会不断美起来,人民生活质量就会不断高起来。

——习近平

一

塞罕坝——啥意思?

这里,既有森林的壮阔,也有森林的细微,更有森林的饱满和丰沛。有人说,塞罕坝的森林是翡翠;也有人说,塞罕坝的森林是绿肺。

难道说起塞罕坝就一定带着森林吗?当然。森林,塞罕坝的森林真美。美得令人心醉。

换个角度看,或许印象更清晰——绿,深绿,翠绿,墨绿。从卫星云图上看,塞罕坝这片人工林海,不就是一只墨绿色的展翅翱翔的雄鹰吗?一百一十二万亩,三代人,用了整整五十五年的时间只做一件事——种树。磨出了多少老茧,磨坏了多少锹镐,数也数不清。此间,有抱怨与绝望,有荣耀与悲伤,有坚韧与抗争,有寂寞与欢乐,有荒谬与智慧,有灵魂与激情……然而,故事从未停歇,每天都是开始。这片林海负载着塞罕坝三代人的希望和梦想。这片林海是塞罕坝之根本,没有了这片林海,塞罕坝就没有了今天,也没有了未来。

然而,时光倒转回去,早先的塞罕坝却是一片蛮荒之地,甚至被称作坝上的"青藏高原"——天高风冷,水硬人横。

20世纪六十年代初,风沙紧逼北京城。冬春时节,小伙子戴风镜,姑娘戴口罩是北京街头的常态。一入冬，西北风嗷嗷叫，风沙肆虐，沙粒砸在脸上生疼。怎么回事？林业部不是管造林的吗？有没有什么办法呀？

北京风沙脾气暴跟塞罕坝啥关系？问风风不理睬，照刮；问沙沙不言语，照砸。还是问问脚步吧——脚步丈量的结果：浑善达克沙地与北京的直线距离仅有一百八十公里，平均海拔一千多米，而北京的平均海拔仅四十多米。有专家形象地说"如果这个沙源阻挡不住，就相当于站在屋顶上向院子里扬沙子。"必须把沙子挡住。塞罕坝恰好处在那个能挡沙子的特殊地理位置上。如果说内蒙古浑善达克沙地与北京所处的华北平原之间隔着一道门的话，那么塞罕坝就是那道门的门栓。

早先塞罕坝也是草木葳蕤，獐狍野鹿出没之地。塞罕坝属于木兰围场范围。《围场厅志》记载此地"落叶松万株成林，望之如一线，游骑蚁行，寸人豆马，不足拟之。"康熙曾多次带领将士来此围猎，还即兴留下过一些诗句"……鹿鸣秋草盛，人喜菊花香，日暮帷宫近，风高暑气藏。"

然而，曾几何时，随着清王朝的没落，大批流民涌入，肆意垦荒，断了塞罕坝的根，致使塞罕坝元气大伤。后又几经军阀匪寇劫掠，反复折腾，森林荡然无存，塞罕坝一片肃杀凄凉。

从此，沙魔长驱直入。那道门栓也闩不住了。

塞罕坝，塞罕坝，塞罕坝是啥意思？

这微弱的发问，早被滚烫的大漠蒸发了。

二

风雪弥漫中，一个健壮的身影出现在塞罕坝。

1961年，为了破解风沙南侵的困境，时任林业部国营林场管理总局副局长的刘琨，率专家组来到塞罕坝，他要用自己的眼睛看看那道门栓究竟是怎么回事。他眉头紧锁，视野里"尘沙飞舞烂石滚，无林无草无牛羊"。他在塞罕坝荒凉的高岭台地上考察了三天，没有找到那道门，更不用提那道门栓。但是，他拿到了第一手珍贵的资料。回去后经过专家们的反复论证，最后得出结论：塞罕坝上可以种树，可以竖起一道绿色的屏障，阻挡风沙的南侵。

也就是说，没有门可以安上一道门，没有门栓可以安上一道门栓。

1962年，塞罕坝机械林场正式成立，任命承德专署农业局局长王尚海为第一任场长。随后，林业部工程师张启恩带着妻儿来了，场长王尚海的爱人带着五个孩子来了，河北承德农专的五十三名毕业生来了，承德二中刚刚毕业的陈延娴等六名女高中生来了，一批新毕业的大学生来了，由全国十八个省市的三百六十九人组成的林场第一支建设大军来了。他们用自己的青春和热血在这片荒野上开始书写动人的传奇故事。

然而，建场之初，塞罕坝地区生活条件非常差。没有房屋可居住，就搭马架子，盖窝棚，挖地窨解决住宿问题。严寒的冬天，马架子和窝棚被厚厚的积雪压塌是常有的事，而地窨阴冷潮湿，住在里面一点都不浪漫。那时的塞罕坝，完全落在寂静里，只有暗夜包围着的地窨里，时而传出几声长长的叹息。

食物更是严重短缺。当地有一句谚语："坝上的庄稼——山药蛋"。当时在坝上能够生长的农作物很少，只能种植一些适应高寒地区生长的白菜、土豆和莜麦等。坝上气候不适宜种小麦、玉米等粮食作物，种不成西红柿、豆角等蔬菜，苹果、梨、桃等更是想都甭想了。

种啥吃啥，有啥吃啥。当初在塞罕坝，莜面最通常的吃法是：把水烧开，把干面直接往锅里撒，一边撒一边搅拌。搅拌熟了，外表成球状，黑乎乎的，俗称"驴粪蛋儿"。大家开玩笑说，总吃"驴粪蛋儿"也不是事呀，人都快成"驴粪蛋儿"了，换换样儿吧。于是，伙房师傅也真费了一番心思。清水煮土豆白菜，莜面窝头。清水煮土豆白菜，莜面卷儿。清水煮土豆白菜，莜面片儿。到底是该哭，还是该笑？

也许，白菜土豆还有莜面"驴粪蛋儿"知道。也许，苦寒的日子知道。

三

站在坝上放眼望，路在哪儿呢？前望不见，后望不见；左望不见，右望不见。原来，路被移动的沙漠吞噬了。

当时，塞罕坝的交通条件极其不便。只有一条蜿蜒的土路，一头连着围场县城，一头连着遥远的内蒙古高原。路况相当差，去趟一百公里外的围场县城，有时要走两三天的时间。此地偏僻、高寒的地理环境自不必说了，单是没有电、没有自来水的不便，就足够考验这些年轻人了。更不要说没有娱乐设施，业余生活单调枯燥。冬天，白日里在冰天雪地里干活，夜晚就守着炉火，在煤油灯微弱的光亮中听着段子。烧的是什么？干透的牛粪饼。炉火"嚯嚯"地燃着，加一块牛粪饼，再加一块牛粪饼。炉面上，往往烤几个土豆。

听得入神,土豆烤煳是常有的事。而讲段子不是谁都能讲的,往往是那个读书最多,戴着瓶底般眼镜的人。

不过,说他们的生活枯燥乏味也不全对。因之那些牛粪饼和那些段子,寒凉枯寂的夜晚温暖而生动了。

他们也写打油诗——

> 渴饮沟河水,饥食黑莜面。
> 白天忙作业,夜宿草窝边。
> 劲风扬飞沙,严霜镶被边。
> 雨雪来查铺,鸟兽绕我眠。
> 老天虽无情,也怕铁打汉。
> 满山栽上树,看你变不变。

当年的马架子宿舍门前,还有这样一副对联:

> 一日三餐有味无味无所谓,
> 爬冰卧雪冷乎冻乎不在乎。

"无所谓""不在乎",这些饱含着眼泪和痛苦的词句,表现了塞罕坝人乐观的精神。然而,塞罕坝虽然来了很多人,但塞罕坝还是缺人。不缺男人缺女人,最缺的是姑娘。

当地有一句顺口溜:"塞罕坝真荒凉,又有兔子又有狼,就是没有大姑娘。"

当时林场新来的那批大学生除个别人年龄小,绝大多数都进入到了谈婚论嫁的年龄。可是在这闭塞的荒原上,年轻人到哪里寻觅自己的另一半呢?

新来大学生的个人问题一时成了这个寒冷荒原上的热点问题。这些有知识、有文化的年轻人怎么可以没有对象呢?坝上有个叫棋盘山的古镇是个牲畜交易集散地,是一个信息集中的地方。一个偶然的机会,林场技术员张凤元和镇上姑娘隋莲芝谈上了恋爱。"塞罕坝居然来了那么多新毕业的大学生!"镇上人一嚷嚷,一传俩,俩传仨,后来又互相介绍,便有不少年轻人不惜遥遥路途开始交往,结婚成家。一时间,塞罕坝的小伙子们很多都成了棋盘山的女婿。

人们便打趣说,棋盘山成了老丈人"窝子"。没过两年,这个老丈人"窝子"又成了姥爷"窝子"——娃娃出生，女人带着刚会说话的娃娃回娘家。娃娃奶声奶气地唤一声姥爷，镇子里满街探出喜滋滋的脑袋。

人在哪里，哪里就有生活的逻辑和意义。生活虽然艰苦，但苦中也有爱情，也有快乐，也有幸福。绿色需要坚韧，需要劳作，需要不懈的努力；绿色需要空间的分布，也需要时间的积累。绿色的面积在一寸一寸扩展着，增长着，延伸着。

塞罕坝的第一代建设者，现在大都已经退休或者故去。当年，他们是怀着革命的理想和远大抱负来到这里的，他们对自然和社会的认识，自然与现在的年轻人不同。冰雪和荒野中曾经有过他们的血汗与悲壮，豪情与困苦，坚忍与疲惫。他们对塞罕坝的眷恋之情是现在的年轻人所无法理解的。在无可抗拒的命运面前，生命在这里显得无助而茫然。他们的眼神多半是忧郁的。然而，同他们谈起塞罕坝，谈起当年的事情，他们的眼神里却又闪烁出兴奋的光芒。近年来，他们的思乡之情越来越浓烈，但省亲之后又多半打消了返乡的念头。因为，家乡的人早已把他们视为塞罕坝人，家乡的土地上已没了他们可耕的田，可以生活的空间。

塞罕坝，塞罕坝，塞罕坝是啥意思？

河有源，树有根。源在塞罕坝，根在塞罕坝。

四

不要以为种树那么容易。不就是挖个坑，种棵苗吗？其实，种活一棵树不比养活一个孩子简单。种树是个技术活儿。

头两年，塞罕坝人从东北地区调来的绿化苗木种下的树，都死了。有诗云："天低云淡，坝上塞罕，一夜风雪满山川；两年种树全死完，壮志难实现，不如下坝换新天。"不都是英雄，也有人卷起行李悄悄溜走了。

如果连树都种不活，那留下来还有什么意义？

必须搞清树死的原因。原来，外来的苗木水土不服，抗性太弱。想在塞罕坝地区种树成功，必须自己育苗，育适应当地土质和环境生长的苗木。塞罕坝人开始进行技术攻关。他们首先攻克了在高寒地区育苗这一关，继而在塞罕坝地区育苗获得成功。之后，又改造了苏联进口的种树机，将它由原来只能在平坦地方种树的性能，改造成了在塞罕坝山地、丘陵地照样能种树。由此，机械种树获得了成功。从那时起，塞罕坝营造百万余亩人工林的大幕，算是就此拉开了。

1964年，春节刚过，林场党支部书记王尚海、场长刘文仕等人就骑着马，带着技术人员上山了。马蹄坑，是塞罕坝人选择的头一个战场。经过三十多个昼夜的奋战，近千亩落叶松小苗扎根在了马蹄坑，塞罕坝人终于在这片荒凉的土地上，种下了属于自己亲手培育并植造的第一片林子。七月，塞罕坝的野花盛开了，一棵棵幼苗也绽放出了笑颜。

"文革"期间，别处一片喧嚣，塞罕坝人却只顾埋头种树。牢记使命，不忘初心，种树不止。

数字，也许是抽象的，不能带给人美感。但数字也是鲜活的，灵动的——塞罕坝在"文革"期间及其前后历年种树的面积：1966年以前种植三万四千亩，1966年种植五万亩，1967年种植六万亩，1968年种植五万亩，1969年种植五万亩，1970年种植六万亩，到1983年，塞罕坝上的有林地面积已经达到了一百一十万亩。

这一组数字的背后，洒满了塞罕坝老一辈建设者的血汗，凝结着塞罕坝老一辈建设者的绿色情怀。他们几乎是用生命的代价换来了这片林海，在荒原上树立起了一座绿色的丰碑。

林海无语，丰碑无言。

五

林子多了是好事也是难事。难就难在防火。

塞罕坝九座望火楼，个个高耸，座座威严。毫无懈怠地矗立在林海高山之巅。每一座望火楼上都有一双瞪大的眼睛，注视着森林里的一草一木。

暖泉子望火楼。尽管时令已经进入三月，许多地方是暖融融的春天了，但塞罕坝依旧是白雪皑皑，冷风刺骨。为了探访护林人的生活，我走进了暖泉子望火楼。这里毫无神秘可言。室内的陈设虽然简单，但很整洁。一张床，一张桌子，一台电视机，一部电话。墙上挂着一幅地图和一个打着卷儿的日历。

护林员陆爱国和妻子王春艳，已经在这里坚守了十五年。

"心里那根弦，整天绷着。不敢有片刻懈怠。"身穿迷彩服的高个子陆爱国一边架起望远镜，一边一字一句地说，"一般每年的防火重点期是三月十五日到六月十五日，九月十五日到十二月十五日，这六个月必须要住在望火楼里，十五分钟汇报一次瞭望情况。"

我瞥了一眼桌上的电话,心里充满敬意。

"这些树是我父亲那辈人种下的,可不能在我们这代人手里毁了。"陆爱国说。坝上地区每年的无霜期只有七十多天,冬天几乎都会大雪封山。我打量一下望火楼的角落,对并排放着的三个装满了雪的水桶有些不解。我指了指桶里的雪问王春艳:"这是干吗的?"王春艳说:"雪水是用来洗衣服的,如果大雪封山,下山挑水困难,有时也喝雪水。"

陆爱国和妻子初到这里时,生活条件非常艰苦。吃水还得到山下两公里以外的暖泉子去背,水从桶口晃出,洒在后背上,浸湿衣服,后背冰凉。路滑且陡,不知跌过多少次跤,摔坏了多少个桶。也许人忘了,桶却知道。

当好护林员除了要有强烈的责任心,还要有过硬的观察本领。为了熟悉地形,尽快报出火情地点,夫妻俩把从望远镜里所能观察到的山头、洼地都一一编号,牢牢记在心上。一旦有情况,报警时马上就能说出地名和方位。通过长时间的对比、观察,他们还熟练地掌握了一套识别烟火的本领,能在最短的时间内,快速准确地识别出是烟是雾还是霞光。

陆爱国说:"不怕一万,就怕万一!"某日下雨打雷,断电了。糟糕,一旦有火情就不能用电话报警了。可偏偏在这个节骨眼上就出现了情况。陆爱国用望远镜瞭望时,发现御道口的马溜进了新种的林地,急得他出了一头的汗,没办法,他只能跑下山去喊人。直到把马赶出林地,交给主人,他才放心。

陆爱国1962年出生在塞罕坝,他的父亲是林场的第一代创业者,他的大儿子现在在林场的扑火队开消防车。可以说,一家三代人都是务林人。有一次,他骑摩托车下山确定一个疑似起火点,由于匆忙,路又陡,连人带车摔出去很远,把腿摔坏了。陆爱国双手拄着拐杖,咬着牙,硬撑着当班,没下山休养一天。

他说,三代人的命运跟林场的命运连在了一起,林场在他们在,林场好他们跟着好。所以,不能让林子受一点损失,多苦多累多难,都心甘情愿。

最近几年,林场在防火事情上不敢有丝毫差池,整个防火系统形成了探火雷达、空中预警、高山瞭望、地面巡护的有机监测网络,实现了林区监测全覆盖,三百六十度立体掌握。建场五十多年来,塞罕坝百万余亩人工林海,没有发生过一起森林火灾。

我问:"山上生活寂寞吗?"

王春艳说:"夫妻在一起还好些,但还是很寂寞,两个人能有多少话说,话说完了,只能大眼瞪小眼。都是人,有时候心里难受了,我们俩就吵架。"

我扭头问旁边的陆爱国:"是这样吗?"陆爱国不言语,只是笑。

"不过,狍子、野猪、山兔、野鸡、黑琴鸡等野物常常来光顾望火楼,让我们觉得,这山上不光是我们两个人呢。"停了停,王春艳继续说:"曾经有一对驻守望火楼的夫妻,他们的孩子是在山上生的,也是在山上长大的,可由于平时交流少,都三岁了才只会说几句话。"

我望了一眼汹涌的林海,一时不知该说什么。

寂寞守望,孤独坚守——这就是塞罕坝护林人的生活。可是,我还是要问:塞罕坝,塞罕坝,塞罕坝是啥意思?

六

塞罕坝的一只蝴蝶扇动一下翅膀,就有可能掀起太平洋上一个巨浪。生态是个整体,有一根看不见的线连着。

"塞罕坝的生态地位非常重要,它处在内蒙古高原向华北山地及平原过渡带上,是滦河等多条河流的源头,阻挡北边风沙南侵,是一道不可或缺的生态屏障。"国家林业局副局长刘东生说,"这片林海,不仅起到涵养水源、减少水土流失的作用,有利于生物多样性的保护,而且可以大量吸收和固定二氧化碳,成为碳汇库。"

1993年,塞罕坝林场被批准建立了国家级森林公园,开启了森林生态旅游的新篇章。近几年,塞罕坝每年接待游客五十万人次以上,每年门票收入四千多万元,带动了周边乡村生态旅游,生态产品和手工艺品销售甚旺,社会总收入超过六亿多元。七星湖是塞罕坝的一处景区,一到暑期,木屋住宿的游客爆满。这么好的商业前景,本应多建一些木屋,但林场场长刘海莹对此说不。

刘海莹说:"从根本上来讲,塞罕坝的生态还是脆弱的,生态承载力还是有限。我们不能干竭泽而渔、杀鸡取卵的事情。吃祖宗的饭,断子孙粮不算能耐,还祖宗的账、留子孙粮才算真本事。"

尽管生态旅游效益可观,但塞罕坝还是实行了控制游客进山总数的硬性约束机制,即游客进山总数到达一定"红线"后,便一概拒之山门之外了。"说心里话,这是让自己很痛苦的事,因为来游客,就意味着增加收入呀。可是,没办法。痛,是为了长久的快乐。"刘海莹说。

"既要绿水青山,也要金山银山。宁要绿水青山,不要金山银山,而且绿水青山就是金山银山。"刘海莹对习近平总书记的这段话或许有着更深刻的理解。

塞罕坝，森林生态系统正稳步形成。落叶松、油松、白桦、椴树、黄菠萝等乔木树种结构分明，错落有序。榛子、沙棘、柠条、火棘等灌木应有尽有，各自占据着属于自己的空间。林间，溪水淙淙，崖壁上飞瀑喷雪吐浪。过去多年未见的动物，如野鸡、野兔、狍子、猞猁，也重现了踪迹。

不能不提塞罕坝的白桦林和黑琴鸡。苏联作家卢斯蒂格写过一本小说，叫《白桦林》，讲述的是一个忧伤的爱情故事。朴树有一首流行歌曲，唱的是白桦树。曲调是那么的柔美，柔美中还略显忧伤。若没有这一段段故事，白桦林就只剩下了柔美，绝没有什么忧伤了。然而，我宁愿相信白桦林没有忧伤，因为我来到塞罕坝，看到的是白桦林的美丽，白桦林的漂亮。塞罕坝白桦树干直挺耸立，上有线形横生的孔，远看好像生着无数的眼睛向四周瞭望。枝条柔软，迎风摇曳；树皮洁白，光滑细腻。卢斯蒂格把白桦称为"俄罗斯的新娘"，而塞罕坝人却没有心情那么浪漫，种树种树，忙着呢！

塞罕坝的白桦林里栖息着珍贵的稀有动物——黑琴鸡。这可是我亲眼所见。

那天，我们驱车在林间防火公路上行驶，忽然两只黑琴鸡窜上了公路。我们停车观看，个个瞪大眼睛。它们玩耍着，旁若无人，不惊不躁。在路面上，它们互相追逐，一边"跑圈"，一边"咕噜噜"地叫。最后，它们回头觑一眼我们，抖抖翅膀，双双飞进白桦林中。

是啊，森林群落绝对不光是我们所看到的那些树，它还包括野生动物等更多的生物形态。塞罕坝的森林里充满着生命的律动，"咕噜噜""咕咕哇""嘎嘎嘎"……

塞罕坝，塞罕坝，塞罕坝是啥意思？黑琴鸡，你们知道吗？

七

有人说"树木撑起了天空。如果森林消失，世界之顶的天空就会塌落，自然和人类就会一起毁灭。"在一定意义上说，树木与人的关系，就是人与自然的关系。

我曾多次来到塞罕坝，一直在思索塞罕坝的故事，并试图从中领悟人与自然到底是一种什么样的关系，找到那个隐秘的图谱。人，在自然面前到底起什么样的作用。

习近平总书记说，人与自然是一种共生关系，对自然的伤害最终会伤及人类自身。此语饱含着尊重自然，谋求人与自然和谐发展的价值理念和发展理念，是一种大情怀，大境界。

中国，正在大步向着绿色发展的目标迈进；中国，正在向着生态文明的目标迈进。

塞罕坝，塞罕坝，塞罕坝到底啥意思？塞罕坝意味着什么？塞罕坝代表着什么？该回答这个问题了。塞罕坝人说，塞罕坝是蒙语和汉语的组合。塞罕是蒙语，美丽的高岭的意思；而坝是汉语，台地的意思。把它们组合在一起即可表述为美丽的高岭台地。塞罕坝是一种有高度、有广度、有厚度的美呀！

塞罕坝已经不是一个地理的存在，而是几代人集体和个体的理想集合，是一种生活的气息和氛围，是一段飘荡的情绪和记忆，更是一个不朽的绿色传奇。在这个意义上说，塞罕坝，没有同义词。

忽然想起两句话。一句话叫"山厚地厚人忠厚，山薄水浅人轻浮。"另一句话叫"森林涵养水源，生态涵养文明。"

置身塞罕坝壮美的百万亩林海，倾听着松涛的声音，深深呼吸一口那弥漫着松脂芳香的空气，顿时有一种洗心润肺的感觉了。隐隐地，我对塞罕坝似乎又有了一层新的理解——塞罕坝就是绿水青山，塞罕坝就是金山银山，塞罕坝就是我们心底那个绿色的梦。那个梦，并非虚幻缥缈，并非无根无蒂，那个梦是真的，就在眼前。

塞罕坝——塞罕坝——塞罕坝！

（刊发于 2017 年 8 月 11 日《人民日报》）

致敬,远山的扶贫队员

何建明

带着山外真情,我们来到这里
肩负光荣使命,留下无悔足迹
用爱架起桥梁,深山再没距离
用爱汇成希望,从此我中有你
那些鼓励,那些期许,牢记在心里
我的誓言,一字一句,又在耳畔响起
多少崎岖,多少风雨
化成热血,流淌在心里
…………

这是恒大集团"90后"扶贫队员王长玉自编自创的歌曲《我们来到这里》。

也许这个社会里有太多的诱惑,似乎我们现在已经不太容易被某种激情所感动与感染,然而,一次次去过乌蒙大山深处的我,如今耳边每天都会响起这首《我们来到这里》,眼前总会情不自禁地闪出那些年轻而又激情满怀的扶贫队员的身影。参与"精准扶贫精准脱贫"攻坚战的恒大集团两千一百多名扶贫队员,正在大山深处斗志昂扬且脚踏实地为百万贫困群众送去温暖与幸福……而每每想起他们时,我的神思就会飞扬,就会感叹:

谁说今天的"80后""90后"都是些衣来伸手、饭来张口,缺乏理想和人生动力的无用之辈?

他们——乌蒙大山深处的年轻扶贫队员,正如他们唱的歌词一样,肩负打赢时代扶贫脱贫攻坚战的重任,从四面八方汇集到祖国最需要的地方——像当年放下枪杆、挥舞锄头开荒种地的"南泥湾"八路军战士,像当年雄赳赳、气昂昂走向"保家卫国"的抗美援朝战场的志愿军战士,像当年唱着"到祖国最需要的地方去"的支边大学生……

2015年11月27日至28日，中央扶贫开发工作会议在京召开。"我们要立下愚公移山志，咬定目标、苦干实干，坚决打赢脱贫攻坚战，确保到2020年所有贫困地区和贫困人口一道迈入全面小康社会。"习近平总书记的话，如时代的战斗号令，给予恒大集团巨大激荡。28日傍晚的《新闻联播》后，董事局主席许家印立即召集集团公司高管人员召开"紧急会议"，研究讨论"全国的脱贫攻坚战已打响，恒大集团怎么办"的方案与思路。

高管们对"恒大"作为一家民营企业参与扶贫脱贫攻坚战议论不一，因此"紧急会议"一直开到次日凌晨3点半。

一直在边听边深思的许家印终于发言了："同志们，知道为什么今天我要在中央扶贫开发会议之后的第一时间里，召开我们'恒大'的帮扶工作紧急会议吗？因为每每中央一提全国扶贫工作时，我就会想起那些今天仍然生活在非常贫困状态下的百姓，也想起我自己小时候。我从小到读大学，基本上一年吃不到一两顿白面馒头。我是吃了二十多年地瓜和地瓜汤长大的。读大学时，也是仅靠每月国家发的十四块钱生活费……我一直说，如果不是国家恢复高考，如果没有改革开放，就不可能有今天的我，更不可能有今天已经成为'世界500强'的'恒大'！现在，国家提出要在2020年全面实现小康，为此每年要实现上千万人口的脱贫任务！中国改革开放以来，很多的民营企业从无到有、从小到大、从弱到强，这一切都得益于党的政策和全社会的支持。企业做大了、做强了，就更应该回报社会，多做公益慈善，比如投身脱贫攻坚战。"

"对，'恒大'必须参与国家脱贫攻坚战！"

"我完全赞同！"

"好吧，我同意！"

"既然大家一致赞同，那么咱'恒大'要做就去啃最硬的骨头！"许家印兴奋地拳头一挥："不是贵州毕节的贫困程度最出名嘛？我们就去那儿——"

"好，那里是乌蒙山区，当年红军长征就路过那里，毛主席'乌蒙磅礴走泥丸'那句诗给人的印象太深了！"

"好——就这么定了！"许家印一声豪语："时不我待，明天就行动！"

"明天？现在已是29日凌晨4时……"最年轻的副总裁柯鹏指指表，提醒许家印。

"噢，不对。是今天了！今天我们的人就要到达贵州毕节……"许家印不假思索地对柯鹏说："由你带队，今天就去选一个扶贫脱贫任务最重的县，为我们'恒大'整体帮扶作准备！"

两天后，在北京的全国政协常委会上，许家印正式向全社会宣布了恒大集团整体帮扶贵州毕节最贫困的一个县，参与"精准扶贫精准脱贫"的决定，引起轰动。

"报告，我已经抵达毕节的大方县！"已经到达乌蒙山深处古代彝族女首领奢香故乡的柯鹏向许家印报告道。

"大方县的情况你了解吗？"

"经初步了解，大方全县一百一十万人口，目前贫困人口有十八万，贫困面大、贫困程度深，脱贫任务非常艰巨……"柯鹏说。

"那行，我们就啃这块硬骨头了！你尽快把那边的情况形成一个调研报告，集团公司要在这个月制订帮扶脱贫的决战方案，准备开战！"许家印说。

"明白了。"

这之后的十万"恒大"员工全都明白了他们的掌门人参与脱贫攻坚战的决心和意志。

亲爱的读者明白和知道吗？恒大集团在之后，在参与扶贫脱贫攻坚战中频频出大招、做大事：

2015年12月18日，许家印来到大方县，与当地签下三年完成全县十八万贫困群众全部脱贫的任务，和与之相关的三十亿元无偿扶贫投入协议……

2017年5月3日，"恒大"再次发力，"包"下毕节市（连同大方县）全部十个县区近百万贫困群众的"精准扶贫精准脱贫"重任，共无偿投入一百一十亿元（不含四十亿元左右的两千多名扶贫队员三年时间内的工资等支出）……

从初始扛起帮扶脱贫十八万人、无偿投入三十亿元，到担起帮扶脱贫百万人、无偿投入一百一十亿元的重任，"恒大"如何来确保这巨额扶贫资金、"善心工程"不打水漂，让每一个贫困群众真正脱贫致富，许家印与集团公司做出一项精准扶贫精准脱贫的创新性举措：派出扶贫队员到第一线去精细落实项目、推进产业扶贫和检查督促成果等工作。

"我报名！"

"算我一个！"

"还有我……"

当选派员工到乌蒙山区参与扶贫脱贫攻坚战的消息传出后，甚至连许家印都不曾想到，他的"恒大"小伙伴们表现出了空前的参与热情，争先恐后地要求到最艰苦的扶贫脱贫攻坚战前线。

"亲爱的战友们：我们将在人生最美好的年华踏入乌蒙山，重走长征路，在崇山峻岭中风里来，雨里去，披荆斩棘，用双脚丈量每一寸土地，用爱心温暖每一个困难群众，这是多么有意义的一段人生旅程，这是多么闪亮的无悔青春！我们一定不辱使命，出征——怀必胜信念；决战——将光荣凯旋！"出征壮行大会上，副总裁姚东带领新组建的"恒大"扶贫队铁军站在红旗面前，向祖国和人民庄严宣誓！

呵，或许你我都已经很多年没有见过、只能偶尔从人民军队的演习场上方能见得的威武与激情场面，现在，恒大的年轻扶贫队员重新演绎了这气壮山河、豪情万丈的一幕，他们从改革开放最前沿、人民生活富有的广东，带着恒大人对祖国和人民的回报之心，踏上远去的列车，向祖国西南的那片最贫困的大山深处进发……

谁去过乌蒙山？没有。谁知道大山深处的贫困群众怎么个贫困？也没有。百分之百的扶贫队员都是第一次来到乌蒙山区，百分之百的第一次与贫困百姓初识。山路弯弯，远比他们想象的要艰险；大山深处，远比他们估计的要遥远和偏僻得多。而山弯弯里的百姓贫苦现状，更让多数在城里长大和父母精心呵护下成长起来的"80后""90后"年轻扶贫队员深深地震撼——

"在那山连山、山环山的地方，住着很多百姓，他们很少出远门，房子破烂不堪，不遮风、不挡雨，靠在房前宅后仅有的几块巴掌大小的坡地上种些玉米、土豆度日……孩子上学要走几里、十几里山路，所以很多孩子干脆就不上学了；家里如果有一个人患病、致残，全家人将陷入无法度日的困境；很多家庭太贫困，青壮年人远出打工，年轻的媳妇受不了这般苦便一走了之……越穷，越生，二三十岁的小夫妻竟然有的生了四五个孩子，甚至更多！这就是乌蒙山区不少贫困百姓的现状！不是他们不知道自己的问题，而是他们因穷而无路可走，恶劣的自然环境又让他们想不出什么办法，于是，就这样一代又一代人、一年复一年地走到了今天……"下乡的扶贫队员这样说。

"帮助贫困群众脱贫，其实就是帮助了我们自己，祖国要强大，只有全国人民都过上了好日子才是真正的强大。让贵州大山里的百姓早日脱贫，这是我们新时代中国青年的责任与使命，是我们一生的荣耀！"

一个又一个夜晚灯火下的读书会上，一次又一次扶贫攻坚工作会上，"恒大"扶贫队员慷慨激昂地表决心，抒发和燃烧着自己的青春火焰……

一个曾是"愤青"的男队员讲述——

下乡后的一件事让我印象深刻，那是2016年4月，我和其他扶贫队员一起到大山乡光华村，给一个叫小敏的小朋友送爱心礼物。那是个周末，没有上学的小敏恰巧在家。村干部领着我们去小敏家，半道上发现路边蹲着一个小女孩，她的脸蛋红红的，两只小手紧紧抱住膝盖，头转向另一边，不敢看我们。村支书告诉我们，这就是小敏。原来，听说我们要来，小敏这天一大早就从家里出来迎接。算上车程和步行时间，我们大概用了三个多小时，这孩子竟然一直在路边等待着。她家人后来告诉我们，怎么劝她都不管用。

我们都沉默了。

当我们把文具、衣物和熊娃娃递给她时，她欣喜而又害羞地接了过去，双手紧紧地抱住熊娃娃……

我们和小敏的爸爸谈话时，她在旁边静静地看着，手中始终紧紧抱着那只熊娃娃，一刻也不愿意放开。

就在我们转身离开时，背后有人拽住我的衣角，回头一看，是小敏。我见她眼睛红红的，便问她有什么事，她嘀咕了一句我们听不懂的话，又低下了头。

"小敏问，你们下次还来吗？"小敏的爸爸说。听见这话，我的心像被什么东西狠狠地扎了一下。

那一刻，我彻底明白了我们参与脱贫攻坚战的意义，明白了我们工作的价值所在。

另一个男扶贫队员讲述——

2016年7月，按计划我们要走访大山乡最远的一个村民组。一早起来，天色灰蒙蒙的，一看就知道会下雨，但为了保证工作进度，我们还是按原计划出发了。

我们乘着皮卡车，在狭窄的乡间小路上行驶了两个多小时后，只见前方杂木丛生，山势陡峭，一眼望不到头，再也没有了路，只可以勉强步行。没想到，刚下车，便迎来滂沱大雨。我们走了两小时泥泞的山路后，终于来到老乡家。

荒野中，矮小的小木房摇摇欲坠，一个骨瘦如柴的中年男人听见狗叫便走了出来。当他知道我们的来意后，便热情地拿出来半瓶果粒橙，要分给我们，我们立马阻止了。后来才知道，由于距离镇上太远，他一年都赶不了几次集，这饮料还是他过年时候买的，到现在都过去半年了，一直珍藏着没舍得喝。听到这里，我们心里五味杂陈。

这位老乡符合贫困户易地搬迁条件，我们将相关帮扶政策讲给他听，他特别激动，都不敢相信这是真的，一直咧着嘴笑个不停。

"90后"王亚军是恒大易地搬迁扶贫部的员工，他这样说——

依稀记得那天阴雨蒙蒙，我们一行人前往凤山乡联兴村做入户调查。

一连走了几户贫困家庭，才真真切切地感受到这里的老乡不容易。其中一户，家门口用竹子简单扎了一圈栅栏，三五只鸡在栅栏里面慌乱地跑着。房子是20世纪50年代的，用木头搭建而成，木头窗户里面挡着塑料布防水。由于下雨，土路特别湿滑，我们的脚上也全是泥巴，特别沉重。一进屋子里面，眼前一片漆黑，当时我还在想，怎么不开灯呢？适应了好一会儿，眼前的情景渐渐清晰起来，却让我心酸不已，我不知道该用什么词来形容这家的情况：一张自己搭建的简易木头床，床上的被子很旧很旧，正对着门的是用泥巴盘起来的火炉，上面煮着一锅没有一点油星的菜。整个家里，除了床和炉子，只有几个破碗，还有一条凳子……在充满煤烟味的屋子里面住着一对年迈的爷爷奶奶。由于爷爷奶奶听不懂我说的普通话，所以我只负责记录，由同事黄建国负责询问。我一边记录着一边观察屋里的情况，发现房顶不是用瓦片盖的，而是用塑料布简单地遮挡着……再观察两位老人，发现他们基本上已经丧失劳动能力，而他们所有的依靠，就是屋后的一块小菜园和几只鸡！我终于明白，为什么他们的屋子这么暗却不开灯。

走出爷爷奶奶的家，一路上我们几个队员没有一个人说话，心情非常沉重。而这久久的沉默，其实也使我们想到了自己到这里扶贫的意义！

在扶贫一线，像这样的故事还有很多很多，可惜，扶贫队员们都太忙碌了，很难抓到有时间坐下跟我详谈的人，我肯定错过了不少更精彩、更富传奇性的故事。

在扶贫前线，如果不是身临其境，你根本不可能想象得出在波澜壮阔的扶贫攻坚战场上，指挥千军万马为贫困百姓建房铺路的，竟然会是一些二十几岁、三十来岁的毛头小伙和黄毛丫头！在毕节市七星关区的一个恒大易地搬迁扶贫项目工地，我看到一块牌子上介绍工程名称：碧海阳光城。用途：安置 28000 名贫困人口。总建筑面积：72 万平方米，占地 1000 亩。

这些数字对普通人来说，不会产生多少感性认识，但如果我用建筑面积十七八万平方米的人民大会堂作类比，你就会深切认识到，四个人民大会堂那么大的建筑工地是何等的壮观和气势磅礴，就会知道什么是真正的"大工地"！瞧那无数伸向天空与地面的吊车长铁臂，密密麻麻几乎望不见边；在一层层竞相崛起的楼宇之间，近百辆飞旋的水泥搅拌车正隆隆轰鸣，似乎要将整个新平整的山谷震个天翻地覆，我和采访对象交谈时，只能凑近对方的耳朵大声喊叫，否则谈话根本进行不下去……

"一百四十五栋楼同时拔地而起，这对我们来说是前所未有的挑战啊！"一位书卷气十足的年轻人带我参观工地，他自我介绍叫杨慧明。

"你就是杨慧明啊？"我不由得惊讶地问，姚东跟我提到过这位在大方负责易地搬迁工作的年轻副总。

"是，我 2015 年 12 月就过来了。"小伙子的确很精干利索，但我还是无法把他与如此庞大的建筑工程总指挥联系在一起。

"这么大的工程，就是你在指挥把关？"听到我惊诧的语气，原本镇定自若的小伙子反而有些不好意思了。但马上又换了一种颇有些骄傲的语气："我们恒大人都是这么练出来的。我已经干过好几个类似的工程了！"

"你现在每天现场指挥多少人？"我问。

"两千多。"

"这么多人，压力一定很大……"

"我每天睡在工地，也只能睡四五个小时。"

"太辛苦了！"我有些怜惜地说道。

"我年轻，扛得住！"杨慧明笑笑，看起来他身体确实很棒，"我老家是宁夏固原的，从小吃过不少苦……"

"你老家可是有名的贫困地区啊！"

"是的。所以在这里帮扶贫困的父老乡亲们脱贫，我有种特别的干劲，好像在为自己的家乡、为自己的父母亲人奋斗!"他说。

我默默地点点头,在心里夸赞这个小伙子。

"老百姓什么时候能入住呢?"

"一年时间就要全部完工!"

"有把握吗?"

"绝对有!我还在想能不能早一点……让贫困百姓早一天过上好日子,是我们恒大人最大的心愿。"

"盖房子是个比较复杂的工程,经常遇到很多意外情况、很多拦路虎。"年轻的总指挥说,工程初期,在开挖地下部分时,他们遇到了纵横的地下河道,这属于典型的喀斯特地貌,"光抽水就不知调集了多少台水泵,一天二十四小时连续抽,有时还赶不上趟。那些日子,方圆几里都能听见这边的水泵响声,那才叫昼夜轰鸣!"

"工程全面展开后更了不得啦,来,你说说。"杨慧明把一位比他"老"一点的同事推到我面前,"他叫雷勇,是这里的工程部经理。"

雷勇与他的名字一样,说起话来虎虎生威,有股霹雳之气。他比杨慧明长两岁,1983年出生,也是位"实干家"。"我们施工队到达现场后,开工面临的第一个难题,就是十四万平方米建筑面积的三百多万方土的挖掘和运输!三百多万方土,那就是一座高高的山峰呀!毕节市建设部门从来没试过要在短时间内完成这样大的工程量,别的不说,运输这么多土方,光汽车就得数百辆,此外,有没有那么宽的路供它们来回穿梭,也是个问题;那么多土方堆放到哪个地方,又是一个问题;几百辆大卡车长时间在毕节市内往来,道路安全又是一个大问题……粗粗一看,就是拉土方的事,但这么大的量、这么短的工期,放在一起,就会引起几个甚至几十个难题,一起冒出来摆在你面前。总之,连我也没干过这么大的工程。好在毕节地方政府和老百姓都全力支持配合,加上我们的专业管理水平高、动作快,所有这些问题后来都解决了。那些日子,每一个环节的任何一点进展,都使我激动、自豪,一激动、一自豪,干劲就倍增!"

雷勇指着远处连绵起伏的群山,接着说:"以前我们这块工地也是丘陵,全部是用推土机推平的。施工现场每天有几十个分包公司在工作,我们工程部十来位同事天天泡在工地,随时联系和布置工作,及时满足工程的各种需求。施工高峰期,有两千多施工人员进进出出,几百辆车跑来跑去,我们的管理责任巨大,一丝一毫都不能马虎,必须二十四小时全程监控!"工程部有位同事一天早晨起来，晕倒在了工地现场，被送到医院抢救。雷勇感叹地说："下午我上工地一看，他怎么已经在工地上了？原来他自己从医院跑了回来……这样令人感动的事迹，我们这个工地上时时刻刻都能听到。"

"这里的恒大团队，其中年龄最大的是1974年生人，最小的1994年出生，平均一下，都算'90后'了，其中还有六个女同胞。"杨慧明说。

四个人民大会堂的工程量，一群平均年龄属于"90后"的年轻人担当大任，而且仅一年时间就要全部完工，还要让两万八千名贫困百姓全部入住……如此宏大的战场，就是中国脱贫攻坚战的一个缩影；如此宏大的战场，如果在战争年代，就是一场"百团大战"、一场上甘岭战役！

我知道，最初时，恒大集团公司的领导并不想让女青年到扶贫一线工作。"但到后来，一是工作上人手不够，二是发现有些工作女同志能做得更细致，像入户调查、做贫困户的思想工作等等，我们就开了口子，允许女同志报名上扶贫前线，但也严格挑选，仅限于相对安全一些的内勤岗位。结果到了项目全面展开时，人手依然紧缺，女队员就越来越多了，到现在，共有八百多名。考虑到野外工作的强度以及安全等因素，我曾经硬性规定：女队员不得下乡。但根本挡不住。这帮丫头厉害啊！她们跟我理论，说再大的战役都有女人参战，为啥她们就不能下乡？又说有的贫困家庭可能全是女人，男同志能了解啥情况！总之，她们软磨硬泡，就是要到最前线，到最艰苦的地方去，要亲身感受百姓们的贫困生活。她们还振振有词地质问我，说不让她们了解真实的贫困，怎么参加脱贫攻坚战?! 无可奈何啊！所有预设的限制，都被她们高涨的请战热情给突破了……"前线总指挥姚东的语气带着明显的骄傲，还有一丝不易察觉的自责。

战争无法让女人离开，脱贫攻坚战也一样。女队员们频频闪现的身影，让整个乌蒙山的扶贫战场有了更多的委婉与抒情，更多的激情与壮烈，更多的神圣与深邃，还有更多的柔美与绚丽……

我看到，一个从未走出过大山的彝族小女孩，和女扶贫队员手拉着手，第一次来到县城，在奢香古镇度过了失去母亲以来最幸福的一天，她的父亲于是决意带着女儿搬到古镇，开始崭新的生活。

我看到，一位多年下不了床的伤残老妇人，在女扶贫队员的精心呵护下，多年来第一次走出破旧的草房，来到"恒大新村"挑选恒大给她准备好的新房与新床，老人脸上泪水纵横。

这些年轻的恒大扶贫队员们，无论当初怀着何等心情奔赴贵州乌蒙山区，当他们第一次走进大山深处，看到斜立在山坡上的行将倒塌的破草屋，看到无力起床为自己倒一碗水的老人，看到一个个无依无靠却依然渴望知识的孩子，他们便懂得了"人民"和"造福人民"的含义，懂得了"报恩社会"和"报效祖国"的分量……

在乌蒙大山的扶贫攻坚战场上，每天都可以听到令人激动和敬佩的故事，这就是我为什么要一次又一次地向远山的年轻扶贫队员们致敬，并且爱听他们特别喜欢唱的那首《到人民中去》的歌——

> 想想从哪里来，
> 才知该到哪里去。
> 村前的老树，山中的小路，
> 溪水潺潺你是否已忘记？
> 明白到哪里去，
> 才懂把谁放心里。
> 父母的教诲，故乡的期许，
> 炊烟袅袅你是否又想起？
> 到人民中去——
> 把身俯下去亲吻大地，
> 把心贴近在一起呼吸，
> 让灵魂再受一次洗礼，
> 用一生报答她的养育。

是的，身俯下去亲吻大地，大地才会回赠你广阔的胸怀和世界。

是的，心贴近了爱你的人，你的呼吸才会平和、温柔，富有节奏与魅力。

当你不求回报地付出，体验到一种崇高和无私时，你才会获得经历过洗礼的灵魂，那种神圣和安宁，无与伦比……

（刊发于 2018 年 4 月 2 日《人民日报》）

后 记

按照人民日报编委会的要求，我们编选了这部《人民日报 70 年报告文学选》。在编选过程中，我们主要遵循了几方面原则。

确保具有巨大社会影响和广泛知名度的名篇入选。《人民日报》七十年来刊发了一批报告文学名篇，它们在当时产生了巨大的社会影响且拥有广泛的知名度，并在全国性的报告文学评选中获奖，有的直到今天还被选入各种报告文学选本中，在各类相关文章中被引用和评论。这类经典作品入选应毫无异议。

注重作品体现时代精神。报告文学的重要特点之一是与时代共振，书写时代，体现时代精神，这也是报告文学这一文体的题中应有之义。在入选篇目中，有的讲述新中国成立初期祖国方方面面的建设场景，有的讲述改革开放后知识分子重新从事科研活动，或是体育健儿扬威国际赛场的故事，有的讲述中国高铁、精准扶贫等国家重大工程、计划、项目的建设成就……无论写人还是记事，都书写着我们的时代，反映着我们的时代，体现了强烈的时代精神。

注重作品的思想性和艺术性。文学性是报告文学最重要的文体特点之一，也是报告文学区别于新闻通讯的主要特点之一。文学性体现在作品的思想性和艺术性上。有的作品虽然在题材上紧扣时代，但是因为在思想性和艺术性上有所欠缺，最终没有入选。

兼顾年代、作者之间的平衡。对于刊发报告文学数量较多的年代，我们在入选篇目数量上适当给予倾斜。比如二十世纪八十年代堪称报告文学的"黄金时代"，当时《人民日报》刊发了大量的报告文学作品，其中的好作品不在少数，因此本书在这一时期所选的篇目略多于其他年代。另外，考虑到七十年来在《人民日报》上发表报告文学作品的名家众多，我们尽可能地保证名家作品入选，以满足读者更高质量的阅读需求。

对于本书的编选工作，还需做以下几点补充说明：

一、七十年里，有的作者发表了多篇报告文学作品，我们结合作品的题材、知名度、获奖情况、代表性等多方面因素进行了选择。若有不妥之处，恳请作者谅解。

二、部分篇目首发于其他报刊，后为《人民日报》转载刊发。考虑到这些作品刊发后，产生了巨大社会影响并享有广泛知名度，有的已成经典之作，我们也将其选入。

三、部分篇目原文配有本报"编者按"，多为对作品背景情况和主要内容的介绍，为了让读者对作品有更多了解，此次编选将其一并选入。

四、因时代发展的实际和需要，部分篇目的少数词句在保留原意基础上进行了适当删改。但一些习惯性用语和表达因具有特定的时代特点，以现在的标准看，甚至还有一些不规范之处，为了保持历史原貌，未做改动。

本书所涉及的时间跨度大，作品篇目多、文字量大，加上时间匆忙，编辑人手有限，以及最后成书的篇幅限制，难免会有遗漏或不妥之处。恳请读者见谅，也请方家指教。

本书编辑组
2018 年 5 月